Knaur.

Knaur.

Im Knaur Taschenbuch Verlag sind bereits folgende Bücher der Autorinnen erschienen:
Henry und Alienor
Der Bastard

Über die Autorinnen:
Sylvie von Frankenberg lebte zehn Jahre lang in Paris und berichtete von dort für Rundfunk und Zeitungen über französische Politik und Kultur.
Katrin von Glasow ist Regisseurin und auf historische Themen spezialisiert. Sie lebte viele Jahre in England.
Der vierte König ist der Abschluss ihrer genauestens recherchierten und mit viel Intuition verfassten Romantrilogie um die Plantagenets.

Für Varinka
Für meine Tochter

-·-·-·- Östliche Grenze der englischen Besitztümer in Frankreich

Von den Engländern um 1200 verlorene Gebiete in Frankreich

——— Grenzen um 1180

⚔ Schlacht

Alienor
Eleonore von Aquitanien
*1120(1122) † 1204

∞ 1152

Henry Plantagenet
Heinrich II. von England
*1133 † 1189

Little Willy
Wilhelm
*1153 † 1156

Henry der Jüngere
*1155 † 1183

Mathilde
*1156
∞ 1168
Heinrich der Löwe

Otto IV.
von Braunschweig
Deutscher Kaiser

Richard Löwenherz
*1157 † 1199
∞ 1191
Berengaria von Navarra

Geoffrey von Bretagne
*1158 † 1186

Elenore von Kastilien
*1161

Joanna
*1165 † 1199

John
Johann Ohneland
*1166 † 1216
König von England 1199

∞ 1189

Havise von Gloucester

∞ 1200
Isabelle von Angoulême

König Henry III. von England
*1207 † 1272

Richard
*1209

Joan
*1210

Isabella von England
*1214 † 1241
∞ 1235
Friedrich II.
von Hohenstaufen
Deutscher Kaiser

Eleanor
*1215

King John was certainly a great prince
but hardly a happy one

Zeitgenössischer Chronist
von Barnwell

1174

Ostern lag spät in diesem Jahr, und es war ungewöhnlich warm für den Monat April.

Der Mönch, der die hölzerne Außentreppe des Palas hinunterstieg, beschattete seine Augen mit der Hand. Suchend schweifte sein Blick über das geschäftige Treiben im Burghof von Nottingham.

»John!«, rief er dröhnend. »Waschen und umziehen. Die Gäste müssen bald hier sein!«

Seine Sandalen klatschten auf den Eichenbohlen. Auf der vorletzten Stufe blieb er stehen. »Hat jemand die Jungen gesehen?«, rief er über den Hof. Ein Knecht, der die Hufe eines Pferdes auskratzte, hob den Kopf. »Eben waren sie noch da.« Mit dem Kinn wies er in Richtung Burgtor. »Vielleicht sind sie ja rausgelaufen. Macht John doch immer.« Er lächelte wohlwollend.

Zornig eilte der Mönch über den Platz.

Sie hatten ihn beide gehört und pressten sich enger an die Mauer. Ihre hellbraunen Kittel verschmolzen fast mit den grob behauenen Steinen, die zehn Meter über ihnen in die Höhe ragten.

»John, William! Ich weiß, dass ihr da seid. Ich gebe euch fünf Minuten, dann seid ihr im Waschhaus!«

Die beiden Kinder hielten die Augen geschlossen. Der Junge mit den braunen Haaren wagte als Erster, sie zu öffnen. »Komm, Will«, wisperte er triumphierend. »Er ist weg und hat uns nicht gesehen. Lass uns zum Baum schleichen.« Kichernd vor Aufregung

zog er den Gefährten mit. Barfuß liefen sie geduckt den Berghang hinunter.
Oben auf den Zinnen beobachtete einer der Wächter, wie die Kinder kurz darauf die große Straße überquerten und im Geäst der alten Eiche verschwanden. Der Mann überlegte, ob er sie melden sollte. Schließlich zuckte er gutmütig mit den Schultern und wandte sich ab.
Aufatmend ließ John sich auf das Brett fallen, das sie vor ein paar Tagen gemeinsam heraufgeschleppt hatten. »Bei schönem Wetter kann ich bis nach London sehen«, behauptete er stolz.
»Na, na«, sagte Will. »Ein Reiter braucht fünf Tage bis nach London. So weit kann kein Mensch sehen. Und außerdem ... bis auf die Straße gibt es ja nur Wald.« Er wandte den Kopf und blickte furchtsam zur Burg hinauf, die über den mächtigen Mauern thronte. »Wir werden wieder Schläge kriegen.«
John schob eine Haarsträhne aus der Stirn. Dann kratzte er den Schorf von seinem Knie. »Lass uns das Spiel spielen«, bat er. »Du darfst auch anfangen.«
Will lachte. »Mir fällt aber bald nichts mehr ein.« Nach einem kurzen Seitenblick auf den Gefährten räusperte er sich und begann: »Mein Vater war in Wales und hat gegen sie gekämpft.«
»Mein Vater war an der schottischen Grenze und hat gegen sie gekämpft.«
»Mein Vater beschützt ...« Will suchte nach den richtigen Worten.
»... die Juden«, soufflierte John. »Jetzt bin ich dran.« Er grinste: »Mein Vater ist der mächtigste Mann im ganzen Land.«
»Und meiner ist der mächtigste in der Normandie.«
»Und meiner im Anjou.« Sie redeten immer schneller. Will boxte John in die Seite. »Meiner macht mit dem französischen König einfach so!« Er schnippte mit den Fingern.
»Und meiner war mit jemandem befreundet, der dann ein Heiliger wurde!« John nickte zufrieden. »Das kannst du nicht überbieten.«
Will fuhr sich nachdenklich durch das blonde Haar. »Doch. Kann ich! Meiner ist wie Cäsar!«

John war beeindruckt. Eine Weile schwieg er. Dann sagte er ernsthaft: »Und meiner ist wie Gott!«
Will überlegte verblüfft. »Das haben wir ja noch nie gesagt. Wie Gott … Darf man das überhaupt?«
»Wir dürfen das«, antwortete John. »Weil's ja auch stimmt.« Er rieb seinen Hinterkopf an der rauen Rinde. »Dies ist mein absoluter Lieblingsplatz auf meinem absoluten Lieblingsbaum. Warum baut man eigentlich keine Burgen auf Bäume?«
»Ja, das wäre was!« William fand die Idee spannend und bedachte die Vor- und Nachteile, als John ihn mit der nächsten Frage überfiel.
»Was ist der Unterschied zwischen einer Hure – ich meine, einer normalen Hure – und einer Clifford-Hure?«
Will zuckte mit den Schultern. »Wer hat das gesagt?«
John schaute demonstrativ in eine andere Richtung. »SIE.«
Eine Weile schwiegen sie und lauschten auf den Wind, der durch die Äste fuhr. Eine Amsel flog auf einen Ast ganz in ihrer Nähe. Neugierig blickte der Vogel zu ihnen hinüber. Will war versucht, den Arm auszustrecken, um ihn zu berühren. »Wann?«, fragte er leise.
»Weihnachten. In Winchester.«
»Und warum erzählst du das erst jetzt?«
John schob das Kinn vor. »Weil es vielleicht nicht so wichtig ist.« Er rückte dichter an den Gefährten heran. »Sie sagt manchmal unfreundliche Dinge. Nur gut, dass sie in Old Sarum ist. Stell dir vor, sie wäre immer bei uns. Was wir dann erst zu hören kriegten!« Zärtlich legte er den Arm um den Freund. »Sie wird uns nie auseinander bringen. Schließlich ist unser Vater der mächtigste Mann der Welt!«
Oben von der Burg ertönten Fanfarenklänge. Will beugte sich vor. »Sie kommen!«
Aufgeregt blickten sie dem Tross Reiter entgegen, deren Hufgetrappel nun deutlich zu vernehmen war.
Johns Herz begann zu klopfen. Er versuchte vergeblich, die auf-

tauchenden Pferde zu zählen. »Es sind mindestens so viele wie damals beim Hoftag in Winchester«, murmelte er andächtig. »Sieh nur die vielen Fahnen.« Mit einem Ruck riss er den Gefährten zurück. »Mach dich klein. Niemand darf uns sehen.«

»Aber du musst sie doch begrüßen – außerdem hast du ein Geschenk für sie.«

John nagte an seiner Unterlippe. »Ich weiß nicht.« Er zögerte. »Vielleicht findet sie es auch gar nicht schön.«

Will wurde ärgerlich. »Wenn ich denke, wie lange du dazu gebraucht hast, und jetzt willst du es nicht einmal überreichen.«

Die Reiter kamen näher. Deutlich waren das Schnauben der Pferde und das Klirren der Kettenhemden zu hören. John stockte der Atem, als er sie erblickte. Sie ritt in der Mitte des Zuges. Ihr roter Umhang hob sich deutlich von denen ihrer Hofdamen ab. John hielt den Atem an, als sie genau unter der Eiche die Hand hob und den Tross zum Stehen brachte.

»Das Pferd lahmt. Kontrolliert die Hufe«, befahl sie. Ohne auf einen der Ritter zu warten, nahm sie die Zügel in die linke Hand und saß ab. Durch die Zweige beobachteten die Kinder, wie sie ein paar Schritte machte und dann stehen blieb. Sie blickte hinauf zur Burg und lächelte. »Hoffentlich hat er sie nicht so verkommen lassen. Damals habe ich mich sehr bemüht, sie wohnlich zu machen.«

Später hätte keiner der Jungen sagen können, wie es passierte. Vielleicht lag es daran, dass John sich zu sehr nach vorne beugte. Plötzlich gab das Brett nach, und beide Kinder fielen hinunter.

Schwerter klirrten, Pferde scheuten. Nur die hoch gewachsene Dame im roten Umhang blieb völlig ungerührt.

»Steht auf und bewegt euch, damit ich sehen kann, ob ihr etwas gebrochen habt«, befahl sie. John biss die Zähne vor Schmerz zusammen. Mühsam richtete er sich auf. Seine Beine brannten wie Feuer. Dann streckte er die Hand nach Will aus.

»Komm, steh auf«, bat er flehentlich. Die Dame schob ihn zur Seite und beugte sich über den Gefährten. Dann zog sie die Handschuhe

aus und hob vorsichtig Williams Lider. Ängstlich verfolgte John jeden ihrer Handgriffe.
»Ist er tot?«, fragte er.
Sie richtete sich wieder auf und wies ihre Begleiter an, den reglosen Jungen aufs Pferd zu heben. »Er ist ohnmächtig. Wir nehmen ihn mit zur Burg«, sagte sie. Mit einem Blick auf John fügte sie hinzu: »Du kannst mitkommen und auf deinen Freund Acht geben.« Sie streifte die Handschuhe wieder über. John starrte sie an.
»Nun? Was gibt es?«, fragte sie und ging hinüber zu ihrem Pferd. John strich seinen schmutzigen Kittel glatt und stand stramm. »Madame, ich möchte Euch auf das Höflichste auf unserer Burg Nottingham willkommen heißen«, stieß er hervor.
»Noch sind wir ja nicht da«, entgegnete sie trocken. Dann drehte sie sich langsam zu ihm um. »Was hast du eben gesagt?«
John wand sich vor Verlegenheit und verschränkte die Hände ineinander. Sie trat vor ihn und hob sein Gesicht zu sich empor. Er erkannte ihr Parfum sofort wieder. Sein Herz pochte bis zum Hals. Da lächelte sie. »In diesem Aufzug hätte ich dich fast nicht erkannt. Ich danke dir für die artige Begrüßung.« Ihre grünen Augen funkelten spöttisch. »Weiß dein Vater, dass du dich hier auf der Straße herumtreibst?«
John schüttelte heftig den Kopf. »Oh nein. Ich muss mich auch noch waschen und umziehen. Aber ich habe ein Geschenk für Euch.« Eilig kramte er in seiner Tasche und sortierte die verschiedenen Schätze, ehe er ihr einen kleinen Gegenstand überreichte, der in ein schmutziges Tuch gewickelt war. Er sah zu, wie sie sein Geschenk auspackte, und hielt den Atem an.
»Wie hübsch.« Sie lachte. »Und wie sinnig: eine Krone aus Nägeln.«
John strahlte. »Erst habe ich sie aufgemalt, und dann habe ich sie in das Brettchen geklopft. Wenn Ihr wollt, dann kann man es als Buchschließe benutzen. Da sind Scharniere dran.« Sie beugte sich vor und streichelte seine Wange. »Was für ein liebes Geschenk«, sagte sie.

John geleitete sie zu ihrem Pferd. »Papa sagt, Ihr hättet viele und schöne Bücher.«
Sie sah auf ihn hinab. »Was sollte ich in Sarum auch sonst haben, mein Junge.« Dann reichte sie ihm die Hand. »Wenn du magst, darfst du bei mir mitreiten.«

1175

Zeit seines Lebens würde John die Kathedrale von York mit dem Stundenglas verbinden. Und niemals würde er jenes Gespräch vergessen, das er in der vergangenen Nacht unfreiwillig belauscht hatte. Zum wiederholten Male versuchte er, die Erinnerung daran von sich zu schieben.

Seit vier Stunden saß er nun schon neben Will in der Sakristei, konjugierte lateinische Verben und versuchte sich an einer Übersetzung. Immer wieder glitt sein Blick hinüber zu dem großen Stundenglas, das auf dem Pult von Bruder Francis thronte. Der Mönch hatte den Kopf in beide Hände gestützt und schnarchte leise vor sich hin.

John war müde. Erst spät in der Nacht waren sie gestern in York angekommen. Wie immer war nichts vorbereitet gewesen, wo er und Will hätten schlafen können. Schließlich hatte man sie kurzerhand mit ein paar Decken in der Sattelkammer untergebracht.

John starrte auf das Stundenglas. Er beobachtete den feinen Sand, der unaufhörlich durch den engen Flaschenhals rieselte, und hörte, wie Will die Feder kratzend über sein Blatt führte.

»Niemals würde irgendjemand es wagen, Prinz Richard im Pferdestall schlafen zu lassen«, hatte einer der Knappen gesagt, die ihre Pferde versorgten.

John spürte, wie sein Herz zu pochen begann, als er sich daran erinnerte, wie der andere gelacht hatte. »Kein Wunder. Bei dem Prinzen sieht man eben den Unterschied zwischen denen da oben und unsereins. Königssöhne gehören nicht auf Stroh gebettet, sondern brauchen seidene Laken.«

Den Rest der Nacht hatte John wach gelegen und darüber nachgedacht. »Man sieht es eben …« Was hatte sein Bruder Richard, das er nicht hatte? Natürlich sah Richard besser aus. So wie ihn, mit seiner hohen Gestalt und den blonden Locken, hatte John sich immer einen Ritter der Tafelrunde vorgestellt. Aber Richard war erwachsen, während er immer noch ein Kind war.

Der feine Sand lief und lief.

Bruder Francis gab sich einen Ruck und öffnete die Augen. »Nun John, bist du fertig mit deiner Arbeit?«

John schüttelte den Kopf. Aus den Augenwinkeln bemerkte er, wie Will seinen Federhalter senkte und ihn ängstlich musterte.

»Bring die Seiten her«, befahl der Mönch.

»Bitte!«, entgegnete der Junge entschieden.

Der Mönch war einen Moment lang irritiert. »Ich versteh nicht …«

John blieb sitzen. »Ich sagte, Ihr sollt ›bitte‹ zu mir sagen.«

Will starrte ihn mit offenem Mund an. Bruder Francis legte die Hände wie zum Gebet gegeneinander und holte tief Luft. »Komm her und bring die Peitsche mit.«

»Ich denke, wir sollten die Unterrichtsstunde jetzt beenden«, erwiderte John. Der Mönch lief rot an und erhob sich drohend.

»Komm Will, wir gehen.« John trat um den Tisch herum und auf Bruder Francis zu. Spielerisch glitt sein Zeigefinger einige Male über die Wölbungen des Stundenglases, ehe er es plötzlich ergriff und auf den Boden schmetterte. Er sah zu, wie es in tausend Scherben zersplitterte, wie der Sand über den Steinboden rieselte, und lächelte zufrieden. »Heute beginnt eine neue Zeit!«

Mit einem Satz sprang der Mönch auf, lief um den Tisch herum und schlug ihm ins Gesicht. »Heb die Scherben auf!«, schrie er unbeherrscht. Als der Junge keine Anstalten machte, zwang er ihn mit einem Griff zu Boden. Es kümmerte ihn nicht, dass Johns bloße Knie bluteten. Außer sich vor Zorn schüttelte der Mönch ihn hin und her. Johns Blut vermischte sich mit dem Sand und färbte ihn

dunkelbraun. »Heb es auf!«, brüllte Bruder Francis erneut. Speichel sammelte sich in seinen Mundwinkeln.
»Nein. Bitte nicht«, flehte Will. Da John keine Anstalten machte, dem Befehl nachzukommen, hastete er nach vorne, um ihm zu helfen. John rührte sich nicht. Wutentbrannt legte ihm der Mönch beide Hände um den Hals und drückte zu. »Du wirst tun, was ich dir befehle«, keuchte er, »du hebst das jetzt auf.« John fühlte, wie das Blut in seinen Ohren toste, die Augen traten hervor. Er rang nach Luft.
Will war an seiner Seite. Mit zitternden Fingern klaubte er die Splitter auf. Zwischendurch schluchzte er unaufhörlich: »Bitte nein, bitte, lasst ihn.« Immer noch hielt der Mönch den Jungen in seiner eisernen Umklammerung. Johns Gesicht verfärbte sich bläulich.
Außer sich vor Entsetzen sprang Will auf, griff nach dem nächsten Stuhl und schlug ihn mit aller Wucht auf den Kopf des Klosterbruders. Dessen Körper drehte sich langsam um sich selbst, dann fiel er vornüber.
»John, komm«, stammelte Will. »Wir müssen fliehen. Er bringt uns sonst um.« Benommen schüttelte John den Kopf. Seine Hände tasteten zum Hals, als er versuchte zu sprechen. »Komm«, drängte Will. »Wir müssen weg sein, ehe er zu sich kommt.«
»Nein«, krächzte John. Er taumelte bei dem Versuch, sich aufzurichten. Deutlich waren die blauen Striemen an seinem nackten Hals zu sehen. Er streckte die Hand nach Will aus. »Er muss lernen, dass ich der Sohn des Königs bin!«

1176

Wolkenfetzen jagten über den Himmel. Der Mond warf geisterhaftes Licht auf die Türme der Burg von Winchester. Gerade eben hatte der Nachtwächter die elfte Stunde ausgerufen.
John stand im Dunkeln am Fenster und starrte hinaus. Als es klopfte, antwortete er nicht. Er hörte, wie die Tür geöffnet wurde. »Ich brauche nichts. Lasst mich allein«, sagte er abweisend.
»Guten Abend, John. Störe ich dich?«
Ungläubig drehte er sich um. »Ihr, Lord Robert?«, flüsterte er.
Der eintretende Mann fragte ruhig: »Warum so offiziell? Wenn du darauf bestehst, muss auch ich dich anders anreden.«
John stieß einen Laut aus, der nach Schluchzen klang. »Seit wann seid Ihr in der Stadt, Onkel?« Eilig durchquerte er die Kammer. »Wartet, ich mache Licht.«
»Bienenwachs ist für mich noch immer der größte Luxus«, lachte Robert, als es schließlich heller wurde. »Komm, lass dich anschauen!« Er legte John beide Hände auf die Schultern. »Du bist ja fast so groß wie ich …, aber ein bisschen dünn, würde ich sagen. Dein Vater hat mir gesagt, du isst zu wenig. Er macht sich Sorgen.«
John senkte den Blick. »Habt Ihr ihn schon gesehen?«
Robert nickte. »Nur ganz kurz, ehe er die römischen Gesandten empfangen musste. Sie sind immer noch bei ihm. Und dann wartet noch jemand aus Aquitanien auf ihn.« Er verdrehte die Augen. »Ich möchte nicht König Henry sein. Niemals Zeit haben …«
Sie setzten sich nebeneinander auf die Schemel vor den Kamin.

Robert beugte sich vor und stocherte in der Glut, dass die Funken stoben.

»Darf ich Euch etwas zu trinken anbieten?«, fragte John. »Ich habe jetzt einen Kammerdiener.« Er lächelte verlegen und streckte seine Beine näher zum Feuer.

»Und sehr gute Stiefel trägst du auch«, sagte Robert freundlich.

»Ja. Hier hat sich viel geändert. Jetzt, da ich neun geworden bin! Soll ich um Wein für Euch bitten?«

Robert schüttelte den Kopf. »Lass nur. Wenn dein Vater endlich Zeit für mich hat, werde ich noch genug zu trinken bekommen.« Er starrte in die Glut. »Neun Jahre, sagst du ... so lange ist das alles schon her.«

Er richtete sich auf und musterte den Jungen. »Magst du mir erzählen, was dich bedrückt?«

John zog die Schultern hoch und ballte die Fäuste. »Gar nichts«, murmelte er. »Mir fehlt nichts.« Tränen schossen ihm in die Augen, und er versuchte, sie fortzublinzeln. Robert ließ ihm Zeit. Unten im Hof schlug ein Hund an. Ein Mann rief ihn zur Ordnung. Dann war es wieder still.

»Vater hat Will fortgeschickt. Er ist jetzt Knappe an einem Hof in der Normandie. Und ich habe niemanden mehr.« Er zog die Nase hoch und wischte sich mit dem Ärmel hastig übers Gesicht. »Natürlich, da ist Papa. Aber Ihr sagt es ja selbst: Er hat nie Zeit. Und dann will er noch, dass ich mich verlobe!« Zornig zog er die Beine zu sich heran.

Robert nickte verständnisvoll. »Ich weiß. Mit der kleinen Havise von Gloucester. Du kennst sie doch gut und weißt, dass sie ein reizendes Mädchen ist. Und du kennst ihre gesamte Familie, die sehr wohlhabend ist«, versuchte er ihn aufzumuntern.

John grinste kläglich. »Wenn schon! Havise wohnt in Gloucestershire, und ich reise ständig mit Papa herum. Ich darf meine Mutter nicht sehen und habe niemanden zum Reden.«

Robert überlegte. »Was ist mit deinem Tutor? Hast du den gern?«

John wurde laut. »Wie sollte ich einen von denen mögen. Sie

wechseln doch in jeder Stadt. Der eine schlägt mich, und der andere redet mir nach dem Mund. Der, der mich schlägt, tut es, weil er Papa gottlos findet oder weil Papa meine Mutter in Old Sarum gefangen hält; und der, der mir nach dem Mund redet, hat Angst vor meinem Vater. Solche Freunde brauche ich nicht!«

Plötzlich schlug er die Hände vors Gesicht und begann lautlos zu weinen.

Robert bückte sich vor und warf noch ein Scheit aufs Feuer. Da spürte er die Hand des Jungen auf seinem Arm. »Darf ich Euch besuchen kommen? Wollt Ihr mich nicht mitnehmen? Ich verspreche, dass ich keine Mühe machen werde.« Hastig sprang er auf, lief hinüber und schlug den Deckel der Truhe auf. Gleich darauf war er zurück und reichte dem Gast einen kostbar gebundenen Folianten. »Ich habe es von Papa; und es ist mein kostbarster Schatz. Es handelt von König Artus und seiner Tafelrunde. Bitte nehmt es als Geschenk.«

Robert räusperte sich und blätterte vorsichtig die ersten Seiten um. Dann lächelte er liebevoll. »Es ist eine große Ehre für mich, so ein wunderbares Buch. Ich danke dir dafür. Aber du darfst es nicht weggeben. Erstens ist es ein Geschenk, das für dich bestimmt war, und zweitens können Bücher Freunde sein. Das hat deine Mutter jedenfalls immer behauptet.« Er sah das enttäuschte Gesicht des Jungen und fügte hinzu: »Selbstverständlich kannst du uns besuchen kommen; wann immer du willst. Ich werde mit deinem Vater darüber reden.«

John griff mit beiden Händen nach ihm. »Versprochen?«

Robert nickte. »Wenn ich es doch sage!«

Der Junge kniete sich vor ihn hin. »Ich erinnere mich noch so gut daran, wie wir das letzte Mal bei Euch waren. Papa, Will und ich. Es waren die schönsten Tage meines Lebens. Wir durften immer mit auf die Jagd, und es gab einen kleinen Hund zum Spielen. Der war so anhänglich, einmal hat er sogar in unser Bett gemacht.« Er lachte kindlich.

»Dann müssen wir sehen, dass wir wieder einen Welpen für dich

finden«, lächelte Robert. »Obwohl«, er zwinkerte ihm zu, »ich weiß nicht, was meine Frau dazu sagen wird, wenn die Töle ins Bett pinkelt.«
John strahlte. »Sie ist schön; und schöne Frauen merken so etwas nicht.«
Robert riss verblüfft die Augen auf. »Wie kommst du darauf?«
John rutschte noch ein Stück näher an ihn heran. »Das kenne ich von Mama.« Plötzlich verschloss sich sein Gesicht, und er senkte den Kopf.
»Was ist los?«, fragte Robert leise.
John sah ihn immer noch nicht an. »Vielleicht merkt sie ja nur bei mir nichts.«
Der Ältere verfluchte sich im Stillen, weil ihm keine passende Antwort einfiel. »Ich glaube, du irrst dich.«
»Oh nein.« John erhob sich und setzte sich erneut auf seinen Schemel. Er griff nach dem Buch, und sein Zeigefinger öffnete und schloss den schweren silbernen Verschluss. Er gab jedes Mal ein klickendes Geräusch von sich. »Meine Eltern haben sich direkt nach meiner Geburt getrennt. Seit der Zeit bekämpfen sie sich. Also muss es an mir liegen.«
»Bestimmt nicht«, entgegnete Robert entschieden. »Wenn deine Eltern sich getrennt haben, so hat das gar nichts mit dir zu tun!«
John hatte nicht zugehört. »Vielleicht liegt es ja auch daran, dass ich nicht blond bin, so wie Richard. Alle sagen, sie liebt ihn.«
Jemand klopfte an die Tür, und Robert wandte den Kopf. »Ja?«
Ein Knappe trat herein. »Der König wünscht Euch jetzt zu sehen, Mylord.«
Robert erhob sich. Behutsam legte er dem Jungen die Hand auf den Kopf. »Wir werden darüber reden, wenn du mich besuchen kommst. Das verspreche ich dir.« Dann wandte er sich um und ging hinaus.
John stieß die Luft aus. Als er aufsprang, fiel der Schemel um. Der Junge rannte zur Tür und ein Stück den Gang hinunter, bis er Robert eingeholt hatte. Verstohlen griff er nach seiner Hand. »Danke,

dass Ihr mich besucht habt; und bitte, grüßt meinen Vater von mir!«
Robert drückte ihn kurz an sich. »Wird gemacht. Und versprich mir, dass du tüchtig isst.« Dann ging er weiter.
Ehe er um die Ecke bog, rief der Junge ihm halblaut hinterher: »Es war so ein schöner Abend für mich!« Mit gesenktem Kopf trat er zurück in seine Kammer.

Teil I

1199

Raus!«
Die Männer, die die Totenwache hielten, erstarrten. Alienor hatte den Seiteneingang gewählt. Plötzlich stand sie hoch aufgerichtet vor ihnen.

»Abziehen!« Ihre Stimme duldete keinen Widerspruch.

Rüstungen schepperten, Schritte hallten durch die Abteikirche von Fontevrault und entfernten sich. Die im Halbrund des Chores angebrachten Fackeln flackerten unruhig, als das dunkle Gewand der Königin an ihnen vorbeiwehte.

Mit abgewandtem Kopf stieg sie die wenigen Stufen in das Kirchenschiff hinunter und hielt vor dem mit rotem Samt bezogenen Betgestühl inne, das unterhalb des Sarges für sie bereitgestellt war.

Noch ertrug sie es nicht, einen Blick auf ihren toten Sohn zu werfen. Jedes Detail seiner Aufbahrung hatte sie bestimmt. Sie hatte dafür gesorgt, dass nicht nur sein lebloser Körper, sondern auch seine Haare gewaschen wurden. Eigenhändig hatte sie die kostbarste Kleidung ausgewählt. Dem toten König Richard sollte es nicht an Pracht fehlen. Sie wollte ihn so in Erinnerung bewahren, wie er gelebt und sie ihn geliebt hatte. Strahlend und stark.

Erst als die schwere Holztür unter dem Hauptportal dröhnend ins Schloss fiel, sank ihr Körper vornüber auf die Bank. Sie stützte die Ellenbogen auf und betrachtete ihre gefalteten Hände. Die Ringe funkelten im Widerschein der Fackeln und der schweren Kerzen, die den Sarg umgaben. Den in Gold gefassten, von Brillanten umkränzten Rubin hatte Henry ihr vor zweiundvierzig Jahren zu Richards Geburt mit den Worten geschenkt: »Fünf Söhne und drei Töchter wünsche ich mir von dir.«

Lachend hatte sie entgegnet: »Vergiss nicht, dass ich schon zwei Töchter von Louis habe.«

»Acht Kinder werden wir gemeinsam haben, glaub mir, zu Englands Sicherheit ein paar Prinzen mehr.«

Und Gott hatte Henry wahrhaftig erhört. Im Jahr darauf war Geoffrey geboren.

Ein Lächeln stahl sich in Alienors bleiche Miene. Es war die erfüllteste Zeit ihres Lebens gewesen. Wie stark hatte sie diese Liebe gemacht. Immer wieder hatte sie neue Kräfte in sich entdeckt. Kreuz und quer durch das Reich, von den Pyrenäen bis an die schottische Grenze waren sie geritten, um ihrer großen Aufgabe gerecht zu werden. Und wie gerne hatte sie die Strapazen und Gefahren auf sich genommen, wissend, dass sie das Reich nur gemeinsam aus dem Bürgerkrieg herausführen konnten. Auch das war ihnen gelungen. Unter ihrer Regierung blühte England auf. Ihrem Glück mit Henry schienen keine Grenzen gesetzt. Erst mit Johns Geburt hatte die Tragödie ihren Lauf genommen. Den Gedanken an ihren einzigen noch lebenden Sohn verscheuchte sie.

Alienor drehte den schweren Ring an dem im Laufe der Jahrzehnte noch schmaler gewordenen Finger zu sich. Niemals hatte sie Richards Geburtsring abgelegt. »Unsere letzte Nacht«, murmelte sie, »mit dir stirbt wieder ein Teil von mir.« Langsam hob sie den Kopf in Richtung Sarg.

Die Nachricht hatte sie in Fontevrault aus dem Schlaf gerissen. Die eiligen Schritte, die Stimmen, die sich ihrem Klostergemach näherten und plötzlich vor ihrer Tür verstummten, hatten sie geweckt. Dann das Pochen. Instinktiv wusste sie, dass etwas Furchtbares passiert sein musste. Die Zofe öffnete.

»Majestät, Euer Sohn, König Richard, bittet Euch zu kommen. Er liegt im Fieber …« Der Bote war verschwitzt und sprach atemlos. Neben ihm stand die Äbtissin Mathilde, ruhig und gefasst. Alienor hörte zwar die Worte des Mannes, doch in Mathildes vertrauter Miene las sie ihr ganzes Ausmaß.

»Abt Lukas von Turpenay wird Euch zu Eurem Sohn begleiten«, sagte Mathilde und sah Alienor teilnahmsvoll an.

Alles Blut war aus dem Gesicht der Königin gewichen. Ihre Augen waren schwarz vor Angst. Einen winzigen Moment lang schien sie dem Schlag, der ihren Lebensnerv traf, ausgeliefert. Dann hatte sie ihre Fassung wiedergewonnen.

»Ich reise auf der Stelle. Schickt nach Berengaria und nach John. Er soll den Kronschatz sichern.«

Und dann Châlus. Wie sie in das Zelt unterhalb der Burg gelangt war, wusste sie nicht mehr. Doch sie erinnerte sich an jedes einzelne Wort ihres sterbenden Sohnes, an seine heiße Stirn, seine fiebrigen Augen. Wie er mit letzter Kraft verziehen hatte. Nicht nur dem Schützen, dessen Pfeil ihn das Leben kosten sollte, sondern auch seinem Erzrivalen, König Philipp von Frankreich, den er seit dem Kreuzzug hasste. Hatte er nicht sogar bereut, mit seinem Angriff auf die Burg von Châlus die österlichen Fastenvorschriften gebrochen zu haben?

Alienor stützte sich mit den Armen ab und erhob sich. Langsam stieg sie die Stufen zum Sarg hinauf und hielt inne.

Die kleine Holztür, die zum Kloster führte, bewegte sich im Schloss. In unregelmäßigen Abständen ertönte ihr metallenes Scheppern. Sie lauschte auf den Aprilwind im Kreuzgang. Die Zugluft ließ den Kerzen keine Ruhe. Licht und Schatten huschten über das Holzkreuz hinter dem Altar und schienen den Gekreuzigten zu beleben. Alienor blickte hinauf.

›Habe ich auch genug für ihn getan?‹

Ja, sie hatte ihn gegen den eigenen Vater aufgehetzt. Doch das war notwendig gewesen. Sie hatte das Land regiert, als der Sohn sich dem Kreuzzug anschloss. Unter Einsatz aller Kräfte hatte sie das Lösegeld für ihn aufgetrieben. Als er dann endlich zurückkehrte, hatte sie ihn nach Leibeskräften unterstützt.

›Wie hätte ich ihn beschützen können? Oh Gott, warum Richard? Warum nimmst du mir das Liebste, das mir geblieben ist?‹

»Warum!« Ihr Schrei hallte durch das Gewölbe.

Ein Schatten löste sich aus dem Dunkel. Die aufgescheuchte Taube drehte mit pfeifendem Flügelschlag ein paar Runden durch die Seitenkapellen des Chores, bevor sie sich gurrend auf einem Sims niederließ. Um sich selbst kreisend, schlug sie mit dem Kopf auf und nieder, ehe sie wieder Ruhe gab. Alienors Blick war ihr gefolgt und blieb nun an der steinernen Fratze hängen, auf der die Taube saß.

Ihr war kalt. Und doch glaubte Alienor noch immer die Hitze zu spüren, die ihr Sohn ausstrahlte, als er in ihren Armen gestorben war. Sie hatte seinen Kopf auf ihre Brust gelegt und seinen rasselnden Atem gehört. Wieder und wieder hatte sie ihm über die fieberheiße Stirn gestrichen. Dann seine Bitte: »Zur Strafe für meine vielen Sünden will ich bis zum Jüngsten Gericht im Fegefeuer bleiben. Mein Herz soll in der Kathedrale von Rouen und mein Leib in der Abtei von Fontevrault beigesetzt werden.« Dies waren seine letzten Worte gewesen.

Alienor straffte ihren Körper. Mit beiden Händen schob sie den schwarzen Schleier über das noch immer dichte Haar. Nicht nur der Kerzenschein, auch das viele Weiß des Alters legte einen milden Schimmer über das längst nicht mehr leuchtende Rot.

Ohne zu zögern, trat sie an den Sarg und beugte sich über den Leichnam ihres Sohnes.

Da lag er. Mit sanftem Lächeln. Genau so, wie sie ihn als Kind in Erinnerung hatte. Blonde, weiche Locken umrahmten sein schmales Gesicht. Den geraden Nasenrücken hatte er von Henry, die hohen Wangenknochen von ihr geerbt. Sie betrachtete die Schönheit des ebenmäßigen Gesichts und fuhr mit dem Finger seinen Konturen nach. Nie wieder würde sie sein ansteckendes Lachen hören, nie mehr erleben, wie sein Charme Menschen in Bann schlug. Sie streichelte seine kalte Wange und küsste ihn auf die Stirn. Dann richtete sie sich auf.

Prachtvoll in königliches Tuch gewandet. So war es gut. Richards Seele war längst in Sicherheit, in Gottes Hand. Sie spürte die Kraft,

die ihr aus diesem Glauben erwuchs. Nur wenn sie seinen Tod annahm, würde sie weiter für das Reich kämpfen können.
»Du warst großherzig bis zum Tod«, sagte sie so laut, als erwarte sie den Widerspruch seiner Gegner jenseits des Sarges. »Du warst ein begnadeter Ritter und Heerführer. Du hast dem Haus Plantagenet als König alle Ehre gemacht. Nicht umsonst haben die Troubadoure dich besungen. Du wirst in die Geschichte eingehen, Richard …«
»Meine Königin. Verzeiht …«
Sie hatte die Äbtissin nicht kommen hören. »Mathilde, sieh ihn dir an. Ein letztes Mal.«
Mit leisen Schritten näherte sich die beinahe ebenso große Frau, die um viele Jahre jünger war. Bevor sie an den Sarg trat, warf sie einen Blick auf Alienors strenges Profil, das ausgeprägte Kinn, ihre hohe Stirn, den nun lächelnden großzügigen Mund.
»Er war der Halt meines Alters, mein Augenlicht.« Alienor legte die gefalteten Hände auf den Rand des Sarges.
Mathilde schlug ein Kreuzzeichen vor der Brust. Schweigend standen die beiden Frauen nebeneinander.
»Er ist schön, nicht wahr? Wie friedlich er wirkt.« Alienor ließ den Blick nicht von ihm.
Mathilde nickte. ›Wie ein Knabe, der nie ganz erwachsen wurde‹, dachte sie. Wie oft hatte sie in den Jahren, in denen sie nun schon der Abtei von Fontevrault vorstand, erlebt, dass man an dem Bild, das Menschen sich von dem betrauerten Toten machten, nicht rühren durfte. Nur hatte Alienor sich bereits zu Richards Lebzeiten ein solches Bild geschaffen. Diese kluge und scharfsinnige Frau war in all den Jahren, die sie sich nun kannten, niemals in der Lage gewesen, ihren Sohn Richard so zu sehen, wie er wirklich war.
»Wollt Ihr Euch aufwärmen? Ich habe eine Brühe vorbereiten lassen.«
Plötzlich spürte Alienor die Kälte, die während der Stunden, die sie hier verbracht hatte, in ihr hochgekrochen war. Sie nickte und zog den Schleier zurück über die Stirn.
»Ein Gast erwartet Euch«, fügte die Äbtissin hinzu und hielt ihr die

kleine Holztür zum Kreuzgang auf. »Es ist Guillaume, Guillaume le Maréchal. Ihn, dachte ich, würdet Ihr empfangen.«

Der Mond erleuchtete den Innenhof des gewölbten Kreuzgangs, in dessen Mitte ein alter Brunnen stand. Sein leises Plätschern gehörte zu den vertrauten Geräuschen des Klosters. Die mächtigen Säulen warfen Schatten. Mathilde konnte das Lächeln kaum ausmachen, das über das müde Gesicht der Königin huschte. Doch wusste sie, dass dieser Weggefährte aus glücklicheren Zeiten ihr immer ein willkommener Freund war.

Ein Mann, der ihr das Leben gerettet hatte und in all den schwierigen Jahren zur Seite gestanden war. Obwohl über zwanzig Jahre jünger als Alienor, war le Maréchal seit dem Tag, an dem er zum Ritter geschlagen wurde, ein loyaler Verehrer der Königin geblieben.

Sie passierten das Portal des Kapitelsaals und erreichten das Refektorium. Der weiträumige Saal, an dessen Ende sich die Empore befand, war zur Hälfte mit Fackeln erleuchtet, die in den Eisenhalterungen der Mauern blakten. Vage ließen sich die langen Tische erkennen, die bereits für den morgigen Palmsonntag geschmückt waren. Mathilde führte Alienor zu einem abseits stehenden Tisch, der für sie vorbereitet war. Zwei Kandelaber erleuchteten ihn.

»Guillaume, willkommen.« Lächelnd streckte sie ihm die Hand entgegen.

Le Maréchal beugte das Knie. Als er sich wieder aufrichtete, war seine imposante Gestalt deutlich zu erkennen. Immer schon hatte Alienor seine männliche Präsenz als angenehm empfunden. Bereits in jungen Jahren, bei seinen ersten Turnieren, war er ihr nicht nur wegen seiner noblen Erscheinung aufgefallen. Schon damals war er nie der bebende, von Ehrgeiz getriebene Ritter gewesen, sondern er kämpfte elegant, mit kluger Disziplin.

Ihr verschleierter Anblick schnürte ihm das Herz zusammen. Wie aufrecht sie sich hielt. Er zwang sich zu einem Lächeln, um seine Erschütterung zu verbergen. Er schob ihren Stuhl zurecht, während die Äbtissin heißen Wein in die Goldbecher goss. Sie öffnete die Suppenterrine und füllte die Teller. Dann zog sie sich zurück.

Alienor wärmte ihre Hände an dem Pokal. Sie betrachtete ihren Gast. Seine braunen Augen, die immer zu lächeln schienen, seit jeher von Fältchen umgeben, sein kurz geschorener Bart, wie immer gepflegt, die breite, wohl geformte Stirn. Wie gut sie ihn kannte. Alienor schob den Schleier zurück. Die Trauer hatte die Konturen ihres ebenmäßigen Gesichts verschärft, die schlaflosen Nächte ihre blassen Wangen ausgehöhlt.
»Richard starb in Frieden. Möge seine Seele in Gottes Hand ruhen«, sagte sie.
»Amen«, fügte le Maréchal hinzu. Er reichte ihr das Brot. Sie brach ein kleines Stück ab.
»Richard hat Euch das Siegel geschickt, Guillaume, als er ahnte, dass es mit ihm zu Ende geht. Er hat Euch immer vertraut.«
»Noch in derselben Nacht habe ich Hubert Walter aufgesucht«, erwiderte Guillaume.
»Ist er noch in der Normandie?« Alienor war bekannt, dass der Erzbischof von Canterbury Notre-Dame du Pré als Residenz schätzte. Sie wusste ebenso, dass er ihren jüngsten Sohn John ablehnte und deshalb dem aus seiner Sicht geringeren Übel, Geoffreys Sohn, Arthur von Bretagne, als Thronerben den Vorzug gab. Fragend blickte sie zu Guillaume hinüber. Seine Miene drückte Zuversicht aus.
»Es bedurfte keiner großen Überredungskunst. Zwar fürchtet der Erzbischof zu Recht den Angriff der Franzosen, wenn der neue König John heißt. Doch hat selbst er vor den bösartigen Beratern gewarnt, die der Knabe Arthur um sich versammelt, einschließlich seiner Mutter. Außerdem ist er davon überzeugt, dass Arthur England hasst. Und auch ihm geht es um Englands Zukunft.«
Alienor zerbröselte das Brot in ihren Händen. Sie hatte die Suppe noch nicht angerührt. »Esst, mein Freund. Wir müssen uns für das Reich stärken«, forderte sie ihn auf.
Nahm er den Anflug von Spott in ihrer Stimme wahr? Sie würde wieder kämpfen. Sie würde die Kraft aufbringen, ihr Lebenswerk zu retten. Ohne die Unterstützung der Königin und ihrer mächtigen Gefolgsleute hätte John kein Gewicht im Kampf gegen Frankreich.

»Dass schnell entschieden werden muss, um Philipp August keine Chance zu geben, in englische Hoheitsgebiete einzufallen, ist auch Hubert Walter klar«, nahm er den Gedanken wieder auf. »Doch ein Argument schien ihn am meisten zu überzeugen: John steht dem Thron als Sohn und Bruder des Königs näher als Arthur, der nur Enkel und Neffe ist. Der Erzbischof ist auf Eurer Seite.« Er schwieg.

»Und …?«, fragte Alienor, seine Gedanken unterbrechend. »Was noch?«

Guillaume sah sie direkt an. »Konstanze von Bretagne wird Guy de Thouars heiraten.«

Alienors Augen weiteten sich. Welch ein Schachzug. Sie stützte die Ellbogen auf den Tisch und blickte in das Halbdunkel des Refektoriums. Wenn Arthurs Mutter Guy de Thouars wirklich heiratete, bedeutete dies eine neue Bedrohung für die Plantagenets. Die großen Ländereien der Grafen von Thouars lagen zwischen der Bretagne und dem Poitou. Durch alte Familienbande und Lehnsdienste waren die Thouars den Herzögen von Aquitanien, die zugleich Grafen von Poitiers waren, seit jeher verpflichtet. Diese Ehe würde einen Keil in das Machtgefüge der Vasallen treiben, das sie über die Jahre hinweg mühsam in Balance gehalten hatte. Nichts läge für Philipp August näher, als diese Situation für Frankreich zu nutzen.

»John hat nicht nur zahllose Feinde – aus eigenem Verschulden, wie wir nur allzu gut wissen«, sagte sie mehr zu sich selbst als zu ihrem Gegenüber. »Ich fürchte, in Konstanze wächst ihm eine Feindin heran, deren Gefährlichkeit wir alle bisher unterschätzt haben. Sie will den englischen Thron für Arthur, koste es, was es wolle.«

Guillaume nickte. »Zumal sie sich absolut sicher sein kann, Philipps Unterstützung zu haben.«

»Wie alt ist Arthur jetzt?«

Guillaume überschlug die vergangenen Jahre. »Er müsste jetzt dreizehn sein. Richard hat vor drei Jahren noch einmal versucht, die Kontrolle über ihn zu gewinnen, indem er ihn und seine Mutter in die Normandie befahl, um den Treueid für die Bretagne abzulegen …«

»War das nicht diese seltsame Reise, bei der sie nie in Rouen angekommen sind?«, erinnerte sich Alienor.
»Ja. Auf ihrem Weg von Nantes nach Rouen wurde Konstanze von ihrem eigenen Ehemann gefangen genommen und in seiner Burg an der normannischen Grenze festgehalten ...«
»Ihr Sohn kam nie an. Er musste den Eid nicht leisten. Also kann er ihn auch nicht brechen!« Alienor konnte sich eines gewissen Respekts vor dieser Konstanze nicht erwehren. Sie kratzte die Brotkrümel zusammen, warf sie in den Suppenteller und legte den Löffel beiseite.
Schnelle Schritte näherten sich dem Refektorium. Die Äbtissin öffnete die Tür. »Die Pforte meldet einen Boten, der Euch dringend zu sprechen wünscht.«
Alienor nickte ihr zu. »Richard ist noch nicht einmal beerdigt, und schon geht es wieder los«, sagte sie und trank einen Schluck Wein.
Kurz darauf betrat der Bote den Raum. Der junge Mann verbeugte sich und warf einen kurzen Blick in Richtung le Maréchal.
»Sprecht frei!«, forderte Alienor ihn auf.
»Majestät, des Roches plant, die Burg von Angers an Arthur von Bretagne zu übergeben, um dessen Thronanspruch zu stärken.«
Alienor lehnte sich auf dem Stuhl zurück und betrachtete ihre Hände. »Wann?« Ihre Stimme klang beherrscht.
»Nach Palmsonntag vermutlich.«
»Soll ich Angers übernehmen?«, fragte Guillaume. »Es ist nicht einmal eine Tagesreise entfernt. Mercadier und seine Söldner bilden eine verlässliche Truppe.«
Alienor hob den Blick. Ihre Augen funkelten zum ersten Mal an diesem Abend. »Ich werde mir diese Konstanze selbst vornehmen. Sorgt Ihr dafür, dass Mercadier sich nach Richards Beisetzung bereithält. Sobald ich mit John gesprochen habe, reise ich ab.«

* * *

Sie kamen von Norden und ritten gegen den Wind. Das dichte Moos schluckte die Geräusche der galoppierenden Pferde. Vor ihnen wechselte ein Sprung Rehe aus dem Dickicht in den Laubwald hinüber. Erschrocken verloren sich die grazilen Tiere zwischen den hohen Stämmen.

»Warte, John«, rief einer der Reiter, »mein Pferd lahmt!«

Die Eskorte schloss auf. Pferdeschnauben und das metallene Klirren der Rüstungen durchbrachen die Stille.

»Tausch es mit einem anderen!« John deutete auf den Mann, der ihm am nächsten war. »Und beeil dich. Noch zwei Meilen, dann sind wir in Chinon.« Er riss sein Pferd herum und drückte ihm erneut die Sporen in die Flanken. Dicht über den Hals gebeugt, preschte er davon. Erst als der Wald sich lichtete und der Weg auf die Landstraße mündete, zügelte John sein Pferd und wartete auf seinen Stiefbruder.

Er sah einen Bauern, der Rebholz sammelte und in einen Karren schichtete. Ein anderer hieb Pflöcke in die Erde. Vor einer Steinmauer jagten Kinder ein paar gackernde Hühner. Hemden flatterten zum Trocknen im Wind. Alles war wie immer. Nur sein Leben hatte sich durch Richards Tod schlagartig verändert. Würde er mit dem toten Bruder besser leben können? Oder würde sein Schatten ihn weiter verfolgen?

»Ich war noch nie so weit im Süden. Und ich habe noch nie so viele Weinberge gesehen. Was für ein schönes Land«, rief Will und brachte sein Pferd neben ihm zum Stehen. Den ganzen Hang hinauf zu ihrer Rechten standen die Weinreben in ordentlichen Reihen bis zur Bergkuppe. Darüber schoben sich weiße Wolken gemächlich über den Aprilhimmel.

Nebeneinander ließen sie ihre Pferde antraben. Dort, wo die Landstraße steil zur Vienne abfiel, schlug John den Weg nach links ein. Will stieß einen anerkennenden Pfiff aus, als die mächtige Festung vor ihnen auftauchte. Ein breiter Graben trennte sie von dem Mauerwerk. »Donnerwetter! So riesig habe ich sie mir nicht vorgestellt!« Rasselnd begannen sich die stählernen Ketten des Falltors

aufzurollen, als sie sich der Holzbrücke näherten. Die schweren Bohlen dröhnten unter dem Hufgetrappel.
Johns Herz klopfte schneller, als sie in den Burghof ritten. Niemals zuvor hatten die Wachsoldaten bei seiner Ankunft für ihn Spalier gestanden. Er selbst hatte nie eine Rolle gespielt, wenn er seinen Vater begleitete. Der Burghauptmann trat vor.
»Willkommen, Mylord. Die Königin hat Euren Besuch angekündigt. Erlaubt, dass ich in unser aller Namen mein Beileid zu diesem großen Verlust ausdrücke, für Euch, Mylord …«, er räusperte sich, »… und auch für uns.« Der Mann kämpfte mit den Tränen.
John nickte. »Ich danke Euch!« Sein Blick glitt über die Menschen, die sich hinter die Soldaten drängten. Mit zwiespältigen Gefühlen nahm er wahr, wie sehr sie von Richards Tod betroffen waren. Er erkannte den Vogt und den Bäcker, den Schmied und die Wäscherin mit ihrer drallen Tochter.
Der alte Burgkaplan stand etwas abseits und fixierte den jüngsten Sohn der Plantagenets. Er sah einen schmalen, hoch gewachsenen Mann mit dunkelbraunen Haaren, der seinem Bruder nicht ähnelte. Wann immer König Richard in diese Burg geritten war, hatte seine strahlende Erscheinung Zuversicht verbreitet. Vivat-Rufe schallten über den Hof. Die Menschen drängelten sich in seine Nähe. Mit John schien ein Fremder heimzukehren, dabei kannten ihn die meisten seit seiner Jugend. ›Möge Gott ihn auf den richtigen Weg führen‹, dachte der alte Mann, als ihn Johns Blick traf. Er hob die rechte Hand und beschrieb ein Kreuzzeichen in seine Richtung.
John lächelte ihm zu. ›Richard ist tot. Ich werde der neue König sein‹, ging es ihm zum wiederholten Male durch den Kopf.
»Gerade ist der Bote gekommen«, fuhr der Hauptmann fort. Der Lärm der einreitenden Eskorte übertönte seine Worte. »… mit der Nachricht, dass unser geliebter König Richard …« Er brach ab und rang um Fassung. Im Hintergrund schluchzte eine Frau laut auf.
John stieg vom Pferd und übergab die Zügel seinem Knappen. Das dünne Geläut der Totenglocke setzte ein. Er senkte den Kopf und bekreuzigte sich mit zitternden Händen.

Der Hauptmann hatte sich wieder gefangen. »Die Königin wünscht, dass Ihr sogleich den Kronschatz in Augenschein nehmt.«
John nickte kurz und entgegnete schroff: »Ich weiß. Deswegen bin ich hier.« Er wandte sich an Will: »Ich möchte, dass du mich begleitest.«
Die Menschen bildeten eine Gasse, als sie, gefolgt von den Soldaten, den Platz überquerten, um zum Westturm zu gelangen. John spürte ihre misstrauischen Blicke im Rücken. Er fühlte sich wie ein Eindringling, als der Hauptmann die Tür aufschloss. Das Geläut der Totenglocke verfolgte ihn, während er die engen Stufen hinunterstieg. Dann erstarb es. Die Stiefel knirschten auf den ausgetretenen Steinen. Es beruhigte ihn, Will dicht hinter sich zu wissen.
›Alles läuft falsch‹, dachte John. ›Der König ist tot. Es lebe der König! Niemand jubelt mir zu.‹ Je tiefer sie hinabstiegen, umso mehr spürte er den Schweiß, der ihm den Nacken hinunterlief. Die Luft war abgestanden. Es fiel ihm schwer zu atmen. Schlüssel klirrten. Dann schwang die Tür ächzend auf.
»Mylord!« John ließ den Mann vorbeitreten. Er hantierte mit einem Feuerstein. Es roch nach Teer, als er die Fackeln entzündete. Langsam nahm der halbrunde Raum Konturen an. Die unverputzten Wände, der Tisch, auf dem ein großes Buch lag. Ein Schemel stand davor. Er erblickte die Truhen, die mit massiven Schlössern gesichert waren.
»Lasst uns allein. Ich werde Euch rufen, sobald ich fertig bin!« John nahm den schweren Schlüsselbund entgegen und betrat mit Will den Raum.
Zielstrebig ging er hinüber zum Tisch und schlug das Buch auf. Mit dem Fuß zog er den Schemel heran.
»Beeil dich, John. Das ist ja wie in einer Gruft«, versuchte der Freund zu scherzen. Er hatte die Tür hinter den Männern geschlossen und lehnte sich dagegen. John warf ihm die Schlüssel zu. Mit dem Kinn wies er auf die Truhen. »Mach sie schon auf.« Mit dem Zeigefinger fuhr er die Eintragungen entlang und schlug die Seiten

um. »So vieles ist durchgestrichen. Mich würde wundern, wenn überhaupt noch etwas da ist«, murmelte er. »Mach diese auf.« Er deutete auf die vierte Eichentruhe. Ungeduldig erhob er sich und trat von einem Bein auf das andere, während der Freund die verschiedenen Schlüssel durchprobierte. »Hier«, sagte William und schlug den Deckel zurück. Gleich darauf stieß er einen Pfiff aus, als das Fackellicht sich in den Goldmünzen brach.

John hatte sich davor gekniet und griff mit beiden Händen hinein. »Damit kann ich mir Philipp höchstens ein Mal vom Hals halten.« Klirrend fielen die Münzen zurück. Er wandte den Kopf. »In den übrigen ist nur Schmuck?«, fragte er. Will nickte. »Die Schatullen habe ich noch nicht geöffnet.«

Auf Knien rutschte John weiter und wühlte in der nächsten Kiste. Er zog eine rote Lederschachtel hervor und öffnete sie. Broschen, Ringe und Nadeln fielen durcheinander. Probeweise steckte John sich einen Smaragdring an. Er passte auf den kleinen Finger seiner linken Hand. »Den nehme ich mit. Zur Erinnerung an diesen Tag«, entschied er und kehrte zum Tisch zurück, um sich erneut über das Buch zu beugen. Als er es endlich zuklappte, atmete er tief ein. »Es hat alles so viel Geld gekostet, all die Kriege, das verdammte Lösegeld, der Bau von Château-Gaillard …« Er hob die Schultern und ließ sie gleich darauf wieder fallen. »Wie soll das Volk mich lieben lernen, wenn ich nach meiner Krönung sofort neue Steuern erheben muss?«

Will war hinter ihn getreten. »Du musst ihnen Zeit lassen, um Richard zu trauern. Wenn sie dich erst richtig kennen lernen …« Er lächelte zuversichtlich, beugte sich über Johns Schulter und dämpfte seine Stimme. »Nimm es doch von der guten Seite. Du hast noch einmal Glück gehabt.«

»Ach, meinst du?« John streckte die Arme gegen den Tisch und wandte sich zu seinem Freund um. Unter dessen wilden rotblonden Haaren entdeckte er Falten auf der Stirn. Selbst seine Stimme wirkte dunkler als gewöhnlich.

»Du wolltest dich mit Arthur und seiner Mutter gegen Richard ver-

bünden ..., zumindest hast du darüber nachgedacht.« John wollte etwas sagen.
»Unterbrich mich nicht.« Wills blaugraue Augen blickten ernst. »Du konntest nicht ertragen, dass Richard nach seiner Gefangenschaft so erfolgreich war. Er hat es sogar geschafft, Philipp in Schach zu halten.«
John wandte sich ab und starrte auf seine Hände. Doch Will ließ nicht locker. Er trat um den Tisch herum und zwang John, ihm zuzuhören.
»Deswegen hast du überlegt, gemeinsam mit Arthur und Konstanze Front gegen ihn zu machen. Auf die Gefahr hin, dass du dich diesem Dreckskerl von Franzosen hättest ausliefern müssen.« Will griff nach seinem Arm. »Ich kenne dich, John.«
»Richard hat immer alles gehabt«, sagte John bitter.
»Aber Richard ist tot – und du lebst«, entgegnete Will.

* * *

John drängte sein Pferd rücksichtslos durch die Menge. Auf der engen Gasse, die zu dem kleinen Dorf von Fontevrault hinaufführte, war ein Durchkommen kaum möglich. Ritter, Mönche, Nonnen, Handwerker und Bauern bevölkerten die Straße. Einige beteten laut. Andere weinten. Über allem dröhnte die Glocke der Abteikirche.
»Kann man nicht außen herumreiten?«, rief Will. John antwortete nicht. Er trieb sein Pferd so rabiat voran, dass die Menschen ihm fluchend auswichen.
Neben dem Portal der Abtei lehnte ein Sänger und pries die Heldentaten von Richard Löwenherz. John schlug mit der Faust gegen das Holztor. »Aufmachen. Ich bin es, John Plantagenet!«
Ein paar Neugierige starrten ihnen hinterher, als das Tor geöffnet wurde und sie hindurchritten. Der Laienbruder verbeugte sich. »Gelobt sei Jesus Christus.«
»In Ewigkeit, Amen«, erwiderte John. »Ich möchte zur Königin!«

Er sprang vom Pferd und warf ihm die Zügel zu.
»Ihr seid zu spät, Mylord. Die Beisetzung ist bereits vorüber, und Königin Alienor möchte nicht gestört werden.«
John war schon losgeeilt, als er sich noch einmal umdrehte: »Lass dir etwas zu trinken geben, Will. Ich komme dich holen, sobald ich mit meiner Mutter gesprochen habe.«
Im schnellen Lauf überquerte er den Vorhof, dann hielt er sich rechts. Er hatte keinen Blick für den modernen Küchenbau, auf den Fontevrault so stolz war. Kies spritzte unter Johns Stiefeln, als er das kegelförmige Gebäude mit den vielen Kaminen passierte. Um abzukürzen, sprang er über die niedrige Buchsbaumhecke und jagte durch den Kräutergarten. Die Frau, die auf der Bank neben dem Brunnen saß, hielt er zunächst für eine Nonne. Bis sie den Kopf hob und den Schleier zurückschob. Heftig atmend blieb er stehen.
»Komm näher, John. Ich habe auf dich gewartet«, sagte Alienor.
Er fühlte, wie ihm die Röte ins Gesicht stieg. Langsam ging er auf sie zu, dann sank er auf das Knie. »Madame«, murmelte er, »es tut mir so Leid!«
»Du bist zu spät. Richard liegt jetzt neben seinem Vater.« Ihre Stimme klang abwesend. Ihr Blick glitt über ihn hinweg und verlor sich in den sorgsam gepflegten Beeten.
John spürte die spitzen Kieselsteine, die durch das Leder in sein Knie stachen. »Ihr selbst habt mich nach Chinon geschickt.«
Alienors Blick kehrte zu ihm zurück. »Steh auf und setz dich neben mich.«
Er roch ihr Parfum, sah ihre gefalteten Hände und hätte sie am liebsten berührt. Stattdessen zerrte er an seinen Handschuhen und legte sie neben sich.
Ohne ihn anzusehen, begann Alienor zu sprechen: »Er ist genauso heroisch gestorben, wie er gelebt hat. Und er hat allen verziehen!« Ihre Hände lösten sich voneinander, die eine ballte sie zur Faust.
»Auch dir!«, fuhr Alienor fort. Sie holte Luft. »Es ist Richards Wunsch, dass du sein Erbe wirst.«
John vernahm ihre Stimme wie durch einen Schleier. Seine Ohren

rauschten. »Und Ihr, Madame? Wie denkt Ihr darüber?« Er räusperte sich.
Alienor wandte langsam den Kopf. John wurde heiß unter ihrem Blick. »Es erschien mir das Klügste«, sagte sie kühl.
Unbewusst rückte er ein wenig zur Seite.
Alienors Blick fiel auf seine Hand. Sie deutete auf den Ring. »Du scheinst dir deiner Sache wohl sehr sicher gewesen zu sein!« Sie wartete seine Antwort nicht ab, sondern fragte: »Und? Was sagst du zu Chinon?«
»Ihr meint den Thronschatz, Madame?«
Sie lächelte. »Was sonst?«
John richtete sich auf. »Nicht genug, um auch nur einen Krieg zu finanzieren!«
Scharf erwiderte sie: »Das hat auch niemand vor. Es wird ausreichen, um die Grenzen vorläufig zu befrieden. Das heißt, wenn Konstanze uns jetzt nicht in den Rücken fällt. Richard war nicht davon abzubringen, ihrem Sohn sein Vermögen zu hinterlassen.«
Überrascht fuhr er herum. »Die Krone für mich? Und das Geld für Arthur? Seid Ihr sicher, Madame?«
Alienor legte die Stirn in Falten. »Er hat es so bestimmt.«
Mit der Stiefelspitze zeichnete John Linien in den Kies. »Gibt es Zeugen dafür?«, fragte er.
Alienor nickte. »Und selbst, wenn nicht. Ich werde alles tun, um Richards letzten Willen zu erfüllen!«
John lachte bitter. »Ein Königreich ohne Geld … Wie soll das funktionieren, Madame?«
»Ich reise morgen ab. Ich werde mit Konstanze sprechen. Und du …« Sie erhob sich und zog den Schleier über ihr Gesicht. »Ich habe deine Krönung für den 27. Mai festgelegt. Bis dahin solltest du dich um die Normandie kümmern.« John war ebenfalls aufgestanden und reichte ihr den Arm.
»Darf ich Euch hineinbegleiten? Ihr werdet sicher müde sein!«
»Ich habe keine Zeit, um müde zu sein«, sagte sie trocken und legte die Hand auf seinen Arm. Hoch aufgerichtet schritt sie neben ihm

her. Statt jedoch die Richtung zu den königlichen Gemächern einzuschlagen, dirigierte sie ihn hinüber zur Kirche. »Ich nehme an, du willst deinem Bruder Respekt zollen, ehe die Abendmesse beginnt!«

Wie immer war er erstaunt über die großen Schritte, die sie machte. Einmal blieb sie stehen, pflückte ein junges Blatt und zerrieb es zwischen ihren Fingern, dann roch sie daran. John sah, wie sie sekundenlang die Augen schloss. »Woran denkt Ihr, Madame?«, fragte er leise. Er sah, wie sie unter ihrem Schleier lächelte.

»An deinen Vater. Er und ich haben uns in Fontevrault immer sehr wohl gefühlt. Früher ...« Sie zog ihn weiter. »Gerade hier, in diesem Kloster, habe ich begriffen, wie stark unser Leben einer permanenten Veränderung unterliegt. Erst dein Vater, jetzt Richard ...«

Ohne nachzudenken sagte er: »Und ich?« An ihrer Körperhaltung spürte er, dass sie ungeduldig wurde.

»Was soll die Frage?«

»Wenn sich alles immerzu verändert – wie Ihr sagt –, habe ich dann auch eine Chance?«

»Du wirst König von England. Und für das Reich werde ich alles tun, was in meinen Kräften steht. Ist das nicht genug?«

John hielt sie fest. Er zwang sie dazu, ihn anzusehen. Durch ihren schwarzen Schleier funkelten ihre grünen Augen.

»Nein«, sagte er, »mir reicht das nicht!«

* * *

Nach der Frühmesse hatte Alienor sich sogleich mit ihrem Sekretär und den Schreibern zurückgezogen, um Richards letzten Willen bis in jedes Detail zu erfüllen. Von Agathe, der alten Kinderfrau der königlichen Familie, die ein Haus in Devonshire erhielt, bis hin zur Bestätigung der Schenkungen an seinen Koch und dessen Frau; selbst seinem Diener war eine Backstube in Poitiers bestimmt. Alienor war zufrieden. Richard hatte jeden bedacht.

»Für das Seelenheil meines sehr lieben Herrn, des Königs Richard. –

Absatz –! Damit er durch die Gebete der Nonnen Gottes Verzeihung schneller erreichen möge …« Alienor erhob sich von dem großen Tisch, während die Feder des Schreibers über das Pergament kratzte. Sie trat zum Fenster und diktierte mit erhobener Stimme weiter: »… vermache ich dem Kloster von Fontevrault eine Schenkung von jährlich hundert angevinischen Pfund für die Bekleidung der Nonnen.« Alienor dehnte ihren Rücken und blickte hinaus. Der April zeigte sich von seiner gewohnten Seite. Zwischen weißen Wolkenfetzen und blauem Himmel zogen tiefgraue Schatten, die jederzeit zu Wolkenbrüchen führen konnten. Seit Richards Beisetzung war sie nicht zur Ruhe gekommen. Der Legat des Papstes, ihre Schwiegertochter Berengaria, ihre Enkelin, Mathilde von Sachsen und hohe Kirchenträger und Vasallen waren zu Beileidsbesuchen erschienen. Sie hatte jede Gelegenheit genutzt, um sie auf den neuen König einzuschwören und eine Reise durch Aquitanien mit demselben Ziel vorzubereiten: John den Rücken im Süden des Reiches freizuhalten.

»Wir brechen hier ab«, sagte sie zu dem Sekretär gewandt. »Bereitet für meine Rückkehr die restlichen Urkunden vor, und vergesst nicht, immer ›carissimus‹ zu schreiben, wenn es sich um König Richard handelt.«

Der Sekretär hatte sich erhoben und hielt ihr das Siegel entgegen. Alienor überflog das Pergament. Sie unterschrieb mit großen Lettern und stieß das Siegel in das heiße Wachs. Dann trat sie zum Fenster und öffnete es.

Der Gesang einer Amsel erfüllte den Raum. Eine zweite schlug in einem der Kirschbäume an, die zwischen den Blüten schon Blätter trugen. Dann flog sie zeternd davon. Frühlingsduft lag in der Luft. Alienor atmete tief durch und schloss für einen Moment die Augen. Bilder der Vergangenheit vermischten sich mit den Frühlingsgeräuschen und Gerüchen des Kräutergartens.

Eine junge Frau mit einer Gießkanne schlenderte den Kiesweg entlang. Alienor hörte das Knirschen der Kiesel unter ihren Schritten. Ohne die schlanke Gestalt zu beachten, eilte eine geschäftige Nonne mit fliegendem Habit an der schmalen Frau vorüber, die sich nun gelassen hinabbeugte, um eine Pflanze im Beet zu betrachten und sie behutsam zu wässern. Danach hob sie den Kopf und blickte zu den Amseln hinauf, die mit Halmen und Zweigen in den Schnäbeln zu ihren Nestern flogen. Sie war noch jung, nicht älter als fünfzehn Jahre. Keine Nonne, keine Novizin, keine Laienschwester. Alienor verfolgte aufmerksam, wie das Mädchen mit graziösen Bewegungen auf die steinerne Bank am Brunnen zusteuerte und sich dort niederließ.

Der Anblick berührte Alienor. Sie bemerkte nicht, wie die Tür hinter ihr aufging. Erst als die Äbtissin neben sie an das geöffnete Fenster trat, nahm sie sie wahr. »Wer ist das?«, fragte sie, ohne den Blick von der jungen Frau zu wenden.

Mathilde antwortete lächelnd. »Das ist Tess. Mit vollem Namen: Thérèse, Gräfin von Louisville.«

»Und?«, fragte Alienor. »Was tut sie hier in Fontevrault? Will sie den Schleier nehmen?«

Die Äbtissin lachte erheitert auf. »Sie ist mein Sorgenkind und meine große Freude. Schaut sie Euch an. Selbst in dieser Haltung sieht man ihr an, dass sie sich nichts und niemandem unterordnen mag. Meine Schäflein sehen meist anders aus.« Beide betrachteten die junge Frau, die sich jetzt mit weit ausgestreckten Beinen an den Brunnen lehnte und die eine Hand ins Wasser tauchte, um es in hohem Bogen über die Pflanzen zu spritzen. Jedes Mal verfolgte sie die Wassertropfen. Ihr Ehrgeiz schien darin zu bestehen, sie weiter und weiter über die Heilkräuter zu verteilen. In immer heftigeren Bewegungen bemühte sie sich, bis ans Ende des Beetes zu treffen. Alienor konnte den Blick nicht von ihr wenden. »Sie ist so jung«, sagte sie und lächelte wehmütig.

Mathilde beugte sich vor und stützte die Ellbogen auf den steinernen Sims. »Einerseits wünschte ich, wir hätten mehr von ihrer Art, andrerseits würde das bedeuten, dass wir die gesamte Struktur der Klosterhierarchie ändern müssten.«

Fragend hob Alienor die Augenbrauen.

»Demut und Gehorsam gehören nicht unbedingt zu den Kardinaltugenden der Thérèse von Louisville. Tess hatte das Glück, mit einem Mann verlobt zu sein, den sie wirklich mochte. Eigentlich hätte sie in diesem Frühjahr heiraten sollen.«
»Was ist geschehen?« Alienors Interesse war geweckt.
Bekümmert schüttelte die Freundin den Kopf. »Er hat sein Leben bei einem Scharmützel verloren, das Richard mit Philipp ausfocht. Er war auf Richards Seite. Soweit Tess weiß, war es weniger ein Kampf als ein unseliger Unfall, der ihn das Leben gekostet hat.« Erklärend fügte sie hinzu: »Nun bleibt die kleine Tess so lange bei uns, bis ihre Familie entschieden hat, wie es mit ihr weitergehen soll. Die Louisvilles und die Châtelleraults waren auch deshalb so glücklich über die Verbindung ihrer Kinder, da beide ziemlich aus der Art des alten poitevinischen Adels geschlagen waren. Thérèse und Benedikt waren gleichermaßen willensstark und temperamentvoll. Sie schienen wie füreinander geschaffen. Insgeheim hoffen die Eltern nun, dass Tess das Klosterleben ein wenig bändigt, während sie nach einem neuen Ehemann Ausschau halten ...« Unten im Kräutergarten hatte Thérèse ihr Spiel mit dem Wasser aufgegeben.
»Hört doch ...«, sagte Alienor. Die Äbtissin hielt sich die Hand hinters Ohr und lauschte.
»Oh ja, sie singt sehr schön«, sagte sie stolz.
Als sei Thérèse allein in diesem Kloster, begann sie abermals auf den sorgfältig mit Buchsbaum umsäumten Wegen zu schlendern und sang dabei mit lauter Stimme ein Kinderlied. Die Äbtissin und Alienor summten mit.
»Versteht Ihr, dass ich sie gerne aufgenommen habe? Wenn Ihr es wünscht, stelle ich sie Euch vor«, sagte Mathilde.
Gemeinsam verließen sie den Raum, in dem der Schreiber noch immer über den Pergamentrollen saß. Schweigend stiegen sie die Steintreppe hinunter und durchquerten die Höfe der Klosteranlage, als die Glocken zu läuten begannen.

* * *

Früh am nächsten Morgen füllte sich der Vorhof der Abtei mit immer mehr Menschen. Beladene Holzwagen mit vorgespannten Ochsen standen bereit. Pferde wieherten, und Menschen liefen geschäftig umher. Als er sie sah, eilte le Maréchal auf die Königin zu. »Madame, sobald Ihr den Befehl gebt, können wir aufbrechen. Ich würde vorschlagen, ich begleite Euren Wagen mit einigen Männern.« Alienor lachte ihm spöttisch zu. »Wagen? – Guillaume, ich reise zu Pferd.«

Alienor wandte sich um und winkte ihre Hofdame herbei. Sie deutete auf Thérèse. »Sie soll zu Euch in den Wagen steigen. Kümmert Euch unterwegs um sie.« Dann saß sie auf und fasste die Zügel nach.

Wenig später dröhnte das Hufgetrappel der zahllosen Pferde über die Pflastersteine des Dorfes von Fontevrault. Der Tross ritt hinunter in das Tal.

Als sie endlich die Loire erreichten und das Land sich weitete, kamen sie schneller voran. Die wenigen Regenschauer hatten den Boden nicht aufweichen können. Die Sonne, die sich den ganzen Tag über immer wieder ihren Weg durch die Wolken gebahnt hatte, stand bereits tief, als sie die Stadtmauern von Angers erreichten. Mächtig hob sich die Burg gegen den Himmel ab.

Alienor gab das Zeichen zum Halten und winkte le Maréchal zu sich. »Schickt Männer in die Stadt, damit sie sich zu unserem Empfang bereithält.« Sie kniff die Augen gegen die Sonnenstrahlen zusammen. »Und lasst meiner Schwiegertochter ausrichten, ich freute mich auf ein Abendessen mit ihr.« Guillaume lächelte. Er kannte die Ironie der Königin nur zu genau.

Während er ihre Befehle weitergab, stieg Alienor vom Pferd und überließ dem Knappen die Zügel. Steifbeinig ging sie ein Stück zurück zu ihrem Reisewagen. Ihre Hofdamen hatten die ledernen Fensterrollen hochgezurrt und beugten sich ängstlich hinaus. »Es ist nichts«, beruhigte Alienor sie und stieg die hölzerne Trittleiter hinauf. »Wir werden warten.« Schwer atmend ließ sie sich auf einen der weich gepolsterten Sitze fallen und streckte die Beine aus. Den Becher Wein, den man ihr reichte, nahm sie dankbar entgegen.

Thérèse musterte sie neugierig, während sie sich durch die dichten Wellen ihres blonden Haares strich.
»Nun?«, fragte Alienor träge und betrachtete ihr ebenmäßiges Gesicht. Die junge Frau warf den Kopf auf, eine zarte Röte verfärbte ihren frischen Teint. »Eigentlich müsste Herzogin Konstanze Euch entgegenreiten. Das ist sie Euch schuldig. Immerhin seid Ihr die Königin«, sagte sie aufbrausend. Alienor lächelte vage.
»Erzähl mir lieber, was deinem Verlobten zugestoßen ist«, forderte sie die Jüngere auf. Das Blau ihrer Augen verdunkelte sich, als Thérèse erwiderte: »Wollt Ihr die offizielle Version hören oder das, was ich darüber denke, Madame?« Die Hofdamen schnappten erschrocken nach Luft. Ein flüchtiges Lächeln huschte über Alienors Gesicht. »Was glaubst du, was ich hören möchte?«
»In diesem Fall wird Euch meine Version nicht gefallen, fürchte ich.« Thérèse hob bedauernd die Schultern. »Aber ich denke, dass es die Wahrheit ist …«
Sie kam nicht weiter, denn in dem Moment tauchte le Maréchals zorniges Gesicht am Wagenfenster auf. »Mercadier hat die Burg eingenommen. Des Roches hatte sich mit seinen Männern darin verschanzt«, rief er in den Wagen. »Und Philipps Truppen stehen bereits in Tours.«
Mit einem Ruck setzte sich Alienor auf. Der Wein schwappte auf die Kissen. »Was ist mit Konstanze?«
»Sie und Arthur sind wohl durch einen Geheimgang geflohen, der hinunter zum Flussufer führt«, antwortete Guillaume. »Und weiter?«, fragte Alienor unbeherrscht. Sie fegte die Kissen zur Seite und stieg aus dem Wagen.
»Der Abt von St. Jean ist Bretone. Man vermutet, dass sie mit ihrem Sohn dort ist.«
»Worauf warten wir noch?«
»Ich würde vorschlagen, dass der Tross noch eine Weile hier bleibt, bis Mercadiers Männer wieder Ordnung in der Burg geschaffen haben. Ich selbst werde mit ein paar Leuten nach St. Jean reiten, um Konstanze und Arthur zurück nach Angers zu geleiten.«

»Ich komme mit«, bestimmte Alienor.

Es war bereits dunkel, als sie das Spital von St. Jean erreichten. Auf das stürmische Geläut hin öffnete ein Laienbruder die Pforte.

»Die Königin von England wünscht die Herzogin der Bretagne zu sehen«, herrschte le Maréchal den verwirrten Mann an.

Die kleine Eskorte hielt sich im Hintergrund, als Alienor mit Riesenschritten hinter Guillaume die kleine Halle betrat. Der Laienbruder starrte die Königin an und fiel auf die Knie.

»Wo sind sie?«, herrschte sie den Mann an. »Dort drüben, im Saal«, stammelte er.

»Guillaume, Ihr kommt mit. Die anderen warten hier«, befahl Alienor.

* * *

Die drei Menschen am Tisch fuhren zusammen, als die Tür mit einem Ruck aufgestoßen wurde. Erschrocken starrten sie den Eindringling an. Ihre Blicke gefroren vollends, als sie erkannten, wer hinter dem Ritter die drei Stufen hinabstieg.

»Gott zum Gruße, meine liebe Schwiegertochter«, sagte Alienor und blieb stehen. Mit einem Blick hatte sie das Innere des Raumes überflogen. Außer dem Tisch, zwei Lehnstühlen am Kamin, einem Schemel und einem Schrank, dessen Konturen sich von der geweißten Wand abhoben, war er leer. »Wenn Ihr mir entgegenreiten wolltet, so habt Ihr die falsche Richtung gewählt, meine Liebe«, sagte Alienor maliziös.

Die beiden Männer waren aufgesprungen. Konstanze erhob sich zögernd von ihrem Stuhl, ihre Hände umklammerten die Tischkante. Ihre blasse Haut war von Röte überzogen. Wie immer trug sie das schwarze Haar streng nach hinten gekämmt.

Erst jetzt schien Alienor Notiz von ihren beiden Begleitern zu nehmen.

»Ich nehme an, der Abt von St. Jean?«, sagte sie kalt. Der bärtige Mönch beugte das Knie. »Der mächtige Guy de Thouars, vermute

ich richtig?« Sie sah über den Angeviner hinweg, der das Knie vor ihr beugte.
Konstanzes Körperhaltung blieb abweisend, als sie nicht tiefer als nötig vor Alienor auf das Knie sank und sich sofort wieder aufrichtete. Die zu einem Strich aufeinander gepressten Lippen betonten das fliehende Kinn.
»Und meine Schwiegertochter, nach so langen Jahren …« Alienor war näher getreten. »Lass dich anschauen, meine Liebe. Das Leben, das du führst, scheint strapaziös zu sein. Angers als Arthurs Burg zu betrachten war wohl etwas voreilig, wie du seit heute weißt.« Konstanze zuckte unmerklich zusammen.
»Wo ist der Knabe überhaupt?«, fragte Alienor leichthin.
»In Sicherheit«, entgegnete Konstanze und blickte der Königin lauernd in die Augen. Scheinbar ungerührt überging Alienor die Antwort.
»Man sollte sich bei solch gewagten Vorhaben mit klugen Beratern umgeben«, setzte Alienor nach und taxierte sie genau. Die Witwe ihres drittjüngsten Sohnes war hager geworden. Alienor lehnte sich an den Tisch. Sie ließ Konstanze nicht aus den Augen. »Man hat mir berichtet, dass du gedenkst, dich wieder zu vermählen?«
Konstanze räusperte sich. »Ja, meine Königin. Möchtet Ihr Euch nicht setzen?«
»Wir haben nicht vor zu bleiben.« Alienor stand in ihrem dunkelroten Gewand mit dem gleichfarbigen Kopfschleier einen Schritt vor Konstanze. Sie hatte sich zu voller Größe aufgerichtet und überragte die Jüngere fast um einen Kopf.
»Es hat dir offensichtlich nicht genügt, als Herzogin der Bretagne den Sohn des Königs von England zu heiraten.« Sie schob ihr Kinn vor und wartete die Wirkung ab. »Nun muss es noch ein Thouars sein, aus leicht durchschaubaren Gründen.«
Konstanze zog hörbar die Luft ein. Auf ihrem Hals hatten sich rote Flecken gebildet. »Ich bin seit über einem Jahrzehnt nicht mehr mit dem Sohn des Königs von England verheiratet. Wenn Ihr Euch erinnert, starb Geoffrey noch vor Arthurs Geburt …«

Alienor fiel ihr barsch ins Wort. »… weshalb Richard König von England wurde und nicht dein Mann, wenn du dich bitte zu erinnern geruhst. Und genau aus diesem Grunde solltest du dich davor hüten, Arthur weiterhin als Thronerben zu betrachten. Dein Sohn wird Herzog der Bretagne, und das genügt.«

»Soviel ich weiß, war es Richards Wunsch, dass mein Sohn Arthur sein Erbe wird, Madame«, zischte sie.

Eiskalt fixierte Alienor die schmächtige Frau. »Das war damals, als Richard zum Kreuzzug aufbrach.«

»Und das gilt auch heute«, spuckte Konstanze ihr entgegen.

Alienor zuckte herablassend mit den Schultern. »Dann weißt du mehr als ich!« Ihre Stimme wurde plötzlich laut. »Ich war in den letzten Stunden seines Lebens bei ihm. Es war Richards Wille, dass sein Bruder John König wird!« Ihre Worte hallten von den Wänden zurück.

Konstanze stand wie ein Tier, zum Sprung bereit. »Das ist eine Lüge, Madame«, schrie sie. »Ich werde nicht zulassen, dass Ihr damit Erfolg habt. Vergesst nicht, ich habe mächtige Freunde!«

»Wie die in Angers?«, fragte Alienor voll Ironie.

Abrupt wandte sie sich ab, um den Raum zu verlassen.

Konstanzes Augen sprühten vor Hass. »Am Ende werde ich triumphieren, denn Arthur ist Euer Enkelsohn, vergesst das nicht«, schrie sie.

Alienor war schon auf die Stufen getreten, als sie sich noch einmal umwandte. »Doch John ist mein Sohn und somit der zukünftige König von England«, sagte sie ruhig.

* * *

Der lange Zug von Tieren und Menschen wälzte sich nach Südwesten. Feiner Regen aus tief hängenden Wolken hüllte ihn ein.

John ritt in der Mitte. Er summte das Lied, das sie gestern, grölend vor Trunkenheit, in der großen Halle von Falaise wieder und wieder zum Besten gegeben hatten. In der Erinnerung lächelte er. Gemeinsam mit den Normannen hatten sie seine Inthronisierung als Herzog der Normandie gefeiert. Dass sich niemand seiner Wahl widersetzt hatte, schien ihm noch immer unwirklich.

John genoss den Regen. Die Tropfen sammelten sich zu Rinnsalen und liefen sein Kettenhemd hinunter. Übermütig warf er den Kopf zurück und öffnete den Mund. Er wollte den Regen spüren.

»Hast du Kopfweh wegen gestern?«, rief Will besorgt. Sein Freund schüttelte den Kopf, dass das Wasser aus den Haaren spritzte. »Mir geht's großartig. Ich freue mich regelrecht auf das Scharmützel mit Konstanze und ihrem Söhnchen.«

Will holte auf und zügelte sein Pferd neben John. »Und was willst du mit dem Bengel machen?«

John lachte. »Was man mit Bengels so macht, wenn sie nicht parieren. Eine ordentliche Tracht Prügel, das wird ihm nicht schaden.«

»Ob das ausreicht?«

John fuhr sich mit der Hand übers Gesicht und wischte den Regen fort. »Verlass dich drauf«, sagte er. »Meine Mutter reist nach Angers, um mit Konstanze zu reden.« Er lächelte. »Zeig mir den Menschen auf der Welt, der sich den Argumenten dieser Königin widersetzen könnte.«

Will fuhr sich durch die dichten Haare, die in Strähnen herunterhingen. »Was für ein Sauwetter!« Er stellte sich in die Steigbügel und drehte sich im Sattel nach hinten. »Der Boden ist so aufgeweicht, dass die Wagen kaum durchkommen. Ich fürchte, wir werden Le Mans heute nicht mehr erreichen. In zwei Stunden ist es dunkel.«

»Und wenn schon«, sagte John. »Konstanzes Verschwörerbande läuft uns nicht davon.« Er musterte Will. »Was ist mit dir? Hast du schlechte Laune?« Der Freund verzog das Gesicht. »Nein, nur entsetzliches Schädelbrummen.«

John hob die Hand. Im Nu war der Hauptmann seiner Garde auf gleicher Höhe. »Mein Herzog?«

»Gib dem Quartiermeister Bescheid, er soll einen geeigneten Platz für die Zelte suchen. Wir übernachten hier in der Gegend.« Er boxte

Will freundschaftlich in die Seite. »Wir beide gehen ein bisschen jagen. Das wird deinem Kopf gut tun.« Ohne eine Antwort abzuwarten, nahm er die Zügel auf, griff nach seiner Lanze und setzte mit seinem Pferd über den Graben. Der Hauptmann rief ihm hinterher: »Wünscht Ihr Begleitung, mein Herzog?« John winkte ab. Dicht über den Hals seines Pferdes gebeugt, jagte er gleich darauf über die Wiese zu seiner Rechten. Er lächelte, als er Wills Pferd hinter sich hörte. Zeternd flüchtete ein Fasan in eine Hecke.

Es dunkelte bereits, als sie den Keiler entdeckten. Aufgeschreckt durch ihre Pferde brach er durch das Unterholz. John und Will verständigten sich durch Zeichen. Von beiden Seiten versuchten sie, ihn einzukreisen, aber das Tier war zu schnell, machte auf der Hinterhand kehrt und versuchte, ins Dickicht zu flüchten. Nur noch zehn Meter trennten es von dem schützenden Gestrüpp. »Nimm den Speer«, schrie Will. In einer fließenden Bewegung schleuderte John seine Waffe und traf den Eber ins Herz.

Er zügelte sein Pferd und sprang aus dem Sattel. Laufend griff er nach seinem Messer. »Vorsicht«, schrie Will, »bei den Biestern weiß man nie …«

Gebückt lief John weiter. Als er das Wild fast erreicht hatte, richtete der Keiler sich mit seinen Vorderläufen auf und schüttelte benommen seinen mächtigen Kopf. Blut lief an den Hauern aus dem Maul. Plötzlich stand er wieder auf allen vieren. Seine Augen funkelten böse. Dann griff er an. Die Attacke war so heftig, dass John das Gleichgewicht verlor und taumelte. »Pass auf«, schrie Will und schleuderte seinen Speer.

Ein Eichelhäher stieß dicht über ihren Köpfen rätschende Warnrufe aus, als die Männer ihre Beute begutachteten. »Kapital«, sagte Will anerkennend.

»Hätte auch ins Auge gehen können«, murmelte John, zog seine Waffe aus dem Tier und wischte sie an einem Büschel Gras ab.

Schweigend ritten sie zurück. Will hatte das erlegte Wild hinter sich gelegt. In gleichmäßigem Rauschen strömte der Regen auf sie herab. Als sie die Wiese erreichten, schimmerte das Lagerfeuer

durch den Nebeldunst, die Geräusche drangen gedämpft zu ihnen. Erst beim Näherkommen erkannten sie einzelne Stimmen und Befehle, die Hammerschläge, mit denen die Pflöcke in die Erde getrieben wurden. Männer liefen geschäftig durcheinander, Pferde wieherten, dazwischen quiekten Schweine.
Als John über den Graben setzte, erwartete ihn bereits der Hauptmann. »Es ist alles für Euch vorbereitet, mein Herzog. Darf ich Euch geleiten.«
Voller Genugtuung ritt John durch das provisorische Dorf, bis sein Führer endlich vor einem großen, roten Lederzelt anhielt. Als er aus dem Sattel stieg, sprang einer der Männer hinzu und nahm ihm die Zügel ab. Sein Kammerdiener schlug die Lederklappe zurück. »Euer Bad ist bereit, mein Herzog.«
›Ein Traum wird wahr‹, dachte John glücklich, ›all die Jahre habe ich darauf gewartet. Ich bin nicht mehr OHNELAND, ich bin wahrhaftig der Herzog der Normandie; und bald schon ...‹ Er atmete tief durch und trat ein. Das Erste, was er wahrnahm, war der Duft der Essenzen, die aus dem Zuber aufstiegen. Dann sah er die großen, silbernen Stehkandelaber mit ihren brennenden Honigkerzen, die das Innere in warmes Licht tauchten. Er nahm die beiden Truhen wahr, in denen seine Garderobe aufbewahrt wurde, den Tisch mit den beiden Schemeln davor und die frischen Gewänder, die bereits herausgelegt waren. Ein Kohlebecken sorgte für anheimelnde Wärme. ›Welch ein Luxus.‹ Sein Herz pochte schneller. Er spürte, wie ihm die Tränen kamen.
Sein Diener nahm ihm den Umhang ab und half ihm, die Stiefel auszuziehen. Kurz darauf lag er im heißen Wasser. Niemals war ihm ein Bad köstlicher erschienen. Unter halb geschlossenen Lidern beobachtete er den Diener, der geschäftig hin und her lief, die gebleichten Handtücher vorsorglich bereitlegte und die goldene Kette aus der Schatulle packte.
»Hat mein Herzog sonst noch einen Wunsch?«
John tauchte bis zu den Schultern unter. »Ja, holt mir meinen Bruder William.«

Mit geschlossenen Augen blieb er liegen, bis er alleine war. Dann setzte er sich auf und begann sich einzuseifen. ›Wird dies mein neues Leben sein?‹, dachte er. ›Auf die Jagd gehen und in Luxuszelten übernachten? Löst das letzten Endes den Zauber aus, den Richard auf andere ausübte?‹

Ein Luftzug brachte die Kerzen zum Flackern.

»Hier trau ich mich ja gar nicht rein«, rief Will überwältigt. »Ich bin noch pitschnass und dreckig wie ein Schwein. Wie soll ich mit meinen nassen Stiefeln über diese Teppiche laufen?«

»Komm herein, es zieht«, lachte John, während er sich den Rücken abtrocknete. »Wie bist du untergebracht?«

Will zuckte mit den Schultern. »Wie immer. Mit den anderen.« Staunend sah er sich um. »Das ist wirklich königlich.«

Johns Kammerdiener war eingetreten. Ungefragt füllte er zwei Becher mit Wein und reichte sie den Brüdern.

»Ich möchte, dass er auch ein Bad nimmt«, befahl John.

»Ich habe schon um neues heißes Wasser geschickt«, erwiderte sein Diener. Er bückte sich, um Will die Stiefel auszuziehen.

»Es soll noch ein zweites Bett für ihn hier aufgestellt werden!«

»Wie Ihr befehlt, mein Herzog. Wünschen die Herren noch rasiert zu werden vor dem Abendessen?«

»Wünschen wir?«, feixte John und zwinkerte Will zu.

Der fuhr sich mit der Hand übers Kinn und nickte. »Könnte nicht schaden.«

Immer noch trommelte der Regen auf das Dach. Die Stimmen draußen waren verstummt. Hin und wieder knackte und zischte es in den Kohlebecken, sonst war es still.

John und Will saßen sich bei Tisch gegenüber. Die Platten waren wieder abgetragen, als John murmelte: »Warum kann Konstanze die Dinge nicht so akzeptieren, wie sie sind?«

Will fuhr sich über das frisch barbierte Kinn. »Sie war immer gegen die Plantagenets. Das weißt du doch.«

Ärgerlich schüttelte John den Kopf. »Sie soll uns ja nicht lieben; aber ein bisschen Dankbarkeit könnte man schon von ihr erwarten.

War es denn nicht genug, dass Papa ihren Vater mit der Grafschaft von Leicester belehnt hat?«
»Das war die Brautgabe, die Geoffrey mit in die Ehe gebracht hat. So war es jedenfalls von Papa gedacht«, erwiderte Will. »Sonst hatte Geoff ja nichts.«
John fuhr auf. »Na, immerhin war Geoff der Sohn eines Königs! Und Konstanze ist nur die Tochter eines Herzogs.«
Will stützte seinen Kopf in beide Hände. »Vielleicht liegt es daran, dass Geoff zu früh gestorben ist. Arthurs Geburt hat er ja gar nicht mehr erlebt. Und Konstanze blieb mit dem Mädchen und dem Bengel übrig und konnte darüber nachdenken, was gewesen wäre, wenn ...«
John trank einen Schluck Wein. »Ja, wenn Geoff am Leben geblieben wäre, würde er jetzt gekrönt; und Konstanze wäre Königin«, sagte er gedehnt.
Sie blickten einander an. Will hob seinen Becher. »Vergiss dieses missgünstige Weib. Wenn wir morgen in Angers auftauchen, wird sie schon begreifen, wer ihr Herr ist. Ich trinke auf dich, den mächtigen Herzog der Normandie. Ich trinke auf den zukünftigen König von England.« Beide leerten ihre Pokale bis zur Neige und lachten gleichzeitig los.
»Erinnerst du dich?«, rief John.
»Und ob. Papa war der mächtigste König der Welt.« Will griff zur Karaffe und goss ihnen erneut ein. »Du hast es weit gebracht, mein lieber John!«
»Ich bin erst am Anfang«, erwiderte John. Er hob den Kopf. »Hörst du das? Was ist da los?«
In diesem Moment wurde die Eingangsplane zurückgeschoben, und sein Hauptmann erschien.
»Was gibt es?« John erhob sich.
»Die Wachen haben eine Gruppe Reisender ins Lager gebracht. Sie sind ihnen aufgefallen, weil sie die Hufe ihrer Pferde mit Lappen umwickelt hatten.«
»Und?«, fragte John.

»Es ist der Sohn der Herzogin Konstanze. Ein junger Mönch und ein paar Soldaten begleiten den Prinzen.«
»Donnerwetter! Führ ihn herein!«, befahl John. Der Hauptmann war schon halb draußen, da rief John ihm hinterher: »Den Mönch auch!«
Gleich darauf wurden zwei Knaben in das Zelt geführt. Sie mochten gleichaltrig sein. Der Junge mit schlampig geschnittener Tonsur in einer vor Nässe triefenden Kutte blickte ihnen ängstlich entgegen. Der andere schüttelte die Hand seines Bewachers grob ab, stellte sich breitbeinig in Positur und starrte die beiden Männer am Tisch angriffslustig an.
Jedes Mal, wenn John seinen Neffen traf, dachte er, wie wenig er seinem Bruder ähnelte. Diese eng stehenden, verkniffenen Augen, das fliehende Kinn seiner Mutter, Arthur hatte nichts von Geoff … Er setzte sich wieder auf den Schemel.
»Nun, mein lieber Arthur«, sagte er leichthin. »Willst du deinen Onkel nicht begrüßen?« Er hielt ihm die Hand zum Kuss entgegen. Der Junge machte keinerlei Anstalten, sich darüber zu beugen. Stirnrunzelnd wandte sich John an Arthurs Begleiter und fragte freundlich. »Und wer bist du?«
Der junge Mönch starrte ihn ängstlich an, sein Adamsapfel hüpfte auf und ab. John beobachtete, wie sich die bloßen Zehen des Jungen in den schmutzigen Sandalen verkrampften.
John lächelte. »Hat es dir auch die Sprache verschlagen? Vielleicht hast du ja Hunger? Hast du überhaupt schon etwas gegessen?« Der junge Mann schüttelte den Kopf. »Nein«, stammelte er und trat unbeholfen von einem Bein auf das andere.
John machte seinem Diener ein Zeichen und winkte den Mönch näher. »Wovor fürchtest du dich so?«
Der Knabe rang die Hände. »Eure Leute haben uns überfallen«, stieß er hervor. »Dabei waren wir so vorsichtig. Morgen schon wollten wir in Paris sein.«
Ohne dass es irgendjemand hätte verhindern können, war Arthur neben ihn getreten und hatte ihm die Faust ins Gesicht geschlagen.

Augenblicklich lief ihm Blut aus der Nase. Mit einem Satz war John aufgesprungen und ohrfeigte seinen Neffen links und rechts. Will hinderte ihn daran, weiter zuzuschlagen. Schwer atmend lehnte John sich gegen den Tisch. Wortlos reichte sein Diener dem Verletzten ein sauberes Tuch. Will legte ihm den Arm um die Schulter und führte ihn zu seinem Schemel.

»Setz dich, mein Junge, und leg den Kopf zurück. Gleich bekommst du etwas zu essen. Dann geht's dir wieder besser.«

»Albert wird nichts von dem anrühren, was von Euch kommt. Ich wünsche es nicht«, knirschte Arthur. Und zu dem Verletzten gewandt, rief er zornig: »Ich verbiete dir, von diesen gemeinen Dieben etwas anzunehmen«

»So, jetzt reicht es!« Johns Stimme klang schneidend. »Du Bürschchen wirst mir jetzt auf der Stelle erklären, warum du nachts heimlich nach Paris unterwegs bist. Und überlege dir deine Antwort gut, sonst lasse ich dich wegen Hochverrats in Ketten legen.«

Arthur zuckte nicht mit der Wimper, als er sich jetzt breitbeinig vor seinem Onkel aufbaute.

»Ich warte«, sagte John. Da begann Arthur zu lachen. »Ihr wagt es, in diesem Ton mit mir zu reden?« Er wippte provozierend auf und ab. »Seht mich an, mein Onkel. Vor Euch steht der rechtmäßige Erbe der englischen Krone. Wartet nur, bis der französische König mir Genugtuung verschafft hat und Euch auf den Platz stellt, der Euch gebührt! John Lackland!« Er spuckte John direkt vor die Füße. »Das heißt ›ohne Land‹. Und warum wohl? Weil für Euch nichts übrig geblieben ist. Weder ein Titel noch ein Erbland!«

Niemand im Raum wagte zu atmen. Will sah, wie John die Fäuste ballte, wie seine Knöchel weiß hervortraten. Der junge Albert starrte ängstlich von einem zum anderen. Beruhigend drückte ihm Will die Schulter. Er selbst ließ John nicht aus den Augen.

»Führt ihn ab«, befahl dieser endlich. John sah nicht hin, als zwei seiner Soldaten vortraten und Arthur unsanft hinausbegleiteten.

»Albert, du kommst auf der Stelle mit«, schrie Arthur. Dann schlug die lederne Zeltplane hinter ihm zu.

Will, dessen Hand immer noch auf der Schulter des Jungen lag, spürte, wie dieser zu zittern begann. »Na, na«, meinte er beruhigend. »Er kann dir hier nichts tun.« Da begann Albert leise zu schluchzen.
John wollte etwas sagen, unterließ es jedoch und verließ steifbeinig das Zelt. Am Eingang traf er auf seinen Kammerdiener. »Mein Herzog, es regnet immer noch. Wollt Ihr nicht wenigstens Euren Umhang nehmen?«
Wortlos schüttelte John den Kopf.
Die Wache am Zelt sah, wie er kurz darauf durch das provisorische Dorf schritt, mit hochgezogenen Schultern und tief in die Hosentaschen gebohrten Händen.
»Sollten wir zu seiner Sicherheit nicht mitgehen?«, fragte einer der Soldaten.
»Besser nicht«, entgegnete sein Kamerad. »Der Herzog sieht aus, als wolle er alleine sein.« Sie verfolgten seine schmale hohe Gestalt, bis sie in der Dunkelheit verschwunden war.
Im Zelt deckte der Diener für Albert. »Deine Nase hat aufgehört zu bluten. Du kannst das Tuch weglegen und etwas essen. Sieh mal, was es Köstliches gibt.« Einladend zeigte er auf die verschiedenen Gerichte. »Hier ist Brot, und dort ist Entenbrust. Probier ruhig, sie ist noch ganz warm.«
Will füllte seinen Becher erneut und schob ihn über den Tisch. »Nimm«, forderte er den Knaben auf. »So etwas Gutes hast du bestimmt noch nie getrunken.«
Er sah zu, wie Albert schüchtern zu essen begann, und ließ ihm Zeit, bis alle Platten geleert waren. Erst als der Junge seine fetttriefenden Hände an der Kutte abwischte, sagte er: »Erzähl mir, wie du an diesen Flegel geraten bist.« Er deutete mit dem Daumen nach draußen.
Albert wurde rot. »Die Herzogin hat befohlen, dass ich ihn an den Hof des französischen Königs begleite.« Er trank einen Schluck Wein und fuhr fort: »Es musste ja alles so schnell gehen. Königin Alienor hatte eine Unterredung mit ihr. Daraufhin entschied die

Herzogin, dass sie und Arthur in Paris Zuflucht suchen sollen. Wir sind dann getrennt losgeritten.«
Er holte tief Luft. »Und dann sind Eure Leute gekommen. Den Rest kennt Ihr.« Er spielte mit einer Brotkruste. »Danke, danke für das wunderbare Essen.« Zum ersten Mal lächelte er.
Will wandte sich an den Kammerdiener, der das Blut vom Boden wischte. »Kümmere dich darum, dass er ordentlich untergebracht wird.« Er lächelte dem Knaben zu und erhob sich. »Ich gehe jetzt und suche den Herzog. Schlaf gut. Morgen sehen wir weiter.«
Im Hinausgehen griff er nach beiden Umhängen. Die Wache zeigte ihm, in welche Richtung John gegangen war. Gleich darauf marschierte Will durch das nächtliche Lager. Ein paarmal blieb er stehen und pfiff, dann ging er weiter. Er fand ihn schließlich beim Graben. John stand unter einer Eiche und starrte schweigend in die Dunkelheit.
Schweigend gesellte sich Will zu ihm. Es war kalt, und der Regen strömte unerbittlich auf sie beide herab. Drüben im Lager bellte ein Hund.
»Er ist es nicht wert«, sagte Will. »Du hast gewusst, dass es nicht einfach werden würde. Wir gehen nach Le Mans und werden die Bretonen das Fürchten lehren«, fügte er hinzu.
»Ja«, murmelte John. »Und Arthur soll dabei zusehen.«
Will legte ihm den Umhang über die Schultern. »Komm mit«, bat er. »Morgen wird ein anstrengender Tag.«
John konnte lange nicht einschlafen. Ruhelos wälzte er sich auf seinem Lager hin und her und entwarf militärische Strategien für den kommenden Tag. Einmal glaubte er in der Ferne Hufgetrappel zu hören, weil aber alles andere ruhig blieb, schob er den Gedanken beiseite.
Dann träumte er von Alienor. Er sah sie hoch zu Ross, wie sie die Landstraße nach Nottingham entlangritt. Er sah, wie die Sonne in ihrem roten Haar schimmerte. Er selbst hockte im Graben und wollte hinauf zur Straße; doch seine nackten Füße fanden keinen Halt auf dem schlüpfrigen Untergrund. Er rutschte immer wieder

hinab. Er wollte rufen, doch brachte er keinen Ton heraus. Jetzt war Alienor genau auf seiner Höhe. Sie blickte in seine Richtung, doch sie sah ihn nicht. Sie musste wohl an etwas Schönes denken. John sah, wie sie lächelte. Ihre weißen Zähne schimmerten zwischen den schön geschwungenen Lippen. »Mama«, wollte er schreien. »Mama, Mama«, doch er brachte nur ein Flüstern zustande. Er weinte, als die Hufe ihres Pferdes ganz dicht an seinem Gesicht vorbeistampften.

»Mein Herzog, bitte, wacht auf!«

Benommen schlug John die Augen auf. »Die Königin«, murmelte er. »Haltet die Königin auf.«

Sein Hauptmann beugte sich im diffusen Licht des anbrechenden Tages zu ihm hinab. »Nicht die Königin, mein Herzog«, stammelte er. »Arthur ist geflohen.«

Mit einem Ruck fuhr John auf.

* * *

Will eilte den langen Gang im Londoner Stadtschloss hinunter, der zu den königlichen Gemächern führte, als er mit Johns Kammerdiener zusammenstieß. »Gut, dass ich dich treffe. Ist der Herzog zu sprechen?«

Der alte Diener legte den Finger auf die Lippen. »Dies ist ein schlechter Zeitpunkt, wenn Ihr erlaubt, Mylord, das zu bemerken«, raunte er.

»Ach, ich dachte, den Erzbischof eben gesehen zu haben …«

Der alte Mann beugte sich vor. »Sehr wohl, Mylord, der Erzbischof hat uns vor einer halben Stunde verlassen.«

»Und?«

»Die Gemahlin des Herzogs ist jetzt bei ihm.«

»Verstehe!« Will überlegte. »Und du weißt natürlich nicht, wie lange sie bleiben wird?«

»Ich fürchte …« Der Diener strich sich über das schüttere Haar und wackelte bedenklich mit dem Kopf.

»Da kann man nichts machen«, meinte Will. »Aber weißt du, wo ich den jungen Albert finde?«
Erfreut, ihm behilflich sein zu können, lächelte der alte Mann. »Wenn er nicht gerade in der Abendmesse ist, dann sitzt er in seiner Kammer und schreibt in das Buch.«
Will lachte. »Hat er immer noch so viel Freude daran?« Er schüttelte verwundert den Kopf. »Erstaunlich in seinem Alter. Als ich so jung war, hätte ich mich niemals mit einer Feder bewaffnet. Wo kann ich ihn finden?«
Der Diener wies den Gang entlang. »Es ist die kleine Kammer oben rechts. Soll ich Euch begleiten, Mylord?«
Will war schon unterwegs. »Nicht nötig, mein Lieber. Ich kenne mich hier aus.«
Die Fackeln in ihren schmiedeeisernen Haltern beleuchteten den breiten Gang bis in den letzten Winkel. Wills Stiefel hallten auf den polierten Steinen, bis er innehielt und zweimal klopfte. Als sich nichts rührte, drückte er vorsichtig die Klinke hinunter und trat ein.
Der winzige Raum lag im Dunkeln. Es dauerte eine Weile, bis er die armdicke Kerze auf dem Tisch entzündet hatte. ›Wie in einer Zelle‹, dachte er belustigt, als er die wenigen Gegenstände in Augenschein nahm.
Ein großes Kreuz prangte über dem schmalen, sorgsam hergerichteten Bett. Eine kleine Truhe, ein Tisch, ein Stuhl vervollständigten die Einrichtung. ›Und das berühmte Buch‹, lächelte er und berührte den schweinsledernen Einband. Ohne nachzudenken, schlug er den Deckel zurück und pfiff überrascht durch die Zähne, als er die farbenprächtige und künstlerisch ausgeführte Initiale erblickte. »Unser schüchterner Albert scheint ein richtiger Meister zu sein«, murmelte er beeindruckt. Er setzte sich auf den Stuhl und begann zu lesen.

Anno Domini 1199
zu London im königlichen Palast

Hier schreibe ich, Albert von Dunnington, aus der Grafschaft Yorkshire, dritter Sohn von Sir Reginald, der als Novize bei den heiligen Brüdern der Zisterzienser in Newstead Abbey gelebt und gelernt hat und während einer Schiffsreise von den Bretonen gefangen genommen wurde, der später am Hofe der Herzogin Konstanze deren Sohn Arthur an die Seite gegeben wurde.
Durch Gottes verschlungene Wege gelangte ich in die Obhut von Herzog John, und so gelangte ich auch in den Besitz dieser Kostbarkeit, die ich nunmehr mein Eigen nennen darf.
Für all diejenigen, die an Gottes Liebe zweifeln, möchte ich genauestens aufzeichnen, wie sich mein Leben seit den vergangenen Wochen untrennbar mit dem des Herzogs verbunden hat:
Der Sohn der Herzogin Konstanze war in jener Nacht geflohen. Aufgrund seiner Jugend hatten die Wachen es wohl verabsäumt, ihn in Ketten zu legen. Als sie des Morgens nach ihm sahen, mussten sie feststellen, dass Arthur ein Loch in die hintere Zeltwand geschnitten hatte, ein Pferd gestohlen hatte und auf demselben verschwunden war. Niemand kann sich den Zorn des Herzogs vorstellen, als man ihm die Nachricht überbrachte. Es war, als wenn Gottes strafende Hand durch unser Lager tobte. Der Herzog gab Befehl, unverzüglich nach Le Mans aufzubrechen. Im Nu waren die Soldaten bereit; durch ein Missverständnis wurde mir ein Pferd zugeteilt, und so kam es, dass ich auch an der Schlacht um Le Mans teilnehmen durfte. Was ich dann erlebte, war wie eine göttliche Heimsuchung. Mit meinen eigenen Augen sah ich, wie Menschen getötet wurden, weil sie sich gegen meinen Herzog verschworen hatten. Ich sah, wie die Mauern der Stadt niedergerissen wurden, ich erlebte, wie das Stadttor aufgebrochen wurde. Noch heute, während ich in der Geborgenheit des königlichen Palastes sitze, kann ich die Schreie der Verwundeten hören. Ich sehe vor mir, was die Soldaten mit den Frauen gemacht haben; und wenn ich auch als

Christ zu Mitleid verpflichtet bin, so kann ich nicht umhin zuzugeben, was für eine Lust ich empfunden habe, als ich diese halb entblößten, sündigen Geschöpfe auf Plätzen, Treppen und Hauseingängen herumliegen sah. Selbst jetzt empfinde ich ein verbotenes fleischliches Verlangen, für das ich Buße tun werde.

Und mein Herzog war wie der Erzengel Gabriel mit seinem flammenden Schwert. Der heilige Zorn verlieh ihm übermenschliche Kräfte. Mit meinen eigenen Augen sah ich, wie er sich den Weg immer wieder frei schlug und wie sie alle im Blut wateten.

Mein Herzog war wie ein strafender Gott; und wenn ich auch weiß, dass ich Gott immer an erster Stelle sehen muss, so denke ich aber, dass mein Herzog gleich neben ihm steht.

Viele wurden getötet, andere als Geiseln genommen; danach wurde die Stadt dem Erdboden gleichgemacht.

Davor aber durfte ich den Herzog auf einem Rundgang durch die Straßen begleiten. Im Haus eines Juden fanden wir viele Bücher. Der Herzog bestimmte sie zu seiner Kriegsbeute; dieses aber, in welches ich jetzt schreibe, war unbeschrieben; und mit einem Lächeln überreichte er es mir als Geschenk.

Nun sind wir seit einer Woche in London. Wegen der bevorstehenden Krönung herrschen höchste Aufregung und Betriebsamkeit bei Hofe. Ich sehe den Herzog kaum. Von der Dienerschaft erfuhr ich, dass er noch immer darauf hofft, Königin Alienor werde an diesem hohen Tag zugegen sein. Auch wenn dies als unwahrscheinlich gilt – die Königin soll sich auf einer Rundreise durch ihre Ländereien befinden –, so bin ich glücklich, dass Lord William an den Feierlichkeiten teilnehmen wird. Der Lord ist der Bruder meines geliebten Herzogs, hat jedoch eine andere Mutter. Er entstammt einer sündigen Verbindung mit einer Lady Clifford …

Will legte das Buch zurück und schlug es zu. Eine Weile starrte er durch die bleiverglasten Scheiben des kleinen Fensters hinaus in die Nacht. Einmal glaubte er Schritte auf dem Gang zu hören und wandte den Kopf zur Tür. Doch die Schritte entfernten sich wieder.

Langsam erhob sich Will, blies die Kerze aus und verließ den Raum so, wie er ihn vorgefunden hatte.
Der lange Gang war leer bis auf die Wachen, die vor Johns Gemächern standen.

* * *

Havise stellte den Becher zurück auf das Tablett. »Ich sollte dich jetzt verlassen. Du siehst müde aus«, sagte sie und machte Anstalten, sich zu erheben. John griff nach ihrer Hand. »Bleib«, bat er, »bitte …«
Sie hatten Kissen ineinander geschoben und sich vor dem brennenden Kamin niedergelassen. Havise hob den Kopf, und er sah die Träne, die langsam ihre Wange hinunterlief.
John zog sie näher an sich. »Es muss doch eine andere Lösung für uns geben. Ich will dich weder als Ehefrau noch als Freundin verlieren.«
Havise schmiegte sich enger an ihn und beobachtete die Flammen, die an den Scheiten emporzüngelten. »Du wirst mich nie verlieren. Solange du mich brauchst, werde ich für dich da sein«, sagte sie zärtlich. John legte einen Finger unter ihr Kinn und zwang sie, ihn anzusehen. »Ich habe dich so lieb«, flüsterte er und betrachtete das vertraute Gesicht. Mit dem Handrücken fuhr er über ihre weiche, kühle Haut, von den Schläfen über die Wangen bis zu ihren vollen Lippen. »Was soll ich mit einer anderen Ehefrau, du bist mir doch genug?«
Havise entwand sich ihm und bemühte sich, nüchtern zu klingen. »Übermorgen wirst du Englands neuer König sein. Du brauchst einen Erben. Ich kann dir keinen schenken!«
John stieß mit der Stiefelspitze ein Stück Kohle zurück, das sich zischend aus dem Feuer gelöst hatte. »Wir müssen es weiter versuchen.«
Havise suchte nach den Haarnadeln, die rings um sie verstreut lagen, und verstaute sie in ihrem Beutel. John nahm ihn ihr aus der

Hand und legte ihn beiseite. »Lass doch«, bat er. »Ich möchte, dass du mit mir gekrönt wirst. Wir kennen uns seit Kindertagen, und ich vertraue dir, wie ich sonst nur Will vertraue. Ihr beide seid doch meine Familie.« Wieder zwang er sie, ihm in die Augen zu blicken.

Havise schüttelte den Kopf. »Du weißt, dass es zu nichts führt. Wir sind seit zehn Jahren verheiratet. Du hast eine Verpflichtung dem Land gegenüber. Ich kann dir keinen Erben schenken. Oder willst du, dass am Ende Arthur derjenige ist, der auf deinem Thron sitzt? Denn das wird er unweigerlich, wenn dir etwas zustößt. Ein größeres Geschenk könntest du Philipp gar nicht machen.«

Johns Miene verschloss sich. Eine Weile hingen sie ihren Gedanken nach, bis er das Schweigen unterbrach: »Wen sollte ich deiner Meinung nach denn heiraten?« Er beugte sich vor und goss ihnen Wein nach. Dann überlegte er laut: »Bei Mama war es doch auch schwierig. Als sie noch mit Onkel Louis verheiratet war, bekam sie nur Mädchen. Erst mit Papa kamen die Knaben.«

Havise lächelte traurig. »Aber deine Mutter hatte bewiesen, dass sie gebären kann, ich kann es nicht!« Sie trank einen Schluck und spülte das Schluchzen hinunter, das ihre Kehle zuschnürte. »Die Annullierung ist heute schon beschlossene Sache, da wir im zweiten Grad verwandt sind. Der Papst wird sie gutheißen.«

John streckte sich aus, legte seinen Kopf in Havises Schoß und schloss die Augen. Sie betrachtete seine entspannte Miene, die trotz der strengen Linie seiner geraden Nase und der ebenmäßigen Konturen seines schmalen Gesichts weich wirkte. Ein spöttisches Lächeln spielte um seinen Mund. »Ich pfeife auf die Kirche. Es ist mir gleichgültig, ob der Papst und seine Machtheiligen etwas gutheißen oder nicht.«

Havise beugte sich über ihn, ihr braunes Haar berührte seine Wange, als sie sanft seine Stirn streichelte. »Aber sie können ausgesprochen unangenehm werden. Denk nur daran, wie sie Philipp zugesetzt haben.« Plötzlich begann sie leise zu lachen. »Der verstößt seine dänische Ingrid, weil er eine politisch und vor allem physisch

reizvollere Dame im Visier hat, und schon kommt das Interdikt über Frankreich.«
John grinste. »Geschieht ihm recht, wobei Ingrid wirklich von atemberaubender Langeweile ist.«
Havise fuhr mit den Fingern durch sein gewelltes Haar. »Und genauso eine atemberaubende Langweilerin wirst du zur Ehefrau nehmen. Das sind die besten Zuchtstuten. Ich habe sagen hören, dass es in Portugal eine Prinzessin gibt, die interessant sein könnte.«
Unwillig schüttelte John den Kopf. »Was soll ich mit Portugal!« Er schlug die Augen auf. »Was wird dann aus dir?«
Er griff nach einer ihrer Haarsträhnen und küsste sie. »Hast du vor, ins Kloster zu gehen?«
»Da sei Gott vor!«
Ratlos sah er zu ihr hinauf. »Willst du allein in Gloucester leben?«
Havise küsste ihn flüchtig auf den Mund. »Du wirst mir bei Gelegenheit einen passenden Mann aussuchen. Jemanden, dem wir vertrauen können. Jemanden wie Will. Schade, dass er schon eine Frau hat.«
John runzelte die Stirn. »Es müsste, wenn überhaupt, einer meiner Freunde sein. Aber ich wüsste nicht, wen …«
Sie strich ihm die Falten glatt. »Sei etwas vorsichtiger mit den Männern, mit denen du dich umgibst. Du bist manchmal so unbedacht, dass ich dich vor dir selbst schützen möchte. Wenn ich nur an diesen schrecklichen William de Braose denke …«
»Was hast du gegen ihn? Er ist mir treu ergeben.«
»Pah«, machte Havise verächtlich. »Dieser grobe Widerling ist nur auf seinen Vorteil bedacht und das Gegenteil von einem Ehrenmann. Hat er dir je seine Schulden zurückgezahlt?«
»De Braose läuft mir schon nicht davon«, erwiderte John zuversichtlich. »Er wird mir immer ein ergebener Lehnsmann sein.«
»Dein Wort in Gottes Ohr.« Havise war nicht überzeugt. »Erinnere dich nur daran, was er mit den Walisern getan hat. Verraten und ermordet, samt Kindern, um sich das Land unter den Nagel zu reißen. Und so etwas will ein Edelmann sein? Ich könnte jedes Mal speien,

wenn ich ihn sehe; so ein gedrungenes, fettes Schwein.« Sie schauderte.

John lächelte liebevoll. »Und du willst mich wirklich mit einer Portugiesin verheiraten, die nichts von mir, von meiner Kindheit, von meinen wirklichen Freunden weiß? Worüber sollte ich mit ihr reden?«

Havise schüttelte ihn freundschaftlich. »Du sollst nicht mit ihr reden, du sollst Söhne mit ihr machen.« Johns Becher fiel um. Der rote Wein ergoss sich über die glänzenden Bohlen. Havise rückte zur Seite. »Ich mache mir noch mein Kleid schmutzig.« Sie griff nach ihrem Beutel, erhob sich und warf ein Tuch über ihr Haar. »Ich ziehe mich jetzt zurück. Du solltest dich auch schlafen legen.«

Bedauernd zuckte er mit den Schultern. »Ich habe noch zu arbeiten.« Er begleitete sie zur Tür und hielt sie ihr auf. Die Wachen standen stramm, als er sich über ihre Hand beugte. »Wenn es nicht zu spät wird, komme ich noch bei dir vorbei«, versprach er. Zärtlich legte sie ihm die Hand an die Wange. »Pass auf dich auf, mein Lieber.«

John sah ihr nach, wie sie aufrecht den Gang entlangging. Er wusste, dass sie sich am Ende noch einmal umdrehen würde. Als sie es tat, traten John die Tränen in die Augen. Abrupt drehte er sich um und verschwand in seinem Gemach.

* * *

London erbebte unter den gewaltigen Klängen. Die Kirchenglocken der ganzen Stadt läuteten die Krönungsfeierlichkeiten für den König ein. Unübersehbare Menschenmengen drängelten durch die mit Fahnen geschmückten Straßen der Innenstadt. Gaukler und Süßwarenhändler nutzten die Gunst der Stunde ebenso wie Taschendiebe und anderes Gesindel. Selbst Bauern aus den entlegensten Grafschaften waren angereist, um diesen Tag mitzuerleben.

In der Kathedrale von Westminster Abbey waren die Reihen bis zum letzten Stehplatz besetzt. Die Geladenen blickten wie gebannt

zum Hauptportal, um den Einzug der Großen des Landes zu erleben.
Angeführt wurde der Zug von Bischöfen, Äbten und kirchlichen Würdenträgern in purpurnen Umhängen, denen das Kreuz vorangetragen wurde. Gemessen schritt die feierliche Prozession durch den Mittelgang, während von der Galerie eine bewegende Hymne erklang.
Will reckte den Kopf, als der Klerus sich vor einer Tür in der Nähe des Hochaltars versammelte, um John zu empfangen.
›Mein Gott, wie blass er ist‹, durchfuhr es ihn. John war barfuß und wurde von vier Baronen eskortiert, von denen jeder einen großen Kandelaber mit brennenden Kerzen in den Händen trug.
»Die Nacht in der Krypta war sicherlich die Hölle für ihn«, flüsterte Havise. Sie stand dicht neben Will in der Nähe des Hochaltars und stützte sich auf seinen Arm. Ihr war elend zumute. »Es war nicht richtig, ihn dort alleine zu lassen. Wir wissen doch, welch dunkle Gedanken ihn heimsuchen, wenn er sich einsam fühlt.« Will drückte ihren Arm. »Wir wissen aber auch, dass die Tradition der Krönung diese Nacht erfordert. Was sollten wir dagegen ausrichten?«
Will wurde durch das Defilee der königlichen Schätze abgelenkt. Das Licht der unzähligen Kerzen spiegelte sich in den schweren goldenen Sporen wider, die auf einem roten Samtkissen lagen. Er sah das königliche Zepter, an dessen Spitze ein goldenes Kreuz funkelte. Als das Schwert an ihnen vorübergetragen wurde, glitt sein Blick wieder zu John, den die Bischöfe nun zum Altar geleiteten. Sein edles Profil schien wie erstarrt, als er niederkniete, um den Eid zu leisten.
Havise wurde von einem Schluchzen übermannt. Will legte ihr beruhigend den Arm um die Schulter. Ihr liefen die Tränen über die Wangen, als man daranging, John bis auf das Hemd und die Hose zu entkleiden.
Einer der Großen des Landes kniete nieder, um John die goldenen Sandalen anzulegen. Dann legte der Erzbischof das Zepter in seine rechte und den Reichsapfel in seine linke Hand.

Der Erzbischof von Canterbury benetzte seinen Kopf, seine Schulter und seinen rechten Arm mit heiligem Öl und überreichte ihm das Schwert.
Will war bis ins Innerste aufgewühlt, als man seinem Weggefährten aus Kindertagen die Krone aufsetzte. »John, mein geliebter Bruder, mein Freund«, betete er still, »möge Gott dich immerdar beschützen.«
»Lang lebe der König. Lang lebe König John!« Es klang wie aus einem Munde, als der Schrei aus Hunderten von Kehlen zum Deckengestühl der ehrwürdigen Abtei emporscholl.
Der Chor stimmte ein Loblied an. Unter Lachen und Weinen flüsterte Havise: »Nimm deinen Arm von meiner Schulter. Du tust mir weh!«
Hand in Hand, die Finger ineinander geschlungen und nur etwa zehn Meter von John entfernt, sanken sie auf die Knie, als man ihn zum Thron geleitete.
»Er sieht so fremd aus«, wisperte Havise. Aus den Augenwinkeln entdeckte Will einen Hauch von Furcht in ihren Zügen. Er selbst glaubte beinahe ersticken zu müssen in der von Weih- und Kerzenrauch geschwängerten Luft. Er nestelte an der Schließe seines Umhangs. »Du hättest neben ihm sitzen können«, raunte er.
Havise konnte ihre Augen nicht von John lassen, während sie den Kopf schüttelte. »Du weißt, dass es so besser ist. Für ihn, für England, für uns alle.«
»Lächle«, befahl Will flüsternd. »Er schaut zu uns herüber.« Havise spürte, wie ihre Mundwinkel zu zittern begannen. Tapfer sah sie hinauf zum Thron und strahlte den gekrönten John an.
Am Ende der Messe, als sich der Klerus erneut um den König formierte, um ihn hinauszubegleiten, schmiegte Havise ihr Gesicht an Wills Cape. »Für alle hier sieht er glücklich aus, doch ich weiß, wie traurig er ist. Ich hasse sie. Ich hasse sie für das, was sie ihm angetan hat!«
»Sie macht eine Rundreise durch ihre Ländereien. Und das tut sie für ihn«, erwiderte Will.

Mit Macht begannen die tiefen Glocken zu läuten, als das große Portal erneut geöffnet wurde. Hochrufe und Jubelschreie drangen von draußen in das Gotteshaus. »Lang lebe der König. Es lebe König John!«

»Ich wünsche mir, dass du beim Bankett neben mir sitzt«, sagte Havise und bekreuzigte sich, ehe sie sich der schönen Frau, die neben ihr stand, zuwandte. »Und du auch, Maud.«

Anno Domini 1199
am Tag des Hochfests der Himmelfahrt
unseres Herrn Jesus Christus
am 27. Tag im Monat Mai

Hier schreibe ich, Bruder Albert, im königlichen Schloss zu London, am Tag, da unser geliebter König John zu Westminster gesegnet und mit heiligem Öl gesalbt wurde.

Der Nachtwächter hat die zwölfte Stunde ausgerufen, doch auf den Straßen von London herrscht noch immer lebhaftes Treiben. Ich höre die Menschen lachen und rufen. Es ist ihnen Freibier vergönnt.

Ich habe mein Fenster geöffnet und lasse die duftende Frühlingsluft in meine Kammer strömen. Genauso hat es gerochen, als unser neuer König heute Westminster Abbey mit seinem Gefolge verlassen hat. Ich habe genauso geschrien wie die Bürger dieser Stadt, als ich Zeuge wurde, wie er auf seinem kostbar aufgezäumten Streitross durch die Menge ritt. Seine Gefolgsleute warfen den Menschen Silberlinge zu, und ich hatte das Glück, auch einen zu erlangen. Ich werde die Münze so lange behalten, bis ich in Canterbury sein werde, woselbst ich am Schrein des heiligen Thomas Becket mein Geld opfern will, damit er seine segnende Hand über unseren König hält.

Das Krönungsbankett geht jetzt schon in die sechste Stunde. Wenn ich mich zum Fenster hinauslehne, kann ich die Stimmen und die Musik aus der großen Halle vernehmen, und ich …

Es klopfte leise. Albert sprang auf und lief zur Tür. Es war der Diener, der ihm diese Kammer zugewiesen hatte. Müde lächelten sie einander an.
»Halte dich bereit«, sagte der alte Mann. »Der König wünscht, dass du einen Brief an seine Mutter schreibst.«
»Jetzt? Um diese Uhrzeit?«, stammelte der Mönch verwirrt.

* * *

Die bunten Wimpel leuchteten in der Maisonne. Der beeindruckende Zug von Rittern und Gefolgsleuten, an dessen Ende die Wagen mit Gepäck und Gerätschaften rollten, zog gemächlich durch das blühende Poitou.
Die Gewänder der Bischöfe und Vasallen, die die Königin begleiteten, überboten sich an Pracht und Kostbarkeit. Doch nicht nur die edlen Stoffe, auch die blank geputzten Rüstungen und Harnische glitzerten über den farbenprächtigen Decken der Rösser. Auf den Feldern und in den Dörfern herrschte friedliche Betriebsamkeit. In all den Jahren als Königin von England waren Alienors Besitzungen im Gegensatz zum angrenzenden Anjou von Kriegen und Verwüstungen verschont geblieben.
Immer neue Landstriche waren unter ihrer Herrschaft urbar gemacht worden. Bäche und Flussläufe durchzogen die weit ausladenden Täler. Hier eine neue Mühle, dort eine neue Ansiedlung von Häusern um ein Kloster oder eine Burg. Manche kleinere Stadt konnte sich bereits Befestigungsmauern leisten.
Zufrieden registrierte Alienor jeden Fortschritt. Der Getreidehandel, die Bierbrauereien und nicht zuletzt die Wolle, die der sich seit Jahrzehnten ausbreitenden Schafszucht zu verdanken war, trugen sichtlich zum wachsenden Wohlstand der ländlichen Bevölkerung bei.
Wie ein Lauffeuer verbreitete sich die Nachricht ihrer Ankunft von Dorf zu Dorf. »Unsere Herzogin ist wieder da!« Frauen, die am Brunnen Tücher walkten, kamen gelaufen, um den prächtigen Zug

zu bewundern. Bauern ließen von der Feldarbeit ab, um ihr zuzujubeln. »Lang lebe die Königin!«
Alienor saß mit ihrer Hofdame Jeanne und Thérèse im königlichen Wagen, dessen Planen zurückgeschlagen waren. Der Duft von frisch gemähtem Gras hüllte sie ein. Thérèse hatte ihre Augen überall. Drei junge Burschen kamen herbeigelaufen und winkten ihnen zu. »Wie sie Euch lieben!«, rief sie voll Bewunderung.
Alienor fand immer mehr Gefallen an der jungen Frau, die ihr gegenübersaß und sich die blonden Haare hielt, die der Wind ihr unaufhörlich ins Gesicht wehte. Sie freute sich darauf, Thérèse besser kennen zu lernen. Zeit für ein Gespräch unter vier Augen hatten sie noch nicht gefunden.
Seit sie Loudun verlassen hatten, waren Alienors Gedanken immer wieder um dasselbe gekreist. Die Kassen waren leer, und John brauchte eine Armee, um Philipp von Frankreich in Schach zu halten. Söldner waren zu teuer und seine eigenen Lords nicht zuverlässig genug, um im Notfall genügend Männer zu stellen. Sie würde einen Weg finden müssen, um ihm den Reichtum und die Fruchtbarkeit ihres Landes nutzbar zu machen.
Plötzlich richtete Alienor sich auf und befahl einen der Ritter zu sich. »Reitet voraus und sorgt dafür, dass die Bürger der Stadt versammelt sind, wenn wir eintreffen.« Jeanne bückte sich, um die heruntergefallene Felldecke über den Schoß der Königin zu breiten. Die Hofdame bemerkte, wie unruhig sie mit einem Mal wirkte. Plötzlich schien sie die Ankunft kaum abwarten zu können, wohingegen sie die ganze Fahrt über schweigend die Landschaft betrachtet hatte.
Immer mehr Menschen waren mit Karren und Körben unterwegs, als sie sich der kleinen Stadt näherten. Der lange, prächtige Zug kam nur langsam voran und geriet vor dem Stadttor endgültig ins Stocken. Auf dem Platz unterhalb der Burg wimmelte es von Menschen. Das Geschrei der Marktfrauen, die ihre Waren feilboten, das laute Feilschen der Händler kündigte es von weitem an. Es war Markttag.

Entschlossen stieg Alienor aus dem Wagen. »Bringt mir mein Pferd!«, rief sie. »Die Grafen Lusignan, Rancon und Sainte-Maure sollen mich begleiten. Der Schreiber ebenso!« Im Nu befanden sich die heranbefohlenen Männer und eine Eskorte an ihrer Seite. Vor den prächtigen Rössern bildete sich wie von selbst ein Weg durch die laute Menschenmenge. Neugierige Blicke verfolgten sie, als Alienor kurz darauf die Halle der Burg betrat, die sich mit den Bürgern der Stadt gefüllt hatte.

Der Burgherr eilte ihr zur Begrüßung entgegen. Die Honoratioren der Stadt erwarteten sie. Dann trat Alienor auf die Empore, auf der ihr Schreiber bereits an einem Tisch Platz genommen hatte. Sie wartete, bis Ruhe eingekehrt war, und begann, mit erhobener Stimme zu sprechen.

»Von heute an gewähren und geloben wir allen Männern und ihren Nachkommen die Freiheiten einer Stadt ...« Der auftosende Jubel unterbrach sie. Lächelnd hob sie die Hand. Der Rubinring an ihrem Finger funkelte in den Sonnenstrahlen, die durch die halbrunden Fenster in die Halle fielen. Dann fuhr sie fort: »...damit sie ihre Rechte besser schützen und unangetastet bewahren können.« Wieder unterbrachen begeisterte Rufe ihre Worte. Alienor hob die Stimme noch ein wenig mehr: »Wir wünschen, dass ihre Sitten und Gebräuche in Freiheit erhalten bleiben und dass sie dafür und, um ihre und unsere Rechte zu schützen, die unumschränkte Gewalt in ihrer Gemeinde gegen jedermann selbst ausüben ...« Sie brach ab und blickte jedem Einzelnen der Männer, die eben noch gejubelt hatten, in die Augen. Allein an deren unterschiedlicher Kleidung war abzulesen, wer in dieser Stadt eine Rolle spielte. Entschieden fügte sie hinzu: »... unter Bewahrung der Treue zu uns. Die Bürger haben sich von nun an selbst zu verteidigen. Ich erwarte gegebenenfalls die Bereitstellung von zwanzig gut bewaffneten Mann Fußvolk, falls wir derer bedürfen ...« Einen Moment lang war das Kratzen der Feder auf dem Pergament zu hören. Dann brach erneuter Jubel los.

Die Männer fielen sich in die Arme, sie ließen die Königin hochleben.

Das war es, worauf sie seit Jahren gewartet hatten. Nun endlich waren sie von den Abgaben befreit, die ihre Initiativen bremsten.
Der Burgherr, der die Königin eben noch leutselig begrüßt hatte, war blass geworden. »Mein Gott«, stieß er hervor. Mit dieser verheerenden Entscheidung gingen die Einnahmen, die der Wochenmarkt ihm brachte, verloren. Wie sollte er als kleiner Landbesitzer die Lücke in seinem Haushalt stopfen, wenn diese wichtige Geldquelle versiegte? Fassungslos starrte er die Königin an und stöhnte: »Das stellt das Recht unserer Väter auf den Kopf!«
Ein selbstbewusster Mann, der unter dem gegerbten Lederwams ein grünes Tuchhemd trug, bahnte sich einen Weg durch die gestikulierenden Menschen. Er riss das Fenster auf, das auf den Marktplatz hinausführte.
»Wir haben den Freibrief!«, brüllte er hinaus. »Wir sind eine freie Stadt!« Von dem Markplatz schollen begeisterte Stimmen empor.
Mit beschwingtem Schritt trat Alienor zu den Bürgervertretern hinunter. »Gerbereien zusammenschließen … Tuchhandel mit Färbereien koordinieren … Ausrüstung sehr teuer … könnte ich den Transport nach Bordeaux übernehmen …« Im Vorübergehen fing sie die Wortfetzen auf, deren Umsetzung nicht nur den Bürgern, sondern auch den Finanzen des Reiches zugute kommen würde. Die Ritter aus ihrem Gefolge traten schweigend neben sie, um sie hinauszugeleiten. Sie hatte soeben nicht nur ihre Gewohnheitsrechte beschnitten, sondern auch ihre Macht, indem sie das Bürgertum stärkte. Doch Alienors Entscheidung stand fest. Sie war die Königin.
Es dauerte eine geraume Zeit, bis sie sich den Dankbarkeitsbezeugungen der Bürgervertreter entziehen konnte. Der Weg zurück zum Tross, der sie vor dem Stadttor erwartete, glich einem Triumphzug. Die gesamten Einwohner der Stadt jubelten ihr zu. Doch der wahre Triumph lag darin, dass sie John mit dieser Entscheidung aus dem Joch befreite, als Lehnsherr allein die militärischen Streitkräfte zu stellen. Sie würde von nun an allen Städten auf der Rundreise durch ihre Länder Freibriefe ausstellen, um dem Königreich eine bürgerliche Miliz an die Seite zu geben, die John jederzeit

zum Einsatz berufen konnte. Eine Stadt wie Poitiers beispielsweise könnte bei Bedarf mindestens zweihundert Mann Fußvolk stellen.

Thérèse wurde das Warten zu lang. Sie erhob sich und machte Anstalten, aus dem Reisewagen zu steigen. Verwundert schaute ihr Jeanne dabei zu. »Wo wollt Ihr hin?«

Thérèse lachte. »Ich will mir nur ein wenig die Beine vertreten.« Sie schüttelte ihre Röcke aus und blickte durch das Stadttor hinüber zum Markt.

»Ihr solltet Euch nicht vom Wagen entfernen«, mahnte die Hofdame besorgt. »Sobald die Königin zurückkehrt, werden wir weiterfahren. Man darf sie nicht warten lassen.« Unbekümmert schüttelte Thérèse den Kopf. »Ich werde sie schon sehen, wenn sie aus der Burg kommt.« Sie wich einem Eselskarren aus, der an ihr vorbeiholperte.

Kopfschüttelnd sahen die Damen ihr nach, als sie kurz darauf im Schatten des Stadttors verschwand.

Auf dem Platz herrschte dichtes Gedränge. Ein Holzstand der Marktverkäufer stand neben dem anderen. Mohrrüben und Hirsekolben, Zwiebeln und grüne Gurken, dazwischen leuchteten Radieschen. In einem Verschlag schnatterten aufgeregte Gänse, deren rote Schnäbel zwischen den Gitterstäben hervorlugten. Hühner mit zusammengebundenen Beinen waren in Körben zusammengepfercht. Ein Schwein quiekte gellend, als sein Käufer zum Strick griff, um es fortzuzerren. Ein fahrender Händler pries lauthals seine Auslage an. »Ketten und Broschen, Ringe und Kämme ...« Sein geübter Blick fiel auf Thérèse. »Kommt, meine Dame. Hier sind die Dinge, die Eure Schönheit noch mehr strahlen lassen«, lockte er. Neugierig trat die junge Frau näher. »Versucht diese hier.« Eilfertig hielt er ihr eine silberne Schließe entgegen. »Schaut nur, wie hübsch sie ist. Sie würde sich gut auf Eurem Umhang machen.«

»Da hat er Recht«, sagte eine Männerstimme hinter ihr. Als Thérèse sich umwandte, blickte sie in zwei vergnügte Augen.

»Der Herr ist ein Kenner«, schmeichelte der Händler. Thérèse musterte den Fremden, und was sie sah, gefiel ihr. Er war groß und hatte hellbraunes Haar. Die Lachfältchen in seinem gut geschnittenen Gesicht zeugten von Humor. Sein Kettenhemd schimmerte in der Sonne, als er sich jetzt vorbeugte, um eine blaue Kette in die Hand zu nehmen. »Die finde ich passender. Sie hat die Farbe Eurer Augen.« Er zwinkerte ihr zu.

Thérèse lachte. »Ich will gar nichts kaufen. Ich möchte mir nur alles anschauen.« So schnell gab der Händler nicht auf. »Seht diesen Ring hier, meine Dame …, ein echter Rubin …, wenn der junge Herr …« Seine pfiffigen Augen blickten aufmunternd zwischen der jungen Frau und dem Ritter hin und her. Der Fremde grinste. »Na, na, ein echter Rubin?« Er nahm das Schmuckstück und hielt es gegen das Licht. Thérèse bemerkte seine schönen Hände, als er ihr die Schließe mit den Worten entgegenhielt: »Die dagegen ist echt.« Zu dem Kaufmann sagte er: »Die nehmen wir.«

Thérèse war empört. »Seid Ihr verrückt geworden? Ich kenne Euch doch gar nicht!«

Mit einer spöttischen Verbeugung erwiderte er: »Das ist leicht nachzuholen. Ich bin Pierre de Mauley. Zweiundzwanzig Jahre alt und ledig. Und Ihr?« Er holte seine Börse hervor und öffnete sie. Neugierig verfolgte der Krämer ihren Schlagabtausch. Thérèse trat einen Schritt zurück. Hochmütig hob sie den Kopf. »Ihr habt erstaunliche Manieren, Pierre de Mauley.«

»Und Ihr seid sehr schön«, entgegnete er ungerührt und lächelte sie unverschämt an. Gerade als Thérèse zu einer passenden Erwiderung ansetzen wollte, bemerkte sie die Reiter, die vor der Burg aufsaßen.

»Ich muss los«, rief sie und wandte sich ab.

»Wartet«, rief de Mauley. Doch er sah nur noch ihre blonden Haare, die hin- und herflogen. Dann war sie in der Menge verschwunden.

* * *

Havise war noch im Morgenkleid. Ungeduldig beugte sie sich über die Truhe und zog ein braunes Wollkleid daraus hervor. »Hier, das werde ich für die Rückreise anziehen«, sagte sie und reichte es der Zofe. »Darauf sieht man den Schmutz nicht so sehr.« Keine der Frauen hatte das Klopfen bemerkt. Die Tür wurde zögernd geöffnet.

Sie erkannte die roten Haarlocken sofort, noch ehe die Freundin den ganzen Kopf zur Tür hereingesteckt hatte. Havise lachte erfreut.

»Maud, wie schön, dass wir uns noch sehen. Komm rein.« Sie deutete auf die Unordnung im Raum und stöhnte. »Wie ich es hasse zu packen.« Sie verzog das Gesicht. »Und wenn ich erst an den mühsamen Heimweg nach Gloucester denke …«

»Das Wetter ist schön, und die Wege sind trocken. Immerhin etwas Gutes hat es, heute zu reisen«, bemerkte Maud trocken.

Die Zofe knickste und traute ihren Augen kaum, als die hoch gewachsene Gestalt sich einen Weg durch die Unordnung bahnte. ›So stattlich wie unsere Königin Alienor. Sie sieht ihr zum Verwechseln ähnlich‹, dachte sie und starrte ihr verwirrt hinterher. ›Sie trägt dieselben Farben, und sie spricht so wie sie. Königin Alienor hat doch keine Schwester‹, überlegte sie angestrengt.

»Nimm den Schemel und setz dich ans Fenster«, schlug Havise vor und machte ihrer Zofe ein Zeichen, sich zurückzuziehen. »Lass mich einen Moment mit Lady de Braose allein.«

Havise atmete hörbar die Luft ein. »Mein Gott, wie du wieder duftest! Und dieses grüne Kleid ist fast so elegant wie das rote, das du gestern beim Bankett getragen hast.« Sie zwinkerte der Freundin zu. »Beneidenswert, deine Figur. Du bist viel zu schön, um dich an der walisischen Grenze zu verstecken. Gibt es denn wenigstens jemanden, der das zu schätzen weiß?«

Die Frau am Fenster schüttelte den Kopf und lachte so, dass ihre ebenmäßigen Zähne unter den sinnlichen Lippen hervorschimmerten. »Daran darf ich nicht einmal im Traume denken. William würde ihn abstechen wie ein Tier.«

»Pah, der!« Havise wedelte verächtlich mit der Hand. Sie setzte sich auf das große Bett, auf dem die Pelzdecken schon ordentlich gefaltet lagen. In Gedanken streichelte sie über die weichen Felle, während ihr Blick sich in dem kostbaren großen Wandbehang verfing, dessen Muster dem Irrgarten von Woodstock nachempfunden war. Die Arbeit war so kunstvoll ausgeführt, dass Havise glaubte, sich in den verschlungenen Wegen verlieren zu können. Vor Jahren hatte Königin Alienor diesen Garten angelegt; damals, als ihre Ehe mit Henry Plantagenet glücklich gewesen war. Unwillkürlich schauderte Havise. Auch sie war mit John glücklich gewesen. Sie riss sich aus der Betrachtung der Spuren jener vergangenen Zeit. »Wann willst du abreisen?«, fragte sie die Freundin.

Maud legte verärgert die Stirn in Falten. »Ich habe keine Ahnung. Es ist wie immer. William wünscht, dass ich mich zu seiner Verfügung halte. Ich vermute, er will abwarten, ob der König noch eine Aufgabe für ihn hat.«

Havise schnaubte verächtlich. »Mir wäre lieber, du würdest ihn mitnehmen. Wenn er hier ist, hören das Saufen und die Hurerei nie auf. Er hat einen schlechten Einfluss auf John.« Sie erhob sich und goss Traubensaft ein. Während sie einen der goldenen Becher an die Freundin weiterreichte, fragte sie: »Aber du bist sicher nicht gekommen, um meine Tiraden über deinen Mann zu hören. Was kann ich für dich tun?«

Maud stellte ihren Becher auf die Fensterbank und spielte an ihren Ringen.

»Nun sag schon«, fügte Havise aufmunternd hinzu. »Wir können uns doch alles erzählen.«

»Es ist mir so unangenehm, dass ich gar nicht weiß, wie ich beginnen soll. Aber William kann so jähzornig werden, wenn man seinen Befehlen nicht nachkommt«, sagte sie kläglich.

Havise hockte sich vor die Freundin und nahm ihre Hände in die ihren. »Wir lassen uns doch von dem nicht ins Bockshorn jagen«, lächelte sie. »Nun sag schon.«

Maud senkte den Blick. »William will wissen, warum du dich nicht

hast krönen lassen. Er möchte wissen, wie es jetzt weitergeht«, murmelte sie.
Havise erhob sich langsam. »Ach, so ist das!« Ihre Stimme klang ernüchtert. »Dein Mann will also wissen, ob es sich für ihn lohnt, wenn seine Frau und ich weiterhin befreundet bleiben, oder nicht.«
Maud wurde feuerrot. Havise hob ihren Becher und trank ihn bis zur Neige. Mit einem Seufzer stellte sie ihn aufs Tablett zurück. »Es liegt doch wohl auf der Hand«, sagte sie schließlich. »John braucht einen Erben.«
»Und was wird aus dir?«, fragte die Freundin leise.
Havise zuckte hilflos mit den Schultern. »John und ich … Ich hoffe, wir können zumindest … unsere Freundschaft erhalten.« Mühsam gegen die Tränen ankämpfend, brachte sie die letzten Worte hervor. Maud sprang auf und nahm die Freundin fest in die Arme. »Du siehst, ich weiß also nicht, ob es sich für dich auszahlt, meine Freundin zu bleiben«, schluchzte Havise an ihrer Schulter.
Es pochte an der äußeren Tür des Gemachs. Sie rührten sich nicht.
»Oh, störe ich?«, fragte John und trat lächelnd auf die Frauen zu. Als Maud in einen Knicks sank, bemerkte er die Tränen auf Havises Gesicht. Mit ein paar Schritten war er bei ihr. »Mein Liebling«, sagte er zärtlich. »Mein Herz.« Er küsste ihr die Tränen fort, während Maud leise den Raum verließ.
»Was immer auch geschieht, es wird nichts zwischen uns ändern«, flüsterte John. »Das musst du mir glauben!«
Schluchzend fragte Havise: »Musst du denn nicht arbeiten?«
John hielt sie fest. »Guillaume le Maréchal verschafft mir ein wenig Luft. So kann ich dich wenigstens bis zur Stadtmauer begleiten.«
Sie forschte in seinem Gesicht. »Aber das ist doch nicht notwendig«, erwiderte sie.
John zog sie hinüber zum Fenster und drückte sie sanft auf den Schemel, auf dem eben noch Maud gesessen hatte. »Jeder soll sehen, wie sehr ich dir verbunden bin«, erklärte er liebevoll. »Deswegen möchte ich dir einen pompösen Abschied bereiten.«
Wieder füllten sich ihre Augen mit Tränen.

»Es ist kein Abschied für immer. Es geschieht nur wegen der Leute«, erklärte er hastig.

»War das deine Idee?« Havise blickte ihn forschend an.

John schüttelte den Kopf. »Nicht direkt«, gab er zu. »De Braose hat eine unpassende Bemerkung gemacht, worauf Guillaume le Maréchal vorschlug, ich solle eine Geste machen, damit das Volk sieht, dass du keine verstoßene Königin bist, sondern dass dieser ganze Unsinn nur aus politischen Gründen geschieht!«

»De Braose …« Havise biss sich auf die Lippen, dann gab sie sich einen Ruck. »Darf ich dich um etwas bitten?«

Erfreut streckte er ihr die Hand entgegen. »Alles, was in meiner Macht steht!«

Havise erhob sich. »Dann befiehl, dass Maud de Braose mich auf der Reise begleitet und noch ein paar Tage bei mir in Gloucester bleibt. Und ihn«, sie straffte sich, »ihn schickst du am besten ganz weit fort.«

Er lachte. »Wenn es weiter nichts ist. Alles soll so geschehen, wie du es wünschst.« Er küsste sie auf die Wange. »De Braose wird bei Hofe bleiben, und nächste Woche kann er mich aufs Festland begleiten.«

Er trat einen Schritt zurück und blickte sich im Raum um. »Wie lange brauchst du noch?«

»In einer Stunde bin ich bereit«, entgegnete Havise.

»Gut«, sagte John. »Bis dahin kann ich noch den Welfenbotschafter empfangen.« Er lächelte. »Und dann werden wir den Londonern ein Schauspiel bieten, an das sie noch lange zurückdenken werden.« Mit großen Schritten eilte er hinaus auf den Gang.

Sie stand mit dem Rücken zum Fenster. Ihr Haar schien in dem Sonnenlicht zu lodern. Einen Moment lang glaubte er … und verwarf den Gedanken augenblicklich. Es zog ihn zu ihr hin. Noch konnte er ihr Gesicht nicht erkennen. Er räusperte sich. Langsam wandte sie den Kopf, dann erst den Körper. Er fühlte, wie sein Mund trocken wurde. »Madame!« Er reichte ihr die Hand. Ihre

Haut war kühl und erinnerte ihn an Seide. Er räusperte sich erneut. »Ich freue mich, dass Ihr meine Frau begleiten werdet.« Er bemerkte die zarte Röte, die in ihre Wangen stieg. Aus einem Impuls heraus beugte er sich vor und steckte eine Strähne zurück, die sich aus ihrem lockeren Haarnetz befreit hatte. Sekundenlang schloss er die Augen und murmelte: »Euer Duft ist betörend, Madame.« Er trat einen Schritt zurück. Sie zuckte nicht mit der Wimper, als er sie aufreizend von Kopf bis Fuß betrachtete. »Ich vergesse immer, wie schön Ihr seid«, murmelte er bewundernd.

»Euer Majestät sind zu liebenswürdig.« Er sah den Spott in ihren Augen. Einen winzigen Moment lang wunderte er sich, dass sie nicht grün waren. »Wenn Euer Majestät erlauben, dass ich mich zurückziehe …« Maud sank in einen Knicks.

»Nein, ich erlaube nicht«, sagte er gedehnt. »Ich denke, wir beide sollten uns einmal unter vier Augen unterhalten.« Unbeirrt hielt sie seinem Blick stand.

»Ich werde Euch bald besuchen kommen«, fuhr John ruhig fort.

»Mein Mann und ich werden sehr geehrt sein, Euch bewirten zu dürfen.« Wieder blitzte der Spott in ihren Augen auf.

»Wer weiß, ob er dann ebenfalls dort sein wird? Ich dachte eher an Euch!«

Eilige Schritte kamen den Gang hinunter. Verärgert wandte John den Kopf. »Ach, Ihr seid es. Ich weiß, die Welfen warten …«, sagte er ungeduldig.

Guillaume le Maréchal begrüßte Maud mit einem knappen »Mylady, verzeiht.« Dann wandte er sich wieder an John. »Eben ist ein Bote aus Aquitanien angekommen.«

Aus den Augenwinkeln sah John, wie Maud eilig auf die Tür von Havise zustrebte. »Nun? Was gibt es Neues?«

»Königin Alienor erteilt den meisten Städten die Rechte!«

»Was?«, schrie John unbeherrscht. Ungläubig musterte er den alten Kämpfer. »Ist meine Mutter von Sinnen? Das hätte sie mit mir absprechen müssen!« Zornig schlug er mit der Faust gegen die Wand. »Damit bringt sie den ganzen Adel gegen mich auf!«

Le Maréchal straffte sich. »Vorsicht, mein König. Man könnte Euch hören!«

Jähzornig stampfte John mit dem Fuß auf. »Das ist mir völlig egal! Ich dachte, sie will, dass ich König bin. Ich bin davon ausgegangen, dass sie meinetwegen durch ihre Lande reist, um ihre Leute auf mich einzuschwören! Wenn sie schon nicht zu meiner Krönung kommen konnte«, schloss er bitter.

Le Maréchal lächelte verhalten. »Mein König, Ihr wisst, dass die Königin alles tut, um Euch im Süden den Rücken freizuhalten. Ihr kennt die ansässigen Edelleute. Wahrscheinlich ist sie der Überzeugung, dass auf die Städte in Zukunft mehr Verlass sein wird …«

John beruhigte sich. »Trotzdem. Sie hätte mit mir darüber reden müssen. Mit Richard hat sie jeden Schritt abgesprochen.«

»Aber Ihr wart hier«, sagte le Maréchal ruhig. »Die Königin musste sofort handeln. Dadurch, dass sie sich mit den Städten gut stellt, kann sie mit deren beachtlicher militärischer Unterstützung rechnen.«

»Aber um welchen Preis?« John dachte einen Moment nach. »Wahrscheinlich habt Ihr Recht.« Er zögerte, dann legte er dem Älteren den Arm um die Schulter. »Wollt Ihr mich zu den Welfen begleiten? Wir brauchen sie bestimmt noch.«

* * *

Die Sonnenstrahlen brachen sich in den wirbelnden Strudeln des Clain und der Boivre, die im Norden von Poitiers zusammenflossen.

Fischer ruderten ihre Kähne ans Ufer, wo fröhliches Kindergeschrei sie empfing. Alte Männer, ermüdet vom Tagewerk, saßen auf Bänken und betrachteten das Treiben um sich herum. Frauen schleppten Holz, um den Steinofen für den Abend zu schüren, und wechselten hier und da ein Wort mit den Nachbarn.

Die friedliche Stimmung des späten Nachmittags war verflogen, als die ersten Ritter von Alienors Gefolge über die Brücke trabten. Ihre prächtigen Rösser wurden auf der anderen Seite des Flüsschens bereits lautstark begrüßt, noch ehe die Einwohner der Stadt die Königin erspäht hatten. Mit nackten Füßen rannten die Kinder herbei und winkten und schrien sich die Seele aus dem Leib. Es hatte sich längst herumgesprochen, dass der Besuch der Herzogin bevorstand. In ihrem Auftrag hatte der Seneschall rechtzeitig die Köche und die Mägde, die Bäcker, die Metzger, die Fischhändler und Wildbretlieferanten bestellt, um die genaue Abfolge der festlichen Tage und jedes einzelne Menü zu besprechen. Nicht nur mit ihnen, auch mit den Gemüse- und Weinbauern hatte er auf Heller und Pfennig festgelegt, welche Ausgaben getätigt werden sollten. Die Tischler hatten die Böcke und Platten für die Tafeln überholt, der Schmied das Scharnier am Hauptportal des Palastes erneuert. Der gesamte Hofstaat war seit Tagen mit den Vorbereitungen für das heutige Bankett beschäftigt. Selbst die Blumenfrauen waren nicht zur Ruhe gekommen, so hatte der Majordomus sie gescheucht.

Als Alienors Wagen sich endlich der Brücke näherte, tauchten die späten Sonnenstrahlen das Hochplateau in rötlich schimmerndes Licht. In sanften Biegungen schlängelte sich die gepflasterte Straße hinauf zum Palast der Herzöge. Sie genoss diesen Anblick.

Wann immer sich Alienor der Stadt ihrer Väter, dem Lieblingssitz der Herzöge von Aquitanien, die zugleich Grafen von Poitiers waren, näherte, spürte sie dieselbe Erregung, die sie schon als kleines Mädchen empfunden hatte. Ob sie sich von hier aus nach ihrem Mann gesehnt hatte oder ob sie hierher vor Henry geflohen und ihn mit seinen Söhnen bekämpft hatte , Poitiers war immer ihr Zuhause gewesen. Hier war sie verzweifelt und hier war sie überglücklich gewesen. Mai 1152. Ein strahlender Frühlingstag, wie heute. ›Ja, bis dass der Tod uns scheidet.‹ Sie hörte Henrys Stimme. Die Erinnerung jagte ihr einen Schauer über den Rücken. Dann hatte sie Richard als Herzog eingesetzt. Auch ihm war das Volk zu Füßen gelegen. Was war aus jener viel versprechenden Zukunft geworden? Nun blieb ihr nur noch John.

Hinter den eng aneinander geschmiegten Häusern mit den schmalen, hohen Giebeln tauchte die Kathedrale von St. Pierre auf.

Goldenes Licht beschien die Fassade mit dem prächtigen Rosenfenster über den Spitzbögen der drei Portale. Nach ihrer Hochzeit in dieser Kathedrale hatten Henry und sie dafür gesorgt, dass sie im neuen Stil ausgebaut wurde, mit kühn durchbrochenen Mauern und höheren Türmen. Statt der runden hatten sie sich für moderne, spitze Bögen entschieden.

Ein ganzes Leben lag dazwischen.

Aus den engen Gassen strömten die Einwohner zu ihrer Begrüßung, als der prunkvolle Zug in die Rue de la Cathédrale einbog und sich auf den Palast der Herzöge zuwälzte.

Die Pagen und Schildknappen, im Rot und Gold des englischen Königshauses gekleidet, wurden ebenso bestaunt wie der Falkner der Herzogin, der ihr Lieblingstier sorgfältig verkappt auf dem ledergeschützten Unterarm trug. Die Farbenpracht der unzähligen Ritter, die bunten Embleme des hohen Adels, der Glanz der Bischofsroben. Die drängelnden Menschen am Straßenrand konnten ihre Augen nicht abwenden. Endlich nahte der offene Wagen mit den eisenbeschlagenen, goldbemalten Rädern und Achsen, der mit purpurnem Tuch ausgeschlagen war.

Umwerfend schön im weichen Licht der späten Stunde lächelte Alienor ihren Untergebenen zu. Sie hob und senkte ihre Hand in jede Richtung. Der seidene Stoff ihres goldbestickten Ärmels gab jeder ihrer Bewegungen nach. Das dunkle Rot ihres Gewands unter dem Trauerschleier glühte in den letzten Strahlen der Sonne. Den auftosenden Jubel empfand sie mit Dankbarkeit. Zu viele schmerzliche Erfahrungen hatten sie gelehrt, die Zuneigung ihrer Untertanen nicht als naturgegeben hinzunehmen.

»Majestät!« Ein junger Mann mit schwarzer Kappe bahnte sich einen Weg durch die Masse. »Majestät, ich bin es, Renaud de Marin!« Alienor wandte den Blick. Der junge Mann stieß Frauen wie Männer beiseite, während er sich mühsam vorankämpfte. Er schwenkte seine Kappe und rief: »Majestät, möge König Richard in Frieden ruhen. Lang lebe die Königin!« Weiter kam er nicht, zwei starke Männer versperrten ihm den Weg. Doch Alienor hörte ihn noch rufen. »Die Backstube! Ich danke Euch für die Backstube.« Dann rollte der Wagen durch das Tor des Palastes.

* * *

Sie öffnete die Tür ihrer Kammer und stieß mit einer von Alienors Hofdamen zusammen. »Thérèse, wir formieren uns in einer Stunde!«
»Wie bitte?« Verständnislos starrte sie die Ältere an. »Was heißt das, formieren?«
Hochmütig kniff die Hofdame die Augen zusammen. »Wir geleiten die Königin hinunter. Und du«, sie verzog das Gesicht, »du darfst dich uns anschließen.« Thérèse drängte sich an ihr vorbei. »In einer Stunde, sagt Ihr? Da bin ich längst zurück.«
Mit großen Schritten eilte sie über den Gang, an den Gemächern der Königin vorbei. Sie lächelte den beiden Wachen zu. Dann hatte sie die breite Treppe erreicht. Es herrschte ein unbeschreibliches Gedränge. Edelleute standen gestikulierend auf den Stufen, Pagen mit Tabletts, die nach oben oder unten strebten, versuchten, ihnen auszuweichen. Ein Bischof debattierte lauthals mit ein paar Äbten und versperrte allen den Weg.
Entschlossen streckte Thérèse das Kinn vor, raffte ihre Röcke und gesellte sich dazu. Auf der fünften Stufe wurde das Gedrängel zu dicht.
Der Bischof dachte nicht daran, irgendjemandem Platz zu machen. »Ich weiß nicht, wie der Heilige Vater darüber denken wird«, hörte Thérèse ihn sagen. Sie hüstelte, um sich bemerkbar zu machen.
»Natürlich hat das Bürgertum eine gewisse Berechtigung. Doch der Adel steht der Kirche näher …« Als predige er von der Kanzel herab, breitete er die Arme aus. Thérèse konnte hinter dem Purpurgewand und der goldbestickten Mitra auf seinem Kopf nichts mehr sehen.
»Verzeiht, Eminenz«, unterbrach sie ihn. »Darf ich?« Mit einer Geste bedeutete sie ihm, dass er sie durchlassen möge.

Ungerührt nahm der Bischof seinen Faden wieder auf. »Unsere Königin täte gut daran, sich in solch grundsätzlichen Fragen mit Rom kurzzuschließen.«
»Warum sollte sie?«, fragte Thérèse laut von der oberen Stufe herab.
Langsam wandte der Bischof den Kopf. Seine runden Wangen glänzten. Sprachlos musterte er sie. Einer der Äbte, der neben ihm stand, trat zur Seite, um sie die Treppe hinuntersteigen zu lassen. Doch der Bischof hielt Thérèse zurück. »Was habt Ihr gerade gesagt, meine Tochter?« Seine Augen blickten kalt. Thérèse entzog sich seinem Griff.
»Wenn sie sich für die Freibriefe der Städte entschieden hat, gab es sicherlich zwingende Gründe. Weshalb sollte sie sich dann Rückendeckung aus Rom holen?«, entgegnete Thérèse freundlich. »Schließlich ist sie die Königin. Und sie weiß, was für das Reich gut ist. Das hat sie doch jahrelang bewiesen.« Die Kirchenmänner um sie herum waren sprachlos. Thérèse sah, wie die Ader an der Schläfe des Bischofs pochte. Seine Augen durchbohrten sie. Er entschied, den Einwurf der Frau ganz einfach zu überhören. »Das Recht der Lehnsmacht ist seit jeher gottgewollt …«
»Eminenz«, unterbrach Thérèse ihn erneut, knickste leichthin und entfernte sich die Treppe hinunter.
Gleich darauf spürte sie eine Hand unter ihrem Arm. »Donnerwetter«, lachte Pierre de Mauley und zog sie aus dem Blickfeld der Geistlichen. »Passt nur auf, dass Euch nicht der Kirchenbann trifft.« Die Ironie in seiner Stimme machte sie ärgerlich. Sie funkelte ihn an. »Ich hasse es, wenn sie Frauen nicht wahrnehmen. Und ich hasse es, wenn sie so tun, als hätten sie die Weisheit gepachtet!«
»Haben sie das denn nicht?«, fragte Pierre, bemüht, ernsthaft zu wirken.
»Hört auf, Euch lächerlich zu machen. Die Königin regiert das Land. Denkt doch einmal selbst nach.« Sie bemerkte seinen Blick und fügte spöttisch hinzu: »Oder seid Ihr damit überfordert?«
Er suchte noch nach einer schlagkräftigen Entgegnung, als eine

Frauenstimme ungläubig fragte: »Tess. Meine Kleine, bist du es wirklich?«
»Liebste Tante. Ich hatte so gehofft, Euch hier zu treffen.« Mit einem Aufschrei fiel sie der Gräfin von Châtellerault um den Hals.
»Vorsichtig, meine Kleine. Du zerdrückst mir noch das schöne Kleid. Die Zofe hat Stunden damit verbracht, die Falten herauszubügeln.« Sie wich bis an das steinerne Treppengeländer zurück. Ihre lebhaften braunen Augen musterten die Nichte voll Zärtlichkeit. »Gut siehst du aus. Ich glaubte dich zwar in Fontevrault, aber dieser Rahmen passt besser zu dir.«
Thérèse ergriff ihre Hand und küsste sie. »Ein Segen, dass du hier bist. Ich habe mir schon lauter Feinde gemacht.«
»Doch nicht etwa die Königin?«
Thérèse verneinte. »Es ging nur um sie.« Suchend blickte sie die Treppe hinauf. »Ich kann ihn nicht finden. In jedem Fall war es ein Bischof.«
Die Augen der Gräfin blitzten. »Hoffentlich ist er nicht mein Tischherr. Ich habe keine Lust, den ganzen Abend damit zu verbringen, mich für die schlechten Manieren meiner Nichte zu entschuldigen.« Sie schüttelte den Kopf in komischer Verzweiflung. »Tess, Tess, du bist nicht zu Hause. Du bist hier bei Hofe, da gibt es gewisse Unterschiede ...« Sie versuchte vergeblich, streng zu wirken. »Wie sollen wir denn einen Ehemann für dich finden, wenn du dich nicht unterordnest. Da bleibt am Ende wirklich nur ein Kloster.«
»Das wäre aber jammerschade«, spottete eine Stimme dicht hinter ihrem Ohr. Die Gräfin rief erfreut: »Komm her, Pierre, und lass dich anschauen und meiner Nichte vorstellen.« Dann wandte sie sich Thérèse zu.
Pierre drängte sich dicht an ihr vorbei. Sie spürte seinen Körper an ihrer Seite und nahm seinen Duft wahr. ›Er benutzt kein Parfum‹, dachte sie angenehm überrascht und blickte auf sein schimmerndes Haar hinab, als er sich über die Hand ihrer Tante beugte. »Dies ist Pierre de Mauley, der jüngste Sohn eines entfernten, doch sehr geschätzten Vetters«, erklärte die Gräfin lächelnd.

Ein Page in den Farben Englands erschien. »Die hohen Herrschaften werden gebeten, sich in die Halle zu begeben!«, rief er mit heller Stimme. »Wir erwarten Ihre Majestät, die Königin!«
»Um Gottes willen.« Thérèse stieß einen Schrei aus. »Ich soll die Königin begleiten.« Verzweifelt versuchte sie, sich durch die in die Halle strebenden Menschen einen Weg zu bahnen.
»Haltet Euch dicht hinter mir«, rief Pierre, ergriff ihre Hand und drängte sich rücksichtslos durch die Menge. Endlich hatten sie die Treppe erreicht, die sich langsam leerte. Unter ihnen verebbten das Gelächter und die Stimmen.
»Danke«, sagte Thérèse und hastete die Stufen hinauf.
»Tess ist ein hübscher Name«, rief Pierre ihr hinterher. »In Zukunft werde ich Euch so nennen.«
Doch Tess hörte ihn nicht mehr. Sie jagte den Gang entlang und sah, wie die Wachen bereits Haltung annahmen.
Tess versank in einen tiefen Knicks, als Alienor mit ihrem Gefolge aus den Gemächern trat. Die junge Frau wagte nicht aufzublicken. Sie sah nur die roten Satinschuhe der Königin, die unter dem schweren Stoff des Gewands hervorschimmerten. Die Schuhe blieben genau vor ihren Augen stehen. Tess hörte das Blut in ihren Ohren rauschen.
Ihr Herz raste. Sie fühlte, wie sich eine Hand auf ihre Schulter legte.
Sie erkannte Alienors Stimme, die fast wie ein Lachen klang. »In deinem Alter fand ich es auch außerordentlich aufregend, mich vor dem Fest umzuschauen.« Sie hob Tess' erhitztes Gesicht zu sich empor.
»Und, bist du zufrieden?« Alienors grüne Augen blitzten amüsiert. »Du hast großen Eindruck auf den Bischof von Niort gemacht«, fügte sie spöttisch hinzu. »Mit einer solchen Fürsprecherin der Königin hatte er wohl nicht gerechnet.« Sie lachte und bedeutete ihr, mit den Hofdamen zu folgen.
Tess trug das Kleid, das die Königin ihr zu diesem Anlass geschenkt hatte. Der leuchtend blaue Seidenstoff schmiegte sich an

ihren Körper an und betonte die schmalen Gliedmaßen. Der passende, mit Saphiren besetzte Reif glitzerte in ihrem blonden Haar über der hohen Stirn, als sie am Ende des Gefolges die große Halle betrat. Überwältigt blieb sie stehen. Der Saal der Herzöge erstreckte sich mit seinem hohen Gewölbe bis zu der Empore am oberen Ende. In der riesigen Halle blakte keine einzige rußende Pechfackel. Sie war ausschließlich mit Kerzen an den Wänden und auf den Tischen erleuchtet. Oben war die königliche Tafel gedeckt. Doch selbst an den unteren Enden der Festtafeln war die Pracht unbeschreiblich. Goldene Pokale, schimmernde Kristallkaraffen, Kandelaber mit duftenden Bienenwachskerzen. Dazwischen gelbe und rote Rosen in voller Blüte.

Die Diademe der Damen funkelten im Kerzenschein. Ihre kostbaren Abendroben fielen in langen Bahnen bis zum Boden. Tess konnte sich nicht satt sehen.

Auf der Stelle waren die Gespräche verstummt, als die Königin den Saal betrat. Der kostbar funkelnde Schmuck über dem weich fallenden Kopfschleier, der sich um ihren langen Hals schmiegte, ließ sie fast alterslos erscheinen. Das Schwarz der Trauer verband sich mit dem tiefen Rot der Rubine, die sich über Brust und Taille auf dem gleichfarbenen Gewand bis zum Saum fortsetzten.

›Wie einsam sie wirkt‹, dachte Tess, die sie bisher nie bei offiziellen Anlässen erlebt hatte. Kühle Distanz ausstrahlend, schritt Alienor durch das Spalier der Gäste, den Kopf in alle Richtungen neigend, mit hoheitsvollem lächeln. Ihre Schönheit war atemberaubend, als sie mit eleganten Bewegungen die Stufen zur Empore hinaufschritt.

Dort war die Festtafel der Königin mit Girlanden aus Tannengrün geschmückt, durch die sich Bänder in den Farben von Aquitanien wanden.

Nur in der Mitte der bis auf den Steinboden fallenden Damastdecke glänzten die drei goldenen englischen Löwen auf hellem Rot. Dort hielt sie inne und blickte über den Saal. Dann begann sie zu sprechen.

Tess verfolgte ihre Rede so genau wie die Reaktionen der Gäste, sie registrierte ihren Beifall ebenso wie ihre Ernüchterung, als die Königin auf die Verleihung der Stadtrechte zu sprechen kam. Neugierig suchte sie unter den Kirchenfürsten den Bischof von Niort. Seine Wangen erschienen ihr noch erhitzter, doch seine Miene verriet nur Selbstgewissheit. Dann blieb ihr Blick an Pierre de Mauley hängen. Offensichtlich hatte er sie die ganze Zeit über beobachtet. Er saß ihr am unteren Ende der Tafel schräg gegenüber und grinste. Sie lachte ihm zu, doch wollte sie keines der faszinierenden Worte der Königin verpassen.

Kaum war die Rede beendet, erhoben sich die Gäste und toasteten der Königin zu. Alienor hatte ihr Ziel erreicht und sie einmal mehr mit aller Überzeugungskraft auf sich eingeschworen.

Mitten in den begeisterten Lärm hinein verkündete der Majordomus mit lauter Stimme: »Ein Bote aus England bittet, vorgelassen zu werden!« Den jungen Mann, der in staubiger Kleidung und verdreckten Stiefeln auf die Empore zueilte, hörte Tess sagen: »Majestät, le Maréchal schickt mich mit einer Nachricht.«

Aller Augen richteten sich auf die Königin, vor der der Bote das Knie beugte und ihr eine Pergamentrolle überreichte. Tess sah, wie sie das Siegel zerbrach, das Pergament dicht vor ihre Augen hielt und sich in das Schreiben vertiefte. Während die Gäste sich mit gedämpften Gesprächen wieder auf ihren Plätzen niederließen, hatte Tess nur Augen und Ohren für die Königin. Zu ihrer Verblüffung hörte sie Alienor nun laut auflachen. »Wer hätte ihm das zugetraut«, sagte die Königin, während sie die Pergamentrolle niederlegte, »er lernt schneller, als ich dachte.«

Teil II

Alle sollen die Kathedrale verlassen. Der König möchte allein sein. Schließt die Tore. König John möchte mit dem Heiligen bis zum Nachtmahl ungestört bleiben«, wisperten die Männerstimmen durcheinander. Die scheuen Blicke der Mönche streiften John, der in demütiger Haltung vor dem Sarkophag von Thomas Becket kniete. Das Klatschen ihrer Sandalen auf dem Steinfußboden wurde leiser und verklang vollends, als die letzte Tür ins Schloss schnappte.

Brennende Kerzen tauchten das riesige Gotteshaus von Canterbury in gespenstisches Licht. Dröhnend lastete die Stille auf John. Er fröstelte. Dann erhob er sich und verschränkte die Arme, während er breitbeinig das steinerne Grabmal musterte. Er lächelte.

»Endlich«, sagte er leise. »So lange habe ich auf diesen Moment gewartet.«

Er verlagerte sein Gewicht und wippte langsam vor und zurück. »Du trägst die Schuld an allem«, fuhr er fort. »Du hast Liebe und Freundschaft mit Verrat vergolten. Hast du wirklich geglaubt, du könntest die Plantagenets zerstören?«

Er lachte verächtlich. »Thomas Becket, der Heilige. Kannst du mich jetzt hören?« John beugte sich vor und berührte den Schrein. Er fühlte sich eiskalt an. »Man sagt, du bewirkst Wunder …« Er verzog das Gesicht. »Dann tu es doch. Bewirke ein Wunder, jetzt gleich. Mach, dass Philipp von Frankreich endlich Ruhe gibt. Halte die aufsässigen Barone drüben auf dem Festland in Schach …«

Er hob den Kopf, als lausche er.
»Nichts«, sagte John. »Da ist gar nichts.« Wieder lächelte er maliziös. »Könnte es sein, dass du uns alle zum Narren gehalten hast? Niemals zuvor ist irgendjemand so schnell zum Heiligen befördert worden wie du, obwohl …« Er trat wieder einen Schritt zurück. »Obwohl nicht einmal der Papst dich gemocht hat. Du erinnerst dich, Alexander III. hat dir eigenhändig geschrieben und dich angefleht, Frieden mit meinem Vater zu machen.« Bedauernd schüttelte er den Kopf. »Aber du, in deinem Größenwahn, hast dich Papst und König überlegen gefühlt. Wie konnte das geschehen? Du, Sohn eines Kaufmanns, Protegé eines Erzbischofs.«
Wieder brach er ab.
Seine Augen suchten nach einer Sitzmöglichkeit, blieben an dem mit rotem Samt ausgeschlagenen Sessel des Erzbischofs haften. Zu schwer, zu mühsam, überlegte er und setzte sich auf die Erde. Er lehnte den Kopf gegen eine Säule und wandte sich erneut dem Grabmal zu.
»Hast du gewusst, dass meine Mutter, die Königin, dich niemals gemocht hat?«, fragte er. »Von Vater weiß ich, wie erbost sie über deine Prunksucht war und wie lächerlich ihr deine Eitelkeit vorkam.« Er zog die Knie an und legte die Arme darum. »Thomas Becket, wie fühlst du dich jetzt, da du tot bist? Ist da nur Kälte um dich? Oder schmorst du womöglich im Fegefeuer?«
John grinste. »Vielleicht wollen sie dich nicht einmal dort haben, Verräter!« Er wiegte sich langsam vor und zurück. »Vater hat geglaubt, wenn er dich zum Erzbischof macht, hältst du ihm den Rücken frei. Er hat dir vertraut. Im Gegensatz zu meiner Mutter.«
Johns Gesicht wurde hart. »Du trägst mit die Schuld daran, dass die Ehe meiner Eltern in die Brüche gegangen ist.« Er hob die Hand. »Behaupte nicht, dass die Clifford-Affäre dazu geführt hat. Ich weiß es besser. Die hätte ihm die Königin wahrscheinlich noch verziehen; doch diesen gebrochenen Mann, den du aus ihm gemacht hast, den konnte sie am Ende nicht mehr ertragen!«
Seine Stimme wurde lauter. »Alle Welt wusste, dass du es warst, der

ihm das Herz gebrochen hat!« John sprach immer schneller. »Er hat doch nur gesagt: ›Wer befreit mich von diesem Mann‹ … Er konnte nicht ahnen, dass ein paar Getreue es wörtlich nehmen würden!«
Johns Brust hob und senkte sich. »Ich bin froh, dass sie dich getötet haben«, stieß er hervor. »Denn du hast es verdient!« Trotz der Kälte standen ihm Schweißperlen auf der Stirn. Er löste die Arme von seinen Knien und erhob sich. Die Sohlen seiner Lederstiefel knirschten auf dem Stein, als er sich anschickte, die Stufen hinunterzusteigen. Auf halbem Weg blieb er stehen und wandte den Kopf. »Ich werde wiederkommen, denn ich bin dein König.« Plötzlich lachte er auf. »Vergiss das Wunder nicht …«
Er lachte noch immer, als er durch die Kathedrale eilte. Vor dem Seitenaltar, an dem man Thomas Becket ermordet hatte, hielt er inne. »Hier ist es geschehen«, sagte er und hob den Schwertarm mehrmals in knappen Bewegungen, als führe er eine Waffe. »Es ist sicher schnell gegangen«, murmelte er. Dann straffte er sich und schritt zum Ausgang.
»Und nun habe ich Hunger«, sagte er, als er die Tür hinter sich ins Schloss zog.

Längst waren die Stadttore von Canterbury geschlossen. Die Bürger hatten sich in ihre Häuser zurückgezogen. Bis auf ein paar Betrunkene, die sich lauthals vor einem Badehaus in der Hauptstraße stritten, waren die Gassen leer.
Im Erzbischöflichen Palast saßen John, Guillaume le Maréchal und Hubert Walter zu später Stunde am Kamin. John hielt seinen Pokal gegen das Licht. Dunkelrot leuchtete der Wein im Schein der Flammen. Der Erzbischof lächelte. »Ich liebe die aquitanische Traube. Ich hoffe, dass ich damit Euren Geschmack getroffen habe, mein König.« Fragend hob er eine Augenbraue. John nickte. »Wie sollte ich den Wein nicht lieben, mein lieber Erzbischof, der aus den Erblanden meiner Mutter stammt?« Er trank einen Schluck und ließ ihn genießerisch auf der Zunge vergehen. Zufrieden lehnte sich Hubert Walter zurück. »Ich hoffe, Eure Zwiesprache mit unserem

verehrten Heiligen hat Euch Trost und Zuversicht gespendet. Die Anzahl der Wunder, die er bewirkt hat, macht unsere Stadt fast so bedeutsam wie Santiago de Compostela.«
»Apropos.« John schlug die Beine übereinander. »Ich werde nicht umhinkönnen, eine neue Steuer zu erheben. Meine Kassen sind leer.«
Le Maréchal hüstelte warnend. John wandte sich ihm zu. »Natürlich erst, wenn ich einen genauen Überblick über unsere Finanzen habe und vom Festland zurückgekehrt bin.«
Der alte Getreue nickte bedächtig.
»Ich strebe eine Friedenspolitik an«, fuhr John fort und lächelte spöttisch. »Da unterscheide ich mich wohl von meinem verstorbenen Bruder Richard. Und doch brauche ich Soldaten, um mich gegen Philipp von Frankreich zur Wehr setzen zu können«, fügte er ernst hinzu. »Ich betrachte es als meine heiligste Aufgabe, England wieder zu voller Blüte zu führen!«
»Und Eure Ländereien auf dem Kontinent«, fügte le Maréchal hinzu. John balancierte seinen Pokal auf dem Knie. »Natürlich. Doch England wird für mich immer an erster Stelle stehen. Auch da unterscheide ich mich von meinem Bruder.«
Der Erzbischof legte die Hände wie zum Gebet aneinander. »Ihr sprecht von Soldaten, mein König. Genügen Euch Eure Ritter nicht?«
John trank noch einen Schluck. »Früher war es üblich, dass unsere Lehnsleute sich im Spätherbst und Winter zur Verfügung halten mussten. Bei der Aussaat und der Ernte aber konnten sie sich um ihre Ländereien kümmern. Richard hat darauf niemals Rücksicht genommen, und Philipp hat sich darauf eingestellt. Deswegen brauche ich Söldner, versteht Ihr? Wovon sollten meine Untertanen Steuern zahlen, wenn sie keine Einnahmen haben?«
»Ihr denkt an ein stehendes Heer?«, fragte le Maréchal erstaunt.
John schob die Unterlippe vor. »Wir werden sehen. Wie gesagt, ich muss mir erst einen Überblick verschaffen.« Er lächelte. »Ich bin erst seit ein paar Tagen König und habe noch viel zu lernen.«

Der Erzbischof hob die rechte Hand und schlug das Kreuz über ihm. »Ihr seid auf dem rechten Weg. Mit Gottes Hilfe wird es Euch gelingen.«
John erhob sich. »Ich danke Euch! Es ist spät geworden. Wenn Ihr erlaubt, werde ich mich jetzt zurückziehen.« Er war schon fast an der Tür, da wandte er sich noch einmal um. »Ich bitte Euch, die Annullierung meiner Ehe voranzutreiben. Ich selbst werde mich um eine wohlhabende, neue Gemahlin bemühen. Wir brauchen das Geld!«

Aufzeichnung von Bruder Albert
in den Stallungen des Erzbischöflichen Palasts
zu Canterbury
Anfang Juni des Jahres 1199

Gepriesen sei Gott der Herr, weil sich heute bewiesen hat, dass diejenigen Unrecht haben, die da sagen, unser geliebter König finde nicht den richtigen Trost in der heiligen Kirche.
Ich selbst und alle Mönche der Kathedrale wurden heute Zeuge, wie unser höchster Herr sein Schicksal in die Hände des heiligen Thomas gelegt hat.
Während der König allein vor seinem Sarg betete, wartete ich draußen mit den anderen Brüdern in Christo. Viele weinten vor Glück und weissagten ihm eine gesegnete Herrschaft. Als der König schließlich aus der Kathedrale trat, hielt er den Kopf geneigt, und wir alle konnten sehen, wie tief berührt er war.
An dem anschließenden Bankett durfte ich nicht teilhaben, da die Gefolgschaft unseres allerhöchsten Herrn so groß war, dass eine strenge Auswahl unter den Teilnehmern getroffen wurde.
Nur die Großen des Reiches waren zugelassen. Für die anderen wurde dank der lauen Witterung unten im Hof das Essen verteilt. Ich hörte, dass sich die Menschen darüber unterhielten, wie groß die Schenkung sein würde, die unser König dem Orden machen würde, und alle waren voller Zuversicht und Freude.

Morgen schon ziehen wir weiter nach Bury St. Edmunds. Pfingsten werden wir in Northampton verbringen.
Am 19. Juni verlassen wir England. König John plant, mit einer großen Anzahl von Rittern und Fußsoldaten auf Schiffen von Shoreham aus zum Festland zu reisen.

***

Das laute Gezeter der Elstern weckte Alienor. Mit geschlossenen Augen lauschte sie dem krächzenden Kampfgeschrei der Vögel, die sich die Burg von Niort zum Austragungsort ihres morgendlichen Streits erkoren hatten.
Alienors Glieder schmerzten von dem gestrigen Ritt. In Gedanken überflog sie die Reisestrecke, die noch vor ihnen lag. Über tausend Meilen würden es sein, bis sie all die Städte und Burgen besucht hätte, die sie sich vorgenommen hatte. Der Treue ihrer mächtigsten Vasallen wollte sie sich erneut versichern, um sie auf John als neuen König und Lehnsherrn einzuschwören. Etwa ein Drittel der Reise lag hinter ihr. Die wunderschöne Saintonge, ihre Geburtsstadt Bordeaux, Angoulême und andere aquitanische Städte rechneten in den kommenden Wochen mit ihrer Ankunft.
Alienor stöhnte zufrieden und zog die Seidendecke bis an ihr Kinn. Sie genoss die wohlige Wärme des bequemen Lagers. Bisher waren ihre Erwartungen im Poitou mehr als erfüllt worden. Ihre Untertanen hielten ihr die Treue. Die Ernten der vergangenen Jahre hatten den Wohlstand so sichtlich vermehrt, dass die Stadtbarone sich mit den erweiterten Bürgerrechten arrangieren würden. Dank der großzügigen Privilegien hatte sich Niort, das Tor zum Marais, auf seinen zwei Hügeln inmitten der Sümpfe zu einer reichen und mächtigen Stadt entwickelt und seine Lage als Verkehrsknotenpunkt von Poitiers nach La Rochelle und von der Loire nach Aquitanien ausgebaut. Der Handel von Ost nach West und von Nord nach Süd blühte. Sie würde auch hier dafür sorgen, dass die Bürger mit einer freien Verfassung belohnt würden.

Alienor dehnte ihren Körper und rollte träge auf den Rücken. Hinter ihren geschlossenen Lidern tauchten leuchtende Bilder der Vergangenheit auf. In das raue Gekrächze der Elstern mischten sich die Klänge von Sängern und Lauten. Ebenso wie in Poitiers hatte sie damals auch in Niort einen der berühmten ›Schiedsgerichtshöfe der Liebe‹ eingerichtet. Sie sah ihre älteste Tochter, Marie de Champagne vor sich, wie sie die Troubadoure mit ihrer geistreichen Heiterkeit ansteckte. Marie war ihr erstes Kind von Louis und immer ihre Lieblingstochter gewesen. Auf Maries Bitten hin hatte Chrétien de Troyes die Erzählung von Lancelot geschrieben. Wie hatten sie damals über die Ehre des Ritters und die Liebe zu Ginevra gestritten, singend, dichtend, sich gegenseitig übertreffend. In jenen rhetorischen Gefechten wurden die unterschiedlichsten Meinungen ausgetragen. Nicht nur ihre eigenen Verehrer, Bernard von Ventadour und Bertrand de Born, wetteiferten um den ersten Platz unter den Troubadouren. Poesie und Dichtkunst zogen Sänger und Dichter des ganzen Landes an. Zum Scherz erließ man Urteile für erdachte Fälle, in denen alle Nuancen der Liebe analysiert wurden. Dann entschied der Gerichtshof unter dem Vorsitz einer Dame. Wie gern hatte sie diese Rolle übernommen, die strahlende Marie an ihrer Seite. Die Verehrung, mit der die Troubadoure sie selbst in ihren Minneliedern bedachten, hatte sie immer amüsiert. Es waren herrliche Zeiten, voller Esprit und Lebensfreude, reich an Farben und Klängen.

Alienor öffnete die Augen. Täuschte sie sich? Sie hörte noch immer eine Stimme, deren Klang sie bezauberte. Sie richtete sich auf und lauschte. Vage erinnerte sie sich, dieses Lied schon einmal gehört zu haben.

Mit einem Hauch von Wehmut erhob sie sich. Wie ausgefüllt ihr Leben mit der schöngeistigen Hofhaltung gewesen war. Heute schien es ihr, als reiche ihre Kraft nur noch für die zahllosen Pflichten, die ihr das Reich abverlangte. Ihr blieb zu wenig Zeit für jede Art von Muße, der sie sich früher ganz selbstverständlich hingegeben hatte. Doch was konnte sie ändern?

Während die Zofe sie ankleidete, entschied sie, für alle zukünftigen Schenkungen auf ihrer Reise einen Einheitsbrief zu verfassen, in den nur die Namen und Orte der Klöster neu eingetragen wurden. Das würde Zeit sparen. Kaum war sie angekleidet, rief sie nach dem Schreiber und diktierte: »Alienor, durch Gottes Gnade Königin von England, Herzogin der Normandie und der Guyenne, Gräfin von Anjou, an die Erzbischöfe, Bischöfe, Äbte – meinen Gruß.« Der Schreiber beeilte sich, ihrem raschen Diktat zu folgen. Als sie geendet hatte, überflog sie den Brief.

»Setzt hier noch Folgendes hinzu«, forderte sie den Schreiber auf. »Doch da König Henry wie auch unser Sohn Richard, der ihm folgte, seither beide gestorben sind und Gott uns noch in dieser Welt belassen hat, sind wir verpflichtet, … Dann fahrt fort wie besprochen.« Auch dies war ein Gedanke, der sie seit Richards Tod immer mehr beschäftigte. Sie fühlte sich von Gott zurückgelassen in einer Welt, in der ihre Liebe ziellos umherzuirren schien. Henry war vor zehn Jahren gestorben, die geliebte Marie im vergangenen Jahr und nun Richard.

Alienor hob den Kopf. Wieder hörte sie den Gesang, der irgendwo in der Burg erklang. Plötzlich erkannte sie die Stimme. Aus dem Moment heraus entschied sie, sich einen Tag Ruhe zu gönnen. Man sollte die Bittsteller auf den nächsten Tag vertrösten, die Unterredung mit dem Bischof, den Besuch des Legaten verschieben. Die Rechtsprechung in zwei komplizierten Fällen eilte nicht. Auch die Bestätigungen der Schenkungen konnten warten. Dann ließ sie nach Tess rufen. Sie sollte die Vorbereitungen für ein Picknick treffen. Es war höchste Zeit, die junge Frau endlich näher kennen zu lernen.

Das Bild war berauschend. Mitten auf der Wiese leuchtete die rote Damastdecke, auf der Körbe mit Früchten und Brot, Silberplatten mit knusprigen Hühnerschenkeln und Entenbrüsten, Käseplatten und Pasteten ausgebreitet waren. Selbst an ihr Lieblingsdessert, den Rosenpudding, hatte man gedacht. Er stand in einer Kristallschale, umgeben von gelben und rosa Blütenblättern. Mit aquitanischem Rotwein und unter zunehmendem Gelächter machten sie sich über die Köstlichkeiten her. Dann hatte sich Alienor in den Schatten eines alten Eichenbaums zurückgezogen.

Die Eskorte war zu ihrer Sicherheit an die Hecken befohlen, die am Ende der Wiese den Wegesrand zur Burg markierten. Denn Wegelagerer gab es auch hier. Hin und wieder trug der laue Wind das Gekicher der Hofdamen und die angeregten Stimmen der Pagen zu ihr herüber, die die Reste des Picknicks genossen.

Alienor hörte dem Raunen der Blätter zu. Sie beobachtete eine tiefblau schillernde Libelle, die sich vom Flussufer der Sèvre hierher verirrt hatte.

Ein Marienkäfer versuchte verzweifelt, die Spitze eines Grashalms zu erklimmen. Der Halm bog sich, der Käfer fiel auf den Rücken und kämpfte sich aufs Neue hinauf.

Mit gerafften Röcken und aufgelösten Haaren eilte Tess an ihr vorüber. Einen Ledereimer in der Hand und eine Angel über der Schulter lief sie den sanften Abhang zum Wasser hinunter. Dann war sie verschwunden. Wie frei Tess wirkte. Ihr schien es gleichgültig, ob die Sonne ihre Haut verbrannte. Sie hatte sich für das Picknick so bequem wie möglich gekleidet. Ganz im Gegensatz zu den Hofdamen, die sich sommerlich herausgeputzt und mit Gazetüchern gegen die Junistrahlen gewappnet hatten.

Alienor lächelte, als sie Tess vom Ufer her leise singen hörte. Eine Weile lauschte sie, während sie die unterschiedlichen Düfte der Wiesenblumen einsog. Dann erhob sie sich und schlenderte durch die Kleeblüten, den Hahnenfuß, das Wiesenschaumkraut in Richtung Fluss. Seit langer Zeit fühlte sie sich zum ersten Mal wieder eins mit dem Rhythmus der Natur. In der trägen Stille des Nachmittags empfand sie Frieden.

Tess hatte sie nicht kommen hören. Erst als Alienors Schatten über sie fiel, wandte sie sich um und erhob sich schnell, die Angel fest in den Händen.

»Wollt Ihr Euch setzen, Madame?« Alienor blickte in das strahlende Gesicht der jungen Frau, deren Haar honigfarben glänzte. Tess knüllte den Überrock, den sie ausgezogen und achtlos beiseite geworfen hatte, zusammen. »Bitte, das ist die einzige Bequemlichkeit, die ich Euch bieten kann.« Sie lachte und zog an dem nassen Unterrock, der an ihren Schenkeln klebte.

Alienor ließ sich mit angewinkelten Beinen auf dem Stoffbündel nieder und betrachtete sie lächelnd. »Wie hast du diesen wunderschönen Fleck gefunden?«

»Ganz einfach«, sagte Tess und hockte sich, die Angel möglichst ruhig haltend, in das Gras neben sie. »Ich habe den alten Baumeister von König Henry ausfindig gemacht, der für dieses großartige Bauwerk verantwortlich war.« Tess deutete auf die mächtigen Wehrtürme der Burg von Niort, deren kantige Konturen sich scharf gegen den zartblauen Junihimmel abhoben. »Und er hat mir erzählt, dass König Richard sich immer hierher zurückgezogen hat, wenn er in Niort war, um den Ausbau der Burg zu beaufsichtigen. Er muss es geliebt haben, hier mit Freunden zu angeln und zu zechen. Deshalb ist das Schilf hier entfernt und die Wiese niemals verwuchert.« Tess wischte sich die Hand im Gras ab, griff nach dem Eimer und stellte ihn näher zu sich. Die Angelleine bewegte sich.

»Dann kennst du Richards Geheimnisse besser als ich«, entgegnete Alienor spöttisch. Tess hob den Kopf und blickte die Königin forschend an. »Die Geheimnisse Eures Sohnes kenne ich natürlich nicht. Ich weiß nur, dass er mit seinen Rittern Gelage feierte, die manches Mal gefährlich ausarteten.« Ihre Stimme klang zögernd. Sie beugte sich vor, die Leine bewegte sich heftiger. Ein Fisch hatte angebissen.

Alienor beobachtete Tess' konzentrierte Miene. Noch wartete sie, dann zog sie mit gekonntem Schwung die Leine aus dem Wasser, die Angel flog über ihren Kopf. Geschickt bekam sie die Forelle zu fassen und ließ sie in den Ledereimer fallen, dass das Wasser aufspritzte. Mit geübter Hand entfernte sie den Haken aus dem Maul. Da stieß sie aus Versehen gegen den Ledereimer, und die Forelle hüpfte um sich schlagend über die Kieselsteine. Tess sprang auf, um das zappelnde Tier wieder einzufangen.

»Thérèse«, sagte Alienor plötzlich ernst. »Von dir möchte ich niemals die offizielle Version hören!«

»Ihr erinnert Euch …?«, fragte Tess irritiert und blickte sie, vornübergebeugt, auf Augenhöhe an. Alienor sah, wie sich das Blau ihrer Augen umwölkte. Für einen Moment nahm der Fisch wieder Tess' ganze Aufmerksamkeit gefangen. Dann endlich hielt sie ihn zappelnd in die Höhe. Seine silbergrauen Schuppen glitzerten nass in der Sonne. Sein glitschiger Körper wand sich in alle Richtungen.

»Mein Leben lang habe ich es mit Menschen zu tun gehabt, die sich winden wie diese Forelle«, sagte Alienor. »Es gibt nur wenige, die die Courage haben, der Königin die Wahrheit zu sagen. Was ist mit deinem Verlobten geschehen?«

Tess warf ihr einen kurzen Blick zu, ließ die Forelle in den Wassereimer gleiten und setzte sich wieder. Sie schlang beide Hände um die Knie.

»König Richard hat ihn nicht geschützt. Er hat ihn fahrlässig umgebracht«, brach es aus ihr heraus. Kreischend hoben sich Möwen aus dem Schilf und ließen sich kurz darauf in einigem Abstand wieder ins Wasser fallen.

»Benedikt und ich kannten uns seit Kindertagen. Wir sind so gut wie gemeinsam aufgewachsen. Wir waren wie Geschwister und hatten keine Geheimnisse voreinander.« Sie seufzte. »Niemals wäre Benedikt ein solches Wagnis eingegangen, wenn der König ihn nicht gezwungen hätte«, fuhr Tess vorwurfsvoll fort. »Ich weiß es. Bei den Mutproben, die wir gemacht haben, war er immer bedachter als ich.«

»Und was genau ist geschehen?« Alienor konnte ihr Gesicht gegen die tiefer stehende Sonne nicht ausmachen. Tess' Profil schien jedoch zarter, verletzlicher als zuvor.

»Sie hatten gefeiert und getrunken, als der König irrsinnigerweise beschloss, eine nächtliche Attacke gegen Philipp von Frankreich zu starten. Es war Vollmond. Sie hatten eine Wette abgeschlossen, ihn vor dem Morgengrauen aus der Burg zu vertreiben, anstatt den nächsten Tag abzuwarten, so wie es geplant war. Man suchte einen Ritter, der nicht nur sicher reiten konnte, sondern darüber hinaus auch ein guter Schwimmer war. Und das war Benedikt. Er sollte den Burggraben durchqueren und ihnen eine gewisse Pforte öffnen, durch die sie nachts hätten eindringen können. Die Wächter haben ihn jedoch entdeckt und mit Steinen attackiert. Er wurde am Kopf verwundet. Keiner von König Richards Leuten hat ihm geholfen. Sie haben ihn im Burggraben ertrinken lassen.«

Betroffen schwieg Alienor. Tess' Blick glitt hinüber zu den Burgtürmen. »Am nächsten Morgen haben sie Philipp von Frankreich mit einem Handschlag vertrieben. Benedikts Tod war so unnötig.« Sie riss ein Büschel Gräser aus und verstreute sie über die Kieselsteine.

»Das tut mir Leid für dich«, sagte Alienor leise.

»Es war nicht das erste Mal, dass König Richard verantwortungslos gehandelt hat. Er wäre niemals in Gefangenschaft geraten, wenn er den Herzog von Österreich nicht bis aufs Blut gereizt hätte«, begehrte Tess auf. »Er hätte England und uns die Unsummen des Lösegelds erspart, gar nicht zu reden von den hochrangigen Geiseln, wenn er den Wimpel des Herzogs nicht in die Abwässergruben von Akkon geworfen hätte. Warum hat er solche Dinge getan?«

»Weil er übermütig war. Weil er jung war«, entgegnete Alienor prompt, doch sie glaubte ihren eigenen Worten nicht.

Tess schüttelte den Kopf. »Ihr wart auch sehr jung, als Ihr Königin von Frankreich wurdet. Niemals hättet Ihr so gehandelt.« Sie hielt inne und überlegte, ob sie noch weitergehen dürfe. Alienor spürte ihr Zögern und nickte ihr aufmunternd zu.

»König John ist nicht viel älter, als Richard damals war. Niemals hört man solche Dinge von ihm. Er kümmert sich um das Land, dessen König er immer werden wollte. Warum war Richard nur zweimal in seinem Leben in England?«, fragte sie.

»Sein größter Kontrahent war Philipp. Den musste er in Schach halten. Und das ist Richard gelungen.« Alienor wunderte sich, wie begierig sie war, die Meinung der jungen Frau zu hören. Wie hätte Tess ahnen können, welche schwer wiegenden Fehler sie als Königin begangen hatte.

»Werdet Ihr König John den Rücken ebenso freihalten, wie Ihr es für König Richard getan habt?«, fragte Tess und blickte sie offen an.

»Selbstverständlich«, entgegnete Alienor überrascht. »Warum fragst du?«

Tess zog die Schultern hoch. »Gilt die Forelle noch immer?«

Alienor lachte. »Ich habe dir doch gesagt, dass ich das Sichwinden und Zappeln nicht ausstehen kann.«

»Weil ich glaube, dass Euch König Richard immer näher gestanden ist. Ihr sprecht nie von König John, ...«

»Verzeiht, Majestät!«, rief die Hofdame und kam atemlos angelaufen. Mit einem Seitenblick auf Tess stellte sie sich so, dass sie der jungen Frau den Rücken zuwandte. »Die Eskorte meldet die unerwartete Ankunft Eurer Tochter, der Gräfin von Toulouse!«

»Wie bitte?« Alienor wandte sich ihr abrupt zu.

»Der Gardehauptmann bittet Euch, schnell zu kommen«, bat die Hofdame.

Tess half Alienor auf und eilte an ihrer Seite über die Wiese, die in dem späten Sonnenlicht wie verwunschen wirkte. Die Hofdame bemühte sich, Schritt zu halten, während sie außer Atem erklärte: »Die Gräfin ist auf der Flucht. Sie wollte bei König Richard unterkommen. Dann hat sie von seinem Tod erfahren und ist nach Poitiers weitergereist. Dort hat die Gräfin von Châtellerault sich ihrer angenommen und sie dann hierher begleiten lassen.«

Tess hielt die Buschzweige zur Seite, um Alienor hindurchzulassen. Betroffen nahm sie wahr, wie die Züge der Königin sich verändert hatten. Als sie das Forellengespräch geführt hatten, hatte sie weich, fast heiter gewirkt. Ihr Lachen war das einer jungen Frau gewesen. Nun aber war sie wieder die harte Regentin, die sich trotz ihres Alters jeder Situation stellte, die Autorität ausstrahlte und die Menschen um sich herum auf Distanz hielt.

Auf dem Weg zur Burg stand Joannas Wagen mit geöffneter Tür. Alienor war mit wenigen Schritten bei ihr. Blass und entkräftet lehnte ihre Tochter an der Lederwand. Ihre kastanienbraunen Haare klebten an der feuchten Stirn. »Meine eigenen Leute haben mich verraten und unser Lager in Brand gesteckt ...«, flüsterte sie und hielt sich den offenkundig von einer Schwangerschaft gewölbten Bauch, als habe sie Wehen. »Wo ist dein Mann gewesen?« Alienor starrte auf Joannas ausgehöhlte Wangen, schwarze Schatten ließen ihre grauen Augen übergroß erscheinen.
Müde mit dem Kopf schüttelnd, erwiderte die geschwächte Tochter: »Irgendwelche dunklen Geschäfte hielten Raymond im Norden. Er war, wie immer, nicht da. Es ist mir nichts anderes übrig geblieben, als die aufsässigen Herren von Saint-Félix alleine zur Raison zu bringen. Ich kann Gott nur danken, dass mir die Flucht gelungen ist.«
»Mein Liebstes!« Zärtlich nahm Alienor ihre jüngste Tochter in den Arm. Entsetzt stellte sie fest, wie unglücklich Joanna wirkte. Sie war immer diejenige gewesen, die unbedarft fröhlich und ohne Arg gewesen war. »Hier bist du in Sicherheit. Wir bringen dich auf die Burg, und du kommst erst einmal zu Kräften. Dann sehen wir weiter.«
Sie gab Befehl zum sofortigen Aufbruch.
Tess sah dem davonrollenden Wagen nach, um den sich die Eskorte gruppiert hatte, als sie hinter der Hecke eine spöttische Männerstimme vernahm.
»Damen in Unterröcken begegnet man heutzutage selten auf öffentlichen Straßen.« Der gut aussehende Mann mit den hellbraunen, kurzen Haaren grinste sie unverschämt an. Mit einem Blick schätzte Tess die Lage ein. Es würde noch dauern, bis Pagen und Hofdamen zur Abfahrt bereit wären. Sie blickte an ihrem noch sichtlich nassen Unterkleid hinab und lachte. »Statt hier dumm herumzustehen, könntet Ihr mir helfen, Pierre de Mauley. Folgt mir!« Sie lief über die Blumenwiese voraus, die nun vollends im Licht der untergehenden Sonne erblühte.

»Was habt Ihr vor?«, rief er ihr zu, als er sie einholte, um an ihrer Seite zum Ufer der Sèvre zu gelangen. »Wollt Ihr ein Bad nehmen?«
Am Wasser angekommen, befahl sie ihm, den Eimer mit der einsamen Forelle und die Angel zu nehmen. Sie hob den vollkommen zerknüllten Überrock auf und zog ihn über ihre Hüften.
Verblüfft betrachtete sie der junge Mann. »Ihr scheint wohl gar keine Hemmungen zu haben!«
»Warum sollte ich?«, rief Tess und funkelte ihn an, während sie die Schlaufen am Rücken verknotete. »Bedauerlicherweise habe ich nur eine Forelle geangelt. Doch dieses Tier hat für mich eine besondere Bedeutung.«
Kopfschüttelnd stand er vor ihr. »Ihr erstaunt mich immer wieder aufs Neue.« Die rötlichen Strahlen der untergehenden Sonne schienen Pierre direkt ins Gesicht. Die vielen kleinen Lachfältchen, die seine Augen umgaben, gefielen Tess. Das Blaugrau der Augen schien zwischen Belustigung und Ernst zu schwanken.
»Meine Tante in Poitiers scheint viel von Euch zu halten, wenn sie Euch die Tochter unserer Herzogin anvertraut.« Sie warf ihm einen kurzen, neugierigen Blick zu, ehe sie hinüber zur Burg blickte, über deren Zinnen der Himmel sich in glühendes Rot verwandelt hatte. Ein sanfter Wind schob rosaweiße, federleichte Wolken darüber.
»Wie wundervoll!«, rief Tess und strahlte ihn an. »König Henry hat sie erbauen lassen. Ob sein Sohn ihm jemals darin nachfolgen wird?«
»König Richard hat Château-Gaillard gebaut. Das muss die wehrhafteste Festung aller Zeiten sein«, erwiderte Pierre. »Leider kenne ich sie nicht.«
Unwillig schüttelte Tess den Kopf. »Ich meine König John. Ob er solche Burgen plant?«
Pierre de Mauley hatte zwar keine Augen für die Burg, doch er antwortete ernsthaft. »Ich fürchte, König John wird sich das nicht mehr leisten können.« Hingerissen starrte er auf die junge Frau, die von dem Schauspiel in Bann geschlagen war. In seiner Brusttasche trug er die Schließe und die blaue Kette, die er auf dem Markt der

kleinen Stadt für Tess gekauft hatte. Doch sein Instinkt sagte ihm, dass es nicht der passende Moment war.
Tess wandte plötzlich den Kopf. »Mein Gott, wir müssen los. Ich höre die Pferde!« Sie raffte die Röcke und rannte mit wehenden Haaren los.
»Sehen wir uns heute Abend?«, rief er ihr hinterher. Laufend drehte sie sich zu ihm um. »Ich denke, in der Halle zum Abendessen!«

***

Tausendfach brachen sich die Sonnenstrahlen in der aufgewühlten See und blendeten die Männer, die an der Reling standen.
Sobald die Schiffe den schützenden Hafen von Shoreham verlassen hatten, fuhr der Wind in die Großsegel und blähte sie knatternd auf. Schon beim ersten Wendemanöver brach die Gischt über die Bordplanken.
John schüttelte sich und wischte sich das Salzwasser aus den Augen. Sein Blick hing an der sich langsam entfernenden Küste. »Mein Gott, wie ich dieses Land liebe«, sagte er andächtig. »Wie grün das Gras ist …«
Will boxte ihn freundschaftlich in die Seite und feixte. »Fast so grün wie deine Augen.«
William de Braose klopfte sich seinen Umhang ab. »Scheiß auf grünes Gras und blauen Himmel! Ich bin nass wie ein Hund. Diesen Kapitän müsste man vierteilen. Er scheint sein Handwerk nicht zu verstehen«, schimpfte er und stemmte seinen vierschrötigen Körper gegen den Wind. »Ich spüre förmlich, wie mein Kettenhemd zu rosten beginnt.«
John lachte nachsichtig. »Hört schon auf, de Braose. Genießt lieber die Überfahrt. Der Wind steht günstig. Aller Wahrscheinlichkeit nach werden wir am späten Nachmittag in der Normandie anlegen. Dann könnt Ihr Euer Kettenhemd zum Polieren geben.«
Er kniff die Augen zusammen und betrachtete die anderen Schiffe,

die schwer beladen, eins nach dem anderen, aus dem schützenden Hafen nach Süden in See stachen.
Das Gekreische der Möwen, die das Schiff begleiteten, vermischte sich mit dem Klatschen der Wellen, die sich am Schiffsrumpf brachen. Befehle der Bootsleute gellten über Deck. Es roch nach Salz und Pferdemist. John hielt sein Gesicht in die wärmende Sonne.
»Wie soll's weitergehen, wenn wir endlich auf dem Kontinent sind?«, fragte de Braose unwirsch und nestelte an der schweren, silbernen Schließe seines Umhangs. Umständlich schälte er sich gleich darauf aus dem Tuch und warf es auf eine der festgezurrten Truhen.
»Wir bereisen die Bretagne, das Anjou und Maine«, antwortete John. »Ich will wissen, welche Verbündeten meine Schwägerin und ihr Sohn tatsächlich haben, welche Gefahren uns durch Konstanzes und Arthurs Machenschaften drohen. Und dann werden wir sehen, ob wir uns gütlich mit unseren Gegnern einigen können.«
»Warum diese Umstände?« De Braose legte seine schwieligen Hände auf die Reling und spuckte ins Wasser. »Schickt mich mit ein paar Männern los, und ich garantiere, dass ich diese Hexe Konstanze als Geisel nehmen werde. Dann haben wir Ruhe.« Er musterte John aus den Augenwinkeln. »Das fehlte noch, dass uns Frauen Ärger machen. Sie haben das Maul zu halten und sich in ihr Schicksal zu fügen und nicht nach der Krone zu schielen.«
»Sie will sie ja nicht für sich«, warf Will ein.
De Braose lief rot an. »Das klingt ja so, als ob diese bretonische Hure einen Fürsprecher in Euch hätte«, brüllte er jähzornig. »Ob für sich oder für ihren grässlichen Bengel, was spielt das schon für eine Rolle!«
»Na, na«, sagte John besänftigend. »Wir werden es erst einmal friedlich versuchen. Wenn nicht, können wir immer noch darüber reden, welche anderen Möglichkeiten uns bleiben.«
Will legte ihm die Hand auf den Arm. »Ich fürchte, dann werden wir ernsthafte Schwierigkeiten mit Philipp bekommen«, warnte er. »Konstanzes Sohn ist an seinem Hof, wie du weißt. Und wie ich den

Franzosen einschätze, tut er nichts, ohne dass für ihn etwas dabei herausspringt.«

De Braose lachte verächtlich. »Dieser aufgeblasene Kapetinger soll nur die Finger von Arthur lassen. Sonst ...«

Seine jüngeren Begleiter lachten. »Sonst was?«, fragte Will ironisch. »Wollt Ihr ihm den Fehdehandschuh hinwerfen? Ich nehme an, Philipp wird sich vor Angst in die Hosen machen!«

De Braose brummelte vor sich hin. »Ist doch wahr. Das Land des Kapetingers ist so groß.« Er bildete mit Daumen und Zeigefinger einen Kreis. »Und dann riskiert der so eine Lippe!«

»Schluss jetzt«, befahl John. »Ich habe bereits gesagt, dass wir es friedlich versuchen werden.« Wieder schweifte sein Blick über die englische Küste, die sich immer weiter entfernte. »Und wenn wir wieder zu Hause sind, kümmern wir uns um die Waliser und die Schotten!«

Eine große Woge prallte gegen das Schiff, so dass es sich jäh zur Seite legte. Unter Deck wieherten die Pferde. »Herrgott noch einmal, ich muss gleich kotzen«, brüllte de Braose. Er hangelte sich die Reling entlang. »Jetzt reicht es. Ich werde mal ein Wörtchen mit dem Kapitän reden!«

Will biss sich auf die Lippen und verzog das Gesicht.

»Du magst ihn nicht«, sagte John, als sie wieder alleine nebeneinander standen. Es war mehr eine Feststellung als eine Frage. Sein Freund zuckte mit den Schultern. »Ich habe nie verstanden, warum du ihn so in deine Nähe lässt.« Er lächelte. »Außer seiner Frau hat dieser Mensch nichts Gutes.«

John nickte. »Ja, Lady Maud ist eine wahre Schönheit. Und was ihn anbelangt«, mit einer knappen Kopfbewegung deutete er in die Richtung, in der de Braose verschwunden war, »der hält mir die kriegerischen Waliser in Schach.«

»Um welchen Preis? An de Braoses Händen klebt Blut«, beharrte Will.

John runzelte die Stirn. »Mit dem Massaker von Abergavenny habe ich nichts zu tun. Das war 1175, damals war ich noch ein Kind.«

Will legte John die Hand auf die Schulter und zwang ihn, den Blick zu heben.
»Wie kannst du einem Menschen vertrauen, der Gäste zu einem Friedensfest in sein Haus einlädt, um sie dann abzuschlachten?«, fragte er. »Muss ich dich wirklich daran erinnern, wie niederträchtig dieser Mann ist? William hat die Waliser Fürsten und Prinzen unter dem Vorwand in sein Haus eingeladen, mit ihnen Friedensgespräche führen zu wollen. Er hat sie hinterhältig darum gebeten, die Waffen abzulegen, die bei Friedensverhandlungen nichts zu suchen hätten. Dann hat er Fürsten und Söhne niedermetzeln lassen, in seinem eigenen Haus, an seinem eigenen Tisch ein Blutbad angerichtet. Ich bitte dich!«
John befreite sich, indem er einen Schritt zurücktrat. »Das ist fünfundzwanzig Jahre her!«
Will schob das Kinn vor. »Eine solche Schande verjährt nie«, entgegnete er. »Und ein so ehrloser Mann ist heute Sheriff von Herefordshire. So einer wie er vertritt das Recht. Er spricht in deinem Namen. Ich würde ihm nicht einmal eine Schweineherde anvertrauen«, fügte Will zornig hinzu.
Wieder fegte ein Gischtschauer über das Deck. Die beiden Männer blinzelten die Nässe aus ihren Wimpern. Sie sahen zu, wie das Wasser über die Planken lief, ehe es sich auf der Treppe zum Unterdeck verlor. Ein Pferd wieherte gellend, andere traten in Panik gegen die Planken.
»Die armen Viecher«, murmelte Will. »Ich gehe hinunter und schau zu, dass ich sie beruhigen kann!«
John hielt ihn zurück. »Lass mir nur ein bisschen Zeit – und vertrau mir. Ich will ein guter König sein. Dazu brauche ich dich!« Will lächelte freundschaftlich und verschwand unter Deck.
Bald darauf schrie eine Stimme aus dem Mast. »Land in Sicht!«

***

In der Burg von Niort war Ruhe eingekehrt. Pierre de Mauley und seine Ritter, die Joanna begleitet hatten, zogen sich auf ihr Schlaflager zurück, während Alienor noch einmal nach ihrer Tochter sah. Zärtlich strich sie über die knochigen Wangen der Schlafenden. Trauer übermannte sie, als sie an die in ihrer Jugend strahlend schöne Joanna dachte. Was war nur aus dieser glücklichen jungen Frau geworden? Als Königin von Sizilien war sie eine kraftvolle und beeindruckende Herrscherin gewesen. Dann war ihr Mann gestorben, ein kluger König, und die Schwierigkeiten mit Tankred von Lecce hatten begonnen. Obwohl Joannas Untertanen sie liebten und verehrten und in Sizilien halten wollten, war sie seinen Machtansprüchen unterlegen.

Später hatte Richard geglaubt, durch Joannas Hochzeit mit dem Grafen von Toulouse zwei Probleme gleichzeitig lösen zu können: seiner Schwester eine sichere Zukunft ermöglichen und endlich die Oberhoheit über das Gebiet von Toulouse gewinnen. Richard hatte ihr zur Hochzeit mit Raymond von Toulouse die Stadt und das Land von Agen als Mitgift geschenkt.

Wieder strich Alienor über die kühle Wange ihrer Tochter. Nun lag sie hier, nachdem sie den ganzen Abend über weinend von den unglücklichen Jahren in Toulouse berichtet hatte. Raymond hatte sie nach der Geburt ihres Sohnes aus seinem ausschweifenden Leben ausgeschlossen, sich ihr Land angeeignet und sich auch darüber hinaus in keiner Weise ritterlich verhalten. Joanna war im sechsten Monat schwanger.

Alienor zog die Felldecke über die hageren Schultern der Kranken und begab sich in ihr eigenes Gemach.

Seufzend ließ sie sich in den hochlehnigen Holzstuhl fallen, der vor dem großen Tisch stand. Im Kamin brannte ein Feuer. Sie entzündete zwei weitere Kerzen. Dann nahm sie die Feder, tauchte sie in die schwarze Tinte und begann auf dem vorbereiteten Pergament zu schreiben.

Bestimmt für die ehrwürdige Mutter Mathilde
Äbtissin der königlichen Abtei von Fontevrault
Niort, im Juni 1199

Meine liebe Mathilde,
womit will Gott uns nur immer wieder strafen?
Joanna macht mir die größten Sorgen. Sie hat sich zu uns nach Niort geflüchtet. Sie ist verzweifelt und sehr geschwächt. Ich fürchte um ihr Leben.
In diesem Zustand kann sie uns in den kommenden Wochen unmöglich nach Aquitanien begleiten. Darf ich Dich bitten, sie in Fontevrault aufzunehmen, bis ich von der Reise durch meine Lande zurückkehre? In denke an die Mitte des Monats Juli.
Liebste Mathilde, Du wirst Joanna Mut zusprechen und ihrer Seele Kraft geben. Der Frieden der geliebten Abtei wird sie aufrichten, so wie er auch mich immer stärkt.
Möge Gott meine jüngste Tochter am Leben erhalten. Von meinen zehn Kindern blieben mir sonst nur Eleonore im fernen Kastilien und – John.
Gott segne und behüte Dich

Nachdem sie den Brief noch einmal gelesen hatte, unterschrieb sie mit großen Lettern. Sie legte ihn beiseite, damit die Tinte trocknete. Dann erhob sie sich und trat an den kostbar ziselierten Silbertisch mit den geschwungenen, hohen Beinen, der sie seit ihrer Rückkehr aus dem Heiligen Land auf jeder Reise begleitete. Ein halbes Jahrhundert lag dazwischen. Nachdenklich fuhr sie über die orientalischen Ornamente, die fremdartige Blumen und Blätter darstellten. Wie immer standen eine Karaffe Rotwein und zwei goldene Becher auf der oval gerundeten Tischplatte, deren Umrisse an eine geöffnete Blüte erinnerten. Sie schenkte sich Wein ein.
Mit diesem Tisch lebe ich nun länger zusammen als mit Henry. Sie lächelte bei dem Gedanken an ihren Mann. ›Was würde er tun?‹, fragte sie sich. ›Gegen Philipp zu Felde ziehen‹, hörte sie ihn sagen.

›Ihn schachmatt setzen.‹ »Unsinn, du Draufgänger, Diplomatie war noch nie deine Stärke«, entgegnete sie laut. »Im Gegenteil, ich muss ihn in Sicherheit wiegen, ihn glauben machen, dass wir im Süden den König von Frankreich hofieren.« Sie überlegte weiter, während ihre Finger die zarten Erhebungen und Vertiefungen der Blattadern erspürten.

Philipps Spione hatten ihn mit Sicherheit längst darüber informiert, dass ihre uneingeschränkte Macht über ihre Länder auch nach Richards Tod ungebrochen war. Das musste den König unruhig machen.

Wenn sie Mitte Juli nach Fontevrault zurückkehrte und ihre Reise weiterhin so erfolgreich verliefe wie bisher, dann … Sie trank einen Schluck Wein und setzte sich wieder an den großen Holztisch.

In Gedanken spielte sie die Idee durch, die sie seit Beginn ihrer Reise beschäftigte. Sie müsste Philipp zuvorkommen. Erneut tauchte sie die Feder in die Tinte und begann die Karte zu skizzieren, die ihre Besitzungen südlich der Loire bis an die Pyrenäen umriss, die unsichere Bretagne, das Anjou und Maine schraffierte sie bis an die Grenze des Königreichs Frankreich im Osten, die Normandie umrandete sie nur, ebenso wie England.

Sie würde Philipp zu verstehen geben, dass sie zwischen dem König von Frankreich und dem König von England stand. Bevor er als oberster Lehnsherr ihren Eid forderte, würde sie ihm für ihre Länder huldigen. Mit dieser Geste kam sie ihm zuvor, band sie ihm die Hände. Er würde es nicht wagen, in die bedeutenden Hoheitsgebiete der Plantagenets einzufallen, wenn sie ihren Lehnseid als Herrscherin über ihre Besitztümer so schnell wie möglich erneuerte und offiziell nicht daran dachte, John als Erben für das Poitou und Aquitanien einzusetzen.

Zufrieden mit diesem Schachzug zerknüllte sie die Kartenskizze und warf sie zu Boden. Dann zog sie den Brief an Mathilde zu sich heran. Sie setzte ein Postskriptum darunter:

PS: Nach meiner Rückkehr werde ich bedauerlicherweise nur kurz in Fontevrault verweilen können. Ich werde Philipp von Frankreich in Tours aufsuchen und ihm den Lehnseid leisten.

* * *

Die Taktiererei, das Aushorchen, Drohen oder Belohnen langweilten John. Und doch kam er seinem Ziel, die Stimmungslage der Barone und Grafen in der Bretagne, Maine und Anjou auszuloten, konsequent näher. Den einzigen Zeitvertreib, den er sich gönnte, war die morgendliche Jagd mit seinem Halbbruder.

»Warum?«, fragte Will. »Warum willst du das tun?«

»Warum. Warum …« John schnitzte mit seinem Messer an einem Ast herum. Wild flogen die weißen Späne zur Erde.

Die beiden Männer saßen auf einem umgestürzten Baumstamm in der Morgendämmerung. Feuchte Schleier waberten über die taunasse Wiese. Vor ihnen im Gras lag eine erlegte Hirschkuh, deren langsam verblassende Augen die beiden Jäger vorwurfsvoll anzublicken schienen.

»Du weißt doch nicht einmal, wo sie sich im Moment aufhält«, sagte Will ruhig.

John warf den Ast zur Seite, wischte sein Messer an der Lederhose ab und steckte es zurück in die Scheide.

»Meine Späher haben mir berichtet, dass sie sich auf dem Weg nach Fontevrault befindet. Vielleicht ist sie ja schon dort!« Resolut stand er auf. »All die Wochen über habe ich mich abgemüht, die Abtrünnigen wieder auf meine Seite zu ziehen. Mir reicht es!« John machte eine bezeichnende Geste. »Jetzt will ich meine Mutter sehen. Das ist doch nicht so schwer zu verstehen, oder?«

Er starrte auf das erlegte Wild, über dessen Rücken eine dicke Fliege kletterte.

»Wann willst du los?«, fragte Will.

John lächelte verlegen. »Jetzt gleich!«

Der Freund zog die Brauen hoch. »Doch nicht so, in deinem Jagd-

rock?« Er lächelte spöttisch. »Du weißt doch, dass die Königin Wert auf Formen legt.«
John lief hinüber zu der Eiche, wo er sein Pferd angebunden hatte. Während er in den Sattel stieg, deutete er auf die Hirschkuh. »Du wirst dich darum kümmern, ja?«
Will war aufgesprungen. »Soll ich nicht lieber mitkommen? Du kannst doch nicht die ganze Strecke über alleine reiten. Das ist viel zu gefährlich.«
John schüttelte den Kopf. »In diesem Aufzug sehe ich nicht so aus, als wäre aus mir ein großes Lösegeld herauszupressen!«
Er griff die Zügel. »Sei so lieb und schick mir jemanden mit frischen Kleidern ins Kloster.« Er wendete sein Pferd.
»Halt!«, rief Will. »Wann bist du wieder zurück?«
John galoppierte aus dem Stand los. Grüßend hob er die Hand. »Morgen!«
Der Freund sah ihm nach, wie er den Hügel hinunterpreschte. Gleich darauf war er im Morgendunst verschwunden.
Bekümmert schüttelte Will den Kopf. »Armer John«, murmelte er, während er sich daranmachte, das Wild auszuweiden.

Unbarmherzig brannte die Sonne auf die riesige Klosteranlage, als John Fontevrault erreichte. Sein Gesicht glänzte vor Schweiß, und seine Haare klebten am Kopf. Er taumelte fast, als er aus dem Sattel stieg. »Gib ihm Wasser und reib ihn ordentlich ab«, befahl er einem der Stallknechte. Dann fragte er nach der Königin. Der Mann schüttelte den Kopf. »Sie ist nicht hier.«
John war ernüchtert. »Verdammt«, knirschte er und spürte erst jetzt den Staub zwischen den Zähnen.
Ohne ein weiteres Wort stakste er davon. Wie üblich nahm er den Weg, der am Küchenhaus vorbeiführte, und sprang über die Buchsbaumhecke, um abzukürzen. Am Brunnen im Kräutergarten hielt er inne. In durstigen Zügen trank er aus der hohlen Hand, ehe er den Kopf unter den plätschernden Strahl hielt.
»Was habt Ihr hier zu suchen?«, fragte eine barsche Frauenstimme.

Irritiert wischte er sich das Wasser aus den Augen und blickte auf. Die Person, die ihn derart angefahren hatte, mochte in seinem Alter sein. Trotz der Hitze, die wie ein schweres Tuch über dem Land lag, trug sie einen weiten, roten Umhang, der ihm seltsam vertraut schien. Eine ähnliche Farbe wies der luftige Schleier auf, den sie über ihr Gesicht gezogen hatte.
»Ihr seid keine Nonne, die ich beim Gebet störe. Also, was erfrecht Ihr Euch, mich derart anzugehen?«, gab er überrascht zurück.
Die Dame schnappte hörbar nach Luft. »Ich werde nach der Wache rufen, damit man Euch auspeitscht«, rief sie zornig.
Ungerührt nahm John auf der steinernen Brunneneinfassung Platz. »Übernehmt Euch nur nicht, Madame. Ich bin John Plantagenet«, sagte er spöttisch.
»John? Unser Johnny?« Ungestüm riss sie sich den Schleier herunter. »Sieh mich doch an. Weißt du denn gar nicht, wer ich bin?« Und als er staunend näher trat, rief sie: »Ich bin's, Joanna, deine Schwester!«
Ungläubig starrte er sie an. Dann begann er zu strahlen. Mit beiden Händen fasste er nach ihren Schultern, seine Augen suchten in ihren Zügen. »Ja, natürlich«, sagte er zärtlich. »Du bist meine große Schwester, Jo!« Er hielt sie ein wenig von sich. »Du hast dich kaum verändert.« Staunend schüttelte er den Kopf. »Meine liebe Jo, das letzte Mal habe ich dich gesehen, ehe du nach Sizilien geheiratet hast.« Er begann zu lachen. »Du hast dich kaum verändert, bist auch immer noch so frech.«
»Du Lügner«, rief sie aus. »Und wie ich mich verändert habe!« Sie zog ihren Umhang auseinander. »Sieh mich doch an. Alt bin ich geworden. Verwitwet, neu verheiratet und wieder schwanger!«
Die Tränen liefen ihr die Wangen herunter. Ungestüm warf sie sich ihrem Bruder in die Arme. John hielt sie ganz fest. Er spürte, wie ihr Herz klopfte.
Unter Lachen und Weinen trat sie schließlich zurück. »Du stinkst, John!« Sie zog hörbar die Nase hoch. »Und überhaupt, wie siehst du nur wieder aus!« Zärtlich strich sie über sein feuchtes Gesicht.

»Immer noch der verkommene kleine Bruder. Fehlt nur noch, dass du mir deine blutenden Knie zeigst.«
Liebevoll drückte er sie auf den Brunnenrand und hockte sich vor sie hin. »Und du bist immer noch die alte Heulsuse!«
Joanna schniefte noch einmal, ehe sie fragte: »Bist du meinetwegen hier?«
Er schüttelte den Kopf. »Ich hatte keine Ahnung, dass du hier bist.« Plötzlich klang er ernst. »Es ist wegen Mutter. Ich war gerade hier in der Gegend und dachte, ich nutze die Gelegenheit.« Er spürte, wie ihm das Blut in die Wangen stieg.
Wieder strich sie ihm über das Gesicht. »Du buhlst noch immer um sie! Warum wartest du nicht ab, bis sie den Weg zu dir findet?«
John senkte den Blick und griff wahllos nach ein paar Kieseln. »Da könnte ich lange warten«, entgegnete er trocken und warf die Steine zurück auf den Weg. »Und warum bist du hier im Kloster? Hast du nicht gesagt, dass du wieder verheiratet bist?«
Joanna reckte ihr Kinn und blickte in seine grünen Augen. »Ja, mit einem richtigen Vieh. Und in Fontevrault bin ich, weil Mutter mich hierher geschickt hat. Sie wird entscheiden, wie es mit mir weitergeht. Bei meinem Mann kann ich nicht bleiben.«
Die Geschwister verstummten. Bis auf das Plätschern des Brunnens war es ganz still. Selbst die Vögel schwiegen in der Hitze.
Schließlich erhob sich Joanna. »Lass uns ins Haus gehen. Ich werde dafür Sorge tragen, dass man dir ein Bad bereitet.« Sie reichte ihm die Hand. »In deinem Zustand kannst du niemandem unter die Augen treten.«
Arm in Arm schlenderten sie kurz darauf den königlichen Gastgemächern entgegen. John spürte einen Kloß im Hals, als er hörte, wie seine Schwester den Mägden Anweisungen zu seiner Bequemlichkeit gab. Dann wandte sie sich ihm zu. »Ich werde sehen, ob ich ein paar Kleider für dich auftreiben kann. Wenn du erst sauber bist, werden wir beide gemeinsam essen. Und dann wirst du mir erzählen, wie es dir ergangen ist. Später kannst du dann Äbtissin Mathilde begrüßen.«

John lächelte, als er sich im Zuber zurücklehnte. Wohlig dehnte und streckte er seine Glieder, ehe er in dem kühlenden Wasser einmal ganz untertauchte. Er hatte sie nicht kommen hören und schrak auf, als Joanna mit einer Magd auftauchte, die ein Kleiderbündel trug, das sie sorgfältig auf dem Bett ausbreitete. »Irgendetwas wird dir schon passen«, erklärte Joanna und reichte ihm ein Handtuch. Dann setzte sie sich auf die Bettkante.
»Wann wird dein Kind zu Welt kommen?«, fragte er, während er sich abtrocknete.
»In zwölf Wochen«, sagte sie. »Und du könntest sein Patenonkel werden.«
John lächelte geschmeichelt. »Sehr gerne. Und dann kommt ihr beide nach England, und ich zeige euch das Land, in dem ich König bin!«
Joanna neigte den Kopf zu einer Verbeugung. »Erst Papa, dann Richard und jetzt mein kleiner Johnny: König von England«, spottete sie und hielt ihm ein frisches Hemd entgegen.
Er warf einen Blick auf die cremefarbene Seide und schob die Unterlippe vor. »Das ist zu groß für mich.«
Joanna ließ sich nicht beirren. »Dann stopf es in die Hose«, befahl sie. »Und krempele die Ärmel auf!«
Sie sah zu, wie er sich das Kleidungsstück überstreifte. Dann lächelte sie verwundert. »Seltsam, dass sie Richards Sachen alle aufgehoben hat …«
Später, als man im Freien den Tisch für sie gedeckt hatte, fragte John seine Schwester: »Willst du das Cape nicht ausziehen?« Unwillkürlich zog sie die Schultern zusammen. »Nein. Ich friere immer so leicht!« Besorgt sah er zu ihr hinüber. »Bist du krank?« Joanna schüttelte den Kopf. »Nicht der Rede wert. Erzähl lieber, wie es dir ergangen ist. Das Letzte, was ich von dir gehört habe, ist, dass Papa dich nach Irland geschickt hat.«
John, der nach einem gebratenen Hühnerbein griff, hielt mitten in der Bewegung inne. »Ach, das meinst du.« Er lachte verlegen. »Das war ein absolutes Fiasko.« Dann biss er in das knusprige Fleisch.

»Ich mochte die Iren nicht; und die Iren mochten mich nicht«, sagte er mit vollem Mund. Plötzlich begann er zu schmunzeln. »Du hättest sie sehen sollen. Bärte bis zum Boden, und wenn sie einen angeschaut haben, dann machten sie finstere Gesichter, man musste ständig befürchten, dass sie das Messer ziehen. Ich war einfach zu jung und zu unerfahren.« Er wischte sich die Hand an der Serviette ab und griff nach dem Weinglas. »Papa war natürlich außer sich vor Zorn, als ich ohne Geld und nur mit einer Hand voll Leuten wieder heimkehrte. Also blieb ich wie zuvor ›Ohneland‹.« Nachdenklich blickte er sie an. »Ich war naiv. Niemand hat mich auf diese Reise, auf die Andersartigkeit der Iren, auf ihre Gewohnheiten und Riten vorbereitet.«

»Und danach?«, fragte Joanna weiter. »Was geschah dann?«

John überlegte. »Ja, dann wollte Papa, dass Richard auf seinen Anspruch in Aquitanien verzichtet, wenn er König von England wird.« Er wedelte eine Biene fort, die um seinen Kopf kreiste. »Warum isst du nichts, Jo?« Er schob ihr die Platte mit den Hühnerbeinen zu. »Sie sind köstlich!«

Joanna winkte ab. »Erzähl weiter.«

»Tja«, sagte John gedehnt. »Richard wollte davon nichts wissen. Außerdem war er wütend auf Papa, weil er Mutter in Old Sarum festgesetzt hatte.«

»Was soll das heißen? Festgesetzt … Du willst doch sagen, dass Papa sie gefangen hielt!«

John hielt ihr die Schüssel mit dem Erbsenpüree entgegen, als sie ablehnte, nahm er selbst. »Natürlich. Aber Mama hatte es sehr behaglich in Old Sarum. Ich habe es mit eigenen Augen gesehen. Sehr viel angenehmer als das Leben, das ich an der Seite unseres Vaters führte.«

Mit den Fingern begann er aufzuzählen: »Es gab Wandbehänge in allen Räumen, die sie bewohnte. Sommer wie Winter brannten den ganzen Tag über die Kamine. Sie hatte genügend Personal. Sie durfte tagsüber in den Garten und ausreiten, wann immer ihr der Sinn danach stand.«

»Aber sie durfte das Burggelände nicht verlassen«, erwiderte Joanna trocken.
John schob seinen Teller zurück. »So darfst du das nicht sehen! Du vergisst, dass Mama es war, die hier unten nicht nur die Barone, sondern schließlich auch die eigenen Söhne gegen unseren Vater aufgehetzt hat!«
»Ja«, entgegnete Joanna. »Weil er die Ehe gebrochen hat und in aller Öffentlichkeit mit dieser unsäglichen Rosamund Clifford zusammenlebte.«
John sprang auf, und sein Stuhl fiel zurück. »Nein. Nein!«, rief er aufgebracht. »Diese Clifford-Hure hat nur wenig damit zu tun. Es war die Schuld von Thomas Becket.«
Joanna zerbröselte ein Stück Brot zwischen ihren Fingern. John bemerkte, wie blass sie wurde.
»Entschuldigung«, sagte er linkisch, bückte sich und hob den Stuhl wieder auf. Dann griff er sich einen Apfel aus der Schale und begann ihn zu schälen. Es gelang ihm, die Schale in gleichmäßigen Ringen auf seinen Teller zu schneiden. »Hier, iss wenigstens das«, bat er und hielt ihr ein Stück entgegen. Sie nahm es dankend an, legte es jedoch gleich darauf achtlos auf den Tisch. »Wie war es mit Richard?«, forschte sie weiter.
John zuckte die Schultern. »Wie soll es gewesen sein? Richard, der strahlende Held, immer und überall. Was hatte ich da für eine Chance!«
Joanna blickte ihn direkt an. »Du hast mit Philipp gegen ihn konspiriert, erzählt man sich …«
Über ihnen begann ein Taubenpärchen zu gurren. John hob den Kopf und suchte nach ihnen. Die beiden Vögel saßen direkt über ihnen auf einem Mauervorsprung. Die Abendsonne ließ ihr graues Gefieder aufleuchten.
Langsam wandte er sich ihr wieder zu. »Für seine Freunde mag es so ausgesehen haben«, sagte er gedehnt. »Aber so war es nicht!«
Fragend hob Joanna den Blick.
»Richard hat England ruiniert. Das verzeihe ich ihm nie!« Und als

sie etwas darauf erwidern wollte, unterbrach er sie. »Hör mir zu und urteile dann!«

Er stützte sich mit beiden Ellbogen auf den Tisch. »Angefangen hat alles mit jenem unsäglichen Kreuzzug. Richard hat alles in England versilbert, was nicht niet- und nagelfest war. Sheriffposten, Lehnsgüter, ja, selbst vor dem Kronschatz hat er nicht Halt gemacht. Und sie, sie hat ihn dabei unterstützt!«

Joanna nickte. »Sie hat ihm nie etwas abschlagen können.«

Die Geschwister blickten einander in stummem Einverständnis an.

»Er hat Kriege geführt, um Krieg zu führen. Es ging ihm gar nicht um die Sache. Richard kämpfte, um zu siegen, ganz egal, wie hoch der Preis war. Das war sein Leben! Waghalsig auf Kosten seiner Untertanen, unverantwortlich! Deswegen habe ich mich mit Philipp zusammengetan, als unser Bruder Gefangener des deutschen Kaisers war. Ich wollte, dass man ihn dort behält. Ich konnte doch nicht zulassen, dass diese Unsumme von Lösegeld für ihn bezahlt wird. Das englische Volk hatte buchstäblich nichts zu essen.«

Über ihnen gurrten die Tauben.

Joanna sah sich um. »Wie friedlich es hier ist«, sagte sie leise. »Kaum zu glauben, dass da draußen nur Krieg und Verrat sein sollen!« Ihr Blick schweifte noch immer über den kleinen Innenhof, als sie fragte: »Und Mutter?«

John strich sich durch die Haare. »Zumindest nimmt sie mich zur Kenntnis, nun, da ich König bin.« Er lachte bitter. »Es bleibt ihr wohl nichts anderes übrig, wenn sie die Plantagenet-Dynastie retten will.«

Impulsiv beugte Joanna sich vor und streichelte seine Hand. »Was ist mit dir? Kannst du ihr nicht vergeben?«

Er spielte mit ihren Fingern. »Was könnte ich denn vergeben? Dass sie mich nie geliebt hat? Dass sie mich als Kleinkind verlassen hat? Einmal – ich war noch ein Junge – hab ich sie auf der Straße nach Nottingham getroffen. Sie hat mich nicht einmal erkannt …«

Plötzlich ließ er ihre Hand los und lehnte sich in seinem Stuhl zurück. »Das alles ist lange her!«

Beide hörten gleichzeitig sich nähernde Schritte und wandten die Köpfe. Joanna lächelte leicht. »Komm her, Tess. Ich stelle dich meinem Bruder vor ...« Ihre Stimme war immer leiser geworden. John, der im Begriff war, sich zu erheben, sah, wie Joanna die Hand an ihr Herz presste. Sie stöhnte auf. Dann brach sie lautlos über dem Tisch zusammen.
»Jo«, schrie er. Mit zwei Schritten war er bei ihr, kniete neben ihr nieder und bettete ihren Kopf an seine Brust. »Jo, liebe, liebe Jo«, flehte er.
Erst jetzt nahm er die junge Frau wahr, die erschrocken vor ihnen stand. »Einen Medicus. Schnell!«, rief er. »Meine Schwester ...«
Tess war wie vom Donner gerührt und starrte ihn an. Sie sah, mit welcher Zärtlichkeit er Joanna auf seine Arme bettete und sie mit behutsamen Schritten ins Haus trug.
Erst jetzt war sie in der Lage, sich zu bewegen, raffte ihre Röcke und eilte zur Krankenstation, die in Saint-Benoît untergebracht war.

»Der Medicus wird gleich da sein«, rief Tess, als sie kurz darauf schwer atmend über die Schwelle von Joannas Gemach trat. Angstvoll starrte sie zum Bett hinüber und sah nur Johns Rücken, der über die Schwester gebeugt war.
»Gleich, Jo«, hörte sie ihn sagen. »Gleich wird der Arzt nach dir schauen.« Joanna stöhnte, sie bäumte sich auf und rang nach Luft. John hob ihren Oberkörper an. Hilfe suchend umklammerte sie seine Schultern. »Ruhig. Ganz ruhig, mein Liebes. Du musst tief durchatmen«, wiederholte er wieder und wieder und wiegte sie sanft hin und her. »Johnny, hilf mir«, keuchte Joanna.
Verzweifelt wandte John den Kopf. Da erst sah er Tess in der Tür stehen. »Wo bleibt dieser verdammte Medicus?«, rief er. Als Joanna erneut um Atem rang, schrie er aufgebracht: »Kommt und helft mir!«
Ohne nachzudenken, lief Tess hinüber zum Waschtisch, riss ein Handtuch vom Ständer und tunkte es in den Wasserkrug. Mit dem tropfenden Tuch eilte sie auf die andere Bettseite, kletterte hinauf

und kniete sich neben ihn. Behutsam begann sie, Joannas Gesicht zu kühlen. »Öffnet ihren Umhang.« Sie sah Johns Hände zittern, während er versuchte, den Verschluss des Capes zu öffnen. Als die große, silberne Brosche klemmte, rief sie: »Nehmt Euer Messer!« Joanna verdrehte die Augen. Ihre Lippen waren blau angelaufen. Sie schien nichts wahrzunehmen. Rigoros schnitt John den Stoff entzwei.

»Auch das Oberteil«, befahl Tess und rutschte auf den Knien näher an ihn heran, um Joannas krampfenden Körper zu halten. Als John zögerte, griff sie nach dem Messer in seiner Hand und durchtrennte die Schlaufen, die das Kleid zusammenhielten. Ihre Köpfe berührten sich fast. Tess nahm Johns Duft wahr und fühlte, wie ihr Herz zu pochen begann. Behutsam schob sie Joannas Oberkleid beiseite, und lockerte das leinene Hemd darunter. Ihre Brust hob und senkte sich stoßweise. Wieder griff Tess nach dem feuchten Tuch und kühlte Joanna Stirn und Lippen.

»Was ist geschehen?«, flüsterte die Kranke.

John und Tess begannen gleichzeitig zu sprechen. »Nichts. Du warst ohnmächtig.« Sein Atem streifte Tess' Wange, so dicht waren sie beieinander. Tess wagte nicht, ihn anzusehen. Plötzlich spürte sie seine Nähe ganz deutlich.

»Wo bin ich?«, fragte Joanna und blickte verwirrt um sich.

Tess starrte auf Johns feingliedrige Hand, die zärtlich über die Wangen der Schwester fuhr. Sie sah den Ring auf der gebräunten Haut, den Smaragd, der darauf funkelte. Sie hörte seine beschwörende Stimme und jedes einzelne seiner Worte. »Es wird alles gut, glaub mir, ganz ruhig, alles wird gut.«

Die Stimme der Königin. Dieselbe Wärme im Unterton, Alienors Stimme, wenn sie liebevoll war. Und wie hart und kühl konnte sie sein. Auch bei ihr klang sie dunkler und schwingender, wenn sie Sympathie empfand. Tess saß mit dem nassen Tuch auf ihrem Schoß starr da. Ihr war, als bliebe die Welt stehen.

Allmählich wich die Totenblässe aus Joannas Gesicht, ihre weißen Lippen verzogen sich zu einem schwachen Lächeln.

»Wasser, bitte …«
Tess glitt eilends vom Bett und kam kurz darauf mit einem Becher zurück. John nahm ihn entgegen. Er lächelte liebevoll, als er der Kranken das Wasser einflößte. Überrascht stellte Tess fest, wie wenig die Geschwister gemein hatten. Ihre Profile glichen sich in keiner Weise. John hatte die gerade Nase, die hohe Stirn seiner Mutter. Seine ebenmäßigen Wangenknochen waren ihr wie aus dem Gesicht geschnitten. Er hatte kastanienbraune, gewellte Haare. Wie sehr er seiner Mutter gleicht, durchfuhr es Tess.
Als von draußen Schritte zu vernehmen waren, bettete John den Kopf der Schwester auf das Lager und erhob sich. Der Medicus betrat an der Seite der Äbtissin den Raum.
Mathilde wechselte einige Worte mit dem König, bevor er das Gemach verließ. Als er gegangen war, fühlte sich Tess plötzlich allein. Benommen führte sie die Handreichungen aus, die der Medicus für den Aderlass von ihr verlangte.

***

Als Alienor nach der zwölfwöchigen Parforce-Reise durch ihre Erblande nach Fontevrault zurückkehrte, war sie zufrieden. Ihre Politik hatte sich als klug erwiesen. Das Lehnsverhältnis zum Adel basierte auf Treue und der persönlichen Beziehung zu den Untertanen. Alienor hatte sie in jeder Stadt und jeder Burg aufgefrischt und ihre Länder so wieder fest in der Hand. Darüber hinaus hatte sie sich als großmütige Herrin gegenüber den Bürgern erwiesen und ihre Position durch die Verleihung der zahllosen Freibriefe auch verteidigungspolitisch gestärkt.
Es blieben ihr nur wenige Tage, um sich in Fontevrault von den Strapazen der über tausend Meilen zu erholen, die sie zurückgelegt hatte. Im Bewusstsein ihres politischen Erfolgs brach sie kurz darauf nach Tours auf, um ihn mit der Erneuerung des Treueids vor ihrem obersten Lehnsherrn zu krönen.

Und dann war es so weit. Der Herold kündigte die Ankunft der Herzogin von Aquitanien an.
Der Weg schien Alienor endlos. Mit jedem Schritt, den sie auf Philipp von Frankreich zutrat, dehnte sich die Zeit. Über der Burghalle von Tours hing eine so konzentrierte Stille, dass sie glaubte, ihre eigenen Atemzüge zu hören. Jeden Muskel ihres Körpers beherrschte sie eisern, um genauso langsam zu schreiten, wie sie es als dieser Zeremonie angemessen empfand.
Das mächtige Gefolge des Königs und die Großen ihres eigenen Reiches bildeten das Spalier, durch das sie voranschritt. Unzählige Male hatte sie in ihrem Leben solche Auftritte durchlebt, doch warum verschafften ihr die auf sie gerichteten Blicke keine Genugtuung? Warum spürte sie eine diffuse Spannung bis ins Herz?
Die Atmosphäre war getränkt von den Machtansprüchen, den entgegengesetzten Interessen Englands und Frankreichs. Lauernd warteten die einen auf eine Blöße, die sie, die Herzogin von Aquitanien, sich als Mutter des Königs von England geben könnte. Dagegen grenzten die Erwartungen ihrer eigenen Untertanen ans Unermessliche. Wie sollte sie auch noch die Normandie, das Anjou und Maine gegen Frankreichs Zugriff schützen?
Doch das war es nicht allein, was sie beunruhigte. Der Weg schien ihr endlos, da die unsichere Zukunft des Plantagenet-Reiches und damit die Sorge um ihr gesamtes Lebenswerk jeden einzelnen Schritt erschwerten. Alienor war Kaisern und Königen, dem Papst und Kirchenfürsten im fernen Orient begegnet. Niemals hatte sie sich in ihrem Leben auch nur einem von ihnen gebeugt. Jede Art von Unterwerfung war ihr zuwider.
Weiter auf Philipp von Frankreich zuschreitend, begann ihr Herz heftiger zu pochen. Mit äußerster Disziplin zwang sie sich, das Gleichmaß der Schritte beizubehalten.
Erst als Alienor die Mitte der Halle erreicht hatte, ließ sie all ihre Gefühle zu. Dies war der Paukenschlag, den sie selbst herbeigeführt hatte. Zum letzten Mal in ihrem Leben würde sie den Lehnseid für ihr Reich erneuern. Der Moment ihres offiziellen Abschieds von

der politischen Bühne war gekommen. Aus rein strategischem Denken war sie nun zum allerletzten Mal bereit, vor dem gesamten französischen Hof alles zu geben, was in ihren Kräften stand; trotz der Unverfrorenheit des französischen Königs, als Ort ihrer Huldigung eine Stadt im Anjou zu wählen, die zum Hoheitsgebiet der Plantagenets gehörte.

Den Kopf elegant in jede Richtung neigend, deutete sie immer wieder ein Lächeln an, das sie hoheitsvoll und nur gezielt verteilte. Sie wusste sehr wohl um ihre Wirkung. Ihr war bewusst, dass allein ihre Erscheinung Feinden wie Freunden Respekt abforderte.

Das tief leuchtende Rot des Gewands, die goldene Krone der Herzöge von Aquitanien über dem Kopfschleier, die kostbare Smaragdschließe und das passende Collier aus dem Hause der Grafen von Poitiers waren nur die äußeren Zeichen ihres würdevollen Auftritts.

Zunächst erkannte Alienor die Umrisse des Throns, das leuchtende Blau und Weiß der Kapetinger Farben, die darüber gebreitet waren. Fünfzehn Jahre lang war sie mit Louis verheiratet, war sie selbst Königin von Frankreich gewesen. Und nun näherte sie sich seinem Sohn, ihrem obersten Lehnsherrn. Sie erkannte Louis' Krone auf dem schwarz gewellten Haar seines Erstgeborenen. Sie sah, wie Philipp sich erhob. Er war größer als sein Vater, genauso schmal, ebenso hellhäutig, er hatte die hohe Stirn der Kapetinger geerbt. Doch hielt er sich schlecht.

Dann standen sie einander auf Augenhöhe gegenüber. Philipp verzog seinen schmalen Mund zu einem unaufrichtigen Lächeln.

Alienor blickte Henrys Feind, Richards Verräter, Johns Herausforderer, Arthurs selbst ernanntem Vormund direkt in die dunklen Augen. Nur die Ahnung eines Lächelns lag über ihrer Miene. Philipp schien versucht, vor ihr zurückweichen. Doch ihr Blick hielt ihn fest, zwang ihn mit der Kraft ihrer ganzen Präsenz ihm standzuhalten. Sein Augenlid zuckte. Er versuchte es zu verbergen, indem er die Brauen hochmütig verzog und den Kopf ein wenig zur Seite neigte.

Dieser Mann, der ihr Sohn hätte sein können, hatte nichts von der Größe seines Vaters. Louis war ein in sich gekehrter, frommer, wenn auch regierungsschwacher König gewesen, der sich aufrecht darum bemüht hatte, ein guter Christ zu sein. Philipp dagegen hatte den flinken Blick eines Wiesels und die Nervosität eines machtgierigen Taktierers, den nichts als sein Ehrgeiz treibt.
Alienor spürte sein Beben, die Diskrepanz zwischen der äußeren Macht und der inneren Schwäche, die er vor ihr zu kaschieren suchte. Er verlagerte das Gewicht von einem Bein auf das andere. Wieder zuckte sein Augenlid.
Provozierend verzog Alienor die Mundwinkel und beobachtete ihn mit einer Andeutung von Verachtung. Sie wartete ab und kostete den Moment ihrer Macht aus. Dies war ihr letzter Sieg über den Feind.
Als Philipp von Frankreich seine groben Hände ausstreckte und ihr geöffnet entgegenhielt, sah Alienor sie zittern. Sie zögerte den Moment der Huldigung hinaus, indem sie aufreizend langsam den Blick aus seinen Augen löste und auf Louis' Krone lenkte. ›Möge Gott mein Land vor diesem Mann beschützen‹, dachte sie.
Hüsteln und leises Fußscharren waren in der Halle zu vernehmen.
Dann hob auch sie ihre Hände und legte sie leicht in die des Königs. Er atmete erleichtert auf. Alienor beugte den Kopf. Die Krone auf ihrem Haupt neigte sich dem König zu. Als sie sich wieder aufrichtete, schenkte sie Philipp plötzlich ein strahlendes Lächeln. Sie löste ihre Hände aus den seinen und trat einen Schritt zurück. Dann forderte sie mit eindeutiger Geste den Handkuss ein, der ihr nun gebührte, und Philipp beugte sich über ihre Hand.

* * *

Sanfter Spätsommerregen fiel auf die Burganlage von Rouen. Der betäubende Duft von Jasmin und Rosen drang durch die geöffneten Fenster.
Unten im Hof hatten Männer Bretter ausgelegt, um trockenen

Fußes von einem Gebäude ins nächste zu gelangen. Im obersten Stock des Donjons schleppten Knechte Kisten und Truhen heran. Bis hier oben waren die Stimmen der Gläubigen zu hören, die in der Kapelle für das Gelingen des am nächsten Morgen beginnenden Hoftags beteten.

John lehnte am Fenster und begutachtete die Festgarderobe, die vor ihm ausgebreitet wurde. Er winkte ungeduldig ab, als einer der Pagen einen golddurchwirkten Umhang in die Höhe hielt. »Nein, nein. Viel zu pompös.« Dann machte er seinem Kammerdiener ein Zeichen. »Wo ist das grüne Samtwams?«

Der alte Mann lächelte freundlich. »Ich hatte mir bereits gedacht, dass Eure Wahl darauf fallen würde, mein König. Ich habe es ausbürsten lassen, dabei wurde die silberne Stickerei am Kragen derangiert. Eine der Näherinnen ist beauftragt, es wieder in Ordnung zu bringen!«

»Gut«, lachte John zufrieden und stieß sich von dem Fenstersims ab. »Ich hätte alles gleich dir überlassen sollen. Du weißt immer am besten, was sich schickt.« Er schlenderte an den Truhen vorbei. »Wartet«, rief er und deutete auf einen schweren, dunkelblauen Umhang. »Den werde ich morgen zur Eröffnungsmesse nehmen!«

An der Tür wandte er sich noch einmal um. »Unter der Schulter meines Kettenhemds hat sich eine Öse gelöst, sorgt dafür, dass der Waffenschmied sie sich anschaut.«

Pfeifend verließ er den Raum und wäre fast mit Will zusammengestoßen. »Da bist du ja endlich. Ich suche dich schon die ganze Zeit«, lachte er heiter und zog ihn mit sich fort. »Lass uns gemeinsam die Gemächer der Königin begutachten.« Der Freund wirkte bekümmert. John hielt ihn am Ärmel zurück. »Was hast du?«

»Ich wollte deine Erlaubnis einholen, mich in den nächsten Tagen zurückziehen zu dürfen!«

Betroffen blieb John stehen. »Aber die Königin wird für heute Abend erwartet.«

»Eben, drum.« Will lächelte schief. »Ich müsste ihr offiziell vorgestellt werden ...« Hilflos hob er die Schultern. »Wie soll das gehen?« Da John schwieg, fuhr er fort: »Ich nehme nicht an, dass Ihre Majestät gerne an Lady Clifford erinnert wird.« Will schlug die Fäuste gegeneinander. »Verdammt, John. Mach es uns nicht so schwer! Ich weiß doch, wie sehr du dich über ihr Kommen freust. Seit Tagen wird in der Burg das Unterste zuoberst gekehrt. Alle Wandbehänge wurden ausgeklopft. Wo man hinschaut, geputztes Silber, überall Blumen, Kerzen aus Bienenwachs. Man wagt nirgendwo hinzutreten, weil alles so ordentlich ist. In den Kübeln stehen die Lieblingsrosen der Königin. Herrgott noch mal, John, du machst ein Riesenfest aus diesem Hoftag. Da bin ich fehl am Platz!«

John schüttelte langsam den Kopf. »Stimmt. Ich bemühe mich, meiner Mutter in Rouen alle Annehmlichkeiten zu bieten. Doch in deiner Aufzählung fehlt etwas Wesentliches!« Und als Will fragend die Brauen hob, stieß er ihm den Zeigefinger gegen die Brust. »Du hast meinen besten Freund vergessen!« Er lächelte zuversichtlich. »Für die Herzöge der Normandie hat Rouen immer einen besonderen Stellenwert gehabt. William der Eroberer hat diese Burg gebaut. Gerade weil ich zum ersten Mal als Hausherr in der Normandie auftrete und meine Mutter bewirte, wirst du nicht fehlen.«

Will war noch nicht überzeugt. »Die Königin war zeit ihres Lebens für ihr Temperament berühmt.«

John nickte. »Ja – und für ihre untadeligen Manieren! Da kannst du ganz beruhigt sein. Mutter würde dich niemals den Groll spüren lassen, den sie damals in Bezug auf Papa und Lady Clifford empfunden haben mag. Also …« Er zog den Freund mit sich. »Vergiss deine Bedenken und komm.«

Im Vorübergehen warf er einen Blick durch das Fenster, und seine Miene hellte sich auf. »Der Regen lässt nach …«

Will lächelte wider Willen. »Ja, ich sehe es. Der Himmel spielt mit. Und die Königin wird sehr beeindruckt sein.«

John überhörte den Spott. »Das hoffe ich, wenn sie erst meine Beurteilung der Festlandsvasallen gelesen hat«, entgegnete er ernst-

haft. »Ich wette, selbst Guillaume le Maréchal hat keine detailliertere Aufstellung.«
»Und?«, fragte Will. »Wie ist deine Einschätzung?«
Sie hatten die Wendeltreppe erreicht. John blieb stehen und wandte sich um. »Ich traue ihnen nicht. Bei den Bretonen und denen aus Maine, da liegt es klar auf der Hand. Sie machen keinen Hehl daraus, dass sie Arthur mir vorziehen. Du kennst ihre Abneigung gegen das Haus Plantagenet. Aber selbst bei den Normannen könnte ich für kaum jemanden meine Hand ins Feuer legen. Dabei habe ich mich, verdammt noch mal, die ganzen vergangenen Wochen aufrichtig bemüht.«
»Wie steht es mit Philipp?«, fragte Will.
John hob abwehrend die Hand. »Dem Franzosen bleibt im Moment gar nichts anderes übrig, als Ruhe zu halten. Ihm droht das Interdikt wegen seiner widerrechtlich verstoßenen dänischen Ingrid. Mein Bruder hat ihm in den letzten Jahren wohl so zugesetzt, dass er erst einmal seine Kräfte sammeln muss.«
Wieder war John stehen geblieben und blickte zu Will hinab. »Kaum zu glauben, dass ich Richard deswegen fast dankbar sein muss. Jedenfalls im Nachhinein.«
Er lächelte zweideutig.
»Wo ist der König? Ich muss sofort zum König!« Von unten näherten sich eilige Schritte.
»Was gibt es?«, fragte John. Er erkannte den Boten und streckte die Hand nach der Pergamentrolle aus. Gegen die Mauer gelehnt, brach er das Siegel auf und begann zu lesen.
Will bemerkte, wie sein gebräuntes Gesicht alle Farbe verlor. Sanft berührte er Johns Schulter. »Schlechte Nachrichten?« Er sah, wie John die Augen schloss und tief durchatmete. Dann stieß er einen solchen Schrei aus, dass es im Treppenhaus widerhallte. Seine Hand zitterte, als er Will das Schreiben entgegenhielt. »Lies«, rief er triumphierend. »Die Königin steht hundertprozentig hinter mir! Sie hat sich mit Philipp getroffen und den Lehnseid für Aquitanien abgelegt. Jetzt hat diese Ratte auch offiziell nichts mehr gegen uns in

der Hand!« Tränen standen in seinen Augen. »Ich hätte nie geglaubt, dass sie das für mich tut!«
Will machte dem Boten ein Zeichen zu verschwinden. »Geh in die Küche und lass dir etwas zu essen geben«, rief er ihm hinterher.
John hatte sich wieder gefangen. Sein Gesicht strahlte. »Da siehst du, wie Recht ich hatte, alles aufs Beste vorzubereiten!« Zwei Stufen auf einmal nehmend, sprang er die Treppe hinunter. Er riss die Tür zur Halle auf. »Alle herhören«, rief er. Die Männer und Frauen, die die Tische aufbauten, hielten inne und starrten ihn an. »Wir brauchen für heute Abend einen Sänger. Die Königin liebt Musik.«
Ratloses Schweigen. Schließlich trat der junge Mönch Albert vor. »Unten in der Stadt, heißt es, ist ein fahrender Sänger aus Irland abgestiegen, mein König. Ich könnte …«
John schüttelte den Kopf. »Ein Ire? Nein, das halte ich für keine gute Idee. Weiß sonst niemand etwas?«
Verlegen trat eine junge Magd vor. »Im Nachbardorf gibt es einen Sänger aus Bordeaux. Ein schöner Mensch.«
»Gut, aber kann er auch ein Instrument spielen?« Als sie nickte, befahl John einem der Männer: »Nimm dir ein Pferd und reite hin. Aber sieh zu, dass er gewaschen ist, wenn er herkommt.«
Johns Blick fiel auf den riesigen Kamin, in dem ein gewaltiges Feuer loderte. »Nehmt ein paar Scheite heraus. Ich möchte nicht, dass es der Königin zu heiß wird!« Dann winkte er den jungen Mönch zu sich. »Albert, ich wünsche, dass du alles schriftlich festhältst, von dem Moment an, da die Königin die Burg betritt.« Und zu den anderen gewandt, rief er mit lauter Stimme: »Heute ist ein besonderer Tag. Sobald das Bankett zu Ende ist, gibt es Freibier für alle. Ich möchte, dass alle Menschen mit uns feiern.«
Amüsiert betrachtete Will das Treiben in der Halle. »Lass gut sein«, sagte er leise. »Du siehst doch, sie haben verstanden.«
John strahlte vor Glück. »Wollen wir nicht der Königin entgegenreiten?« Abwehrend hob Will die Hand. »Wenn ich von Anfang an dabei bin, ist das ein wenig übertrieben …«
John ließ sich nicht aufhalten. »Gut, aber du versprichst, dass du

hier auf sie wartest.« Plötzlich hatte er es furchtbar eilig fortzukommen. Die Menschen in der Halle hörten, wie er draußen nach seinem Pferd rief. Kurz darauf galoppierte er durch das Torhaus.

Aufzeichnung von Bruder Albert
Anlässlich des Hoftags in der Normandie
Rouen, im September 1199

Zweimal ist der Sand durch das Stundenglas gelaufen. So lange ist es her, seitdem unsere allergnädigste Königin Alienor an der Seite unseres geliebten Königs John die Burg betreten hat.
Alle hatten sich im Hof versammelt, um sie willkommen zu heißen. Ihre Majestät war von erlesener Eleganz. Die Freundlichkeit, mit der sie sich für die Begrüßung bedankte, kam von Herzen.
Als unser König ihr Lord Will vorstellte, hieß sie ihn gleich wieder aufstehen und schritt an seinem Arm die Treppe zur Halle empor.
Der König führte seine Schwester Joanna, der man die Strapazen der Reise anmerkte. Für alle war zu spüren, wie glücklich unser geliebter Herrscher ist, seine engste Familie um sich zu wissen.
Augenblicklich haben sich die hohen Herrschaften in ihre Gemächer zurückgezogen, ehe wir uns zum Bankett versammeln.
Von hier, wo ich sitze, kann ich die melodiöse Stimme des Sängers vernehmen, der zum Festessen aufspielen wird.
Es duftet nach den Lieblingsrosen der Königin.

Seit Stunden beriet der engste Kreis der Vertrauten über die Lage des Reiches. Alle waren sich einig, dass die momentane Schwäche Philipps genutzt werden musste. Solange der Graf von Flandern und der Papst dem König von Frankreich das Leben schwer machten, war er unfähig, Johns Hoheitsgebiete auf dem Festland zu bedrohen.
»Sein größter Schock war es wohl, dass wir des Roches auf unsere Seite ziehen konnten«, sagte John abschließend und lehnte sich zufrieden zurück. »Dass ausgerechnet dieser mächtige Vasall abtrünnig wurde, muss ihm bitter zugesetzt haben.«

Alienor nickte zustimmend. Johns Art, die Debatte zu führen, überraschte sie. Sie hatte nicht erwartet, dass er in der Lage sein würde, die Fäden so schnell in die Hand zu nehmen. In den wenigen Monaten seit Richards Tod schien er sich seiner Verantwortung bewusster geworden zu sein.

John spürte ihre Anerkennung. »Madame, was haltet Ihr von der Idee, die Gelegenheit zu nutzen und Arthur zum Treueid zu zitieren?« Hubert Walter und le Maréchal blickten sich übereinstimmend an.

»Ein geschickter Zug«, pflichtete Alienor John bei und lachte. »Du wirst deinem Vater immer ähnlicher.« Sie legte ihre Hand auf seinen Arm und blickte über den Tisch. »Oder, Guillaume, steckt Ihr dahinter?« Zu Johns Erleichterung verneinte le Maréchal, obwohl sie vor geraumer Zeit darüber gesprochen hatten.

»Beim nächsten Punkt geht es um Richards Frau.« John blickte in die Runde und nahm die Gesprächsleitung wieder an sich. »Berengaria macht mir das Leben zur Hölle mit ihren Forderungen nach einer Witwenrente. Wir haben entschieden, ihr eine Jahresrente von zweitausend Silbermark zuzugestehen, darüber hinaus zwei Burgen im Anjou und eine in Bayeux. Damit sollte sie abgesichert sein.« Alienor empfand das als angemessen. Sie hatte Richard die Prinzessin von Navarra zwar als Ehefrau zugeführt, doch nie ein besonderes Interesse für sie empfunden.

»Was ist mit deinen Heiratsabsichten? Hast du schon etwas unternommen?«, wollte Alienor wissen.

»Meine Gesandtschaft ist zu König Sancho von Portugal unterwegs«, antwortete John sachlich. »Sie wird um die Hand seiner Tochter anhalten.« Er wollte nicht darauf eingehen, dass die Annullierung seiner Ehe mit Havise kurz bevorstand, und bedeutete Hubert Walter fortzufahren.

Während Alienor sich über die Pergamentrollen beugte, die Guillaume für sie ausgewählt hatte, verlas der Lordkanzler den Zeitplan der anstehenden Hoftage. Ihr waren die Abläufe aus der Zeit ihrer langen Regentschaft nur allzu vertraut. Sogar in späteren Jahren hatte sie es noch genossen, wenn die mühseligen Arbeitstage, die unendlichen Beratungen über Reformen, die tagelangen Rechtsprechungen dann endlich durch Turniere und Ritterkämpfe unterbrochen wurden.

»Die Finanzberatungen haben wir auf den dritten Tag gelegt, neben einer sofortigen Steuererhebung steht auch eine neue Münzprägung an … Der Justitiar wird am darauf folgenden Tag die Pläne des Königs zur erweiterten Gerichtsbarkeit erläutern …«

»Großartig, John«, unterbrach Alienor den Erzbischof von Canterbury. Sie schlug mit der flachen Hand auf den Tisch und deutete auf das Dokument, das sie eben gelesen hatte. »Thouars ist nicht mehr zuverlässig. Du hattest Recht, ihn aus Chinon zu verjagen, die Lusignans waren immer unsichere Vasallen, hüte dich vor ihnen.« Sie überflog die Namen der Untergebenen, die John auf dem Festland stärker an seinen Hof binden wollte. »Wer ist Pierre de Mauley?« John blickte sie überrascht an. »Ihr selbst habt ihn beauftragt, Joanna nach Fontevrault zu bringen. Ich habe geglaubt, Ihr wolltet, dass ich ihn mir ansehe. Er macht einen guten Eindruck.« Alienor erinnerte sich kaum an ihn. Damals in Niort war alles so schnell gegangen. »Ach ja?«, bemerkte sie beiläufig. »Er ist sogar entfernt mit Euch verwandt über die Châtelleraults. Ich habe ihn zu diesem Hoftag eingeladen, um ihn genauer unter die Lupe zu nehmen«, erklärte John und machte dem Lordkanzler ein Zeichen fortzufahren, während Alienor das zweite Pergament mit den Namen der englischen Barone aufrollte.

»… der König plant, das Recht für jedermann auszuweiten, seinen Fall gegen Zahlung von einem Feudalgericht an den Königlichen Gerichtshof zu verweisen …« Hubert Walter fügte noch einige Beispiele an.

John beobachtete Alienor aus den Augenwinkeln und las in ihrer Miene, dass sie mit der Wahl seiner wichtigsten Administratoren zufrieden schien: William of Wrotham, Reginald of Cornhill, Peter des Roches und Hubert de Burgh waren unbestritten die Besten. Als sie zu William de Braose kam, verzog sie wie erwartet die Miene.

John schmunzelte in sich hinein. Wohlweislich hatte er William mit einer Mission in der Bretagne gelassen und nicht zum Hoftag geladen. Er kannte ihren Abscheu gegen diesen Mann.
Als der Lordkanzler geendet hatte, ergriff John noch einmal das Wort: »Philipp von Frankreich hat bereits zu verstehen gegeben, dass er an einer Aussöhnung mit uns interessiert ist. Ich denke, ein erstes Treffen wird noch vor Ende des Jahres zustande kommen. Wenn es Euch recht ist, Madame, werde ich ihm Richards alten Plan unterbreiten, seinen Sohn und Thronerben, Louis, mit Eurer Enkeltochter in Kastilien zu vermählen.«
Er wusste, welche Freude er ihr mit diesem Vorschlag machte, und sah beglückt, wie ihre grünen Augen ihn anlachten. »Natürlich unter dem Vorbehalt eines Friedensvertrages«, fügte sie spöttisch hinzu, »den man ihm so bald wie möglich abhandeln sollte.« Mit ungewohnter Wärme fuhr sie fort: »Wenn Philipp sich damit einverstanden erklärt, reise ich auf der Stelle zu Eleonore nach Kastilien, um meine Enkeltochter selbst in Augenschein zu nehmen.« Das Gemurmel der Männer, die über die Anstrengungen einer solchen Reise über die Pyrenäen lamentierten, tat sie mit herrischer Handbewegung ab. »Kein Wort mehr dazu. Diese Reise steht fest.«
Alienor erhob sich. Überrascht blickten alle auf, als sie sich direkt an John wandte.
»Mein sehr lieber Sohn«, sagte sie und lächelte so liebevoll, dass John das Herz schneller schlug. »Nicht nur, um Arthurs ungerechtfertigte Ansprüche auf das Poitou im Keime zu ersticken …«, sie hielt inne. Unwillkürlich spannte John seinen ganzen Körper an. Er saß kerzengerade und blickte zu ihr auf, als sie fortfuhr. »Und ungeachtet dessen, was in Zukunft aus den angevinischen Besitzungen nördlich der Loire wird, erkläre ich dich hiermit zu meinem Erben als Herzog von Aquitanien und als Graf von Poitiers.«
Mutter und Sohn lächelten einander an. Die Männer klatschten und taten ihren Beifall kund. John sprang auf und küsste Alienor die Hand. Überglücklich stand er neben ihr und richtete nun das Wort an sie.

Er begann mit dem Dank für ihr Vertrauen und betonte, ihre Erwartungen in ihn mit aller Kraft erfüllen zu wollen. Dann fuhr er fort: »Wir wollen, dass Ihr zeitlebens das Poitou und Aquitanien besitzt.« Er holte Luft, so schnürte die Freude und Dankbarkeit ihm den Atem ab. »Und wir wünschen, dass Ihr Herrin über alle Länder seid, die zum Königreich gehören«, wieder schluckte er und sah ihr in die Augen, »aber auch Herrin über uns und unsere eigenen Länder und Besitztümer.« Er ergriff erneut ihre Hand und wagte es zum ersten Mal in seinem Leben, sie zärtlich zu drücken. Einen Moment lang ließ Alienor es zu. Dann erklärte sie die Sitzung für beendet.

Das Blau des Himmels spannte sich über die gesamte Normandie. Ein leichter Wind wehte spätsommerliche Düfte durch das Land. Alienor hatte den Wunsch geäußert, die kurze Pause bis zur nächsten Beratung im Rosengarten zu verbringen.

Die Hand leicht auf Johns Arm gestützt, schritt sie vorsichtig die ausgetretenen Steinstufen in den von schützenden Mauern eingefriedeten kleinen Garten hinunter. John öffnete die Pforte, um ihr den Vortritt zu lassen. Nach ein paar Schritten blieb die Königin auf dem Kiesweg stehen und schlug ihren luftigen Schleier zurück. John sah, wie sie lächelte. »Jeder dieser Burggärten hat seinen eigenen Duft«, sagte sie versonnen und blickte sich um. Dann beugte sie sich zu einer der voll erblühten, dunkelroten Rosen hinab und sog ihren Duft ein. Ohne ihn anzusehen, sagte sie: »Du machst deine Sache sehr ordentlich!«

Er hörte ihr tiefes, leises Lachen, als sie sich wieder aufrichtete. »Du erinnerst mich an deinen Vater – in der Art deines Vorgehens.« John konnte den Ausdruck ihrer grünen Augen nicht deuten, doch spürte er das Blut in seine Wangen steigen.

»Er war nur nicht so misstrauisch wie du«, fuhr sie fort und lächelte spöttisch. »Eher im Gegenteil. Doch liebte er es, uns bei Hoftagen mit einer schier unglaublichen Genauigkeit zu verblüffen. Über alles und jeden gab es Unterlagen.« In Gedanken strich sie John eine

Haarsträhne aus der Stirn. Sein Herz klopfte schneller. Alienor nahm den Faden wieder auf. »Natürlich war Becket ihm dabei eine große Hilfe. Dieser Mann hatte ein phänomenales Gedächtnis, was für das Reich eine unschätzbare Hilfe war; jedenfalls so lange, bis er sich entschied, gegen uns zu agieren«, fügte sie trocken hinzu.
»Ich hasse ihn«, murmelte John.
»Warum? Er ist lange tot.«
»Für all das, was er uns angetan hat.«
Alienor lächelte bitter. »Was erwartest du? Er war ein Profiteur. Ein kleiner, wenn auch äußerst begabter Mann, der nach oben wollte.«
Sie wandte sich ab, um langsam den Kiesweg hinunterzuschlendern. John ging dicht hinter ihr. »Da ist le Maréchal ein vollkommen anderer Mensch.«
»Wie bitte?« Alienor hatte so leise gesprochen, dass er sie kaum verstanden hatte.
»Ich habe gesagt, dass du Guillaume vertrauen kannst. Er würde sein Leben für uns geben.«
»Für Euch, Madame, ob für mich – wer weiß das schon?«
Alienor blieb so abrupt stehen, dass er fast mit ihr zusammenprallte. »Du begehst einen großen Fehler, wenn du nichts und niemandem traust. Man kann nicht alle Menschen kaufen. Gebrauche deinen Kopf.« Sie wandte sich ihm zu, und er sah ihre Zähne zwischen den Lippen schimmern. »Hin und wieder musst du auch dein Herz in ein Unternehmen werfen, nur dann bist du stark.«
Hingerissen starrte er in ihr schönes Gesicht. Ganz in der Nähe hörten sie eine Frau lachen. Alienor bog die Jasminzweige zur Seite. Ein Regen weißer Blüten segelte zur Erde.
»Da ist Joanna.« John hörte die Zärtlichkeit in ihrer Stimme und fühlte einen Stich von Eifersucht. »Komm«, forderte die Königin ihn auf. Rasch folgte sie dem Kiesweg und bog gleich darauf hinter dem großen Busch nach links ab.
Joanna lag inmitten üppiger Kissen im Schatten eines Sonnensegels auf einer steinernen Bank. »Mama, Johnny«, rief sie erfreut und

streckte ihnen die Hand entgegen. »Wie schön, euch beide zu sehen.« Sie richtete sich ein wenig auf.
Erleichtert stellte er fest, dass ihre Wangen leicht gerötet waren und ihre Augen strahlten.
Erst jetzt entdeckte John die junge Frau, die zu Füßen seiner Schwester kniete und einen Blumenkranz flocht. Unbefangen erhob sie sich und sank in einen Knicks.
Während Alienor sich über ihre Tochter beugte, um sie auf die Stirn zu küssen, sah John, wie die junge Frau den Kranz aufhob und Anstalten machte, sich zurückzuziehen.
»Bitte Mama, lass Tess hier bleiben. Sie ist die Einzige, die mich zum Lachen bringt. Sie ist überhaupt die Einzige, mit der man reden kann«, bat Joanna.
Alienor lächelte liebevoll. »Aber natürlich bleibt Tess hier.« Sie nahm der jungen Frau den Kranz aus der Hand, begutachtete ihn wohlwollend und drückte ihn leicht auf den Kopf ihrer Tochter. »Wie hübsch das aussieht!« Sie schob ein paar Kissen zur Seite und ließ sich neben Joanna nieder.
»Ihr kennt euch doch …« Fragend blickte sie zwischen John und Tess hin und her.
John war näher gekommen und verbeugte sich. »Wir sind uns schon einmal in Fontevrault begegnet.« Er lächelte schief. »Leider habe ich bisher noch keine Gelegenheit gehabt, mich bei Euch zu bedanken.« Er griff nach ihrer Hand und küsste sie. »Was hätte ich nur ohne Euch getan! Meine Schwester hat es Euch zu verdanken, dass es ihr heute besser geht. Ihr seid der geborene Medicus, Madame!«
»Und sie ist nicht verheiratet«, mischte Joanna sich ein. »Wenn sie klug ist, lässt sie es auch bleiben.«
Interessiert sah John zu, wie die junge Frau sich graziös zu Füßen seiner Mutter ins Gras setzte. Sie schien sich nicht um die sengenden Sonnenstrahlen zu sorgen, als sie den Kopf hob und zu ihm aufblickte. Ihre Augen waren von durchdringendem, dunklem Blau. Er sah die winzigen Schweißperlen auf ihrer Stirn und ertappte sich

bei dem Wunsch, sie abzutupfen. Er konnte den Blick nicht von ihr lassen. Wie durch einen Schleier hörte er seine Schwester fragen: »Darf ich Euch bitten, heute nach dem Nachtmahl zu mir zu kommen, Mutter? Ich brauche Euren Rat.«
John sah, wie Tess jäh den Kopf wandte.
»Tut es nicht, Joanna«, bat sie. »Das Leben hier draußen ist so schön.«
»Worum geht es?«, fragte Alienor.
Joannas Hände umkrampften ein Kissen, als es aus ihr herausbrach. »Ich will ins Kloster eintreten. Mit Eurer Erlaubnis würde ich gerne in Fontevrault leben.« Plötzlich hatte sie rote Flecken im Gesicht. Alienor beugte sich vor und ergriff ihre Hand. »Ich werde heute Abend zu dir kommen«, versprach sie. »Dann reden wir in Ruhe darüber.« Sanft löste sie die erstarrten Finger ihrer Tochter und legte das Kissen zur Seite.
John trat näher. Hilflos blickte er auf die Kranke hinunter. »Deine Freundin hat Recht, Jo. Das Leben kann so schön sein. Außerdem hast du mir versprochen, mich in England zu besuchen.« Er kniete nieder, so dass ihre Gesichter auf gleicher Höhe waren. »Wenn das Kind erst da ist, wirst du dich besser fühlen«, beschwor er sie. »Wir werden gemeinsam reiten und auf die Jagd gehen.«
Joannas Augen füllten sich mit Tränen.
Alienor erhob sich brüsk. »Es wird Zeit«, sagte sie zu John. »Man wird schon auf uns warten!« John sprang auf die Füße und reichte seiner Mutter den Arm.
Ihn fror, als sie durch den Garten zurück ins Haus gingen.

Regungslos stand Tess da und blickte ihnen nach. Die Silberornamente auf Johns grünem Samtwams glitzerten in der Sonne. Er hielt den Oberkörper Alienor leicht zugeneigt. Ihre Silhouette wirkte viel zarter neben seinen männlichen Bewegungen. John hielt ihr die Zweige beiseite, ließ ihr den Vortritt. Einen kurzen Moment lang konnte sie sein Profil erkennen. Der Gedanke an die Betroffenheit in seiner Miene, die sie eben noch wahrgenommen hatte, versetzte ihr einen Stich. Wie war es nur möglich, dass ihr dieser Mann so vertraut schien?

Sie lauschte seinen Schritten, die sich auf dem Kies entfernten. Wieder fühlte Tess sich seltsam allein.

»Ich liebe ihn«, sagte Joanna.

Tess schoss das Blut in die Wangen. Als habe man sie bei einer Ungeheuerlichkeit ertappt, machte sie sich eilig an dem Sonnensegel zu schaffen. Sie gab vor, die Tücher, die darüber lagen, zum Schutz gegen die Hitze neu ausrichten zu müssen.

»Dabei macht mein Bruder es den Menschen mit seiner schroffen Art nicht leicht«, fuhr Joanna fort und wischte sich die Tränen von der Wange.

»Schroff?«, wiederholte Tess ungläubig. Sie hob den Blumenkranz auf den Schoß und strich über die leuchtenden Blüten. Er war einsam, er schützte sich. Gerade hatte John hier vor ihr gestanden. Sie hatte ihn genau beobachtet. Er wirkte erfüllt von der neuen Rolle als König, glücklich, seine Schwester zu sehen, wunschlos an der Seite seiner Mutter. Doch von einem Moment zum anderen, als die Königin abrupt zum Aufbruch rief, hatte seine Miene sich verändert, hatte Tess die Trauer erkannt, die unter dem Glück dieses Augenblicks lauerte.

Ein Adler kreiste mit fernem Schrei über der Burg. Die Frauen hoben den Kopf, um seinen Flug in dem wolkenlosen Sommerhimmel zu verfolgen.

»Adlerbrut hat man meine Brüder genannt«, sagte Joanna unvermittelt und wandte sich Tess zu, »die sich erst gegen den eigenen Vater richtete, um sich dann selbst zu zerfleischen.«

Tess wartete den nächsten Klageschrei des Raubvogels ab. »Aber John war doch an der Seite von König Henry, bis zum Schluss …«

»John hat es am schwersten gehabt. Er hat unseren Vater geliebt, bei dem er aufgewachsen ist. Aber noch mehr hat er unsere Mutter geliebt. Um ihr zu gefallen, hat er ihn am Ende verraten …«

»Und das verzeiht er sich nie«, beendete Tess den Satz wie selbstverständlich. Sie bückte sich, um die letzten Zweige aufzuheben.

Mit geschickten Bewegungen verteilte sie die blauen Blüten reihum. Zufrieden betrachtete sie ihr Werk und hielt es der Freundin hin. Doch Joannas Kopf war auf die Seite gesunken. Sie schlief.
Tess vergewisserte sich, dass sie ruhig atmete. Dann erhob sie sich leise. Sie mied den knirschenden Kies und lief über den Rasenrand zu dem Brunnen am Ende des Burggartens.
Sie riss sich die ledernen Sommerschuhe von den Füßen, kletterte auf den Brunnenrand, raffte ihre Röcke und balancierte bis zur hinteren Mauer, aus der das Wasser plätscherte. Dort ließ sie sich nieder und hielt die nackten Beine unter den kühlenden Strahl. Sie lehnte sich an die Mauer und blickte zur Burg hinüber. Der Gedanke, dass John dort in der Halle war, erfüllte sie mit unerklärlichem Glück. Sie genoss die Stille. Dann begann sie ein Kinderlied zu singen und stellte sich John als Jungen vor, der waghalsige Spiele erprobte, der auf Bäume kletterte, Mutproben bestand. Und gleichzeitig sah sie ihn weinen, sah ihn verloren zwischen den Brüdern, dem Vater und der Mutter.
»Tess?« Sie fuhr aus ihren Gedanken hoch. Die Männerstimme kam von der anderen Seite der Mauer. »Ist das Eure Stimme?«
Tess fühlte sich in ihrer geheimsten Welt gestört, doch die Neugierde überwog. Sie stieg auf den Mauervorsprung und rief: »Wer ist da?«
»Ich bin's. Pierre de Mauley«, rief er lachend. »Was tut Ihr hier?«, rief sie überrascht.
»Wir bereiten die Turniertage vor. Ich hoffe sehr, Euch spätestens dann zu sehen. Oder gar schon vorher?« Ohne ihre Antwort abzuwarten, warf er ein Päckchen über die Mauer.
Von der anderen Seite der Mauer hörte sie nur noch, wie sein amüsiertes Gelächter sich entfernte. Sie stieg vom Brunnen hinunter und bückte sich über den in Stoff eingewickelten Gegenstand. Neugierig öffnete sie die Schnüre. Sie erkannte die silberne Schließe sofort.

Bestimmt für die ehrwürdige Mutter Mathilde
Äbtissin der königlichen Abtei von Fontevrault
Rouen, Ende September 1199

Meine liebe Mathilde,
meine Ahnungen bestätigen sich. Joanna wird von Tag zu Tag schwächer. Ich fürchte sehr, dass sie die bevorstehende Geburt nicht überleben wird. Du warst meiner Tochter in unserer geliebten Abtei ein solcher Halt, ein solcher Trost, dass sie nun von der Wahnidee, Nonne in Fontevrault zu werden, nicht mehr abzubringen ist. Selbst John, der seine Sache wider Erwarten gut macht und dem Joanna vertraut, konnte sie nicht davon überzeugen, dass nur eine Witwe eingekleidet werden darf.
John musste Rouen verlassen und befindet sich bereits auf dem Weg in den Süden.
Ich fühle mich ohnmächtig. Joanna rückt von dem Gedanken, den Schleier zunehmen, um ihr Leben in Armut und Demut zu beenden, nicht ab. Sie hat ihr Testament gemacht, sie hinterlässt ihr Erbe der Abtei von Fontevrault, um den modernen Küchenbau zu fördern.
Ich bitte Dich inständig, so schnell als möglich nach Rouen zu kommen, damit Joanna zumindest in Frieden sterben kann.
Liebste Mathilde, möge Gott Dich segnen und behüten und meiner Tochter auf ihrem schweren Weg beistehen.

Alienor von Aquitanien

Lautlos schwebte eine Eule über den Burghof von Rouen, um sich dann in einer Schießscharte des Donjons niederzulassen. Der Vogel wendete den Kopf und blickte durch den schmalen Mauerschlitz in einen winzigen Raum, der nur durch ein Kerzenlicht erhellt war. Bruder Albert bewegte den Federkiel eifrig über die Seite und bemerkte die Eule nicht. Noch einmal überflog er das Geschriebene, betrachtete die neue Initiale, nickte zufrieden und griff nach der

Sandbüchse, um die Tinte zu trocknen. Dann schlug er das in Schweinsleder gebundene Buch zu und seufzte hörbar. »Fertig.«

Müde rieb der Mönch sich die Augen und warf einen Blick zur Tür. Eine Weile lauschte er nach draußen, ehe er den Folianten entschlossen zur Seite schob und die Schublade seines Tisches leise öffnete. Ganz zuunterst lagen die notdürftig zusammengehefteten Seiten. Er tauchte die Gänsefeder erneut in das Tintenfass, strich die Flüssigkeit vorsichtig ab und begann zu schreiben:

Privataufzeichnung von Bruder Albert
In der Burg zu Rouen

Mein allergnädigster König ist nun schon seit über einer Woche auf Reisen. Wir alle vermissen ihn sehr. Wie jeden Tag haben wir auch heute Morgen in der heiligen Messe für das Gelingen seiner Unternehmung gebetet.

Anschließend schlenderte ich hinunter zu den Wiesen, um mich über den Fortschritt der Turniervorbereitungen zu informieren. Mein geliebter König hat mir zwar aufgetragen, alles über die Königinmutter niederzuschreiben, doch ich denke, es wird ihn auch interessieren, wie zügig die Bauarbeiten für den geplanten Wettstreit vorangehen. Viele Männer waren dort. Es herrschte ein reges Treiben, die Ränge wurden gezimmert, und die ersten Zelte der Teilnehmer wurden errichtet.

Obwohl ich die ganze Zeit an sie denken musste, war ich doch überrascht, sie dort unten vorzufinden. Zu meinem Missfallen war sie in Begleitung des Ritters de Mauley. Sie lachten und standen eng beieinander und schienen mir sehr vertraut miteinander. Ich glaubte schon, ungesehen an ihr vorbeischlüpfen zu können, da erblickte sie mich und kam mir entgegen.

Mein Herz klopfte, und das Blut rauschte so laut in meinen Ohren, dass ich kaum verstand, was sie zu mir sagte. De Mauley nickte mir nur kurz zu. Aber als sie mich fragte, ob ich schon etwas vom König gehört hätte, da sah ich, wie er mich musterte. ›Als schreibe König

John ihm persönlich‹, meinte er herablassend. Aber da fuhr sie herum und sagte, dass ich ein Freund des Königs sei. Ich spürte meine Beine zittern, als ich mich kurz darauf verabschiedete, um zur Beichte zu eilen.
Während ich wieder den Burgberg hinaufstieg, haderte ich mit meinem Schicksal. Gestern hatte der Kaplan mich eindringlich vor ihr gewarnt. Doch ich denke, das konnte er nur, da er nicht weiß, um wen es sich handelt. ›Das Gefäß der Wollust‹, hat er sie genannt und gesagt, dass ich für ewig in der Hölle schmoren werde, wenn ich nicht von ihr lasse.
Tagsüber ist es erträglich. Nur des Nachts, wenn ich in meiner Kammer liege, hält mich der Teufel in der Hitze meines Körpers gefangen. Dann tauchen Bilder in der Dunkelheit auf, die mir die Luft abschnüren. Ich sehe ihren Mund vor mir, die Art, wie ihre feuchten Lippen sich teilen, wenn sie lächelt, ich sehe, wie eng das Mieder sich an ihren Busen schmiegt, ich sehe den fließenden Stoff, der sich um ihre Lenden legt … und ich verbrenne.
Neulich nachts stieg ich hinunter und suchte Erleichterung bei einer der Küchenmägde. Doch den Rest der Nacht lag ich weinend vor Scham in meiner Kammer. Zur Buße wollte ich mir mit dem Messer ein Kreuz in die Handfläche schneiden, am Ende wurde ein T daraus. Und das Blut floss auf meinen bebenden Körper.
Während ich dies hier schreibe, sehe ich die Silhouette des Nachtvogels in der Schießscharte. Vielleicht ist es der Teufel, der es darauf anlegt, dass ich erneut den Lockungen der Wollust erliege.

***

Aus Sorge, dass Mathilde nicht rechtzeitig eintreffen könnte, hatte Joanna darauf beharrt, dass der Erzbischof von Canterbury ihr das Gelübde abnehme. Die Einwände der Kanoniker, keine verheiratete Frau, zudem noch eine, die schwanger war, dürfe den Schleier nehmen, wurden auf einem eilig einberufenen Rat von Nonnen und Geistlichen unter dem Vorsitz von Hubert Walter von der überwältigenden Meinung verdrängt, dass eine solche Berufung, wie sie die Gräfin von Toulouse spüre, nur eine Eingebung des Himmels sein könne.

Am Ende hatte der Erzbischof Joanna in Anwesenheit aller Vertrauten feierlich Gott und dem Orden von Fontevrault geweiht. Nachdem Joanna das Gelübde abgelegt hatte, war sie ruhig geworden. Mit seligem Lächeln lag sie im Bett und betete unaufhörlich für ihr ungeborenes Kind.

Tag und Nacht hatten Alienor und Tess sich seither an ihrem Bett abgewechselt und hilflos mit ansehen müssen, wie das Leben in ihr auf die Welt drängte, während ihr eigenes zusehends verlöschte. Die Sterbesakramente hatte Joanna in den frühen Morgenstunden empfangen.

Nachdem die Wehen erneut verebbt waren, zog Alienor sich in ihre Gemächer zurück. »Heilige Maria, Muttergottes, bitte für uns«, murmelte sie, während sie zitternd vor Übermüdung nach einem Wolltuch griff und es sich um die Schultern schlang, »jetzt und in der Stunde ihres Todes.« Angekleidet sank sie auf das Lager und fiel augenblicklich in einen traumlosen Schlaf.

Es mochten nur wenige Minuten vergangen sein. Das laute Pochen holte sie von weit her, und es dauerte eine Weile, bis sie zur Besinnung kam.

»Madame?«, rief Tess drängend. »Madame, ich muss Euch bitten zu kommen.«

Alienor eilte an ihrer Seite zu Joannas Gemach. Der Körper ihrer Tochter war mit einem Leintuch bedeckt, ihre angewinkelten Beine wurden mit Keilkissen aus Stroh gestützt. Der Medicus und die Hebammen kämpften um das Leben des Kindes.

Alienor griff nach Joannas Hand. Sie fühlte sich leblos an, ihr Atem ging nur noch schwach. Ein verklärtes Lächeln, das nicht mehr von dieser Welt war, hatte ihre schmerzverzerrten Züge geglättet. Sie schien die Wehen nicht mehr zu spüren.

Alienor beugte sich über sie und nahm sie in den Arm, als könne sie das Unabänderliche abwenden. ›Möge deine Seele in Ewigkeit

ruhen‹, betete sie inständig und spürte Joannas letzten Atemzug an ihrer Wange.
Um sie herum kehrte ein seltsamer Frieden ein, während die Hebammen und der Medicus Joannas Sohn mit einer Geburtszange aus ihr herauszogen.

Niemals zuvor hatte Tess die Königin so hilflos erlebt, als sie sich nun erneut über die Tochter beugte, ihr die dunklen Haare aus der Stirn strich, ein Kreuzzeichen darauf beschrieb und ihr dann die Augen schloss. Regungslos verharrte Alienor an Joannas Seite.
Durch einen Tränenschleier verfolgte Tess alles, was in dem Raum geschah. Joannas Sohn gab keinen Laut von sich. Der kleine, bläulich angelaufene Körper wurde in heißes und kaltes Wasser getaucht, man hob ihn an den kleinen Füßchen empor und schlug ihm auf den Rücken. Der Neugeborene schrie nicht. Er atmete nur röchelnd. Die Händchen beschrieben gespenstische Bewegungen, während sein Herzschlag immer schwächer wurde.
In Windeseile wurde er notgetauft. Plötzlich erzitterte das Gesichtchen. Dann war auch Joannas Sohn tot.
Tess kämpfte verzweifelt gegen das Schluchzen an, das sich mit Macht einen Weg in ihr bahnte. Sie presste die Hände ineinander, um die Beherrschung nicht zu verlieren, und betete im Stillen. ›Joanna, ich kann mein Versprechen nicht halten. Gott ist mein Zeuge. Glaub mir, ich hätte deinen Sohn umsorgt, ich wäre ihm an Johns Hof an deiner statt zur Seite gestanden. Ich hätte ihm all die Liebe gegeben, die du von mir erwarten konntest. Und John wäre ihm der beste Onkel und Erzieher gewesen. Du weißt, wie sehr er der Liebe bedarf.‹
Benommen nahm sie wahr, wie Alienor sich schweigend den kleinen Leichnam ihres Enkelsohns in den Arm legen ließ und ihn mit versteinerter Miene lange betrachtete. Tess schnürte es das Herz zusammen, als sie die eine Träne sah, die sich langsam einen Weg über ihre grauen, eingefallenen Wangen bahnte, um von dort auf die Stirn des Neugeborenen zu fallen.

Alienor beschrieb ein Kreuz darüber und bettete ihn an Joannas Seite. Erschüttert von diesem Anblick begannen alle gemeinsam zu beten.
Tess formte die Worte mit, doch sprach sie innerlich zu Joanna. ›Ich gelobe dir hier, im Angesicht des Todes, John deine Liebe weiterzugeben.‹
Leise, einige Schritte rückwärts gehend, verließ sie das Totengemach. Im Hinausgehen hörte sie, wie die Königin die ersten Befehle zur Totenwache, zur Aufbahrung, zur Totenkleidung gab, dann die Frage, ob sie wünsche, dass man nach König John schicke, und Alienors Antwort: »Wozu? Es genügt, ihn zu benachrichtigen.«
Plötzlich wusste Tess, was sie zu tun hatte. Blind vor Tränen stürzte sie die steinernen Stufen hinunter.

Wenig später eilte Mathilde, die Äbtissin von Fontevrault, durch die Gänge der Burg von Rouen. Vor den Gemächern der Königin hielt sie inne und klopfte leise. Ohne eine Antwort abzuwarten, öffnete sie die Tür. Keine Zofe, keine Hofdame. Nur das leise Knistern des Kaminfeuers war zu hören. Die Tür zum Schlafgemach stand offen.
Alienor lag an große Kissen gelehnt auf dem Bett. Ihre Arme hingen matt zur Seite. Mit offenen Augen blickte sie ins Leere. Die Äbtissin trat näher. Müde hob Alienor die Hand und winkte sie zu sich heran. »Ich weiß nicht, wie ich das Sterben meiner Kinder überleben soll …«
Mathilde ließ sich an ihrer Seite nieder und blickte sie mitfühlend an. »Was immer Gott sich dabei denkt, nur ganz selten verstehen wir die Wege, während wir sie gehen.«
Alienors Augen füllten sich mit Tränen. »Joanna war ein so glückliches Kind, sie strahlte als Königin von Sizilien eine solche Kraft aus. Ich hätte es besser wissen müssen. Ich hätte Richard von dieser Idee abbringen müssen. Seine Oberhoheit über die Gebiete von Toulouse hätte mir nicht wichtiger sein dürfen als Joannas Leben. Ich habe den unritterlichen Vater gut genug gekannt und wusste,

dass sein rüpelhafter Sohn die erste Frau begraben, die zweite in ein Kloster gesperrt und die dritte verstoßen hatte. Ich hätte nicht zulassen dürfen, dass Richard ihm Joanna als vierte Frau versprach. Wie konnte ich ihr nur dieses trostlose Leben aufbürden!« Ihre Stimme zitterte. »Ach, Mathilde, nun trage ich noch mehr Schuld.«
»Er vergibt uns unsere Schuld«, sagte die Äbtissin. »Wir beten es nicht umsonst«, fügte sie hinzu und griff nach der kraftlosen Hand der Freundin.
»Wie soll ich Vergebung erwarten bei so viel Schuld, die ich auf mich geladen, in die ich meine Söhne mit hineingezogen habe. Henry und Geoffrey haben an ihrem Vater gehangen. Ich habe sie in unlösbare Widersprüche gestürzt, als ich sie gegen ihren Vater auf meine Seite zog. Richard war dagegen gefeit, er hat seinen Vater nicht geliebt …« Alienor presste die Lippen aufeinander.
Mathilde drückte freundschaftlich ihre Hand. »… doch John liebte ihn.«
»Joanna war vier Jahre alt, als ich John weggegeben habe …« Alienor hielt inne, die Bilder der Vergangenheit schmerzten. Sie atmete tief durch. »Ich erinnere mich, wie untröstlich sie war, dass ihr kleiner Bruder nicht bei uns in Poitiers bleiben durfte. Tagelang hat sie geweint.«
Alienor rang um Fassung. »John war mit zwei Jahren noch zu klein, um zu begreifen, was mit ihm geschah. Später habe ich gehört, wie unglücklich und verloren er sich gefühlt hat, wie einsam er ohne seine Schwestern und Brüder war. Danach hat er sie nur noch in den Wochen der Hoftage erlebt.« Gedankenverloren strich sie über die Felldecke auf ihrem Bett, als sie mit der Selbstanklage fortfuhr.
»Ich war so von meinem Hass auf Henry erfüllt, dass ich meinen jüngsten Sohn vergessen habe. Ich hörte und sah nur diejenigen, die an meiner Seite gegen Henry waren.« Wieder brach sie ab.
»Weißt du, dass Joanna in demselben Jahr geboren wurde wie Philipp? Er lebt, und Joanna ist tot. Ich wünschte, es wäre umgekehrt. In demselben Jahr, vor vierunddreißig Jahren, haben wir Mathilde

Heinrich dem Löwen zur Frau gegeben. Auch sie lebt nicht mehr. Im vergangenen Jahr ist Marie gestorben, dann Richard …«
Wieder übermannte sie die Trauer mit solcher Macht, dass sie den Kopf abwandte. »Ich habe der göttlichen Vorsehung nie folgen können …«
Mathilde griff nach Alienors Hand. »Du hast dir seit Richards Tod keinen Moment der Ruhe gegönnt. Du hast in den vergangenen drei Monaten über tausend Meilen zurückgelegt. Ich glaube, du bist über den tiefen Schmerz hinaus am Ende deiner Kräfte. Im kommenden Jahr wirst du achtzig Jahre alt und schonst dich kein bisschen.«
Alienor wandte ihr langsam den Kopf wieder zu. Aus ihren Augen, die vor Trostlosigkeit schwarz wirkten, rannen Tränen. Und sie ließ es zu. »Warum hat Gott mir acht Kinder genommen, Mathilde?« Mit der flachen Hand fuhr sie über die nassen Wangen. »Warum können wir diejenigen, die wir lieben, nicht schützen?« Ihre Stimme bebte vor Verzweiflung.
»Für dich hat das Reich immer an erster Stelle gestanden. Über Leben und Sterben haben wir keine Macht. Beides liegt allein in Gottes Hand, ebenso wie die Vergebung der Schuld.« Mathilde blickte ihr in die Augen, die durch die hohlen, blassen Wangen übergroß wirkten. »Vielleicht haben Richards und Joannas Tod einen Sinn«, fuhr sie mit weicher Stimme fort.
»Welchen Sinn sollte Richards Tod haben«, widersprach Alienor. »Weshalb musste Joanna sterben, warum ihr kleiner Sohn? Ich kann darin keinen Sinn erkennen.«
»Vielleicht bleiben dir nur John und Eleonore in Kastilien, damit du die Zeit, die dir bleibt, ihnen widmest. Vielleicht will Gott, dass du John lieben lernst, vielleicht will er, dass dein alter Traum, die Königreiche von England und Frankreich durch eine Ehe zu verbinden, in Erfüllung geht.«
Alienor zog ein Kissen hinter den Kopf und richtete sich auf. »Warum lernen wir nur durch Schmerzen und Verlust?« Ohne eine Antwort abzuwarten, dachte sie laut weiter. »John ist mir so fremd

wie keines meiner Kinder. Seine Gegenwart empfinde ich als Anklage. Immer wirkt er fordernd, voller Erwartungen, und das stößt mich ab.«
Mathilde lächelte kopfschüttelnd. »Er will es dir nur allzu recht machen. Und, wie du selbst gesagt hast, du fühlst dich ihm gegenüber schuldig. Niemals wäre Richard so besorgt um Joanna gewesen wie John. Glaub mir, ich habe John erlebt, als sie in Fontevrault zusammenbrach. Liebevoller und fürsorglicher kann ein Bruder gar nicht sein.«
Mathilde hatte sich erhoben und zog die Decke, die am Fußende des Bettes eingerollt lag, über Alienor.
»Ich möchte, dass du endlich zur Ruhe kommst. Du wirst dich nicht um Joannas Beisetzung in Fontevrault kümmern. Sie vorzubereiten ist meine Aufgabe als Äbtissin. Deine Pflicht ist es, wieder zu Kräften zu kommen. Behüte dich Gott und schlaf gut«, sagte sie liebevoll und verließ das Gemach.

* * *

Von Nordwesten schob sich eine riesige Gewitterfront über den Horizont und bedrohte die alte Stadt Sées. Erste Blitze zuckten. Das Donnergrollen kam immer näher. Die Luft stand zwischen den Häusern, selbst die Vögel schwiegen.
Hektisch eilte der Dombaumeister durch die im Wiederaufbau befindliche Kathedrale, um sich zu vergewissern, dass alles Handwerkszeug ordentlich vor dem zu erwartenden Regen verstaut wurde.
Dann war es so weit. Eine Windböe jagte durch die engen Gassen, rüttelte an den Schlagläden der Bürgerhäuser und ließ die Planen der Handwerkerzelte auf dem Vorplatz gegeneinander knallen. Selbst die räudigen Straßenköter verzogen sich in Mauernischen und Tore.

Im Palast des Bischofs beugte sich John über einen erlesenen, in rotes Leder gebundenen Folianten. Mit Kennerblick strich er über den weichen Einband und öffnete bedächtig den goldenen Verschluss. Dann schlug er das Buch auf und begann zu blättern.
Aufmerksam verfolgte der Bischof jede Regung seines königlichen Gastes.
»Welch ein Kleinod«, sagte John beeindruckt. Sein Blick verfing sich in den kunstvoll verschlungenen, goldenen Initialen. »Ihr habt Eure Sache wieder einmal gut gemacht«, lobte er.
Zufrieden gab der Hausherr einem der Pagen ein Zeichen. »Wein für den König!«
John konnte sich nicht trennen. Genussvoll blätterte er Seite um Seite weiter. »Ihr habt gesagt, einer der Brüder habe diese Kostbarkeit aus Rom mitgebracht? Doch es ist auf Spanisch geschrieben …« Fragend blickte er auf.
Der Bischof nickte. »Ursprünglich ist es ein spanisches Werk. Die Kopisten im Vatikan sind bereits an der Übersetzung, aber Bruder Roger weiß, dass ich so nah wie möglich am Original bleiben will. Euretwegen.« Verschwörerisch beugte er sich vor. »Es ist bekannt, dass Ihr die Sprache beherrscht. Und ich persönlich werde froh sein, wenn es erst fort ist und meine Schäflein sich nicht mehr am Inhalt delektieren können. Der Teufel wartet nur darauf.«
Johns Augen funkelten vor verhaltenem Spott. »Ist es so anstößig?«
Ein greller Blitz tauchte den niedrigen Raum in gleißendes Licht. Der Bischof bekreuzigte sich. »Schließt die Fenster«, befahl er. »Und zündet mehr Kerzen an.«
Ein dröhnender Donnerschlag ließ das Haus in seinen Grundfesten erbeben. »Ein Zeichen von oben«, grinste John. »Ist es tatsächlich so gewagt?« Neugierig blätterte er die Seite um. Er runzelte die Stirn, während er ein paar Zeilen las. »Geschichten aus dem Serail … Das verspricht pikant zu werden.«
Fast bedauernd trat er einen Schritt zurück und nahm den Pokal entgegen, den ein Diener auf einem Silbertablett für ihn bereithielt. Er hob das Glas seinem Gastgeber entgegen. »Haremsgeschichten

sind genau das Richtige für lange Winterabende. Seid Ihr sicher, dass Ihr darauf verzichten wollt?«

Mit einer Handbewegung scheuchte der Kirchenmann die Dienerschaft hinaus. Erst als der Letzte verschwunden war, gab er eine Antwort. »Ich bin immer glücklich, wenn ich Eurer Majestät zu Diensten sein kann. Und, was Eure Frage anbelangt: Die Mauren haben eine andere Einstellung zur Fleischeslust als wir, mein König.«

John stellte sein Glas ab. »Ich glaube nicht, dass wir da so unterschiedlich denken«, entgegnete er trocken. »Die Mauren schreiben nur die hübscheren Geschichten über ein Thema, das uns alle angeht. Vielleicht ist Allah toleranter als unser Gott.«

Er schlenderte zum Fenster und sah hinaus. Regenschauer peitschten über den Domplatz, prasselten auf das Kopfsteinpflaster und bildeten kleine Bäche, die gurgelnd die Straßen hinunterflossen.

»Wie viel wollt Ihr dafür haben?«, fragte John sachlich.

Der Bischof zögerte.

»Nun, wie teuer ist das Buch?«, wiederholte John, ohne sich umzuwenden.

»Wir könnten einen Tausch machen«, schlug der Bischof vor.

John wartete ab.

»Es gibt ein Grundstück, hinter der Stadtmauer …«

»Und wem gehört es?«, fragte John misstrauisch.

Berechnend taxierte der Bischof den Folianten.

»Wer ist der Eigentümer?«

»Ursprünglich hat es der Krone gehört, die es zur Pacht vergeben hat«, entgegnete der Kirchenmann gereizt. »Vor einem Jahr verstarb der Pächter, und sein liederliches Frauenzimmer will keine Vernunft annehmen, obwohl wir ihr einen fairen Preis geboten haben.«

Langsam wandte John sich um. »Was jetzt«, fragte er spöttisch. »Witwe oder liederlich?«

Der Bischof lief rot an. »Sie erwartet einen Bankert. Niemand weiß, wer der Vater ist.«

»Schade«, sagte John. »Ich hätte das Buch wirklich gerne besessen. Es passt ausgezeichnet in meine Sammlung. Doch so, wie die Dinge zu liegen scheinen, komme ich nicht umhin, zuerst mit Eurer Witwe zu reden. Das bedeutet, so lange bleiben die Haremsgeschichten unter Eurem Dach. Es sei denn, Ihr nennt mir einen fairen Preis.« Er musterte den Kirchenmann durchdringend und schlug resolut den Buchdeckel zu.
»Es geht uns nicht ums Geld. Wir brauchen das Grundstück!« Die Finger des Bischofs trommelten auf die Tischplatte. »Ich könnte Euch darüber hinaus ein neues Buch besorgen«, begann er zu handeln. »Wie wäre es mit Hildegard von Bingen?«
John wartete ab, bis der nächste Donner verhallte. »Wann soll der Grundstückskauf verhandelt werden?«
»In der nächsten Woche.«
»Gut«, sagte John. »Ich werde versuchen, es so einzurichten, dass ich anwesend bin. Danach können wir noch einmal über dies hier feilschen«, er tippte auf den Folianten.
Ehe der Bischof antworten konnte, wurde an die Tür geklopft. Gleich darauf betrat ein Mann den Raum. Er war völlig durchnässt. Aus seinem Umhang tropfte Wasser auf die Dielen, während er vor John trat und das Knie beugte. »Ich komme aus Rouen, mein König.«
»Was gibt es?«
Der Bote senkte den Kopf. »Eine schlechte Nachricht …«
John wurde kreidebleich. »Die Königin?«
Der Mann schüttelte den Kopf. »Sie ist wohlauf …«
John atmete hörbar aus.
Mitleidig sah der Bote auf. »Die Gräfin von Toulouse ist von uns gegangen.«
John lächelte verständnislos. »Wohin ist sie gegangen?« Als er keine Antwort erhielt, begann er zu begreifen. »Joanna? … Sie ist …?«
Der Bote nickte. »Gestern, in den frühen Morgenstunden ist sie gestorben.« Der Bischof bekreuzigte sich. »Möge sie in Frieden ruhen«, sagte er salbungsvoll.

Fahrig strichen Johns Hände über das Buch. »Meiner Schwester ist es doch schon viel besser gegangen«, murmelte er. »Wir haben noch Pläne geschmiedet. Sie hat versprochen, mit mir nach England zu kommen.« Er schlug das Buch auf. Seine Finger tasteten am oberen Rand der Seite entlang. Dann hielten sie plötzlich inne.
Mit Entsetzen sah der Bischof, wie der König begann, die Seite herauszureißen, während er vor sich hin murmelte. »Es war für uns beide eine solche Überraschung, als wir in Fontevrault zusammentrafen. Auf Geheiß unserer Mutter hat sie uns in Rouen besucht. Ich war so glücklich …«
Das Blatt segelte zur Erde. Johns Finger griffen nach der nächsten Seite. Mit einem scharfen Riss trennte er sie heraus.
»Majestät!« Bestürzt war der Bischof näher getreten.
John sah kurz auf. »Raus«, zischte er. »Lasst mich allein.« Der Bote erhob sich, doch der Bischof zögerte. An Johns Schläfe traten die Adern hervor. »Hinaus!«, schrie er. Befremdet verließen die Männer den Raum.
Wieder erbebte das Haus unter einem gewaltiger Donner. Erneut zerrte John an einer Seite. »Kleine, liebe Joanna …«, flüsterte er und vernichtete Blatt für Blatt. Er hielt nicht inne, als die Tür geöffnet wurde und die Kerzen zu flackern begannen.
»Haltet ein«, sagte eine ruhige Frauenstimme dicht hinter ihm. Eine Hand legte sich auf die seine. Benommen hob er den Kopf. »Ihr?«, fragte er ungläubig. John versuchte zu lächeln, doch es gelang ihm nur eine Grimasse.
Tess war um den Tisch herumgetreten. Ohne ein weiteres Wort zog sie seinen Kopf an ihre Brust. Es war ganz still im Raum.
Draußen klatschte der Regen gegen die kleinen, bleigefassten Fenster.
Tess hielt ihn ganz fest.
»Hat sie sehr leiden müssen?«, fragte John in ihren feuchten Umhang. Tess spürte die Wärme seines Atems.
»Joanna ist friedlich gestorben. Joanna hat nicht gelitten. Sie sah wunderschön und friedlich aus.«

John presste seinen Kopf enger an ihre Brust. Seine Schultern begannen zu beben. »Sie hatte kein schönes Leben«, schluchzte er.
Tess streichelte über sein Haar. »Zum Ende hin war sie sehr glücklich«, behauptete sie. »Sie hat Eure Gegenwart sehr genossen. Wir haben viel über Euch gesprochen.«
Die Wärme seines Atems drang bis auf ihre Haut. Tess widerstand dem Bedürfnis, ihren Umhang zu öffnen, um ihn noch dichter bei sich zu spüren.
»Wie geht es der Königin?«, fragte John plötzlich.
»Sie ist sehr traurig«, antwortete Tess. »Erst Richard, jetzt die Tochter ...« Sie spürte, wie John sich verkrampfte und von ihr abrückte.
»Sie braucht Euch jetzt«, lockte die junge Frau. »Ich bin gekommen, um Euch nach Rouen zu holen.«
»Hat sie selbst Euch darum gebeten?«
»Nein, aber ich weiß es«, antwortete Tess, bemüht, überzeugend zu klingen.
»So, wisst Ihr das?«, fragte John höhnisch und erhob sich abrupt. Mit großen Schritten ging er auf und ab. Er trat auf die herausgerissenen Seiten und blieb verwirrt stehen. »Wer war das?«, murmelte er und bückte sich. Tess sah seine Hände zittern, als er nach einigen der Blätter griff und sie mit fahrigen Bewegungen auf den Tisch legte.
»Wisst Ihr, was ein Harem ist?«, fragte er unvermittelt. Als sie verwundert den Kopf schüttelte, begann er zu lachen. »Witwen will man in meinem Namen um ihr Erbe betrügen, und ich sammle erotische Geschichten. Was haltet Ihr davon, Madame?« John kniff die Augen zusammen und musterte sie. Dann kam er drohend näher.
»Wieso seid Ihr hier?« Tess wich vor ihm zurück.
»Redet!«, herrschte er sie an.
»Eure Schwester Joanna ist gestorben. Ich wollte nicht, dass Ihr es durch den Boten erfahrt.« Sie hob den Kopf und begegnete seinem funkelnden Blick. »Leider bin ich zu spät gekommen!«
Sie starrten einander an. Nichts war zu hören außer seinem müh-

sam beherrschten Atem und den Regentropfen, die der Wind gegen die Scheiben schleuderte. Betroffen nahm Tess wahr, wie sich sein Gesichtsausdruck plötzlich veränderte. Alle Härte wich aus seinen Zügen, als er schüchtern die Hand nach ihr ausstreckte. Sie fühlte sich so sehr zu ihm hingezogen, dass ihr die Tränen in die Augen traten.

»Vergebt mir«, flüsterte John. »Es ist nur …«, verzweifelt brach er ab.

Mit einem Schritt war Tess bei ihm und warf ihm die Arme um den Hals. »Ich weiß«, rief sie erleichtert. »Deswegen bin ich hier.«

Der Bischof, der die Tür vorsichtig einen Spalt öffnete, sah das Paar eng umschlungen vor dem Fenster stehen. Sein Blick fiel auf die zerstörten Seiten auf den Dielen. Lautlos zog er die Tür wieder ins Schloss.

* * *

Die Tage nach Joannas Tod waren für Alienor wie in Trance ineinander geflossen. Weder hatte sie wahrgenommen, dass Tess Hals über Kopf abgereist noch dass John mit ihr nach Rouen zurückgekehrt war. Seither hatte er alle Vorbereitungen für die Rückkehr seiner Mutter und seiner toten Schwester nach Fontevrault getroffen. Er hatte Erkundigungen über Pierre de Mauley eingezogen und dem jungen Ritter aus dem Poitou nach einer langen Unterredung das Kommando für den Tross übertragen, der sie begleiten sollte. Während die Äbtissin Boten mit detaillierten Anweisungen in die Abtei sandte, um die Beerdigung von Joanna vorbereiten zu lassen, hatte Tess dafür zu sorgen, dass sich ein Medicus und eine weise Frau, die sich in der Kräuterheilkunde einen Namen gemacht hatte, zur Abreise bercithielten.

Schweißgebadet war Alienor am frühen Morgen aufgewacht und hatte darauf bestanden, angekleidet zu werden. Obwohl sie noch immer fieberte, erschien die Königin zur Totenmesse in der Burgkapelle. Bis zur Kommunion hielt sie scheinbar mühelos durch.

Der Erzbischof von Canterbury hatte bereits die Hand erhoben, um die Aussegnung zu vollziehen, da begann die Königin zu husten. John und die Äbtissin, die zu ihrer beider Seiten standen, warfen sich besorgte Blicke zu.

»Madame, möchtet Ihr, dass ich Euch hinausbegleite?«, fragte John und hielt ihr den Arm entgegen. Alienor verneinte, griff jedoch dankbar nach seiner Hand und ließ sich schwer atmend auf der Sitzbank nieder. Ihr Körper krümmte sich, als ein erneuter schmerzhafter Anfall sie überwältigte.

Die Äbtissin nahm aus der Tasche ihres Habits einen kleinen Lederbeutel. An den Bändern zog sie ihn auf und holte eine der unförmigen Kugeln heraus, die aus erkaltetem Honig und Salbei geformt waren. »Lass sie auf der Zunge vergehen. Es wird dir helfen«, flüsterte sie.

Schwaden von Weihrauch wehten zu ihnen herüber, als Hubert Walter, umgeben von Bischöfen und Diakonen, Joannas Sarg mit Weihwasser segnete. Neben dem großen, rot leuchtenden Banner mit den goldenen Plantagenet-Löwen, das darüber gebreitet war, nahm sich der Kindersarg ihres Sohnes mit den Farben der Grafen von Toulouse bedauernswert klein aus.

Alienor verbot sich die Erinnerung an das Bild der toten Tochter und des leblosen Neugeborenen in ihrem Arm. Stattdessen starrte sie in die Kerzen, die die geräumige Kapelle erleuchteten. Zugluft ließ sie flackern und heftig tropfen. Sie verschränkte die Arme vor der Brust, um die Kälte abzuwehren. Wann waren Hubert Walter und die anderen eingetroffen? Wer hatte sich um die Vorbereitungen der Reise gekümmert? Sie konnte sich an nichts erinnern. Erst jetzt nahm sie die Schönheit der bunten Laubblätter und Herbstblumen wahr, mit denen die Kirche geschmückt war. Ihr Herz krampfte sich zusammen. Die Glieder schmerzten vor Mattigkeit, nur mit Mühe beherrschte sie ihr Zittern.

John wandte sich ihr zu. Mit seiner Hilfe richtete Alienor sich auf, als die Särge vor dem Altar geschultert und an ihnen vorbeigetragen wurden. An Johns Arm folgte sie ihnen. »Wollt Ihr Eure

Abreise nicht auf morgen verschieben, Madame?«, fragte John beunruhigt. Sie räusperte sich. »Auf ihrer letzten Reise werde ich Joanna nicht noch einmal alleine lassen.«
»Würdet Ihr bleiben, wenn ich sie nach Fontevrault begleitete?« Ein müdes Lächeln huschte über ihr Gesicht. »England erwartet dich. Ich habe eine Schuld wieder gutzumachen. Deine einzige Sorge sollte das Reich sein – nicht deine Mutter.« John spürte eine Welle von Zärtlichkeit für sie, gerade weil sie so geschwächt war. Ohne nachzudenken, griff er nach ihrer Hand. »Verlasst Euch auf mich, Mutter, ich liebe England. Aber wenn man liebt, sorgt man sich.«

Sie hörten das Rauschen des Wolkenbruchs, der sich in den Burghof ergoss, noch ehe sie hinaustraten. Die schwarz gekleideten Ritter der Eskorte erwarteten sie in strömendem Regen neben dem Totenwagen. Über das nass glänzende Pflaster wurde zunächst der kleine Sarg getragen, danach verschwand Joannas Sarg unter der schwarz gefärbten Lederplane des Ochsenkarrens, auf deren voll gesogene Oberfläche die Regentropfen klatschten.
Wie üblich hatte der Burgvogt den Weg zum königlichen Wagen mit geöltem Tuch überspannen lassen. Doch der Oktoberwind zerrte daran und peitschte den Regen auf die darunter ausgelegten Bretter. Schwer auf Johns Arm gestützt, trat Alienor hinaus. Ihr fehlte die Kraft, sich von all denen zu verabschieden, die sich vor der Burgkapelle aufgereiht hatten. Nur vor le Maréchal hielt sie inne und reichte ihm die Hand. »Guillaume, guter Freund. Das Reich braucht Euch, heute mehr denn je …« Sie lächelte mühsam.
Erschüttert blickten Guillaume und die anderen Männer und Frauen ihr hinterher, als der König sie zum Wagen geleitete und ihr half, die heruntergeklappten Holzstufen hinaufzusteigen. Niemals zuvor hatten sie die Königin als alte, gebeugte Frau erlebt.
Tess wartete unter dem Baldachin, bis John sich von seiner Mutter und der Äbtissin verabschiedet hatte. Ihr Herz pochte. Erwartungsvoll blickte sie ihm entgegen. Seit dem Abend nach Joannas Tod,

seit dem Moment, in dem sie ihn in äußerster Verzweiflung in Sées erlebt und getröstet hatte, schien es ihr, als meide er sie. Seit ihrer Rückkehr nach Rouen hatten sie kein Wort mehr unter vier Augen gewechselt. Wollte er jetzt nicht durch den prasselnden Regen ausweichen, müsste er sie ansprechen.

»Mein König.« Sie versperrte ihm mit dem Hofknicks den Weg.

»Thérèse«, er zog sie zu sich hoch. Seine weiche, besorgte Miene ließ ihr Herz höher schlagen. Zu deutlich hatte sie die harte, aufbrausende Seite seines Charakters vor Augen, zu schmerzlich seine innere Zerrissenheit und plötzliche Kälte erlebt.

»Ihr Zustand ängstigt mich, gebt Acht auf die Königin«, bat er. Er hielt noch immer ihre Hand. Seine Nähe machte sie benommen. Der wartende Tross, die Männer im Regen, alles außer John verblasste, als sie ihm entgegnete: »Ich verspreche es Euch. Ihr könnt Euch immer auf mich verlassen. Und ich werde mein Versprechen halten.« Das Grün seiner Augen verdunkelte sich, einen Moment flackerten sie irritiert. Dann sagte er: »Falls sich der Zustand der Königin in Fontevrault verschlechtert, schickt mir umgehend einen Boten!« In Gedanken fuhr sie fort: ›Ihr könntet es nicht ertragen, Ihr würdet daran zerbrechen, ich weiß es.‹ Laut sagte sie: »Die Königin wird sich in Fontevrault erholen. Nirgendwo wird besser für sie gesorgt.« Tess konnte sein Lächeln nicht deuten, als er ihre Hand drückte. »Danke.«

Tess empfand Glück, als sie den Wagen von Alienor bestieg, der kurz darauf durch die aufspritzenden Pfützen des Burghofs rollte. Ohne sich dessen bewusst zu sein, begann sie zu summen. Es war das alte Kinderlied. Sie summte noch immer, als sie sich bückte, um die vorgeheizten Ziegelsteine, die auf dem Boden unter ihrem Sitz lagerten, hervorzuholen. Sie ging in die Hocke und blickte zur Königin hinauf. Ihr Kopf war auf ein Kissen zur Seite gesunken. Behutsam hob Tess ihre Füße an, um die warmen Steine unter ihre Lederschuhe zu schieben.

Bevor Tess sich wieder erhob, blickte sie zu Mathilde hinüber, die schweigend den Finger an den Mund legte. Tess nickte. Still setzte

sie sich auf die gepolsterte Bank neben sie und betrachtete die schlafende Königin. Wie zerbrechlich und elend sie wirkte. Tess erinnerte sich: Von all den Großen der Kirche und des Reiches hatte sie sich nur von Guillaume le Maréchal verabschiedet. Er musste im Leben der Königin eine besondere Rolle gespielt haben. Ihr Vertrauen in ihn musste groß sein, wenn sie ihn König John zur Seite gab.
Der Sturm zerrte an der Plane. Außer dem Prasseln des Regens, der unaufhörlich auf das geölte Lederdach fiel, waren von draußen nur die zahllosen Pferdehufe zu hören, die durch die Gassen hallten. Der Wagen schaukelte, als er den kurvenreichen Burghang hinuntergelenkt wurde. Tess beugte sich vor, um der Königin ein weiteres Kissen unterzuschieben, als sie in der Schräglage zur Seite zu rutschen drohte.
Dann endlich erreichten sie die Ebene und ließen Rouen hinter sich. Die lehmige Landstraße, der sie Richtung Südwesten folgten, federte das Gerumpel der Holzräder ein wenig ab. Hin und wieder drang das Knallen der Peitschen, mit denen die Ochsen des Totenwagens angetrieben wurden, zu ihnen herüber. Nur das Ächzen der Deichsel und das Knarren des Leders in den Halterungen waren zu vernehmen. Langsam wurde es feucht im Wagen.
Die Äbtissin schauderte unter ihrem warmen Cape.
»Darf ich Euch etwas fragen?«, flüsterte Tess und blickte sie forschend an. Mathilde neigte ihr den Kopf zu, um besser zu hören. Tess warf einen Blick auf die schlafende Königin. »Guillaume le Maréchal hat für die Königin eine besondere Bedeutung, nicht wahr? Könnt Ihr mir etwas über ihn erzählen?«
Mathilde nickte, während sie leise antwortete: »Er gilt als einer der großen Ritter des Reiches. Für mich ist er der Einzige, der würdig wäre, in König Artus' Tafelrunde aufgenommen zu werden. Als junger Mann, er war gerade erst zum Ritter geschlagen, hat Guillaume le Maréchal der Königin das Leben gerettet. Die Grafen von Lusignan hatten sie in einen Hinterhalt gelockt. Sein Onkel, Patrick von Salisbury, ist bei diesem Überfall ums Leben gekommen. Guillaume selbst wurde schwer verletzt, als sein Ross tödlich getroffen

unter ihm zusammenbrach. Trotzdem muss er weitergekämpft haben wie ein Löwe, um die Königin zu retten.«
Tess war fasziniert. »Ihr mögt ihn auch sehr?« Mathilde nickte.
»Seine Bescheidenheit und sein Edelmut sind gleichermaßen bestechend. Nach ihrer Rettung hat Guillaume sich verwundet zurückgezogen. Die Königin musste ihn erst ausfindig machen, um sich bei ihm zu bedanken. Niemals hat er geprahlt, sich niemals in den Vordergrund gestellt. Seit dem Tag schätzt die Königin ihn mehr als alle Männer, denen sie je ihr Vertrauen geschenkt hat. Und sie ist auch in den schwierigsten politischen Situationen nicht ein Mal von ihm enttäuscht worden. Er wurde ihren Söhnen als Erzieher zur Seite gegeben. Guillaume war sowohl König Henry als auch der Königin immer ein loyaler und ehrenhafter Ritter. Als König Henry starb, war es Guillaume le Maréchal, den König Richard schickte, um sie aus der Gefangenschaft in Old Sarum zu befreien. Daran kannst du ermessen, wie sehr auch er ihm vertraut hat.«
Mathilde lächelte. »Warum willst du das wissen?«
Tess hob den Kopf. »Weil ich mich frage, ob le Maréchal auch König John so treu dienen wird.«
Überrascht blickte die Äbtissin die Jüngere an. »Einen klügeren, verlässlicheren, weitsichtigeren Berater kann König John sich gar nicht wünschen.« Die ältere Frau zögerte. »Wenn er nur klug genug ist, Guillaume zu vertrauen.«
Tess erwiderte flüsternd: »Das ist es.«
»Ist was?«
Tess schüttelte nachdenklich den Kopf. »Er kann nicht vertrauen. Er hat es niemals gelernt.« Erschrocken hielten die beiden Frauen sich an der Holzbank fest, als der Wagen von einer Sturmböe erfasst wurde und gefährlich schwankte.
»König John ist dreiunddreißig Jahre alt. Jedem Menschen gibt Gott die Chance, sich zu verändern. Ich denke, er wird an der Verantwortung, die ihm das Reich abfordert, wachsen und hoffentlich Vertrauen zu sich selbst und anderen Menschen gewinnen. Wir müssen für ihn beten«, fuhr Mathilde energisch fort.

Tess wollte das Gespräch noch nicht beenden. »Glaubt Ihr, dass es Menschen gibt, die zwei Seelen in sich tragen?«
Halb verwundert, halb belustigt blickte Mathilde sie an. »Was ist das für eine Frage. Natürlich nicht.«
»Menschen, die liebenswert und zugleich unberechenbar sind, obwohl sie es nicht wollen?«, beharrte Tess. »In denen etwas Dunkles so stark ist, dass es zeitweise die Überhand gewinnt?«
Plötzlich ruckte der Wagen gefährlich. Er schleuderte in alle Richtungen. Pferdegewieher gellte über sie hinweg. Dann folgte eine dumpfe Erschütterung. Der Wagen hob sich einseitig an und wackelte beängstigend, bis er schwankend zum Stehen kam. Männer schrien durcheinander. Alienor öffnete verwirrt die Augen. Tess riss die Lederluke auf. Regenböen schlugen ihr ins Gesicht. Das Pferdegespann stand seitlich des Wagens. Knappen versuchten, die aufgebrachten Tiere zu bändigen. Zwischen den Bäumen tauchte Pierre de Mauley im strömenden Regen auf. »Seid Ihr unverletzt?«, rief er schon von weitem. »Ein Baum ist umgestürzt. Wir müssen die Königin in Sicherheit bringen!« Der Regen lief ihm übers Gesicht. Er verteilte Befehle in alle Richtungen. »Den Wagen nach hinten! Die Eskorte folgt. Den Karren später. Sichert ihn ab!«
Alienor hörte seine Worte von ferne. »Ist Joanna wohlauf?«, murmelte sie und schloss die Augen erneut. Die beiden Frauen wechselten betroffene Blicke. Tess beugte sich in den Regen hinaus. »Ist der Totenwagen beschädigt?«, rief sie. Pierre verneinte. »Ich werde Euch sofort ins Kloster von Le Bec-Hellouin begleiten. Der Baum muss zersägt werden. Es wird dauern, bis der Rest des Trosses uns folgen kann.«

Nicht einmal fünfundzwanzig Meilen hatten sie zurückgelegt, als sie Stunden später in Le Bec eintrafen. Pierre de Mauley war sofort zu der Unfallstelle in den Wald zurückgekehrt. Er befürchtete, die Dämmerung könne die sichere Unterbringung der restlichen Wagen im Kloster verhindern. Mathilde hatte darauf bestanden, bei Alienor zu nächtigen, deren Fieber wieder angestiegen war.

Es war bereits dunkel, als Tess hörte, wie das Klostertor geöffnet wurde. Gleichzeitig begann die dünne Totenglocke zu läuten, und Pierre dirigierte die Wagen in den Hof. Sie erkannte seine dunkle Stimme sofort und eilte hinunter in die Kapelle, in der der Abt und die Mönche die tote Königstochter erwarteten.
Ihre melodischen Gesänge versetzten Tess wie in Trance. Sie vergaß das feuchte Cape und die nassen Haare. Beim Hinausgehen fing Pierre de Mauley sie ab. »Wie geht es der Königin?« Tess schauderte unter ihrem klammen Umhang. »Sie ruht. Die Äbtissin ist bei ihr.« De Mauley zog sie zur Seite, um den Mönchen, die aus der Kapelle traten, Platz zu machen.
»Dass mir das schon auf der ersten Etappe geschehen musste«, sagte er ärgerlich. Tess wollte nur zurück in die Wärme. Ungeduldig schüttelte sie den Kopf. »Dass ein Baum auf die Straße stürzt, kann man schwerlich Euch anlasten!«
Er verzog das Gesicht. »Euer Wort in Gottes Ohr. Ich bezweifle nur, dass der König das auch so sieht!«
Plötzlich hatte sie alle Zeit. »Warum sollte er nicht?«
De Mauley lächelte. »Im Bezug auf seine Mutter ist er doch recht eigenartig!«
Tess spürte, wie sie ärgerlich wurde. »Ihr vergreift Euch im Ton, mein Lieber«, sagte sie eisig.
Pierre schlug sich mit der Faust in die Hand. »Ihr habt ja keine Ahnung!«
Tess trat noch näher an ihn heran. »Was war los?«
»Bevor er mir das Kommando übertrug, hat er mich nach Referenzen, Ritterschlag, Verwandtschaft und solchen Dingen befragt. Das war normal«, erwiderte Pierre. »Ich wollte immer in seine Dienste treten, und er musste sich meiner natürlich sicher sein. Ich habe ihm gesagt, dass ich meine Rechte als Erstgeborener an meinen Bruder Aymer abtreten und mich ganz in seinen Dienst stellen werde.«
»Und dann?« Tess spürte ein Kribbeln, eine dunkle Ahnung beschlich sie.
»Dann hat ihm die Äbtissin ausrichten lassen, dass sie vergeblich

versucht habe, die Königin davon zu überzeugen, ihre Abreise zu verschieben. Sie sei zu geschwächt, und die Äbtissin könne die Verantwortung für den Transport nicht übernehmen.« De Mauley schüttelte in der Erinnerung den Kopf. »Ihr hättet ihn erleben sollen. Schlagartig war der König ein anderer Mann. Rastlos lief er in dem Raum auf und ab, wiederholte all die Fragen, die ich bereits beantwortet hatte, so als habe er die Antworten vergessen. Plötzlich stand er vor mir, mit schwarzen Augen und ganz bleich, und schrie: ›Ich gebe Euch das Kommando. Denn die Königin wird reisen, ob ich es will oder nicht! Aber ich bringe Euch um, wenn Ihr sie nicht sicher nach Fontevrault bringt.‹« Pierre stieß die Luft aus. »Was sagt Ihr jetzt?«

Tess' Herz krampfte sich zusammen. »Er sorgt sich eben um sie. Das ist doch normal, oder?« Pierre sah sie überrascht an. Tess erwiderte knapp: »Lasst uns essen gehen. Wir haben noch über hundert Meilen vor uns.«

Der Regen ließ auch über Nacht nicht nach. In den folgenden Tagen kamen sie deutlich langsamer voran als erwartet. Nicht nur die aufgeweichten Wege behinderten das Tempo, auch die Ochsen, die vor den Leichenwagen gespannt waren, verzögerten die Reise. Jeden Mittag wurden sie ausgewechselt. Danach ging es eine Weile schneller voran.

In Sées, Le Mans und Le Lude mussten sie über Nacht bleiben, da verschlammte Straßen, umgefallene Bäume und Bäche, die über die Ufer getreten waren, sie immer wieder zu Umwegen zwangen. Als sie endlich in Fontevrault eintrafen, schien zum ersten Mal wieder die Sonne.

* * *

Kaum hatte der letzte Wagen den Burghof verlassen, versammelte John seine Berater, um ihnen die Neuigkeit aus Frankreich zu überbringen.

»Wir sind einen ganzen Schritt weiter. Philipp von Frankreich akzeptiert, dass Arthur mich als Lehnsherrn der Bretagne anerkennt.« Triumphierend blickte John in die Runde. Der Lordkanzler und Guillaume le Maréchal nickten ihm anerkennend zu, als der König fortfuhr: »Philipp braucht Luft. Er hat sich immer noch nicht davon erholt, dass mein Bruder Richard ihn in die Knie gezwungen hat. Außerdem hat er Schwierigkeiten an der flandrischen Grenze. Deswegen musste er sich darauf einlassen, dass Arthur uns anerkennt. Und darüber hinaus ...«, Johns Augen funkelten vor Freude, »darüber hinaus ist Philipp bereit, sich mit mir zu treffen, um einen neuen Friedensvertrag aufzusetzen.«
Le Maréchal streckte seine Beine aus. »Das hört sich gut an. Trotzdem, der französische König ist nicht zu unterschätzen«, gab er zu bedenken. »Das Wort dieses Franzosen ...« Er machte eine abfällige Handbewegung.
»Absolut richtig«, sagte John. »Für Philipps Wort allein würde ich auch keinen Pfifferling geben, aber mein königlicher Freund ist bereit, es schriftlich und unter Zeugen abzulegen.«
Der Erzbischof lächelte verhalten. »An seinem Sinneswandel ist der Druck aus Rom wohl nicht ganz unschuldig!« Le Maréchal nickte. »Wer hätte das gedacht, dass uns Philipps Art und Weise, mit seinen Ehefrauen umzugehen, ein Friedensangebot der Franzosen bescheren würde ...«
John schob die Papiere, die vor ihm lagen, zur Seite. »Dürfte ich Euch dann bitten, einen Vertrag zwischen Philipp und uns vorzubereiten?« Er blickte hinüber zu le Maréchal. »Vergesst nicht hinzuzufügen, dass wir ihm meine Nichte aus Kastilien für seinen Thronfolger überlassen!« Der alte Getreue hob die Hand. »Wie hoch belaufen sich Eure Vorstellungen für die Aussteuer?«
John runzelte die Stirn. »Im üblichen Rahmen. Mehr kann ich mir nicht leisten.« Mit dem Finger malte er Linien auf die schwere Eichenplatte. »Ich fürchte, dass wir ohnehin eine zusätzliche Steuer erheben müssen!«
Ungeduldig stand er auf. »Herrgott noch mal. Ich habe so viel vor.

Die Burganlagen müssen verstärkt werden, vorwiegend im Grenzbereich nach Wales und Schottland. Ich will, dass die Straßen und Brücken vernünftig ausgebaut werden. Seit der römischen Besatzung hat sich keiner mehr richtig darum gekümmert. Und wenn gebaut wurde, dann war es immer nur Flickwerk. Aber das alles kostet Geld.« Zornig trat er gegen einen Schemel. »Warum musste Richard nur auf diesen unsäglichen Kreuzzug gehen! Wann wird sich das Reich jemals von den Kosten erholen!«

Der Erzbischof hüstelte. »Euer verstorbener Bruder tat es, um Jerusalem aus den Klauen der Heiden zu befreien«, sagte er leise.

Jähzornig fuhr John herum. »Und? Wozu hat es geführt? Zu gar nichts! Saladin hat immer noch das Sagen. Und wir sind finanziell ruiniert«, schrie er unbeherrscht.

»Wir sind sehr knapp bei Kasse. Aber wenn wir vernünftig wirtschaften, können wir überleben«, warf le Maréchal ein. »Der Vertrag mit dem französischen König ist vorrangig. Danach wird man weitersehen. Burgen, Brücken und Straßen können noch warten.«

Resigniert zuckte John mit den Schultern. »Ich will mehr für England, als nur sein Überleben zu sichern. Ich will, dass das Land wieder gedeiht wie zur Zeit meines verstorbenen Vaters.«

»Ihr sprecht nur von England. Habt Ihr denn gar kein Interesse an Euren Festlandbesitzungen?«, fragte le Maréchal. »Eure Mutter hat im Süden wahrhaftig alles getan, um Euch ihre Untertanen gewogen zu halten.«

John verzog das Gesicht. »Für wie töricht haltet Ihr mich? Ohne das Festland kann ich England nicht zur Blüte führen. Und das werde ich. Mein Wort darauf!«

Er machte Anstalten, den Raum zu verlassen. An der Tür blieb er noch einmal stehen und wandte sich um. »Veranlasst bitte, dass mein Neffe Arthur sich nächste Woche zum Lehnseid einfindet.« Er lächelte kurz. »Ich danke Euch!«

Als er gegangen war, blickten sich seine beiden Berater an. Le Maréchal ergriff als Erster das Wort. »Ich hatte Recht, John als König

zu favorisieren. Er ist keine Marionette in Philipps Hand. John weiß, was er will. Gebe Gott, dass er es durchsetzen kann.«
Der Erzbischof nickte zögernd. »Er hat viel von seinem Vater gelernt!« Dann lächelte er leicht. »Und er liebt England!«
Fast gleichzeitig griffen sie nach den Papieren, um sie noch einmal durchzusehen.

Mit dem Läufer in der Hand fuhr Will gedankenverloren über das Schachbrett. »Nein, das wird auch nichts«, murmelte er.
»Das glaube ich auch«, sagte John. »Wo bist du nur mit deinen Gedanken?«
Will schüttelte den Kopf und stellte den Läufer wieder zurück. »Das ist heute nicht mein Tag.«
John nickte. »Tag ist gut ... Es ist weit nach Mitternacht, und du spielst miserabel.« Er griff nach seinem Weinglas und trank einen tiefen Schluck. »Lass gut sein, Will. Wir trinken noch aus und gehen dann schlafen«, sagte er gutmütig.
Der Freund rückte seinen Schemel näher ans Feuer und reckte sich. »Was hast du für ein Gefühl, wenn du Arthur morgen triffst?«, fragte er neugierig.
John ließ den Wein im Glas kreisen. »Gefühl ...« Er überlegte. »Ja, was habe ich für ein Gefühl?« Er zuckte mit den Schultern. »Ich bin traurig, wegen Joanna. Dagegen verblassen eventuelle Rachegedanken gegenüber Arthur.« Er trank noch einmal. »Es wird ihn sicherlich hart ankommen, wenn er morgen vor mir das Knie beugen muss.«
Will sah ihn von der Seite an. »Hasst du ihn gar nicht mehr?«
»Hassen? Nein!« John lächelte schief. »Er liegt mir nicht, aber dafür kann der Bengel nichts.« Er stellte sein Glas ab und streckte die Beine näher zum Feuer. »Von seiner Seite aus war es nur klug, dass er sich Philipp als Verbündeten ausgesucht hat, um mich zu Fall zu bringen. Alleine hätte er doch nie eine Chance gehabt.«
»Die hat er so auch nicht!«, sagte Will böse. »Dieser kleine Mistkerl! Es wird gut sein, wenn ich morgen nicht dabei bin. Sonst läufst

du Gefahr, dass ich mitten in der Zeremonie aufspringe und ihn ohrfeige.«
John lächelte nachdenklich. »Unterschätz Philipp nicht«, sagte er ruhig. »Er ist fähig, dir weiszumachen, du seiest ein Heiliger, und man selbst merkt gar nicht, dass er einen nach der eigenen Pfeife tanzen lässt. Denk an mich und Richard …«
Will fuhr auf. »Das war doch etwas ganz anderes. Was du damals getan hast, das hast du für England getan!«
John schüttelte den Kopf. »Nicht nur«, sagte er ruhig. »Es hätte mir ganz gut gepasst, wenn der deutsche Kaiser meinen Bruder noch etwas länger in Gefangenschaft gehalten hätte.«
Will sah ihn ungläubig an. »Ja, aber …«, begann er.
»Nicht, ja, aber«, erwiderte John. »Ich wollte nicht, dass Richard als König zurückkommt. Philipp wollte es genauso wenig und hat mich darin unterstützt. Seitdem Richard auf den Kreuzzug aufgebrochen ist, habe ich gegen ihn konspiriert. Du siehst, Philipp hat bei mir offene Türen eingerannt; und wenn ich tatsächlich einmal Skrupel gehabt haben sollte, dann war er der richtige Mann, sie mir wieder auszureden.« Er griff erneut nach seinem Weinglas. »Was erwartest du also von Arthur? Er ist noch so jung. Und so verführbar.«
»Mach dich nicht schlechter, als du bist!« Will war unerschütterlich. »Ich habe doch miterlebt, wie du gelitten hast, als Richard dem Volk immer noch eine neue Steuer auferlegt hat.« Ärgerlich zog er die Beine an. »Er hat doch alles versilbert, was nur menschenmöglich war. Und Königin Alienor hat ihn darin unterstützt!«
»Nicht für den Kreuzzug, um das Lösegeld für ihn aufzutreiben!« Johns Stimme wurde rau.
Eine Weile schwiegen sie und starrten in die Flammen.
Dann fragte John unvermittelt: »Hast du je den Teppich von Bayeux gesehen?«
Will war erstaunt. »Du meinst den Vorhang?« Er schüttelte den Kopf. »Nein, nie!«
John musste lachen. »Vorhang nennst du das?« Er wurde wieder ernst. »Genau genommen ist es ein Wandbehang. Er ist zwar nicht

sehr hoch, ich glaube fünfzig Zentimeter, aber dafür ist er fast siebzig Meter lang.«
»Wie kommst du jetzt darauf? Eben haben wir noch über Geld gesprochen, und jetzt redest du über Behänge.«
»Diese gestickten Bilder und Inschriften, die die Eroberung Englands durch William den Eroberer darstellen, werden am Tag der Reliquien und an den Oktaven um das Kirchenschiff gespannt. Es ist also etwas ganz Besonderes.«
»Und?« Will verstand nicht.
»Ich will, dass man es heute zum Gedenken an Joanna tut. Ich will nicht, dass sie als schwache Frau in die Geschichte eingeht. Als eine, die ihrem Mann davonlief, um am Ende den Schleier zu nehmen. Nein! Ich möchte, dass man sich allezeit an sie erinnert als das, was sie war. Eine tapfere und mutige Nachfahrin des berühmten Eroberers. Ich will, dass jeder sieht, wie sehr ich sie geliebt habe!«
Will war skeptisch. »Ob die Kirche da mitspielt?«
John fuhr herum. Im Feuerschein glitzerten seine Augen. »Das werden wir doch sehen, ob sie es wagen, meiner Bitte nicht nachzukommen. Und wenn sie Schwierigkeiten machen, werde ich es ihnen einfach befehlen. Schließlich bin ich der König!«
»Hier, in der Normandie, bist du der Herzog.«
Abrupt stand John auf. »Mein Entschluss steht fest!« Er legte Will den Arm um die Schulter. »Sobald ich das mit Arthur erledigt habe, segeln wir nach England. De Braose hat geschrieben, dass es wieder zu Aufständen an der walisischen Grenze gekommen ist. Davon möchte ich mich selbst überzeugen!« Er lächelte müde. »Lass uns schlafen gehen!«
Will sah ihm nach, wie er durch die Halle ging. Auf halbem Weg blieb er stehen und wandte den Kopf. »Es ist so leer hier, seit sie fort sind. Findest du nicht?«
John wartete die Antwort nicht ab. Will sah, wie er den Kopf senkte, ehe er schwerfällig den Raum verließ.

Privataufzeichnung von Bruder Albert
In der Burg zu Rouen

Bis jetzt habe ich im Buch meines geliebten Königs geschrieben. Ich hatte viel nachzuholen, was nach dem Tode der Gräfin Joanna liegen geblieben ist, da ich selbst mit Fieberschauern daniederlag. Aber jetzt bin ich wieder im Hier und Heute und kann mich den Irrungen und Wirrungen meiner Seele widmen.
Ich weiß, dass die Gottesmutter für mich IMMER an erster Stelle zu stehen hat. Sie, die jungfräulich und unbefleckt durch ihr Leben wandelte und als Inbegriff der Liebe gilt. Aber ich weiß auch, dass Luzifer sich einen Spaß daraus macht, mich zu verwirren, indem er die Gottesmutter immer öfter auf den zweiten Platz verweist.
Krank bin ich geworden, als ich die Gräfin von Louisville ohne Erlaubnis zu unserem geliebten König begleitete. Ich sah sie heimlich aufbrechen – allein. Es drängte mich, sie zu beschützen. Es war dunkel. Ich musste sie begleiten. Gott wollte es so.
Vielleicht lag es daran, dass es die ganze Nacht geregnet hatte, als ich ihr nach Sées hinterherritt. Meine Kutte war von Nässe voll gesogen. Vielleicht lag es aber auch daran, dass sie mich einfach stehen ließ, als wir ihn endlich im Palast des Bischofs ausfindig gemacht hatten. Sie, die in meinen Gedanken und Träumen nur »Tess« heißt, überließ mich einfach meinem Schicksal.
Und der Teufel hatte ausgiebig Zeit, sich in meiner Seele einzunisten. Ich hörte die Zoten der Leute, als sie darüber sprachen, wie viele Stunden Tess mit dem König allein gewesen sei. Man schickte extra eine Magd hinein, um zu fragen, ob die Gräfin gewillt sei, einen Imbiss zu sich zu nehmen. Doch diese kehrte unverrichteter Dinge zurück. Und die Leute sahen sich vielsagend an und flüsterten hinter vorgehaltener Hand.
Einer der Soldaten unterhielt seine Zuhörer mit Geschichten über Frauen, die des Nachts in des Königs Stube gebracht wurden. Und er schwor, dass die Gräfin von Louisville eine von ihnen sei.
Ohne zu wissen, was ich tat, schlug ich ihm, der fast doppelt so groß

war wie ich, meine Faust ins Gesicht und nannte ihn einen Lügner. Er schüttelte ungläubig den Kopf, dann hob er mich auf und warf mich unter dem Gelächter der Zuschauer auf den Misthaufen. Als ich zu entkommen versuchte, warfen sie Steine nach mir.
Ich weiß nicht mehr, wie ich nach Rouen zurückgekehrt bin. Auf Geheiß des Königs musste der Bader zweimal am Tag nach mir sehen. Und wenn ich bei Besinnung war, dann betete mein Beichtvater mit mir und rang um meine Seele.
In meinen Fieberträumen erlebte ich Situationen, in denen ich an der Tafel des Königs saß, ich ritt in Turnieren und siegte, ich badete im königlichen Zuber und schlief im königlichen Bett. Einmal war ich sogar selbst der König, und Tess streichelte meinen Körper.
Ich habe viel geweint, wenn ich wach war, und Gott angefleht, er möge mir die Unschuld meiner Seele zurückgeben. Man erzählte mir, dass Tess mich einmal in meiner Kammer besucht habe. Der Bader schwört, er habe gesehen, wie sie meinen Kopf gestreichelt hat. Was ist also Traum, was Wirklichkeit?
In mir ist eine große Leere. Seit gestern hat uns Königin Alienor verlassen. Im Beisein der Gräfin von Louisville reiste sie zurück nach Fontevrault, woselbst die Schwester unseres Königs beigesetzt werden soll.
Ich weiß, dass dies die Zeit der Prüfungen für mich ist und dass ich mit Hilfe des Allmächtigen meine Liebe wieder ausschließlich auf die Gottesmutter ausrichten und mich im wirklichen Leben wieder einrichten muss.
Aber noch kann ich kein Interesse dafür aufbringen, dass morgen der Neffe des Königs seinen Lehnseid ablegen wird. Als ich Arthur das letzte Mal gesehen habe, da kannte ich Tess noch nicht. Das war zu jener Zeit, als mein neues Leben begann.

Graue Wolken türmten sich über der Stadt. Nass und schwer hingen die Fahnen an ihren Stangen. Wenn die Bürger von Rouen hinauf zum Burgberg blickten, sahen sie die goldenen Löwen auf rotem Grund. Das Plantagenet-Wappen ließ jeden wissen, dass sich

der englische König und Herzog der Normandie in ihren Mauern aufhielt.
Hufgetrappel dröhnte durch die engen Gassen. Trotz des feuchten und schlüpfrigen Kopfsteinpflasters galoppierte eine Reiterschar rücksichtslos durch die Stadt, drängte die Männer und Frauen zur Seite, dass sie sich erschrocken gegen die Häuserwände pressten.
Oben in der Burg hatten Männer den Thronsessel in die geschmückte Halle getragen. Im großen Kamin flackerte ein Feuer. Der Duft der brennenden Bienenwachskerzen vermischte sich mit den feuchten Wollumhängen der Menschen. Der Adel war erschienen, um Zeuge zu sein, wie Arthur seinen Eid ablegte.
John trug die goldene Rosenkrone der Normandie und wartete auf das Erscheinen seines Neffen. Um ihn herum standen seine Ratgeber und unterhielten sich im Flüsterton. Gerade jetzt beugte sich der Erzbischof zu ihm hinunter. »Bewahrt seine Ehre, mein König. Sicherlich tut es ihm Leid, dass er Euch solchen Kummer gemacht hat«, flüsterte er in Johns Ohr.
Im Burghof gab es Lärm. Pferde wieherten, Befehle schallten durcheinander, dann waren eilige Schritte auf der hölzernen Treppe zu hören. Alle Augen in der Halle wandten sich der mächtigen Eichentür zu, die gleich darauf aufgerissen wurde. Ein Luftzug brachte die Kerzen zum Flackern. Plötzlich war es ganz still, als sechs Männer hineinstürmten. Sie bildeten eine Gasse, um die siebente Person hindurchzulassen. Sporen klickten auf die Dielen. Dann stand Arthur an der Spitze seiner Eskorte. Betont langsam schlug er die Seiten seines blauen Umhangs zurück und warf sie sich über die Schultern. Der goldene Griff seines Schwertes leuchtete wie die goldene Schließe auf seiner Brust.
Bisher hatte niemand ein Wort gesagt. Die Anwesenden schienen den Atem anzuhalten. Hubert Walter räusperte sich. John hob grüßend die rechte Hand. »Leg dein Schwert ab und komm her.«
Misstrauisch griff Arthurs Hand zur Waffe. Seine Finger umklammerten den Griff. Sein gehetzter Blick fuhr herum.

»Tu es«, sagte John ruhig. »Damit ich sehe, dass du in friedlicher Absicht kommst!«
Einer seiner Soldaten trat vor Arthur hin und streckte die Hand aus. Der Bretone wich einen Schritt zurück. Sofort schlossen die Ritter seiner Eskorte auf und nahmen ihn in die Mitte.
Niemand wagte zu atmen. Hubert Walter rettete die Situation. In der Totenstille trat der Erzbischof vor. Alle Augen richteten sich auf den mit der glitzernden Mitra und dem golddurchwirkten Umhang imposant wirkenden Lordkanzler des Königs, der nun das Kreuzzeichen schlug und die Stimme erhob. »Im Namen des Vaters und des Sohnes und des Heiligen Geistes.«
Nacheinander beugten die Ritter das Knie. Auch John erhob sich von seinem Thronsessel und kniete nieder. Im Bewusstsein seiner kirchlichen Macht hielt der Erzbischof die Hand erhoben. Arthur starrte ihn an, dann endlich taten er und seine Männer es John gleich.
Ein Aufatmen ging durch die Menge.
»Erhebt euch. Jetzt kann die Zeremonie beginnen«, sprach der Erzbischof mit lauter Stimme.
Gehorsam zog Arthur nun das Schwert aus der Scheide und reichte es dem Mann vor ihm, dann durchquerte er ruhig die Halle und beugte vor John das Knie.
Arthur hob den Kopf. Seine eng stehenden Augen sprühten vor Hass. »Ich bin gekommen, um meinen Lehnseid vor Euch abzulegen.« Kein Muskel zuckte in seinem bleichen Gesicht.
John lächelte freundlich. »Sprich deinen Eid!«
Arthur holte tief Luft, dann streckte er die gefalteten Hände aus, und John legte die seinen darüber.
»Ich, Arthur, Herzog der Bretagne«, er legte eine winzige Pause ein, »aus dem Hause Plantagenet«, seine Augen fixierten John feindselig, »gelobe hiermit und im Beisein des versammelten Adels feierlich, dass ich allezeit loyal zum Reich stehe und Euch als meinen Lehnsherrn anerkenne. Das schwöre ich. So wahr mir Gott helfe!«

Wieder segnete Hubert Walter die Versammelten. Dann beugte sich John vor und küsste seinen Neffen.
»Steh auf, Arthur. Ich freue mich, dass du gekommen bist!«
Hochrufe erschallten und Wein wurde ausgeschenkt. John machte einem der Pagen ein Zeichen. Ein Schemel wurde gebracht, und John bat seinen Neffen, Platz zu nehmen. Dann lächelte er ihn an. »Ich freue mich wirklich, dass du gekommen bist. Du wirst sehen, jetzt beginnt eine neue Zeit!«
Arthurs Miene war wie erstarrt. »Ich bin nicht freiwillig hier«, sagte er eisig. »Das wisst auch Ihr!«
John hob die Brauen. »Und dein Schwur?«
Arthur lehnte den ihm dargebotenen Weinpokal ab. »Schwüre ...«, zischte er höhnisch und erhob sich unvermittelt. »Ihr erlaubt, dass ich mich zurückziehe?«
»Bleibt«, befahl John. »Wir haben miteinander zu reden.«
»Ich habe gesagt, was ich sagen musste. Das dürfte genügen.«
Der Erzbischof legte ihm die Hand auf den Arm. »Schwüre sind heilig, mein Sohn«, sagte er warnend.
»Das weiß ich, Vater!« Arthur machte eine knappe Verbeugung und drehte sich um. Sporenklirrend durchquerte er die Halle. Betroffen blickten ihm die Ritter nach.

Teil III

1200

Den ganzen Herbst über hatte es Ausfälle in der Normandie gegeben. Französische Söldner überschritten die Grenzen, belagerten Burgen im Anjou und brannten ganze Dörfer ab. Verängstigt hockten die Menschen in ihren Hütten und Häusern und flehten Gott um Beistand an.
Diesseits und jenseits des Kanals wartete man verzweifelt darauf, dass der englische und der französische König sich zu einem Friedensgespräch trafen. Doch immer wieder gab es Verzögerungen, und die Tage zogen ins Land. Weihnachten rückte näher, aber noch waren sich die zuständigen Justitiare nicht einig. Boten jagten unermüdlich von England nach Frankreich und wieder zurück über den Kanal. Die Bevölkerung wartete.
Am fünfzehnten Januar des Jahres 1200 war es endlich so weit. Nahe der französisch-normannischen Grenze sollte John auf Philipp treffen, um den Frieden persönlich einzuleiten.

Albert schob das Buch zurück und reckte und dehnte sich. Missmutig starrte er auf den Folianten. All die Monate über war in seinen Augen nichts Wirkliches geschehen. Nichts, was sich für ihn gelohnt hätte, in das »Königsbuch« zu schreiben. Niemand ließ ihn die Depeschen der Boten lesen oder hatte ihn aufgefordert, als stiller Zuhörer bei den Besprechungen anwesend zu sein. Eintönig reihte sich ein Tag an den anderen. Und es gab niemanden, mit dem er hätte reden können. Selbst seine Träume von Tess drohten zu verblassen. Manchmal wusste er nicht einmal mehr, wie sie ausgesehen hatte. Albert konnte sich nicht erinnern, jemals so einsam gewesen zu sein. König John war ständig auf Reisen. Nur durch Zufall erfuhr der junge Mönch, wo er sich gerade aufhielt.

Heute Nachmittag war er aus England nach Rouen zurückgekehrt und hatte sich alsbald mit seinen Beratern zurückgezogen. Albert war gewiss, dass der König ihn nicht einmal zur Kenntnis genommen hatte, als er mit seinem Gefolge in den Burghof eingeritten war. Der junge Mann unterdrückte ein Schluchzen und erhob sich. Geräuschvoll zog er die Nase hoch und fuhr sich mit beiden Händen glättend durch die Haare. Dabei fiel sein Blick auf das Fenster, und er erschrak. Regungslos saß die Eule genau in der Mitte und starrte ihn an. Er hatte sie nicht kommen hören. Der Vogel schien jede seiner Bewegungen zu verfolgen. »Verschwinde«, flüsterte der junge Mann und drohte ihm mit der Faust. Die Eule drehte den Kopf, und Albert befürchtete schon, sie würde in seine Kammer fliegen. Hastig verließ er den Raum. Im Gang schalt er sich selbst einen Feigling und zwang sich, ruhig die Wendeltreppe hinunterzusteigen. Als er die eiligen Schritte vernahm, die ihm die steinernen Stufen hinauf entgegenkamen, drückte er sich an die Wand, um Platz zu machen.
»Hallo«, sagte eine vertraute Stimme. »Wenn das nicht mein kleiner Albert ist. Ich habe dich schon beim Abendessen vermisst!«
Alberts Herz begann zu rasen. »Mein König«, stieß er hervor und verbeugte sich.
John lachte freundlich. »In deinem Alter hat man doch immer Hunger. Also, warum warst du nicht bei Tisch?«
Vergessen waren die endlosen Tage. Der junge Mönch strahlte. »Stimmt, mein König. Jetzt merke ich erst, wie hungrig ich bin.«
John legte ihm die Hand auf die Schulter. »Wenn du dich beeilst, bekommst du noch etwas. Sie …«, er deutete mit dem Kinn nach unten, »sind gerade dabei, die Tische abzuräumen.« Wieder lachte er. »Und sobald du gegessen hast, gehst du ins Bett, damit du ausgeschlafen bist, wenn wir morgen den König von Frankreich treffen!«

Albert bekam runde Augen. »Darf ich denn mit?«, fragte er atemlos. John nickte. »Natürlich. Einer muss doch objektiv über dieses Treffen berichten.« Er lächelte spöttisch. »Du weißt doch, wie sie sind …«
Nein, Albert wusste nicht, wer damit gemeint war, und schon gar nicht, wie sie waren. Doch um nichts in der Welt wollte er diese Vertrautheit aufgeben. »Ich will es genau aufschreiben. Mein hoher Herr kann sich auf mich verlassen. Immer, immer«, stieß er inbrünstig hervor.
John hatte sich bereits abgewandt, als Albert schüchtern fortfuhr: »Die letzte Zeit habe ich nicht viel schreiben können, da die Königin ja in Fontevrault ist. Das ist der Grund …«
John hob grüßend die Hand. »Bald wirst du wieder viel zu tun bekommen. Wir reiten demnächst zur Königin.« Da war er schon hinter der Biegung verschwunden. Albert wartete noch so lange, bis seine Schritte verklungen waren. Erst dann sprang er leichtfüßig die Stufen hinunter. Und im Gefühl seiner neuen Wichtigkeit hielt er unten in der Halle eine der Mägde an. »Gibt es noch etwas zu essen?«

Aufzeichnung von Bruder Albert
Königstreffen an der normannischen Grenze
15. Januar 1200

Nie hat die Welt einen milderen Wintertag als heute erlebt, da unser allerhöchster König John und sein Gefolge sich dem französischen König und dessen Gefolge näherten.
Die Sonne funkelte auf der Schneedecke und auf den Rüstungen der Männer. Unvorstellbar war die Pracht, mit der sie aufeinander zuritten. Das Banner der Plantagenets wehte neben dem der Kapetinger. Männer hatten auf einer Wiese einen golddurchwirkten Baldachin errichtet.
Wir alle hielten den Atem an, als die Majestäten abstiegen und zu Fuß aufeinander zugingen. Ich muss gestehen, dass unser geliebter König John die elegantere Figur abgab.

Sein grüner Samtumhang war mit Hermelin verbrämt, und sein Haar schimmerte mit seiner Krone um die Wette. Dagegen verblasste der französische König. Seine Haare standen ihm wirr vom Kopf und waren auch durch seine Krone nicht zu bändigen. Sein lilafarbenes Cape war am Saum mit Edelsteinen eingefasst, die er achtlos durch den Schnee schleifte.
Die Trompeten erschallten, als der Erzbischof vortrat, um die Majestäten zu segnen. Gemeinsam mit ihnen beugten wir das Knie und machten das Kreuzzeichen. Über uns segelte ein Adler, was von allen Anwesenden als gutes Zeichen gewertet wurde.
Nach dem Segen entfernte sich der Erzbischof. Die beiden Majestäten erhoben sich und erreichten gleichzeitig die Stufen zum Baldachin. Dann wandten sie sich einander zu und umarmten sich.
Niemand von uns verstand, was sie miteinander sprachen, aber alle sahen, wie würdevoll sie miteinander umgingen.

»Komm schon, du Bastard«, grinste Philipp und schob seinen Arm unter den von John. »Lass uns das Schauspiel schnell hinter uns bringen.« Auf der zweiten gezimmerten Stufe verharrte er. »Eigentlich müsstest du mir den Vortritt lassen …«
»Warum sollte ich?«, fragte John.
»Du bist nur der Herzog. Ich bin dein König!«
»Halt's Maul«, entgegnete John gut gelaunt. »Du vergisst England. Heute treffen wir uns von gleich zu gleich!«
Gemessenen Schrittes gelangten sie unter die Mitte des Baldachins.
»Stell dich auf meine linke Seite«, sagte Philipp spöttisch. »Sie alle sollen sehen, wie nah du meinem Herzen bist!« Neugierig glitt sein Blick an John vorbei und verharrte bei den Männern, die in einem Abstand von fünfzig Metern jeden ihrer Schritte und Gesten verfolgten.
»Du hast gute Leute«, sagte er nachdenklich, dann zuckte er mit den Schultern. »Sonst wäre ich wohl auch nicht hier!«
John stellte sich breitbeinig hin. »Du irrst, mein lieber Philipp. Du bist hier, weil du keine andere Wahl hast!« Er lachte zufrieden.

»Richard hat dich fertig gemacht. Der Graf von Flandern bedroht deine Lehnsgebiete im Artois, und der Papst hat über dein Land das Interdikt verhängt.«

Philipp runzelte die Stirn. »Es ist ungeheuerlich, wie der alte Mann in Rom sich in meine Privatgeschichten einmischt. Was meinst du?«

»Der Papst hat Macht. Was wolltest du dagegen unternehmen?« John verschränkte die Arme vor der Brust. »Ich habe sowieso nie verstanden, warum du deine dänische Ingeborg so schlecht behandelt hast: nach ein paar Tagen Ehe sofort verstoßen. Hättest du nicht wenigstens die Scheidung abwarten können, bevor du Agnes von Meran geheiratet hast? War es das wert?«

Der Franzose verzog das Gesicht. »Du hast ja keine Ahnung, wie abschreckend diese Ingeborg war. So besoffen konnte ich gar nicht werden, um diese vertrocknete Kuh zu besteigen!« Er schüttelte sich.

»Lächle!«, wies John ihn zurecht. Unmerklich wies er mit dem Kinn auf die Versammlung da draußen. »Viele von ihnen haben hart dafür gearbeitet, dass wir beide heute hier stehen!«

»Scheiß drauf«, entgegnete Philipp. »Die haben versucht, mich über den Tisch zu ziehen!« Er kniff die Augen zusammen. »Aber bilde dir ja nicht ein, dass ich dir wirklich in allem nachgebe!«

»Du hast gar keine andere Chance. Du musst mich als König von England anerkennen. Schließlich bin ich rechtmäßig gekrönt worden.«

»Ja, ja. Ist ja schon gut«, erwiderte Philipp. »Ich bin dir doch entgegengekommen. Schließlich war ich es, der Arthur gezwungen hat, vor dir das Knie zu beugen.«

In der Erinnerung verdunkelte sich Johns Gesicht. »Diese kleine Ratte …«

Philipp grinste zufrieden. »Aus der sich noch was machen lässt. Kommt Zeit, kommt Rat.«

»Wie damals mit mir«, meinte John. »Ich hätte nie auf dich hören sollen …« Er schüttelte den Kopf.

Der Franzose tippte ihn gegen die Brust. »Wenn ich mich richtig erinnere, brauchte ich keine große Überzeugungsarbeit zu leisten. Oder hast du schon vergessen, wie erpicht du darauf warst, Richards Aufenthalt in Trifels zu verlängern?« Er lachte verschlagen. »Der kleine John Ohneland war immer so wahnsinnig eifersüchtig auf seinen strahlenden Bruder, da war ihm doch jedes Mittel recht, den lieben Richard in Gefangenschaft zu lassen.«
John trat einen Schritt zurück. Philipp ließ nicht locker. »Immer noch das kleine Muttersöhnchen.« Er lachte höhnisch. »Kein Wunder, dass du dich nie ernsthaft für eine Frau interessiert hast!«
John spürte, wie ihm die Röte ins Gesicht schoss. »Halt's Maul«, entgegnete er drohend. »Ich verbiete dir, über meine Mutter zu reden!«
»Warum? Sie war die erste Frau meines Vaters. Ich hätte genauso gut ihr Sohn sein können.«
»Gottlob bist du es nicht!«
Philipp grinste. »Du hättest sie sehen sollen, als sie kam, um bei mir den Lehnseid abzuliefern. Es war ihr anzumerken, dass sie mich am liebsten angespuckt hätte. Eigentlich schade, dass sie mich nicht leiden kann.« Er schielte nach der Sonne. »Mist, verdammter. Die da draußen stehen in der Wärme, und wir müssen uns hier den Arsch abfrieren. Aber ich fürchte, wir müssen noch ein bisschen bleiben, sonst enttäuschen wir unsere Leute am Ende noch. Wo war ich stehen geblieben?«
John schwieg.
»Ach ja, wir haben über Königin Alienor gesprochen. Welch schöner Name für eine schöne Frau!« Wieder grinste er anzüglich. »Ich hoffe nur, dass deine Nichte ihr das Wasser reichen kann. Wenn mein Sohn sie nicht verschmäht, hätte deine Mutter ja, was sie immer gewollt hat: England und Frankreich zu verbinden.«
»Du vergisst mich«, sagte John trocken.
Philipp machte eine abwertende Handbewegung. »Ach, du meinst die Portugiesin, die du zu heiraten gedenkst?« Er lachte verschlagen. »Woher willst du wissen, wie sie aussieht? Wahrscheinlich hat

sie einen Oberlippenbart und ist im Bett elend langweilig. Nein, mein Junge, mit der sehe ich dich noch keinen legitimen Erben fabrizieren.«

Aus den Augenwinkeln sah John, wie sich der Erzbischof ihnen näherte. Philipp hatte es ebenfalls bemerkt.

»Du solltest mich jetzt umarmen, mein lieber John. Die Augen unserer Höflinge sind auf uns gerichtet.« Da John keine Anstalten dazu machte, breitete Philipp theatralisch die Arme aus und zog John an sich. Die Männer draußen begannen, freudig zu applaudieren und Hochrufe auszustoßen.

»Na, sieht du«, flüsterte Philipp in Johns Ohr. »Es ist doch gar nicht so schwierig, König zu sein.« Seine Lippen berührten ihn. »Du riechst besser als Richard«, raunte er.

Die Bläser stießen ins Horn, als sich die beiden Könige voneinander lösten und dem Erzbischof entgegengingen. Demütig senkten beide das Knie vor ihm, als er sie erneut segnete.

Der Jubel der Zuschauer wollte kein Ende nehmen, als sie sich schließlich trennten und jeder für sich gemessenen Schritts zurück zu seinen Leuten ging.

Aufzeichnung von Bruder Albert
In der Burg von Rouen
Am Abend dieses denkwürdigen 15. Januar 1200

Gepriesen sei der Herr, unser Gott, der zuließ, dass mein allergnädigster König John gemeinsam mit seinem königlichen Vetter Philipp von Frankreich die Gnade der Einsicht erhielt, so dass einem schriftlichen Friedensvertrag nichts mehr im Wege steht.

Während ich dies niederschreibe, zittert meine Hand, wenn ich mir dieses königliche Schauspiel in Erinnerung hole. Diese Pracht und diese Würde der königlichen Majestäten muss man mit angesehen haben, um so recht und von Herzen demütig zu werden.

Ich bedauere zutiefst, dass wir Übrigen zu weit abseits standen, um die erhabenen Worte dieser hochgeborenen Herren, die unsere

Geschicke hier auf Erden lenken, mit eigenen Ohren zu verfolgen. Aber an ihren königlichen Gesten wurde für jedermann ersichtlich, wie ernsthaft sie alle Punkte des Vertrags noch einmal durchgesprochen haben.
Um vorwegzunehmen, was dereinst im Mai in Le Goulet schriftlich unterzeichnet werden wird, kann ich heute schon sagen, dass der französische König unseren geliebten König endgültig als rechtmäßigen Erben seines verstorbenen Bruders Richard anerkannt hat. Was auch beinhaltet, dass er König Johns Anspruch auf die Plantagenet-Ländereien hier auf dem Festland für recht und gültig ansieht.
Bei dem anschließenden Festmahl wurden immer wieder Toaste ausgesprochen und von Herzen geschmaust und getrunken. Einmal glaubte ich, so etwas wie Trauer im Gesicht unseres Herrschers auszumachen.
Doch dann sah ich, wie er seinen Pokal erhob, lächelte und einen Trinkspruch auf alle Versammelten aussprach. »Auf England und die Normandie!«

Albert schwankte, als er sich erhob, um die Latrine aufzusuchen. Er hatte beim Bankett zu viel von dem köstlichen Rotwein getrunken. Ihm war zwar übel, doch frohlockte er, als er die Eule mit dem Schnabel knacken hörte. Unruhig trat der Vogel in der Maueröffnung von einem Bein aufs andere. Albert hielt sich am Tisch fest und starrte sie an. »Du ängstigst mich nicht mehr. Und jetzt weiß ich auch wieder, wie meine Tess aussieht. Tess mit den verlockenden Lippen. Die schöne Tess, die mit Königin Alienor nach Fontevrault gereist ist. Die reine, schöne und anbetungswürdige Tess, die ich bald schon wiedersehen werde. Es gibt keinen glücklicheren Menschen als mich!« Er trat auf die Eule zu und klatschte in die Hände. Das Tier duckte sich, drehte sich um sich selbst und flüchtete lautlos.

* * *

Alienor sehnte den Frühling herbei. Den ganzen Winter über hatte sie sich matt und elend gefühlt. Ein schwerer Rückfall hatte sie über Wochen erneut aufs Krankenlager gezwungen. Zum ersten Mal in ihrem Leben verpasste sie das Weihnachtshochamt. Deprimiert von der sich hinziehenden Schwäche musste sie die Kommunion am Heiligen Abend statt in der Abteikirche von Fontevrault in den eigenen Gemächern empfangen.

Niemals hatte sie Rücksicht auf die Launen ihres Körpers genommen. Während der zehn Schwangerschaften hatte sie ihren Lebensrhythmus nicht ein einziges Mal verlangsamt. Es war ihr nie in den Sinn gekommen, sich zu fragen, ob sie den Anstrengungen gewachsen wäre oder nicht. Gesundheit war immer selbstverständlich gewesen. Diese monatelange körperliche Schwäche zermürbte sie.

Der Januar kündigte sich milde an. Noch etwas unsicher auf den Beinen wagte Alienor die ersten Spaziergänge mit Tess. Täglich dehnten sie die Runden weiter aus. Sie begannen mit dem Gang um das Herzstück der riesigen Klosteranlage und verließen die königlichen Gemächer, die an das Hauptkloster von Sainte-Marie anschlossen, zunächst durch dessen Kreuzgang. Dabei begegneten ihnen die weiß gekleideten Nonnen, die ihr Leben schweigend dem Gebet und den Arbeiten im Haus verschrieben hatten.

Von dort gingen sie langsam bis zur Abteikirche, in der sie an den Gräbern ihres Mannes Henry und ihrer Kinder Richard und Joanna verweilten. Danach bogen sie vor dem Heutrockenlager links ab, um an dem modernen Küchenbau, den winterlichen Rosenbeeten und dem mit Buchsbaum umrandeten Kräutergarten vorbei wieder zurückzukehren. Noch waren die Rosenstämme mit Tannengrün umwickelt, stand der Brunnen grau und still, mit erfrorenem Moos bedeckt im Zentrum der akkuraten Kieswege.

Nach und nach umrundeten Alienor und Tess zusätzlich das Männerkloster von Saint-Jean, in dem die schwarz gekleideten Ordensbrüder wohnten. Ihnen oblagen die körperlichen Arbeiten der gesamten Klosterbesitzungen, die Priester unter ihnen versahen den Dienst der Messen und der Sakramente. Das Priorat von Saint-

Benoît schloss sich an der Ostseite des Hauptklosters an, ein Lazarett, in dem die Kranken und ältere Ordensschwestern gepflegt wurden. Dahinter befand sich das Priorat Sainte-Madeleine. Dort waren Sünderinnen in Reue untergebracht, Prostituierte und gefallene Mädchen, denen wieder zu Würde und Selbstvertrauen verholfen werden sollte. Auch um diesen Anbau weiteten Alienor und Tess die Fußmärsche aus.

Doch dem Priorat von Saint-Lazare, in dem die Leprakranken untergebracht waren, näherten sie sich nie. Äbtissin Mathilde hatte es Tess verboten, da die geschwächte Königin noch zu gefährdet sei. Trotz der hohen Mauern, die das im Süden der Klosteranlage abseits gelegene Lepra-Heim gegen Wind schützte, mieden sie diesen Teil.

Allmählich brauchte Alienor nicht mehr stehen zu bleiben, um zu Atem zu kommen, wenn sie sprach. »Schließ die Augen, und nun stell dir vor, wie es zu Zeiten des Gründers war.« Tess stolperte.

»Ihr meint, als Robert d'Arbrissel nach Fontevrault gekommen ist? Wald, Einöde, braches Land, keine Menschen«, mutmaßte sie.

»Das ist eine Legende. Man hat beim ersten Kirchenbau römische Münzen und galloromanische Tonwaren gefunden. In diesem durch den Zusammenfluss der Vienne und der Loire reich bewässerten Tal muss es immer Menschen gegeben haben. Robert d'Arbrissel hat hier in Zweighütten und den Grotten und Höhlen gehaust, die es heute noch gibt, in einem Durcheinander von Männern und Frauen, Priestern und Laien, Prostituierten und Jungfrauen. Körperbehinderte und Leprakranke kamen später dazu. Sie lebten nach Art der Urkirche.« Alienor holte Luft, ehe sie fortfuhr: »D'Arbrissel lehrte sie mit eindringlichen Worten, die Bibel zu verstehen, und überzeugte sie davon, dass Christus sein Augenmerk auch immer auf die Elendsten unter den Menschen gerichtet habe. Dieser d'Arbrissel muss ein beeindruckender Mann gewesen sein. Jedenfalls wollten die Menschen, die ihm folgten, sich ganz dem Klosterleben weihen.«

»Prostituierte – gab das nicht Streit mit Rom?«, fragte Tess.

Nun hielt Alienor doch inne und lehnte sich an einen Mauervorsprung. »Für d'Arbrissel hat das vor Gott keinen Unterschied gemacht. 1099 hatte Papst Urban II. ihn als begnadeten Wanderprediger beauftragt, für den ersten Kreuzzug zu werben. Doch Robert d'Arbrissel empfand die Bekämpfung des Elends im Land als größere Aufgabe als die Eroberung von Jerusalem. Er überzeugte Männer wie Frauen durch seine Integrität, und sie folgten ihm hierher. Natürlich hat es Gerüchte und Anfeindungen gegeben, weil gefallene Frauen mit Männern unter einem Dach schliefen«, spottete Alienor.

Sie blickte zu Tess hinüber, die sich einen Wollschal um den Kopf gebunden hatte und eher einer der hochgeborenen Novizinnen glich als einer wissensdurstigen, unabhängigen Frau mit unbestimmter Zukunft. Ihre Art gefiel Alienor zunehmend. Sie mochte die Spaziergänge mit Tess nicht mehr missen, deren Temperament sie an ihre eigene, ungestüme Jugend erinnerte. Manches Mal musste Alienor sich sogar ermahnen, nicht allzu offen mit ihr zu sein. So auch jetzt.

Der Mut dieses Wanderpredigers, sich gegen jede klerikale Tradition mit Frauen, die ihren Körper verkauft hatten, zu umgeben und Lepröse zu pflegen, sein Leben dem ausgesonderten Abschaum der Menschen zu widmen, imponierte ihr unendlich. Seine Größe und Menschlichkeit waren nach wie vor in der Abtei spürbar. Er war so still und leise aus der Welt geschieden, wie er gelebt hatte. Man kannte nicht einmal sein Grab, weil er als Armer unter den Armen beerdigt werden wollte. Vielleicht war das der Grund, weshalb in Rom niemals über seine Heiligsprechung nachgedacht worden war. Und trotzdem wirkte sein Geist weiter.

Alienor blickte sich um und betrachtete die majestätische Fassade der Abteikirche, die klaren Linien, die sich in den schmalen Türmen über dem Hauptportal in den Himmel fortzusetzen schienen.

Nichts wäre für Alienor näher liegend gewesen, als ihre Altersresidenz im Stadtschloss ihrer Ahnen, in Poitiers, aufzuschlagen. Doch Fontevrault atmete durch Robert d'Arbrissel und die großartigen Äbtissinnen, die ihm nachfolgten, eine gelebte Toleranz, die ihrer

Seele gut tat, die ihr geistige Nahrung gab und sie besser auf das Ende ihres eigenen Lebens vorbereitete.

»Das alles ist erst hundert Jahre her«, unterbrach Tess die Gedanken der Königin. »Wie war es möglich, aus dem Nichts eine solche Abtei zu schaffen?«

»Vor allem die Grafen von Anjou, doch auch andere Grundherren dieser Gegend haben d'Arbrissel unterstützt. Gleichzeitig unterstanden die Fontevristen in religiösen Belangen direkt dem Bischof von Poitiers, der ihnen wohlgesonnen war«, antwortete Alienor. »Den Bischof hat diese Idee von Ordensbrüdern in der Welt überzeugt. Sie haben zwar die Gelübde der Keuschheit, Armut und des Gehorsams abgelegt und als Geistliche gelebt, nicht aber als Mönche in Klausur. Und ihn hat das Einmalige an d'Arbrissels Ordensverfassung beeindruckt: Eine Äbtissin sollte die geistliche wie die weltliche Macht über das gesamte Klosters haben.« Sie lächelte. »Brüder wie Schwestern schuldeten ihr bedingungslosen Gehorsam.«

»Kam das nicht einer Revolution gleich. Eine Frau, die Männern vorstand?«

Alienor nickte. »Natürlich hat es Aufstände gegeben. Verschiedene Päpste mussten sogar eingreifen, um der Zuchtlosigkeit oder dem Ungehorsam mancher Brüder Einhalt zu gebieten. Doch d'Arbrissel war weit vorausblickend. Du siehst ja, wie brillant seine Idee bis heute verwirklicht wurde. Vornehmlich Witwen mit Lebenserfahrung und von hoher Herkunft wollte er mit der Aufgabe der Äbtissin betraut wissen, da sie genügend Autorität für die Verwaltung mitbrachten und der Verbreitung seines Ordens zuträglich waren.«

Tess beobachtete die Königin, deren Gesichtsfarbe täglich mehr an Blässe verlor, wie sie angeregt weitersprach. »Mit den über dreihundert Fontevristen hier gibt es mittlerweile etwa fünftausend Mönche und Nonnen, die in hundert Prioraten allein in Frankreich und darüber hinaus in etwa ebenso vielen in England und Spanien leben. Die Idee des Gründers hat ein wahres Feuer entfacht.«

»Und sie alle unterstehen Äbtissin Mathilde?« Tess hatte nicht

geahnt, dass sich ihre vielen Aufgaben weit über Fontevrault hinaus erstreckten.
Alienor stieß sich von der Mauer ab, um langsam den Rückweg anzutreten. »Ja, hätte sie in der Großpriorin und unter den Schwestern nicht einige verlässliche Verwandte, könnte sie die täglichen Pflichten gar nicht alleine ausüben.« Alienor seufzte bei dem Gedanken an die eigenen Pergamentrollen, die noch immer ungelesen und unbeantwortet auf sie warteten.

Es vergingen Wochen, bis die Königin und Tess sich zu längeren Spaziergängen aufmachten, die sie auch aus den Klostermauern hinausführten. Begleitet von einigen Wachsoldaten, folgten allmählich auch regelmäßige Ausritte in das Tal von Fontevrault und die umliegenden Weinberge und Felder, die allesamt zu den Besitzungen der Abtei gehörten.
Mit unendlicher Dankbarkeit betrachtete Alienor das erste gelbliche Grün an den hängenden Zweigen der Trauerweiden und die weichen Knospen der ersten Blumen, die aus der Erde drängten. Überrascht stellte sie fest, welches Glück es ihr bereitete, das helle Gelb unter den wilden Primeln im Gras und später das erste Blütenrot an den Rosenknospen im Beet zu entdecken. Wann hatte sie je die Zeit gehabt, sich den Luxus der Muße zu gönnen? Nach dem monatelangen dämmrigen Licht ihrer Gemächer genoss sie jeden Sonnenstrahl, sog die Düfte des Frühlings tief in ihre Lungen, die von Tag zu Tag zuverlässiger wurden. Vor allem aber tat es ihr wohl, den Blick in die Ferne und auf Farben zu richten.
Alienor empfand die Ruhe und Kraft, die sich aus der aufblühenden Natur auf sie übertrug, wie ein Wunder. Abends sank sie müde in den Schlaf, um am nächsten Morgen wieder um einiges gestärkter zu erwachen.
Der Mohn begann zu blühen. Die Wiese oberhalb der Klosteranlage erstrahlte in allen Frühlingsfarben. Dies war das Stück Land, das sie und Henry dem Kloster bei ihrem ersten Besuch, nach ihrer Hochzeit in Poitiers, als erste gemeinsame Schenkung vermacht hatten.

Alienor fühlte sich ihren Aufgaben nun wieder gewachsen und nahm ihre alten Gewohnheiten auf. Sie empfing und schickte Boten, hielt Unterredungen mit den Vasallen ihrer Besitztümer, sprach Recht und erneuerte oder verlängerte Schenkungen. Sie empfing Vertreter der Bürger, deren Städten sie Freibriefe verliehen hatte, um zu kontrollieren, ob sie sich an die Abmachungen hielten. Sie nutzte die Ergebnisse dieser Kontrollen, um allen bedeutenden Städten nacheinander die Stadtrechte und damit ihren Bürgern die bedeutenden Privilegien zu verleihen. So erhielt die Feldgendarmerie der Ile d'Oléron aus ihrer persönlichen Schatulle zwei jährliche Renten ausbezahlt.

Wie jedes Jahr um diese Zeit breitete sich auch in der Abtei von Fontevrault spürbare Betriebsamkeit aus. Die ersten Pilger trafen ein, die entweder auf dem Weg zum heiligen Martin von Tours nach Candes oder nach Santiago de Compostela unterwegs waren. Mathilde hatte nicht nur als Äbtissin alle Hände voll zu tun, auch als Leiterin und Generalverwalterin des Ordens versammelte sie regelmäßig die verantwortlichen Schwestern im Kapitelsaal von Sainte-Marie um sich.

»Wir müssen in diesem Jahr fünfhundert Pilgern Unterkunft und Nahrung bieten können. Sind wir darauf vorbereitet?«, wandte sie sich an die Lagerhalterin, die für die Vorräte zuständig war. »Ja, Mutter Äbtissin, die Ernten im vergangenen Jahr waren so ergiebig, dass unsere Obst- und Gemüsevorräte reichen. Auch die Räucherkammern und Getreidehäuser quellen über. Das Vieh steht gut im Futter, melden unsere Bauern, und die Winzer haben mehr Wein in den Fässern als in den Jahren zuvor. Es hat nur jüngst wieder die Klage über erneute Einfälle von Krähen, Raben und Dohlen gegeben, die die neue Aussaat stehlen. Die Mönche haben zwar überall Vogelscheuchen aufgestellt und sogar Wache gehalten, doch davon lassen sich die Diebe nicht beeindrucken. Ich möchte Euch um neue Fangnetze bitten, die unsere Bauern dringend brauchen, um auch in diesem Jahr eine gute Ernte einzufahren.«

Mathilde blickte zur Depositarin hinüber, die die Konten und das Geld verwaltete. »Wie viele benötigen wir?«, wollte diese wissen und blätterte in ihren Büchern. »Zwanzig wäre das Mindeste«, antwortete die Schwester. Und die Boursière, die die Einkäufe überwachte und Rechnungen zahlte, wurde beauftragt, die neuen Netze zu kaufen. »Aber lasst Euch nicht auf neue Preise ein«, mahnte die Depositarin zur Sparsamkeit.

Die Schwester, die die Gesamtverantwortung über die Küche trug, meldete sich zu Wort. Ein Schmunzeln und Raunen ging durch die Reihen der Anwesenden. Selbst Mathilde lächelte. Für die oberste Köchin empfanden alle liebevollen Respekt. Ob sie unter dem großen Kamin in der Mitte des einzigartigen Küchenbaus an der ständig brennenden, großen Feuerstelle hantierte oder unter einem der zwanzig kleinen Kamine, die an den Seiten des achteckigen Baus gruppiert waren, Gemüse häckselte, sie liebte ihre Arbeit und war immer gut gelaunt. Niemals gab es Klagen ihrer Hilfsschwestern oder der Mönche, die die Unmengen Holz und Kohle für die sechs Kochstellen anlieferten. Niemals gab es Verzögerungen bei der Versorgung der verschiedenen Unterküchen der Abtei. Noch wären Pilger je schlecht ernährt worden. Diese Nonne war begeistert von der genialen Architektur ihrer Klosterküche, durch die ihre Arbeit weder durch zu große Rauchentwicklung noch übermäßige Hitze gestört wurde. Durch den siebenundzwanzig Meter hohen, achteckigen Pyramidenturm mit seinen ungewöhnlichen Kaminlaternen drangen Licht und Luft zu ihren Arbeitsplätzen. Und jeder wusste, dass sie die großzügig geplanten Reste der Mahlzeiten an die Armen verteilte, die sich regelmäßig in langen Schlangen an der Pforte der Abtei einfanden.

»Darf ich Euch bitten, Ihrer Majestät der Königin noch einmal dafür zu danken, dass ihre Tochter, die Gräfin Joanna, uns ihr Erbe vermacht hat.« Die Nonne strahlte, als sie mit den Worten schloss: »Unsere Klosterküche ist endgültig fertig gestellt. Es wird uns eine Freude sein, noch hunderte von Pilgern zusätzlich zu verköstigen.«

Bei den folgenden Tagesordnungspunkten ging es um die anstehenden Kirchenfeste und eine neue Chorleiterin. Eine der Schwestern, die für die Heilkräuter und die Zubereitung von Medikamenten zuständig war, bat aus Altersgründen um Entlastung und eine Schwester, die sie einarbeiten dürfe.

Als die Schwestern wie so oft bei diesen Versammlungen mit ihren Klagen über die Müßiggängerinnen, die Schwätzerinnen und die Schlafenden anhoben, die sich nachts zum Gebet nicht wecken ließen, öffnete sich die Tür des Kapitelsaals und die Pförtnerin überbrachte der Äbtissin zwei Schreiben. Das erste trug das königliche Siegel, und Mathilde zerbrach es sofort. »König John wird in zwei Tagen in Fontevrault eintreffen«, verkündete sie und übergab den Vorsitz an ihre Stellvertreterin, die Großpriorin. »Sorgt dafür, dass für seine Ankunft alles vorbereitet ist.« Dann erhob sie sich, um sich mit dem zweiten Schreiben zurückzuziehen. Sie hatte es längst erwartet.

Kaum war sie in ihrem Arbeitszimmer, las sie das Pergament und ließ nach Tess rufen. Folianten mit Landkarten lagen ausgebreitet vor ihr auf dem großen Holztisch, der den bescheidenen Raum fast ausfüllte. Mit einer Lupe suchte sie nach der Grafschaft Wiltshire und fand Salisbury sofort. Etwa zehn Meilen von dort war Amesbury eingezeichnet, das ehemalige Benediktinerkloster, das König Henry mit Einverständnis des Papstes 1177 den Fontevristen übereignet hatte. Auf hundert Mitglieder hatte das Priorat es gebracht. Nun musste sie entscheiden, wie es weitergehen sollte, ob man den Ausbau finanzieren könnte und wem die Oberaufsicht zu übertragen wäre. Sie überlegte, ob sie den Maurermeister, der vor zehn Jahren die Umfriedung der Abtei von Fontevrault übernommen und zu aller Zufriedenheit ausgeführt hatte, damit beauftragen sollte. Mathilde saß noch immer über den Karten von England, als es klopfte.

Die Tür knarrte. Dann war es still. Mathilde hob den Kopf und lächelte beim Anblick der strahlenden Tess.

Sie trat mit einem bunten Frühlingsstrauß in der einen Hand ein, in der anderen trug sie vorsichtig einen mit Wasser gefüllten Krug.

»Da Ihr die Wunder der Natur draußen leider verpasst, bringe ich sie zu Euch, Mutter Mathilde«, sagte sie. »Die Königin lässt Euch ausrichten, sie kämen von Little Willys Wiese, Ihr würdet schon verstehen.«

Mathilde betrachtete die Kornblumen, die Mohnblüten, die grünen Ähren und den Hahnenfuß, als Tess sie im Krug auf ihren Schreibtisch stellte.

»Setz dich, Tess. Ich habe mit dir zu reden.« Sie lehnte sich in dem hohen Holzstuhl zurück. »Little Willys Wiese, das ist lange her. Als König Henry und die Königin zum ersten Mal gemeinsam Fontevrault besucht haben, war ich etwa so alt wie du. Vor fünfzig Jahren muss das gewesen sein. Die von uns allen verehrte Mathilde d'Anjou, die Tante des Königs, war unsere großartige Äbtissin. Als böhmische Prinzessin sollte ich damals hier auf meine Ehe vorbereitet werden.« Sie hielt inne. »Aber das führt zu weit. Niemals wieder habe ich ein so glückliches und starkes Königspaar erlebt. William war ihr erster Sohn. Und als er mit drei Jahren starb, war es diese erste Schenkung, die sie Little Willys Wiese nannten. Die Königin liebt sie, vor allem im Frühjahr.«

›Von dort aus sieht man die Abtei wunderbar liegen, wie eine autarke Stadt mit einer großen Kirche‹, dachte Tess.

»Das war sicherlich ein furchtbarer Schlag für sie«, fügte sie mitleidig hinzu und erinnerte sich daran, dass die Königin heute Nachmittag schweigsamer als in den vergangenen Tagen gewesen war und nicht ein einziges Mal gelacht hatte.

»Gott sei Dank war Henry der Jüngere schon geboren, und Mathilde kam 1156, im Todesjahr von Little Willy zur Welt«, fuhr die Äbtissin fort. »Das erklärt vielleicht die besondere Beziehung, die sie zu ihr hatte. Auch ihren Mann, den man Heinrich den Löwen nannte, hat sie sehr geschätzt und oft eingeladen. Ein Jahr später ist Richard, im folgenden Jahr Geoffrey geboren. Im Abstand von drei und vier Jahren kamen Eleonore und Joanna zu Welt. Eleonore ist Königin von Kastilien und die einzige Tochter, die heute noch lebt.«

»… und 1167, zwei Jahre später, ist König John geboren«, ergänzte Tess, die aufmerksam zugehört und mitgerechnet hatte. Mathilde bemerkte die leichte Röte, die sich unter Tess' gesunder Gesichtsfarbe ausbreitete.

»Du magst ihn, nicht wahr?« Ohne eine Antwort abzuwarten, fuhr sie unvermittelt fort: »Wir müssen über deine Zukunft sprechen, Tess. Deine Eltern haben mir aus Louisville die Nachricht geschickt, dass sie einen Bräutigam für dich in Aussicht haben. Da dein Verlobter …« Sie zog das Pergament unter dem Folianten hervor und las vor:

… durch unglückliche Umstände sein Leben verlor, habt Ihr Euch dankenswerterweise unserer Tochter angenommen.

Sie überflog erneut einige Zeilen.

… seid Ihr diejenige, ehrwürdige Mutter Mathilde, auf deren Rat wir bauen. Seht Ihr bei Thérèse die Eignung, als Novizin in den Orden von Fontevrault aufgenommen zu werden, welches uns eine tiefe Freude bereiten würde, oder glaubt Ihr, dass unserer Tochter als Ehefrau und Mutter eine sinnvollere Zukunft zu wünschen wäre? Im letzteren Falle würden wir Euch bitten, ihre Rückkehr nach Louisville in die Wege zu leiten …

Tess saß stumm da. Alle Farbe war aus ihrem Gesicht gewichen. Sie hielt den Blick gesenkt. Mathilde ließ ihr Zeit, ihre Gedanken zu ordnen.

»Weder noch«, murmelte Tess und schüttelte unwirsch den Kopf.

»Wie bitte?« Mathilde blickte sie fragend an.

Plötzlich sprang Tess auf und begann hin und her zu laufen. »Ich werde weder irgendeinen Mann heiraten, den ich nicht kenne und der mich nicht kennt, noch kann ich ins Kloster eintreten! Ich lasse mich nicht fesseln. Ich kann so nicht leben. Ich will frei sein.« Ihr Rock schleifte über den Boden und verfing sich an einem Eisenhaken am Kamin. Sie riss ihn los und zerfetzte den Stoff. Das laute Reißen brachte sie zur Besinnung.

»Setz dich!«, befahl die Äbtissin. »Einen solchen Ton verbitte ich mir. Wenn du etwas zu sagen hast, dann tu es, aber wahre die Form!«

Eine Entschuldigung murmelnd, setzte Tess sich aufrecht ihr gegenüber auf den Stuhl. Ihre Wangen waren gerötet, ein paar Locken hingen in der Stirn. Ihre blauen Augen blickten Mathilde offen an.

»Benedikt war wie ein Bruder. Ich habe ihn gekannt, seit ich denken kann. Er hätte mir erlaubt, einen Lehrer zu nehmen, Bücher zu studieren, mit ihm zu reisen …«, begann Tess unvermittelt. »Er hätte mich nicht in seine Burg eingesperrt wie eine Leibeigene, die außer Heiligenlegenden und Psalmen nichts lesen darf.«

»Von wem sprichst du?«, fragte Mathilde beunruhigt.

»Von meinem Verlobten«, erwiderte Tess atemlos. »Wäre Benedikt nicht umgekommen, hätte ich ihn nur zu gerne geheiratet. Natürlich hätten wir Kinder gehabt. Aber niemals wäre ich gezwungen gewesen, mich ihm unterzuordnen, mein eigenes Denken aufzugeben, ihm von morgens bis abends zu dienen.« Sie brach ab und strich sich die Haare aus der Stirn. Mathilde fühlte, wie Tess mit sich kämpfte, als sie leise hinzufügte: »Es war immer mein Traum, nach England zu gehen.«

Die Ältere unterdrückte den Wunsch, um den Schreibtisch herumzugehen und ihr die Hand auf den Kopf zu legen.

»Deine Eltern tragen die Verantwortung für dich. Woher willst du wissen, dass der Bräutigam, den sie an seiner statt für dich ausgewählt haben, nicht der Richtige für dich sein wird?« Mathilde sah den Schatten, der sich über Tess' Miene legte, wie ihre Augen sich verdunkelten, die sie weiterhin unbeirrt anblickten.

»Ich werde nicht heiraten«, sagte sie einfach. »Ich werde niemals heiraten.«

Sie holte Luft, als wolle sie eine Erklärung hinzufügen. Doch dann schwieg sie. Mathilde lächelte. »Dann bleibt also nur das Kloster«, erwiderte sie nüchtern.

Tess sprang auf und lief um den Schreibtisch herum. Sie griff nach den Händen der Äbtissin und blickte sie flehentlich an.

»Könnt Ihr nicht mit Königin Alienor sprechen? Kann ich nicht an ihrer Seite bleiben? Täglich lerne ich so viel Neues von ihr, vom Heiligen Land, von Aquitanien, von Robert d'Arbrissel.« Ihre Worte überschlugen sich. »Ich könnte ihre Korrespondenzen erledigen, sie auf Reisen begleiten …«

»Die Königin ist achtzig Jahre alt. Und du bist jung. Was soll danach mit dir werden?«, fragte Mathilde.

Tess reckte ihr Kinn. »Könnte ich mich nicht bei Euch nützlich machen?« Sie wandte den Blick zu den aufgeschlagenen Folianten. »Das ist England, nicht wahr?« Mit dem Finger fuhr sie über die Umrisse des Königreichs und seufzte sehnsüchtig. Dann blickte sie sich in dem kleinen Raum um, der mit schweren Büchern gefüllt war. »Ich würde so gerne mehr über dieses Land erfahren, über seine Geschichte, seine Geographie, über die Grafschaften, die Kelten, die Römer in England und Cäsar«, sprudelte es aus ihr heraus. »All das hat man uns Töchter nie gelehrt. Benedikt hat mir viel aus seinem Unterricht weitergegeben. Heimlich hat er mir seine Bücher gebracht, und wir haben gemeinsam die Lektionen wiederholt, wann immer sich die Gelegenheit ergab. Aber erst König John hat mir von England erzählt.«

›Also doch‹, dachte Mathilde und unterbrach ihren Wortschwall. »Und du hast, seitdem du hier bist, nicht ein Mal daran gedacht, in unser Kloster einzutreten?«

Tess dachte nach. »Ich liebe Fontevrault. Aber ich bin nicht geeignet, meine Tage schweigend und betend zu verbringen. Ich bin nicht dazu berufen, mein Leben in Sainte-Marie zu beschließen.«

Mathilde lachte. »Bis dahin wird voraussichtlich noch viel Zeit ins Land gehen.« Und doch war sie überzeugt davon, dass Tess für eine Zukunft in Fontevrault äußerst geeignet wäre. Sie hatte Qualitäten, die das Kloster brauchte.

»Wenn Pater Thomas oder einer der anderen Priester von Saint-Benoît mich unterrichten würde, wäre ich vielleicht in der Lage, Euch Arbeiten abzunehmen, die für die Priorate in England an-

fallen. Ich könnte in der Bibliothek für Euch arbeiten«, beharrte Tess. »Ich könnte Eure Bücher katalogisieren.«
Nachdenklich betrachtete Mathilde die junge Frau. Dann verabschiedete sie sie mit den Worten: »Ich werde mit der Königin sprechen.«

Es vergingen zwei Tage, bis Mathilde die Zeit fand, in Ruhe mit Alienor zu reden. Wie immer trafen sie sich zum persönlichen Gespräch im Gemach der Königin.
»Tess als Nonne? Ich bitte dich!« Alienor saß Mathilde gegenüber. Beide hatten die Beine auf gepolsterten Schemeln hochgelegt. Zwischen ihnen stand ein Tisch mit ihrer beider Lieblingswein, den Alienor sich seit Jahren aus Bordeaux schicken ließ. Niemand sonst bekam ihn zu trinken.
»Ich sehe Tess weder schweigend noch ausschließlich betend ihre Tage im Kloster von Sainte-Marie beenden. Sie hat noch ein ganzes Leben vor sich. Allenfalls später könnte man daran denken.«
Mathilde lachte. »Tess hat genau dieselben Worte benutzt.«
»Du hast doch nicht etwa mit ihr darüber gesprochen?«, fragte Alienor.
Mathilde berichtete ihr von dem Brief der Eltern und der Entscheidung, um die sie sie baten. »Ich muss in irgendeiner Form darauf reagieren. Tess ist mir ans Herz gewachsen, und ich wünschte mir, dass sie eines Tages in Fontevrault Verantwortung trägt.«
»Und ich?«, fragte Alienor spöttisch. »Ist sie mir etwa nicht ans Herz gewachsen? Ich bin schließlich die Königin!« Provozierend hob sie den Becher und prostete Mathilde zu.
Die Äbtissin nahm ebenfalls den Becher und hielt ihn ihr auf gleicher Höhe entgegen. »Und ich bin die Äbtissin. Mein Reich mag nicht so groß sein wie deines. Aber in Fontevrault herrsche und bestimme ich.«
Alienor genoss das Geplänkel. »Mönche und Nonnen, Prioren und Priester mögen zwar keinen Schritt ohne deine Erlaubnis tun, und manche sicher zähneknirschend. Doch an mir beißt du dir die

Zähne aus. Ich werde Tess offiziell in meinen Hofstaat aufnehmen. Somit kann sie ohne meine ausdrückliche Erlaubnis weder verheiratet noch eingekleidet werden.« Sie hob die Brauen und erwartete lächelnd eine Antwort.
Mathilde konterte unerwartet. »Genau das habe ich mir gewünscht.«
»Wie bitte?« Alienor machte aus ihrer Irritation keinen Hehl. »Ich habe gedacht, du willst Tess auf ein Leben im Kloster vorbereiten?«
Genüsslich ließ Mathilde den Wein auf ihrer Zunge kreisen. »So gewinne ich Zeit. Und die gibst du mir, wenn du sie in den Kreis der Hofdamen aufnimmst. Ich kann den Eltern eine Antwort geben, die ein Leben im Kloster für die Zukunft nicht ausschließt.«
Alienor ließ den tief dunklen Wein in ihrem Becher kreisen. »Tess wird auch später für das Klosterleben nicht geeignet sein«, sagte sie und blickte in Mathildes graue Augen. Beide Frauen wussten, dass von dem Leben nach Alienors Tod die Rede war.
»Hast du dich eigentlich nie gefragt, warum ich den Schleier nicht genommen habe, so wie die meisten Witwen, die in Fontevrault ihr Leben beendet haben?«
Mathilde zuckte mit den Schultern und überlegte. »Du bist so anders. Du hast noch immer ein Leben voller Pflichten. Du würdest dich mit dem ersten Bischof, der dir in die Quere kommt, anlegen und bis nach Rom gehen, um dich durchzusetzen. Der Macht der Kirche hast du dich nie untergeordnet. Ich sehe dich nicht im Habit.«
Alienor nickte. »Und genauso wenig sehe ich Tess als Nonne. Sie ist begierig, Dinge zu lernen und zu verstehen. Und wenn sie sie verstanden hat, kann sie niemand mehr von ihrer Überzeugung abbringen, kann sie sich nicht mehr unterordnen. Ich verstehe sie, weil ich genauso war. Sie empfindet die Freiheit in diesem Kloster ebenso deutlich wie ich. Sie ist zwar noch jung und vom Leben ungebeugt, und doch trägt sie den Kern der Demut in sich, ohne unterwürfig zu sein.«
Die Äbtissin hatte aufmerksam zugehört. »Das ist ja eine der Qualitäten, die ich an ihr schätze. Und ich glaube, dass sie eine angeborene Autorität hat, die nur richtig geleitet und ausgebildet werden

muss. Vielleicht sollten wir für einen guten Lehrer sorgen, damit sie ihre freien Stunden sinnvoll ausfüllt. Sie hat mich darum gebeten, lernen zu dürfen.«

Es klopfte. Ärgerlich über die Störung wandte Alienor den Kopf. Die Pförtnerin steckte den Kopf zur Tür herein. »Verzeiht, Majestät, der Bote, nach dem Ihr geschickt habt, wäre bereit, Eure Schreiben zu empfangen. Soll ich sie ihm bringen?«

»Oh Gott«, stöhnte Alienor, »wartet draußen. Ich muss sie noch unterschreiben.«

Während die Königin sich am Schreibtisch zu schaffen machte, trat Mathilde ans Fenster und öffnete es.

Es herrschte sonntägliche Stille. Von jenseits der Klostermauern war das Rauschen der Bäume zu hören, als der Wind durch die Blätter strich.

Mathilde lauschte dem Gesang einer Amsel und blickte hinaus in den Kräutergarten, auf dessen frisch geharkten Kieswegen ein Mann und eine Frau langsam nebeneinander herschlenderten.

»Sie ist in ihn verliebt«, sagte die Äbtissin ruhig. Ohne aufzublicken, fragte Alienor desinteressiert: »Wer ist verliebt?«

Mathilde unterdrückte ein Schmunzeln. »Unsere kleine Tess in John!«

Alienor ließ das Pergament sinken. »Tess? In John?« Ungläubig blickte sie zu der Freundin hinüber. »Ich glaube eher, dass sie jemanden wie diesen de Mauley bevorzugt, oder wie hieß der junge Mann, der das Turnier in Rouen gewonnen hat? Den hat sie angestrahlt und niemanden sonst. Tess ist stark und braucht einen Sieger an ihrer Seite!«

Die Äbtissin schüttelte den Kopf. »Jeder kann es sehen, nur du nicht.«

Alienor begann zu lachen. »Du willst mir erzählen, dass meine nüchterne Tess sich ausgerechnet für John interessiert? Sei nicht lächerlich!«

Mathilde hatte sich wieder umgewandt. Sie hörte, wie Alienor die Pergamente zusammenrollte und der wartenden Pförtnerin gab.

Dann trat sie zu ihr ans Fenster. »Na gut. Da gehen sie nebeneinander her und reden miteinander. Warum auch nicht! Tess gehört zu meinem Haushalt.«
»Du bist so eine kluge Frau«, meinte Mathilde spöttisch. »Nur manchmal siehst du den Wald vor Bäumen nicht.«
Alienor kniff die Augen zusammen, um besser sehen zu können. Die beiden da unten waren beim Brunnen angelangt.
»Verliebt in John? Niemals! Wenn ich mir überhaupt vorstellen könnte, dass Tess sich für jemanden interessiert, dann wäre es doch wohl Richard gewesen. Sieh doch nur, wie sie miteinander reden. So spricht man mit seinem Bruder.«
»Ach, Alienor.« Mathilde schüttelte den Kopf. »Sieh ihn dir doch an! John ist ein gut aussehender Mann, und er ähnelt dir. Dich liebt sie auch. Er hat ein ähnliches Charisma.«
Alienor gab sich nicht geschlagen. »Du bist albern, meine Liebe. Auch wenn John grüne Augen hat, so sind wir doch sehr verschieden.« Sie deutete mit dem Kinn nach draußen. »Und was seinen Frauengeschmack anbelangt, da liegt er wohl eher in der Tradition seines Vaters. Wenn ich mich recht erinnere, war Fair Rosamund eher von der runden Sorte, wenn du verstehst, was ich meine.«
Die Äbtissin kicherte wie ein junges Mädchen. Nach einer Weile begann auch Alienor zu lachen. »Mein Gott, wenn ich daran denke, wie ich mich damals darüber aufgeregt habe, dass Henry seiner Kebse erlaubt hat, meinen Lieblingsgarten zu betreten.«
»Du meinst Woodstock?«
Alienor nickte. »Diese Person hat sich sogar an meinen Rosen vergriffen. Ach Mathilde, ich war so außer mir, ich hätte sie töten können.« Sie legte ihre ringgeschmückte Hand auf den Arm der Freundin. »Wie lange das alles her ist.«
»Und dann hast du Henry verlassen, und John, der das Pech hatte, kurz darauf geboren zu werden, musste es ausbaden.«
Alienor war betroffen. »Aber nein, so war es nicht.«
»Doch«, sagte Mathilde entschieden. »Und das weißt du auch. Was konnte der Junge dafür?«

Alienor runzelte die Stirn. »Eigentlich bin ich noch Rekonvaleszentin, aber das hindert dich nicht, derart grob zu mir zu sein!«
Die Äbtissin lächelte. »Papperlapapp! Wenn du schon wieder stark genug bist, Gäste zu empfangen, um politische Themen zu erörtern, und am Sonntag deine Pergamente durchzugehen, kannst du auch ein paar Wahrheiten vertragen.« Sie deutete nach draußen. »Diese hier war längst fällig!« Und als Alienor etwas darauf erwidern wollte, hob sie die Hand. »Hast du dir nie überlegt, warum Gott dir so ein langes Leben geschenkt hat? Vielleicht ist es sein Wille, dass du endlich auf John zugehst.«
Alienor entgegnete aufbrausend: »John, John, John! Müssen wir immer wieder auf diesen labilen Bengel zu sprechen kommen?« Ihre Stimme bebte vor Wut. »Darf ich dich daran erinnern, dass er es war, der meinen geliebten Sohn verraten hat? Der sich sogar mit dem Teufel verbunden hätte, nur damit mein Richard nicht aus der Gefangenschaft freigekauft werden sollte.«
Mathilde blieb ganz ruhig. »Richard hat ihm verziehen. Warum du nicht?«
Alienors Augen sprühten Funken. »John ist wie sein Vater. Er hurt herum, und die Zahl seiner illegitimen Kinder ist Legion. Gnade uns Gott, wenn ich einmal nicht mehr bin und John allein für die Geschicke unseres Landes verantwortlich ist!«
Ihre Stimme war immer lauter geworden.
Die beiden Menschen unten am Brunnen hoben die Köpfe und blickten hinauf. Mathilde winkte nach draußen, dann schloss sie das Fenster.

Ungläubig sah Tess auf die kleinen, bleiverglasten Scheiben im ersten Stock des Gästetrakts. Und John sagte spöttisch: »Es scheint der Königin ja wieder viel besser zu gehen!« Er erhob sich und reichte ihr den Arm. »Kommt mit. Hier sitzen wir wie auf dem Präsentierteller.« Irritiert folgte sie ihm. Im Weitergehen bückte sich John und roch an einer tiefroten Rose. »Das erinnert mich an Woodstock«, sagte er leise. Und als er ihren verständnislosen Blick bemerkte, fuhr er fort: »Woodstock ist ein Besitz meiner Eltern gewesen. Ich glaube, es war der Lieblingsgarten meiner Mutter.« Er sah sich verstohlen um, ehe er sein Messer zog und die Blüte abschnitt. »Nehmt sie, liebe Tess. Ich bin sehr glücklich, dass Ihr hier seid!« Er lächelte schief. »Wenigstens eine, die bereit ist, mich zu empfangen!«

Tess spürte, wie sie errötete. »Ihr werdet die Königin heute beim Nachtmahl sehen. Sie hatte sich zurückgezogen, weil es ihr nicht so gut ging. Ich glaube, sie hat sich übernommen.«

John zuckte mit den Schultern. »Gründe hat es für sie immer gegeben.«

Tess hielt die Blume dicht an ihr Gesicht. »Erzählt von Woodstock. Es klingt so englisch. Wo liegt es?«, forderte sie ihn auf. Prüfend sah er sie an. »Wollt Ihr das wirklich wissen?«

Sie nickte so heftig, dass ihr die Haare ins Gesicht fielen. Zärtlich strich er ihr eine Strähne zurück. »In der Nähe von Oxford. Es gibt dort einen Irrgarten«, begann er stockend und sah ihr in die Augen. »Da haben Will und ich oft Verstecken gespielt, als wir Kinder waren. Ich war immer ganz traurig, wenn wir wieder abreisen mussten.«

Sie konnte den Blick nicht von seinen schön gezeichneten Lippen wenden.

»Das war eine herrliche Zeit damals«, fuhr er gedankenverloren fort. »Wir haben gegen Drachen und Ungeheuer gekämpft. Will wollte immer König Artus sein.« Tess sah sein glückliches Lächeln.

»Und was wolltet Ihr sein?« Ihre Stimme klang belegt.

John machte eine verlegene Handbewegung. »Ich war Cäsar.«

»Cäsar?«

Er nickte. »Ich habe sehr für ihn geschwärmt.« Seine Augen begannen zu leuchten. »Das war ein Eroberer. Kein Mann sonst kann ihm das Wasser reichen!«

Tess lächelte. »Mich dünkt, dass Euer Vorfahre das auch gekonnt hat!«

John blieb stehen. »Ihr meint William den Eroberer? Man kann die

beiden nicht vergleichen. Cäsar ging es um die westliche Welt, für William nur um England. Das ist ein kleiner Unterschied.« Er nahm ihr die Rose aus der Hand, beugte sich vor und befestigte sie an ihrem Obergewand. Tess zitterte vor Angst, dass er das Pochen ihres Herzens hören könnte.
Er trat einen Schritt zurück und betrachtete sie. »Sie passt zu Euch!«
»Erzählt mir mehr von Woodstock«, bat sie und hörte selbst, wie gepresst ihre Stimme klang.
John schien es nicht zu bemerken. »Da gibt es nicht viel zu erzählen. Ein Haus wie so viele andere auch, die wir bewohnt haben, wenn mein Vater durch das Land reiste. Besonders war eben nur der Garten.« Er wies mit dem Kinn in Richtung Gästehaus. »Seltsamerweise hieß er immer noch ›Garten der Königin‹, selbst als sie ihn verlassen hatte.« Er schlenderte weiter. »Diesen Duft habe ich immer mit Mama verbunden. Ich konnte es nicht ertragen, wenn eine andere Frau so roch. Ich fürchte, damit habe ich der lieben Havise großen Kummer bereitet …«
»Havise?«, fragte Tess leise.
»Ja, meine Frau! Ich habe darauf bestanden, dass sie andere Essenzen für ihr Parfum benutzte«, fügte er schuldbewusst hinzu. »Dabei hat sie Rosen geliebt.«
»Havise …«, wiederholte Tess leise. »Ich habe vergessen, dass Ihr verheiratet seid.«
John schüttelte den Kopf. »Ich war es. Unsere Ehe wurde annulliert, weil wir keine Kinder bekommen konnten, leider«, fügte er hinzu. »Wir kannten uns seit unserer Kindheit.«
»Das muss sehr schlimm für sie gewesen sein«, murmelte Tess. John nickte.
Eine Weile hing jeder seinen eigenen Gedanken nach.
»Wie schön es hier ist«, sagte John endlich und wandte sich ihr zu. »Ihr erinnert mich an Havise. Sie war die einzige Frau, mit der ich so reden konnte. Ich glaube sogar, sie war die einzige Freundin, die ich je gehabt habe.«

Er kickte einen Kiesel zur Seite. »Darf ich mir etwas wünschen?«
Tess war unfähig zu sprechen.
Er blieb stehen und wartete auf ihre Antwort. Sie nickte hilflos.
»Meine Botschafter verhandeln gerade mit dem portugiesischen Hof.« Tess begriff nicht. John lächelte verlegen. »Wegen einer neuen Braut für mich. Das Reich braucht einen Erben.«
Auf einmal erschien Tess der Gesang der Vögel unerträglich laut. Das Gequake der Frösche drüben beim Bach marterte ihren Kopf. Er schien es nicht zu bemerken.
»Kennt Ihr die Prinzessin?« Sie musste sich räuspern, ehe sie fragen konnte.
John schüttelte den Kopf. Plötzlich feixte er. »Philipp von Frankreich hat mich schon vor ihr gewarnt. Sie soll so einen Schnurrbart haben.« Er machte eine übertriebene Geste.
Tess' Lächeln misslang. John schob eine Hand unter ihr Kinn und zwang sie, ihn anzusehen. »Jetzt komme ich auf meinen Wunsch zurück. Darf ich?«
Ihr war so kalt, dass sie die Wärme seiner Hand deutlich spürte.
»Nun?«, fragte er. Tess nickte.
Er beugte sich noch näher zu ihr und flüsterte: »Ich wünsche mir so sehr, dass Ihr meine Freundin bleibt, was auch immer geschieht!«
Tess schloss die Augen. »Ja. Ich verspreche es.«
Sie hörte, wie er tief Luft holte und wie befreit aufatmete. »Dann kann ich auch die Portugiesin heiraten.« Er ließ sie los.
Die Glocken der Abtei begannen zu läuten.
Wieder bot er ihr den Arm. »Wir müssen zur Andacht.«
Sie waren fast bei der Treppe angelangt, als er noch einmal stehen blieb und auf sie hinabblickte. »Eigentlich schade«, murmelte er.
»Was?«
Er lächelte zärtlich. »Eigentlich schade, dass wir beide nicht heiraten.«
Tess kam nicht mehr dazu zu antworten, da die Äbtissin eben die Stufen hinaufeilte. »Eure Mutter erwartet Euch zum Nachtmahl nach der Andacht«, rief sie schon von weitem. Und zu beiden ge-

wandt: »Geht ruhig schon vor. Ich habe noch etwas vergessen. Ich komme nach.«
»Also dann«, sagte John und zog Tess mit sich fort.

* * *

Das ganze Nachtmahl über hatte Alienor sich von John berichten lassen, wie sich die Lage im Reich entwickelte. Wie die Schotten und Waliser sich verhielten. Jedes Detail des Friedensschlusses von Le Goulet wollte sie hören, obwohl sie durch ihre Boten sowie die regelmäßigen Briefe von Guillaume le Maréchal auf dem Laufenden war.
Als der Rosenpudding zum Dessert aufgetragen wurde, kam die Frage, die John erwartet hatte.
»Hat Philipp versucht, dir Château-Gaillard abzuhandeln? Richards uneinnehmbare Festung an der normannischen Grenze muss ihm doch ein Dorn im Auge sein.« Ihre grünen Augen fixierten ihn. John lächelte überzeugend.
»Das Vexin und einige umstrittene Grenzburgen musste ich ihm zugestehen, doch dazu gehören weder Château-Gaillard noch das Land um Evreux. Er hat mich ansonsten als rechtmäßigen Erben von Richards Festlandsbesitzungen anerkannt. Und zwar schriftlich.«
»Na gut. Doch weder dein Vater noch Richard hätten jemals eine solche Formulierung erlaubt, wie du sie hast durchgehen lassen. Wie war das noch?« Sie zitierte aus dem Gedächtnis: »›Die Grafen von Boulogne und Flandern sind oder sollten eher Vasallen des französischen Königs sein als unsere‹? Was hast du dir dabei gedacht? Sie waren immer traditionelle Vasallen Englands. Wie können wir es uns leisten, auf sie zu verzichten?«
John sah die Falten, die sich auf ihrer Stirn bildeten. Er kannte die Anzeichen ihres Unmuts nur zu genau. Plötzlich stieg Zorn ihm hoch, den er kaum beherrschen konnte. Richard, Richard, Richard, dröhnte es in seinen Ohren.

»Ich habe Kompromisse eingehen müssen, Madame. Unsere Kassen sind so gut wie leer. Und Philipp schenkt uns nichts. Ihr müsstet das am besten wissen.« Mit kalter Stimme wechselte er unvermittelt das Thema.

»Ich möchte Euch noch einmal danken, dass Ihr den Eid vor Philipp abgelegt habt. Ebenso möchte ich Euch erneut meinen Dank dafür aussprechen, dass Ihr die Mühe auf Euch genommen habt, die meisten Eurer mächtigen Vasallen in Aquitanien und im Poitou auf Euch und damit auf mich einzuschwören.«

Alienor blickte ihn überrascht an. Es war neu für sie, dass er sie indirekt zurechtwies. »Und, was noch?«, fragte sie kühl.

»Ihr wisst ebenso wie ich, dass es zwischen dem Poitou und der Gascogne noch höchst empfindliche Hoheitsgebiete gibt, die sich jederzeit von uns lösen können und deren Herrschaften sich am liebsten heute noch auf Frankreichs Seite schlagen würden, nur um uns in den Rücken zu fallen.« Johns grüne Augen bohrten sich in die ihren.

Alienor griff nach dem Löffel und nahm seelenruhig von dem Rosenpudding. »Komm bitte zum Punkt.«

John hatte jede ihrer Bewegungen verfolgt. Sein Herz pochte vor Zorn, und doch konnte er den Blick nicht von ihren schönen, alten Händen wenden. Die Ringe, die ihm als Kind überirdisch groß erschienen waren, gehörten bis heute zu den schönsten, die er je an einer Frauenhand gesehen hatte. Der Rubin funkelte in der Abendsonne, die durch das Westfenster schien, als sie ihm die Kristallschüssel reichte. Er riss sich von dem Anblick los und bemühte sich, den Faden ruhig wieder aufzunehmen.

»Jeder Friedensvertrag beinhaltet Konzessionen. Selbst Richard musste sie machen.« Alienor hob den Kopf und blickte ihn forschend an.

»Durch Le Goulet habe ich im Norden den Rücken frei, um im Süden für Ordnung zu sorgen, der auch meinem Bruder Richard einiges Kopfzerbrechen bereitet hat.« In weniger scharfem Ton fügte er hinzu: »Von hier aus werde ich aufbrechen, um die Grafen von Lusignan, Angoulême und wie immer sie heißen zur Raison zu bringen und ebenso die Herren von La Marche und Limoges vom Unsinn ihrer rebellischen Verschwörungen zu überzeugen.«

»Wie willst du das erreichen?« Alienor trocknete sich die Lippen mit dem Mundtuch und legte es beiseite. »Hast du dir eine Strategie zurechtgelegt?«

»Verlasst Euch auf mich, Madame. Mir wird schon etwas einfallen«, sagte er, nun wieder ruhig, und legte ebenfalls das Tuch neben den Teller. Dann schenkte er Wein nach. »Ein köstlicher Bordeaux«, bemerkte er, als er sich wieder setzte. »Er hat einen besonderen Tiefgang.«

»Mein Lieblingswinzer. Er lagert seine Fässer einige Jahre, bevor er ihn mir schickt.« Mit Erstaunen nahm Alienor wahr, dass es nicht ihr kleiner, verkommener John war, der die Qualität ihres Lieblingsweins erkannte, sondern ein erwachsener Mann, der zu unterscheiden wusste. Sie beobachtete, wie genüsslich er den Wein trank. Er kippte ihn beileibe nicht hinunter. Sollte Mathilde vielleicht doch Recht haben, wenn sie meinte, im Grunde ignoriere sie ihren Sohn? Was wusste sie von ihm? Noch vor dem Nachtmahl hatte sie überlegt, ob sie nicht einen der üblichen Weine wählen sollte. Und sich dagegen entschieden, weil sie selbst nicht darauf verzichten wollte. Gäbe sie dem Moment nach, würde er ihr zu nahe kommen. Um nichts in der Welt wollte sie das.

»Und dreißigtausend Silbermark fordert Philipp als Ablösung?«, fragte sie.

»Nehmt es eher als Brautgeld für seine zukünftige Schwiegertochter«, antwortete John geschickt. »Habt Ihr immer noch vor, sie selbst aus Kastilien nach Frankreich zu holen?«

Alienor nickte. »Ich möchte sie in Augenschein nehmen und mit eigenen Augen sehen, ob meine Enkeltochter geeignet ist, die zukünftige Königin von Frankreich zu werden.« John las mehr in ihrer Miene, als sie ahnte. Er kannte die harten Falten, die urplötzlich weiche Konturen bekommen konnten, wie jetzt. Er hörte den sanften Unterton ihrer Stimme, wenn sie von jemandem sprach, den sie liebte. Bei Richards Erwähnung klang er immer durch. Und jetzt war es augenscheinlich ihr innigster Wunsch, die Tochter in Kastilien noch einmal zu sehen.

»Ihr könntet einen Emissär schicken …«, hob er an.

»Nein«, unterbrach sie ihn. »Ich reise selbst. Ich breche in wenigen Wochen auf und werde einige Monate bei Eleonore bleiben.« Ihre Miene verriet, dass daran nicht zu rütteln war. Ob er sich sorgte oder irgendjemand anders, spielte wie immer keine Rolle. Sie hatte entschieden.

Alienor erhob sich und hielt ihm die Hand zum Kuss entgegen. »Wann brichst du auf?«

John umfing der Duft von Rosen. Ihn schwindelte, als er antwortete: »Morgen in aller Herrgottsfrühe. Gute Nacht, Mutter.« Alienor lächelte.

»Behüte dich Gott, mein Sohn.«

* * *

Selbst für südfranzösische Verhältnisse war dieser August sehr heiß. Der Graf von Angoulême hatte zum Spätnachmittag Sonnensegel auf dem Turm aufschlagen lassen, da hier oben ein leichter Wind ging.

John ließ den eisgekühlten Apfelsaft in seinem Glas kreisen. »So lässt es sich aushalten«, sagte er wohlig und trank. Sein Lehnsmann schlug die Beine übereinander und lächelte stolz. »Es schien mir in diesen Tagen der einzig sichere Ort zu sein.« Er lachte dröhnend. »Vorbereitungen zu einem solchen Fest machen aus jeder Burg ein Irrenhaus, zumal wenn eine Braut wie meine Tochter im Mittelpunkt steht.«

John stellte sein Glas ab und verschränkte die Arme hinter dem Kopf. Ihm kam diese Einladung sehr gelegen. Denn ihm passte der Gedanke ganz und gar nicht, dass ausgerechnet die mächtigen Häuser der Grafen von Angoulême und Lusignan sich durch diese Hochzeit zu einer Allianz gegen ihn verbünden könnten. Er war gekommen, um Zwist zu säen.

»Kaum zu verstehen, dass Ihr Eure Tochter ausgerechnet dem Lusignan geben wollt«, sagte John wie nebenbei. »Wenn sie tatsächlich so eine Schönheit ist, dann …« Er führte den Satz nicht zu Ende.
Aufhorchend beugte sich der Ritter vor. »Ich verstehe Euch nicht, Mylord.«
John musterte ihn unter halb geschlossenen Lidern. »Wirklich nicht?«, fragte er spöttisch.
Angoulême runzelte die Stirn. »Was ist gegen den Bräutigam zu sagen, Mylord?«
»Hugues le Brun ist alt, und er ist ein Verräter! Den Lusignans war nie zu trauen«, erwiderte John brutal. Dann lächelte er vieldeutig. »Ehen zu arrangieren ist auch nur eine Form von Politik. Wo also liegt Euer Vorteil?«
Das wettergegerbte Gesicht seines Gegenübers verfärbte sich dunkelrot. »Er ist ein mächtiger Mann, und er ist wohlhabend!«
»Aber ist er mächtig und wohlhabend genug?«, fragte John lauernd. »Ich meine, wenn sie wirklich eine solche Schönheit ist …« Wieder ließ er den Satz unvollendet.
Angoulême sprang auf. »Es ist müßig, darüber zu spekulieren, Mylord. Nächste Woche findet die Hochzeit statt«, stieß er hervor.
John blieb ungerührt. »Es ist nie zu spät, die Dinge zu überdenken. Aber bitte, wie Ihr wollt … Ihr habt mich um die Erlaubnis zu dieser Eheschließung gebeten; und ich habe sie Euch gegeben. Es liegt also an Euch …«
Angoulême trat an die Brüstung und sah zur Stadt hinunter. »Wie auch immer«, sagte er zornig. »Es ist nun mal, wie es ist! Die Einladungen sind längst hinausgegangen. Ich kann nicht mehr zurück. Heute Abend kommt Isabelle, und die Hochzeitsvorbereitungen laufen auf vollen Touren.« Er wandte sich ab und kam zurück. Seufzend ließ er sich in den Stuhl fallen. »Meine Frau würde mich umbringen, wenn ich den Vertrag platzen ließe. Überhaupt, was würden die Leute dazu sagen? Von Lusignan gar nicht zu reden!« Er schüttelte den Kopf und lächelte hilflos.

John schloss die Augen. »Vielleicht habt Ihr Recht«, meinte er träge. »Man sollte wohl auch nicht über seinen Stand hinausgehen!« Angoulême goss sich erneut Saft ein und trank das Glas in einem Zug. Aufatmend wischte er sich über die Lippen. »Ihr versteht es, Mylord, einem einen Floh ins Ohr zu setzen!« Plötzlich begann er zu lachen. »Das wäre tatsächlich ein Skandal, wenn ich alles abblasen würde!«

John antwortete nicht.

Angoulême musterte sein Gegenüber. »Mal abgesehen davon, was das alles schon gekostet hat. Woher sollte ich einen neuen Bräutigam für Isabelle nehmen? Kein neuer Bewerber würde auch nur einen Pfifferling auf mein Wort geben.«

Er sprang erneut auf. »Wenn Ihr erlaubt, Mylord, ziehe ich mich jetzt zurück. Ich möchte sehen, wie weit sie mit den Vorbereitungen für Euer Nachtmahl sind.«

»Tut das, mein Lieber«, murmelte John und gab vor, schlafen zu wollen.

Er hörte, wie sein Vasall sporenklingend den Turm verließ und seine schweren Schritte sich die Wendeltreppe hinunter entfernten.

John lächelte zufrieden vor sich hin. Kurze Zeit später war er tatsächlich eingeschlafen.

Bei Tisch wandte sich die Hausfrau an ihn. »Mein Gemahl hat erzählt, dass Ihr die vergangene Woche eine Rundreise durch Eure südlichen Besitzungen unternommen habt, Mylord. Bei dieser Hitze muss das eine Strapaze für Euch und Euer Gefolge gewesen sein.« Sie machte einem der Pagen ein Zeichen, der sofort herbeieilte, um die Pokale erneut zu füllen.

John lächelte freundlich. »Umso dankbarer bin ich, dass Ihr die letzte Station für mich seid. Das Schönste muss man sich immer für zuletzt aufheben.« Er prostete ihr zu. Die Gräfin von Angoulême war geschmeichelt. »Zu viel der Ehre, Mylord. Ich bedauere unendlich, dass Eure Leute in Zelten außerhalb der Burg übernachten müssen, aber hier wird das Unterste zuoberst gekehrt, alles wegen der Hochzeitsvorbereitungen. Hoffentlich habt Ihr Verständnis dafür, Mylord.« Bittend sah sie ihn an, und John dachte, dass sie früher einmal eine schöne Frau gewesen sein musste.

Beruhigend legte er ihr die Hand auf den Arm. »Ich bin sehr dankbar, dass Ihr trotz des Trubels Zeit gefunden habt, mich überhaupt beherbergen zu wollen.«

Wieder füllte der Page die Pokale. John fiel auf, dass Angoulême übermäßig trank. Er beugte sich vor, um an seiner Frau vorbei das Wort an John zu richten. »Mir gehen die Worte nicht aus dem Kopf, die wir auf dem Turm gewechselt haben«, sagte er. Seine Frau blickte fragend von einem zu anderen.

John lächelte vielsagend.

»Dürfte ich erfahren, worum es ging?« Die Gräfin von Angoulême wandte sich direkt an ihn.

John zerlegte den gerösteten Fasan. Ohne aufzublicken sagte er leichthin: »Wir haben darüber gesprochen, dass Eure Tochter unter Umständen eine bessere Partie hätte machen können.«

»Oh!« Seine Tischdame schien überrascht. Sie verschränkte die Hände. »Und an wen hättet Ihr gedacht, Mylord?«, fragte sie leise.

John hob das Mundtuch vom Schoß und fuhr sich damit über die Lippen.

Dann lehnte er sich entspannt zurück. »Wir haben darüber gesprochen, dass Hochzeiten auch immer ein Politikum sind, so eine Verbindung muss sich auszahlen …«

Die Gräfin wandte sich ihm erneut zu. Ihre lebhaften Augen musterten ihn, ehe sie halblaut fragte: »So sehr hasst Ihr die Lusignans?«

Johns Augen verengten sich. »Habe ich nicht allen Grund dazu? Gerade erst hat er es wieder gewagt, die Königin zu belästigen, ihr die Durchreise durch seine Hoheitsgebiete verweigert, bis er ihr die Grafschaft Marche abgepresst hat. Und dies ist nur einer von vielen Gründen. Hugues' Vater, Guy de Lusignan, hat meine Mutter damals entführen wollen. Erinnert Ihr Euch? Guillaume le Maréchal hat sie unter Einsatz seines Lebens vor den Lusignans gerettet.«

»Aber Ihr hattet Euer Einverständnis zur Hochzeit unserer Tochter mit Hugues le Brun gegeben. Wollt Ihr andeuten, dass Ihr uns auf dieselbe Stufe wie unseren zukünftigen Schwiegersohn stellt?«, erwiderte die Gräfin unsicher. »Wollt Ihr Euer Wort zurückziehen?«
John spielte mit seinem Glas. »Meine Ehe mit der Gräfin von Gloucester wurde annulliert. Hat sich das noch nicht herumgesprochen?«, bemerkte er beiläufig, griff erneut nach dem Messer und zerschnitt die Fasanenbrust. Er genoss die Irritation der Gastgeberin, die seine Worte offensichtlich nicht einordnen konnte und angestrengt nachdachte.
Angoulême stützte sich mit beiden Armen auf der Tischplatte ab. Sein Gesicht war schweißüberströmt. »Meine Familie hat immer zu den treuen Vasallen der Plantagenets gehört, Mylord. Ich bitte Euch, treibt keine bösen Scherze mit uns!«
John schüttelte leicht den Kopf. »Ich scherze keineswegs. War es nicht so, dass König Richard noch in den letzten Tagen seines Lebens gegen Euch kämpfen musste? War es nicht so, dass Ihr Philipp von Frankreich außerordentlich zur Seite standet?«
Ungeachtet aller Etikette ergriff die Gräfin seinen Arm. »Um Gottes willen, Mylord. Seit dem Friedensschluss zwischen Euch und dem französischen König in Le Goulet sind diese Dinge doch geklärt. Mein Gemahl hat Recht. Verspottet uns nicht«, stieß sie beunruhigt hervor. Mit Häme bemerkte John die roten Flecken, die sich an ihrem Hals hinauf bis ins Gesicht ausbreiteten.
John lächelte maliziös. »Wie alt ist Eure Tochter, Madame?«
»Sie wird demnächst vierzehn Jahre alt«, antwortete sie. »Und Ihr habt Euer Wort gegeben.«
John hatte erreicht, was er wollte, und lenkte die Konversation auf belanglose Themen.

Wegen der Hitze, die über dem Land brütete, standen alle Türen und Fenster der Burg von Angoulême offen. Unten im Hof war Pferdegetrappel zu hören, ein Wagen rollte hinein. Männerstimmen erklangen und das Lachen einer Frau. Dann kamen Schritte die

Treppe zum Saal hinauf und hielten inne. Die Gespräche verstummten. Erwartungsvoll hoben sich alle Blicke. Isabelle von Angoulême betrat die Halle.
Johns Lächeln erstarb. Ihm stockte der Atem. Ihre Schönheit, ihre intensive Ausstrahlung, jede einzelne ihrer Bewegungen schlugen ihn in Bann. Isabelles Gegenwart füllte plötzlich den ganzen Raum aus. Damit hatte er nicht gerechnet.
Mit aufreizender Bewegung schob sie den Reiseschleier vom Kopf. Eine Flut hellblonder Haare ergoss sich über ihre Schultern. Kerzengerade trat sie auf ihre Eltern zu. Während sie den leichten, tiefblauen Reisemantel öffnete und mit elegantem Schwung über den Rücken gleiten ließ, schien es John für einen Moment, als sei sie unbekleidet, so eng lag der cremefarbene Stoff des Kleides an Brust und Taille an. Gebannt folgte sein Blick jeder Kurve der ganz und gar nicht kindlichen Formen ihres Körpers.
Ihr Vater erhob sich schwerfällig. Seine Augen und Wangen waren vom Alkohol gerötet. Schwankend ergriff er ihre Hand. »Meine liebe Isabelle, der König von England möchte dich kennen lernen.«
Ihr Blick traf John wie ein Donnerschlag. Isabelle musterte ihn herausfordernd. John spürte, wie sein Mund trocken wurde. Mit lasziver Anmut versank sie in einen vollendeten Knicks. Ihr Brustansatz schimmerte feucht. John spürte das Ziehen in seinen Lenden fast schmerzhaft. Er sprang auf.
»Nicht doch«, murmelte er, ergriff ihre Hand und küsste sie.
Als sie sich erhob, umfing ihn ihr Duft. Sie roch nach Sommer, nach Rosen, nach Hitze. Unwillkürlich schloss er die Augen. Er spürte, wie sein Herz sich wild überschlug. Seine Stimme war belegt. Er räusperte sich. »Meine liebe Isabelle, ich freue mich, Euch endlich persönlich kennen zu lernen.« Bebend holte er Luft und hielt noch immer ihre Hand. Nur zögernd löste er seine Finger aus den ihren.
Ihrer Wirkung bewusst, sah sie zu ihm auf, als erwarte sie mehr. Die makellose Haut, ihre tiefblauen Augen, deren Pupillen unergründlich schienen, die Konturen ihrer weich geschwungenen Wangen und Schläfen schürten sein Begehren ins Unerträgliche.

»Ihr seid wahrhaftig so schön, wie alle sagen«, brachte er mühsam hervor.
»Danke, Majestät.« Isabelle lächelte selbstsicher. Er konnte den Blick nicht von ihren vollen Lippen lösen, die leicht geöffnet perlweiße, ebenmäßige Zähne preisgaben. Alles an dieser jungen Frau zog ihn an, machte ihn benommen und hellwach zugleich. Ihre Nähe elektrisierte und lähmte ihn. Seit Isabelle die Halle betreten hatte, wusste John: Er wollte nur sie.
Mit einer Geste bedeutete er ihr, sich auf seinen Platz zu setzen, und schob ihr den Stuhl zurecht. Ihr Duft betörte ihn aufs Neue. Er musste an sich halten, sie nicht zu berühren. Dann hörte er sich die Worte sagen: »Hiermit halte ich um die Hand Eurer Tochter an.«
Trotz des Durcheinanders in seinem Kopf nahm John den gierigen Blick der Gräfin wahr, die ihn die ganze Zeit über neugierig fixiert hatte, den Triumph in ihrer Miene, der sich zu einem hochmütigen Lächeln verzog. Angoulême brauchte eine Weile, bis er begriff, dass der König von England gerade um Isabelle angehalten hatte. Verständnislos stierte er ihn an.
John trat einen Schritt zurück und verbeugte sich. Bevor er die Halle ganz durchquert hatte, wandte er sich noch einmal um. »Ich warte auf dem Turm auf Eure Nachricht.«
Immer noch dröhnte das Blut in seinen Ohren, als er kurz darauf steifbeinig die Wendeltreppe emporstieg. »Isabelle. Isabelle …« Immer wieder murmelte er ihren Namen.

John hätte später nicht zu sagen vermocht, wie lange er auf sie gewartet hatte. Gegen die Brüstung gelehnt, starrte er in die Landschaft, ohne irgendetwas wahrzunehmen. Isabelle …
Als sie schließlich mit ihrem Vater erschien, war er nicht in der Lage, sie anzusehen. Er hörte nur, wie Angoulême murmelte: »Meine Tochter ist sich der großen Ehre bewusst, die Ihr uns zuteil werden lasst, Mylord. Und sie nimmt dankend an.«
John beobachtete, wie Angoulême umständlich die Stühle zurecht-

rückte und ihn bat, Platz zu nehmen. Er wagte noch immer nicht, Isabelle anzublicken.

In diesen wenigen Stunden, die seit ihrem ersten Zusammentreffen vergangen waren, hatte sich Johns ganze Welt verändert. Nur Isabelle zählte. Weder verschwendete er einen Gedanken an die Konsequenzen, die diese Entscheidung für ihn selbst haben könnte, noch dachte er an die politischen Auswirkungen, die verheerend sein würden.

Eine ungeheuere Mattigkeit hatte von ihm Besitz ergriffen. Er war unfähig, die ganze wunderschöne Person zu betrachten, die ihm gegenübersaß. Für Außenstehende mochte es sogar so wirken, als übersähe er sie. Scheinbar blickte er hinüber über die Mauern und über das Land von Angoulême. In Wirklichkeit streichelte sein Blick jedoch den halb entblößten Frauenarm, der leicht angewinkelt auf einer Stuhllehne ruhte. Die untergehende Sonne färbte die zartblonden Härchen darauf golden und schimmerte in den winzigen Schweißtropfen, die mit dem bloßen Auge kaum zu erkennen waren. John glaubte den Salzgeschmack auf seinen Lippen zu spüren. Der weiche Bogen, den die Haut darunter beschrieb, mündete in einem zarten Gelenk, in feingliedrigen Fingern, deren manikürte Nägel rosa schimmerten. Reglos lag die Hand auf dem geschnitzten Löwenkopf.

Wieder wanderte sein Blick weiter und verlor sich in der feuchten Armbeuge, die hinauf zum von einem hellblauen Tuch nur halb verhüllten Oberarm führte. Nun begannen ihre Finger sanft über den Löwenkopf zu gleiten, sie spielten mit der hölzernen Mähne und liebkosten das Maul, die Stirn, die Augen des Tieres.

Eine Männerstimme redete wie von weither. »Wir sollten miteinander reden. Über die Verlobung …«

John hob irritiert den Kopf und sah direkt in ihre Augen. Wieder reagierte sein ganzer Körper auf ihren Blick. Tief in sich spürte er, wie sein Blut zu strömen begann. Er wurde schier überwältigt von dem Druck, der durch seine Adern schoss und wie eine gewaltige Welle zum Herzen jagte. Unbewusst tastete seine Hand nach dem

Kragen und zerrte an dem Seidentuch, das er sich um den Hals geschlungen hatte.
Er vermochte den Ausdruck ihrer tiefblauen Augen nicht zu deuten, mit dem sie seinem Blick begegnete. Ihre blonde Haarflut wurde nur von ein paar goldenen Spangen gehalten. Wie alle unverheirateten Frauen trug sie sie offen.
»Verlobung ...«, wiederholte er. »Ich brauche keine Verlobung. Wir können gleich heiraten!«
Isabelles Körper hob sich an, langsam beugte sie sich vor und legte ihre Hand auf die seine. »Wie schön, Mylord«, lächelte sie. »Ich freue mich darauf ...« Ihr sinnlicher Mund war ganz dicht. John spürte ihren Atem auf seiner Haut, und wieder verschwamm ihr Bild vor seinen Augen. Er gab sich einen Ruck. »Nenn mich John«, bat er. Und er sah, wie sie ihre Lippen befeuchtete, bevor sie seinen Namen formten.
»Sag es noch einmal. Du sprichst so leise ...«
Isabelle lächelte zärtlich. »John. Mylord John.«
Angoulême räusperte sich. »Isabelle sollte zu Bett gehen«, schlug er vor. »Es ist spät geworden. Wir können morgen alles Weitere besprechen.« Er erhob sich. »Du darfst deinem Bräutigam jetzt einen Kuss geben.«
Den Bruchteil einer Sekunde glaubte John, kindliches Erschrecken in ihren Augen zu erkennen. Dann erhoben sie sich gleichzeitig, und er spürte den weichen Druck ihrer Lippen auf seiner Wange. »Gute Nacht, Mylord John«, hauchte sie.
Er sah Vater und Tochter hinterher, als sie den Turm verließen, und immer noch glaubte er, ihren heißen Mund auf der Haut zu spüren.

Er blieb alleine, bis sich die Nacht über die Burg senkte. Erst dann stieg er langsam die Treppe hinab und betrat sein Gemach.
Wie in Trance bemerkte er, dass in der Zwischenzeit die Kerzen angezündet und das Bett aufgeschlagen worden waren. Mit der Hand fuhr er über die blendend weißen Kissen.
Jemand klopfte an seine Tür.

»Ja?«
Will steckte den Kopf herein. »Darf ich hereinkommen?«
John lächelte überrascht. »Was machst du denn hier?«
Will trat ein. »Ich bin auf der Suche nach dir. Ich habe einen Brief von der Königin an dich. Sie hat mich gebeten, ihn persönlich abzuliefern«, sagte er stolz.
»Leg ihn dort auf die Kommode«, sagte John.
Will lachte. »Hast du nicht verstanden, was ich gesagt habe? Hier habe ich einen Brief von Königin Alienor an dich. Du solltest ihn gleich lesen.«
»Ja, ja«, murmelte John zerstreut. »Leg ihn hin. Ich werde ihn morgen lesen.«
Will runzelte die Stirn. »Bist du krank? Ich reite mir den Hintern wund, damit du diesen Brief auch sofort in den Händen hältst, und du …« Er rang nach Worten.
»Ich muss dir etwas sagen. Es ist sehr wichtig«, flüsterte John. »Ich werde Isabelle d'Angoulême heiraten!«
Seine Augen glühten wie im Fieber.
»Heiraten?«, wiederholte Will ungläubig. »Warum das denn? Warum die?« Da John nicht antwortete, fuhr er fort: »Sag, dass das nicht wahr ist!« Er schüttelte den Kopf und lachte unsicher. »Du nimmst mich auf den Arm, nicht wahr? Warum solltest du das Mädchen heiraten wollen. Deine Leute machen doch die Portugiesin für dich fest.« Er zerrte an den Schnüren seines Lederhemds.
»Gibt's hier was zu trinken für mich?« Suchend blickte er sich um, ehe sein Blick auf das schwere Silbertablett fiel, auf dem ein Becher und ein Krug mit Wein standen. Während er sich eingoss, schnaubte er: »Beinahe wäre ich auf dich reingefallen! Soviel ich weiß, ist die Angoulême dem Lusignan versprochen.« Er trank in durstigen Zügen. »Du verstehst es, einem einen tüchtigen Schrecken einzujagen!« Müde ließ er sich auf den nächsten Stuhl fallen und streckte die Beine aus. »Himmel, dieser Ritt, bei dieser Hitze. Ich werde froh sein, wenn wir alle erst wieder in England sind.« Er öffnete die

kleine Ledertasche, die er um den Hals gebunden trug, und zog ein Pergament daraus hervor.
»Hier, nimm und lies«, sagte er gutmütig.
John hatte sich der Länge nach aufs Lager geworfen. »Sie heißt Isabelle«, sagte er träumerisch.
Will wurde ungeduldig. Mit Schwung warf er den Brief aufs Bett. »Nun mach schon.«
John stützte sich auf einen Ellenbogen. Unter halb geschlossenen Lidern blickte er zu Will hinüber. »Ich muss sie haben. Ich muss sie spüren ...« Mit der Zunge fuhr er sich über die trockenen Lippen.
»Dann nimm sie dir«, meinte Will wegwerfend. »Sonst bist du ja auch nicht so zimperlich.«
»Um sie ins Bett zu kriegen, muss ich sie heiraten«, stöhnte John.
Will war aufgesprungen. »Verdammt noch mal«, schimpfte er. »Jetzt hör mit diesem Unsinn auf!«
John hatte sich aufgesetzt und beide Arme um die Knie geschlungen. Wie in Trance wiegte er sich hin und her. »Ich muss sie besitzen. Kein anderer Mann darf sie jemals berühren. Die Haut in ihrer Armbeuge war ganz feucht ...« Er holte tief Luft.
Will lachte gutmütig. »Na, dich scheint es ja gehörig erwischt zu haben.« Mit dem Glas in der Hand dachte er nach. »Schick ihren Vater auf Reisen; oder besser noch, erzähl denen, du wolltest sie der Königin vorstellen. Dann hättest du sie für dich allein und könntest tun, was du anscheinend tun musst.« Er stand auf und schlenderte zum Bett hinüber.
Verwundert sah er auf den Freund hinunter und schüttelte den Kopf. »So ein Theater wegen einer einzigen Frau.« Dann feixte er. »Die Welt ist voll davon. Das weißt du besser als ich!«
John schien ihn nicht gehört zu haben. »Ich kann nicht bis zur Trauung warten. Ich sterbe, wenn ich sie nicht bald unter mir spüre«, murmelte er.
Will schüttelte ihn erschrocken. »John, was redest du nur! Pass auf, du zerknitterst noch den Brief der Königin.« Er bückte sich und wollte das Pergament wieder an sich nehmen, aber John schlug es

ihm aus der Hand. »Lass mich mit diesem Scheißbrief in Ruhe«, schrie er unbeherrscht. »Ich will die Frau haben. Jetzt!«
Unwillkürlich sah Will zum offenen Fenster hinüber. »Sei um Himmels willen still«, zischte er. »Man könnte dich hören!«
»Hilf mir, Will. Bitte hilf mir, dass ich Isabelle heute Nacht noch sehen kann«, flehte John.
Hilflos hob der Freund die Arme. »Wie denn? Soll ich hinlaufen und ihre Zofe fragen, ob das junge Fräulein einem Stelldichein nicht abgeneigt sei?« Er setzte sich auf das Bett und legte John den Arm um die Schulter. »Beruhige dich«, bat er. »Lass uns etwas trinken und in Ruhe über alles reden.«
Unwillig befreite sich John, rutschte an ihm vorbei und erhob sich. »Da gibt es nichts zu reden. Wenn du mir nicht helfen willst, werde ich es eben alleine versuchen.«
Will wurde zornig. »Dann geh und entehre dieses Haus. Mach dich ruhig lächerlich, aber lass mich in Frieden!« Er war ebenfalls aufgestanden. »Gute Nacht, John. Ich bin hundemüde!« Mit schweren Schritten verließ er den Raum.
John war hinüber zum Fenster getreten. Von hier oben hatte man einen Blick auf die kleine Kapelle im Hof. Bildete er es sich ein, oder schimmerte dort tatsächlich Licht?
Mit drei Schritten war er bei der Tür. Von Will war nichts mehr zu sehen. Der Gang war leer. Eilig strebte John der Wendeltreppe zu. Die Türen zur großen Halle standen noch immer offen, und er hörte das Schnarchen der Männer. Unbemerkt erreichte er die Außentreppe und stieg leise hinunter. Im Hof angelangt, wartete er, bis sich seine Augen an die Dunkelheit gewöhnt hatten, dann blickte er sich aufmerksam um. Alle Fenster der Burg waren dunkel. Und es war ganz still. Nur einer der Hunde schlug an, als er wie ein Schatten den Weg zur Kapelle einschlug. Lautlos öffnete er die Tür und blickte hinein. Vor dem Altar brannte eine Kerze. Ihr Duft vermischte sich mit einem anderen, der ihm den Atem abschnürte.
Dort kniete Isabelle.

Langsam wandte sie den Kopf und blickte ihm entgegen. Dann erhob sie sich wortlos und verschwand in der Sakristei.
Überdeutlich klickten seine Sporen auf den Steinplatten, als er ihr folgte.
John war unfähig zu denken. Wie magisch angezogen, stieg er die ausgetretene Stufe zu dem kleinen Nebengelass hinab. Dort drinnen war es fast dunkel. John erkannte ihre Umrisse. Er hörte ihren Atem. Isabelle erwartete ihn.
John fühlte, dass sie nur mit einem leichten Umhang bekleidet war. Mit zitternden Händen schob er ihn auseinander. Er hörte, wie sie leise aufstöhnte, als seine Hände ihre Brüste berührten. Bebend drängte sich ihr Körper ihm entgegen, suchten ihre geöffneten Lippen seinen Mund. Sie fühlte sich weich und rund an, ihre Haut glatt und feucht. Ihre Hitze verbrannte ihn. John stöhnte, als sie im Stehen ein Bein um seine Hüfte schlang. Ihr keuchender Atem und ihr Herzschlag hatten den gleichen Takt, ihre Körper denselben gierigen Rhythmus. Einmal glaubte John, einen Schrei zu hören, doch hätte er nicht zu sagen vermocht, wer von ihnen beiden ihn ausgestoßen hatte.
Es war vorüber.
Ineinander verschlungen standen sie an die Mauer gelehnt und spürten den verebbenden Herzschlag des anderen, während ihr Atem sich beruhigte. John wollte etwas sagen. Da hob Isabelle die Hand und legte sie ihm auf die Lippen. Er empfand physischen Schmerz, als sie sich von ihm löste und wortlos aus der Sakristei verschwand. Erst jetzt bemerkte er, dass sie barfuß war.
John wartete, bis er sicher sein konnte, dass sie die Burg erreicht hatte. Wieder bellte der Kettenhund.
Eine Maus lief quer durch den Raum.
John stieß sich von der Mauer ab und ging langsam hinüber in die Kapelle. Die brennende Kerze warf einen riesigen Schatten, als er nach draußen strebte.
Da sah er die dunkle Gestalt, die die Kapuze dicht übers Gesicht gezogen hatte.

Sie stand reglos neben der Eingangstür und schien auf ihn zu warten.
Seine Hand fuhr zum Schwert.
»Ich bin's«, flüsterte Will.
John atmete aus. »Was tust du hier?«, fragte er ebenso leise.
»Ich habe auf dich gewartet. Wollte nicht, dass dir etwas geschieht.« Er lachte lautlos und wies in die Dunkelheit. »Diesen verdammten Köter bringe ich noch um.« Er berührte John am Ärmel. »Komm, ehe er noch jemanden aufweckt.«

* * *

In ein leichtes Sommergewand gekleidet, saß Alienor an ihrem Schreibtisch. Die Fenster waren weit geöffnet, und der warme Wind raschelte in den Pergamenten. Selbst der zarte Stoff des sandfarbenen Kopfschleiers, der bis über ihre Schultern fiel, bewegte sich im Durchzug. Nur so war die Augusthitze zu ertragen.
Der Schreiber am Ende des Tisches kratzte unaufhörlich mit der Feder.
Alienor hatte sich entschieden, von Fontevrault mit einer ansehnlichen Eskorte nach Kastilien aufzubrechen, um ihre Enkeltochter als zukünftige Königin von Frankreich nach Hause zu holen. Das alles wollte vorausgeplant und bis in jedes Detail vorbereitet sein. Zwanzig Einladungen, die Königin auf diese lange Reise zu begleiten, waren bereits an befreundete Landes- und Kirchenfürsten geschrieben. Die Unterkünfte in Klöstern und Burgen diesseits und jenseits der Pyrenäen mussten organisiert werden. Sie hatte darauf bestanden, dass Richards alter Kampfgefährte, der Söldnerhauptmann Mercadier, sie mit seinen Leuten begleiten sollte. Und John war empört gewesen.
»Madame, Ihr wisst, wie brutal dieser Mann ist. Habt Ihr vergessen, dass er sich Richards letztem Willen widersetzt hat? Ihr könnt unmöglich mit ihm reisen!« Alienor hatte John erwidert, wie unwegsam und gefährlich die Überquerung der Pyrenäen sei und

dass gerade Mercadier mit seinen brutalen Söldnern ihr das beste Schutzgeleit bieten werde.
»Ihr selbst, Madame, habt mir berichtet, dass Richard seinem Mörder auf dem Sterbebett verziehen und ihn begnadigt hat. Habt Ihr vergessen, dass Mercadier diesem Mann bei lebendigem Leib die Haut abziehen und ihn dann hängen ließ, obwohl Richard befohlen hatte, ihm das Leben zu schenken?« John war außer sich, als sie von ihrer Entscheidung nicht abrückte. »Was ist, wenn er sich auch Eurem Willen widersetzt? Nicht auszudenken, was geschehen könnte. Söldner sind ein brauchbares, aber rohes Pack.« John hatte sich erst beruhigt, als sie sich damit einverstanden erklärte, Pierre de Mauley das Kommando zu übertragen.
Die Feder des Schreibers hielt inne. »Fertig?«, fragte sie. »Dann schreibt wie folgt.« Der Sekretär griff nach einem neuen Pergament, als sie zu diktieren begann.

An Seine Eminenz
den Erzbischof von Bordeaux
Elie de Malemort

Mein lieber Freund,
wir beabsichtigen, den lang gehegten Wunsch zu verwirklichen, zu meiner Tochter Eleonore nach Kastilien zu reisen, um die Braut des französischen Thronfolgers, meine Enkeltochter, in ihr zukünftiges Königreich zu geleiten. Würdet Ihr mir die Freude bereiten, uns an den Hof von Kastilien zu begleiten? Die Abreise ist für den Herbst vorgesehen. In Bordeaux werden wir eintreffen, sobald …

Das Klopfen unterbrach sie. Tess erschien mit einer Pergamentrolle, deren Siegel Alienor sofort erkannte. »Der königliche Bote sprach von großer Dringlichkeit.«
Während Alienor das Siegel aufbrach, befahl sie dem Sekretär den weiteren Wortlaut der anderen Briefe zu übernehmen, in denen die genaue Reiseroute und ein Zeitplan aufgelistet waren. Dann winkte

sie Tess, ihr in das anliegende Gemach zu folgen. Die Unterbrechung kam ihr gelegen, ihre Augen ermüdeten immer schneller.
Tess öffnete die Schlagläden. Der Sommerwind trug einen Schmetterling hinein, der verwirrt umherflatterte und sich auf dem silbernen Tisch mit den geschwungenen Beinen niederließ. Fasziniert beobachtete sie die farbenprächtigen Flügel, die erregt auf- und zuschlugen. Dann beruhigte er sich und bewegte sich über die in die silberne Tischplatte gravierten Blumenornamente.
Alienor trat neben sie. »Dieses Blau ist genau das der Hagia Sophia. Eine wundervolle Basilika, ganz in strahlenden Mosaiksteinchen, aus vielerlei Blauschattierungen und Gold. Eine solche Pracht wie die byzantinische gibt es nirgends bei uns. Eine fremde Kultur, doch überwältigend in ihrer Vielfalt.«
Alienor spürte Tess' Interesse und versprach ihr, den kostbaren Folianten ansehen zu dürfen, den Kaiser Komnenos ihr damals in Byzanz geschenkt hatte. »Da wirst du erahnen können, wie großartig Macht und Reichtum in Kombination mit Kultur wirken. Doch nun lies bitte vor, was John schreibt.«
Sie reichte Tess das Pergament, ließ sich in den Lehnstuhl fallen, der nah beim Fenster stand, und legte die Beine hoch.
Tess' Hand hielt es in dem Gedanken, dass John dieses Schreiben möglicherweise vor wenigen Stunden selbst in den Händen gehalten hatte. In welcher Verfassung war er? Welche Seite seines Charakters hatte gerade die Oberhand in seinem Leben, die dunkle verzweifelte oder die großmütige freundschaftliche? Ob er in den vergangenen Wochen je an sie gedacht hatte? Sie rollte das Pergament auf, während Alienor beobachtete, wie der Falter vor der Weinkaraffe mit weit ausgebreiteten Flügeln innehielt, die in allen erdenklichen Farben schillerten.

Madame, hochverehrte Mutter,
erlaubt mir, Euch mit einer Bitte zu überraschen. Darf ich Euch morgen am späten Vormittag einen Besuch abstatten?
Ich werde nicht allein sein. Ich werde meine Frau mitbringen.

»Wie bitte?« Alienor richtete sich abrupt auf. »Weshalb weiß ich nichts davon, dass die Portugiesen ihr Einverständnis gegeben haben? Lies weiter.«

Ich habe Isabelle, die Tochter des Grafen von Angoulême, geheiratet und bitte Euch, Madame, sie Euch vorstellen zu dürfen, bevor wir nach England aufbrechen, damit auch sie gekrönt wird.

Tess ließ das Pergament sinken und starrte Alienor an.
Mit harscher Geste griff die Königin nach dem Pergament. Aufgeschreckt erhob sich der Schmetterling und flatterte vor Tess' erstarrtem Blick hin und her. Dann segelte er mit ein paar Schlägen zum Fenster hinaus. Die Königin überflog das Schreiben bis zum Schluss.
Tess schrak zusammen, als sie mit der flachen Hand auf das Papier schlug. »Isabelle war Hugues le Brun, dem Lusignan-Erben, versprochen. Damit brüskiert John den gesamten Adel im Poitou. Sie werden sich alle gegen ihn stellen. Wie kann er so unüberlegt handeln!« Zornesfalten bildeten sich auf ihrer Stirn, während sie weiterlas.

Graf Aymar von Angoulême war hocherfreut, als ich um die Hand seiner Tochter anhielt. Hugues le Brun habe ich mit seinen Brüdern auf diplomatische Mission nach England geschickt, so dass er bei unserer Hochzeit nicht anwesend sein konnte.

Empört schüttelte Alienor den Kopf. »Das kommt einer Entführung gleich!«, rief sie außer sich. »John hat Isabelle dem Lusignan vor der Nase weggeheiratet. Er hat ein Eheversprechen missachtet und damit die Treuebande zu den Vasallen gebrochen. Wieder hat John es geschafft, dem englischen Königshaus neue Feinde zu machen.«
Tess' Mund war trocken. Ihre Gedanken überstürzten sich. John hatte ihr das Versprechen abgenommen, was auch immer geschähe,

mit ihm befreundet zu bleiben. Und doch spürte sie eine tiefe, ohnmächtige Enttäuschung. Sie zwang sich, ihre Gefühle zu verbergen, und räusperte sich.

»Ist es nicht vielleicht ganz klug, durch diese Heirat Angoulême an die englische Krone zu binden? Wäre es nicht viel gefährlicher gewesen, wenn die Lusignans mit dem Haus Angoulême eine Allianz eingegangen wären?« Etwas Besseres fiel ihr nicht ein.

Alienor war verwundert. Erst jetzt wurde ihr bewusst, wie offen sie ihrer Empörung freien Lauf gelassen hatte. Doch noch mehr überraschte sie, wie weitblickend Tess war. »Du hast schon Recht. Das würde zutreffen, wenn das weit verstreute Geschlecht der Lusignans nicht zu den ältesten und mächtigsten Vasallen der Plantagenets und des Poitou zählte. Sie haben nicht nur hier und im Süden Besitzungen, sondern auch in der Normandie und in England. Da John sie derartig brüskiert hat, wird keine ihrer zahlreichen Burgen in Zukunft mehr sicher sein für ihn. Welcher Teufel hat ihn nur geritten, solch unnötigen Zwist zu säen!« Sie schüttelte widerwillig den Kopf.

Die Glocken riefen zum Angelusgebet. Und Tess hatte nur einen Wunsch: allein zu sein. »Wünscht Ihr, dass ich Euch zum Mittagessen abhole?«, fragte sie. Seufzend erhob sich Alienor, um sich wieder an die Arbeit zu machen. »Nein. Ich habe noch zu tun. Man soll es mir heraufbringen.«

Alienor hatte die Tür zum Arbeitszimmer schon geöffnet, als sie sich noch einmal umwandte. Die schmale, schöne Gestalt, die sich mit gesenktem Kopf entfernte, berührte sie. Sollte es wirklich so sein, wie Mathilde vermutete?

»Tess!«, rief sie liebevoll. »Er ist es nicht wert.«

Augenblicklich straffte sich der Körper der jungen Frau. Sie hob den Kopf und wandte sich der Königin zu. Ihr Gesicht war blass, das Blau ihrer Augen dunkel vor Ernst, als sie erwiderte: »John ist es wert. Ich weiß es. Ich wünschte nur, er ahnte selbst, wie sehr.«

Abrupt wandte sich Alienor ab und trat zu dem Regal, auf dem ihre kostbarsten Folianten auslagen. »Komm her«, befahl sie. »Nimm dies. Der Kaiser von Byzanz hat mir die französische Fassung geschenkt. Dein Latein wird in so kurzer Zeit noch nicht so weit sein.« Sie fuhr mit dem Finger über das goldene Schloss. »Hier ist der Schlüssel. Vertief dich in diese Pracht. Es wird dich auf andere Gedanken bringen.«

Wie in Trance hob Tess das schwere Buch vom Regal. Sie war noch immer totenbleich.

»Und morgen«, fügte die Königin streng hinzu, »wünsche ich meinen gesamten Hofstaat anwesend, wenn John uns die zukünftige Königin von England vorführt. Und du gehörst dazu.« Mit diesen Worten entließ sie Tess.

Um Punkt elf Uhr waren alle im Kapitelsaal von Fontevrault versammelt. Die Äbtissin Mathilde und Alienor standen nebeneinander in dem gewölbten Saal unterhalb der Empore. Hier hatte Mathilde den Stuhl aufstellen lassen, den die Königin bei offiziellen Anlässen bevorzugte. Kaum hatte sie sich darin niedergelassen, machte sich am unteren Ende des Saales Unruhe breit.

Wie von selbst öffnete sich ein Spalier.

Die angenehme, schattige Kühle, die die dicken Mauern des Kapitelsaals verbreiteten, war nur durch das Sonnenlicht unterbrochen, das aus dem Kreuzgang durch das Portal und die schmalen Fenster mit den Rundbögen hereinflutete.

Alienor sah das Paar auf sich zukommen. Einen kurzen Moment lang versetzte ihr die Aura des ausschließenden Glücks, das den Mann und seine Frau umgab, einen schmerzhaften Stich.

Vor fast fünfzig Jahren war Alienor selbst, nach einer für die ganze westliche Welt ebenso überraschenden Hochzeit, mit Henry in ebendiesem Kapitelsaal erschienen. Sie war es gewesen, die ihre Ehe mit Louis beendet hatte. Sie war es gewesen, die Henry bedingungslos gewollt hatte. Im Unterschied zu John war ihr Mann zu dem Zeitpunkt nur Herzog der Normandie und noch nicht König von England gewesen. Was hatte sie damals die Meinung der anderen geschert? Ihr Glück an Henrys Seite, ihre gegenseitige Liebe hatte sie stark und unanfechtbar gemacht. Eine ähnliche Zuversicht in die gemeinsame Zukunft strahlte auch dieses Paar aus, das nebeneinander auf sie zukam.

Johns und Isabelles Schritte hallten im Einklang. Ihre Körper bewegten sich harmonisch. Ihrer beider Ausstrahlung konnte sich keiner der Anwesenden entziehen. Sie waren ein atemberaubendes Paar.

Alle starrten auf den groß gewachsenen, dunkelhaarigen König, auf die blonde, schöne, strahlende Frau an seiner Seite, deren weiche Bewegungen sich den männlichen anpassten. Sie blickten sich an und lächelten sich zu, dann sank Johns Frau in einen tiefen Knicks, während er selbst sich vor seiner Mutter verneigte.

»Madame, ich möchte Euch meine Frau, Isabelle d'Angoulême, vorstellen.«

Seine Stimme klang voller, seine Körperhaltung verriet eine Nonchalance, die ihm gut stand. Intuitiv spürte Alienor die Macht, die dieses äußerst attraktive Geschöpf über ihren Sohn besaß. Sie zur Feindin zu haben, wäre vertane Energie. Isabelle war ein Fait accompli. Alienor hatte das zu akzeptieren. Noch während sie ihrer Schwiegertochter mit huldvollem Lächeln den Kopf zuwandte, wusste Alienor, was sie zu tun hatte.

Sie ließ ihren Blick mit unverhohlener Neugier über sie gleiten, ohne ihr die Erlaubnis zu geben, sich zu erheben. Nüchtern stellte sie fest: Isabelle gehörte zu jener Sorte heiratsfähiger Frauen, die aus gutem Hause kamen, einen ebenmäßig gewachsenen, reizvollen Körper hatten und eine Ausstrahlung besaßen, die Männer um den Verstand brachte. Ihre Bewegungen strahlten eine Erotik aus, die mit einer gewissen Beschränktheit einherging, einem Selbstbewusstsein, das nur in der eigenen kleinen Welt wurzelte. Neue Horizonte könnten sie leicht überfordern. Ob Isabelle je begreifen würde, was es bedeutete, die zukünftige Königin von England zu sein, bezweifelte Alienor.

»Ich heiße Euch als meine Schwiegertochter willkommen. Ihr dürft Euch erheben!«, sagte sie, nun neugierig darauf, Isabelles Gesicht aus der Nähe zu betrachten.

Die junge Frau hob langsam den Kopf. Ihr dichtes, helles Haar quoll unter dem karminroten, mit Perlen besetzten Stirnreif hervor. Sie blickte zur Königin auf. Mit eleganter Bewegung griff sie nach dem kostbar bestickten Stoff ihres roten Übergewands und erhob sich. Die Konturen ihres Gesichts waren vollkommen, ihre Haut wie Porzellan, so makellos. Isabelle war außerordentlich schön, doch vermisste Alienor innere Stärke. Ihr Urteil war gefällt.

»Habt Ihr eine gute Reise gehabt?«, begann sie die Konversation. Sie wandte sich John zu, der siegessicher lächelte. »Danke Madame, wir kommen aus Chinon.«

Alienor lachte auf. »Auf Guillaume des Roches wirst du dich dort als Kronschatzverwalter sicher verlassen können. Doch ich vermute, du hattest eine Menge damit zu tun, auch die Lusignan-Burgen mit verlässlichen Kastellanen zu besetzen. Dort herrscht bestimmt weder Freude noch Heiterkeit.« Der Spott war unüberhörbar. John reagierte gelassen. »Wir haben diverse Verwalter durch eigene Burgvogte ersetzt.«

»Wir?«, fragte Alienor aufhorchend und zum ersten Mal Isabelle zugewandt. »Habt Ihr Erfahrung in der Verwaltung?«

Isabelle stand hoch aufgerichtet vor ihr. »Ich denke, dafür gibt es geschulte Leute. Meine Aufgaben sehe ich eher in der Führung des Haushalts.«

Alienor erhob sich. »Ein königlicher Haushalt setzt ein gehöriges Wissen und Organisationstalent voraus«, sagte sie beiläufig und machte den Anwesenden ein Zeichen, das Gratulationsdefilee zu eröffnen.

Während sich eine Schlange von Gratulanten bildete, die die ganze Länge des Kapitelsaals ausmachte, um dem Paar und der Königin zu gratulieren, nutzte Alienor jede Gelegenheit, um ihre Schwiegertochter über ihre Interessen und Vorlieben auszufragen. Die Antworten waren ernüchternd, auch wenn John immer wieder versuchte, die Qualitäten seiner Frau hervorzuheben. »Und welche Psalmen sind es, die Ihr bevorzugt?«, fragte Alienor gerade, als ihre Hofdamen sich näherten.

»Ich liebe sie alle«, antwortete Isabelle ausweichend, als Tess an der Reihe war.

Die Stimmen im hinteren Teil des Saales wurden lauter. Der Wein, der ausgeschenkt wurde, tat sein Übriges. Pasteten, Oliven, Brotfladen und Käse wurden von den Dienstschwestern herumgereicht. Überall entspannen sich angeregte Gespräche. Die Großpriorin unterhielt sich mit dem Prior von Saint-Jean, einer der Priester war in eine Unterhaltung mit Mutter Tertia vertieft.

Die Äbtissin und Alienor, die nebeneinander standen, wandten fast gleichzeitig den Blick und lächelten sich kaum merklich zu.

Tess sah in ihrem graublauen Gewand hinreißend aus. Von derselben Größe wie Isabelle stand sie mit gerader Körperhaltung, mit bestechender Selbstverständlichkeit, lächelnd vor John und seiner Frau.

»Mein größter Wunsch ist es, dass Ihr glücklich werden möget«, sagte sie und sah erst Isabelle, dann John direkt in die Augen. Ihr Profil mit den hohen Wangenknochen und dem geraden Nasenrücken hob sich gegen das Licht von draußen scharf ab. ›Königlich‹, dachte Alienor und verglich es mit dem ihrer Schwiegertochter, das ebenso deutlich zu erkennen war. ›Auch schön, aber nicht so edel‹, dachte sie. Schon näherte sich der nächste Gratulant, und sie konnte nicht mehr verstehen, welche Worte Tess ausschließlich an John richtete.

Pierre de Mauley wurde der Königin vorgestellt.

»Ihr werdet mich nach Kastilien begleiten?«, nahm Alienor die Konversation wieder auf und betrachtete den sympathischen jungen Mann mit Interesse. Er beugte seinen Kopf. Und sie mochte seinen gut geschnittenen Kopf mit dem gepflegten hellbraunen Bart. Seine braunen Augen blickten sie offen an. »Majestät, ich freue mich, Euch nach Kastilien begleiten zu dürfen. Wenn es Euch recht ist, werde ich mich im Dorf um eine Unterkunft bemühen.«

Die Äbtissin mischte sich ein.

»Wir werden Euch selbstverständlich im Kloster unterbringen. Sorgt Ihr nur für Eure Leute. Unser Dormitorium platzt sonst mit all den Pilgern aus den Nähten.«

Alienor verabschiedete ihn mit der Aufforderung, in den nächsten Tagen ihre Reisepläne mit ihm zu besprechen. Dann sah sie, wie er sich suchend umblickte und auf Tess zusteuerte.
»Wer ist dieser Novize?«, flüsterte Mathilde und hob das Kinn in die Richtung des Portals. »Der in der braunen Kutte. Er fixiert Tess, seitdem er den Saal betreten hat. Er muss mit John gekommen sein.« Alienor folgte ihrer Geste und sah den jungen Mönch mit den abstehenden Haaren, der augenblicklich die Augen senkte und sich über den Käse und die Birnen hermachte.
Nachdem die Gratulanten ihre Pflicht erfüllt hatten, ergriff Alienor zum Abschluss das Wort.
»Mein Sohn, meine Schwiegertochter, lieber John, liebe Isabelle, weder konnte ich bei deiner Krönung zum König von England anwesend sein«, sie blickte ihn lächelnd an und wandte sich an Isabelle, »noch werde ich in Westminster Abbey sein können, wenn du zur Königin gesalbt wirst. Ich werde mich dann bereits auf dem Weg nach Kastilien befinden. Doch möchte ich meiner Schwiegertochter, die mir als Königin auf dem Thron von England nachfolgen wird, zu diesem denkwürdigen Tag ein Geschenk machen. Ich übergebe dir die Städte Niort und Saintes als Krönungsgeschenk.«

* * *

Nachdem John und Isabelle abgereist waren, empfand Tess ihr Leben als eintönig. Ein Tag floss in den anderen. Zwar folgte sie ihrem täglichen Lateinunterricht und erfüllte ihre Pflichten im Dienst der Königin, doch fehlte ihr die Begeisterung, die sie bis dahin empfunden hatte. Es wollte sich kein Stolz darauf einstellen, dass sie demnächst Cäsar lesen durfte, noch Dankbarkeit dafür, dass die Königin sie zu allem, was Tess bis dahin interessiert hatte, hinzuzog.
Die Vorbereitungen für die große Reise über die Pyrenäen, mit denen der gesamte Hofstaat der Königin beschäftigt war, verbreiteten Unruhe und brachten den geregelten Tagesablauf ein ums andere Mal durcheinander, und damit auch Tess' Gewohnheiten. Niemals

hätte sie geglaubt, dass sie für ihr inneres Gleichgewicht so wichtig waren. Sie fühlte sich seltsam ausgeschlossen von dem Leben um sie herum, einsam und unglücklich.
Es erschien der Goldschmied mit seinem Gesellen im Gefolge von Händlern, die auf zahllosen Samttüchern die kostbarsten Edelsteine ausbreiteten. Alienor wählte unter den Smaragden und Rubinen, Diamanten und Saphiren die schönsten aus, um ihrer Tochter Eleonore das Collier als Gastgeschenk nachbilden zu lassen, das König Henry ihr zur Geburt ihrer 1161 geborenen gemeinsamen Tochter geschenkt hatte.
Tess freute sich weder an dem Gefunkel der kostbaren Steine noch an der Königin, die zunehmend aufblühte, je näher die Abreise rückte. Im Gegenteil, Tess war enttäuscht darüber, dass wieder eine der wenigen Stunden, die sie allein mit der Königin hätte verbringen können, ins Land ging.
Kaum waren diese Männer entlassen, erschien ein eitler, violett gekleideter Mann. Auf seinem blond gelockten Kopf trug er eine modische ebenso violette Samtkappe. Der Troubadour tänzelte in den Raum, und die Königin begrüßte ihn erwartungsvoll.
»Habt Ihr den Text für meine Tochter?«
Tess empfand es als unerträglich, wie manieriert der Troubadour sich ausdrückte, wie affektiert er seine Laute hielt und sich in Positur stellte, als er darauf zu spielen begann.
Gereizt blickte Tess hinaus in den Klostergarten auf die Bäume jenseits der Mauern, deren Blätter sich zu verfärben begannen. Die Melodie prallte an ihr ab. Störrisch wehrte sie sich dagegen, die Klänge an sich heranzulassen. Dann jedoch begann der Mann zu singen. Seine Stimme war atemberaubend, und Tess hielt den Atem an.

Wenn die Tage lang sind im Mai,
gefällt mir der süße Vogelgesang von fern,
und wenn ich ihm nicht mehr zuhöre,
gedenke ich der Liebe in der Ferne.

Ich gehe, von Verlangen niedergedrückt
und gebeugt durch die Welt,
dass nicht der Gesang noch die Weißdornblüte
mir mehr gefällt
als der eisige Winter.

Tess spürte, wie sich ihr Herz zusammenkrampfte, Tränen verschleierten den Blick auf die goldenen Blätter. Die wundervolle Stimme des Sängers traf mitten in ihren Schmerz. Verstohlen wischte sie sich die Augen. Er sprach ihr aus der Seele, als er mit der zweiten Strophe fortfuhr.

Niemals mehr werde ich mich der Liebe erfreuen …

Die nächsten Zeilen rauschten an ihren Ohren vorbei, erst dann hatte sie sich wieder gefasst.

Traurig und freudig werde ich mich von ihr trennen …
unsere Länder sind zu weit voneinander entfernt …

Wie konnte er ahnen, wie ihr zumute war? Wie konnte ein Fremder so fühlen wie sie?

Sehr viele Engpässe und Wege gibt es da.
Und ich bin deshalb kein Prophet …
aber alles sei, wie es Gott gefällt.

Als er geendet hatte und die Königin noch weitere Strophen und Lieder hören wollte, bat Tess, sich zurückziehen zu dürfen. Schluchzend floh sie in den hintersten Teil des Kräutergartens und versteckte sich hinter dem Herbarium, in dem die Heilkräuter getrocknet wurden. Sie hockte sich auf einen Stein und weinte. ›Niemals mehr werde ich mich der Liebe erfreuen.‹ Die dunkle Stimme des Troubadours klang dumpf in ihr nach.

John hatte sie behandelt wie alle anderen. Sehnsüchtig hatte sie auf eine Geste, auf einen Blick der Freundschaft, auf ein paar Worte gewartet, die er an sie allein richten würde. Doch er hatte nur Augen für Isabelle gehabt, nicht einmal seiner Mutter hatte er den Bruchteil der Aufmerksamkeit geschenkt, die Isabelle so selbstverständlich voll und ganz für sich beanspruchte. Sein Blick war wieder und wieder an seiner Frau haften geblieben, hatte sie umworben, liebkost, verschlungen.

Joannas Tod, das Treffen in Sées. Hatte er sie, Tess, denn ganz und gar vergessen? Sie hatte sich eingebildet, um seine zwei Seelen zu wissen. Sie hatte geglaubt, den einsamen, zerrissenen John und die große Sehnsucht seines Lebens zu kennen. Diese Frau, diese Isabelle doch nicht.

Isabella verführte ihn. Das Einzige, was sie konnte.

Wütend griff sie nach einem Stein und warf ihn ziellos in die Gegend.

»Au!«, schrie eine Männerstimme.

Tess sprang erschrocken auf und lief in die Richtung, aus der das Wimmern kam.

»Um Himmels willen, Albert, was tut Ihr hier?«, rief sie, als sie ihn hinter einem Busch jenseits des Herbariums entdeckte. Er bot einen grotesken Anblick. »Was treibt Ihr hier?« Konsterniert starrte sie auf den Jüngling am Boden.

Der junge Mönch hockte mit hochrotem Gesicht auf allen vieren vor ihr. Seine Kutte war um die Taille hochgebunden, dünne weiße Beine staksten daraus hervor, die dreckigen Füße steckten in ausgeleierten Sandalen. Die Ärmel waren bis zu den Schultern hochgekrempelt. Die Haare hingen ihm in der schweißnassen Stirn. Wie ein räudiger Hund sah er mit runden, braunen Augen flehentlich zu ihr auf, den Po in die Höhe gereckt.

»Ich ertüchtige mich«, antwortete er ernsthaft. »Ich bereite mich auf die Strapazen der Reise vor. Ich muss mich stählen und übe täglich eine Kniebeuge mehr.«

Tess brach in Lachen aus.

Albert wandte beschämt den Kopf. Erst da sah sie, dass er an der Wange blutete.

»Mein, Gott, war ich das?« Sie beugte sich zu ihm hinab und besah die Wunde. Naserümpfend erhob sie sich wieder. »Ihr braucht Wasser, und nicht nur für die Wunde!«, sagte sie streng. »Wartet!« Kurz darauf kehrte sie mit einem nassen Lappen zu Albert zurück, wrang ihn aus und reichte ihn ihm. Sein Gestank bereitete ihr Übelkeit.

»Tupft die Stelle damit ab. Es ist nur aufgeschürft.«

Sie trat einen Schritt zurück und blickte auf ihn hinab. In aller Eile hatte er seine Kutte wieder über die Gliedmaßen gezogen und saß vor ihr wie ein Gefangener.

»Wie kommt es, dass Ihr nicht mit König John in England seid?«, fragte sie neugierig.

»Er hat mich beauftragt, die Reise von Königin Alienor zu dokumentieren. Ich soll mit ihr nach Kastilien reisen, um eine Chronik der Ereignisse zu erstellen.«

»Wie bitte?« Tess war entsetzt. »Aber doch nicht so?«

Verständnislos blickte Albert sie an, während er das kühle Tuch auf die Wange presste.

»Ich meine, nicht in diesem Zustand. Wenn Ihr mit uns reist – weiß die Königin davon?«

Albert nickte voller Scham, dass ausgerechnet die wunderbare Thérèse von Louisville ihn bei seinen Geheimübungen erwischt hatte. Niemals dürfte sie erfahren, dass er darauf hin trainierte, einen solchen Körper wie Pierre de Mauley zu bekommen. Niemals dürfte sie wissen, dass Albert sie mehrfach im vertrauten Gespräch mit dem stolzen Ritter gesehen hatte, auch hier in Fontevrault. Er wagte nicht aufzublicken.

»Die Königin hat sich einverstanden erklärt. Meine Aufgabe ist es, jede Woche eine Chronik zu erstellen und sie König John nach England zu schicken.«

Tess überlegte. Sollte der rührende Albert ein Spitzel sein? Sie verwarf den Gedanken. Ihr war etwas ganz anderes wichtig.

»Demnach wisst Ihr immer, wo der König sich aufhält?«, fragte sie mit plötzlichem Herzklopfen. So wäre die Verbindung nicht abgebrochen, so könnte auch sie immer erfahren, wo John war. Sie wäre von seinem Leben nicht ganz so abgeschnitten, wie sie befürchtet hatte.

»Wisst Ihr denn, wohin der König reisen wird?«, fragte sie leichthin. Der junge Mönch wagte noch immer nicht, sich zu bewegen. Doch war er stolz, eine ziemlich korrekte Antwort geben zu können.

»Zunächst nach Wales, und danach will er den schottischen König treffen.« Er verschwieg, dass er das nur zufällig aufgeschnappt hatte. »Der Kurier der Königin wird meine Chronik regelmäßig mit nach London nehmen ...« Albert zögerte.

»Was ist?«, fragte Tess und warf einen Blick auf seine aufgeschürfte Wange, die aufgehört hatte zu bluten.

Plötzlich begann er zu schluchzen. »Ohne König John fühle ich mich immer ein wenig verlassen.«

Überrascht sah sie ihn an. »Spricht er denn mit dir?«

»Nein.« Albert schüttelte traurig den Kopf. »Natürlich nicht. Aber wenn ich ihm zufällig begegne, hat er immer ein freundliches Wort für mich. Nur wenn er nicht da ist, dann ist alles anders. Dann spricht niemand mit mir. Dann ist auch dieses Kloster ohne Leben. Dann zweifle ich, ob ich meiner Aufgabe auch gerecht werde, ob er auch zufrieden ist mit mir.« Er seufzte unglücklich. »Eigentlich ist mir eine kleine Kammer zugeteilt. Aber ich schlafe lieber im Dormitorium bei den Pilgern. Wenn ich Glück habe, finde ich dort manchmal jemanden, der mit mir spricht, doch leider reist er dann am nächsten Morgen wieder weiter. So erfahre ich nichts.«

»Und, was willst du wissen?« Wieder wunderte sich Tess.

Der Mönch errötete und schluckte. »Ihr seid die Einzige, die ich hier kenne. Ihr reist doch im Gefolge der Königin?« Als sie nickte, fuhr er erleichtert fort: »Wisst Ihr, wann sie die Abreise plant?«

»In etwa zehn Tagen, der genaue Tag steht noch nicht fest.« Tess wandte sich zum Gehen. »Aber wenn du mit uns reist, würde ich dir raten, vorher zum Barbier zu gehen, dir frische Kleidung zu besorgen und dich täglich zu waschen. Die Königin ist äußerst streng, was die Körperpflege angeht.«

Hilflos zuckte Albert mit den Schultern. »Das ist es ja, ich weiß überhaupt nicht, wie das alles geht. König John hatte in Rouen einen alten Diener, der hat sich meiner angenommen und dafür gesorgt, dass ich die neuen Stiefel bekam, die der König mir versprochen hatte.« Kleinlaut fügte er hinzu: »Er hat mich sogar am Morgen der Abreise rechtzeitig geweckt.«

Tess machte kehrt und bemühte sich, ihn zu beruhigen.

»Die Königin hat mit Sicherheit den Zugmeister beauftragt, dich einzuplanen.« Albert blickte sie verständnislos an.

»Er ist für das Fortkommen des gesamten Gefolges zuständig, die Wagen, die Pferde. Es wird bestimmt ein Reittier für dich bereitstehen, es müssen doch Futterrationen für das Tier organisiert werden, deine Unterkunft und Verpflegung müssen gesichert sein, so wie für alle Mitglieder des Hofstaats«, erklärte sie gutmütig. »Hast du dir das noch nie überlegt?« Zögernd verneinte er und murmelte: »Bei König John war das ganz einfach. Mir wurde ein Pferd zugeteilt, das übrig war. Und geschlafen habe ich irgendwo.« Er zuckte mit den Schultern.

Tess lächelte. »Bei unserer Königin wird nichts dem Zufall überlassen, und alles ist prächtig. Da kannst du unmöglich so auftauchen.« Sie betrachtete ihn mitleidig. »Komm mit. Ich zeige dir, wo das Badehaus ist. Direkt daneben ist der Barbier. Damit fangen wir an. Morgen bringe ich dich zum Gewandmeister. Dort bist du sicher angemeldet, auch für Winterkleidung, denn in den Pyrenäen kann es kalt werden. Nur abholen musst du die Sachen schon selbst. Stiefel hast du, zum Schuster müssen wir nicht?«

Albert massierte das Bein, das eingeschlafen war, und rappelte sich auf.

»Sie sind in meiner Kammer, ich schone sie, so gut ich kann«, keuchte er, während er auf dem kribbelnden Bein umherhüpfte. »Ich putze sie auch hin und wieder mit Hammelfett.«

»Das solltest du von nun an regelmäßig tun.«
»Ich danke Euch, dass Ihr mir helft«, sagte Albert, als er ihr durch den Kräutergarten folgte. ›Ich danke Euch, dass Ihr mir zugehört habt, wundervolle Tess‹, dachte er.
»Weißt du, wo Wales liegt? Wie ist das Land?«, fragte sie unvermittelt.
»Oh, es ist hügelig. Man sagt, es sei sehr wild und schön. Es liegt links von den Midlands, in den Norden hinauf. Es gibt dort mächtige Fürsten.«
Tess war das nicht genug, sie entschied, sobald sie Albert abgeliefert hatte, zu ihrem Lehrer zu gehen, um mehr über Wales zu erfahren.

* * *

Ein strahlender Oktoberhimmel wölbte sich über dem Kanal. Der Wind stand günstig und hielt die Segel gebläht. Langsam entfernten sich die Schiffe von der normannischen Küste.
Will stand ganz vorne im Bug. Sosehr er seine Augen auch anstrengte, er konnte die Umrisse Englands noch nicht erkennen. Manchmal spritzte die Gischt so hoch, dass das Wasser über sein Gesicht lief, doch er wollte den Moment nicht verpassen.
›Endlich‹, dachte er. ›Endlich nach Hause!‹ Er lächelte zufrieden, und sein Gesicht glänzte vor Nässe. Seine braun gebrannten Hände umklammerten den hölzernen Griff der Reling, während sein Körper im Rhythmus der Wellenbewegung mitschwang.
Sie hatten viel erreicht in den vergangenen Monaten, überlegte er und ging in Gedanken noch einmal die verschiedenen Stationen ihrer Reise durch. Nach dem Frieden von Le Goulet war es nicht schwierig gewesen, die Vasallen auf ihren neuen König einzuschwören. Will grinste skeptisch. ›Wer weiß, wie lange es anhält!‹ Er machte sich über die Standfestigkeit der Untertanen auf dem Festland keine Illusionen. Doch das einschneidende Ereignis war Johns Heirat mit Isabelle gewesen.
Will wandte den Kopf und schielte hinauf zur Kajüte, in der das

Ehepaar sofort, nachdem sie das Schiff betreten hatten, verschwunden war. Auch das war neu. Bei jeder Überfahrt hatte John neben ihm gestanden und genauso ungeduldig nach der englischen Küste Ausschau gehalten wie er selbst. Plötzlich fühlte sich Will allein. Seit Isabelle in Johns Leben getreten war, schien er sich für nichts und niemanden mehr zu interessieren, außer für sie. Will erinnerte sich, wie selbstbewusst und – er suchte nach dem richtigen Wort – ja, wie unabhängig er in Fontevrault aufgetreten war. Seine junge und betörende Braut schien John endlich die Kraft gegeben zu haben, Königin Alienor von gleich zu gleich zu begegnen.

Wieder schielte Will hinauf zu dem kleinen Bullauge. Er fühlte sich ausgeschlossen. ›John, mein Bruder, mein Spielkamerad, mein Waffenbruder, mein König …‹ Er fühlte, wie ihm Tränen in die Augen traten, und wandte ruckartig den Kopf in Richtung See. Diesmal freute es ihn beinahe, als die aufspritzende Gischt sein Gesicht benässte.

›Was wird werden?‹, dachte er verzweifelt, während er den Möwen zusah, deren Kreischen sich mit dem Wind vereinte.

»Komm da weg. Du bist ja ganz nass!«, rief John gut gelaunt.

Will hatte ihn nicht kommen hören. Hastig fuhr er sich über die Augen.

»Noch ist nichts zu sehen«, meinte John, beugte sich weit über die Reling und kniff die Augen zusammen. »Wir haben Glück mit dem Wetter.«

»Wie geht's deiner Frau? Bekommt ihr die Überfahrt?«, fragte Will steif.

John lachte. »Isabelle schläft jetzt! Und selbst wenn wir in einen Sturm gerieten, sie wird davon nichts mitbekommen.«

Will wagte einen kurzen Seitenblick. »Und du? Wie geht's dir?«, fragte er leise.

John wippte an der Reling hin und her und wandte sein Gesicht dem Wind zu. »Ich bin der glücklichste Mann auf der Welt! Ich kann mich nicht erinnern, jemals zuvor so glücklich gewesen zu sein. Isabelle ist einfach anbetungswürdig.« Nach einer kurzen Pause fügte

er lachend hinzu: »Die Ehe ist wirklich nicht das Schlechteste. Wie steht's mit dir?«
Will riss die Augen auf. »Was soll sein?«
John boxte ihn freundschaftlich in die Seite. »Du hast doch auch eine Ehefrau …«
»Ach die«, gab Will gedehnt zurück. »Die ist doch noch ein Kind.«
John überlegte. »Wann hast du sie das letzte Mal gesehen?«
Will zuckte mit den Schultern. »Ich weiß nicht, vielleicht vor einem Vierteljahr; vielleicht aber auch länger nicht. Warum?«
John grinste. »Warum! Warum! Weil aus kleinen Mädchen eines Tages Frauen werden.« Er blickte hinauf zur Kajüte und lächelte zärtlich vor sich hin. »Das gehört nun wirklich zu den positiven Dingen, die unser verstorbener Richard uns hinterlassen hat, findest du nicht?« Und weil der Freund nichts darauf erwiderte, fuhr er fröhlich fort: »Richard war es doch, der diese Ehe in die Wege geleitet hat. Du kannst dich wirklich nicht beklagen. Deine Kindfrau hat dir die Grafschaft Sarum eingebracht, ein Vermögen und dir den Titel.«
Will nickte betreten. Doch John ließ sich seine gute Laune nicht verderben. »Auch wenn sie jetzt noch mit Puppen spielt, warte nur ab, eines Tages werden wir …«
»Werden wir was?«, fragte Will scharf.
John blickte ihn betroffen an. »Ich meine, dass wir Söhne haben werden!« Er lachte schon wieder. »Endlich einen Erben. Den Thronfolger.«
»Es ist nicht an mir, den Thronfolger zu zeugen.«
John ging auf den Sarkasmus nicht ein. Eine erneute Windböe jagte die Gischt über die beiden Männer, und er schüttelte sich. »Trotzdem schlage ich vor, dass du dich nach Sarum aufmachst, sobald wir an Land sind. Dort schaust du nach, was aus der Kleinen geworden ist. Und in einer Woche treffen wir uns alle wieder in London!«
Wills Miene hatte innerhalb Sekunden gewechselt. Von der anfänglichen Trostlosigkeit war nichts mehr zu bemerken, als er sich jetzt reckte. »In einer Woche, in London. Das klingt gut.«

Er holte tief Luft. »Wird auch langsam Zeit, dass wir beide wieder einmal auf die Jagd gehen. Nur wir beide. So wie früher. Nach einer Woche London wirst du dich wohl für ein oder zwei Tage absetzen können.«

»Daraus wird vorerst nichts werden.« Wieder blickte John hinauf zur Kajüte. Und weil der Wind ihm die Worte vom Mund blies, schrie er: »Dann werde ich Isabelle in Westminster krönen lassen und mich gleich noch einmal mit.« Triumphierend breitete er die Arme aus. »Isabelle wird die schönste Königin sein, die die Welt je gesehen hat. Stell sie dir mit Krone vor!« Er lachte siegessicher. »Sie wird meine nüchternen Londoner in die Knie zwingen. Die Kaufleute werden darum betteln, dass sie ihre Stoffe und Juwelen trägt!«

Eine erneute Windböe traf das Schiff, so dass es sich schräg legte. Besorgt blickte John hinauf. »Hoffentlich kann sie weiterschlafen.«

»Sollte sie nicht lieber aufstehen, damit sie einen ersten Blick auf England werfen kann?«, meinte Will.

»Ich habe es ihr natürlich vorgeschlagen, doch die Ärmste ist zu müde.« John zwinkerte. »Sie hat die letzten Nächte kein Auge zugetan. Mein Gott, Will, diese Frau ist wie ein Wunder für mich. Ich zittere schon, wenn ich nur neben ihr stehe. Ihre Haut, ihr Duft, die Art, wie sie die Arme um mich legt ...«

Unangenehm berührt trat Will einen Schritt zur Seite. »Ja, ja. Sie ist sehr schön.«

»Sie ist eine Göttin«, stieß John hervor. Wieder beugte er sich weit über die Reling. Wassertropfen schimmerten in seinen dunklen Haaren. »Sieh nur«, rief er. »Man kann England schon erahnen!«

Will bemühte sich, ebenfalls den ersten Streifen Land zu sehen, dann schüttelte er den Kopf. »Noch nicht. Es dauert noch.«

Er berührte den Freund am Arm. »Hast du ihr von England erzählt?«, fragte er. »Weiß Isabelle, wie sehr du daran hängst?«

John lächelte, dass seine weißen Zähne blitzten. »Natürlich haben wir darüber gesprochen.« Er hob die Arme. »Wie soll die Arme es sich vorstellen können? Sie ist doch nie zuvor gereist! Fontevrault hat sie schon überwältigt, von meiner Mutter gar nicht erst zu reden.« Er wandte den Kopf und zeigte sein Profil. Will sah, wie ein Schatten über sein gut geschnittenes Gesicht fiel.

»Und? Wie war das Zusammentreffen?«

John zuckte mit den Schultern. »Wärme und Herzlichkeit sind nicht unbedingt die hervorstechenden Eigenschaften der Königinmutter.« Er wandte sich Will erneut zu. »Aber sie war überaus huldvoll«, fügte er ironisch hinzu. »Jedenfalls, ehe sie begann, Isabelle zu examinieren.«

»Wie das?«

»Na ja«, begann John aufzuzählen. »Sie wollte wissen, was Isabelle bisher gelesen habe oder ob sie sich nur mit Heiligenlegenden zufrieden gebe. Sie fragte, ob sie sich für Politik interessiere. Sie hob den besonderen Stand der Plantagenets in der Welt hervor, und jedes dritte Wort handelte von ›Verantwortung‹!« Er verzog das Gesicht.

»Und?«, fragte Will.

John gab vor, ein Fischerboot zu beobachten, das seitlich von ihnen aufgetaucht war. Männer waren dabei, das Netz einzuziehen, und die Möwen umkreisten kreischend das kleine Schiff.

Wieder zuckte John mit den Schultern. »Du kennst sie ja. Sie kann ziemlich einschüchternd wirken.« Er grinste. »Meine geliebte Isabelle wagte gar nicht zu erwähnen, dass sie gut im Sticken ist. In ihren Aussteuertruhen ist ein Behang, den sie eigenhändig angefertigt hat. Ein Jagdmotiv in unbeschreiblich echten Farben. Ich habe mir schon überlegt, dass ich es in Corfe Castle aufhängen lassen werde. Das wird sie freuen.«

»Königin Alienor hatte wahrscheinlich nie Zeit, um zu sticken«, meinte Will.

John kam nicht mehr dazu zu antworten, da der Mann im Ausguck plötzlich schrie: »Land in Sicht! England!«

Will und John fielen sich lachend in die Arme.

»England! Nun wird alles gut.«

Ihr Parfum umfing sie, ehe sie sie ansprach. »Ich möchte es doch

auch sehen!«, rief Isabelle. Ihr roter Seidenumhang blähte sich im Wind, während sie mit beiden Händen versuchte, den Schal auf ihrem Kopf zu halten. Als sie dort auf den Planken auf sie zueilte, musste Will John Recht geben: Isabelle war atemberaubend.
John streckte ihr die Hand entgegen und zog sie an sich. »Sieh nur, mein Liebling. England wartet auf dich.« Seine Stimme war dunkel vor Zärtlichkeit. Die junge Frau schmiegte sich eng an ihn. Will sah, mit welchem Selbstverständnis sie ihren Arm um Johns Hüfte legte, und er sah, wie John sein Gesicht in ihren Haaren vergrub.
Will trat einen Schritt zur Seite und zwang sich, geradeaus zu sehen. Am Horizont waren bereits die sanften Linien von Südengland zu erkennen. »Die Klippen von Sussex«, murmelte Will vor sich hin. Wieder fegte ein Gischtschauer über sie hinweg. »Wir werden hineingehen«, sagte John. »Isabelle wird ja noch ganz nass.« Ohne ein weiteres Wort wandten sie sich ab. Sie hatten die Treppe zur Kajüte schon erreicht, da rief John ihm zu. »Wir sehen uns also zur Krönung in London!«
Will glaubte immer noch Isabelles Parfum zu riechen, und plötzlich fiel ihm Havise ein. ›Wie wird sie es aufnehmen?‹, sorgte er sich. ›Wird sie überhaupt eingeladen werden? Wie reagiert eine verlassene Ehefrau, wenn sie die Krönung der zweiten miterleben muss?‹ Er wusste es nicht, aber sein Herz krampfte sich vor Mitleid zusammen.

* * *

Der erste Herbststurm tobte über London. Er riss und zerrte die letzten Blätter der Bäume hinweg, fuhr heulend durch die engen Gassen und schleuderte die vertäuten Boote gegen die Ufermauern der Themse.
Oben in den königlichen Gemächern räkelte Isabelle sich vor dem prasselnden Kaminfeuer, während John in das Studium von Schriftbündeln vertieft war.
»Darf ich dich etwas fragen?« Isabelle hatte dem Feuer den Rücken zugekehrt und warf ihre offenen Haare zurück.

»Aber ja doch«, brummte John freundlich. »Frag nur.«
»Könnten wir nicht ein Fest geben?« Da er nicht antwortete, fuhr sie fort. »Alle waren so überaus freundlich bei der Krönung zu mir …«
John warf das Pergament auf den Tisch. »Das wäre ja auch noch schöner, wenn sie gewagt hätten, nicht freundlich zu dir zu sein«, schnaubte er spöttisch. »Du bist ihre Königin, und sie sind deine Untertanen!«
Isabelle beugte sich vor und schlang ihre bloßen Arme um die Knie. »Wir könnten die Halle unten schmücken und Musikanten bitten …« Sie begann zu summen und wiegte sich dabei aufreizend hin und her. Die Bewegungen wurden immer heftiger.
John sog hörbar die Luft ein. »Wie soll ich denn arbeiten, wenn du so vor mir tanzt«, stöhnte er.
Seine junge Frau lachte fröhlich. »Du musst ja gar nicht arbeiten. Du bist der König. Dafür hast du schließlich deine Leute.«
Verblüfft riss er die Augen auf. »Das meinst du nicht ernst, oder?«
Isabelle nickte. »Natürlich meine ich das so. Könige arbeiten nicht. Die sitzen am runden Tisch mit ihren Rittern und befehlen. Ich habe das Buch über König Artus gelesen, das du mir gegeben hast, und da steht es drin.«
Langsam erhob er sich, durchquerte den Raum und hockte sich vor sie hin. Zärtlich strich er ihr eine Strähne zurück. »Mein schöner Liebling, vielleicht sollte ich dir das nächste Buch geben«, spottete er liebevoll.
Sie dehnte sich wohlig unter seiner Berührung. »Was ist jetzt mit dem Fest?«
»Daraus wird nichts, fürchte ich«, entgegnete John. »Erstens sind alle Lords zurückgekehrt auf ihre Burgen.« Er wies mit dem Kinn hinüber zum Fenster. »Bei dem Wetter wird niemand darauf erpicht sein, schon wieder aufs Pferd zu steigen!« Er drückte ihr einen Kuss auf die Stirn. »Und zweitens vergisst du, wie teuer so eine Veranstaltung ist. Nicht nur für uns als Gastgeber, sondern auch für sie. Denk nur an die Kleider der Frauen.« Er lächelte. »Sie alle

haben diese Ausgaben zur Krönung schon gehabt.« Er beugte sich vor und fuhr mit den Lippen sanft über ihre Brauen. »Und drittens«, flüsterte er, »werde ich selbst gar nicht bei Hofe sein.«
Isabelle fuhr zurück. Erschrocken sah sie ihn an.
John zog sie dicht an sich heran und begann sie wie ein Kind zu wiegen. »Ich muss arbeiten. Ich muss durch die Grafschaften reiten und nach dem Rechten sehen«, murmelte er begütigend. »Ich war die letzten Monate nicht hier. Das verstehst du doch?«
Er sah, wie ihre Augen sich mit Tränen füllten. »Gerade hast du noch gesagt, dass man bei diesem Wetter zu Hause bleibt.«
John blies eine ihrer widerspenstigen Strähnen zurück und begann sie sich um den Finger zu wickeln. »Das mag für meine Vasallen gelten, aber nicht für den König. Ein Monarch muss reiten. Er muss alles kontrollieren, damit das Volk Vertrauen zu ihm hat.«
Isabelle schmiegte sich an seine Brust. »Dann nimm mich mit.«
John schüttelte den Kopf. Sie konnte nicht sehen, wie er lächelte. »Das ist viel zu anstrengend für dich. Es könnte doch sein, dass du schon schwanger bist. Stell dir vor, jeden Tag aufs Pferd, ob es regnet oder schneit. Nein, das wäre viel zu gefährlich. Und am Abend in irgendeiner zugigen Burg, wo die Kamine qualmen und die Betten klamm sind. Das kannst du doch nicht wollen.«
»Doch, das will ich. Du bist mein Mann, und ich will immer bei dir sein.« Sie hob den Kopf und blickte zu ihm empor. »Wenn ich dabei bin, sind die Betten nicht klamm«, lockte sie. Er war sich ihres Körpers mit allen Sinnen bewusst und fühlte, wie sein Herz schneller zu klopfen begann.
»Dann lerne ich deine Vasallen auch besser kennen«, sagte Isabelle. »Bei der Krönung gab es so viele Gesichter, so viele Namen, dass ich sie jetzt schon alle durcheinander bringe. Außer diesem schrecklichen de Braose.« John spürte, wie sich ihre Brüste gegen seinen Oberkörper drängten.
»Dem muss ich auch auf die Finger schauen«, murmelte er. »Ich muss mich selbst davon überzeugen, dass er die Waliser nicht zu sehr reizt.«

Isabelle rückte von ihm ab. »Die Waliser?«, rief sie erschrocken. »Das sind alles Banditen, die sogar ihre eigenen Kinder verspeisen.«
»Wer erzählt denn so einen Unsinn?«, fragte John verblüfft.
»Beim Krönungsbankett habe ich gehört, wie deine Ritter darüber geredet haben. Und die Schotten sollen genauso schlimm sein.« Sie griff nach seiner Hand und presste sie auf ihre linke Brust. »Du musst mir versprechen, dass du dort nicht hingehst. Ich könnte es nicht ertragen, wenn dir etwas zustößt.«
John wurde heiß. »Sorg dich nicht. Ich will zuerst nach Herefordshire und nach Shropshire.«
Isabelle unterbrach ihn und kicherte los. »Was für drollige Namen es hier gibt. Schroppsche … Wie kann eine Stadt nur so heißen?« Ihre Augen blitzten.
John fiel in ihr Lachen ein. »Das ist eine Grafschaft, keine Stadt. Ein schönes Land. Im Sommer werde ich dich einmal dorthin mitnehmen. Ehe ich reite, werde ich dir eine Karte besorgen. Da kannst du dann verfolgen, wo ich bin.«
»Später. Jetzt nicht«, flüsterte die junge Frau und legte beide Hände um sein Gesicht. Er fühlte ihren heißen Atem auf der Haut, der Duft ihres Körpers hüllte ihn ein, als sie ihn zu sich hinunterzog. Das Letzte, was John dachte, war: ›Irgendwann muss ich ihr erklären, was das Domesday Book ist.‹

Mitten in der Nacht schrak er hoch, als einer der großen Äste im Kamin krachend in sich zusammenfiel. Draußen war es dunkel. Der Sturm peitschte den Regen gegen die bleigefassten Fenster.
John wandte den Kopf zur Seite. Isabelle hatte die Pelzdecke eng um ihren Körper geschlungen und schlief ruhig. Ihr dichtes Haar lag ausgebreitet auf den Polstern. Im Schein des Feuers wirkte es golden.
Plötzlich erinnerte er sich. Er hatte geträumt. Es war Sommer in Fontevrault. Und da war diese Nonne im Rosengarten. John konnte ihr Gesicht nicht erkennen, da sie vor ihm herging. Er hatte versucht, mit ihr zu sprechen, doch sie schien ihn nicht zu hören. Er

war ihr gefolgt, als sie zum Brunnen eilte. Noch jetzt glaubte er das Plätschern zu hören. Und dann – John spürte, wie das Blut in seinen Ohren zu rauschen begann – war sie über die niedrige Brunneneinfassung geglitten. Einfach so. Als er sich über den Rand beugte, sah er seine Mutter dort unten im Wasser stehen. Sie trug die Königinnenkrone und sah vom Grund des Brunnens zu ihm hinauf. Dann begann sie zu lachen. Ihr Lachen gellte über die Klosteranlage, wurde von den steinernen Gebäuden zurückgeworfen und dröhnte in immer wiederkehrendem Echo auf ihn ein.
Sie lachte und lachte.
Mit einem Ruck setzte John sich auf und hielt sich mit beiden Händen die Ohren zu. Isabelle stöhnte unwillig im Schlaf. Vorsichtig rutschte John an das äußere Bettende und stieg hinaus. Mit fahrigen Händen suchte er nach seiner Kleidung, die verstreut auf der Erde lag. Als er sich die Stiefel überzog, glaubte er immer noch das Gelächter von Alienor zu hören. Ihn schauderte, Schweiß stand ihm auf der Stirn.
Vorsichtig öffnete er die Tür zum Gang. Schlaftrunken nahm seine persönliche Wache Haltung an. John machte ihnen ein Zeichen zu bleiben. Verdutzt sahen sie ihm hinterher, als er lautlos davoneilte. Die lodernden Pechfackeln warfen groteske Schatten, als er sie passierte. Jetzt kam ihm zugute, dass er als Kind so oft mit Will Verstecken im Stadtschloss zu London gespielt hatte. Mühelos fand er den Weg. Er drückte die Pforte auf, die zum Wehrgang hinüberführte. Fast augenblicklich drohte der Sturm ihn gegen die Mauer zu drängen. Mühsam setzte er seinen Weg fort. Nach ein paar Metern blieb er stehen. Der peitschende Regen traf sein schutzloses, heißes Gesicht. Keuchend atmete er dagegen an. Er wandte den Kopf nach links und rechts und spürte, wie das kalte Wasser ihn umfing, seine Kleidung durchnässte und von seinen Stiefelschäften in die Pfütze unter seinen Füßen rann. In der Nähe schrie ein Kauz. John zählte die Schreie des Vogels. Sieben Mal. Dann hörte er abrupt auf. Und wieder waren nur das Tosen des Sturms und der Regen zu hören.
»Sie ist meine Frau«, murmelte John. »Ich will nicht weg!« Dann

begann er zu schreien: »Ich bin der König!« Mit beiden Händen umklammerte er das Mauerwerk. »Vor Gott und der Welt!« Er brüllte in die Nacht hinaus. »Isabelle ist die Königin! Und ich bin der König von England!«

* * *

Im Kloster von Fontevrault herrschte nächtliche Stille. Tess hatte von der Kantorin die Erlaubnis erhalten, ausnahmsweise noch spätabends im Skriptorium zu arbeiten. Die Kantorin wusste, wie streng Tess' Lehrer war und dass er sie beauftragt hatte, vor der Abreise zehn Seiten eines Psalteriums im Quartformat als Übungskopie abzuliefern. Die Nonne konnte der fleißigen Schülerin, die jede freie Minute über Bücher gebeugt im Skriptorium verbrachte, nichts abschlagen und hatte ihr sogar die Schlüssel anvertraut.

In Windeseile hatte Tess die vergangenen Tage genutzt, Vorbereitungen für die monatelange Reise zu treffen, und ihre Sachen in der Reisetruhe verstaut. Dies war die letzte Nacht. Morgen früh würden sie nach Kastilien aufbrechen. Doch Tess war mit der Abschrift in Zeitnot geraten.

Sie saß über dem Psalterium und wusste, dass zehn Seiten niemals mehr zu schaffen wären. Sie war erst auf Seite zwei, und die Nonnen versammelten sich bereits zum Mitternachtsgebet. Die Kerzen, die den breiten Holztisch erleuchteten, flackerten, als sie die Seite umblätterte.

Plötzlich vernahm sie von draußen ein seltsames Geräusch, gefolgt von einem dumpfen Schrei. Sie griff nach einem der Kerzenhalter und lief zum Fenster, öffnete es und beugte sich hinaus.

»Um Gottes willen, Albert!«, flüsterte sie und hielt ihm die Kerze entgegen.

Der junge Mönch hing in der Astgabelung einer Glyzinie und klammerte sich an das Bleirohr, das vom Dach herabführte. Sein glatt rasiertes Gesicht glänzte im Kerzenschein vor Anstrengung.

»Was machst du hier?«, zischte Tess.

Albert war verzweifelt. »Ich wollte Euch helfen. Aber ich komme hier nicht hoch!« Tess streckte die Hand nach ihm aus. »Warte«, rief sie leise und lief zum näher gelegenen Fenster, um es zu öffnen. »Hier geht es. Gib mir die Hand und versuch, den Fuß auf den Ast zu stellen.« Albert tastete im Dunkeln nach Halt, dann richtete er sich schwankend auf, starrte ängstlich nach unten und dann zu ihr hinauf.

Tess beleuchtete die Wand, stellte die Kerze ab und griff mit beiden Händen nach ihm. »Stell den Fuß auf den vorstehenden Mauerstein und halt dich hier fest. Ich zieh dich hoch.« Beide waren außer Atem, als er bäuchlings über das Fenstersims rutschte und zu Boden ging. »Und?«, fragte Tess und stellte überrascht fest, dass der kurze Haarschnitt ihn wesentlich ansehnlicher machte.

Albert lächelte verlegen und stand schnell auf. Er hatte sich seine Ankunft heroischer vorgestellt, sozusagen als Retter in der Not. Und nun war sie es, die ihn gerettet hatte.

»Ich möchte Euch helfen«, sagte er schüchtern und sah sich in dem Skriptorium um. Der gewohnte Geruch und der Anblick der vielen Bücher halfen ihm, die Fassung zu wahren. Sein Blick blieb an dem geöffneten Buch hängen, an dem Tess gerade gearbeitet hatte.

»Als Ihr mir gesagt habt, dass Ihr heute Nacht zehn Seiten kopieren wollt, war mir klar, dass das unmöglich ist«, stotterte Albert. »Die Tagesleistung eines ausgebildeten Durchschnittsschreibers liegt bei sechs Seiten.« Tess schloss die Fenster und folgte ihm, während der junge Mönch an die Seite des Tisches trat und die Tintenhörner betrachtete, die ordentlich aufgereiht neben der Palette zum Mischen der Farbstoffe hingen. In der Welt der Lettern und Miniaturen kannte er sich aus. Sein ganzes Leben hatte er mit ihnen verbracht. Fachmännisch griff er nach der Palette und kommentierte die Farbreste. »In Eiklar gelöst, Grünspan für Grün und Menning für Rot.«

Tess traute ihren Ohren nicht, als er fortfuhr: »Sepia ist ideal für helles Braun. Und hier«, er deutete auf das Gelb und das Blau, »Tinte in Kirschgummi gelöst. Für diese Farben braucht man Safran

oder Ocker und Holunderbeere. Ruß nimmt man für Schwarz. Ihr benutzt sicher Eisengallustinte?« Stolz reckte er das Kinn.
»Ich habe keine Ahnung, womit ich schreibe. Woher wisst Ihr das alles?«
»Ich bin als jüngster Sohn ins Kloster gekommen. Mein ältester Bruder war der Erbe von Dunnington, unserer Burg in Yorkshire, der Zweitgeborene ist schon früh an einem Fieber gestorben. Und ich war glücklich im Kloster, in der Schreibstube zu landen. Sie waren so zufrieden mit mir, dass ich später ins Skriptorium durfte.« Zumindest damit konnte er ihr imponieren.
»Und Ihr wollt mir …« Sie brach ab. Erst jetzt wurde ihr bewusst, dass sie ihn nicht duzte. »Du willst mir wirklich helfen?«, fragte Tess erleichtert. »Dich schickt der Himmel. Setz dich!« Sie rückte den Stuhl zurecht und wartete stehend ab.
Albert wurde heiß. Er saß auf Tess' Stuhl. Sie stand leibhaftig neben ihm. Stundenlang hatte er sich schlaflos im Bett gewälzt und immer und immer an sie gedacht. Verzweifelt hatte er gegen die Phantasien angekämpft, die der Teufel ihm schickte. Er war aus dem Bett geflüchtet und rastlos in der kleinen Kammer im Kreis gelaufen, bis ihm schwindelig war. Er hatte zu Gott gebetet, die Muttergottes angefleht. Dann war er ins Freie geflohen und hatte das Licht im Skriptorium gesehen. Und dann war ihm die Eingebung gekommen, dass Tess es sein musste, die sich um diese Stunde dort allein aufhielt.
»Wie weit seid Ihr?«, fragte er bemüht, seine Nervosität zu verbergen.
Tess beugte sich vor. »Bist du in ein Lavendelfeld gefallen?«, lachte sie spöttisch.
Errötend schüttelte der junge Mönch den Kopf. »Ein fahrender Händler hat mir die Essenz zum halben Preis verkauft. Ich dachte, man gießt sie auf die Kutte …«
»Weniger ist mehr«, spottete Tess. »Ich würde sagen, ein Tropfen pro Woche genügt für einen Novizen.« Dann deutete sie auf den Anfang der dritten Seite des Psalteriums. »Ich bin erst hier

oben«, sagte sie. »Es ist sehr mühsam, so gleichmäßig schön zu schreiben.«

Albert vertiefte sich in ihr Schriftbild. Er prägte sich genau ein, wie sie jede einzelne der Lettern kopiert hatte. Dann tauchte er den Federkiel in die schwarze Tinte und begann zu schreiben. Die ersten Buchstaben misslangen, die Gegenwart der Angebeteten verwirrte ihn zu sehr. Nach einigen Zeilen kam er in Schwung. Dass ihm der Schweiß unter der neuen Kutte stand, konnte man den Buchstaben nicht ansehen, die er immer schneller und gleichmäßiger aneinander reihte.

Eine Weile sah Tess ihm dabei zu, dann nahm sie eine der Kerzen vom Tisch und trug sie zu dem Pult am Ende des Raumes. Hier lagen die Bücher, die sie seit Johns Abreise von ihrer eigentlichen Arbeit abgehalten hatten. Unzählige Stunden hatte sie damit verbracht, die Karten von England und Wales zu studieren, sich vorzustellen, wo John gerade war und was er tat. Die Königin hatte ihr erlaubt, aus der Domesday-Kopie, die sie in ihren Privatgemächern aufbewahrte, einige Seiten zu kopieren. Vor allem die Grafschaften des Grenzgebiets zu Wales hatten Tess interessiert.

Die ordentlichen Zeilen, in denen das Land beschrieben, die Einkünfte, die Steuerzahlungen der Besitzungen samt Haus und Hof bis zum letzten Schwein genauestens aufgelistet waren, lasen sich leicht, waren aber schwer zu verstehen. Ihr Lehrer hatte ihr bei der Übersetzung des Kirchenlateins geholfen, und sie hatte sich kleine Randbemerkungen gemacht.

Tess zog die Blätter raschelnd unter den schweren Büchern hervor.

Albert hielt im Schreiben inne. Er beobachtete jede ihrer Bewegungen. Ihr schöner Rücken beugte sich hinab, um etwas abzulegen, nun konnte er ihr Profil erkennen. Sie strich ihr Haar zurück und fuhr mit dem Finger die Zeilen entlang. Er stöhnte innerlich vor Glück darüber, eine Nacht mit Tess in demselben Raum verbringen zu dürfen, dieselbe Luft wie sie zu atmen. Er spürte ihre Gegenwart mit jeder Faser seines Körpers. Inbrünstig dankte er der Mutter Maria, dass sie ihn vor unreinen Gedanken beschützte. Er

senkte den Kopf, tauchte den Federkiel in die Tinte und schrieb eifrig weiter.
Tess hob ein kreuz und quer beschriebenes Blatt gegen das Licht. Sie versuchte zu entziffern, was sie eilig mitgeschrieben hatte, als ihr Lehrer ihr von den Ursprüngen des Domesday Book um 1086, zur Zeit Williams des Eroberers erzählte.

Von den vierunddreißig aufgelisteten Grafschaften besaß der König siebzehn Prozent, die Bischöfe und Äbte ungefähr sechsundzwanzig Prozent und die einhundertneunzig großen Lehnsherren um die vierundfünfzig Prozent. Die Mehrzahl von ihnen waren Normannen, doch gab es auch noch angelsächsische und dänische Lehnsbesitzer. Insgesamt sind dreizehntausend Ansiedlungen im Domesday Book beschrieben.

Diese Zahlen hätte sie nie und nimmer behalten können. Sie suchte weiter. Als sie das richtige Blatt gefunden hatte, kehrte sie zu Albert an den Tisch zurück und ließ sich ihm gegenüber nieder.
»Wie weit bist du?«, fragte sie leise. Albert hob den Kopf. Schreibend fühlte er sich sicherer und wagte es, direkt in ihre Augen zu blicken. ›Wie schön sie ist‹, dachte er und sagte: »Ihr könnt beruhigt sein. Ich schaffe es bis morgen früh.«
Tess lächelte dankbar. Dann vertiefte sie sich in die kopierte Seite, die sie besonders faszinierte, da es um die Grenzregion von Wales ging, in der John sich gerade aufhielt. Tess' Lehrer hatte ihr erklärt, dass die Waliser offensichtlich schon vor der Eroberung einer besonders strengen Rechtsprechung unterlegen gewesen waren, die König William zu großen Teilen in das Domesday Book übernommen hatte. Tess überlegte, ob John als der Ururenkel des Eroberers wohl die Rechtsprechung beibehalten oder ändern würde. Während Alberts Feder mit beeindruckender Geschwindigkeit über das Pergament kratzte, las sie ein Beispiel aus Herefordshire.

... wenn ein Waliser einen Waliser erschlägt, versammeln sich die Verwandten des Erschlagenen und plündern den Mörder und seine Verwandten aus und zünden ihre Häuser so lange an, bis der tote Mann gegen Mittag des nächsten Tages beerdigt ist. Ein Drittel der Beute steht dem König zu, der Rest gehört den Verwandten ...

Über dieselbe Hundertschaft in Herefordshire stand geschrieben:

... wenn ein Waliser einen Mann, eine Frau, ein Pferd, einen Ochsen oder eine Kuh stiehlt, muss er nach seiner Verurteilung zunächst das Diebesgut zurückerstatten und zusätzlich zwanzig Shilling Strafe zahlen, bei einem Schaf oder einem Bündel Garben liegt die Strafe bei 2 S.

»Weißt du etwas über die Waliser?« Albert nickte und hielt die Feder über das Tintenfass, um jeden Klecks auf der Abschrift zu vermeiden.
»Wie sind sie?« Neugierig blickte Tess ihn an.
»Anders. Sie sind stolz. Sie haben sich immer gegen England wehren müssen. Sie leben wilder.«
»Sind sie gefährlich?«, fragte sie und stellte sich John vor, von drohenden Männern in einem Hinterhalt umringt. Albert sah nur Tess, deren Augen im Kerzenschein glänzten. Niemals hätte er gewagt, ihre schönen Hände zu berühren, die so greifbar nahe vor ihm auf dem Tisch lagen. Er räusperte sich. »Man sagt, die Waliser schlagen die blutigsten Schlachten.«
»Aha«, sagte sie und bedeutete ihm weiterzuschreiben. Mehr würde sie von ihm sowieso nicht erfahren. Gedankenverloren wandte sie sich wieder dem Text zu.

... jedermann, der falsche Maßeinheiten (z. B. bei Getreide oder Honig) angibt, wird mit 4 D bestraft, ... wer schlechtes Bier braut, wird mit dem Büßerstuhl bestraft, ... wer zulässt, dass ein Feuer sich ausbreitet, zahlt 3 Ora eines Pence und 2 D an die Nachbarn ....

Wenn ein Mann angeklagt wird, ein Haus angezündet zu haben, so muss er vierzig Zeugen beibringen, um seine Unschuld zu beweisen.

›Was muss ein König alles wissen und bedenken, selbst wenn der Lordkanzler, der Friedensrichter und der Schatzmeister ihm zuarbeiteten‹, dachte Tess, ›entscheiden muss doch der König selbst.‹ Zum Glück hatte sie sich auch hier Notizen gemacht: D stand für Denarius, den englischen Silberpenny, die einzige Münze, die damals, vor über hundert Jahren, in Umlauf war. S stand für den Shilling, der nur als Rechnungseinheit galt, er war 12 Pennys wert. Die Silbermark wurde erst später eingeführt und wog 13 S 4 D. ›Eine Kostbarkeit‹, überlegte Tess, ›wenn man bedenkt, dass ein gutes Schlachtross heute drei Silbermark kostet. Wo hat die Königin nur die dreihunderttausend Silbermark hergenommen, die der deutsche Kaiser als Richards Lösegeld forderte?‹, fragte sie sich. ›Diese unglaubliche Summe muss John doch fehlen.‹
Natürlich hatte er Einnahmen, schon las sie weiter.

… der Fluss Trent, der Damm und die Straße nach York sind so beschützt, dass wer auch immer die Durchfahrt von Schiffen behindert oder wagt, zu nah an der Königsstraße zu pflügen, mit einer Geldbuße von 8 Pfund zu rechnen hat.

›Das ist mehr als eine heutige Goldmark, die nur 6 Pfund zählt‹, rechnete Tess und wurde aus ihren Gedanken gerissen. »Was ist?« Albert hatte sich erhoben und schlug die rechte Hand aus. »Ich habe einen Krampf«, sagte er mit schiefem Lächeln. »Das ist normal. Ich bin schon auf Seite sieben.« Tess blickte zum Fenster hinaus und sah, dass es allmählich hell wurde. »Schaffst du es?«, fragte sie.
»Natürlich«, entgegnete Albert und machte sich wieder an die Arbeit.
Kopfschüttelnd las Tess in ihren Stichworten weiter. Sie konnte nicht fassen, was sie da sah.

... Wenn eine Frau Ehebruch begeht, zahlt sie Strafe an den Erzbischof, ein untreuer Mann dem König ...
... Wenn eine Witwe in Chester unrechtmäßig einem Mann beiliegt, beläuft sich ihre Strafe auf 20 S. Ein junges Mädchen wird zu 10 S verurteilt ...

»Hör dir das an«, unterbrach sie Albert. Aufgebracht wiederholte sie, was sie gerade gelesen hatte, und fuhr fort.

... Ein Mann, der Straßenraub begeht, wird mit 100 S bestraft, ein Mann, der in ein Haus einbricht, ebenso, doch wer vergewaltigt, zahlt nichts, sondern wird körperlich gezüchtigt ...

»Wie findest du das?«
Albert starrte Tess fasziniert an, wütend war sie noch schöner. Ihre Augen funkelten, ihre Wangen waren gerötet. Erwartete sie wirklich eine Antwort von ihm? »Das war immer so«, murmelte er und tauchte die Feder in die Tinte, als sie plötzlich auf den Tisch schlug. Albert schrak zusammen. Die Feder fiel ihm aus der Hand und hinterließ viele kleine Spritzer auf dem bereits beschriebenen Blatt.
Tess spie die Worte aus. »Das ist ungeheuerlich und von himmelschreiender Ungerechtigkeit! Kein ehrenwerter Mensch kann das akzeptieren!«
Albert hantierte mit Löschpapier und kratzte mit einem kleinen Messer an den Flecken. Er wagte nicht, sie anzusehen. »In der Bibel steht geschrieben«, flüsterte er, »die Frau sei dem Manne untertan«, und hauchte die Tintenreste beiseite.
»Das ist mir gleichgültig!« Albert wurde es ungemütlich. Er verstand überhaupt nichts von dem, was sie hinzufügte: »Gesetze sind dazu da, Gerechtigkeit zu fördern, und nicht, sie zu behindern. König John kann das nicht zulassen.« Albert wusste sich nicht anders zu helfen, als sich erneut in das Schreiben zu flüchten.
Wieder unterbrach ihn Tess: »Gib mir ein leeres Pergament. Ich

muss ihn auf diesen Missstand aufmerksam machen. Und du legst meinen Brief zu deinem ersten Bericht aus Kastilien.« Albert senkte den Kopf und kopierte eifrig weiter.
Schweigend saßen sie da und kratzten über die Pergamente. Albert hatte die zehnte Seite beendet, als Tess endlich so weit war. Es war bereits hell, als sie das Skriptorium verließen. Gerade noch rechtzeitig, um vor der Abreise zu frühstücken.

* * *

Regen, Kälte, überschwemmte Wege. Die Reise in die Midlands stand von Anfang an unter einem schlechten Stern. Der November zeigte sich von seiner dunkelsten Seite. Das anfängliche fröhliche Gerede der zwanzig Reiter, die nach Westen zogen, war einem deprimierten Schweigen gewichen. Zudem hatte sich am dritten Tag der Nebel verdichtet. Zwar hatte es aufgehört zu regnen, doch ritten sie wie durch Wolken, die alle Geräusche dämpften. Manchmal blitzte ein golddurchwirkter Zügel auf, schimmerte ein silberner Steigbügel. Hin und wieder blähte sich ein farbenfroher Umhang, der feucht über der Kuppe des Streitrosses lag, war das Schnauben der Pferde zu hören, ein knarrender Sattel, das Quatschen der Hufe im Schlamm, ein unterdrückter Fluch – und das stete Tropfen von den Bäumen.
John hob die Hand, der Befehl wurde weitergegeben, und der Zug kam zum Stehen. »Wir sollten eine Rast einlegen und warten, bis sich die Sicht verbessert hat. Wir befinden uns hier im Grenzgebiet. Es ist zu gefährlich.«
Er hatte kaum geendet, als ein Ruck durch die Männer ging. Hufgetrappel von vorne. Schwerter fuhren klirrend aus den Scheiden, Pferde bäumten sich auf und John stellte sich in die Steigbügel und starrte in den Nebel.
Noch war nichts zu erkennen, nur das dumpfe Dröhnen der fremden Reiter kam unaufhaltsam näher.
Plötzlich schrie der Bannerträger: »Im Namen des Königs. Halt!«

Pferde wieherten, Männerstimmen riefen durcheinander. Rücksichtslos drängte John sein Ross an den anderen vorbei und ritt nach vorne.
Er konnte im dichten Nebel nicht genau erkennen, wie viele es waren, die vor ihnen aufgetaucht waren. Er ritt ganz dicht an den Anführer heran. »Wer seid Ihr?« Der Ritter schlug sein Visier zurück.
»Onkel Robert!« Die Erleichterung und Freude in Johns Stimme waren nicht zu überhören. »Euch schickt der Himmel! Wollt Ihr zur Jagd?«
Der alte Getreue glitt aus dem Sattel und beugte das Knie. »Gott zum Gruße, mein König.« Er stand wieder auf und ergriff Johns ausgestreckte Hand, um sie zu küssen. »Wir sind unterwegs nach Tornton, wo es ein Massaker gegeben haben soll.«
»Tornton. Wo liegt das genau?«
»Ein kleiner Weiler dicht an der walisischen Grenze. Nicht weit von hier.« Lord Robert stieg wieder aufs Pferd. »Vor einer Stunde etwa ist ein Haufen verängstigter Leute bei mir erschienen. Sie haben berichtet, dass man ein paar von de Braoses Männern an Bäume genagelt und ihnen die Hände abgehackt habe.« Der alte Getreue sprach ruhig und ernst. »Ich will nachsehen, ob es stimmt und ob wir helfen können.«
»Wir kommen mit. Bitte führt uns an, Onkel!«, bestimmte John. Gleich darauf wendete der Zug und fiel in leichten Galopp.
»Könnt Ihr bei dem Wetter überhaupt etwas erkennen?«, fragte John. Robert lächelte leicht. »Ich lebe seit über zwanzig Jahren hier.« Er wies mit der Hand nach rechts. »Wir kürzen ab.« Der Pfad, den er einschlug, war so schmal, dass sie nur hintereinander reiten konnten. Manchmal streifte ein feuchtschwerer Ast Johns Gesicht, dann endlich lichtete sich der Wald. Vor ihnen lagen eine Wiese und daneben ein paar Äcker. Dahinter tauchten strohgedeckte Hütten im Nebel auf. Hunde bellten wie rasend. John sah eine Frau, die mit einem Kind auf dem Arm laut schreiend querfeldein lief.
Lord Robert gab seinem Pferd die Sporen. Gleich darauf sprengten sie alle auf den Dorfanger. Zerlumpte Gestalten wichen zur Seite.

»Verdammt«, entfuhr es John, als er die drei Männer sah, die man an die alte Linde genagelt hatte. Dann fiel sein Blick auf William de Braose, der wie ein gereiztes Tier schwer atmend durch die Leute stakste und jeden, den er erreichen konnte, mit der Peitsche malträtierte. Jähzornig schlug er gerade einem alten Mann den Lederriemen ins Gesicht.

»Hört auf«, rief John und sprang vom Pferd.

De Braose schien die Neuankömmlinge gar nicht wahrzunehmen. Mit blutunterlaufenen Augen begann er, den Alten mit der Faust zu schlagen. »Ihr wisst, wer es war. Ich will die Namen wissen«, brüllte er mit sich überschlagender Stimme.

»William, genug jetzt!« John riss de Braose herum. Fast sah es so aus, als würde der vierschrötige Ritter ihn angreifen. Besinnungslos vor Wut schüttelte er den Kopf. »Sie decken die Waliser. Sie haben es immer getan«, stieß er wütend hervor.

»Warum hängen die Männer immer noch dort? Holt sie sofort herunter!«, befahl John. Er ließ den Vasallen stehen und schritt durch das Gras hinüber zur Linde. Ein Blick genügte. »Sie sind tot«, sagte er. Er musterte die verängstigte Dorfgemeinschaft. »Gibt es hier einen Platz, wo wir zusammenkommen können?«

Lord Robert mischte sich ein. »Der nächste Ort ist die Burg von de Braose«, erklärte er.

John bestieg sein Ross. Während er die Zügel ordnete, rief er den verängstigten Menschen zu: »Kommt alle mit. Ich werde in der Halle von Paincastle heute Nachmittag Recht sprechen.« Zu de Braose gewandt sagte er: »Sorgt dafür, dass Eure Männer endlich da wegkommen!« Er wies mit dem Kinn auf den Baum.

De Braose stellte sich ihm in den Weg. »Ich will das Pack nicht in meinem Haus haben«, bellte er.

John maß ihn aus zusammengekniffenen Augen von oben bis unten. »Ihr vergesst, dass es mein Haus ist. Ihr habt es nur zum Lehen«, sagte er eisig, riss sein Pferd herum und sprengte davon.

Robert holte ihn auf der Wiese ein. Er sah seine zusammengepressten Lippen.

»Beruhigt Euch, mein König!«, sagte er freundlich.
John warf ihm einen kurzen Blick zu. »Lasst das«, meinte er. »Für Euch bin ich John!«
Sie schwiegen, bis vor ihnen die Mauern von Paincastle auftauchten. Rasselnd wurde das Fallgitter in die Höhe gezogen. Als sie in den Innenhof ritten, sagte John scheinbar zusammenhanglos: »Vater hat große Stücke auf ihn gehalten.«
Maud de Braose kam ihnen entgegen und versank in einen tiefen Knicks. »Mein König, willkommen in Paincastle. Lord Robert, ich freue mich, auch Euch willkommen zu heißen. Ihr wart lange nicht hier, obwohl wir Nachbarn sind.« Suchend blickte sie sich um.
»Euer Gemahl wird gleich erscheinen«, erklärte John und warf die Zügel einem der Knechte zu. »Verzeiht mein plötzliches Erscheinen. Ich hoffe, wir bringen Euren Tag nicht durcheinander. Aber ich verspreche, es wird nicht lange dauern.« Er reichte ihr freundlich die Hand.
Hintereinander stiegen sie die Holztreppe hinauf, die zur Halle führte. Innen war es warm und heimelig. Die Hausfrau ließ ihnen die feuchten Umhänge abnehmen und führte sie hinüber zum Kamin. »Darf ich Euch etwas zu trinken anbieten, Mylords?« Ohne ihre Antwort abzuwarten, gab sie einer der Mägde ein Zeichen. Gleich darauf hielten die Gäste einen Becher gewürzten, heißen Wein in Händen.
»Danke. Das tut gut.« John sah sie fragend an. »Wisst Ihr, was in Thornton geschehen ist?«
»Nein.« Maud de Braoses Miene wurde ängstlich. »Was ist passiert, mein König?« Sie zog sich einen Schemel heran und blickte von einem zum anderen.
Robert lächelte beruhigend. »Euer Gemahl ist wohlauf, Madame.«
»Euer Gemahl ist meist wohlauf«, ergänzte John spöttisch und streckte seine schlammbespritzten Stiefel dem Feuer entgegen. »Hoffentlich ändert sich das in den nächsten Stunden nicht.«
Maud schien ratlos. »Sollte es das, mein König?«, fragte sie leise.
John zuckte mit den Schultern. »Wir werden sehen«, meinte er vage.

»Bitte, Majestät, wollt Ihr es mir nicht sagen?«
John wandte sich ihr zu. Und wieder war er von ihrer Ähnlichkeit mit seiner Mutter überrascht. Es waren nicht nur die roten, lockigen Haare und die Konturen ihres schmalen Gesichts, sondern vor allem ihre distanzierte Ausstrahlung, der Ausdruck ihrer grünen Augen, den er nicht zu deuten vermochte. Plötzlich war er gereizt. »Ich habe Euch bei der Krönung vermisst. Es war Euch wohl nicht wichtig genug?« Lauernd sah er sie an.
Maud errötete. Unbewusst legte sie eine Hand auf den Leib. »Ich erwarte ein Kind, noch vor Weihnachten. Ich wollte es nicht gefährden.«
John war erleichtert, den Tumult im Burghof zu hören. Gleich darauf polterte William de Braose die Holztreppe herauf. Zornig warf er seinen Umhang zur Seite, während er auf John zueilte. »Das Pack wartet im Hof«, brummte er mürrisch und trank den heißen Wein, den seine Frau ihm reichte. »Wo soll es stattfinden?«
John lächelte. »Hier!«
De Braose riss die Augen auf. »Ihr könnt doch nicht erwarten, dass ich dieses ungewaschene Gesindel hier herein bitte?«
Johns Miene blieb unverändert. »Habt Ihr denn vor, die Gerichtsverhandlung im Nassen abzuhalten?« Er blickte sich demonstrativ um, sah das frische Stroh auf dem Boden, die erlesenen Behänge an den Wänden und die kostbaren Leuchter auf der Empore. »Hier ist es sehr angenehm. Holt die Leute herein!«, befahl er. De Braoses Gesicht lief rot an vor Zorn, dann fügte er sich und bellte einen Befehl nach draußen.
John wartete ab, bis sich alle, die in Thornton dabei gewesen waren, in der Halle versammelt hatten. Erst dann betrat er die Empore und begann zu sprechen: »Ich bin Euer König John. Ihr seid hier, damit ich Recht sprechen kann und …«, er dehnte die Worte, »… damit ihr euer Recht bekommt!«
Die zerlumpte Schar starrte ihn dumpf und resigniert an. John sah Gesichter, von denen das Blut tropfte, und er erkannte den alten Mann, den de Braose mit der Peitsche gezüchtigt hatte.

»Einer von euch soll vortreten und berichten, was geschehen ist«, forderte er sie auf. Niemand rührte sich.
»Habt keine Angst«, versicherte John. »Euer König ist dazu da, euch zu beschützen!« Er wartete ab. Dann winkte er dem Alten. »Komm her und erzähl mir.«
Der Mann schien ihn nicht zu verstehen.
Unbeherrscht trat de Braose vor und riss ihn am Ärmel. »Los, Kerl. Der König ist es nicht gewohnt zu warten.«
Zögernd trat der alte Mann vor. John sah, dass er das rechte Bein nachzog. Vor der Empore sank er mühsam auf die Knie. »Euer Gnaden haben es ja selbst gesehen, die Männer sind tot.« Er senkte den Kopf.
»Aber wie konnte es dazu kommen?«, fragte John.
Der Blick des Alten ging zwischen ihm und de Braose hin und her. »Der Herr wird es nicht mögen, was ich sagen werde«, stammelte er.
John lächelte. »Aber ich werde es mögen, wenn du die Wahrheit sagst.«
Wieder mischte sich de Braose ein. »Der Kerl lügt, wenn er das Maul aufmacht.«
John schlug mit der Faust auf den Tisch, dass die Leuchter wackelten. »Haltet den Mund!«
Fassungslos beobachteten die Anwesenden, wie de Braose sich umwandte und schließlich zurücktrat.
»Nun?«, fragte John freundlich. »Wie ist dein Name?«
»Ich bin Tim.«
»Gut, Tim. Und jetzt erzähle mir alles von Anfang an.«
In der Halle wurde es totenstill.
Schließlich begann der Mann zu sprechen. »Einer aus dem Dorf hat eine Frau jenseits der Grenze geheiratet. Er hatte die Erlaubnis vom Herrn. Gestern sind Leute des Herrn gekommen und haben sie vergewaltigt und geschlagen. Sie haben sie als walisische Hure beschimpft. Sie waren betrunken und drohten denen, die der Frau zu Hilfe kommen wollten, die Zungen und Nasen abzuschneiden.

Simon, ihr Mann, hat es trotzdem versucht, aber sie haben ihn halb tot geschlagen.« Er brach ab.

Johns Gesicht war wie versteinert. »Und weiter?«

Der Alte räusperte sich. »Heute sind die Verwandten der Frau erschienen und haben sich gerächt«, sagte er leise.

»Waren die Männer denn immer noch im Dorf?«

Der alte Mann nickte. »Sie sind die ganze Nacht in der Hütte geblieben. Wir haben die Frau schreien hören.« Wieder brach er ab.

John hatte die Fäuste geballt. »Schwöre im Namen des allmächtigen Gottes und im Namen deines Königs, dass du die Wahrheit sagst.«

Der Mann schlug das Kreuz. »Gott ist mein Zeuge«, sagte er mit fester Stimme. »Alle im Dorf können es bezeugen.«

John nickte. »Ich danke dir, Tim.« Er sah hinüber zu de Braose. »Und jetzt zu Euch!«

Der Ritter schien nicht zu verstehen. »Was habe ich damit zu tun, mein König?«

»Es waren Eure Männer! Tretet vor!«

Schweigend wichen die Dorfbewohner zur Seite, als der Ritter vor das Podium trat.

»Kniet nieder«, herrschte John ihn an. Schwerfällig ließ sein Vasall sich auf ein Knie nieder. Aus den Augenwinkeln sah er, wie Maud sich erschrocken die Hand vor den Mund hielt.

»Schwört bei Gott, dass Ihr die Wahrheit sagt!« Johns Augen waren zu Schlitzen verengt.

»Ich schwöre«, murmelte de Braose.

»Die Toten sind Eure Männer?«

»Ja, mein König.«

»Simon hatte Eure Erlaubnis, die Waliserin zu heiraten?«

»Ja, mein König.«

John nickte. »Gut«, sagte er und erhob sich. »Da die Männer nicht mehr zur Rechenschaft gezogen werden können, verurteile ich Euch, William de Braose, fünf Silberlinge an Simon, den Ehemann der Waliserin, zu zahlen.«

De Braose sprang auf. »Aber ich habe diese Hexe doch nicht ver-

gewaltigt«, begehrte er auf. »Wen kümmert es außerdem, da sie nur eine Fremde war! Die Waliser nehmen es mit der Treue nicht so genau. Wahrscheinlich hat sie meine Männer noch dazu aufgefordert.« Trotzig schob er das Kinn vor.
John blieb ganz ruhig. »Aber es waren Eure Leute, für die Ihr die Verantwortung habt.« Hoch aufgerichtet glitt sein Blick über die Versammelten. »Ich befehle, dass das Geld auf der Stelle zu zahlen ist. Tim wird es entgegennehmen und an Simon weiterleiten.«
De Braose schien wie vom Schlag gerührt. John sah, wie Maud sich wortlos entfernte. Niemand wagte zu sprechen. Alle warteten ab, bis sie wieder erschien und das Silber vor John auf den Tisch legte. Ganz deutlich konnte John sehen, wie die Ader an ihrer Schläfe pochte. Plötzlich hatte er Mitleid mit ihr. Spontan ergriff er ihre Hand und küsste sie. »Ihr seid eine kluge und bedachte Hausfrau, Lady de Braose«, sagte er freundlich und hieß die beiden Männer mit einer Handbewegung aufstehen. Dann überreichte er Tim das Geld. »Geht nun nach Hause und richtet Simon meine guten Wünsche aus. Wenn ich wieder einmal in der Gegend bin, werde ich mich persönlich nach seinem Wohlergehen erkundigen!« Er hob grüßend die Hand und sah zu, wie sie zögernd, einer nach dem anderen aus der Halle verschwanden. An der Tür drehte sich der alte Mann noch einmal um. »Ihr seid ein guter König, Herr. Gott schütze Euch.«
Maud schlug die Hände vors Gesicht, als John sich zu de Braose gesellte. »Was sind schon fünf Silbergroschen, William«, meinte er versöhnlich. »Seht lieber zu, dass sie Zutrauen zu Euch gewinnen. Gerade hier an der Grenze seid Ihr auf alle Menschen angewiesen.«
De Braose ballte die Fäuste. »Ihr habt zugelassen, dass ich vor diesem Gesindel mein Gesicht verloren habe«, stieß er hervor.
John schüttelte den Kopf. »Nein, das habe ich nicht. Im Gegenteil, ich habe ihnen vorgeführt, dass das Recht in dieser Burg zu Hause ist.«
»Ja, Euer Recht«, murmelte de Braose. »Das Recht des Königs.«
»Genau«, meinte John. »Und Ihr habt es zu vertreten. Ehe wir

reiten, würde ich gerne einen Blick in die Bücher werfen.« Er ließ ihn stehen und wandte sich an Maud. »Für einen zweiten Becher Wein wären wir alle sehr dankbar, Madame.« Eigenhändig goss sie ihm das heiße Getränk ein und überreichte es ihm. Wieder traf ihn ein prüfender Blick.

»Nun?«, fragte John. »Habe ich Euer Missfallen erregt, Madame?«

»Ihr dürft ihn nicht demütigen, Majestät. Mein Gemahl ist ein treuer Diener der Krone. Er ist es immer gewesen«, antwortete sie ruhig. »Schon Euer Vater, König Henry, hat ihm vertraut.«

»Ich weiß«, entgegnete John. »Der gute William ist mir nur manchmal etwas zu selbstherrlich. Dann scheint er zu vergessen, wo sein Platz ist. Loyalität beinhaltet auch eine Spur von Demut. Und genau die vermisse ich bei ihm.«

Maud verbiss sich ein Lachen. John sah, wie sie sich nur mühsam beherrschte. »Demut ist in der Tat ein Wort, das er nicht einmal buchstabieren könnte.« Doch sogleich wurde sie wieder ernst. »Aber für seine Loyalität gegenüber den Plantagenets würde ich meine Hand ins Feuer legen. Seine Buchführung wird es belegen. Ich weiß es.« Ihre Augen blitzten. »Der Schreiber notiert zwar alles. Doch ich rechne jeden Posten nach. Und es stimmt auf Heller und Pfennig.«

Sie stand so dicht vor ihm, dass er ihren Duft wahrnahm. Unwillkürlich schloss er die Augen. »Weiß er, was er an Euch hat?«, flüsterte er.

Maud trat einen Schritt zurück. »Er ist mein Gemahl.«

Robert, der die ganze Zeit über schweigend bei ihnen gestanden hatte, hüstelte. »Dort kommt de Braose mit den Büchern.«

»Madame!« John verbeugte sich und ging seinem Vasall entgegen.

* * *

Wenige Wochen nach dem Zwischenfall an der walisischen Grenze pochte John an das Tor der Burg von Lord Robert und begehrte Einlass. Die letzten Strahlen der Novembersonne tauchten die mächtigen Festungsmauern in das trügerische Licht längst vergangener Sommerabende.

Aufgeregt stürzte ihm der Vogt entgegen. »Euer Majestät, unser Lord fühlt sich nicht wohl. Er liegt mit einer schlimmen Lungenentzündung zu Bett.«

»Deswegen bin ich hier.« John warf ihm die Zügel zu und lief die Treppen hinauf. Ehe er im Haus verschwand, rief er: »Kümmert Euch um meine Leute!«

Als er die Tür zu Lord Roberts Schlafgemach aufstieß, krampfte sich sein Herz aus Sorge um den alten Freund seines Vaters zusammen. Die schweren Vorhänge um das Schlaflager waren zugezogen, und doch war der rasselnde Atem des Kranken deutlich zu hören. Davor stand ein Mönch und schwenkte ein Weihrauchgefäß, dessen betäubender Duft sich in Schwaden im Raum verbreitete. Der Bruder schien über die Störung verärgert.

»Raus!«, befahl John, schritt hinüber zum Fenster und öffnete es weit. Er wartete, bis sich der Rauch verzogen hatte, erst dann näherte er sich vorsichtig der Schlafstatt und lüftete den Vorhang. Halb aufgerichtet lehnte der alte Freund auf Kissen, Schweißperlen standen ihm auf der Stirn, seine Augen glänzten fiebrig.

John ging auf die Knie, so dass ihre Gesichter auf gleicher Höhe waren. »Lieber, lieber Onkel«, sagte er zärtlich.

Die Augen des alten Mannes wanderten in seine Richtung. Langsames Erkennen schimmerte darin auf. »Mein Junge.« Er versuchte, sich aufzusetzen, doch John drückte ihn sanft in die Kissen zurück. Dann griff er nach der Wasserschüssel auf dem Nachttisch und wrang ein frisches Leintuch darin aus. Behutsam kühlte er Robert die Stirn.

»Schick den Mönch fort«, bat der Kranke flüsternd.

John lächelte. »Schon geschehen.«

Eine Weile schwiegen sie und lauschten dem Knacken und Zischen der brennenden Holzscheite im Kamin. Erst jetzt bemerkte John den großen Hund, der regungslos am Fußende des Bettes lag und ihn nicht aus den Augen ließ.

Robert lächelte. »Er und ich sind beide alt geworden. Er ist ein Nachfahre von dem, den dein Vater mir geschenkt hat. Ich finde, er ähnelt ihm.«

Plötzlich schien er sich zu besinnen. »Solltest du nicht in Nottingham sein?« Wieder versuchte er, sich aufzurichten.

John griff nach seiner Hand und drückte sie. »Ich habe jetzt dreiundzwanzig Burgen besucht, mit den Sheriffs geredet und Recht gesprochen. Ich habe Anlagen inspiziert und mir die Bücher vorlegen lassen. Meint Ihr nicht, dass ich mir eine kleine Verschnaufpause verdient habe, lieber Onkel?«

Robert nickte zufrieden. »Du bist wie dein Vater. Der hat auch von morgens bis abends im Sattel gesessen und jeden Nagel kontrolliert.« Ein Hustenanfall übermannte ihn. Sein Gesicht verfärbte sich tiefrot, während er versuchte, seine Lungen zu befreien. John war aufgesprungen und stützte ihn. Ihm fiel auf, wie mager sich die Schultern unter dem Leinenhemd anfühlten. Wieder griff er nach dem Tuch, tränkte es in Wasser und legte es Robert auf die Stirn.

»Habt Ihr heute schon gegessen?«, fragte er besorgt.

Lord Robert verzog das Gesicht. »Der Mönch hat mir die Kommunion gegeben. Auf mehr habe ich keine Lust.«

Wortlos stand John auf und schritt hinüber zur Tür. Er riss sie auf und rief in den Gang: »Der Lord wünscht eine heiße Brühe.«

Lächelnd kam er zurück. »Ich bleibe so lange hier, bis Ihr sie gegessen habt.«

Als er sich einen Schemel ans Bett zog, fiel sein Blick auf eine Silbermünze, die in einem mit rotem Samt ausgeschlagenen, offenen Etui auf dem Nachtkasten lag. Er hob sie hoch und betrachtete sie.

»Die ist noch von Papa.« Fragend wandte er sich dem Kranken zu.

Robert nickte. »Die ist auch alt«, sagte er mühsam. »Sie stammt noch aus dem ersten Satz, den dein Vater nach seiner Krönung hat prägen lassen. Er hat sie mir damals geschenkt.« Wieder lächelte er. »Ich habe sie immer gut verwahrt, auch wenn ich manchmal knapp bei Kasse war.« Er lächelte. »Geld«, murmelte er, »immer ist es ums Geld gegangen …«

»Ja«, bestätigte John. »Darüber wollte ich auch mit Euch reden.«
Laut wurde an die Tür gepocht, dann erschien eine ältere resolute Frau mit einem Tablett. »Ich kann nicht knicksen, Majestät«, sagte sie barsch. »Ich verschütte sonst die gute Brühe.« Sie segelte hinein. John war aufgesprungen und nahm ihr das Tablett aus der Hand. Sie musterte den Kranken. »Da muss erst ein König kommen, ehe der Lord bereit ist, einen Bissen zu sich zu nehmen«, sagte sie streng und strich die Pelzdecke glatt. Lord Robert hielt den Blick gesenkt. »Ich möchte darum bitten, dass die Brühe aufgegessen wird. Ich will den vollen Topf nicht mehr in der Küche sehen«, grollte sie weiter, stapfte hinüber zum Fenster und schloss es mit einem Ruck. »Der Lord darf nicht überanstrengt werden. Er braucht Ruhe.« Ohne den Männern noch einen weiteren Blick zu gönnen, schritt sie zur Tür.
»Na, da habt Ihr ja einen richtigen Drachen«, feixte John, als sie hinausgerauscht war. Er begann, die Suppe in einen tiefen Teller zu schöpfen. »Hier ist der Löffel und hier ist das Mundtuch«, sagte er zufrieden und setzte sich zu Lord Robert aufs Bett. »Mund auf«, befahl er gutmütig, und Robert gehorchte.
Während er den Kranken fütterte, nahm er den Faden wieder auf. »Wir haben gerade über Geld gesprochen. Ich wollte Euren Rat, ob ich die Kirche nicht etwas fester in die Zange nehmen kann.«
Robert schluckte. »Achtung«, sagte er leise.
»Ich weiß«, meinte John. »Ich weiß genau, was Ihr sagen wollt. Aber warum müssen alle Leute Steuern zahlen, nur die Klöster nicht? Ausgerechnet die haben Geld genug. Und trotzdem treiben sie ihr Vieh in meine Wälder, und jeder lässt sie gewähren. Warum eigentlich?« Wieder schob er einen Löffel in Roberts Mund. »Ich habe mir überlegt, dass sie wenigstens dafür zahlen sollten. Ich möchte eine Art von Waldbenutzungspfennig einführen. Ich brauche das Geld. Die Summe, die ich Philipp zugesagt habe, kann ich unmöglich aus dem Volk herauspressen. Die Menschen haben wenig genug und müssen kämpfen, dass sie über den Winter kommen. Nur in den Klöstern sind die Scheunen und Ställe gefüllt.«

Lord Robert wurde unruhig. »Wenn du dich mit der Kirche anlegst, wirst du am Ende verlieren. Diese bittere Erfahrung hat schon dein Vater machen müssen. Denk nur an Thomas Becket.« Er wartete den nächsten Löffel ab, schluckte und fuhr mühsam fort: »Besprich dich mit Hubert Walter. Als Erzbischof von Canterbury und Lordkanzler kann er die Lage der Kirchen- und Staatsfinanzen am besten beurteilen.« Er brach ab, um zu Atem zu kommen. »Mach sie dir nicht zum Feind«, bat er leise.

Auf Johns Stirn bildeten sich Falten. »Die Kirche ist so anmaßend. Warum sollte ich als Bittsteller zu ihnen gehen? Schließlich bin ich der König!«

Wieder wurde Robert von einem Hustenanfall geschüttelt. Diesmal war er heftiger, und er rang nach Luft. Schuldbewusst nahm ihn John in die Arme und half ihm, aufrecht zu sitzen. Während er ihm leicht auf den Rücken klopfte, raunte er: »Gleich ist es vorbei. Ganz ruhig, lieber Onkel.«

Langsam verebbte der Anfall. Erschöpft schloss der Kranke die Augen. Tränen liefen unter seinen geschlossenen Lidern hervor. Zärtlich wischte John sie fort. »Ich werde Euch meinen Medicus schicken. Heute Abend noch wird er hier sein.«

Plötzlich begann der alte Mann zu phantasieren. »Tu es nicht, Henry«, wisperte er. »Sie werden dich in die Knie zwingen.« Seine heiße Hand klammerte sich an Johns Ärmel. »Du bist nur der König von England. Sie beherrschen die ganze Welt. Sie haben die wahre Macht.« Röchelnd fügte er hinzu: »Sie fegen jeden hinweg, der sich ihnen in den Weg stellt.«

Der Hund auf dem Bett begann zu knurren.

Robert zog John dicht zu sich herunter. »Versprich mir, Henry, dass du sie nicht zu sehr reizt«, drängte er.

»Ich verspreche es.« Johns Stimme klang belegt.

Der Kranke ließ von ihm ab. Kraftlos sank seine Hand auf die Felldecke. »Dann ist es gut, mein Henry. Und jetzt reite los zu deiner Königin. Alienor weiß, was gut für dich ist.« Sein Atem rasselte. »Und für das Land …«

»Gott beschütze dich«, murmelte John. »Heute Abend schon wird der Medicus nach dir sehen. Wenn ich in drei Tagen den Schottenkönig in Lincoln getroffen habe, werde ich wieder vorbeikommen und mich vergewissern, dass du wohlauf bist. Und jetzt leb wohl.«
Sanft fuhr er über die stopplige Wange und erhob sich. Er war schon an der Tür, als der Kranke ihm noch etwas hinterherrief: »Wenn du Geld brauchst, Henry. Ich habe noch Ersparnisse …«
John fühlte, wie seine Augen zu brennen begannen.
»Es ist nicht so wichtig. Trotzdem vielen Dank.«
»Grüß die Königin von mir«, keuchte Robert. Der Hund kroch hinauf zu ihm und begann sein Gesicht abzulecken.
Draußen im Gang lehnte John sich einen Moment lang an die Wand und schloss die Augen. »Am Ende warst du Vaters einziger Freund«, murmelte er.

Teil IV

1201

Zum diesjährigen Weihnachtsessen hatten sich die Gäste aus dem ganzen Reich in der Hunting Lodge südlich von London eingefunden. Sie bot einen idealen Ausgangspunkt für die große Jagd, die für den ersten Feiertag geplant war. Draußen heulte ein eisiger Wind um die gedrungenen Mauern und wirbelte Schneeflocken gegen die bleigefassten Butzenscheiben. Innen jedoch war es drückend heiß. Der ganze Raum war mit Tannen- und Stechpalmengirlanden geschmückt. Über dem Duft der Bienenwachskerzen und des Parfums der anwesenden Damen lag der deftige Bratengeruch der Speisen, die unermüdlich aufgetragen wurden.

John hatte zu viel getrunken. Und Isabelles Nähe machte ihn benommen. Er stierte auf ihre Brust, auf jene Stelle, an der der seidige Stoff endete und ihre bloße Haut freigab. Es kostete ihn große Anstrengung, seine Lippen nicht auf das weiche Fleisch zu drücken; es drängte ihn, die Seide zur Seite zu schieben, um ihre vollen Brüste zu sehen. ›Sobald dieses Dinner zu Ende ist, werde ich ihr die Kleider vom Leib reißen.‹ Er atmete tief durch. ›Wenn sie erst unter mir liegt, werde ich ihr den Brillanten, den ich in Lincoln für sie gekauft habe, zwischen die nackten Brüste legen …‹

»Mein Gemahl«, flüsterte Isabelle, »der Lordkanzler hat einen Toast auf Euch ausgesprochen. Ihr müsst erwidern!«

Nur mit Mühe konnte John den Kopf heben. Das Blut rauschte in seinen Ohren. Verschwommen sah er die vielen Gesichter, die ihm zugewandt waren, auf seiner Stirn standen Schweißperlen. Ein

Page eilte herbei, um seinen schweren Stuhl zurückzuziehen, als sich John mit beiden Händen auf der Tischplatte abstützte und sich in Positur stellte.
Er kniff die Augen zusammen und schüttelte ein paarmal den Kopf. Unten in der Halle lachte de Braose anzüglich.
Endlich begann John zu sprechen. »Mylord Hubert Walter …« Die Anwesenden bemerkten, wie er schwankte, ehe er mit schleppender Stimme fortfuhr: »… Freund unseres Hauses, Erzbischof von Canterbury und Lordkanzler von England, ich danke Euch!«
Wieder lachte de Braose, mit einer Handbewegung wurde er zum Schweigen gebracht. John fuhr sich mit der Zunge über die Lippen. »Erinnert Ihr Euch, Mylord Hubert, was ich Euch damals in Canterbury versprochen habe?« Er machte eine Pause. Plötzlich war es ganz still in der Halle. Isabelle warf den Kopf zurück, um John besser sehen zu können.
»Ich versprach Euch zu lernen, wie man ein guter König ist!«
Seine Zuhörer nickten beifällig.
»Und Ihr, Mylord Hubert, Ihr habt versprochen, für mich zu beten. Und nun muss ich mich fragen: Habt Ihr auch genug für mich gebetet?« John beugte sich weiter über den Tisch. Seine Augen bohrten sich in die des Kirchenmanns. »Ich bin jetzt seit einem Jahr gekrönt und gesalbt und habe wahrlich versucht, mein Versprechen einzuhalten.« Er hob die rechte Hand und begann an seinen Fingern abzuzählen. »Mit unserem Erzfeind Philipp von Frankreich habe ich einen Waffenstillstand ausgehandelt, auf Euer Betreiben hin habe ich den Mönchen dieses Landes weiterhin gestattet, die königlichen Forste zu begrasen, obwohl …«, er hob seine Stimme, »dies gegen jegliche Vernunft ist, wenn man unsere momentane finanzielle Lage bedenkt.« Er hielt den dritten Finger in die Höhe. »Ich versuche, die aufmüpfigen walisischen Prinzen auf diplomatische Weise an die Krone zu binden. Bislang mit Erfolg.«
Als er nun den Ringfinger nach oben streckte, schimmerte der Kerzenschein in dem großen Smaragd. »Und ich habe William von Schottland eine Absage erteilt, als er die nördlichen Grafschaften

unseres Landes für sich in Anspruch nahm, ohne dass es Krieg gab! Man könnte also behaupten, dass ich mich bemühe, meinen Verpflichtungen nachzukommen. Wenn Ihr, Mylord Hubert, Euer Versprechen ebenfalls eingehalten habt, dann frage ich mich, warum meine Seele so dunkel ist?«

Er senkte die Stimme zu einem rauen Flüstern. »Seit dem Tod meines Vaters bin ich nicht mehr so unglücklich gewesen wie in den vergangenen Tagen, da wir unseren geliebten Bischof Hugh in Lincoln verloren haben. Er war ein Freund, ein aufrechter Freund. Von Kindesbeinen besaß er mein Vertrauen. Seit ich Hugh von Lincoln zu Grabe getragen habe, wollen die Todesgedanken nicht weichen. Also frage ich mich, mein Erzbischof: Helfen Eure Gebete nicht?«

»Donnerwetter!«, entfuhr es de Braose. Die Übrigen hielten erschrocken die Luft an. Isabelle senkte den Kopf.

John hob seinen Pokal und trank in großen Zügen. Dann stellte er den Becher vorsichtig zurück. »Kann ein trauriger König überhaupt ein guter König sein?«, fragte er gedehnt.

Hubert Walter nickte ernsthaft. »Das sind die Prüfungen, die Gott uns schickt, mein König. Wir können sie nur annehmen.«

»Wenn es also tatsächlich eine Prüfung ist, dann nützen Eure Gebete nichts? Oder wie darf ich das verstehen?« Johns Lachen dröhnte durch die Halle. Plötzlich schwankte er und fuhr sich mit beiden Händen an den Kopf. Er hatte den Pokal umgeworfen. Rotwein ergoss sich über das Damasttuch. Im Saal herrschte betroffene Stille. Ein Schemel wurde zurückgestoßen, und Will eilte auf die Empore. Rücksichtslos drängte er den Pagen zur Seite. »John«, bat er halblaut. »Es ist genug. Ich bringe dich hinaus.«

Der König hielt sich noch immer den Kopf. »Komm mit mir«, flüsterte Will und legte John den Arm um die bebenden Schultern.

»Ich will eine Antwort«, murmelte John. »Er soll mir erklären, warum seine Gebete mir nicht helfen.« Wieder schwankte er, dann gaben die Beine unter ihm nach. Will fing ihn auf und führte ihn vorsichtig die Stufen der Empore hinab. John leistete keinen Wider-

stand. Mit gesenktem Kopf setzte er vorsichtig einen Fuß vor den anderen.
In der Halle war es totenstill.
In der Mitte der Tische blieb Will stehen und verkündete mit lauter Stimme: »Der König wird sich jetzt zurückziehen. Die Königin wird ihn vertreten.«
Wieder war es de Braose, der als Erster sprach: »Page, mein Pokal ist leer«, bellte er durch den Raum. »Ich bin nicht all die Meilen geritten, um hier auf dem Trockenen zu sitzen.« Will führte John durch die große Eichentür, die die Garde für sie aufgerissen hatte, da brüllte de Braose: »Und jetzt einen Toast auf unsere schöne Königin!«
»Wenigstens einmal ist er zu gebrauchen«, zischte Will verächtlich. Hinter ihnen erstarben die Hochrufe der Ritter, als die Tür wieder geschlossen wurde.
»Gleich hast du es geschafft, John. Ich bringe dich ins Bett und hole den Medicus.«
John schüttelte den Kopf. »Ich brauche keinen Medicus ...«
Will zwang ihn dazu, ihn anzusehen. »Ich weiß doch, dass du wieder Kopfschmerzen hast. Komm schon«, lockte er. »Der Medicus gibt dir eines seiner Pulver, und schon bist du wieder obenauf.«
Sie hatten die enge Wendeltreppe erreicht. Schwerfällig stieg John als Erster hinauf. »Warum will nur niemand verstehen, dass mein Herz blutet. Der Tod des alten Hugh hat eine alte Wunde in mir aufgerissen. Ich hatte keine Gelegenheit mehr, mit ihm zu sprechen, genauso wenig wie bei Papa.« Schweigend stiegen sie hintereinander die restlichen Stufen hinauf. Oben angelangt lehnte John sich schwer atmend gegen die Wand und wartete auf den Freund.
»Der Gedanke an den Tod ängstigt mich immer mehr.«
»Geht uns das nicht allen so?«, entgegnete Will.
Wieder fasste John mit beiden Händen an seinen Kopf. »Mein Bruder Richard hat sich nie vor ihm gefürchtet«, sagte er leise.
Will schnaubte verächtlich. »Kann schon sein, naiv genug war er ja.«

John ging nicht darauf ein. »Wann immer ich in Fontevrault bin, stelle ich mir vor, wie Papa in der Gruft liegt. Eingemauert. Ausgerechnet Papa, der es nicht lange in geschlossenen Räumen aushalten konnte. Und dann zwingt mich meine Schuld in die Knie. Er hat mich geliebt, und ich habe ihn verraten. Ausgerechnet ich habe mich mit meinem ungeliebten Bruder gegen den geliebten Vater verschworen. Was muss er gefühlt haben, als er am Ende krank in Chinon lag? Ob er mich verflucht hat?«

Liebevoll zog ihm Will die Hände vom Kopf. »Das glaubst du doch selbst nicht. Papa hat dich geliebt, von all seinen Kindern sicher am meisten.«

Will sah, wie John die Tränen in die Augen stiegen. Er wandte sich ab und blickte durch die Schießscharte in die Nacht hinaus. John zog die Nase hoch. »Warum können wir nicht zu Lebzeiten um Verzeihung bitten?«

Will zuckte mit den Schultern. »Es hat aufgehört zu schneien«, sagte er stattdessen. »Ich schätze, dass wir morgen eine ausgezeichnete Jagd haben werden. Ich habe heute Nachmittag noch mit deinem Forstaufseher gesprochen. Er hat gesagt, dass sich ein Rudel Wölfe hier herumtreibt. Und ein paar kapitale Hirsche soll es auch geben. Die Bauern werden sich freuen.«

John fuhr sich mit dem Ärmel übers Gesicht. »Warum reiten wir nicht aus?«

Beunruhigt blickte Will ihn an. »Was? Jetzt? Es ist stockdunkel draußen. Du warst zwei Monate lang ununterbrochen im Sattel. Kriegst du denn nie genug?« Er grinste. »Isabelle wird sich sicher auch bald zurückziehen wollen …« Er hielt den Satz in der Schwebe.

»Isabelle«, wiederholte John und schob die Unterlippe vor.

»Ja genau, Isabelle. Was soll sie denken, wenn sie dich nicht im Bett vorfindet, wenn sie endlich nach oben kommt? Hattest du überhaupt schon Gelegenheit, ein Wort mit ihr alleine zu wechseln?«

John schüttelte den Kopf. »Als wir heute Nachmittag angekommen sind, war der Schneider bei ihr. Sie wollte nicht, dass ich ihr bei der

Anprobe zusehe. Außerdem hatte der Botschafter des Welfen schon über eine Woche auf mich gewartet.«

Will war verblüfft. »Du hast sie all die Wochen nicht gesehen und lässt dich so abspeisen?«

John machte eine abfällige Handbewegung. »Was ist jetzt? Kommst du mit? Vielleicht stoßen wir ja auf die Wölfe.«

Will fror und hauchte in beide Hände. »Wir würden die gesamte Jagdplanung der Forstaufseher durcheinander bringen.«

»Ich verstehe!« Mit einem Ruck schob sich John von der Wand. »Geh ruhig wieder zu den anderen. Wir sehen uns dann morgen.« Er hob die Hand und ging an Will vorbei.

»Warte«, bat der Freund.

Ohne sich umzudrehen, fragte John kurz angebunden: »Was ist?«

»Warum bist du den Erzbischof vorhin so angegangen? Er hat dir doch nie etwas getan. Ganz im Gegenteil.«

John fuhr herum. »Weil ich diese Lügereien so satt habe.« Seine Stimme wurde lauter. »Merkst du denn nicht, wie diese Kirchenmänner uns permanent erpressen?« Er ahmte die volle Stimme Hubert Walters nach: »Mein König, ich bitte Euch, nehmt den Klöstern nicht ihre angestammten Rechte. Die daraus resultierende Unzufriedenheit der frommen Männer wäre nicht gut für Euer Seelenheil!« John begann zu schreien: »Ich hätte sehr gut mit deren Unzufriedenheit leben können. Schließlich brauchen wir das Geld dringend, und die Klöster haben es im Überfluss!« Mit zwei Schritten war er zurück bei Will. »Für wie kurzsichtig halten die mich?« Er bohrte dem Freund den Zeigefinger gegen die Brust. »Philipp mag im Moment noch Ruhe geben, aber ich garantiere dir, dass er gemeinsame Sache mit meinem Neffen Arthur macht. Er baut ihn Schritt für Schritt gegen mich auf. Die beiden lauern doch nur darauf, dass ich mir eine Blöße gebe. Dann werden sie zum Angriff blasen. Mein Wort darauf. Philipp hat Arthurs Ansprüche auf die Krone nicht eine Sekunde vergessen. Le Goulet verschafft uns nur eine Verschnaufpause, genauso wie das Interdikt über Frankreich. Wir werden noch von ihm hören, verlass dich drauf. Während ich die letzten Monate durch England geritten bin, konspirieren die beiden mit den gegnerischen Lehnsherren drüben auf dem Festland, wie sie mir eine Burg nach der anderen abtrotzen können.« Plötzlich müde lehnte er seinen Kopf an Wills Schulter. »Und über allem wachen die Kirchenmänner. Wie Spinnen sind sie über die Grenzen geklettert und nisten sich überall ein.« Er lachte verzweifelt. »Zisterzienser müsste man sein! Man zahlt keine Steuern, und der Papst und die diversen Äbte wachen schon darüber, dass man satt wird.«

Will lächelte hilflos. »Aber hungern müssen wir ja auch nicht gerade.«

John trat zurück und legte ihm die Hände auf die Schultern. »Du willst mich nicht verstehen. Ich denke Tag und Nacht daran, wie ich die Länder unseres Vaters für das Reich retten kann. Ich brauche einfach Geld, um das Anjou und die Normandie vor Philipp zu schützen.«

»Vergiss die dunklen Gedanken, John. Wenigstens für diesen einen Tag. Heute ist Weihnachten.«

»Ja, Weihnachten. Ein Familienfest«, entgegnete John trocken. »Nur dass die unsere ziemlich dezimiert ist.«

»Warum gibst du nicht Befehl, dass man Isabelle zu dir hinaufschickt«, schlug Will vor.

John hatte sich abgewandt. Er gab vor, durch die Schießscharte nach draußen zu spähen. »Ich bin noch zu jung verheiratet, als dass ich Order geben müsste. Findest du nicht?«, meinte er leise.

Will sah ihm traurig hinterher, als er kurz darauf die Tür zu seinem Schlafgemach aufstieß und darin verschwand.

Innen verscheuchte John den Pagen, der für das Kaminfeuer verantwortlich war. Langsam durchschritt er den Raum und blies bedächtig die brennenden Kerzen aus. Dann ließ er sich auf das breite Bett fallen. Er verschränkte die Hände unter dem Kopf und starrte zum Feuer. Er sah die riesigen Scheite, an denen die Flammen züngelten. Einmal sprang ein Funken aus der Feuerstelle auf die hölzernen Bohlen. Unbeteiligt beobachtete John, wie er verglühte.

Und plötzlich tauchte das Gesicht von Tess vor seinem inneren Auge auf. Sie war damals zur Stelle gewesen, als man ihm vom Tod seiner Schwester berichtete. Er sah sie im Garten von Fontevrault. Er hörte ihre Stimme und ihr Lachen.
Nun lächelte auch er.
Er musste eingeschlafen sein. Isabelles Lachen weckte ihn, als sie gefolgt von ihren Hofdamen das Schlafgemach betrat. Schlaftrunken richtete er sich auf und stützte sich auf einen Ellenbogen. Er hörte, wie sie sich darüber beklagte, dass das Feuer heruntergebrannt war. »Ich wünsche, dass die Kerzen auf der Stelle angezündet werden«, befahl sie. John konnte hören, dass sie zu viel getrunken hatte. »Marie, schnürt mir sofort mein Kleid auf. Ich bekomme keine Luft mehr!«
John wartete ab, bis der Raum erleuchtet war, erst dann schob er die Bettvorhänge zur Seite. Die Hofdamen wichen erschrocken zurück.
»Raus«, sagte er. »Ich möchte mit der Königin alleine sein.«
Knicksend verließen sie die Stube. Isabelle tat so, als habe sie ihn nicht gehört. Sie schob die Kerzenleuchter auf ihrem Frisiertisch zurecht, nahm davor Platz und löste ihr Haar.
»Welch eine Begrüßung«, spottete er.
»Was für ein Benehmen«, entgegnete sie eisig. »Wie kannst du es wagen, mich mit diesen Betrunkenen alleine zu lassen? Da verschwindest du für Wochen und überlässt mich meinem Schicksal in diesem kalten und nebligen Land. Und als du schließlich zurückkehrst, betrinkst du dich und wirst ausfällig gegen deinen Erzbischof. Dabei …«, sie lachte höhnisch, »erzählt man sich in London überall, dass du den Sarg von irgendeinem Bischof eigenhändig durch die Straßen von Lincoln getragen hast! Wie soll das zusammenpassen!«
»Es war Hugh. Ein enger Freund unserer Familie«, sagte John ruhig.
Isabelle begann, mit zornigen Strichen ihre gelösten Haare zu bürsten. »Es interessiert mich nicht, wer oder was er war. Du hast

mir den Weihnachtsabend verdorben. Ich hatte ja keine Ahnung, wie grob und rücksichtslos du sein kannst.«
John schwang die Beine aus dem Bett. Im Spiegel verfolgte sie jede seiner Bewegungen. John näherte sich ihr von hinten und nahm ihr den silbernen Spiegel aus der Hand.
»Hast du die Bücher gelesen, die ich dir dagelassen habe?«
Isabelle fuhr herum. Ihr Kopf stieß gegen den Spiegel. »Bist du mein Lehrer oder mein Ehemann?«, zischte sie. »Was glaubst du denn, was ich die ganze Zeit in London getan habe? Dein Stadtschloss ist eine verkommene Bruchbude, deine Dienerschaft ist faul und nachlässig. Und die Garderobe, die ich mitgebracht habe, ist wahrhaftig nicht für dieses Klima gemacht.«
»Was ist mit den Pelzen, die ich dir geschenkt habe?«, fragte er ruhig.
Isabelle rieb sich die Stelle an der Stirn. »Soll ich etwa im Zobel bei Tisch erscheinen?«, höhnte sie. Dann riss sie ihm den Spiegel aus der Hand und besah sich darin. »Ich werde eine Beule bekommen. So werde ich nicht mit auf die Jagd reiten«, drohte sie.
»Was ist mit den Büchern?«, beharrte John. »Hast du wenigstens ein Mal hineingeschaut?«
Sie war aufgesprungen. Ihr Schemel fiel krachend um. »Ich brauche keine zusätzliche Beschäftigung. Was schert mich ein Aristo…«, sie suchte nach dem richtigen Namen.
»Du meinst Aristoteles«, sagte John.
Isabelles Augen blitzten vor Wut. »Wie auch immer. Soviel ich weiß, hat unsere Kirche verboten, dass wir ihn lesen. Er stellt die göttliche Ordnung in Frage! Das jedenfalls sagt mein Beichtvater.«
»Im Gegenteil. Er stellt die Ordnung erst her«, stellte John fest. »Und er bringt uns dazu, dass wir selbst denken! Das unterscheidet uns von den Tieren, mein geliebtes Weib.«
»Dazu brauche ich ihn nicht. Ich habe genug zu denken. Und ich habe nicht vor, es mir mit der heiligen Kirche zu verderben. Sie wird schon wissen, was ich denken soll und was nicht.«
John lächelte zynisch. »Schade, dass meine Mutter dich nicht hören

kann. Sie hat alle Griechen gelesen. Deine Argumentation würde sie sicherlich amüsieren.«
Isabelle begann auf seine Brust einzuschlagen. »Komm mir nicht mit deiner Mutter. Wenn sich jemand ins Kloster zurückzieht, hat er auch die Zeit, Griechen zu lesen. Ich jedenfalls, ich habe zu arbeiten, damit wir standesgemäß leben können!«
»Ist das der Grund, weshalb du mich nicht besuchen konntest?«
Mit beiden Händen fing John ihre Fäuste ein, dann begann er zu lachen.
»Du hast ja Recht«, keuchte er. »Ich habe dich bestimmt nicht wegen Aristoteles geheiratet!« Er zwang sie dichter zu sich heran.
»Zieh dich aus«, befahl er. Lächelnd hob sie ihm ihr Gesicht entgegen und begann, ihren Körper in kreisenden Bewegungen gegen ihn zu drängen. »Langsam scheinst du wieder normal zu werden«, flüsterte sie rau. »Mir ist es sehr viel angenehmer, wenn du mir sagst, dass ich mich ausziehen soll …«, sie befreite sich aus seinem Griff und schob den weichen Stoff über Schultern und Dekolleté hinab, »… als wenn du mich fragst, ob ein trauriger König ein guter König ist.« Aufreizend lehnte sie sich zurück und bot sich ihm dar.
Isabelle schrie auf, als John mit beiden Händen nach ihr griff. Er wollte ihr wehtun. Er hob sie hoch und warf sie rücklings aufs Bett. Während er in ihre Brüste biss, zwangen seine Knie ihre Schenkel auseinander. Das Reißen der Seide hörte er nicht. Sie bäumte sich auf und riss ihn an seinen Haaren zu sich, bis ihre Köpfe auf gleicher Höhe waren. Gierig suchte sie nach seinem Mund. Während er sie mit Gewalt nahm, wiederholte er bei jedem Stoß: »Ich will einen Sohn, ich will einen Sohn.« Als sie schweißgebadet auseinander rollten, murmelte John: »Er soll Henry heißen wie mein Vater.« Dann schlief er ein.

* * *

Die Wintersonne schien auf die weißen Mauern der Burg von Palencia. Eleonore und Alfonso VIII. von Kastilien erwarteten Alienor an der Seite ihrer elf Kinder. Das Kinderlachen verstummte in dem Moment, als die ersten Wagen der Königin durch den Torbogen rollten. Neugierig reckten die Kleinen die Köpfe, die Großen standen wohlerzogen still und blickten ihrer berühmten Großmutter entgegen.

Tess half der Königin aus dem Wagen. Hinter ihr kletterte Elie de Malemort, der alte Freund und Erzbischof von Bordeaux, etwas ungelenk die ausgeklappten Holzstufen hinunter. Die Strapazen der wochenlangen Reise hatten ihm zugesetzt. Alienor jedoch trat kerzengerade vor. Ihrer imposanten Erscheinung waren weder das hohe Alter noch die Mühsal der Fahrt anzumerken. Sie lachte und öffnete die Arme.

Ihre Tochter hielt es nicht länger an der Seite ihres Mannes. Mit einem Schrei lief sie auf ihre Mutter zu. »Mama, wie wundervoll. Willkommen in Kastilien. Hattet Ihr eine gute Reise? Wir sind so dankbar, dass Ihr wohlbehalten hier seid! Ich freue mich so.«

Alienor blickte in das strahlende Gesicht ihrer einzig noch lebenden Tochter. Mit ihren vierzig Jahren war Elly schöner, als Alienor sie als junges Mädchen in Erinnerung hatte. Die vielen zarten Fältchen standen ihr gut. Sie hielt sie ein wenig von sich, um sie besser betrachten zu können, und erkannte das Leid, das sich hinter der Freude des Wiedersehens verbarg.

Die vergangenen Jahre an der Seite Alfonsos hatten aus ihrer lebenslustigen Tochter eine ernsthafte Frau gemacht. Seine Affäre mit der Jüdin von Toledo hatte in der gesamten westlichen Welt bis nach Aquitanien hohe Wellen geschlagen. Um die Ermordung der Geliebten des Königs rankten sich wilde Gerüchte. Man schrak sogar nicht davor zurück, ihre Tochter als eifersüchtige Drahtzieherin hinter dem Mord an der Nebenbuhlerin zu vermuten.

So rächte sich die Tatsache, dass das Königspaar in Kastilien einen der kultiviertesten Höfe Europas führte, dass Elly in die Fußstapfen ihrer Mutter getreten war und das nordspanische Königreich zum Zentrum berühmter Troubadoure gemacht hatte. Allen voran war es Bertrand de Born gewesen, der Alfonsos Affäre mit der Jüdin in den wirren Zeiten besungen hatte, in denen die Christen den Mauren in der Schlacht von Alarcos schmählich unterlagen. Seine Lieder verbreiteten sich wie ein Lauffeuer unter den westlichen Königshöfen. Und das lag erst fünf Jahre zurück.

Alienor lächelte liebevoll und zog ihre Tochter fest in die Arme. Sie empfand in diesem Moment ein Glück, das fast schmerzhaft war. »Auch ich bin unendlich froh, dich wiederzusehen, meine liebste Elly. Wie schön du bist.« Lachend betrachteten sie einander, forschten in ihren Mienen und umarmten sich erneut. Als sie sich endlich voneinander lösten, fiel Alienors Blick auf Bianca.

Später hätte sie nicht zu sagen vermocht, warum gerade diese Enkeltochter ihre Aufmerksamkeit auf sich zog. War es, weil die Zwölfjährige sie mit klarem, aufmerksamem Blick beobachtete oder weil ihre Körperhaltung eine erstaunliche Selbstverständlichkeit ausdrückte? War es, weil sie ein wenig hinter ihren Geschwistern zurückstand, oder ganz einfach, weil sie als Einzige Ellys rötlichblondes Haar und ihren hellen Teint geerbt hatte? Alienor lächelte ihr zu und begrüßte dann den Schwiegersohn.

Der Innenhof hallte von den anrollenden Wagen des Gefolges wider, das mit großer Geste empfangen wurde. Bald mischte sich Kinderlachen mit den Begrüßungsworten, die das Königspaar an jeden Einzelnen der hohen Ritter und Geistlichen richtete, die Alienor aus Aquitanien nach Spanien begleitet hatten. Die einen erkannte Elly nach Jahrzehnten wieder, die anderen sah sie zum ersten Mal. Erinnerungen wurden ausgetauscht, es wurde gelacht und durcheinander geredet.

König Alfonso führte Alienor in die Burghalle. Beeindruckt hielt sie inne und betrachtete die Fremdartigkeit der Architektur. Die Rundbögen und Säulen waren weniger gedrungen, wirkten eleganter als die der aquitanischen und erst recht als die der normannischen Burgen in England. Alles schien leichter und heller konzipiert. Der maurische Einfluss übte einen besonderen Reiz aus.

Alienors Herz ging auf, als ein Sänger ein Lied auf sie anstimmte: auf die schon zu Lebzeiten legendäre Herzogin von Aquitanien, deren Schönheit im gesamten Abendland verehrt und deren Mut bewundert werde. Einen Moment lang wähnte Alienor sich dreißig Jahre zurück, nach Poitiers versetzt. Damals hatte an ihrem Hof dieselbe kultivierte Atmosphäre geherrscht, eine ähnliche Heiterkeit, in der sich tragische Themen über Liebe und Tod auflösten. Sie tauchte zurück in die längst vergangene Welt des eigenen, unbeschwerten Glücks, das untrennbar mit Musik und Literatur verbunden war.

Die Begrüßungsfeierlichkeiten schienen kein Ende nehmen zu wollen, bis Elly ihre Mutter endlich in die Gastgemächer begleitete.

»Mama, Ihr habt den Silbertisch mitgebracht!«, rief sie aus. »Welch eine Kindheitserinnerung!« Sie ließ ihren Blick durch das geräumige Gemach gleiten. Nachdem sie zufrieden festgestellt hatte, dass die Reisetruhen bereits aufgestellt waren, trat sie zu dem Tisch, den sie als Kind so bewundert hatte, und strich zärtlich über die ziselierten Blumenornamente. »Zum letzten Mal habe ich ihn gesehen, als Ihr mich als Braut nach Bordeaux begleitet habt. Über fünfundzwanzig Jahre ist das her. Damals war ich vierzehn. Und er ist mir viel größer erschienen.«

Alienor trat neben ihre Tochter und legte den Arm um sie. »Seit dem Kreuzzug mit Louis, lass mich nachrechnen – seit über fünfzig Jahren begleitet er mich auf jeder Reise. Wenn Louis noch erleben könnte, dass sein Enkel eine meiner Enkelinnen heiraten wird«, sagte sie mit weicher Stimme. Überrascht wandte Elly ihr den Kopf zu. »Eine meiner Töchter? Ich dachte, die Älteste, Uracca, sei für den französischen Kronprinzen bestimmt. Bist du nicht ihretwegen hier?«

Alienor lächelte. »Ich bin doch gerade erst angekommen, wie soll ich da elf Kindernamen auseinander halten? Ich weiß nur, dass Bianca dir am meisten ähnelt …«, sie ließ sich auf das große Bett fallen, »… und mir! Und außerdem klingt ihr Name im Französischen hübscher. Louis VIII. und Blanche de Castille, das passt gut zusammen.« Sie klopfte leicht auf die seidene Überdecke.

»Komm her, erzähl mir, wie es dir ergangen ist.« Elly setzte sich neben sie. »Wo soll ich anfangen? Die Almohaden machen uns nach wie vor das Leben schwer, die Mauren aus Nordafrika …«

»Nein, ich will jetzt nichts von dem Kampf gegen die Moslems hören«, unterbrach Alienor sie. »Du hast mir geschrieben, wie zerstritten die christlichen Potentaten hier sind und wie schwierig die Reconquista ist. Außerdem läuft der Friedensvertrag noch sieben Jahre. Ich will wissen, wie es dir geht.« Forschend betrachtete sie ihre Tochter. »Alfonso scheint sich besonnen zu haben …«

Elly zog die Beine an und umschlang die Knie. »Nach der Niederlage auf dem Schlachtfeld und dem Tod seiner Geliebten ist ihm nichts anderes übrig geblieben«, antwortete sie, ohne aufzublicken. »Die sieben Jahre mit der Jüdin an Alfonsos Seite waren die Hölle. Doch als Raquel ermordet wurde, zeigte die Hölle erst ihr wahres Gesicht.« Sie brach ab und starrte auf ihre Hände. »Umgeben von Alfonsos Kälte, von Misstrauen im Kronrat, am Ende unter Mordverdacht. Ich habe das alles nur durchstehen können …« Ihre grauen Augen schimmerten, als sie den Kopf hob und ihre Mutter ansah. Alienor entdeckte Verletzung und Zorn in ihrer Miene.

»Sprich«, sagte sie, schob sich ein paar Kissen unter den Rücken und legte die Hand auf die ihrer Tochter. »Sag mir, warum.«

»Ich habe dieses Leben nur ertragen können, weil ich dich vor Augen hatte, weil ich es nicht so machen wollte wie du. Ich konnte Alfonso weder verlassen wie du unseren Vater noch ihn bekämpfen, wie du Henry bekämpft hast. Ich weiß nicht, woher ich die Kraft genommen habe. Ich wusste nur eines: Koste es, was es wolle; ich handele nicht wie du. Ich bleibe Königin von Kastilien, ich kämpfe an seiner Seite, und ich gebe nicht auf.«

Betroffen betrachtete Alienor das schöne Gesicht, dessen makellose Haut von zarter Röte überzogen war. Plötzlich begann sie laut zu lachen. »Aufgegeben habe ich weiß Gott nie. Ich habe deinen Vater damals mit der Reitpeitsche geschlagen, als er mir diese Rosamund Clifford gestand.«

Ihre Tochter verlor sich in Gedanken. Nach einer Weile fuhr sie fort. »Vater hat dir seine Affäre immerhin gestanden. Alfonso dagegen hat monatelang mit Raquel in Toledo gelebt. Heimlich. Er hat sich mir entzogen. Und wenn er nach Burgos kam, dann richtete er es immer so ein, dass wir uns nur in Anwesenheit des Kronrats getroffen haben.«

»Und du hast ihn in all den Jahren nicht gestellt?«, fragte Alienor verständnislos. »Du hast ihn in den sieben Jahren nicht einmal zu dir zitiert und ihm den Kopf gewaschen? Um Himmels willen, warum nicht?«

»Er hat mich gemieden. Und er hat mich gekränkt. Und doch wusste ich, dass er litt, dass ihn sein schlechtes Gewissen fern hielt. Er war zu feige, sich mir zu stellen. Selbst wenn er mich in den Privatgemächern von Burgos besucht hat, dann immer in Begleitung von irgendwelchen hochrangigen Verwandten …« Elly schwieg eine Weile. »Meine Position war eine andere als die deine. Ich war nicht die Erbin von Aquitanien. Ich hatte kein Herzogtum im Hintergrund, und im Gegensatz zu dir habe ich Alfonso selbst in dieser Zeit nicht gehasst. Mama, du siehst, am Ende habe ich gesiegt. Heute trägt er mich auf Händen.« Elly nahm die schmale, dünnhäutige Hand ihre Mutter und strich zärtlich darüber. »Verzeihst du mir?«

Wieder lachte Alienor auf. »Meine liebste Elly! Was soll ich dir verzeihen?«

»Dass ich meine ganze Kraft darein gesetzt habe, es nicht so zu machen wie du, dass ich dich als Vorbild im negativen Sinne missbraucht habe.«

»Vielleicht warst du klüger als ich, mein Kind.« Alienor lächelte. »Vielleicht wäre mein Leben anders verlaufen, glücklicher verlaufen, wenn ich so gehandelt hätte wie du.«

Elly nahm die Hand ihrer Mutter und küsste sie. »Ich danke dir. Und nun Schluss mit meiner Ehe.« Sie zog die Felldecke vom Fußende des Lagers hinauf und legte sie ihrer Mutter über die Beine. »Wie hat Vater reagiert, als du ihn geschlagen hast?«

»Ich weiß es noch wie heute«, antwortete Alienor und dehnte die steifen Glieder. »Wir sind die Loire entlanggeritten. Es war ein verwunschener Morgen vor dem Weihnachtsfest, das wir in Chinon feiern wollten. Schwäne und Nebel über dem Fluss. Sehr malerisch. Dein Vater nörgelte unentwegt an Richard herum. ›Halt dich gerade. Benimm dich nicht so weibisch!‹ Und der dumme Junge, der sich kaum auf seinem Pony halten konnte, hatte nichts Besseres zu tun, als zu sagen: ›Zu Weihnachten wünsche ich mir ein Pferd für große Leute. Dann werden schon alle sehen, dass ich der zukünftige Herzog von Aquitanien bin.‹« Alienor lächelte in der Erinnerung an ihren Lieblingssohn. »Dein Vater war außer sich. Und doch habe ich gespürt, dass Richard nur der Auslöser war. Wir haben euch dann beim Tross zurückgelassen.« Alienor griff nach Ellys Hand. »Du warst damals etwa sechs Jahre alt, und Richard erst acht. Na ja, und dann hat dein Vater mir die Clifford gestanden. Ich habe ihm die Peitsche rechts und links über das Gesicht gezogen und bin ziellos davongaloppiert. Ich habe ihn schmoren lassen. Und ich gestehe, dass mir seine Hilflosigkeit wohl tat. So kannte er mich nicht. Es dauerte seine Zeit, bis ich ihm verzieh. Ich konnte nicht anders. Meine Liebe war zu groß.« Zärtlich strich sie über die Hand ihrer Tochter. »Auch ich habe Henry sehr geliebt.«

»Eben«, murmelte Elly, »es hätte mir das Herz gebrochen, wenn ich Alfonso verlassen hätte.«

Alienors Glieder wurden schwer. Doch genoss sie die Vertrautheit mit ihrer Tochter, und so kämpfte sie gegen die bleierne Müdigkeit an, die sich ihrer bemächtigte. »Verlass ihn nie«, sagte Alienor liebevoll, »es war der größte Fehler meines Lebens, nicht um deinen Vater zu kämpfen. Die Schwangerschaft mit John war die einzige, die mir je zu schaffen machte, und ausgerechnet in dieser Zeit war Henry mit dieser Rosamund in Woodstock, in meinem Lieblingsgarten.« Sie unterdrückte ein Gähnen. »Gott, ist das alles lange her.«

»Fünfunddreißig Jahre«, murmelte Elly. »Ich weiß noch genau, wie du mit uns und dem kleinen John Hals über Kopf von England nach Poitiers aufgebrochen bist.« Sie beugte sich über ihre Mutter. »Mama?« Die Atemzüge ihrer Mutter wurden immer regel-

mäßiger. Ihre Gesichtszüge hatten sich entspannt, ein Lächeln umspielte den großen Mund.
»Die Jahre in Poitiers waren für mich voller Wunder«, fuhr Elly fort. »Diese Feste, die nächtelange Musik, die bunt gekleideten Troubadoure. Die Geschichte von Lanzelot und Ginevra, die Rolandsage, denen wir Kinder heimlich lauschten, wenn sie vorgetragen wurden. Himmlische Erinnerungen ...« Elly betrachtete ihre Mutter, deren Augen zugefallen waren. Eine Welle von Liebe übermannte sie. Wie konnten Menschen nur Angst vor ihr haben? Sie hatte sie immer voller Respekt geliebt und gleichzeitig bewundert. Zärtlich strich sie über die Wange der schlafenden Mutter und verließ das Gemach.

Draußen kam ihr Tess mit den beiden Zofen entgegen, die sie für ihre Mutter abgestellt hatte. »Die Königin ruht. Ihr könnt später nach ihr sehen«, und zu Tess gewandt, sagte sie: »Die Königin war schwer krank, nicht wahr?« Als Tess zögerte, fuhr sie fort: »Ich weiß es von Äbtissin Mathilde. Mama schreibt nie über sich. Ihr seid ihr treu zu Seite gestanden, auch das weiß ich von der Äbtissin.«
»Eure Mutter hat Monate gebraucht, um sich von den Schicksalsschlägen zu erholen. Erst König Richard, und dann Joanna«, antwortete Tess. »Selbst für sie war das zu viel.«
Schweigend bogen sie um den inneren Säulengang, der zu der Haupttreppe führte. Elly hielt Tess zurück. »Ich danke Euch von Herzen, dass Ihr unserer Mutter so geholfen habt«, sagte sie. »Richards plötzlicher Tod war ein Schock für sie. Die Sorge um das Reich hat ihr ganzes Leben bestimmt.« Sie beugte sich über die Balustrade. Unten im Hof war die Dienerschaft noch damit beschäftigt, die letzten Truhen aus den Wagen zu heben.
Tess sah es kommen. Ein junger Mönch mühte sich mit einer hölzernen Reisekiste ab und versuchte gleichzeitig, die Trittleiter hinunterzusteigen, als er stolperte und der Länge nach hinfiel. Die Truhe fiel mit lautem Poltern zu Boden, unter dem aufgesprun-

genen Deckel ergoss sich Tinte, Pergamentblätter flatterten umher. Mit hilfloser Geste stand er vor dem heillosen Durcheinander, das aus der Kiste quoll.

»Das kann nur Albert sein«, stöhnte Tess.

»Wer ist das?«, wollte die Königin wissen.

»Bruder Albert ist der Privatschreiber von König John. Der König sorgt sich sehr um Eure Mutter und möchte allwöchentlich einen Bericht über das Wohlergehen der Königinmutter haben. Deshalb begleitet er uns. Albert nimmt diese Aufgabe sehr ernst. Wie man sieht, ist er nur ein wenig ungeschickt in den praktischen Dingen des täglichen Lebens.«

»Tatsächlich? Ich werde dafür sorgen, dass der Mönch eine eigene Kammer bekommt, damit er in Ruhe schreiben kann.« Die Königin wandte sich wieder Tess zu. Auf den ersten Blick hatte Elly Sympathie für die junge Frau empfunden, die sich so offensichtlich um Alienor bemühte. »Ihr wisst mehr über die letzten Jahre meiner Mutter und meines Bruders als ich«, sagte sie und zog sie in die kleine Vorhalle der königlichen Gemächer. »Setzt Euch und berichtet mir. Möchtet Ihr einen Tee trinken?« Tess bejahte dankend und blickte sich um, während eingeschenkt wurde. Noch niemals hatte sie solch fremdartige Formen und Farben gesehen. Schwere, dunkelrote und golddurchwirkte Behänge mit seltsamen Motiven prangten an den Wänden. Die Sonnenstrahlen, die durch die lang gestreckten Fenster fielen, glitzerten auf der Wölbung einer Goldamphore. Ein Page in seidenen Bundhosen reichte ein schweres Silbertablett herum und zog sich zurück.

»John war erst neun Jahre alt, als ich verheiratet wurde«, hob Elly an. »Joanna und er waren sich nicht nur im Alter nahe. Meine Schwester liebte ihren kleinen John. Er hing ihr immer am Rockzipfel. Doch ich kenne meinen jüngsten Bruder kaum.« Sie dachte eine Weile nach. »Er fand einfach nicht statt. Mama hat ihn nie mehr erwähnt, als er später am Hofe unseres Vaters lebte. Und all das, was später unter Richards Regentschaft geschah, spricht nicht unbedingt für Johns Charakter. Er hat den Bruder verraten und seine eigene Mutter bekämpft. Und nun sorgt er sich plötzlich so um sie, dass er sich regelmäßig berichten lässt? Wie passt das zusammen?«

Tess richtete sich kerzengerade auf. »Ihr habt es selbst gerade gesagt: König John fand als Kind nicht statt. Er wurde einfach vergessen. Als junger Mann hieß er ›Ohneland‹, für ihn blieb von den Erblanden nichts übrig. Vom Vater zwar geliebt, aber vernachlässigt, und von der Mutter übersehen. Seine Existenz hat die Welt erst wahrgenommen, als er gegen die Unsummen des Lösegelds aufbegehrte, als er sich dagegen auflehnte, England in eine noch tiefere finanzielle Krise zu reißen. Erst von dem Moment an besann man sich darauf, dass es diesen Prinzen und legitimen Thronfolger überhaupt gab.«

»So seht Ihr das?«, fragte Elly überrascht. Sie nahm von dem braunen Zucker und reichte ihn Tess.

»Und so ist es geblieben«, fuhr Tess fort, während sie den Rohrzucker in den Tee rührte.

»Wie meint Ihr das?«

»Bis zum heutigen Tag hatte John gegen König Richard keine Chance, die Anerkennung oder gar Zuneigung seiner Mutter zu gewinnen.« Tess trank einen Schluck Tee, um ruhiger zu werden. »Er liebt und verehrt Eure Mutter. Und er hat es immer getan. Genau wie Königin Alienor zerreißt er sich für das Reich.« Tess rührte unaufhörlich in ihrem Tee. »Ein ungeliebtes Kind buhlt um Liebe. Und wenn es sie nicht erhält, wehrt es sich – mit allen Mitteln. Euer Bruder trägt die Verletzungen und die Einsamkeit seiner Kindheit mit sich herum.« Tess sah auf. »Verzeiht, bin ich zu offen?« Ihre Wangen glühten. Ihr Herz pochte bei der Erinnerung an den verzweifelten John, den selbstzerstörerischen John. Ob seine Frau Isabelle diese Seite überhaupt wahrnahm? Vielleicht konnte ja diese kastilianische Königin zwischen Mutter und Sohn vermitteln.

»John hat eine große Fürsprecherin in Euch«, unterbrach die Königin ihre Gedanken. »Aber könnte es nicht auch daran liegen, dass unsere Ahnen uns sehr unterschiedliche Erbanlagen mit in die

Wiege gelegt haben? Nehmt das Beispiel meiner Töchter Uracca und Bianca. Alfonso und ich lieben sie beide. Sie sind unter unserer Aufsicht aufgewachsen und erzogen worden. Keine der beiden wurde in irgendeiner Weise benachteiligt, was die Zuwendung, die Ausbildung, die Aufmerksamkeit angeht. Und doch trägt Uracca in sich etwas Unstetes, Dunkles, das Bianca in ihrer Direktheit und Heiterkeit vollkommen fremd ist.« Sie hielt inne. »Diese beiden Schwestern sind von Natur aus so unterschiedlich wie John und Richard.«

»Aber Ihr liebt sie beide«, begehrte Tess auf. »Auch König John ist liebenswert. Eure Mutter sieht es nur nicht.«

»Man kann einer Mutter die Liebe zu einem Kind nicht aufzwingen, fürchte ich.«

Elly erhob sich. »Ich wünschte, ich könnte etwas für John tun. Vielleicht ergibt sich in den kommenden Wochen die Gelegenheit, mit Mama über ihn zu sprechen.« Spontan beugte sie sich vor und küsste Tess auf die Wange. »Danke für alles, was Ihr für meine Mutter getan habt; und Danke auch für Eure Fairness John gegenüber!« Sie lächelte freundlich.

Tess folgte ihr hinaus und begab sich zu den Gastgemächern, um nach Alienor zu sehen. Dann zog sie sich in ihre Kammer zurück und schrieb den ersten Brief an John. Sie berichtete von dem Glück Alienors, ihre Tochter endlich wiederzusehen, und von der heilen Ankunft in Kastilien. Weder erwähnte Tess die außerordentliche Beschwerlichkeit der Reise für seine Mutter noch das Desinteresse der Schwester an seiner Person. Tess' Herz zog sich zusammen, als sie an den kleinen John und Joanna dachte.

In den königlichen Kinderzimmern brannte nur eine einzelne Kerze. »Schläfst du schon?« Bianca blickte zu ihrer älteren Schwester hinüber und setzte sich auf. »Ich bin so aufgeregt.« Sie zog die Decke höher bis an den Kopf. Wie immer, wenn der Winterwind um die Burg von Palencia pfiff, zog es im Gemach der Prinzessinnen.

»Wieso du, warum bist du aufgeregt? Ich bin es, die Kastilien verlassen muss. Berenguela konnte jedenfalls in Spanien bleiben, um Königin von León zu werden, unsere Schwester hatte eben mehr Glück. Ich werde nach Frankreich verheiratet. Das ist entsetzlich weit weg«, jammerte die Ältere.

»Jenseits des Pyrenäen-Gebirges, ich weiß, und noch weiter im Norden liegt Aquitanien.« Bianca richtete sich im Bett auf. »Von dort kommt unsere berühmte Großmutter. Ihretwegen bin ich so aufgeregt.« Bianca lauschte auf den Wind und stellte sich die große Frau vor, wie sie stark und unnahbar als Amazone gegen die Heiden im Heiligen Land kämpfte und als Königin für Gerechtigkeit sorgte. Plötzlich vernahm Bianca das leise Schluchzen ihrer Schwester. Sie rutschte näher zu ihr heran und streichelte ihr über das dunkle Haar.

»Uracca, du darfst nicht weinen. Mama hat doch gesagt, dass der Kronprinz von Frankreich ein guter König werden wird, und er ist kaum älter als wir.« Hilflos sah sie zu, wie die Tränen über die Wangen ihrer Schwester rollten. »Ich verstehe dich«, versuchte Bianca sie zu trösten. »Ich wäre auch unglücklich, wenn ich Kastilien verlassen müsste.«

Uracca schluchzte lauter. »Paris liegt noch viel, viel weiter im Norden als Aquitanien. Wer weiß, ob da die Sonne überhaupt scheint. Ich werde vor Heimweh sterben.«

»Jedenfalls bist du dort in Sicherheit«, sagte Bianca entschieden. »König Philipp von Frankreich muss nicht solche Schlachten schlagen wie unser Vater. Dort gibt es keine Mauren, hat Papa gesagt.« Sie lächelte ihrer Schwester zu und wischte ihr die Tränen von der Wange.

»Das ist mir egal«, erwiderte Uracca trotzig. Fassungslos blickte Bianca sie an. »Wie kannst du so etwas sagen! Hast du vergessen, was vor fünf Jahren war? Welche Angst wir um Kastilien hatten, als der Kalif Papas Armee in Alarcos geschlagen hat? Die Ungläubigen sind überall und bedrohen uns unentwegt. Diese Sorge brauchst du dort oben nicht zu haben. Um dich herum werden nur Christen sein und keine wilden Sarazenen mit krummen Säbeln und schwarzen Gesichtern.«

Bianca schlüpfte unter die Decke ihrer Schwester, deren Körper vor Schluchzen bebte. »Du wirst Königin von Frankreich sein. Und Mama hat gesagt: Eine Königin weint nicht«, fuhr sie streng fort und schmiegte sich an die Ältere. Dann fiel ihr etwas Tröstliches ein. »Wäre der Kronprinz alt und hässlich, hättest du eine düstere Zukunft vor dir.« Sie rüttelte Uracca an den Schultern. »Aber Louis wird erst nächstes Jahr vierzehn und damit volljährig, während du es jetzt mit dreizehn schon bist. Er kann dir nichts befehlen, was du nicht willst. Du brauchst keine Angst vor ihm zu haben.« Bianca spürte, dass ihre Worte wirkten, und fuhr schnell fort: »Erinnerst du dich nicht? Großmutter hat ihn gesehen, als sie den Lehnseid vor seinem Vater Philipp abgelegt hat. Sie hat Mama damals geschrieben, dass Louis ein blonder Prinz ist, schlank und mit schönen Zügen, zart und ganz anders als sein Vater. Er lernt viel und liebt Musik und geistige Dinge.«

»Dann ist er eher etwas für dich!«, erwiderte Uracca störrisch.

»Das heißt, ihr werdet gemeinsam ein gutes Königspaar werden!« Vor Ärger wurde Bianca laut. »Außerdem soll er ein Pferdenarr sein und noch besser reiten als du!«

Die Tür ging auf, und Mincia, die Hofdame der Prinzessinnen, erschien. »Pscht ihr beiden, was macht ihr denn für einen Lärm! Ihr weckt eure Geschwister noch auf.« Mit strenger Miene trat sie ans Bett und flüsterte: »Wenn ihr jetzt nicht sofort schlaft, wird eure Großmutter enttäuscht sein von euren müden Gesichtern.« Sie zog die Decke über das rotblonde und das dunkelhaarige Mädchen und beschrieb ein Kreuzzeichen auf ihrer Stirn. »Behüt euch Gott! Und ich will keinen Ton mehr hören!«

Dann blies sie die Kerze aus.

* * *

Die Wochen gingen vorüber wie im Rausch. Alienor genoss das Leben am Hofe ihrer Tochter in vollen Zügen. Mit jedem neuen Tag schienen die Sorgen und Lasten der Vergangenheit mehr von ihr abzufallen. Sie blühte auf und nahm mit Hingabe an den Festen teil, die durch die Poesie und den Gesang berühmter Troubadoure glänzten. Sie nutzte diese Anlässe, um das Auftreten ihrer heiratsfähigen Enkeltöchter zu beobachten. Wann immer die Gelegenheit sich bot, spielte sie mit ihnen Schach, ritt mit ihnen aus oder unterhielt sich über die Lektüre, die sie in ihrem Studium durchnahmen. Dabei war Alienors Entscheidung längst gefallen. Die zwölfjährige Bianca würde sie als zukünftige Königin von Frankreich nach Fontevrault zurückbegleiten. Doch noch war es nicht so weit. Noch kostete Alienor das unbeschwerte Leben an der Seite ihrer Tochter aus. Sie konnte sich nicht erinnern, wann sie in den vergangenen Jahren so innige Gespräche geführt hatte wie hier mit Elly.
»Erzähl mir mehr von ihm«, bat diese, als sie nebeneinander auf dem Wehrturm der Burg von Burgos standen und über das hügelige Land von Kastilien blickten. »In meiner Erinnerung existiert unser Vater nur als strenger Mann, der abreiste, kaum war er angekommen.«
Alienor lächelte. »Verdreckt und in seinem kurzen Ledermantel. Und immer wenn er eintraf, brüllte er sofort nach einem Bottich mit heißem Wasser«, fuhr Alienor fort. In ihrer Erinnerung stiegen die Bilder der Vergangenheit auf. »Streng für euch Kinder, mag sein. Ich kannte ihn so anders. Unvernünftig, ausgelassen. Gott, haben wir gelacht. Einmal habe ich ihn in ein Freudenhaus begleitet.«
Elly traute ihren Ohren nicht. »Mama, wie bitte?«, rief sie. Alienor lachte laut auf. »Nicht nur das. Vorher habe ich ihn gefangen genommen.« Ungläubig starrte Elly ihre Mutter an, deren grüne Augen in der Märzsonne funkelten. »Natürlich waren wir noch nicht gekrönt. Alles geschah heimlich. Ich wusste, dass er Thomas Becket in Canterbury besuchen wollte. Ich habe mich als Knappe verkleidet und ihm mit ein paar Rittern aufgelauert. Unvorsichtig wie er war, schlenderte er nachts mit Robert bedenkenlos durch die Straßen von Canterbury. Wir haben ihn mit einem Netz überrumpelt.«

»Und das Freudenhaus?«, fragte Elly entgeistert. »Ich hatte ja keine Ahnung …, auch von dir keine Ahnung.«
Alienor lachte aus voller Kehle. »Wie solltest du auch, ihr habt uns nur als Vater und Mutter gekannt. Auch wir waren einmal jung und übermütig.«
»Und dann?« Neugierig blickte sie Alienor an, die ihren Kopfschleier nach hinten geworfen hatte und ihr Gesicht der Sonne entgegenhielt. Mit geschlossenen Augen fuhr sie fort: »Dann bat uns der Bademeister in das Badehaus.« Ihre Miene verzog sich, als sie die tiefe Männerstimme nachahmte. »Wünschen die Herren getrennt oder gemeinsam zu baden …«
»Wieso das?«, unterbrach Elly. Alienor öffnete die Augen und erklärte: »Na, ich war noch immer ein Knappe, in eng anliegenden Hosen. Mein Haar hatte ich mühsam unter der Kappe versteckt. Kein Mensch konnte erkennen, wer ich war.«
»Haben Eure Lordschaft eine bestimmte Vorliebe bei den Mädchen?«, fuhr Alienor mit tiefer Stimme fort. Ihre Mundwinkel begannen zu zittern, als sie erzählte, wie Henry darauf bestand, dass sie alle kommen sollten. »Lizzy, ja so hieß sie, wir haben Lizzy genommen. Henry befahl ihr, einmal um den Bottich zu gehen, damit wir sie begutachten konnten. Und dann sollte Lizzy entscheiden, welchen der Herren sie bevorzugte. Kannst du dir vorstellen, dass sie mich erwählte und mir zuerst die Haare waschen und den Kopf und den Nacken massieren sollte, bevor sie zur Tat schreiten wollte?«
Elly lachte und lachte bei der Vorstellung von ihren Eltern, die gemeinsam in einem Bottich sitzend eine Hure auswählten. Sie kriegte sich nicht mehr ein, als Alienor auftrumpfte. »Das Allerbeste aber war, dass dein Vater in seiner Mannesehre so gekränkt war, weil Lizzy mich ihm vorgezogen hatte, dass er es nicht mehr aushielt. Von einer Sekunde auf die andere wurde er derart eifersüchtig, dass er die gute Lizzy auf der Stelle hinauswarf.«
»Mama, wie schade, dass ich euch nie so erleben konnte!«, kicherte Elly. »Wie glücklich müsst ihr gewesen sein!«

»So endete meine einzige Erfahrung in einem öffentlichen Badehaus!«, schloss Alienor mit komischem Ernst und wischte sich die Tränen aus den Augen.
Sie blickte über das weite Land, in dem sich immer mehr Grün ausbreitete. Endlos hätten diese ungetrübten Tage weitergehen können. Doch Ostern rückte unerbittlich näher.

Tess faszinierte die fremde Kultur zunehmend. Sie konnte sich nicht satt sehen an den andersartigen Farben und Formen. Die ungewohnten Gerüche und Gewohnheiten weckten in ihr ein neues Lebensgefühl. So saßen die jüngeren Mitglieder des Hofstaats manches Mal spätabends in einem abgelegenen Innenhof des Palasts beieinander, in dem es immer nach Lavendel duftete.
Erfüllt von zahllosen Eindrücken des Tages genoss Tess die abendliche Begegnung mit den Gleichaltrigen. Wenn sich dann noch Don Fernando mit seinen Freunden hinzugesellte, floss der Wein und knisterte die Spannung des Unerlaubten. Es wurde geflirtet, musiziert und getanzt. Tess berauschte diese ungewohnte Freiheit.
Auf dem Weg zu einem solchen nächtlichen Treffen schlenderte Tess über einen der oberen Gänge. Plötzlich hörte sie ein Geräusch. Sie lehnte sich über die Balustrade und sah zwei Hände, die ineinander verschlungen waren. Irgendetwas erschien ihr daran seltsam. Sie beugte sich weiter vor, um besser sehen zu können. In dem nur von wenigen Fackeln erhellten Innenhof war nichts zu erkennen, außer zwei aufeinander liegenden Händen, deren gespreizte Finger sich gegen eine Säule pressten. Sie hörte ein Flüstern, eine Männerstimme. Sie kam ihr bekannt vor. Dann eine andere Stimme.
Tess huschte über das Steinmosaik zu der Wendeltreppe, die zu dem nächsttieferen Stockwerk führte. Ihre ledernen Sohlen machten kein Geräusch. Neugierig beugte sie sich vor. Nun sah sie die Hände deutlicher. Dieses Mal schlossen sich die oberen Finger um die darunter liegenden. Plötzlich wusste Tess, was sie an diesem Anblick irritierte. Es waren zwei Männerhände, die einander liebkosten.

In dem Moment lachte einer der jungen Männer auf. Die Hände lösten sich ganz langsam voneinander. Nun lehnte sich der andere über die Marmormauer und fiel in das Lachen ein. Tess traute ihren Augen und Ohren nicht, als sie die hellbraunen Haare und die angenehm tiefe Stimme erkannte. Ohne zu überlegen, rief sie hinunter: »Pierre de Mauley, seid Ihr es?«
»Tess?« Zu ihrer Überraschung blickte er strahlend, ohne jede Spur von Schuldbewusstsein zu ihr hinauf. »Kommt Ihr mit, schöne Tess? Wir wollten gerade zu den anderen gehen.«
Sie schluckte ihre Fassungslosigkeit hinunter. Was stellte dieses Kastilien nur mit allen an? Albert hatte sich so verändert, dass sie ihn beim gestrigen Bankett kaum wieder erkannt hätte, und de Mauley umarmte plötzlich Männer.
Doch darüber wollte sie weiter nicht nachdenken. Solange Albert dafür sorgte, dass ihre Briefe John erreichten, und Pierre sie sicher nach Fontevrault zurückbegleiten würde, war ihr gleichgültig, was die beiden sonst in ihrem Leben trieben.

Elly nutzte jede Gelegenheit, die sich bot, um ihre Mutter mit den Schönheiten von Kastilien zu erfreuen. Sie besuchten die Kathedrale von Burgos und verbrachten einige Tage bei ihrer Tochter im Königreich Léon. Sie besichtigten die berühmten Klöster und Kirchen der Gegend und bewunderten ihre außerordentlichen Kunstschätze. Doch kaum waren sie nach Palencia heimgekehrt, zogen sie sich zurück, um die kostbare verbleibende Zeit zu nutzen.
»Der Wein aus Navarra ist vorzüglich, möchtest du?« Elly schenkte ein und reichte Alienor einen der Becher. Dann trat sie zu ihr an das Fenster. Eine Weile blickten sie schweigend hinaus. Die Sonne ging unter und verfärbte das Land in glühenden Farben.
Elly betrachtete Alienor von der Seite. Der Gedanke kam aus dem Nichts. Und doch wusste sie plötzlich, dass sie ihre Mutter nie mehr wiedersehen würde. Sie wollte den Moment festhalten. Mit jeder Faser versuchte Elly, sich ihr ebenmäßiges Profil für immer einzuprägen, die gerade Nase, die hohen Wangenknochen, den Mund,

der immer spöttisch zu lächeln schien. Die untergehende Sonne zeichnete ihre Umrisse weich, ließ sie fast alterslos erscheinen. So konnte die Tochter sie sich als Königin von England an der Seite ihres Vaters vorstellen, ihre Intensität, ihr Glück, ihren gemeinsamen Lebenstraum, all das, worüber sie mit ihrer Mutter in den vergangenen Wochen gesprochen hatte.

»Mama, warum …«, fragte Elly unvermittelt. »Warum hat eure Liebe nicht standgehalten?«

Alienor wandte sich ihr langsam zu und lächelte. Sie hatte diese Frage schon lange erwartet. »Es war nicht Rosamund Clifford allein, sie war, wenn du so willst, ein Missverständnis, das Henry und mich nur für begrenzte Zeit auseinander gebracht hätte.«

»Wie meinst du das?« Verständnislos blickte Elly ihre Mutter an.

»Thomas war der wahre Grund. Thomas Becket. Der Heilige.« Alienor trank einen Schluck von dem dunkelroten Wein. »Thomas kam aus London. Von der Cheapside.« Alienor trat von dem Fenster zurück, ihr Blick schweifte durch die Vorhalle der königlichen Gemächer und blieb auf der gold schimmernden Amphore haften. »Er war brillant. Er war ein begnadeter, asketischer Musterschüler der Macht, der aus dem Nichts kam. Dein Vater hat ihn zum Lordkanzler erhoben.«

»Das weiß ich doch«, sagte Elly und zweifelte, ob sie richtig begriff.

»Becket war klug. Die Ironie der Geschichte ist, dass Henry Thomas und mich gleichzeitig kennen gelernt hat. Unsere Liebe stand Beckets Zielen im Weg, schloss ihn aus. Er hat von Anfang an gewusst, dass ich ihn durchschaute. Henry baute zunächst nur auf seine Begabung als Politiker und Diplomat, und noch einmal: Er war ein glänzender Lordkanzler. Doch dann begann dein Vater, ihm auch als Freund zu vertrauen. Er hat nicht erkannt, wie sehr Thomas Becket sich als mächtigster Mann nach dem König veränderte. Er hat es einfach nicht gesehen. Du ahnst nicht …«

Alienor brach ab und veränderte von einem Moment auf den anderen ihre Körperhaltung. Sie schlang ihr Gewand eng um den schmalen, hoch gewachsenen Körper und begann unstet auf und ab

zu gehen. Ihre Mimik, ihre Gesten, die Art, wie sie den Kopf bewegte und den imaginären Untergebenen Befehle erteilte, konnten nur eines bedeuten: geistige Arroganz und Eitelkeit.
Atemlos sah Elly ihrer Mutter zu. Sie besaß genug Phantasie, um sich vorzustellen, wie die Höflinge vor dieser Gestalt dahinschmolzen.
Wieder veränderte Alienor ihre Haltung. Würde und Macht standen nun in ihrem Gesicht geschrieben. Hoch aufgerichtet trat sie auf ihre Tochter zu. Salbungsvoll hielt sie inne und hob ganz langsam die beringte Hand zum Kuss. Elly starrte sie an. Eine Weile herrschte absolute Stille. Dann ließ Alienor sich auf den nächsten Lehnstuhl fallen. Sie zuckte mit den Schultern und ließ die Arme über die Lehnen fallen.
»Und dann hatte Thomas Becket es geschafft. Von einem Nobody von der Cheapside war er mit dem Einverständnis deines Vaters zum Erzbischof von Canterbury aufgestiegen – endlich war er ihm ebenbürtig, mit der Macht der Kirche im Rücken, endlich unabhängig von ihm. Daran ist dein Vater zerbrochen, und letzen Endes auch unsere Liebe.«
»Ist das wirklich wahr?« Elly war fassungslos.
»Es ist meine Deutung der Wahrheit. Niemals hätte dein Vater den geliebten Freund ermorden lassen. Er war so verzweifelt, er war so außer sich, als Thomas Becket sich in Clarendon gegen die Rechte des Königs gestellt hat – tagelang hat Henry an sich und der Welt gezweifelt, so sehr gezweifelt, dass er den fatalen Satz ausstieß: Wer befreit mich von diesem Mann? Hat er ahnen können, dass einer seiner Getreuen ihn beim Wort nehmen würde?«
»Mama!« Elly war aufgesprungen und umschlang die Knie ihrer Mutter. »Wie hast du das nur ausgehalten?«
Alienor streichelte über Ellys Haar und gestand: »Indem ich den größten Fehler meines Lebens begangen und Richard gegen deinen ahnungslosen Vater aufgehetzt habe, und nicht nur ihn, auch seine Brüder. In meinem ohnmächtigen Hass war ich blind, wie in meiner Liebe.«

Elly unterdrückte das Schluchzen, das in ihr aufstieg, und verbarg ihren Kopf im Schoß der Mutter. »Dann gib zumindest John eine Chance«, bat sie.

Aufzeichnung von Bruder Albert,
der sich fürderhin Albertus nennen wird,
da er aus einem edlen angelsächsischen
Geschlecht stammt
Port-Mort, im Mai 1201

Ich, Albertus, bin nicht mehr derjenige, der ich einmal war. Denn ich habe die Welt gesehen.

Mein Geist hat sich erweitert, wiewohl auch meine Gestalt sich zu ihrem Vorteil verändert hat. Es gibt keinen Unterschied mehr in den Badehäusern zwischen den Männern und mir. Außer – und das kann ich nur mit Genugtuung erwähnen – dass ich sie meist an Größe übertreffe.

Obwohl diese Tatsache meiner Eitelkeit in nicht geringem Umfange schmeichelt, so halte ich meine Erfahrungen und die daraus resultierenden Erkenntnisse für meine Zukunft hier auf Erden für so bedeutend, dass ich sie in diesem Buch festhalten möchte.

Wer wie ich einen derart engen Umgang mit den verschiedensten Höfen aufrechterhält, der kommt nicht umhin zu sehen, dass sich unter Kronen und Purpur nicht selten kaufmännische, jüdische Denkungsart sowie Glücksrittertum verbergen.

Wenn ich die vorangehenden Seiten dieses Buches überschlage, fühle ich fast so etwas wie Rührung. Wie unser großer Kirchenvater Paulus schon bemerkte: »Als ich ein Kind war, redete ich wie ein Kind, dachte wie ein Kind, urteilte wie ein Kind … Als ich ein Mann wurde, legte ich ab, was Kind an mir war …« Nun sehe ich Neid und Missgunst, Habgier und Verkommenheit unter schimmernder Seide.

Der Hof von Kastilien hat mir die Augen geöffnet für das, was wirklich zählt in dieser Welt.

Ausgelöst wurde dies alles durch ein eher unscheinbares Erlebnis, welches in seiner Folge mein Leben jedoch veränderte.
Seit einer Woche waren wir in Kastilien. Und wie alle anderen war ich berauscht und überwältigt von dem Luxus, der sich allenthalben vor uns auftat. Durch ein Versehen war mir ein Raum im Palast zugewiesen worden mit einem Vierpfostenbett. Und über einem Gestell hing ein Pelzumhang mit einer goldenen Schließe für mich bereit.
Mein Kammerdiener bemerkte den Zustand meiner Stiefel. Ebenjener, die König John mir einmal schenkte. Sie wurden ohne jegliche Frage gegen ein Paar Hirschlederne ausgetauscht, so dass ich, wenn ich mich zu den Übrigen gesellte, was die Kleidung betraf, nicht auffiel.
Ich fand auch schnell Anschluss bei den jungen Edelleuten, die den Hof bevölkerten. Mag sein, dass es daran lag, dass ich ein adeliger Engländer bin und ein ordentliches Latein spreche. Jedenfalls hatte ich binnen kürzester Zeit Zugang zu ihren Vergnügungen, Debattierclubs, ritterlichen Spielen und nächtlichen Vergnügungen.
Mir war klar, dass dieser Zustand nur vorübergehend war, da ich im Gegensatz zu meinen neuen Freunden über kein eigenes Geld verfügte. Dann stolperte ich buchstäblich über eine Geldkatze. Sie lag vor den königlichen Gemächern. Ich vergewisserte mich, dass mich niemand beobachtete, und steckte den prall gefüllten Beutel ein.
Das alles kann nicht länger als einen Herzschlag lang gedauert haben. Aber diese winzige Zeitspanne genügte, um mich auch für die Zukunft nicht aus dieser illustren Schar auszuschließen.
Plötzlich war ich reich. Ich kaufte mir einen Ring, wie die anderen ihn trugen, und ließ mir neue Kleider schneidern. Fortan gehörte ich wirklich zu den jungen Edelmännern und war nicht länger nur Zuschauer.
Ich entdeckte, dass auch sie prahlten, logen und stahlen. Am meisten aber erstaunte mich ihre Respektlosigkeit der königlichen Familie gegenüber. Selbstverständlich waren sie von ausgesuchter

Höflichkeit, wenn sie einem von ihnen begegneten. Aber hinter ihrem Rücken redeten sie despektierlich und scheuten sich auch nicht davor, die gravitätische Art des Königs nachzuäffen.
Um mitzuhalten, ging ich auf ihre Scherze ein, ahmte die weit ausholenden Schritte von Königin Alienor nach und wollte mich schier ausschütten vor Lachen, als sich Don Fernando eine Papierkrone aufsetzte und sich die Zähne schwarz anmalte, so dass es aussah, als sei er zahnlos.
Dabei fehlt Königin Alienor nur ein Backenzahn, was man nicht sieht. Und dies wiederum erfuhren wir vom Medicus, der gerufen wurde, um ihn ihr auszureißen.
Nur ein einziges Mal habe ich mich in all meinem Glanz unwohl gefühlt. Das war, als ich Tess auf einem der Bankette begegnete. Ich trug zum ersten Mal mein neues golddurchwirktes Oberteil und machte eine gute Figur.
Sie musterte mich lange und sagte: »Ihr habt Euch sehr verändert, Albert. Und ich weiß nicht, ob es zu Eurem Vorteil ist.«
Damit ließ sie mich stehen und setzte sich woandershin. Ich habe mich sofort bemüht, diese hässliche Episode aus meinen Gedanken zu streichen. Und doch war ich nicht in der Lage, mich anschließend an dem zügellosen Gelage meiner neuen Freunde zu beteiligen.
Ich stahl mich in mein Schlafgemach und weinte die ganze Nacht. Ich versuchte zu beten, doch fand ich keinen Trost. Vielleicht lag es auch daran, dass Gottes Ohren taub für mein Flehen waren. Vielleicht lag es daran, dass ER sich von den Sündern abwendet.
Stunde um Stunde warf ich mich auf meinem Lager herum und wünschte mich zurück in die Obhut meiner Mutter. Und zum ersten Mal gab ich mir Rechenschaft ab über das, was ich getan hatte. Mir war, als ob ich eine neue, mir fremde Straße eingeschlagen hatte, seitdem wir in Kastilien angelangt waren.
Als der Morgen graute, war ich fest entschlossen, das Geld, welches sich noch in meinem Besitz befand, zurückzugeben. Aber gleich nachdem ich angekleidet war, erschien Don Fernando, um mich zu einem Ausritt abzuholen. Und so kam es nicht dazu.

Als wir zum Tor hinausritten, erblickte ich Tess. Sie gab vor, mich nicht zu sehen. Mein Blick schweifte über die edlen Rösser, die eleganten Falken. Und plötzlich wollte ich nur noch dazugehören – um jeden Preis.
Ich bin mit der Gewissheit herangewachsen, dass der König die Macht auf Erden verkörpert. Aber auch diese These wurde plötzlich in Frage gestellt. Der Bischof am Hofe benutzte mich häufig, um seine Korrespondenz noch einmal zu kopieren, und ich war ein eifriger und heimlicher Zuhörer, wenn er mit den päpstlichen Abgesandten diskutierte.
Und nun weiß ich: Die absolute Macht hienieden hat nur der Papst. Könige besitzen Reiche und befehlen Armeen. Sie verkörpern die Herrschaft über Leben und Tod.
Wohingegen der Papst eine Waffe besitzt, die ihn weit über jede Krone stellt. Mittels und kraft seines Interdikts – das nichts anderem als einer Erpressung gleichkommt – lässt er die Gesalbten wie Marionetten an Schnüren tanzen und benutzt sie für seine Interessen.
Der Papst hat noch eine unfehlbare Waffe: Er droht mit der ewigen Verdammnis, und davor gibt jeder klein bei.
Meine gebildeten Freunde debattierten häufig über diese Anmaßung. Ein paar von ihnen sprachen Rom sogar die Vorherrschaft über unsere Kirche ab. Sie behaupteten, die römischen Bischöfe hätten ihre Vormachtstellung Byzanz gestohlen und dass es ihnen gar nicht um unser Seelenheil, sondern nur um ihre irdische Macht gehe.
Und ich tat so, als stimmte ich ihnen zu, dabei krampfte sich mein Herz vor Angst zusammen. Manchmal fürchtete ich, dass mich der Blitz auf der Stelle erschlüge. Dann wiederum war ich erstaunt, dass nichts geschah.
Wie dem auch sein mag. Das habe ich begriffen. Kirche und Macht, das gehört zusammen.

Morgen werde ich nach all den Monaten König John wiedersehen. Er kommt mit seiner Gemahlin, um die kastilische Prinzessin

Bianca, deretwegen wir überhaupt diese Reise unternommen haben, dem französischen Thronfolger zuzuführen.
Wegen des Interdikts, das über Frankreich verhängt worden ist, darf nicht auf französischem Boden geheiratet werden. Als die kleine Bianca nach Paris reiste – Königin Alienor hatten wir zuvor in Fontevrault abgesetzt –, um ihren zukünftigen Gemahl in Augenschein zu nehmen, durften nicht einmal die Glocken geläutet werden.
Nun wird die Trauung hier in Port-Mort, gleich hinter der Grenze vorgenommen.
Wie alle anderen beugt sich also auch der gefährliche Philipp von Frankreich dem heiligen römischen Ränkehof.
Wie mag König John darüber denken?
Heute Morgen habe ich gebeichtet. Ich bete zu Gott, dass alles so sein wird wie früher, wenn mein guter König wieder mit mir spricht.

PS. Als sichtbares Zeichen meiner Buße trage ich meine alten Stiefel wieder.
PPS. Auf der gesamten Rückreise von Kastilien nach Fontevrault hat Tess nicht ein Mal das Wort an mich gerichtet. So straft uns Gott.

* * *

Das Erste, was John wahrnahm, als er die Augen aufschlug, war Will. Der Freund hatte sich einen Schemel nahe ans Bett gezogen und las aufmerksam in einem ledernen Folianten.
John rührte sich nicht. Sein Blick wanderte durch den Raum. Das königliche Schlafgemach war von ungeheurer Eleganz. Prachtvoll wirkten die gestrichenen Wände, deren oberer Rand eine breite Goldborte schmückte. In Rot und Gold waren auch die Vorhänge aus Brokat gehalten. Die Burg war erst vor kurzem nach den neuesten bautechnischen Erkenntnissen errichtet worden.

Über dem Kamin hingen in großem Halbkreis die blitzenden Krummsäbel der Heiden, Erinnerungen an Richards Kreuzzug. Der Glanz ihrer Klingen tat Johns Augen weh. Vorsichtig wandte er den Kopf nach rechts. Durch die beiden geöffneten Fenster strömte der Duft von Sommer und Blüten in das Gemach. Staubkörner tanzten in den Sonnenstrahlen, deren goldene Fäden sich in dem roten Teppich verloren. In der Ferne lachten ein paar Kinder. Sonst war es still.
»Was liest du da?«, fragte John.
»Gott sei Dank! Endlich bist du wach!« Erleichtert klappte Will das Buch zu, bückte sich und legte es behutsam auf den Boden.
»Ich kontrolliere die Einnahmen meiner Grafschaft.« Er lächelte. »Ich bin auf ein paar Unregelmäßigkeiten gestoßen. Es wird gut sein, wenn wir wieder in England sind und ich persönlich ein Auge drauf haben kann.«
Sie schwiegen, bis John leise fragte: »Wie lange diesmal?«
Will runzelte die Stirn. »Länger als sonst.«
John drehte sich zur Seite. »Wie lange?«, wiederholte er und räusperte sich.
Will reichte ihm einen Becher Wasser. »Seitdem wir in Château-Gaillard sind.« Er sah zu, wie John durstig trank. Dann fuhr er fort: »Das Bankett hast du noch durchgestanden. Hast mit allen geredet und gelacht und hast den Baumeister für seine Fortschritte gelobt.« Er nahm John den Becher aus der Hand und stellte ihn zurück auf das Tablett. »Gottlob habe ich dich gefunden.«
»Wo?«, fragte John heiser.
»Ganz oben auf dem Turm. Du hattest die Wachen weggeschickt.«
John setzte sich auf. Seine Augen weiteten sich.
»Ich habe ihn gesehen«, keuchte er.
Will schüttelte ungläubig den Kopf. »Du weißt, dass das unmöglich ist. Er ist tot.«
Erregt fuhr sich John über die stoppligen Wangen. »Er war da und hat zur mir gesprochen.« Schweißperlen bildeten sich auf seiner Stirn.

»Beruhige dich doch«, bat Will hilflos. »Du weißt, dass er tot ist. Er liegt in Fontevrault begraben. Du warst selbst an seinem Grab.«
John schlug die Hände vors Gesicht. »Warum glaubst du mir nicht? Er stand da oben an die Zinne gelehnt, so wie immer. Und er trug seinen roten Umhang und hielt den Helm in der Armbeuge, und dann hat er mich gefragt, was ich hier tue.«
Will bekreuzigte sich verstohlen und sprang auf. Mit zwei Schritten war er bei der Truhe und griff nach der silbernen Kanne. Seine Hände zitterten, als er den roten Wein in den Pokal goss. Dann lief er zurück zum Bett. »Hier, trink davon!« Er hielt ihm das Gefäß an die Lippen und stützte seinen Kopf. Wein lief an Johns Kinn hinunter und tropfte auf die Damastkissen. »Als ich dich da oben gefunden habe, warst du ohnmächtig und lagst auf der Erde, und ich schwöre dir, da war niemand. Du wirst wieder einen Albtraum gehabt haben. Du hast von ihm geträumt, weil er untrennbar mit dieser Burg verbunden ist. Château-Gaillard und Richard, das hat man immer in einem Atemzug genannt. Weil er sie erbaut hat, weil sie so außergewöhnlich, so uneinnehmbar ist, weil ...« Er wusste nicht weiter.
John schien ihn nicht gehört zu haben. »Ja, er hat mich gefragt, was ich hier tue. Dann hat er mich einen Verräter genannt«, stammelte er.
Will spürte, wie sich ihm die Nackenhaare sträubten. »Er ist tot«, wiederholte er. »Wenn du willst, steige ich jetzt mit dir auf den Turm, und du kannst dich davon überzeugen, dass er nicht da ist.«
»Er wird nicht mehr da oben sein.« Hastig sah John sich um. »Vielleicht ist er hier und wartet nur darauf, dass ich alleine bin.« Er schlug die Bettdecke zurück. »Wir reisen heute noch ab! Ich will zurück nach England. Ich will nach Hause ...«
Begütigend hob Will beide Hände. »Das geht nicht. Die Delegation der Welfen wartet schon seit zwei Tagen auf dich. Unten in der Halle drängen sich die Bittsteller. Und für heute Abend erwarten wir Erzbischof Hubert Walter!«
John stieg bereits in seine Beinkleider. Hektisch griff er nach den

Stiefeln. »Das interessiert mich nicht. Ich werde keine Nacht mehr hier bleiben! Wir reiten nach Rouen.« Plötzlich fuhr er herum. »Wo ist Isabelle?«

»Sie ist im Kloster von Mortemer. Du selbst hast ihr den Vorschlag gemacht.«

John erinnerte sich. »Ja, weil ich nicht wollte, dass sie herkommt. Schick einen Boten dorthin, damit sie sich reisefertig macht!«

Will reichte ihm den zweiten Stiefel. »Bitte, überstürze jetzt nichts. Lass mich deinen Kammerdiener rufen, und dann nimmst du erst einmal ein Bad. Vielleicht sollte der Medicus auch noch einmal nach dir sehen«, schlug er vor.

John lehnte sich an den Bettpfosten und blickte sich um. »Warum höre ich nichts? Warum wird nicht weitergebaut? Wo sind sie alle? Es ist so still ...«

»Ich habe Order gegeben, dass die Steinmetze sich in die Vorburg zurückziehen. Dort gibt es immer noch genug zu tun. Ich wollte nicht, dass du gestört wirst.«

John stieg das Blut in den Kopf. »Mit welcher Begründung?«, schrie er unbeherrscht. »Hast du ihnen erzählt, dass der König wieder einen seiner Anfälle gehabt hat? Wer weiß noch davon?«

»Niemand«, entgegnete Will ruhig. »Niemand weiß davon, und niemand hat dich gesehen. Ich selbst habe dich vom Turm hinabgetragen und ins Bett gelegt. Und den Leuten habe ich erzählt, dass du einen Plan ausarbeitest, um die aufsässigen Barone im Süden wieder enger an dich zu binden. Und dass du nicht gestört werden möchtest.«

John rutschte am Pfosten entlang. Mit zusammengezogenen Schultern hockte er auf dem Bett und starrte zu Boden. »Und er war doch da. Warum glaubst du mir nicht?«

Will kniete sich vor den Freund. »Es war bloß ein Traum. Es ist völlig natürlich. Hier erinnert alles an Richard. Ich habe selbst das Gefühl, dass er mir auf dem Gang oder auf der Treppe entgegenkommt ...«

John schüttelte den Kopf. »Ich habe sein Parfüm gerochen, als er zu mir sprach, und ...«

Will fiel ihm ins Wort. »Das war der Wind, der den Rosenduft nach oben getragen hat.« Sein Lachen misslang. »Er mit seinem Rosenwasser. Wie eine Frau hat er gerochen! Kaum zu glauben, dass er so ein guter Kämpfer war …«
John wandte den Kopf und starrte hinüber zum Kamin, über dem die Sarazenenklingen funkelten. »Ja, das war er«, murmelte er. »Und er ist nicht einverstanden damit, dass ich seinen Platz eingenommen habe.«
»Aber du bist der König!«, rief Will und sprang auf. »Er ist tot, und du bist sein rechtmäßiger Nachfolger!«
John starrte noch immer auf die Klingen. »Bin ich das?«, fragte er leise. »Philipp und mein Neffe Arthur sehen das nicht so …«
Will schlug mit der geballten Faust gegen den Bettpfosten, dass die schweren Vorhänge sich bewegten. »Wozu hast du den Vertrag in Le Goulet unterzeichnet?«, rief er zornig. »Und wen kümmert schon der Anspruch dieses bretonischen Bürschchens. Arthur hat ausgespielt!«
Ruhiger geworden fuhr er fort: »Es ist ungerecht Königin Alienor gegenüber. Sie hat sich schließlich für dich stark gemacht. Sie hält dir im Süden den Rücken frei. Sie hat vor Philipp den Lehnseid erneuert, damit er keine Handhabe gegen dich hat, und sie hat ihre Enkelin seinem Sohn zugeführt, damit es keinen Krieg gibt.«
Will trat einen Schritt zurück. »So, jetzt werde ich deinen Kammerdiener rufen, dann wirst du ein Bad nehmen und dich ankleiden. Derweil gehe ich hinunter und vertröste die Welfendelegation auf die nächste Stunde!«
Er war schon an der Tür, als John sagte: »Aber danach reiten wir nach Rouen. Ich werde keine Nacht mehr in diesen Mauern verbringen. Vergiss nicht, Isabelle einen Boten zu schicken!«
Ehe Will die Tür hinter sich ins Schloss zog, hörte er noch, wie John flüsterte: »Dank dir für alles …«
Draußen atmete Will ein paarmal tief durch, ehe er sich daran machte, den hell gestrichenen Gang hinunterzugehen. Er warf einen Blick aus dem Fenster. Die untergehende Sonne verwandelte

den Fluss in ein goldenes Band. Das kleine Dorf schmiegte sich an seine Ufer. Will lächelte unbewusst, als er spielende Kinder am Wasser entdeckte. Es sah so friedlich aus.

Unterhalb der Burg, dort wo der Felsen steil nach unten abfiel, bemerkte er eine liegende Gestalt, die die Röcke bis über die Knie hochgeschoben hatte. Neugierig trat Will näher an das Fenster und beugte sich hinaus. Zuerst glaubte er, eine der Mägde ertappt zu haben, dann grinste er. ›Der kleine Albert weiß wieder nichts mit sich anzufangen.‹ Er nahm sich vor, mit John über ihn zu reden, und ging weiter.

Die Sonne glitzerte in den Wellen der Seine. Von dort wo er im Gras lag, konnte Albert ein paar Kinder beobachten, die seit Stunden an kleinen Staudämmen am Flussufer bauten. Manchmal trug der Wind ihr Gelächter zu ihm herauf, und dann fühlte er sich noch ausgeschlossener. ›Als sei ich gar nicht vorhanden‹, dachte er missgestimmt. ›Niemand ist da, mit dem ich reden könnte. Dabei habe ich so viel zu erzählen nach meiner Reise. Außerdem habe ich keinen Pfennig mehr.‹

Er hatte die Schritte nicht kommen hören und fuhr erschrocken auf, als er angesprochen wurde. »Bruder Albertus?«, fragte eine tiefe Stimme.

Hastig zog er seinen Rock über die Knie und wandte sich um. Vor ihm stand ein Mönch, dessen helle Kleidung ihn als Zisterzienser auswies. Er hatte ein asketisches Gesicht, in dem die Augen eng beieinander standen.

»Gott zum Gruße«, fuhr der Fremde fort, und als Albert Anstalten machte, sich zu erheben, lächelte er. »Bitte, behaltet Platz. Erlaubt vielmehr, dass ich mich zu Euch setze.«

»Gott zum Gruße«, echote Albert und rutschte ein Stück zur Seite. Verlegen begann er, einen losen Faden an seinem Ärmel herauszuziehen.

»Was für eine herrliche Aussicht«, begann der Mönch. »Sie passt zu dieser Burg. Ich beneide Euch darum, dass Ihr hier leben dürft.

Nie zuvor habe ich etwas derart Elegantes gesehen. Ach, darf ich mich vorstellen. Ich bin Bruder Magnus und gehöre mit zum Gefolge des Erzbischofs von Köln. Und jetzt bin ich froh, dass ich meine Freistunde hier mit Euch verbringen darf.«

Albert hielt den Wollfaden endlich in der Hand. »Ja, ich weiß, Mitglied eines Gefolges zu sein kann mitunter recht strapaziös werden«, erwiderte er großspurig. Und noch während er sprach, fühlte er, wie er rot wurde. Aber er konnte nicht innehalten. »Ich selbst war unlängst mit Königin Alienor in Kastilien, um deren Enkelin nach Paris zu begleiten. Ihr wisst, sie ist jetzt die Frau des französischen Thronfolgers.«

Magnus nickte vieldeutig. »Ich weiß sehr wohl um Eure Bedeutung, mein lieber Bruder in Christo. Allenthalben erzählt man sich davon, dass Ihr das Wohlwollen König Johns genießt.« Er unterstrich seine Rede mit einer Handbewegung. Albert bemerkte die manikürten Finger. Schuldbewusst schob er die seinen unter den Rock und überlegte verzweifelt, was er als Nächstes sagen könnte. Der Zisterzienser saß neben ihm. Aus den Augenwinkeln sah Albert, wie der Mönch scheinbar interessiert das Treiben der Kinder am Fluss betrachtete. Seine Adlernase hob sich scharf gegen den dunklen Hintergrund eines Baumstamms ab. »Kennt Ihr die Abtei von Mortemer?«, fragte er unvermittelt.

Albert nickte überrascht. »Sie liegt hier ganz in der Nähe.«

Der Mönch unterdrückte ein Lächeln. »Man sagt, die Königin sei dort. Könnt Ihr mir sagen, warum?«

Er starrte immer noch hinunter auf den Fluss. Unten schrie eine Frau, und der Pulk Kinder stob schreiend auseinander.

Albert hatte keine Ahnung. »Ich nehme an, dass unser König ihr den Lärm der Bauarbeiter nicht zumuten wollte«, behauptete er. »Es ist ja unbeschreiblich, was die für einen Krach machen.«

Ein winziger Muskel zuckte im Gesicht des Mönches. »Wie merkwürdig«, sagte er träge. »Ich habe sie heute den ganzen Tag noch nicht gehört …« Er brach ab und reckte den Kopf. Die Frau, die eben gerufen hatte, lief die Uferstraße hinunter. Die beiden Männer

konnten sehen, wie sie ein Mädchen an den Haaren einfing und in eine der Hütten schob.
Bruder Magnus wandte den Kopf. Unter seinem prüfenden Blick rutschte Albert verlegen ein Stück zur Seite. »Wer wüsste besser als Ihr, Bruder Albertus, welch heikle Missionen manche Delegation zu befolgen hat.« Seine Stimme klang einschmeichelnd. Voll neuem Selbstvertrauen schob Albert die Unterlippe vor.
»Wen könnte man besser als Euch mit einer delikaten Angelegenheit betreuen«, fuhr Bruder Magnus fort. »Gewisse Dinge kann man nicht irgendeinem Boten überlassen. So etwas braucht Fingerspitzengefühl.« Wieder flatterte seine gepflegte Hand durch die Luft. Dann landete ein Goldstück in Alberts Schoß.
Er hielt den Atem an.
»Wofür das?«, brachte er schließlich stockend hervor.
Der Mönch lächelte verhalten. »Das ist für Euch, wenn Ihr heute noch nach Mortemer reitet und Königin Isabelle einen Brief überbringt. Mein Herr, der Erzbischof, ist Euch zu tiefstem Dank verpflichtet, und ich bin es natürlich auch, verehrter Bruder Albertus.« Behutsam legte er einen versiegelten Brief auf die Münze.
Das Goldstück brannte in Alberts Schoß, und sein Herz hämmerte in der Brust, dass er fürchtete, der Zisterzienser könnte es hören. Er räusperte sich. »Heute noch, sagtet Ihr?«
Bruder Magnus nickte und erhob sich. »Ihr solltet bald reiten, damit Ihr noch vor Dunkelheit die Abtei erreicht. Ich sehe Euch dann morgen.« Er nickte freundlich und hob grüßend die Hand, ehe er lautlos verschwand.
Mit bebenden Händen verstaute Albert Münze und Brief in seiner Tasche. Die Kinder unten am Fluss waren verschwunden. Ein kleines Boot kam von Norden. Albert sah, wie der Mann sich anstrengen musste, gegen den Strom zu rudern. Er hielt Kurs auf das Dorf zu, das sich langsam für den Abend vorbereitete. Vereinzelt stieg Rauch aus den Kaminen der Häuser auf. Ein Gänsejunge trieb seine Herde die Dorfstraße entlang, und oben auf den Bergen spielte ein Hirte auf seiner Flöte.

Alles schien wie immer. Und doch spürte Albert, dass sich etwas verändert hatte, als er aufstand und eilends zu den Ställen in der Burg strebte.

***

Tess fror, als sie Guillaume le Maréchal durch die winterliche Klosteranlage von Fontevrault zu Alienors Gemächern begleitete. Die Königin hatte für diesen Abend weder Pagen noch Hofdamen um sich gewünscht. Tess allein sollte für den Ablauf des Abendessens Sorge tragen.

»Hattet Ihr eine gute Reise?«, fragte sie den Mann höflich, der mit weit ausholenden Schritten neben ihr ging. Seine imposante Erscheinung gefiel ihr. Sie wusste, wie treu und unbestechlich er Henry und Richard gedient hatte und dass er Alienor als junger Ritter ausgerechnet bei einem Überfall der Lusignans das Leben gerettet hatte. Doch viel mehr beschäftigte Tess der Gedanke, dass er am folgenden Tag zurück nach England, an Johns Hof reisen würde. Le Maréchal hielt abrupt inne und nahm ihr die Fackel aus der Hand.

»Wie geht es ihr?« Mit einer knappen Kopfbewegung deutete er hinauf zu den erleuchteten Fenstern der Königin. Überrascht über den Befehlston, blieb auch Tess stehen. Sie forschte in seinen Augen, die in dem unruhigen Licht unter den buschigen Brauen dunkel und ernst wirkten – und besorgt. Er hob die Fackel und beleuchtete ihr Gesicht, als sie entgegnete: »Wenn ich Euch sage, wie es der Königin geht, wollt Ihr mir dann Auskunft darüber geben, wie es wirklich um König John steht?«

»Ha«, lachte le Maréchal trocken und seine Miene verhärtete sich. »Die Königin regiert das Land noch immer besser als der eigentliche König.«

Tess spürte, dass sie zu weit gegangen war. »Die Reise nach Kastilien war sehr strapaziös«, antwortete sie schnell. »Seit unserer Rückkehr sorgt sich die Königin mit wachsender Unruhe um die

Aufständischen im Poitou. Sie hat den Vizegrafen von Thouars empfangen und ihm das Versprechen abverlangt, unter ihren Vasallen für Gehorsam zu sorgen ...«
»Und?«
»Umsonst. Sie ist rastlos. Sie findet keinen Frieden mehr«, antwortete Tess.
»Kommt. Lasst uns zu ihr gehen.« Er beleuchtete den Weg an der Küche und dem Rosengarten vorbei, in dem die eingewickelten Rosenstöcke wie Mumien standen.

Alienor erwartete sie am Kamin. Sie trug ein erdrotes Gewand, das ihre schmalen Gliedmaßen betonte. Ihre hohe Gestalt hob sich gegen das Feuer ab, als sie auf le Maréchal zutrat. »Mein Freund. Wie freue ich mich, Euch wiederzusehen.« Guillaume spürte ihre Anspannung sofort.
»Madame!« Er küsste ihr die Hand und bemühte sich, zuversichtlich zu klingen. »Die Freude ist ganz auf meiner Seite. Dieses Mal steht mein Besuch unter einem glücklicheren Stern.« In seiner Erinnerung tauchte ihre schwarze Gestalt, ihr ausgezehrtes, hageres Gesicht auf, sein Erschrecken darüber, wie sehr Richards plötzlicher Tod ihren Lebensnerv getroffen hatte. Damals hatte er befürchtet, sie würde sich von diesem Schicksalsschlag nie mehr erholen.
Nun stand sie vor ihm, das nobel gealterte Gesicht von dem warmen Rot des Kopfschleiers umrahmt. Und sie lächelte mit dem gewohnt spöttischen Zug um den Mund. »Im Gegensatz zu Eurem letzten Besuch in Fontevrault liegt kein Sohn aufgebahrt in der Abteikirche. John lebt zwar, doch diesmal beginnt das Reich zu sterben. Und der König schweigt dazu.«
Tess glitt der Becher aus der Hand und fiel scheppernd auf den Steinboden. »Verzeihung«, murmelte sie und beeilte sich, ihn aufzuheben.
Dann trat sie vor und reichte den Wein.
Alienor ignorierte den Zwischenfall mit störrischer Kopfbewegung und fuhr fort: »Sei es aus Unkenntnis oder aus Ignoranz. John hat

mit dieser unsäglichen Hochzeit den Treueid gebrochen. Das Recht spricht gegen ihn. Ob es uns passt oder nicht. Und nun begehren die Lusignans auf.«

Le Maréchal nickte. Den harten Klang ihrer Stimme kannte er nur zu gut. Doch schwang eine Endgültigkeit mit, die ihn erschreckte.

»Das war zu erwarten«, bemühte er sich, sie zu beruhigen. »Was habt Ihr unternommen?«

Über Alienors Miene huschte ein Lächeln. Das war der alte Guillaume, der den Ernst der Lage sofort durchschaute. Niemals hatte er Entscheidungen hinausgezögert oder Dinge schleifen lassen. Und wenn er handelte, dann mit Bedacht.

»Alles, was noch in meiner Macht steht«, antwortete sie ohne jede Illusion. »Doch selbst der alte Thouars, der mir die Friedensvermittlung zugesagt hatte, schwankt schon wieder, auf welche Seite er sich schlagen soll. John hört nicht auf meine Warnungen. Er antwortete nicht einmal auf meinen dringenden Brief. Er begreift nicht, dass er den Lusignans Genugtuung verschaffen muss, dass er sie zumindest zu einer Aussprache laden, ihnen Zugeständnisse machen muss, um sie an seiner Seite zu halten.«

»Sie werden sich also über kurz oder lang an ihren obersten Lehnsherrn wenden«, spann der Gast ihren Gedanken weiter. »Dann hat John es nicht mehr nur mit den mächtigsten Baronen des Poitous, sondern mit dem König von Frankreich zu tun.«

Alienor betrachtete ihn aufmerksam. »Was schlagt Ihr vor?«

Der Freund hob den Blick. »Da diese Entwicklung zu befürchten war, habe ich, Euer Einverständnis voraussetzend, Hubert Walter vor meiner Abreise gebeten, mit König John zu sprechen.« Alienor lächelte erneut. »Etwas Ähnliches habe ich vermutet, alter Freund. Kommt, lasst uns hinübergehen und zumindest während des Essens diese Sorgen vergessen.«

Die Unterhaltung bei Tisch führte zurück in die Vergangenheit. Tess erfuhr an diesem Abend mehr über die Zeit, in der Henry und Alienor regiert hatten, als je zuvor. Sie beeilte sich, die heißen

Schüsseln und Platten, die die Küchenschwestern herbeischafften, schnell aufzutragen, um möglichst wenig von dem Gespräch zu verpassen. Immer wieder unterbrach sie die Erinnerungen an die gemeinsamen Zeiten durch Fragen, die ihr die heutige Situation erklären halfen. Sosehr sie sich auch bemühte, das Gespräch auf John zu lenken, er kam nicht ein Mal vor.

Alienors Vorhaben, die Sorgen beiseite zu lassen, hielt nur bis zum Hauptgang. Dann kamen sie auf Geoffrey zu sprechen. Und wieder stand das Reich im Mittelpunkt der Unterhaltung.

»Ist es nicht verwunderlich, dass wir heute wie bei Eurem letzten Besuch über Konstanze von Bretagne sprechen? Dass sie ausgerechnet an Lepra sterben musste, hätte ihr auch der ärgste Feind nicht gewünscht«, sagte Alienor nebenbei. »Ich fürchte nur, dass Arthur den Tod seiner Mutter zum Anlass nehmen wird, John das Leben auf dem Festland noch schwerer zu machen, als es hier im Süden ohnehin schon ist.«

Guillaume schüttelte protestierend den Kopf. »Wie sollte er? Arthur befindet sich an Philipps Hof und ist nichts weiter als der Erbe der Bretagne.«

»Philipp hat nie einen Hehl daraus gemacht, dass er Arthur an seinem Hofe zum nächsten König von England erzieht. Wenn ich mich richtig erinnere, hat mir der alte Thouars erzählt, der schließlich sein Oheim ist, dass er in nächster Zeit von Philipp zum Ritter geschlagen wird.«

»Was hättet Ihr dann von seiner Seite zu befürchten?«

Mit schroffer Bewegung schob Alienor eine Schüssel beiseite und bedeutete Tess, dass sie nichts mehr essen wollte.

»Warum wollt nicht einmal Ihr erkennen, dass Philipp nur durch das Interdikt gezwungen ist, den Frieden zu wahren? Und das wird bald aufgehoben werden. Da die arme Agnes von Meran nicht mehr lebt, wird die Verstoßung der dänischen Ehefrau für Rom kein Problem mehr sein. Philipp lauert nur auf den richtigen Moment und spinnt währenddessen sein Netz. Und ich schwöre Euch, dabei wird Arthur eine wichtige Rolle spielen.«

Guillaume überlegte laut. »Ihr meint, der König von Frankreich hat den Gedanken, sich die Normandie bei nächster Gelegenheit einzuverleiben, niemals aufgegeben?« Hörbar stieß er die Luft aus. »Meine Königin, Euer politischer Instinkt hat Euch nie getrogen. Was kann ich dagegensetzen, außer König John darin zu unterstützen, klug mit seinen Vasallen …«
»Nur innenpolitische Gründe haben Philipp bisher dazu gezwungen stillzuhalten«, unterbrach Alienor ihn erregt. »Philipp von Frankreich wird das Reich der Plantagenets zerstören.« Sie fuhr mit dem Mundtuch über die Lippen, warf es auf den Tisch und erhob sich.
Ihre Unhöflichkeit erschrak le Maréchal. So hatte er die Königin noch niemals erlebt. Er sprang auf und reichte ihr den Arm. Er spürte, wie sie bebte, als er sie zu dem Stuhl vor dem Kamin begleitete. »Setzt Euch«, befahl sie und lehnte sich in dem Holzstuhl zurück, während ihre Hände unaufhörlich über die Armlehnen strichen.
Guillaume wagte nicht, Alienors Schweigen zu brechen, bis er nach einer Weile den Kopf hob und zu ihr hinüberblickte. Im schwankenden Licht des Feuerscheins glaubte er einen winzigen Moment lang, sie schlafe. Mit geschlossenen Augen, das energische Kinn ganz und die hohe Stirn zur Hälfte von dem Kopfschleier verdeckt, wirkte ihr Profil mit der geraden Nase und den ausgeprägten Wangenknochen wie gemeißelt. Überdeutlich, wie das einer Totenmaske. Er verscheuchte den Gedanken, als ihre Mundwinkel sich verzogen.
»Vielleicht ist das der Tribut, den wir an das Alter zahlen«, sagte sie mit beherrschter Stimme. »All das, was mir in jüngster Vergangenheit aus meinen Landen zugetragen wurde, fügt sich zu einer furchtbaren Ahnung.« Sie brach ab und öffnete die Augen, um den Bewegungen der züngelnden Flämmchen zu folgen, die sich an dem letzten Rest des verkohlten Holzes emporfraßen. »Es fügt sich alles zu einem Mosaik, in dem uns Stein für Stein entwunden wird.« Tief durchatmend fuhr sie fort: »Als junger Mensch nimmt man

Ahnungen nicht ernst. Als Mann in Eurem Alter glaubt man noch, sie niederkämpfen zu können. Doch mein langes Leben, lieber Freund, hat mich gelehrt, dass Ahnungen viel ernster zu nehmen sind als die Wirklichkeit. Sie bedeuten die Wahrheit, die hinter der sichtbaren Wirklichkeit lauert.« Ohne den Körper zu bewegen, wandte sie le Maréchal langsam den Kopf zu und blickte ihn aus dunklen Augen an. »Und die Wahrheit lautet: John wird das Reich nicht retten.«

Le Maréchal reagierte betroffen. »Madame, Ihr dürft nicht aufgeben.«

Sie lachte trocken. »Wer wüsste besser als Ihr, dass ich niemals aufgegeben habe und niemals aufgeben werde. Aber ich bin zu alt, um mich trügerischen Hoffnungen hinzugeben. John hat weder die Begabung, aus eigener Kraft für Frieden unter den Vasallen seiner Hoheitsgebiete zu sorgen, noch eine Frau an seiner Seite, die ihn in seiner immensen Verantwortung unterstützt. Bis zum heutigen Tag scheint er nicht begriffen zu haben, dass die Treue der Vasallen auf einer persönlichen Bindung, auf gegenseitigem Vertrauen beruht. Er hat dieses auf Ehre und Würde basierende Verhältnis nicht nur gegenüber den Lusignans mit Füßen getreten. Was macht ihn so unbeständig, dass er seine Barone schroff und launisch behandelt, Burgherren wahllos hin und her versetzt, niemandem traut?«

Während Tess die Karaffe nahm und die Becher füllte, nahm le Maréchal den Faden wieder auf. Wissend, dass es sich bei der jungen Hofdame um eine enge Vertraute der Königin handelte, sprach er sehr offen.

»Ihr habt sicher Recht, wenn Ihr Euren Sohn als unbeständig bezeichnet. Für England tut er jedoch alles, was in seinen Kräften steht. Und Ihr wisst, wie fatal es um die Finanzen bestellt ist. Er nimmt seine Verantwortung in England wahr, wo er nur kann. Auch um die letzten Wünsche von Konstanze hat er sich ebenso gekümmert wie um die Witwengelder von Richards Frau Berengaria. Allerdings kann er nicht in England und Aquitanien gleichzeitig

sein. Und Ihr habt sicherlich Recht, wenn Ihr meint, Isabelle nimmt ihm keine Verantwortung ab.«
Nachdem Tess eingeschenkt hatte, stocherte sie die Reste der glühenden Kohle auf, legte Späne und Reisig darüber und griff nach neuen Holzscheiten.
»Aus all diesen Gründen habe ich Vorsorge getroffen. Ich werde Angers in Schutt und Asche legen«, sagte Alienor unvermittelt.
Der Gast fuhr hoch. »Wie wollt Ihr …« Ungläubig starrte er sie an.
»Ich habe Mercadiers Söldner unter Vertrag genommen.« Alienors Hände umklammerten die Holzlehnen. »Ich habe keine Wahl.«
»Aber Mercadier wurde bei Eurer Rückreise von Kastilien ermordet. Er lebt nicht mehr.« Einen Moment lang zweifelte le Maréchal an ihr. Wo waren ihre Klugheit und ihr diplomatisches Gespür geblieben?
Alienor richtete sich senkrecht auf. »Er wurde in Bordeaux ermordet. Und genau dort befinden sich seine Männer in Bereitschaft.«
Noch immer fassungslos blickt Guillaume zu ihr hinüber. »Wer sollte diese Horde von Mördern und Verrätern befehligen können? Sie sind Abschaum. Ihr wisst, wie sie abschlachten, brandschatzen und plündern. Niemand außer Mercadier konnte sie zügeln. Er war ihr Anführer, weil er der Grausamste von allen war.«
»Ich habe Pierre de Mauley den Auftrag gegeben«, erwiderte Alienor knapp. »Meine Entscheidung ist längst gefällt.«
Tess warf das letzte Scheit ins Feuer, dass die Funken stoben. Vor ihren Augen tauchten in rasender Abfolge die Bilder aus Kastilien auf. Immer war Pierre de Mauley mit ihnen verbunden. Charmant, freundlich, unaufhörlich mit Männern wie Frauen flirtend. In all den Wochen hatte sie seine unterhaltsame Begleitung genossen.
Gleichzeitig sah sie die grobschlächtigen Männer in derber Lederkleidung grölend durch die Straßen von Bordeaux ziehen, als sie auf der Rückreise mit Alienor im dortigen Stadtschloss übernachtet hatte.
Sie hörte le Maréchal fragen: »Ist dieser de Mauley überhaupt geeignet, eine solche Horde von charakterlosen Männern zu bändigen?«

Tess wandte sich um. »Mit Sicherheit nicht!«, antwortete sie anstelle der Königin.
Plötzlich war die Atmosphäre zum Zerreißen gespannt. Nur das Knacken des brennenden Reisigs war zu hören. Mit eiskalter Stimme sagte Alienor: »Ich wünsche es so. Das dürfte genügen.«
Tess warf einen Blick zu dem Gast hinüber, dem seine Bedenken ins Gesicht geschrieben standen. Dann wagte sie es noch einmal: »Pierre mag ein brillanter Turnierritter sein. Doch verzeiht«, sie trat vor Alienor, »den Söldnern und ihrer Verschlagenheit und Brutalität ist er als Ehrenmann nicht gewachsen. Ihr werdet mehr Unheil erleben, als Nutzen aus dieser Entscheidung ziehen.«
Guillaume empfand die junge Frau als sehr mutig, die seine eigenen Befürchtungen so unverblümt aussprach. Aus früheren Zeiten rechnete er mit einem scharfen ›Raus!‹ der Königin, stattdessen erwiderte sie kühl: »Danke, Tess. Wir brauchen deine Hilfe nicht mehr.«
Kaum hatte sich die Tür hinter ihr geschlossen, fügte sie hinzu: »Das wäre die Frau an Johns Seite.«
»Oder eine Frau, wie Ihr es seid«, erwiderte Guillaume, um seiner Verehrung für Alienor endlich Ausdruck zu verleihen. »Dann wären die Normandie und das Poitou in Zukunft sicher.«
Alienors Miene hatte sich verschlossen, und der Gast wusste, dass das Thema Söldner für sie erledigt war.
Es war Mitternacht, als er sich verabschiedete. Nicht ohne ihr zu versprechen, dass er Hubert Walter ihre Befürchtungen mitteilen würde.
»Vielleicht ist John doch noch davon zu überzeugen, den Lusignans ein Friedensangebot zu machen, wenn der Lordkanzler ihm sagt, dass es sich um Eure Gedanken handelt. Auf Euch hat er immer gehört.« Er beugte sich über ihre Hand und wollte sich abwenden.
Da nahm Alienor seine Hände, zog ihn zu sich heran und küsste ihn auf beide Wangen. »Ich danke Euch für diesen Besuch.« Spott schimmerte in ihren Augen, als sie hinzufügte: »Wenn meine Ahnung mich nicht trügt, ist dies ein endgültiger Abschied.«

Sie sah ihm nach, wie er mit großen Schritten den Gang entlangging und unter dem Treppengewölbe verschwand.

* * *

In der großen Halle zu Winchester standen der König und sein wichtigster Berater Hubert Walter voreinander. Sie waren allein. Der Lordkanzler hatte um eine Audienz unter vier Augen gebeten.
Es roch nach Farbe. Die Leitern und Eimer der Handwerker standen hastig zusammengeräumt in einer Ecke, nachdem der Befehl ergangen war, die Arbeit für eine halbe Stunde zu unterbrechen.
»Nun?«, fragte John endlich. »Ihr seid nicht den ganzen Weg von Canterbury hierher geritten, um mir schweigend ins Gesicht zu blicken. Was gibt's?«
Der Erzbischof ballte die Fäuste ein ums andere Mal. Sein Gesicht verfärbte sich. Dann räusperte er sich. »Majestät …«, begann er leise.
John hob die Augenbrauen. »Warum so förmlich?«
Wieder holte der alte Mann tief Luft. »Ihr zwingt mich dazu, Majestät!«
John hob beide Arme und verschränkte sie vor der Brust. Dann begann er langsam und aufreizend vor- und zurückzuwippen. »Höre ich da den Ansatz einer Kritik?«, fragte er spöttisch. »Mein Lordkanzler, mein Primas der Kirche von England. Wie wollt Ihr im Gegenzug, dass ich Euch anrede?«
»Bitte, Majestät, bitte, mein König«, flehte Hubert Walter. »Lasst uns nicht so miteinander umgehen. Gott ist mein Zeuge, dass ich in guter Absicht nach Winchester gereist bin …«
»Was hat Gott damit zu tun?«, fragte John grob. »Aber kommt zur Sache und lasst uns diese Unterredung schnell zu Ende bringen!«
Wortlos wandte sein Lordkanzler sich ab und begann mit großen Schritten auf und ab zu gehen. Sein Mantel fegte über die Steinplatten, und seine Schritte hallten hohl von den leeren Wänden zurück. »Warum tut Ihr nichts?« Seine Stimme klang heiser.

Wieder hob John eine Braue.
Hubert Walter blieb vor ihm stehen. Zum ersten Mal fielen John die tiefen Falten auf, die sich in sein Gesicht gegraben hatten, und er sah die feinen roten Äderchen in dessen Augäpfeln.
»Die Königinmutter ist in größter Sorge …« Der Lordkanzler suchte nach Worten. »Die Lusignans, mein König. Es wird befürchtet, dass sie eine Revolution anzetteln.« Er stockte. In Johns Miene regte sich nichts.
Plötzlich brach es aus Hubert Walter heraus. Seine Stimme wurde von den kahlen Wänden zurückgeworfen. »Warum habt Ihr nichts getan? Obwohl Euch bewusst gewesen sein muss, dass der Lusignan den Brautraub nicht auf sich beruhen lassen würde!«, schrie er. »Ihr hättet Euch mit ihnen zusammensetzen müssen … mit ihnen reden … Versprechungen machen müssen … was weiß ich! Stattdessen tut Ihr so, als sei nichts gewesen, und verschafft Euren mächtigsten Widersachern alle Zeit, Eure Schwächen auszunutzen!«
John hielt den Kopf geneigt, als lausche er immer noch der dröhnenden Stimme, deren Echo von der gewölbten Decke widerhallte.
»Ihr habt mich nie gemocht, nicht wahr?«, fragte er leise. »Und Ihr habt nie gewollt, dass ich König werde!«
Ernüchtert hob Hubert Walter beide Hände. »Darum geht es doch nicht.«
John lächelte zynisch. Seine Augen blickten kalt, als er fortfuhr: »Wenn Guillaume le Maréchal nicht gewesen wäre, hättet Ihr meiner Krönung niemals zugestimmt.«
Hubert Walter schüttelte den Kopf. »Es ist müßig, darüber zu diskutieren. Ihr seid seit über drei Jahren König. Und es ist meine Aufgabe, Euch darin zu unterstützen, das Reich zusammenzuhalten. Euer Vater, Gott hab ihn selig …«
John fuhr auf. »Mein Vater herrschte über ein blühendes Land. Ich hingegen habe nur Schulden!«
»Woran Ihr nicht ganz unschuldig seid. Was kostet das alles.« Seine Handbewegung schloss die leere Halle mit ein. »Hier wird renoviert. Unten in Corfe plant Ihr ein Luxushaus auf dem Burgberg.

Man munkelt, dass Ihr ähnliche Pläne für York und Nottingham habt. Manchmal denke ich, dass Château-Gaillard Euch regelrecht verhext hat. Ihr müsst nicht versuchen, diesen Pomp in England zu kopieren. Wir können es uns einfach nicht leisten.«

Ganz langsam löste John die Arme von der Brust und legte sie wie zum Gebet aneinander. »Ihr arbeitet nicht gerne für mich. Ihr trauert immer noch Eurer Zeit mit Richard hinterher.« Und als sein Lordkanzler etwas erwidern wollte, fiel er ihm ins Wort. »Ich weiß es!«

Schweigend starrten sie einander an, bis Hubert Walter die Stille unterbrach. Er räusperte sich. »Wenn Ihr derart unzufrieden mit mir seid«, er neigte den Kopf, »dann trete ich zurück.«

In Johns Kopf überschlugen sich die Gedanken. Hier bot sich ihm die Gelegenheit, den Lordkanzler loszuwerden, endlich Entscheidungen alleine zu treffen, sich nur noch auf England zu konzentrieren. Aber was geschähe dann mit den Besitzungen auf dem Festland, wer konnte besser die Ränke von Philipp parieren, wer stand in permanenter Verbindung zu Königin Alienor? Laut sagte er: »Wem wäre damit gedient? Wollt Ihr Euch tatsächlich nur noch auf Canterbury konzentrieren? Ihr wisst doch, dass Ihr dann nur Befehlsempfänger von Rom seid. Genügt Euch das?«

Zum ersten Mal flog ein Lächeln über Hubert Walters Gesicht. »Und hier bin ich Euer Befehlsempfänger.«

John hob abwehrend die Hand. »Aber Rom hat sich nie einem Eurer Argumente gebeugt!«

Lauernd musterte ihn sein Lordkanzler. »Ihr meint im Gegensatz zu Euch, mein König?«

John nickte und blickte sich in der riesigen, leeren Halle um. »Warum gehen wir nicht hinaus. Diese Luft verursacht mir Kopfschmerzen.«

Sein Lordkanzler folgte ihm.

William de Braose lungerte an einem der Fenster und starrte hinunter in den kleinen Garten, in dem drei Gärtner damit beschäftigt

waren, die Buchsbaumhecken, mit denen die Blumenbeete eingefasst waren, zurechtzustutzen. Missmutig knurrte er: »Es ist nicht zum Aushalten. Überall stinkt es nach Farbe. Als wenn unser guter John nichts Besseres zu tun hätte, als Wände streichen zu lassen.«
Will war damit beschäftigt, sich Notizen auf einem Bogen Pergament zu machen. Ohne hochzublicken, erwiderte er gleichmütig: »Es geht ja nicht nur ums Streichen. Viele der Mauern sind feucht, und manche Kamine bröckeln.«
»Er sollte lieber eine Jagd im New Forest veranstalten. Es ist Ewigkeiten her, dass wir etwas zusammen unternommen und gesoffen haben. Seitdem er mit dieser Frau verheiratet ist, erkennt man ihn kaum wieder. Er klebt ja förmlich an ihren Rockschößen«, maulte de Braose.
Will murmelte irgendetwas, ohne sich von seiner Arbeit abhalten zu lassen. De Braose fuhr unbeirrt fort: »Wenigstens hat er das mit dem Wein ordentlich hingekriegt.«
Entnervt legte Will den Federkiel zur Seite. »Wovon sprecht Ihr?«
»Dass er die Weineinfuhr nach England so niedrig besteuert. Jedenfalls, was die Fässer aus dem Poitou und Anjou anbelangt. Davon profitieren wir ja schließlich alle.« Er lachte anzüglich. »Und unser guter John natürlich auch. Er kann sich ja nicht nur mit seiner Isabelle herumwälzen. Irgendwann braucht ein Mann auch einen ordentlichen Schluck.« Plötzlich stieß er einen Pfiff aus. Zum ersten Mal blickte Will interessiert zu ihm hinüber. »Was gibt's?«
De Braose deutete mit dem Finger hinunter in den Garten. »Da gehen sie beide«, zischte er. »Dabei hätte ich schwören können, dass John diesmal sagt, wo es langgeht. Der Alte hat ihn wohl wieder rumgekriegt.« Er grinste gehässig. »Dabei hatte ich mich so gefreut, dass John ihn in die Halle beordert hatte. Ich hatte gehofft, dass es unserem vorzüglichen Hubert Walter so richtig schön schlecht wird und er sich die Seele aus dem Leib kotzt.«
Will packte seine Sachen zusammen und schob den Stuhl zurück. Das Holz kratzte über den Boden. »Ich muss noch mal runter in die Stadt«, murmelte er.

»Kann ich mitkommen?«, drängte de Braose.
Will zuckte mit den Schultern. »Ich habe eine Verabredung mit dem Baumeister der Kathedrale. Ich fürchte, das wird nicht sehr unterhaltsam für Euch.«
»Was habt Ihr mit dem zu schaffen?«, fragte de Braose neugierig.
»Ich selbst gar nichts«, entgegnete Will. »Der König wünscht nur, auf dem Laufenden zu sein.« Er verstaute seine Schreibutensilien in einer kleinen Holztruhe und brachte ein Schloss daran an. Dann nahm er das Kästchen unter den Arm, griff nach seinem Umhang, der in einer der Fensternischen lag, und wollte den Raum zu verlassen.
»Wartet«, rief de Braose und lief ihm hinterher.
Hintereinander stiegen sie die Wendeltreppe hinab. Unten im Hof stutzte de Braose. »Die Ställe liegen dort drüben. Habt Ihr es schon vergessen?«
Will grinste. »Ich möchte zu Fuß gehen. In der Stadt ist heute Markt. Da ist an ein Durchkommen zu Pferde nicht zu denken.« Er winkte den beiden Wachen am Tor zu, und bald darauf schritten sie die High Street hinunter.
Will hatte Recht. Es herrschte ein ungeheueres Gedränge. Neidisch taxierte de Braose die zahllosen Verkaufsstände, die sich die ganze Straße hinunterzogen. Es gab alles zu kaufen, von Schmuck über Pferdegeschirr bis hin zu Tuchen und allerlei Gebrauchsgegenständen. Sie mussten sich ihren Weg durch die Menge bahnen.
Auf halber Strecke, am Buttermarkt, war de Braose so gereizt, dass er zornig gegen einen Bettler trat, der auf der Erde hockte und nicht schnell genug seine Beine anziehen konnte. »Verdammt«, schimpfte er. »Man sollte dich auspeitschen lassen. Weißt du denn nicht, wer ich bin?« Drohend trat er näher. Der Mann duckte sich und zog den Kopf zwischen die Schultern.
»Lasst ihn doch«, meinte Will gutmütig. »Wie soll er Euch erkennen. Hier weiß doch niemand, wer Ihr seid.« Und damit zog er de Braose nach rechts in eine schmale Gasse. Nach ein paar Schritten blieb er stehen und deutete nach vorne. »Seht doch, wie schön diese

Kirche ist«, rief er begeistert aus. Beeindruckend erhob sich der mächtige Sakralbau gegen den blauen Himmel. Die Baugerüste und der ohrenbetäubende Lärm, den die Handwerker verursachten, konnten ihm nichts von seiner majestätischen Ruhe nehmen.

De Braose hatte nur einen flüchtigen Blick dafür übrig. Stattdessen fiel sein Auge auf ein Wirtshaus, dessen Türe sie gerade passierten. »Ich werde hier drin auf Euch warten.« Ohne Wills Antwort abzuwarten, stieß er die eisenbeschlagene Tür auf. »Holt mich später ab«, rief er, dann war er verschwunden.

Ohne innezuhalten, strebte Will dem riesigen Kirchenschiff zu. Seine Augen überflogen die Buden, die an der Längsseite der Kathedrale aufgereiht waren. Davor hockten Männer und besserten abgebrochene Wasserspeier aus, deren finstere Fratzen selbst bei Tageslicht unheimlich wirkten. Die Steinmetzen grüßten freundlich, als sie ihn vorbeieilen sahen. »Der Meister wird beim Portal sein«, rief einer ihm zu. Da hatte Will ihn schon selbst entdeckt.

Umringt von seinen Mitarbeitern, beugte der Kleinwüchsige sich gerade über einen Tisch und zeichnete die Schablone für eine der Verstrebungen, die ins Dach eingelassen werden sollte. »Das muss genau verfugt werden, sonst haben wir Probleme. Hier, nehmt das mit.«

Als er sich aufrichtete, sah er Will, der interessiert zugehört hatte. »Gott zum Gruße, Lord Will.« Er lachte. »Ich weiß genau, weshalb Ihr kommt. Ich hatte noch keine Zeit, die Pläne richtig auszuarbeiten. Das wird noch ein paar Tage dauern. Ihr seht ja selbst …« Er deutete auf das Treiben um sie herum. »Wir müssen das Wetter ausnutzen!« Er legte den Kopf in den Nacken und starrte auf die Fassade. »Immer dann wenn ich glaube, wir haben es geschafft, entdecke ich etwas Neues, das ausgebessert werden muss.«

»Ich komme auch nicht, um Euch zu drängen, Meister Pierre«, lächelte Will freundlich. »Der König wollte nur wissen, ob Ihr schon in Corfe gewesen seid.« Eifrig zog ihn der Baumeister zur Seite. »Ich bin am Wochenende hinuntergeritten und habe es mir angeschaut.«

»Und?«, fragte Will gespannt.

Der Meister steuerte ein Brett an, das jemand auf zwei Steinblöcke gelegt hatte, und hockte sich darauf. »Da ließe sich tatsächlich etwas machen«, begann er.

Will baute sich vor ihm auf. »Müssen bereits bestehende Gebäude abgerissen werden?«

Der Meister schüttelte bedächtig den Kopf. »Das wird nicht notwendig sein. Ihr erinnert Euch. Wenn man durch das Außentor, den Außenhof und das Südwesttor gelangt ist …«

»Ja, ja, dann kommt der Westhof, und danach gelangt man in den Turm«, warf Will ein.

Meister Pierre ließ sich nicht beirren. »Und wenn man den passiert hat, dann gibt es im Nordosten des Burgbergs eine Stelle, die groß genug wäre, um ein Haus darauf zu errichten«, fuhr er ruhig fort.

»Ja, aber wird man es gegebenenfalls auch verteidigen können?«, gab Will zu bedenken.

Der Baumeister schüttelte den Kopf. »Soweit ich es verstanden habe, ist es dafür auch nicht gedacht. Der König wünscht ein luxuriöses Haus mit großen Fenstern. Alles soll hell und freundlich sein. Eine richtige Gloriette eben«, fügte er vergnügt hinzu. »Es wird Spaß machen, die Pläne dafür zu zeichnen. Solche Anwesen sind selten.«

Will hakte nach. »Gesetzt den Fall, Corfe Castle wird belagert. Wie soll man sich darin schützen können?«

Meister Pierre schmunzelte. »Die gesamte Burganlage ist so ausgezeichnet und verteidigungswirksam angelegt, dass niemand durchkommen kann. Man müsste schon alle Mauern überwunden haben, um überhaupt in die Nähe der Gloriette zu kommen. Das ist sehr unwahrscheinlich.« Er sah an Will vorbei. »Ja, was gibt es?«, rief er.

Will wandte den Kopf und sah einen der Bauarbeiter auf sie zulaufen. »Eine Seilwinde ist gerissen. Ihr müsst kommen!«

Meister Pierre sprang auf. »In zwei Wochen hat der König meine Pläne«, versprach er. Will sah ihm nach, als er in Richtung Portal lief. Ehe er darunter verschwand, wandte er sich noch einmal um.

»Und sagt dem König, dass auf der Ostseite auch noch Platz für einen Garten ist.« Dann hatte die Kathedrale ihn verschluckt.

»Große Fenster statt Schießscharten. Ich finde es trotzdem leichtsinnig«, murmelte Will, als er kurz darauf den Domplatz überquerte.

Das Wirtshausschild mit den drei Tauben erinnerte ihn daran, dass er versprochen hatte, de Braose abzuholen. Er überquerte die Gasse, wich einem Ochsengespann aus und stieß die schwere Tür zum Schankraum auf. Eine Welle von Biergeruch und gesottenem Braten schlug ihm entgegen.

Die niedrige Stube mit ihrer geschwärzten Balkendecke war überfüllt. Die meisten der Gäste waren Männer. Nur hinten, in einer Ecke, saßen zwei Marktfrauen. Mägde schleppten Platten und Krüge an die blank gescheuerten Tische, an denen sich die Marktbesucher drängelten. Will entdeckte de Braose sofort. Trotz des Stimmengewirrs war er nicht zu überhören. Großspurig stand der stiernackige Ritter an der Theke und hielt einen Bierhumpen in der Hand. »Und ich sage euch, dass dieser hinterhältige, französische Hund unseren König nicht einfach nach Paris beordern kann. Ja, wenn es sich nur um den Herzog der Normandie handeln würde, aber dieser Philipp scheint zu vergessen, dass dieser Herzog auch König von England ist!« Er lachte dröhnend. »So jemandem kann man nicht einfach Befehle erteilen!«

Einer der Gäste drängelte sich nach vorne. »Ich gehe jede Wette ein, dass der französische König sich das nicht gefallen lassen wird«, rief er dazwischen. »Der Graf von Lusignan hat sich an Seine Majestät gewandt, damit das Unrecht gerächt wird. König John muss Wiedergutmachung leisten!«

De Braose fielen fast die Augen aus dem Kopf. »Was erfrecht Ihr Euch?«, schrie er jähzornig und fuchtelte dem Mann mit der Hand vor dem Gesicht. Bier schwappte aus seinem Humpen.

Will versuchte, durch die Menge zu de Braose vorzudringen.

Der Fremde ließ sich nicht einschüchtern. Angestachelt durch die Aufmerksamkeit der Männer um ihn herum, stellte er sich in

Positur. »Der Lusignan hat Recht«, rief er entrüstet. »Natürlich musste er sich an seinen obersten Lehnsherrn wenden. König Philipp wird schon dafür sorgen, dass ihm Genugtuung widerfährt. Ihr werdet sehen. Euer König John wird am Ende klein beigeben müssen, denn er hat unrecht getan!«

Plötzlich war es totenstill im Schankraum, als hielten alle den Atem an. Überdeutlich erschien Will das Hufgeklapper der Rösser, die draußen vorbeigeführt wurden. Ehe er es verhindern konnte, hatte de Braose dem Sprecher den Rest aus seinem Humpen ins Gesicht geschleudert.

»Du Franzosenschwein«, zischte er. Eine der Frauen stieß einen Schrei aus. Die Umstehenden wichen zurück. Verdutzt wischte sich der Mann das Bier aus den Augen, dann holte er aus und schlug de Braose die Faust ins Gesicht.

»Haltet ein«, schrie Will drohend. Rücksichtslos zwang er die Leute auseinander und stellte sich zwischen die beiden Streithähne.

»Dieses Schwein hat mich geschlagen. Dafür kommt er in den Kerker. Und wenn ich ihn eigenhändig dorthin schleifen müsste!« Zitternd vor Wut versuchte de Braose, an Will vorbeizukommen. Seinem Widersacher wurde mulmig. »Ich stehe unter dem besonderen Schutz des französischen Königs«, schrie er gellend. Hektisch begann er in seiner ledernen Umhängetasche zu kramen und zog eine Pergamentrolle daraus hervor, an der ein großes Siegel baumelte. Er hielt das Schreiben in die Höhe. »Hier«, rief er triumphierend. »Hier ist die letzte Aufforderung an König John, dass er sich unverzüglich am Hof zu Paris einzufinden hat!«

»Und warum sauft Ihr hier rum und belästigt die Leute, anstatt die Depesche oben auf der Burg abzuliefern?«, brüllte Will und versuchte immer noch, de Braose abzuwehren. Mit der linken Hand packte er den Franzosen und zerrte ihn unsanft zur Tür. »Schert Euch zur Burg, aber sofort!«, drohte er und warf ihn hinaus.

Aufatmend schloss er die Tür hinter ihm und wandte sich um. Immer noch duckten sich die Wirtshausbesucher. Will lächelte. »Freibier für alle«, rief er und machte dem verängstigten Wirt ein

Zeichen. Zwei Minuten später schienen alle den Vorfall vergessen zu haben. Nur de Braose grollte vor sich hin. »Ich werde trotzdem dafür sorgen, dass er ausgepeitscht wird«, fluchte er und trank den neuen Humpen bis zur Neige. Dann wischte er sich den Schaum vom Mund und lächelte breit. »Und ich werde persönlich dabei zusehen.« Seine Augen verengten sich zu Schlitzen.

Es dunkelte bereits, als sie den Heimweg antraten. Arm in Arm wankten sie die High Street hinauf zur Burg. Längst waren die Händler mit ihren Buden verschwunden. Vereinzelt schimmerte Licht hinter den kleinen, bleiverglasten Fenstern. Einmal rutschte de Braose auf einem Kuhfladen aus und fiel auf die Knie. Will hatte Mühe, ihn wieder hochzuhieven.

»Gleich haben wir es geschafft«, lockte er und merkte, dass er Mühe hatte, die Worte richtig auszusprechen. Schnaufend kam de Braose wieder zum Stehen. Er wankte leicht. »Ist mir auch unverständlich, dass er sie gleich geheiratet hat. Hätte man auch einfacher haben können«, lallte er und begann zu kichern.

»Alle Frauen sind gleich. Die meine hat mir Abergavenny auch nie verziehen. Meine Maud versteht mich nicht.« Er blies Will seinen Bieratem ins Gesicht. »Dabei …« Er rülpste laut. »Ich hab es ja nur für König Henry getan.« Wieder rülpste er. »Das können Frauen eben nicht verstehen.«

»Ja, ja«, pflichtete Will ihm bei. »Frauen sind …« Er wusste nicht mehr weiter. Sein Kumpan schien es nicht zu bemerken. Plötzlich begann er ein frivoles Lied zu grölen. Seine Stimme hallte in der Gasse wider. Über ihnen wurde ein Fenster geöffnet, und gleich darauf schüttete eine erboste Bürgersfrau einen Nachttopf über ihren Köpfen aus. Sie schimpfte immer noch, als die Männer das Burgtor erreicht hatten.

Wills Kopf dröhnte, und er hatte nur den einzigen Wunsch, sofort zu schlafen. Gerade sagte er zu de Braose: »Wir sehen uns morgen«, und nahm Kurs auf sein Gemach, da trat eine der Wachen zu ihm. »Lord William?«, fragte er. Will nickte. Der Mann nahm Haltung an. »König John wünscht Euch zu sprechen!«

»Was? Jetzt noch?«, fragte Will ungläubig. Der Soldat bejahte.
»Ich werde zuerst ein Bad nehmen und dann zu ihm gehen!«
Der Mann stellte sich ihm in den Weg. »Sofort!« Will seufzte und gehorchte.
Kurz darauf klopfte er an die Tür der kleinen Schreibkammer, in der der König seine Bücher kontrollierte. John saß allein über eine Landkarte gebeugt und warf ihm nur einen kurzen Blick zu. »Wir reiten morgen zum Festland!«
Will kam näher. »Du willst tatsächlich nach Paris?«
Entschieden schüttelte John den Kopf. »Was soll ich in Paris? Philipp kann mir gestohlen bleiben. Wir reiten nach Süden. Ich will dem Lusignan auf die Finger klopfen. Ich denke, es ist an der Zeit, ihm eine Lektion zu erteilen. Wir werden den Spieß einfach umdrehen und ihn anklagen.«

* * *

Über all den Hiobsbotschaften war es Sommer geworden.
Die Nachrichten, die im Laufe des Frühjahrs in Fontevrault eintrafen, klangen immer bedrohlicher. Alienor war außer sich, als sie erfuhr, dass John Philipps Befehl, bei Hofe zu erscheinen, um seinen Vasallen aus dem Poitou zu ihrem Recht zu verhelfen, einfach missachtete. Als Herzog von Aquitanien hätte er dem Befehl nach Paris Folge leisten müssen. Und nicht nur das. Ihr Sohn hatte den Bogen vollends überspannt, als er die Lusignans ihrerseits des Verrats beschuldigte.
Fassungslos erkannte Alienor, wie direkt er Philipp in die Hände spielte. Wie konnte John nur nicht durchschauen, dass ihn der König von Frankreich als sein oberster Lehnsherr nun mit vollem Recht verurteilen würde! Kurze Zeit später hatte John den Fehdebrief erhalten.
In den kühlen Morgenstunden hatte Alienor es sich zur Gewohnheit gemacht, alleine durch den Rosengarten zu gehen, um die schlaflosen Nächte abzuschütteln. Sie lauschte dem eifrigen

Gezwitscher der Vögel. Ihre aufgeregte Unbeschwertheit lenkte sie von den Albträumen ab, die sie heimsuchten, sobald sie in unruhigen Schlaf fiel. Täglich verfolgte sie das Erblühen ihrer Lieblingsrosen, atmete ihren verhaltenen Duft ein, der sich erst im Laufe des Vormittags voll entwickeln würde. Fast zärtlich strich sie über die samtigen, dunkelroten Blütenblätter. Mit eiserner Disziplin verbot sie es sich in diesen Momenten, die verheerende Situation an sich heranzulassen.

Doch wann immer die Äbtissin die Zeit erübrigen konnte, sie zu begleiten, drehten sich ihre Gespräche sofort um die neuesten Entwicklungen, die zunehmend dramatischer wurden.

»Hast du endlich von John gehört?«, fragte Mathilde. Alienor verneinte. »Kein einziges Schreiben. Und wann immer ich über meine Boten von ihm höre, beruhigt mich das nicht gerade.«

»Warum verhält er sich nur so passiv? Er weiß doch ebenso gut wie du, was sich an seinen Grenzen zusammenbraut.« Die Äbtissin war fassungslos.

»Ganz im Gegensatz zum Verhalten meines denkfaulen Sohnes geht Philipp sehr zielgerichtet vor«, fuhr Alienor verächtlich fort. »Die ersten Burgen der Normandie sind bereits in seiner Hand. Gestern hat mir ein Bote berichtet, dass auch Eu, Aumale und Gournay eingenommen wurden – ohne nennenswerten Widerstand. Die normannischen Barone lassen John der Reihe nach fallen. Meine Befürchtungen bewahrheiten sich Burg für Burg.« Eine Welle von Zorn drohte sie zu übermannen, die sie nur beherrschen konnte, indem sie sich zwang, den köstlichen Sommermorgen bewusst zu genießen. »Lassen wir John. Ich werde ihn nie verstehen.« Sie sog die Morgenluft ein, in der noch ein wenig Feuchtigkeit hing, und blickte sich um.

»In guten wie in schlechten Zeiten«, murmelte sie und wandte sich wieder Mathilde zu. »Diese Abtei war mir seit jeher Schutz und Halt. Der Frieden, der hier herrscht, wird mir mit jedem Tag, der vergeht, kostbarer. Ich glaube, in all den Jahren, die ich hier verbracht habe, war mir dies nie so bewusst wie heute und unendlich

wichtig, um den nächsten Tag zu bestehen.« Entferntes Hufgetrappel unterbrach ihre Gedanken.
Beide Frauen hoben gleichzeitig den Kopf. Laute Rufe am Klostereingang waren zu hören. Alienors Herz begann zu pochen. Um diese Tageszeit konnten es weder die Bauern noch die Händler sein, die die Küche belieferten. Instinktiv eilte Alienor, gefolgt von Mathilde, auf den Weg, der zur Pforte führte. Ihr Herz drohte auszusetzen, als sie den jungen Mann erkannte, der auf sie zugelaufen kam.
Alienor hatte ihn als Spion in Arthurs Lager eingeschleust, nachdem sie erfahren hatte, dass ihr Enkelsohn zum Ritter geschlagen und damit zu einem ernst zu nehmenden Gegner geworden war. Ihr Zuträger hatte ihr vor Wochen berichtet, dass Arthur den feierlichen Treueid nicht nur auf die Bretagne, sondern auch für Maine, das Anjou, die Tourraine und das Poitou geleistet hatte. Ohnmächtig hatte sie diese Missachtung ihres Huldigungseids vor Philipp hinnehmen müssen.
»Sprecht!«, befahl sie dem atemlosen Mann, ohne die üblichen Höflichkeiten zuzulassen.
»König Philipp hat Prinz Arthur losgeschickt!« Er rang nach Atem. »Zwanzig erfahrene Ritter sind an seiner Seite. Sie sollen das Poitou besetzen und sich mit den Streitkräften der Lusignans vereinigen!«
Alienor hörte die Worte wie aus weiter Ferne. »Noch etwas?«, fragte sie tonlos.
Er nickte. »Sie sind vor mir aufgebrochen. Alles hat im Geheimen stattgefunden. Sobald ich davon erfahren habe, bin ich losgeritten.«
»Ich danke Euch«, sagte Alienor und drehte sich auf dem Absatz um.
»Lasst Euch in der Küche verköstigen«, fügte Mathilde hinzu und deutete auf das kegelförmige Küchengebäude, aus dessen spitzen Schornsteinen die ersten Rauchsäulen quollen. Dann eilte sie der Königin hinterher.

Alienor schien vollkommen ruhig. »Es geht ihnen nur um mich. Wir brechen sofort nach Poitiers auf. Dort bin ich sicherer. Es ist der einzige Ort in diesem Chaos, von dem aus ich vielleicht noch etwas bewirken kann. Kannst du veranlassen, dass der Stallmeister die schnellsten Pferde einspannt?« Mathilde blickte in ihr gefasstes Gesicht, aus dem jede Farbe gewichen war. Äußerlich war ihr nicht anzumerken, wie sie die Gefahr einschätzte. Doch wirkte ihre Körperhaltung wie die einer Löwin kurz vor dem Sprung, konzentriert auf das, was vor ihr lag.

»Wir brauchen nur einen Wagen«, erklärte die Königin mit unbewegter Miene. »Außer Tess soll mich nur die Leibgarde zu Pferde begleiten. Ein Bote muss auf der Stelle nach Bordeaux reiten. De Mauley soll sofort nach Angers aufbrechen.«

Kaum hatten sie die Ebene oberhalb der Abtei erreicht, befahl Alienor den schärfsten Galopp. Tess rollte die Lederfenster an beiden Seiten des Wageninnern auf und befestigte sie mit einem Riemen. Sie wusste, wie sehr die Königin den Blick von hier oben auf die Klosteranlage von Fontevrault liebte. Beklommen und schweigend blickten sie hinunter auf die Türme der Abtei, die hinter den hügeligen Wiesen verschwanden.

Dass die Holzräder hart durch die Schlaglöcher holperten, kümmerte Alienor nicht. Weder hörte sie das Stöhnen der Achsen, noch nahm sie wahr, wie die trockenen Steine unter den eisernen Beschlägen knirschten, zermalmt wurden, in alle Himmelsrichtungen stoben. Taub gegenüber allem, was um sie herum geschah, hielt sie sich an der gepolsterten Holzbank fest, um nicht gegen die Deckenplane geschleudert zu werden. Das waghalsige Tempo ließ sie über sich ergehen, solange es sie nur sicher zu ihrem Ziel führte, nach Poitiers.

Der Hass auf den unbekannten Enkel hielt sie aufrecht. Wie konnte Geoffreys missratener Sohn es wagen, sich das Lehen anzueignen, das ihr anvertraut war, und sie gar zur Flucht zu zwingen. Niemals in ihrem Leben war sie geflohen. Bei einem Angriff auf das Stadtpalais in Poitiers würde sie ihn zurückschlagen, selbst wenn die Lusignans aus dem Süden dazustießen. Dann würde er ihr Rede und Antwort stehen müssen.

Plötzlich verlangsamte der Wagen die Fahrt. Tess hob das Leder an und beugte sich hinaus. Da sah sie den Reiter in gestrecktem Galopp auf sie zukommen. Die Nüstern des schweißglänzenden Pferdes bebten, als er es auf der Hinterhand zum Stehen brachte. »Haltet an. Stopp!«, schrie er und drängte das schnaubende Tier an die Längsseite des Wagens.

»Majestät, Prinz Arthur ist bereits in Loudun. Er wird Euch den Weg abschneiden. Der einzige Schutz, den wir Euch bieten können, ist die kleine Burg von Mirebeau. Sie liegt zwei Meilen südöstlich von hier.«

Tess sah, wie die Königin bleich wurde. »Reitet voraus!«, befahl sie, und den Kutscher wies sie an: »Er soll alles aus den Pferden herausholen!«

Bei dem folgenden Peitschenknall machte der gesamte Wagen einen Satz, Alienors Oberkörper kippte nach vorn und schlug gegen die Wand zurück. In halsbrecherischer Geschwindigkeit holperte das wackelnde Gefährt davon. Tess empfand weniger Angst um sich als um die gejagte Königin, deren Knöchel weiß unter der Haut hervorstachen, so fest umklammerten ihre Hände das Sitzbrett. Aufrecht saß sie da und wagte nicht, sich anzulehnen, zu starr, um die ruckenden Bewegungen abzufedern.

Endlich trieb der Kutscher die Pferde mit knallenden Peitschenhieben eine Anhöhe hinauf und in das kleine Städtchen von Mirebeau hinein. Frauen und Kinder flohen erschrocken, als der Wagen mit dem königlichen Wappen sich rücksichtslos einen Weg durch die engen Gassen zur Burg hinauf bahnte. Hinter ihnen wurde sofort das Stadttor geschlossen.

Oben angekommen stellte Alienor entsetzt fest, in welch schlechtem Zustand die Anlage war. Die schadhafte Ringmauer war viel zu niedrig, und die Bauten, die innerhalb aufgereiht waren, machten

einen verwahrlosten Eindruck. Alienor sprang aus dem Wagen. Ihre Stimme übertönte das aufgeregte Gemurmel der Menschen, die zusammengelaufen waren: »Mirebeau wird belagert werden. Schafft Frauen und Kinder in die Burg. Bringt alle Lebensmittel mit hinauf! Nur schnell muss es gehen! Alle Männer auf die Wehrgänge.«
Sie wandte sich an den Vogt. »Ist der Brunnen in Ordnung? Ich möchte, dass so viel Wasser wie möglich in den Turm geschafft wird. Wie sieht es mit Vorräten aus?«
»Nicht besonders gut. Aber ich werde mich drum kümmern!« Er lief davon.
In Panik stoben alle auseinander, die einen rannten, um Waffen, Pech und Feuerholz heranzuschaffen, andere, um sich und ihre Kinder in den gedrungenen Häusern zu verbarrikadieren, wieder andere schrien durcheinander, um die Anordnungen so schnell wie möglich untereinander aufzuteilen. Erst als der Hauptmann ihrer Garde das Kommando übernahm und seine ruhigen Befehle für Ordnung sorgten, ergriff Alienor den Arm von Tess. »Komm mit. Ich möchte mir einen Überblick verschaffen!«
Gemeinsam hasteten sie die staubige Wendeltreppe des Turms hinauf. Oben angekommen bot sich ihnen ein weiter Blick über das Poitou. Die Sonne blendete sie, und Alienor kniff die Augen zusammen. »Der Feind wird aus zwei Richtungen kommen«, sagte sie und deutete nach Südosten. »Von dort erwarte ich die Lusignans, und von dort, aus Nordwesten, wird Arthur sich nähern.«
Sehnsüchtig blickte sie nach Westen hinüber. Dort lag das sichere Poitiers in seinen wehrhaften Mauern. Dies war das Land ihrer Ahnen, der Herzöge von Aquitanien, die seit jeher Grafen von Poitiers waren. Ihr Herz krampfte sich zusammen. Wie weit war sie herabgesunken, dass sie in dieser verkommenen Burg von Mirebeau Zuflucht suchen musste, um ihrem Enkelsohn und den eigenen Baronen zu entkommen.
Mehrere hochbeladene Karren lenkten sie von den düsteren Gedanken ab. Holpernd wurden sie in aller Eile über den Hof geschoben.

Schweine quiekten, Enten schnatterten, Hühner gackerten in Käfigen, die an einer Holzstange aufgereiht hingen. Dahinter folgte auf Rädern ein großer Holzbottich, aus dem Wasser schwappte.
Tess unterdrückte einen Schrei. »Seht nur …« Mit zitternder Hand deutete sie in die Ebene. Alienor beugte sich über die Zinne.
Zunächst sah sie nur eine Staubwolke gegen die Nachtmittagssonne, dann erkannte sie das Glitzern der Rüstungen, Pferde, die im Galopp auf Mirebeau zuhielten. Die Lusignans marschierten mit einem gewaltigen Heer auf, groß genug, um das gesamte Poitou zu unterwerfen. Damit hatte sie nicht gerechnet. Niemals würden sie einer solchen Übermacht standhalten können.
Je näher die zahllosen Ritter rückten, je deutlicher die einzelnen Banner voneinander zu unterscheiden waren, umso enger legte sich die Klammer um Alienors Brust. Lähmende Angst kroch in ihr hoch. Wie betäubt erkannte sie nun die Wimpel der Lusignans, und sie wusste: Selbst für die Hälfte dieser Männer war Mirebeau ein Kinderspiel.
»Jede Hilfe kommt zu spät«, sagte Alienor resigniert. »Die Boten hatten keine Chance, rechtzeitig irgendjemanden zu verständigen.«
Tess bemühte sich um einen normalen Tonfall. »Doch!«, behauptete sie zuversichtlich. »William des Roches in Chinon wird es bald erfahren, und König John auch!«
»Aber John ist weit weg. Er befindet sich in Le Mans«, entgegnete Alienor.
Tess war unerschütterlich. »Er wird kommen!«
Bisher war ihr die Flucht unwirklich und voll unheimlicher Spannung erschienen. Doch nun erkannte sie das ganze Ausmaß der Gefahr. Wie Tausende kleiner Nadelstiche spürte sie eine bislang unbekannte Furcht in jeder Pore ihres Körpers. Die Königin durfte nicht verzagen. Nur sie konnte damit umgehen, sie hatte lebenslange Erfahrungen gesammelt und die bedrohlichsten Krisen gemeistert.
Zum hundertsten Mal blickte Alienor zum Himmel, um den Sonnenstand zu prüfen. Ihre Gedanken überschlugen sich. Mit der

Hilfe des Seneschalls aus Chinon konnte sie allerfrühestens übermorgen rechnen, und dann auch erst gegen Abend. Bis dahin war es zu spät. Und John? Er würde mindestens drei Tage brauchen. Sie hatte die Gefahr unterschätzt.

»Wir müssen mit dem Schlimmsten rechnen. Es wird Tote geben. Mein Gott, steh uns bei!«

Tess sah die Angst in ihren Augen. Das Dunkle, Bedrohliche in diesem Blick sprang sie an und saugte sich fest. Der Boden wankte unter ihren Füßen. Die Worte schrillten in ihren Ohren, während sich die Angst wie ein gleißend heißer Strom in ihr ausbreitete. Sie wehrte sich mit allen Sinnen gegen die Erkenntnis, die sich einschlich wie eine Schlange. Bisher war es doch immer so gewesen: Alles stand in der Macht der Königin. Die Königin war der Inbegriff von Mut, Intelligenz und Umsicht. Tess vertraute ihr bedingungslos. Alienor würde auch diesmal eine Lösung finden. Sie hatte in allen Lebenskämpfen gesiegt. Und doch wusste Tess nun tief in ihrem Innern: Selbst diese starke Frau würde sie nicht retten können.

Gebannt starrten sie hinab in die Ebene, unfähig zu sprechen, weil ihnen die Angst die Worte raubte. Tess hielt es nicht länger aus.

Die Enttäuschung über die Ohnmacht der Königin, die sie eben noch gelähmt hatte, wich plötzlich einem unerklärlichen Tatendrang. Koste es, was es wolle, sie würde ihr zur Seite stehen und die Verantwortung für die Menschen, die in der Burg Zuflucht suchten, mit ihr teilen.

Gefolgt von den Männern, denen sie zuschrie, ihr zu helfen, rannte Tess hinunter, zum Backhaus, zu den Vorratskammern, zum Brunnen, befahl und organisierte. »In die untere Halle«, rief sie der Magd zu, die beladen mit Broten auf sie zukam. Den Knappen feuerte sie an, rasch Strohballen nach oben zu schaffen. »Dort wird die Königin nächtigen.« Das schien ihr das Klügste. Ungefragt machte sie sich daran zu bestimmen, wer von den Frauen und Männern im Turm gebraucht würde. »Ein, zwei Mägde … Wo ist der Sakristan? Er soll die Kapelle öffnen. Dort werden Frauen und Kinder untergebracht.« Während die ersten Bewohner des Städtchens mit Bündeln

bepackt eintrafen, Mütter mit schreienden Kindern auf den Armen, überlegte Tess unermüdlich, was noch bedacht werden musste, bevor auf dem Burghof kein Durchkommen mehr war. Sie verbot sich den Gedanken an das Heer, das jeden Moment vor den Toren Mirebeaus aufziehen würde.
Die weit ausladende Linde verdeckte den Blick auf die Sonne. Doch an dem langen Schatten, den sie warf, konnte Tess ablesen, dass nur noch wenige Stunden bis zur Dämmerung blieben. ›Würden sie heute noch angreifen?‹, fragte sie sich und schauderte.
Da hörten alle das dumpfe Dröhnen, das von unten herauf scholl. ›Sie rammen ein Stadttor‹, fuhr es Tess durch den Kopf. Immer mehr Menschen quollen durch das Tor in die Burg.
Wieder donnerte das schwere Gerät gegen ein Tor. Das Geräusch von berstendem Holz war deutlich zu hören. »Heilige Maria«, hörte Tess ein altes Weib inmitten des hysterischen Geschreis beten. »Jetzt und in der Stunde unseres Todes«, fielen andere mit ein.
In der Menschenmenge suchte Tess verzweifelt nach dem Burgvogt. Sie schrie ihm zu: »Mütter mit Kindern in die Kapelle. Sobald die Letzten eingetroffen sind, lasst das Fallgitter herunter!« Die Frage, ob er ihrem Befehl Folge leisten sollte, stellte sich nicht. Tess trat auf, als sei sie seit jeher gewöhnt, dass man ihr gehorchte.

Später eilte sie wieder die Treppen des Burgfrieds hinauf. Die Königin schien sich nicht vom Fleck gerührt zu haben. Die tief stehende Sonne tauchte das Land in warmes Licht. Tess trat neben sie und blickte hinab. Vor dem südlichen Stadttor wimmelte es von Soldaten.
In großem Halbkreis standen Hunderte von Rittern zu Pferde und schienen abzuwarten. Gerade wurden Ochsen eingespannt, um den Rammbock zurückzuziehen. Erneut krachte er gegen das Stadttor. Dann ein ungeheurer Jubel, schon stürmten die ersten Soldaten durch das zerborstene Tor. Jemand machte sich mit einer Axt daran, die Holzreste vollends abzuschlagen. Da sah Tess die ersten Soldaten, die in die Stadt drangen, vorbei an zwei Gestalten, die unter-

halb der Wachtürme leblos am Boden lagen. Die Angst holte sie wieder ein. Mit fragendem Blick wandte sie sich Alienor zu.
»All das war zu erwarten«, sagte sie, wobei sie keine Bewegung an der Stadtmauer aus den Augen ließ. »Mehr Tote wird es heute hoffentlich nicht geben. Unsere Männer kennen meine Order. Sie haben sich zu ergeben, sobald der Feind die Burg betritt. Sie ist nicht zu verteidigen.« Die Königin schien so gefasst, als habe sie bereits mit ihrem Schicksal abgeschlossen. Selbst ihre Stimme hatte wieder den vertrauten Klang.
»Und wir?«, fragte Tess beherrscht. »Womit müssen wir rechnen?«
»Rechnen müssen wir mit allem«, antwortete Alienor seltsam ruhig.
Die Bedrohung schwebte wie Blei über ihnen. Die scheinbare Sicherheit auf den Zinnen war trügerisch. Und doch war Tess dankbar für jeden Meter Abstand, der noch zwischen ihnen und den Feinden dort unten lag, für jede Stunde, die ohne unmittelbare Gefahr verging.
Es kam, wie Alienor vorausgesagt hatte. Die feindlichen Truppen belagerten die Stadt. Sie brachen die Häuser auf und schleppten Gegenstände hinaus. In kürzester Zeit wimmelte es überall in den Gassen von Soldaten und Pferden, Wagen und Rittern, die ihre Zelte aufschlugen.
Als es dunkel wurde, entzündeten sie Feuer, Gelächter und Gegröle drangen bis zu ihnen hinauf. Die Belagerer schienen sich sehr sicher zu fühlen. Als habe Alienor Tess' Gedanken erraten, sagte sie: »Das ist unsere einzige Chance. Je mehr sie sich in Sicherheit wähnen, umso unvorsichtiger werden sie.« In Gedanken versunken schwieg sie wieder.
Langsam breitete sich die Nacht aus. Sterne schimmerten, als Tess die Königin dazu überreden konnte, mit ihr in die obere Halle zu kommen, wo sie ein Abendessen und das Nachtlager hatte bereiten lassen. Einsilbig und in bedrückter Stimmung nahmen sie ihr Mahl ein. Später lagen sie schweigend nebeneinander auf der Strohschütte.
›Die Ruhe vor dem Sturm‹, dachte Alienor, die mit offenen Augen

auf ihrem Lager lag und in die Dunkelheit starrte. Unaufhörlich kreisten ihre Gedanken um die Burg. ›Bei Tagesbeginn werden sie angreifen.‹

Noch bevor der erste Hahn krähte, weckte die Königin Tess. »Geh hinunter. Sag dem Vogt, er soll alle Fässer Wein aus dem Keller heraufholen lassen und sie an gut sichtbarer Stelle für den Feind deponieren. Wenn du zurückkommst, sorg dafür, dass die Eichentür verrammelt wird. Es darf niemand mehr hinaus oder hinein.« Tess rieb sich die Augen. Sie spürte ihr Herz bis zum Halse klopfen und war im Nu auf den Beinen.

Der Vormittag zog sich hin in untätigem Warten. Die Nervosität nahm ständig zu. Alienor schritt ruhelos auf und ab. Stündlich rechnete sie damit, die ersten Soldaten am Burghang zu erspähen. Tess brachte ihr Speck mit Fladenbrot und versuchte, sie zu einem Bissen zu überreden.

Doch die Königin verweigerte das Essen. Sie nahm nur einen Becher mit verdünntem Wein. Gemeinsam standen sie auf den Zinnen und warteten. Eine endlose Stunde um die andere verging. Der Sommerwind schob große Wolken über den Himmel, die hin und wieder angenehmen Schatten spendeten.

Die Belagerer verhielten sich so, als wollten sie ewig dort unten bleiben. Nichts rührte sich. Erst als die Sonne an Kraft zu verlieren begann, war es so weit.

»Sie kommen!«, schrie einer der Männer auf den Wehrgängen. Jetzt waren sie für alle zu sehen. Sie kamen mit Leitern und lehnten sie von außen gegen die Mauer. Sie warfen Stricke herüber. Ein paar Feinde konnten von den Belagerten noch zurückgestoßen werden, man hörte Schreie und Verwünschungen. Doch plötzlich waren sie im Hof und öffneten das Fallgitter von innen. Triumphierend drang der Feind ins Innere der Anlage. Dann brach das Chaos aus.

Schreiend flohen die Menschen in Häuser und Hütten, drängten sich in der Schmiede und Backstube aneinander. Kreischende

Frauen rissen ihre Kinder an sich und versuchten, sie in Sicherheit zu bringen. Doch weder die kleine Kirche noch die restlichen Gebäude konnten all die Flüchtlinge aufnehmen. Hilferufe und Angstschreie derjenigen, die ausgeschlossen waren, schollen zum Burgfried hinauf.

Und nicht einer der Männer am Burgtor, nicht einer der Männer im Hof leistete Widerstand, so hatte Alienor es gewollt. Überrascht von diesem leichten Sieg, begannen die Soldaten unachtsam zu werden, herumzuschlendern, der einen Magd den Rock zu heben, die jüngeren Frauen anzufeixen. Dann entdeckten sie die Weinfässer.

Gebannt verfolgte Alienor ihr Treiben von oben. Der Wein würde reichen, kalkulierte sie. Seine Wirkung war stärker als die des gewohnten Bieres. Im Nu waren Krüge herbeigeschafft und machten die Runde.

Es würde nicht lange dauern, und jede Stunde zählte, dachte Alienor. Mit etwas Glück würde der Rausch bis zum nächsten Tag dauern. So könnten sie vielleicht noch eine Nacht gewinnen.

Unten trieben Ritter ihre Pferde auf den Burghof und brüllten Befehle. Doch die Soldaten gehorchten nicht mehr. Diesen Preis musste Alienor bezahlen, das war ihr bewusst gewesen. Ohnmächtig musste sie mit ansehen, wie die Soldaten die jungen Frauen jagten, die schreiend flohen. Weit kamen sie nicht. Männer versuchten vergeblich, ihre Frauen zu schützen. Schreie, Fluchen, Gebrüll vor Schmerz, Angst und Wut mischten sich mit dem Gegröle derjenigen, die sich über die wimmernden Frauen hermachten. Es gab Verwundete, Blut und Tote.

Entsetzt verfolgte Tess das ungeheuerliche Treiben. ›Wie kann Gott das nur geschehen lassen! Oh John, bitte komm‹, flehte sie inbrünstig. ›Sobald sie von den Frauen ablassen, werden sie den Turm aufbrechen. Was geschieht dann mit uns? Was werden sie mit uns machen?‹ Sie wagte kaum zu atmen.

Der Tag schien kein Ende nehmen zu wollen. Doch die Nacht wurde vollends zum Albtraum. Von unten drangen immer wieder Schreie und haltloses Gegröle zu ihnen hinauf. Später sahen sie, wie eine

Fackel entzündet wurde und ein Mann in die Mitte des Hofes schritt. Er warf den Kopf zurück und starrte zu ihnen hinauf.
»Könnt Ihr mich hören, Königin?«, schrie er. »Ich bin es, Euer Enkel Arthur. Morgen komme ich Euch holen!« Er lachte triumphierend. »Gehabt Euch wohl!« Die Betrunkenen um ihn herum brüllten ihm Beifall. Dann reichte er die Fackel weiter und bestieg sein Pferd. Kurz darauf hörten sie ihn den Burgberg hinuntergaloppieren.
Die beiden Frauen auf den Zinnen waren wie erstarrt. Als eine Eule dicht über ihre Köpfe hinwegstrich, schauderte Tess. Ohne zu wissen, was sie tat, nahm sie Alienors Hand. »John wird kommen«, flüsterte sie. »Ich weiß es!«
Alienor unterdrückte ein Lächeln. Stattdessen verstärkte sie den Druck ihrer Finger. »Du bist wie eine Tochter für mich. Ich bete zu Gott, dass er dich davor behüten möge, die Fehler zu machen, die ich begangen habe.« Sie hob den Kopf. »Siehst du den Mond? Jetzt schau ein bisschen weiter nach rechts. Da liegt Chinon. Dort ist mein Mann Henry gestorben.«
Unten im Burghof jammerte ein Kind. Eine Frau rief verzweifelt um Hilfe, eilige Schritte durchquerten den Hof. Ein Gegenstand wurde geworfen und prallte dumpf auf. Das Kind verstummte jäh, die Frau schrie gellend. Alienor legte den Arm um Tess.
»Ich möchte, dass jedes Lösegeld für dich bezahlt wird«, sagte sie zärtlich.
»Was ist mit Euch?«, fragte Tess angsterfüllt. Sie sah nicht, wie Alienor lächelte. »Arthur will seine Rache haben. Ich glaube nicht, dass er sich mit Geld zufrieden geben wird.«
»Wir könnten fliehen«, warf Tess ein. Ihre Stimme klang verzweifelt. Alienor drückte sie fester an sich. »Wir kommen hier nicht raus. Wir sitzen wie die Maus in der Falle. Aber dir wird nichts geschehen. Das verspreche ich dir.«
»Warum hasst Arthur Euch so?«, fragte Tess bebend.
»Er will den Thron für sich. Alle Prinzen wollen das. Meine Kinder waren genauso.« Schweigend hing sie ihren Erinnerungen nach.

Dann endlich konnte sie beten. »Großer Gott«, flehte sie. »Wenn dies das Ende ist, dann steh mir bei, in Würde abzutreten.«

* * *

»Rettet die Königin!« König John hatte es geschrien. An jenem Morgen des 29. Juli 1202, als der Bote erschienen war. Und der Befehl hallte fort durch die Räume der Burg von Le Mans, durch die Ställe und Zelte der Söldner. Und die Männer gehorchten, begierig nach Krieg.

Das Heer galoppierte nach Süden. Wie in Wellen strömten die Reiter über die Hügel, ergossen sich in schmale Hohlwege, preschten durch staubige Gassen und drängen zur Seite, was im Wege stand. Unaufhörlich reihte sich ein glänzender Pferderücken an den vorderen, holte auf, machte Platz für den nächsten. Nur weiter. Kein Absitzen. Keine Pause. Der Befehl gellte immer noch in den Köpfen der Reiter. »Auf nach Mirebeau!«

Rüstungen klirrten, Sättel knarrten, Rosse wieherten vor Nervosität und Erschöpfung. Schweiß strömte unter den Helmen hervor, tropfte in die Augen, machte blind. Handschuhe fuhren über nasse Gesichter, gaben den Blick wieder frei auf den Vordermann. Jeder Galoppsprung übertönte den eigenen Herzschlag: nach Mirebeau, nach Mirebeau, nach Mirebeau.

König John führte sie an. Selbst den Bannerträger hatte er zur Seite gedrängt. Dies war sein Kampf, den es zu gewinnen galt. Die Angst drohte sein Kettenhemd zu sprengen, doch noch größer war der Hass, der mit jedem Blutstrom zum Herzen schoss, der eine Hitze in ihm auslöste, die ihn zu verbrennen drohte. Angst und Hass im Wechsel. Das gab ihm die Kraft, den mörderischen Ritt zu bestehen.

Und schließlich nur noch Hass. Er strömte in seine Lenden, und es war wie ein Übereinanderherfallen, ein Eindringen in feuchte Wärme, ein Sichwehren, ein rohes Bezwingen.

Im Osten schob sich das Tageslicht herauf. In dem silbernen Grau des Morgens tauchte der Turm von Mirebeau auf, Sicherheit versprechend, wo keine mehr war. Wie ein Schemen stieg er hoch über der Stadtmauer auf. Die Krähen flatterten davon, erschrocken vor dieser heranbrausenden Kraft, die sich in Schüben den Mauern näherte.

Jetzt hob der König den Arm und brachte das Heer zum Halten. Männer und Pferde rangen nach Luft. Sie standen vor geschlossenen Toren, aber entdeckten das eine, das man siegestrunken zu schließen vergessen hatte.

Einer einzigen Bewegung gleich fuhren die Schwerter aus den Scheiden. Die Soldaten drangen hinein, fluteten in die Gassen, stolperten über Trunkene und töteten, was sich ihnen entgegenstellte. Blut floss auf Kopfsteinpflaster, tropfte Treppen hinunter und versickerte im Boden.

Der König zwang sein Ross durch die Kämpfenden hindurch, taub für die Schreie der Verletzten. Wie magisch angezogen von dem einen der Häuser, vor dem ein Soldat die Flagge Arthurs hielt. Keine Minute dauerte es, bis seine Männer unter Führung von William de Braose den Schlaftrunkenen die Stiege hinunterzerrten.

Der König wartete nicht, bis sie ihn in Ketten gelegt hatten. Er galoppierte direkt hinauf zur Burg. Am Turm warfen sie sich ihm entgegen, aber sein Hass machte ihn unverwundbar. Sein Schwert fand keinen Widerstand, fuhr sicher in Nacken und Arme, trennte Hände von Körpern und bohrte sich in Kettenhemden. Dann war der Weg frei.

Und er schlug mit der Waffe gegen das Tor. Das Blut rauschte in seinen Ohren, als er hörte, wie drinnen der Balken zurückgezogen wurde. Er stürmte hinein, jagte die Wendeltreppe hinauf und stieß die Tür auf. Viele Menschen standen am anderen Ende der Halle. Aber er sah nur sie.

Da stand Alienor vor ihren Hofdamen. Ein Gewirr bunter Farben und darüber schreckerstarrte Gesichter. Er sah nur sie. Das Entsetzen in ihren Zügen, das Erkennen, ihr ungläubiges Staunen und dann die Erleichterung. Über die Länge des Saals krallten sich ihre

Blicke ineinander. Sie rührte sich als Erste. Ein unterdrückter Schrei. Dann lief sie ihm entgegen. »John!«
Er spürte ihren Atem an seinem Gesicht und hielt sie umschlungen. Ihren Körper, ihre Brüste an ihn pressend, an seinen blutdurchtränkten Waffenrock mit den befleckten Plantagenet-Löwen, streichelte sie mit bebender Hand sein schweißnasses Gesicht. »John. Mein Gott, ich danke dir!«
Dies war der Moment, auf den er all die Jahre gewartet hatte. Nur dafür hatte er gelebt. Jetzt, endlich, fühlte er sich geliebt.
»Es ist vorbei. Alles ist gut«, flüsterte er mit trockenem Mund. »Ihr seid in Sicherheit.« Seine Lippen berührten ihre Haut dort, wo Schläfe und Wange ineinander übergingen.
Alienor lachte und weinte. »Du bist wie dein Vater. Wie Henry ...«
Er roch ihren Duft, die allgegenwärtigen Rosen und den Geruch von Angst, der aus ihren Kleidern stieg. Als sie sich enger an ihn schmiegte, traf sein Mund den ihren. Sekundenlang ließ sie ihn gewähren, dann zog sie sich jäh zurück. Immer noch hielt er sie umfangen. Als sie sich den anderen zuwandte, fühlte er die zerbrechlichen Schultern unter seinen Händen.
»Wein für den Sieger«, rief Alienor den Frauen zu. »Einen Pokal für den König!«
John hielt sie noch immer im Arm. Er blinzelte den Tränenschleier aus seinen Augen fort, bevor er die knicksende Gestalt vor sich erkannte. »Es grenzt an ein Wunder! Majestät, wir hätten nicht zu hoffen gewagt, dass Ihr heute schon Mirebeau erreicht!«
Seine Hand zitterte, als er den Becher entgegennahm. ›Das ist Tess‹, dachte John. ›Tess mit den zärtlichen Augen.‹ Seine Stimme gehorchte ihm nicht. So konnte er nur dankbar nicken und lächeln.
»Auf dich, John«, flüsterte Alienor, und laut rief sie: »Gott schütze den König!« Er hörte den Triumph in ihrer Stimme. Wie durch einen Nebel nahm er wahr, dass Beifall geklatscht wurde. Da legte er den Kopf in den Nacken und stürzte den Wein hinunter. Wieder war es Tess, die ihm den Becher aus der Hand nahm.

»Jetzt lasst uns hinuntergehen«, sagte Alienor. »Ich will ihn wenigstens einmal sehen!«
Steifbeinig führte er sie zur Tür und die Treppe hinunter, noch immer berauscht von ihrer Nähe. Als man das Eingangstor für sie aufriss, straffte sie ihre Schultern und atmete die frische Luft ein. »Ich habe geglaubt, dies sei das Ende. Ausgerechnet in Mirebeau«, flüsterte sie. Dann begann sie zu lachen.
Seine Männer bildeten ein Spalier und schrien: »Vivat«, als sie hindurchschritten. Einer trat vor und machte Meldung: »Die Gefangenen befinden sich vor dem Tor!« John erkannte Will und lächelte mit zitternden Lippen.
Er konnte kaum mit Alienor Schritt halten, so drängte sie über den Hof und durch das Burgtor hindurch.
An Händen und Füßen gefesselt saßen die Edelleute, für die man viel Lösegeld erwarten konnte, auf der Erde in einer Reihe. Viele waren verwundert und alle hielten die Köpfe gesenkt, als Alienor und John aus dem Schatten traten, um sie in Augenschein zu nehmen.
»Ist er das?«, fragte sie und wies mit dem Kinn auf den vorletzten Mann, der ihnen als Einziger entgegenblickte.
John nickte.
»Dann stell ihn mir vor!« John hörte die unterdrückte Erregung in ihrer Stimme. Zweimal musste er sich räuspern, ehe er ihrem Wunsch nachkommen konnte. Als sie vor ihm standen, sagte er: »Erlaubt, Madame, dass ich Euch Euren Enkel, Arthur von Bretagne, vorstelle. Geoffreys Sohn.«
Alienor beugte sich ein wenig vor, um den Gefangenen besser betrachten zu können. »So sieht er also aus«, sagte sie leise. Und für jeden hörbar fügte sie hinzu: »Du bist noch sehr jung, um uns alle so in Schrecken zu versetzen.«
Arthur verzog keine Miene. Er schien durch sie hindurchzusehen. John stieß ihn mit dem Stiefel an. »Deine Großmutter spricht mit dir«, herrschte er ihn an.
Sein Neffe grinste schief. »Warum jetzt? Warum nicht früher? Ich habe sie nie zuvor gesehen.«

Neugierig beugte Alienor sich vor. »War das der Grund, weswegen du mich gejagt hast?«
Arthur ignorierte sie weiterhin. Als er nun antwortete, sprach er zu John: »Es war ein Versuch. Und es wird weitere Versuche geben!« Hass leuchtete in seinen Augen auf.
Alienor lächelte spöttisch. »Mit diesen Verrätern hier?« Mit einer verächtlichen Geste deutete sie auf die übrigen Gefangenen. »Es wird seine Zeit dauern, bis man dem König das Lösegeld für sie übergeben hat. Ich nehme an, dass es sehr teuer werden wird.«
Wieder wandte sich Arthur an John. »Wir haben Geld«, sagte er selbstbewusst. »Philipp von Frankreich steht hinter uns.«
Da begann Alienor zu lachen. »So? Tut er das? Hast du dich nie gefragt, warum?«
Sie legte John erneut die Hand auf den Arm. »Bring mich zurück. Er ist dümmer, als ich dachte.« Während sie zurück zur Burg schritten, war es ganz still. Aufmerksam sah Alienor jeden Gefangenen der Reihe nach an. Ihr war nicht anzumerken, was sie beim Anblick der vertrauten Gesichter empfand.
Sie hatten fast den Torbogen erreicht, da schrie Arthur ihnen nach: »Gib gut Acht auf sie, John. Ich bin ihr nicht verfallen wie so manch anderer!« Sein obszöner Pfiff gellte ihnen hinterher. Man hörte Schläge, dann war es wieder still.
John spürte, wie ihm der Schweiß ausbrach. Alienor verstärkte den Druck auf seinen Arm. »Es hat nichts zu bedeuten«, raunte sie. »Lächle, John. Lächle! Du bist der Sieger.«
Wieder war es Will, der ihnen unter dem Torbogen entgegentrat. »Was soll mit den Gefangenen geschehen?«
»Ein Teil kommt nach Corfe Castle. Ich werde dir die Liste geben. Die anderen werden auf verschiedene Burgen verteilt«, antwortete John.
»Und was geschieht mit ihm?« Will vermied es, Arthurs Namen zu nennen.
John atmete tief durch. »Er soll erst einmal nach Château-Gaillard gebracht werden. Ich möchte, dass er Tag und Nacht bewacht wird.«

Will zögerte. »Wäre es nicht passender, wenn man ihn ebenfalls nach Corfe brächte? Aus diesem Kerker kommt niemand mehr heraus.«
John schüttelte den Kopf. »Er kommt nach Gaillard. Ich bin noch nicht fertig mit ihm!«
Dann neigte er sich zu Alienor. »Erlaubt, dass ich Euch nach Poitiers bringe. Es wird Tage dauern, bis hier wieder Ordnung herrscht!«

Château-Gaillard,
im August des Jahres 1202

Ich, Albertus, versuche, eine Erklärung dafür zu finden.
Wenn uns Gott in seiner grenzenlosen Güte führt, wandeln wir auf dem Pfad der Tugend. Wenn ER jedoch nur einen Herzschlag lang sein leuchtendes Angesicht von uns wendet, nimmt uns Satan bei der Hand, und wir ertrinken in Sünde.
So war es auch bei mir, als der Bote aus Le Mans erschien und der König höchst dringlich mehr Ritter an seine Seite forderte.
Zu jener Zeit befand ich mich in dem kleinen Dorf Andelys und stieg erst wieder hinauf zur Burg, als Halle und Ställe längst verwaist waren.
Wer könnte meine Verzweiflung nachempfinden, wer meine Demütigung beschreiben, als König Johns Brief heute Morgen in der heiligen Messe vorgelesen wurde. Während alle in Jubel ausbrachen, ging ich davon und weinte bitterlich. Jedes Wort hat sich in mein Herz eingebrannt. Noch im Schlaf könnte ich den Text wiedergeben:

»Wisset«, schrieb der König, »dass wir durch Gottes Hilfe wohlauf und in Sicherheit sind und dass durch Seine Gnade alles aufs Beste ausgegangen ist.
Am Dienstag, vor dem Fest von Sankt Peter ad Vincula, wurden wir davon unterrichtet, dass die Königinmutter in Mirebeau belagert wird. Wir eilten, so schnell wir konnten, dorthin und erreichten Mirebeau am Festtag von Sankt Peter.

Dort nahmen wir unseren Neffen Arthur, den William de Braose uns auslieferte, gefangen, ferner Geoffrey de Lusignan, Hugh le Brun, Andrew de Chauvigni, den Viscount von Châtellerault, Raymond de Thouars, Savary de Mauléon, Hugh Bauge sowie alle anderen Feinde aus dem Poitou.
Zweihundert Ritter sind in unserer Gewalt. Niemand von ihnen konnte entkommen. Darum preisen wir Gott für den glücklichen Ausgang!«

Das ließ uns der König wissen.
Statt Siegerblut an meinen Kleidern habe ich immer noch den Duft der Sünde in meinem Rock. Eine Sünde, die aus Müßiggang entstand. Denn es gibt für mich nicht viel zu tun während dieser heißen Sommerwochen.
So war mein begehrlicher Blick auf eines der Milchmädchen gefallen, die jeden Morgen hinauf zur Burg kommen. Sie ist nicht wirklich hübsch. Aber für meine Bedürfnisse absolut ausreichend, da sie weich und rund und nachgiebig ist. Natürlich war sie geschmeichelt ob meiner Aufmerksamkeit, zumal ich es mir zur Gewohnheit gemacht habe, sie anschließend mit zwei Pfennigen zu bezahlen.
Das fällt mir nicht schwer, da ich immer noch ein Salär von den Welfen beziehe. Für nichts! Wenn man davon absieht, dass sie hin und wieder einen Brief kopiert haben wollen. Meist geht es um Abmachungen, die König John mit einem seiner Festlandvasallen trifft. Darin will er wissen, ob sie sich zur Verfügung halten und wie viel Gefolge sie zur Not bereitstellen können.
Doch ich achte darauf, dass es keine Unterlagen sind, die meinem geliebten Souverän schaden könnten.

Heute Nachmittag erschien Lord Will, der Halbbruder unseres Königs. Er kam mit dreißig Soldaten. So viele waren es, um einen einzigen Gefangenen zu eskortieren: Prinz Arthur. Jener Arthur, der es gewagt hat, Königin Alienor in der Burg von Mirebeau zu belagern.

Er sah erbärmlich aus, als man ihn vom Pferd hob. Mit nacktem Oberkörper und ohne Stiefel. Sein linkes Auge war zugeschwollen, und an seinem Schwertarm war eine große Wunde, die wohl niemand für nötig gehalten hatte zu versorgen.
Ich sah zu, wie man ihn hinüber zum Kerker schleppte, und ich hörte das zornige Gebrüll der Knechte und Mägde. Fast war ich froh, dass ihn keiner der Steine traf, die nach ihm geworfen wurden.
Nach Einbruch der Dunkelheit schlich ich mich hinaus auf den Hof und plauderte mit den Wachen, die vor dem Gefängnis postiert waren. Ich zeigte ihnen den Wein, den ich für sie mitgebracht hatte. Nach einer Weile bat ich darum, den Gefangenen sehen zu dürfen. Sie zögerten erst, aber wagten nicht, mir meine Bitte abzuschlagen, da jeder weiß, dass ich das Vertrauen des Königs genieße.
Nach einigem Hin und Her stieg ich tatsächlich hinunter ins Verlies. Je tiefer ich kam, umso ängstlicher wurde ich. Zu unheimlich war mein eigener Schatten auf den kahlen Wänden. Das Knirschen meiner Stiefel hallte unnatürlich laut in meinen Ohren.
Ich war froh, als ich endlich den Riegel zu seiner Zelle zurücklegen konnte. Und da sah ich ihn.
Er lag im Stroh. Beide Füße an Ketten, die an eisernen Halterungen in der Wand befestigt waren. Es war kalt dort unten, und er trug kein Hemd. Ich steckte meine Fackel in den dafür bestimmten Platz und hockte mich vor ihn.
»Erkennst du mich noch?«, fragte ich und sah, wie er sein eines Auge hochmütig von mir abwandte. »Wie sollte ich jeden Diener kennen?«, sagte er.
»Ich bin Bruder Albertus«, antwortete ich mit Würde. Beim Klang meiner Stimme drehte er langsam den Kopf und musterte mich. Dann begann er zu lachen. »Bruder Albertus«, keuchte er. »Findest du nicht, dass das ziemlich albern klingt? Du wirst immer der kleine Albert sein.« Dann wurde er wieder ernst. »Doch ja, ich erinnere mich. Du bist der fette und ungewaschene kleine Klosterbruder, der mir Latein beibringen sollte.«
»Ich bin weder fett noch ungewaschen«, entgegnete ich und spürte,

wie ich zornig wurde. Gott möge mir verzeihen, aber ich konnte mich nicht zurückhalten und berichtete ihm, dass ich ein enger Vertrauter des Königs sei. Wieder lachte er. Und seine Ketten klirrten, als er die Beine anzog und sich an die Mauer lehnte. »John kann einem Leid tun, wenn er solche wie dich braucht. Du warst nie zu etwas nütze. Du warst immer nur an Geld und Fressen interessiert! Und feige bist du auch gewesen.«

Ich spürte, wie mein Herz schneller zu klopfen begann, und musste mich räuspern, weil mein Mund so trocken war.

»Jetzt bin ich nicht feige«, sagte ich. »Jetzt bin ich hier.«

»Was willst du von mir?«, fragte er. Eine Weile starrten wir einander schweigend an. Dann legte er den Kopf schief und grinste spöttisch. »Wie töricht ich bin. Du willst Geld. Wie viel?«

Mir wurde heiß in diesem eisigen Keller. Dann überkam mich ein völlig neues Gefühl. Zum ersten Mal kostete ich den Geschmack von Macht. Ich erhob mich und begann auf und ab zu gehen. Bei jedem Schritt raschelte das Stroh unter meinen Füßen, aber es konnte das Rauschen in meinen Ohren nicht übertönen.

»Wie viel?«, fragte er drängend. »Nenn eine Summe!«

Ich hielt inne. »Du bist nur ein Gefangener. Wie willst du an Geld kommen?«, erwiderte ich.

Er lachte. »Ich bin ein Prinz aus königlichem Geblüt. Für jemanden wie mich wird jedes Lösegeld bezahlt.« Wieder klirrten seine Ketten. Dann fügte er lauernd hinzu: »Entweder an John oder an dich.«

Ich hatte das Gefühl, nicht mehr atmen zu können, die Wände des engen Verlieses drohten mich zu erdrücken. Ich trachtete, einen möglichst großen Abstand zwischen uns zu bringen, da mein Gesicht glühte und ich Angst hatte, er könne es sehen.

»Lauf nicht weg«, befahl er. »Sag lieber, wie du es machen willst.« Er rasselte mit den Ketten. »Die Schlüssel hierzu trägt dieser Bastard von Will. Überleg dir, wie du in seine Kammer kommst, später, wenn alles schläft. Und dann besorg mir ein Pferd.«

»Hör auf, mir Befehle zu geben«, begehrte ich auf. »Wie sollte ich den Schlüssel unbemerkt an mich bringen?«

Arthur stützte den Kopf in beide Hände und starrte zu mir herauf. Sein eines Auge schien mich zu durchbohren.
»Selbst wenn es mir gelingen sollte, wie kommen wir an den Wachen vorbei?«, überlegte ich laut.
Arthur zuckte mit den Schultern. »Gib ihnen Wein oder Weiber oder versprich ihnen irgendetwas. Ein bisschen wirst du schon tun müssen. Denk an das viele Geld.« Und nach einer Pause: »Entweder John oder du.«
Ich hatte das Gefühl zu ersticken. »Ich werde jetzt gehen«, murmelte ich und lief zur Tür.
»Bis später«, sagte Arthur ruhig.
»Wir werden sehen. Die Fackel lass ich dir da«, rief ich und hastete die Stufen hinauf.
Ich taumelte, als ich nach draußen gelangte und mich zwischen den Wächtern hindurchdrängelte. Zu meinem Erstaunen nahmen sie keinerlei Notiz von mir, sondern starrten gebannt in den Innenhof, in dem gerade eine Schwadron Reiter Aufstellung nahm. Im Schein der Fackeln, die sie in Händen hielten, erkannte ich Lord Will, der hoch zu Ross zu ihnen sprach. »… Ich verlass mich auf euch … absolutes Stillschweigen. Ihr bürgt mir dafür!« Er hob die Hand und rief: »Lang lebe König John!«
»Lang lebe König John«, schallte es von den Mauern zurück. Auf ein Zeichen von ihm machten die Wächter kehrt und stiegen den Gang hinunter, den ich gerade verlassen hatte. Ich versuchte, mich in den Schatten zu drücken, aber just in dem Moment, als ich glaubte, ungesehen davonzukommen, rief der Lord: »Albert! Komm her!«
Alle Augen waren auf mich gerichtet, als ich zitternd ins Licht trat.
»Komm näher«, befahl er streng. Er ließ mich so nahe an sich herantreten, dass der Atem seines Pferdes mir ins Gesicht blies.
»Wer hat dir erlaubt, mit dem Gefangenen zu reden?« Ich wagte nicht, ihn anzusehen. Aus seiner Stimme war alle Freundlichkeit verschwunden.
»Ich wollte …«, begann ich zu stottern. Mit einem Schenkeldruck

trieb er sein Ross noch näher an mich heran, dann beugte er sich im Sattel vor und ergriff mich am Kragen. Mühelos zog er mich zu sich hinauf, so dass unsere Gesichter dicht voreinander waren. »Tu das nie wieder«, zischte er. »Man könnte es als Hochverrat auslegen!«

Damit ließ er mich jäh los. Ich hatte Mühe, das Gleichgewicht zu halten. Ich trat zurück. Dann sah ich, wie man Arthur nach draußen brachte. Zwei Männer hoben ihn aufs Pferd, da er immer noch gefesselt war.

Auf Lord Wills Kommando setzte sich die ganze Schar in Bewegung. Während das Fallgitter hochgezogen wurde, wandte Arthur den Kopf. Suchend glitt sein Blick über den Hof. Dann hatte er mich entdeckt. »Vergiss unsere Abmachung nicht!«, raunte er, ehe der Torbogen ihn verschluckte.

Ich bebte wie Espenlaub, und es dauerte geraume Zeit, ehe ich die Kraft fand, hinüber zur Kapelle zu stolpern.

»Lieber Gott«, betete ich, als ich der Länge nach vor dem Altar lag. »Vergib mir, dass ich gesündigt habe. Vergib mir. Vergib mir.«

Vor lauter Verzweiflung schlug ich meinen Kopf immer wieder auf die Steinplatten. Aber ich war immun gegen den Schmerz. »Niemals habe ich an Hochverrat gedacht«, flehte ich. »Ich war nur neugierig und hoffärtig. Ich wollte nur ein einziges Mal Macht haben. Ich wollte nur ein Mal wissen, wie es sich anfühlt, wenn man der Überlegene ist. Gütiger Gott, ich verspreche dir, dass ich niemals wieder so vermessen sein werde. Ich verspreche dir, dass ich in Zukunft auf das Geld der Welfen verzichten werde. Wie ich auch hoch und heilig verspreche, mit dem Milchmädchen keine Unzucht mehr zu treiben.«

So betete ich voller Inbrunst. Und Gott hörte mir zu.

***

John lächelte. Verträumt starrte er in das lodernde Feuer und ließ die vergangenen Wochen und Monate noch einmal vor seinem

inneren Auge vorüberziehen. Hinter seinem Rücken debattierte Isabelle mit ihren Schneiderinnen über den Schnitt eines neuen Kleides.
»Schau doch mal her«, rief sie ihm zu. »Soll es lieber glatt herunterfallen, oder wäre es nicht doch vorteilhafter, wenn wir die Taille betonen?«
»Ja, ja, sehr schön«, murmelte John, ohne hinzusehen, und überließ sich erneut seiner Erinnerung, dem Moment an jenem Morgen des ersten August, als er die Tür zur Halle in Mirebeau aufstieß.
Alienors Gesichtsausdruck würde er in seinem ganzen Leben nicht vergessen. Erst war sie wie erstarrt, und dann … John schloss die Augen und atmete tief ein. Wenn er Glück definieren müsste, wäre es jener Augenblick, als Alienor begriff, dass er es war. John. Nach all der Zeit glaubte er immer noch den Druck ihrer Lippen auf seinem Mund zu spüren.
Hinter ihm wurde es laut. Ärgerlich runzelte er die Stirn und zwang sich, den Lärm aus seinem Kopf auszublenden.
»Nein. Ihr Idiotinnen«, rief Isabelle erbost. »Diese Naht ruiniert alles.« Sie stampfte mit dem Fuß auf. »Trennt das sofort wieder auf!«
John starrte auf die brennenden Holzscheite. Das Feuer zauberte Farben auf die klobigen Stücke: Gelb, Orange, Rot. Rot waren die Steine des Diadems, das Alienor getragen hatte. Rot war der Ring an ihrem Finger. Rot waren ihre Lippen, wenn sie das Wort an ihn richtete.
John lächelte erneut. Jenes Bankett zu seinen Ehren, zu dem sie nach ihrer Errettung nach Poitiers geladen hatte. Alienor hatte darauf bestanden, dass die Eingangstür und alle Fenster weit geöffnet waren, und die Sommerdüfte hatten sich mit den Parfums der Damen gemischt. Der große Saal hatte die Ehrengäste kaum fassen können. Alle waren gekommen. Alle, bis auf diejenigen, die es gewagt hatten, sich gegen sie zu erheben.
»Ich verstehe einfach nicht, warum deine Mutter mich nicht ebenfalls nach Poitiers gebeten hat«, sagte Isabelle gerade. »Jeder war da. Nur ich nicht!« Der Zorn in ihrer Stimme war nicht zu überhören.

John wandte sich halb um. »Verzeih, ich habe nicht zugehört. Was hast du gesagt?«
Mit einem Satz war sie bei ihm. Ihre Augen sprühten, als sie sich jetzt zu ihm hinunterbeugte. »Ich hätte auch in Poitiers auf der Empore sitzen müssen. Neben ihr!« Sie spie die Worte heraus. »Dich galt es zu feiern, und du bist mein Mann. Das scheint sie zu vergessen.«
Völlig unbeteiligt sah er zu ihr hinauf und dachte dabei: ›Ihr Eckzahn verfärbt sich. Sie muss Acht geben, dass sie ihn nicht verliert.‹
»Dich scheint das alles gar nicht zu interessieren.« Isabelle wurde laut. »Wozu habe ich mir all die Wochen neue Kleider machen lassen, wenn ich keine Gelegenheit habe, sie zu tragen?«
Eine der Näherinnen wagte eine Frage. Mit unbeherrschter Geste warf sie alle Frauen hinaus, ehe sie sich erneut John zuwandte. »Und erzähl mir nicht, dass sie längst wieder in Fontevrault ist. Ich weiß, dass sie längere Zeit in Poitiers geblieben ist. Und ich weiß auch, dass du zwischen deinen Kämpfen immer wieder dort aufgetaucht bist. Warum also ich nicht?« Sie stampfte mit dem Fuß auf.
»Es hätte dich nur gelangweilt. Es ging um Politik. Es ging darum, wie wir mit den Verrätern weiter verfahren, um die Höhe des Lösegelds …« Hilflos hob er die Hände. »Du weißt doch, wie das ist!«
»Nein«, kreischte Isabelle. »Ich weiß nicht, wie es ist, da ich ja nie dabei sein darf.«
Sie starrten einander an. Plötzlich veränderte sich der Ausdruck ihrer Augen. Sie sah traurig aus. »Du hast dich verändert, John. Seit Mirebeau schläfst du nicht mehr mit mir.«
Ehe er antworten konnte, klopfte es. Ein Soldat meldete die Ankunft von Lord de Braose. »Er bittet darum, unverzüglich empfangen zu werden, mein König.«
Dankbar sprang John auf. »Ich komme sofort.« Beim Hinausgehen strich er Isabelle über die Wange. »Geh ruhig zu Bett, meine Liebe, und warte nicht auf mich. Es kann spät werden.«
Als er die Tür hinter sich ins Schloss zog, glaubte er ihr Schluchzen zu hören. Eilig lief er den Gang entlang.

De Braose fing ihn ab, ehe er die Halle betrat. »Hier hinein«, flüsterte er und zog John in ein kleines Gemach.
»Nun?«, fragte John.
Dem gedrungenen Ritter lief der Schweiß über das Gesicht, als er die Stulpenhandschuhe von den Händen zog und am Kragen seines Überrocks zerrte. »Schlechte Nachrichten, mein König«, stieß er hervor. John trat einen Schritt zurück. »Ich höre.«
De Braose sprach erregt: »William, dieses angevinische Dreckschwein, hat sich mit ein paar bretonischen Adeligen zusammengetan. Sie bestehen darauf, dass Arthur freikommt. Anderenfalls wollen sie eine Rebellion anzetteln.«
»Ihr meint William des Roches?«, fragte John ungläubig. »Den habe ich doch vor drei Wochen als meinen Seneschall in Chinon zurückgelassen. Und jetzt will er mich erpressen?« Er schüttelte den Kopf. »William des Roches, der mir den Treueid abgelegt hat …« Er straffte sich. »Sorgt dafür, dass die Wachen in Falaise verdoppelt werden und alle Soldaten auf Posten sind. Das hätte mir gerade noch gefehlt, dass sie ihn befreien!«
De Braose ergriff seinen Arm. »Das wird nicht notwendig sein, mein König. Ich habe ihn mitgebracht. Hier in Rouen können wir selbst ein Auge auf das Bürschchen haben.«
John verstand nicht, dann warf er den Kopf zurück. »Arthur ist hier in der Burg?«
Sein Vasall nickte. »Im tiefsten Verlies, an Händen und Füßen gefesselt. Auf jedem Gang stehen Soldaten. Da holt ihn so schnell keiner raus.«
John überlegte laut. »Sicherlich wird sich des Roches schon mit Philipp in Verbindung gesetzt haben.« Er atmete laut aus. »Und der wird darauf brennen, einen meiner mächtigsten Vasallen auf seine Seite zu ziehen. Da können wir uns ja auf etwas gefasst machen.«
De Braose pflichtete ihm bei. »Ich habe Euch gleich gesagt, dass wir Arthur schon in Mirebeau an den nächsten Ast hätten hängen sollen. Er wird uns immer Schwierigkeiten machen – solange er lebt.« Lauernd beobachtete er den König, der planlos auf und ab

ging. De Braose ließ ihn nicht aus den Augen. »Ihr müsst nur ein Wort sagen, mein König, dann …«
»Ruhig!«, brüllte John. »Lasst mich nachdenken. Es muss einen Weg geben, einen friedlichen. Ich bin diese ewigen Verrätereien und Kriege so satt. Ich möchte noch einmal nach Fontevrault, bevor wir uns wieder nach England einschiffen.« Abrupt blieb er stehen. »Schafft mir Arthur herbei. Ich will mit ihm reden. Jetzt gleich!«
»Wozu soll das gut sein?«, begehrte de Braose auf. »Dieser Bursche ist nur frech und widerborstig. Auf sein Wort würde ich keinen Penny geben. Wenn er es Euch überhaupt geben würde.«
John hob die Hand. »Seid still!« Zum ersten Mal blickte er sich in dem kleinen Gemach um. Bis auf einen kleinen Hocker war der Raum leer. »Das dürfte reichen«, murmelte er. »Man soll einen Tisch aufbauen. Und Kerzen bringen, damit wir genug Licht haben. Ich möchte mit ihm essen und trinken. Und Ihr und ich werden uns mit ihm unterhalten. Es muss eine Lösung geben.« Er schlug mit der Faust in die Hand. »Arthur ist schließlich ein Plantagenet.«
»Davon war in Mirebeau aber nichts zu merken«, knurrte de Braose. »Hat man je von einem Prinzen gehört, der bereit war, seine eigene Großmutter auszuräuchern?«
John antwortete ihm nicht. Stattdessen ging er zur Tür und riss sie auf. »Gebt in der Küche Bescheid. Ich werde mit Lord de Braose hier speisen. Sie sollen noch ein drittes Gedeck auflegen«, befahl er der Wache. Dann schlenderte er zurück in den Raum, hinüber zum Fenster und blickte hinaus. Er sah hinab auf die Stadt, er sah Lichter hinter den niedrigen Scheiben, er sah, wie der Rauch aus den Schornsteinen quoll. Irgendwo dort unten in den Gassen jaulte ein Hund. Alles wirkte friedlich. Johns Miene wurde weich.
›Mirebeau hat mich verändert‹, dachte er. ›Ich lebe bewusster, und ich kann verzeihen. Allen Menschen. Sie wird wieder stolz auf mich sein, wenn ich das Problem mit Arthur heute endgültig löse. Wovon ich immer geträumt habe, das wurde mir zuteil.‹ Er lächelte und verlor sich in den Erinnerungen an dieses Glück. Er hörte nicht, wie die Knechte und Mägde den Kamin anfachten, wie der

Tisch gedeckt und Stühle herbeigetragen wurden. Erst als zum wiederholten Male an die Tür gepocht wurde, schreckte er auf. »Ja, bitte?«
De Braose betrat den Raum. Hinter ihm schoben zwei Soldaten den Prinzen vor sich her. »Haltet draußen Wache und lasst niemanden hinein«, schnauzte der Ritter und zerrte Arthur nach vorne.
»Moment noch«, sagte John. »Nehmt ihm die Fesseln ab.« Er wartete ab, bis man die Eisenketten gelöst hatte und die Männer verschwunden waren, ehe er seinen Neffen begrüßte. »Nimm Platz, Arthur, ich möchte mit dir reden.«
Ihm entging nicht, wie schwerfällig der junge Mann ein Bein vor das andere stellte. Er sah die Blessuren in seinem Gesicht, und wie immer wunderte er sich über die fehlende Ähnlichkeit mit seinem Bruder Geoff.
Das Mitleid, das er empfand, überraschte ihn selbst. »Setz dich und lass uns essen«, sagte er freundlich und schob ihm den Stuhl zurecht. »Ihr auch, de Braose!« Eigenhändig schnitt John dem Gefangenen ein Stück Wildbret ab, zerkleinerte es in mundgerechte Stücke und legte es vor ihn auf den Teller. »Wein?« John wartete die Antwort nicht ab, sondern füllte drei Becher und stellte sie auf den Tisch. »Sparen wir uns das Tischgebet und bringen statt dessen einen Toast aus«, meinte er spöttisch, hob seinen Becher und lächelte. »Auf die Familie.«
»Ich habe keine Familie. Meine Eltern sind tot«, erwiderte Arthur. Dann begann er zu weinen. Erst zitterte seine Unterlippe, dann füllten sich die Augen mit Tränen. Gleich darauf wurde er von wildem Schluchzen geschüttelt. Er schob seinen Teller zur Seite und legte den Kopf auf das Tischtuch.
Ungerührt zog de Braose die Fleischplatte näher zu sich heran. Ohne zu kosten, griff er mit der Hand in das große, silberne Salzfass und würzte seinen Braten, nahm das Besteck in die Hand und begann zu essen.
John reichte sein Mundtuch über den Tisch. »Hier. Nimm das, Arthur.« Der Neffe schien ihn nicht zu hören. Das schneeweiße

Leinen blieb neben seinem Gesicht liegen. De Braose schnaubte verächtlich.
»Ich weiß, wie du dich fühlst«, sagte John leise. »Ich weiß, wie man sich fühlt, wenn man alleine ist.«
Da schob Arthur das Tuch zur Seite, so dass es zur Erde fiel, und richtete sich auf. »Ich bin nicht allein«, stieß er hervor und wischte sich mit der bloßen Hand übers Gesicht. »Meine Bretonen beten jeden Tag für meine Freilassung. Setzt endlich das Lösegeld fest, damit ich gehen kann.«
»Und was dann?«, bellte de Braose mit vollem Mund. »Ehe wir uns versehen, würdet Ihr eine neue Rebellion anzetteln.«
John hob die Hand. »Mäßigt Euch, mein Ritter. Wir sind hier, um gemeinsam nachzudenken.« Arthur fiel ihm ins Wort. »Da gibt es nichts zu überlegen. Ihr habt Euch die englische Krone unrechtmäßig angeeignet. Das werde ich nicht hinnehmen.«
De Braose begann dröhnend zu lachen. »Du Würstchen. Was willst du mit der englischen Krone? Du kennst England doch gar nicht.«
Arthur begann zu zittern. Mit bebender Hand ergriff er seinen Becher Wein und lehrte ihn bis zu Neige. Aufatmend stellte er ihn wieder zurück. »Auch als Gefangener bin ich noch immer ein Plantagenet-Prinz und Herzog der Bretagne«, sagte er ruhig. »Wagt also nicht, in diesem Ton mit mir zu reden. Ihr, de Braose, seid doch nur ein Emporkömmling und ein Mörder. Die ganze Welt weiß von dem Massaker in Abergavenny, als Ihr die walisischen Fürsten zu einem Friedensmahl geladen hattet. Und dann habt Ihr sie abschlachten lassen!« Jetzt schrie er. »Zum Friedensmahl, zu dem sie vorher ihre Waffen abgeben mussten!«
Hochrot im Gesicht warf de Braose sein Messer auf den silbernen Teller, dass es klirrte. »Das muss ich mir von dir Grünschnabel nicht anhören!«, brüllte er. »Ich habe es für England getan. Ich habe es für unseren verstorbenen König Henry getan, deinen Großvater. Ich habe es getan, weil wir uns seit Jahrzehnten der Waliser erwehren müssen, weil es ein gottverdammtes Verräterpack ist. Genau wie du!«

John schlug mit beiden Fäusten auf den Tisch. »Ruhe, verdammt noch mal. So geht das nicht!« Er beugte sich vor und fixierte seinen Neffen. Er sah die entzündeten Augen und die Ader, die an seiner Schläfe pochte. Und wieder wurde er von Mitleid übermannt. ›Er ist noch so jung‹, dachte er. ›In seinem Alter war ich genauso.‹
Arthur hielt seinem Blick stand.
»Nun«, sagte John endlich. »Wärst du bereit, mir dein Wort zu geben?« Als er keine Antwort erhielt, fuhr er nach einer Weile fort. »Wozu das Kriegführen. Wir sind doch eine Familie ...« Er beugte sich noch weiter vor. »Ich bin davon überzeugt, dass Königin Alienor dir verzeiht, wenn du nach Fontevrault gehst und sie darum bittest«, drängte er.
Da begann Arthur zu lachen. »Ich habe schon darauf gewartet, dass Ihr sie ins Spiel bringt.« Er schob seinen Oberkörper nach vorn, so dass ihre Gesichter sich fast berührten. Dann flüsterte er hämisch: »In Paris laufen hohe Wetten: Hat er oder hat er nicht ...?« Sein Augenzwinkern war obszön.
John wich zurück. Doch Arthur drängte nach. Fast lag er auf dem Tisch, als er die Worte herausspuckte: »Aber an Richard werdet Ihr nie heranreichen. Von dem soll diese alte Hure ja besessen gewesen sein!«
John holte aus und schlug ihn mitten ins Gesicht. Fast augenblicklich strömte Arthur das Blut aus der Nase und tropfte auf das Tischtuch.
John war kreidebleich, als er jetzt aufsprang. Er ergriff das schwere Salzfass und rang vergeblich um Fassung.
»Was unterstehst du dich«, keuchte er. »Wie kannst du es wagen?« Er holte weit aus und warf das silberne Gefäß in Arthurs Richtung. Es verfehlte ihn nur um Haaresbreite. Doch eine der Verzierungen riss ihm die Schläfe auf. Blut strömte über seine Wange und verfärbte das weiße Tuch.
De Braose glotzte von einem zum anderen. Er saß wie auf dem Sprung, bereit, die Waffe zu ziehen.
John war nicht mehr Herr seiner selbst. Mit einem Satz umrundete

er den Tisch und riss Arthur vom Stuhl hoch. Er hielt ihn mit beiden Händen und begann, ihn wie wild zu schütteln. »Du Ratte«, knirschte er mit zusammengebissenen Zähnen. »Du elende, verkommene Ratte!« Er ließ ihn so plötzlich los, dass Arthur zu Boden stürzte. John fegte den Stuhl zur Seite und begann, Arthur zu treten. »Du bist es nicht wert, dass man sich die Finger an dir schmutzig macht!« Er trat so lange auf den stöhnenden Neffen ein, bis er sich nicht mehr rührte. Dann erst wich er keuchend zurück und befahl de Braose: »Schafft ihn zurück in den Kerker. Dort soll er verrotten!« Hastig verließ er den Raum, als sei er auf der Flucht.
Der Ritter hatte die ganze Zeit über die Luft angehalten. Erst jetzt dehnte sich sein gedrungener Oberkörper. Dann füllte er seinen Becher erneut. Während er gierig trank, hielt er das Gefäß mit beiden Händen. Seufzend wuchtete er sich danach hoch und umrundete schwerfällig den Tisch. »Schade um das schöne Essen. Aber jetzt bin ich an der Reihe, mein Bürschchen!« Er bückte sich und holte aus.

Draußen auf dem Gang ging Albert vorbei. Auf seinen Armen balancierte er einen Stapel Decken, den die Beschließerin ihm gerade übergeben hatte. »Die Nächte sind schon recht kühl, junger Herr«, hatte sie gesagt und ihm zusätzlich eine Wolldecke überreicht.
Er wunderte sich über die beiden Soldaten, die drohend vor der Kammer standen und ihn grimmig musterten. Albert schaute zu, dass er möglichst schnell vorüberkam. Vor ihm machte der Gang eine Biegung. Erleichtert atmete er auf, da hörte er, wie hinter ihm eine Tür ging. Gleich darauf rief eine Stimme: »He, du da, komm mal her!« Er gab vor, nichts gehört zu haben. Nur noch einen Schritt, dann wäre er nicht mehr zu sehen gewesen. Er hatte die Stimme sofort erkannt, und er fürchtete sich, wie er sich überhaupt in letzter Zeit des Öfteren ängstigte.
»Albert«, dröhnte de Braose. »Komm zurück!«
Zögernd wandte er sich um und schielte über seine Decken. Von dem Ritter war nur der Kopf zu sehen. »Los, beeil dich«, befahl er.

Zu den Wachen gewandt, sagte er: »Ihr könnt jetzt verschwinden. Ich brauche Euch nicht mehr.«
Verunsichert kehrte Albert um. »Ja, bitte?«, fragte er tonlos. Der Ritter musterte den Stapel auf seinem Arm, betastete ihn und zerrte daran.
»Gib her. Du wartest hier, bis ich dich rufe!«
Verblüfft blieb Albert stehen und starrte auf die verschlossene Tür. Die Schritte der Soldaten waren verhallt. Auf Zehenspitzen schlich er näher und legte seinen Kopf gegen die Tür. Kein Geräusch drang nach draußen.

Aufzeichnung von Bruder Albert,
der die Geschehnisse des 3. April im Jahre 1203 so wiedergibt,
wie sie sich tatsächlich zugetragen haben

Da stand ich also und hatte ein mulmiges Gefühl. Mir war kalt, und ich war müde, da ich erst am Nachmittag in Rouen eingetroffen war. Anfang April sind die meisten Burgen einfach scheußlich, da es überall zieht und alles klamm ist. Selbst jetzt, während ich vor der Tür stand, spürte ich, wie die Kälte durch meine Sohlen drang.
Als die Tür mit einem Ruck geöffnet wurde, sprang ich erschrocken zurück.
»Kennst du dich hier aus?«, knurrte der Ritter und spähte hastig an mir vorbei. Ich schüttelte den Kopf.
»Egal, du kommst mit. Nimm eine Fackel!«
Für kurze Zeit verschwand er wieder in dem Gemach. Als er zurückkehrte, trug er einen länglichen, großen Gegenstand auf seiner Schulter. Er war eingewickelt in meine Decken und zudem fest verschnürt.
»Was gaffst du so?«, herrschte de Braose mich an und begann, mit seiner Last den Gang hinunterzulaufen. Vor der Biegung warf er einen Blick zurück, ehe er aus meinem Blickwinkel verschwand. Ich beeilte mich, ihm zu folgen. In meinem Kopf überschlugen sich die Gedanken.

›Warum trägt er den Gegenstand selbst? Ausgerechnet Lord de Braose. Warum ist er so vorsichtig? Als habe er etwas zu verbergen.‹ Plötzlich blieb er stehen, lauschte einen Moment und drückte dann gegen einen der Steine. Wie von Geisterhand öffnete sich eine kleine Pforte in der Mauer.

»Geh voran und leuchte mir«, befahl er.

Um an ihm vorbeizukommen, musste ich dicht an ihn heran. Dabei stieß ich mit dem Arm versehentlich gegen das Ding auf seiner Schulter. »Pass doch auf«, schnauzte er mich an. Und noch während ich den engen Gang betrat, fuhr mir durch den Kopf: ›Es ist weich, vielleicht ein Wildbret. Zu groß für ein Reh, zu klein für einen Hirsch.‹

Ich fürchtete mich, als ich mit meiner Fackel voranschritt. Hinter mir hörte ich die Schritte des Ritters. Trotz allem war ich froh, dass ich nicht allein war.

»Gib Acht«, flüsterte er. »Gleich beginnt die Treppe.«

Fast hätte ich die erste der Stufen übersehen, die wir nun hinunterstiegen. Je tiefer wir kamen, umso beklommener wurde mir ums Herz. Ich hatte das Gefühl, in die Hölle hinabzusteigen. Einmal wäre ich beinah über eine Ratte gestolpert, die quiekend über meinen Stiefel sprang.

Da begann ich zu beten. Erst betete ich leise, aber je tiefer wir stiegen, umso größer wurde meine Angst. Und dann flehte ich laut um Hilfe: »Heilige Mutter Gottes, bitte für uns Sünder, jetzt und in der Stunde unseres Todes.«

»Halt's Maul und warte einen Moment«, herrschte de Braose mich an. Als ich den Kopf nach ihm wandte, sah ich, wie er versuchte, den Gegenstand auf seine andere Schulter zu hieven. Er musste wohl schwer sein.

»Hilf mir«, befahl er. Ich nahm die Fackel in meine Linke und half ihm mit der Rechten, das Ding in die richtige Position zu zerren. Dabei musste ich richtig zupacken, und wieder glaubte ich, dass er ein Wild tragen würde. Da, wo ich es berührt hatte, war es ganz warm, und meine Hand wurde klebrig feucht.

Endlich war er zufrieden und trieb mich wieder an weiterzugehen. Ich ergriff die Fackel erneut. Dabei fiel mein Blick auf meinen Ärmel, und ich sah den dunklen Fleck auf meiner bloßen Haut. Ich wagte nicht, darüber nachzudenken, sondern konzentrierte mich auf die Stufen. Die Luft roch abgestanden, und ich glaubte ersticken zu müssen. »Heilige Jungfrau, heilige Jungfrau«, stammelte ich mit trockenem Mund und wusste nicht weiter. Hinter mir keuchte de Braose unter seiner Last.

Dann waren die Stufen plötzlich zu Ende. Vor uns verlief ein schmaler, leicht abschüssiger Weg zwischen den Mauern hindurch. Ich spürte Sand unter meinen Stiefeln.

»Jetzt lass mich vorbei«, keuchte mein Begleiter. Ich hörte, wie er das, was er die ganze Zeit über getragen hatte, auf die Erde fallen ließ. Es verursachte ein dumpfes Geräusch.

Der Ritter schob mich zur Seite und kniete sich hin. Ich sah, wie er mit den Händen an der Mauer entlangtastete. Sein Atem ging stoßweise. Er fluchte vor sich hin. Dann hatte er gefunden, wonach er suchte.

Erneut öffnete sich eine kleine Pforte. Ein Schwall frischer Luft flutete herein. Vor Erleichterung begann ich zu zittern.

»Tritt die Fackel aus«, zischte er und trat mit seinem Stiefel das Gestrüpp vor der Mauer nieder. Auf allen vieren kroch er nach draußen, lauschte eine Weile und befahl: »Schieb ihn raus.«

Es war schwierig, den länglichen Gegenstand hinauszubefördern. Der Ritter zog von draußen. Doch es dauerte geraume Zeit, bis wir ihn endlich im Gestrüpp liegen hatten. Dann kroch ich selbst hinaus.

Es regnete heftig, und es war stockdunkel. Man konnte nicht die Hand vor Augen erkennen.

»Jetzt tragen wir ihn gemeinsam hinunter zur Seine«, verkündete de Braose. Er bückte sich. Ich musste eine Weile in den nassen Gräsern herumtasten, ehe ich das andere Ende des Gegenstands gefunden hatte.

Dann hob ich ihn auf und folgte meinem Begleiter.

Die Uferwiese schmatzte unter unseren Schritten. Je mehr wir uns dem Fluss näherten, umso schlammiger wurde es. Manchmal versanken meine Stiefel bis zu den Waden.
Einmal fuhr mir ein Dornenzweig durchs Gesicht, und ich spürte, wie meine Haut aufriss. Trotz allem war ich froh, de Braose bei mir zu wissen. Der Ritter ließ sein Ende einfach fallen.
»Geh und such ein paar dicke Steine«, befahl er. Ich wusste nicht, wie ich dies in der Dunkelheit bewerkstelligen konnte, ich fürchtete auch, mich weiter von ihm zu entfernen. »Es ist zu dunkel. Ich kann nichts erkennen«, wagte ich einzuwenden.
»Dann bück dich und fühle. Hier liegen genug. Aber groß müssen sie sein!« Seine Anweisung duldete keinen Widerspruch.
Ich wischte mir den Regen aus dem Gesicht und begann auf Knien herumzurutschen. Wir waren ganz in der Nähe des Flusses. Ich musste Acht geben, nicht hineinzufallen.
Langsam gewöhnten sich meine Augen an die regnerische Nacht. Endlich hatte ich drei Steine beisammen und schleppte sie zurück. Der Ritter band sie mit Schnüren an das Ding in den Wolldecken. Schließlich erhob er sich und ergriff den vorderen Teil.
»Vorwärts«, sagte er. »Gleich haben wir es geschafft.« Wieder stolperte ich hinter ihm her. Er schritt direkt auf den Fluss zu, bog mit der freien Hand die Äste einer Weide auseinander und nahm Kurs auf eine kleine Landzunge. An deren Ende befahl er mir, auf gleiche Höhe mit ihm zu kommen.
»Jetzt schwenken wir ihn ein paarmal hin und her, damit wir ihn möglichst weit ins Wasser werfen können«, lautete sein Befehl. Und so geschah es.
Trotz der Dunkelheit sah ich den dunklen Schatten auf das Wasser stürzen. Ich hörte das dumpfe Klatschen, als die Steine die Fluten teilten. Ich starrte und starrte. Und als ich mich umwandte, war mein Begleiter verschwunden.
Nur eine aufgescheuchte Entenschar brach flügelschlagend durch das Ufergehölz. Ihr empörtes Geschnatter verklang über dem Fluss. Danach war es wieder still. Bis auf das Rauschen des Wassers

und des Regens schien ich ganz allein auf der Welt zu sein. Heute könnte ich nicht mehr sagen, wie lange ich dort stand.
Irgendwann drehte ich mich um, unterdrückte ein Schluchzen und machte mich daran, die Landzunge zu verlassen. Dort, wo sie eine Mulde in der steilen Uferwand bildete, sah ich den Gegenstand, den wir in die Seine geworfen hatten.
Die längliche Hülle war angeschwemmt worden und hatte sich in der Mulde verfangen. Mit jedem Wellenschlag sah es so aus, als ob sie sich bewegte. Auf und ab. Immer ein wenig mehr die Böschung hinauf.
Ich konnte den Blick nicht wenden. Das Blut rauschte in meinen Ohren, und das Herz hämmerte gegen meinen Rock. Der Regen rann in meine Augen und verwischte das Bild.
Da hörte ich einen Laut. Mir gefror das Blut in den Adern. Ein unterdrücktes Stöhnen.
Ohne zu wissen, was ich tat, sprang ich den kleinen Abhang hinunter, rutschte auf den glatten Steinen aus und fiel hin.
Dann bekam ich ein Stück der voll gesogenen Wolldecke zu fassen. Es war nicht so schwer, meine Beute ans Ufer zu ziehen. Anfangs gehorchten mir die Finger nicht, als ich versuchte, die Knoten zu lösen.
Und ich weinte vor Angst und Entsetzen. Endlich schlug ich das schwere Tuch zurück.
»Bitte, nein …«, stöhnte Arthur und spie einen Schwall Wasser aus. Ich kroch um ihn herum und zog und zerrte an den Decken. Ich verfluchte mich selbst, weil die Steine so schwer waren. Überall war Blut, in dem Wollzeug, an seiner Kleidung, und unaufhörlich rann es über sein Gesicht.
»Nicht schlagen«, wimmerte er. »Ich sterbe.«
Ich hielt ihn aufgerichtet in meinen Armen und wiegte ihn hin und her. »Du stirbst nicht. Wir beide werden flüchten. Flussabwärts ist ein Kloster, dort bitten wir um Asyl«, wiederholte ich wie eine Litanei. Ich riss ein Stück von meinem Hemd ab und presste es auf die klaffende Wunde an seiner Schläfe.

»Ich spüre meine Beine nicht mehr«, klagte er und bebte und zitterte.
»Sobald wir im Kloster sind, wird dir warm«, versprach ich und versuchte, ihm von meiner Wärme abzugeben. Dann hatte ich eine Idee. »Ich werde ein Boot suchen. Damit können wir fliehen.«
Er stöhnte und flehte. »Geh nicht fort. Lass mich nicht alleine sterben.«
Vorsichtig rutschte ich zur Seite und bettete seinen Kopf gegen das Ufer. »Es dauert nicht lange«, versprach ich. »Ich werde mit dem Boot kommen. Noch ist es Nacht. Niemand wird mich sehen. Halt durch. Ich bin gleich zurück.«
Er wimmerte vor sich hin, als ich versuchte, mich mit den Händen die glitschige Mulde hinaufzuziehen. Ich war völlig außer Atem, als ich oben angekommen war. Noch einmal beugte ich mich hinunter, hielt den Kopf schief und lauschte. Ich hörte ihn stockend beten: »Heilige Maria, Mutter Gottes, bitte für uns Sünder, jetzt und in der Stunde meines Todes.« Seine Worte waren nicht lauter als das Klatschen der Wellen.
Ich fand den Treidelpfad sofort und begann zu rennen. Immer wieder fiel ich hin. Aber es kümmerte mich nicht. Im Hafen fand ich ein Boot und löste die Leinen. Niemand sah mich, als ich hineinstieg und zu rudern begann. An der Landzunge angekommen, zog ich die Ruder ein und ließ mich landeinwärts treiben.
»Ich bin's«, rief ich leise durch den Regen. »Gleich haben wir es geschafft. In zwei Stunden sind wir im Kloster.«
Niemand antwortete. Ein aufkommender Wind peitschte die tief hängenden Äste der Weide gegen das Ufer. Ich sprang aus dem Boot und watete durchs Wasser.
Dann sah ich den Prinzen. Es sah aus, als schliefe er. Der Fetzen Stoff an seiner Schläfe war verschwunden. Als ich näher kam, bemerkte ich, dass die Blutung aufgehört hatte. Eine überwältigende Hoffnung verlieh mir die Kraft, seinen Körper ins Boot zu hieven.
»Siehst du«, sagte ich, »es hat nicht lange gedauert. Die Mönche

werden uns zu essen und zu trinken geben. In ein paar Tagen spürst du nichts mehr. Dann ist dies alles wie ein böser Traum.«

Ich ergriff die Ruder und nahm Kurs auf die Mitte des Flusses. Der Wind stand günstig, und wir kamen schnell voran. Einmal hörte ich Reiter auf der Uferstraße entlangdonnern. Sie waren auf dem Weg nach Rouen. Ich zog die Ruder ein und legte mich neben Arthur auf die Planken.

Dabei berührten sich unsere Hände. Die seinen waren eiskalt. Ich fasste nach seinem Gesicht. Auch das war kalt. Dann drückte ich meine Finger gegen seine Halsschlagader.

Ich glaubte, meine Hände wären zu taub, als dass ich etwas spüren könnte. Also hielt ich meine Wange ganz dicht an seinen Mund. Nichts. Kein Atemzug. Mein Herz drohte auszusetzen. »Arthur«, rief ich verzweifelt. »Arthur, antworte mir.« Er tat es nicht.

So blieben wir beide liegen. Um ihn zu stützen, hatte ich den Arm um ihn gelegt und redete immer noch auf ihn ein. Ich erzählte von meiner Kindheit in England und dass ich wieder nach Hause wollte, um meine Eltern und Geschwister zu sehen. Und dass ich ihn mitnehmen würde. England, versprach ich ihm, sei ein Land, wo Frieden herrsche, nicht so wie das Festland, wo Satan die Herrschaft übernommen hatte.

Wir schaukelten voran. Ich hätte immer so liegen bleiben mögen, aber dann gerieten wir in einen Strudel, das Boot drehte sich wie rasend, bis es kenterte. Ich fiel hinaus.

Es ging alles so schnell, dass ich erst wieder zur Besinnung kam, als ich unter Wasser war. Ich schluckte viel Wasser und strampelte herum, ehe der Strudel mich wieder nach oben schleuderte.

Das Boot trieb kieloben, von Arthur war nichts zu sehen. Immer wieder tauchte ich, um nach ihm zu suchen, aber ich fand ihn nicht.

Als ich schließlich aufgab und zum Ufer schwamm, hörte ich die Reiter von Rouen zurückkehren. Im beginnenden Tageslicht zogen sie wie ein Schemen vorüber.

Die ersten Vögel begannen zu singen, als ich den Treidelpfad erklomm und mich zu Fuß zum Kloster aufmachte. Die frommen Männer nahmen mich auf und pflegten mich.

Nun bin ich schon viele Wochen hier und bemühe mich, in der Gärtnerei zu helfen. Es ist ein ruhiges und beschauliches Leben. Nur die Nächte sind schlimm. Dann träume ich von Arthur und wache mit Schuldbewusstsein auf, weil ich ihn alleine gelassen habe. Nach Rouen will ich nie wieder zurück. Ich hasse diese Stadt.

Teil V

Little Willys Wiese war übersät von wilden Primeln und Märzbechern. Das kräftige Gelb und Blau stach aus dem Meer von Gänseblümchen hervor, die sich den letzten Sonnenstrahlen entgegenreckten.

Alienor stand am Fenster und blickte hinaus. Seit einigen Tagen fühlte sie sich matt und kraftlos. Die Nachrichten, die sie täglich von Philipps Erfolgen in Kenntnis setzten, ließen sie seltsam unberührt. Es drängte sie nicht mehr zu handeln, wenn wieder eine Burg der Normandie oder des Anjou an Frankreich gefallen war. Seit dem Verlust von Château-Gaillard wusste sie endgültig um den Untergang des Plantagenet-Reiches. Und doch empfand sie Frieden.

Wie oft in ihrem Leben hatte sie den Frühling nun schon in Fontevrault erlebt? Wie oft würde sie diese Wiese noch so wundervoll blühen sehen?

Im Hintergrund hörte sie Tess singen und lächelte.

»Komm her«, rief sie, »die Arbeit kann warten!«

Tess ließ den pelzverbrämten Winterumhang in die Truhe fallen und stopfte die warmen Unterkleider darüber.

»Habe ich richtig gehört? Die Königin sagt: Arbeit kann warten?« Tess stand der Spott ins Gesicht geschrieben, als sie neben sie trat. »Das glaube ich nicht.«

Alienor lachte und nahm sie bei der Hand. Sie deutete auf die Märzhasen und ihre Jungen, die übermütig herumtollten, purzelten, sich ungelenk aufrappelten, um plötzlich ernsthaft an Gräsern zu mümmeln, als seien sie dazu ermahnt worden.

»Heute wäre er der König. Ich würde zu gerne wissen, wie er sich entwickelt hätte.« Tess blickte Alienor fragend an. »Von wem sprecht Ihr?«

»Von William, unserem ersten Sohn. Diese Wiese haben wir Fontevrault zur Schenkung gemacht, als Little Willy geboren wurde. Er starb so klein. Er ist einfach verloschen. Sein Tod war die erste Zäsur in unserem vollkommenen Glück.«

Alienor sah den Dreijährigen vor sich, in seinem Holzbett liegend, nach Atem ringend. Die Locken verschwitzt an seiner Stirn. Die Ohnmacht, dieses verzweifelte Bedürfnis, ihm ihre eigene Lebenskraft einzuhauchen, hatte sich tief in ihre Seele gebrannt. Zu keinem ihrer Kinder hatte sie je wieder ein so zärtliches Verhältnis gehabt. Er hatte die Erfüllung ihrer Liebe verkörpert. Er war in ihren Armen gestorben. Tagelang hatte Henry nicht wahrhaben wollen, dass er tot war.

Noch nach Jahrzehnten erschien das kleine Jungengesichtchen in ihren Träumen. Friedlich und schön. Manchmal sprach sie mit ihm. Oft lachte er.

»Denkt Ihr oft an ihn?«, fragte Tess. »Wem ähnelte er?«

»Er hatte Henrys rötlich blondes Haar, nicht so dicht, viel feiner. Von Geburt an war er sehr zart. Er kränkelte leicht.« Sie überlegte laut. »Weder war er wie Henry der Jüngere, der nach ihm zur Welt gekommen ist, noch hatte er Richards Kraft oder Geoffreys Direktheit.«

»Ihr habt einen Sohn vergessen!«, ermahnte Tess sie streng. »Wie immer vergesst Ihr John.«

»John war von Anfang an anders als alle meine Kinder«, erwiderte Alienor. »Auch Marie und Alix waren mir vertrauter, obwohl Louis ihr Vater war. John hat nichts von Henry. Und Little Willy ähnelte er schon gar nicht, der ganz im Gegensatz zu John ein helles, ein in sich ruhendes Kind war.«

Die Frauen beobachteten die kleinen Hasen, deren weißbauschige

Blumen in der untergehenden Sonne auf und ab tanzten. Wie auf Befehl hoppelten sie plötzlich alle auf einmal davon und verschwanden unter einem Busch.
»John ähnelt Euch dafür umso mehr«, bemerkte Tess und zündete die Bienenwachskerzen an, die in zwei großen Kandelabern steckten.
»Er hat Eure Augen. Seine Stimme klingt Eurer sehr ähnlich. In seiner ganzen Erscheinung erkennt man Euch wieder.«
Alienor konterte spöttisch. »Liebst du ihn oder mich in ihm?«
Tess hockte mittlerweile vor dem Kamin und entzündete das Reisig. Sie wandte sich um und antwortete ernsthaft: »Vielleicht glaubt Ihr mir nicht. Aber die Frage habe ich mir auch gestellt. Und meine Antwort lautet: Ihr seid sein großes Vorbild. Auch ich habe Euch unendlich viel zu verdanken. Ihr habt mir erlaubt, an Eurer Seite Verantwortung zu übernehmen und sehr viel zu lernen. In all diesen Jahren habe ich von Euch die Zuneigung erhalten, die John eigentlich zustünde.«
»Du gibst niemals auf, nicht wahr?« Alienor beobachtete die junge Frau nachdenklich, die über den Kamin gebeugt das Holz zusammenschob und lachend »Nein, ich kann gar nicht anders!« rief.
Eine solche Schwiegertochter hatte Alienor sich immer gewünscht. Doch keiner ihrer Söhne hatte es gewagt, eine Frau zu nehmen, die ihrer Mutter das Wasser reichen konnte.
»Komm mit, ich zeige dir etwas«, sagte sie unvermittelt.
Sie ging hinüber zu der Kommode und holte eine Schatulle hervor, die Tess nie zuvor gesehen hatte. Ihre Kanten waren abgegriffen, das Rot des Leders verblichen. Alienor strich mit der flachen Hand darüber. Fast andächtig öffnete sie das Schloss mit einem goldenen Schlüssel und hob den Deckel an. Gebündelte Briefe quollen daraus hervor. Ein Teil rutschte zur Seite. Die oberen Seiten des gefalteten Pergaments waren vergilbt und an den Seiten eingerissen.
»Diese Briefe sind wie das Tagebuch meines Lebens ohne Henry. Ich habe sie an ihn geschrieben. Erst aus Poitiers als seine erbitterte Gegnerin. Später aus Old Sarum als seine Gefangene. Fünfzehn

Jahre Gefangenschaft waren eine sehr lange Zeit. Er hat diese Briefe nie bekommen. Ich habe sie nie abgeschickt.«
Plötzlich spürte sie wieder den saugenden Schmerz. Sekundenlang hielt sie den Atem an. Dann wurde es erträglicher. Das Herz pochte dumpf und drohend. Sie sank in den Stuhl vor dem Kamin zurück.
»Setz dich«, befahl sie schärfer als nötig, um von dem Schmerz abzulenken, und deutete mit dem Kopf neben sich. Tess rückte näher, während die Königin wahllos nach einem der Bündel griff. Sie schob das Band zur Seite und ließ es achtlos fallen. Dann las sie laut vor, mit kleinen Pausen, um zu Atem zu kommen. In Tess Ohren klangen sie, als wanderten ihre Gedanken zurück in die Vergangenheit.

Old Sarum, im Juni 1186

Henry,
ich hatte einen Traum: Es war Herbst, und wir ritten durch das neblige Dorset … Wir konnten einander nicht sehen … Plötzlich öffnete sich vor uns ein großes Tor. Auch dahinter war nur Nebel, aus dem bizarre Bäume ragten. Die Nebelschwaden hoben und senkten sich, als atmeten sie …
Little Willy saß mitten in dem Nebel. Eine Krone schwebte über seinem Kopf, und er rief: »Kommt doch zu mir und spielt mit mir. Meine Brüder haben mich verlassen …«
Unsere Pferde bäumten sich auf. Du bist abgesprungen und wolltest zu ihm. Da schloss sich das Tor …
Was bedeutet das nur? …

PS. Little Willy ist heute vor dreißig Jahren gestorben. Das fiel mir ein, als ich erwachte.

Schweigend faltete sie den Brief und zog einen anderen hervor. Tess rechnete nach. ›Achtundvierzig Jahre, und Ihr liebt ihn noch immer‹, dachte Tess, während Alienor fortfuhr.

»Henry konnte seinen Tod nicht ertragen. Jeder von uns ging anders damit um. Er hat Little Willy nie wieder erwähnt, und ich versuche bis heute, ihn mir immer wieder ins Gedächtnis zu rufen.« Sie brach ab und strich über das Pergament in ihrer Hand. »Je älter ich werde, umso näher rückt mir seine Seele. Manchmal ist sie mir ganz nah.« Mit einem Ruck setzte Alienor sich auf und lachte leise. »Hier, das musst du hören.« Dann las sie mit amüsierter Stimme gegen den Schmerz in der Brust an.

Poitiers, irgendwann im Sommer

Henry, wie habe ich Dich heute Abend vermisst!
Zum Bankett waren die Zisterzienser-Äbte meines Landes gebeten. Voll Stolz und Eitelkeit hatte ich ihnen zum ersten Mal in ihrem Leben Gabeln vorlegen lassen.
Henry, Du hättest ihre Gesichter sehen müssen!
Sie erbleichten und schrien Zeter und Mordio: Ob ich denn nicht wisse, dass Rom diesen Gegenstand auf den Index gesetzt habe? Diese Gabeln seien Teufelswerk. Hast du Worte???
So gabelte ich mein Essen allein. Und es war niemand da, mit dem ich hätte lachen können! Deine Alienor sehnt sich nach Dir, während sie versucht, die italienische Gabelmode in Aquitanien einzuführen.

»Wie bitte, auf dem Index?«, rief Tess ungläubig und verzog das Gesicht. »Und ich habe ahnungslos die Gabel benutzt.«
»Ja, dieses Instrument ähnele dem Dreizack des Teufels, behaupteten sie. Du kannst dir nicht vorstellen, wie sie sich anstellten. Sie ignorierten die Gabeln und benutzten stattdessen wie gewohnt das Brot und die Finger. In ihren Augen war ich eine Häretikerin.« Alienor lachte, während sie die Schatulle zu sich heranzog und suchend hineingriff.
»Eigentlich wollte ich dir etwas ganz anderes zeigen.« Sie zog zwei winzige Schühchen hervor, die ganz zuunterst gelegen hatten.

Sie ließ die kleinen Meisterwerke aus feinstem rotem Leder an den Bändern baumeln, mit denen sie aneinander geknotet waren.
»Henry hat sie mir zur Geburt von Little Willy geschenkt.«
Die zauberhaften Schühchen wurden vom Feuer beschienen und bewegten sich in immer langsameren Drehungen in Alienors Hand.
»Erst kurz vor Henrys Tod habe ich erfahren, dass er mir zu Johns Geburt ein identisches Paar hatte anfertigen lassen. Ich habe es nie erhalten.«
»Weiß John davon?«, fragte Tess neugierig.
»Nein, ich habe es ihm nie erzählt. Er braucht nicht zu wissen, dass es Little Willys sind und seine verloren gingen.«
Tess streckte die Hand nach den Lederschühchen aus. Statt sie ihr auszuhändigen, sagte Alienor: »Gib mir deine Hand.« Mit einer einzigen Bewegung zog sie den Rubinring ab und steckte ihn an Tess' Finger. »Ich möchte, dass du ihn trägst.«
Tess schnappte nach Luft. »Aber das geht nicht.«
»Wieso?«, fragte Alienor streng. »Natürlich geht das. Wenn ich es so bestimme.«
»Ihr tragt ihn, seit ich Euch kenne.« Tess wusste nicht weiter.
»Und noch viel länger. Seit Richards Geburt. Er steht dir, und von nun an trägst du ihn.«
»Danke«, murmelte Tess. »Ich weiß nicht, was ich sagen soll.«
»Danke genügt«, wehrte Alienor ab. »Und damit Schluss.«
Tess sprang auf und umarmte sie. Alienor ließ es zu. Sie drückte Tess an sich, spürte die Wärme des jungen Körpers und genoss die physische Nähe eines vertrauten Menschen, die sie so lange schon entbehrte.
Als sie sich aus der Umarmung lösten, sagte Alienor: »Ich glaube, ich werde heute früh zu Bett gehen.«
»Soll ich Euch nicht Essen kommen lassen?«, fragte Tess. Alienor verneinte. »Danke. Mir ist nicht danach.« Das schmerzhafte Saugen in ihrer Brust kündigte sich mit solcher Vehemenz an, dass sie sich nicht erheben konnte.
»Soll ich nicht besser …« Alienor verneinte mit matter Kopfbewe-

gung. »Behüt dich Gott, meine liebe Tess. Ich möchte allein sein«, sagte sie leise.
Tess spürte, dass sie jede Hilfe ablehnen würde. »Soll ich nach der Äbtissin schicken?«, fragte sie mit einem Anflug von Angst. »Ich werde Euch zu Bett begleiten!«
Alienor hob langsam die Hand und hielt sie ihr zum Kuss entgegen. »Nein.«
Tess erschrak bei dem Anblick der feingliedrigen alten Hand der Königin. Ohne den vertrauten Ring wirkte sie noch zerbrechlicher, als sei ihr jeder Schutz genommen. Sie griff danach und beugte sich darüber. Langsam drehte Alienor sie nach unten. Der Rubin leuchtete dunkelrot an Tess' Finger. Sie starrte auf den Stein, dessen Farbe im Feuerschein zwischen Weinrot und Blutrot changierte. Alles in ihr wehrte sich dagegen. Sie wollte aufbegehren. Eine unbestimmte Angst schnürte ihr den Atem ab.
»So ist es gut«, sagte Alienor ruhig und lächelte sie an. »Und nun geh. Gott schütze dich.«

Tess zerriss es das Herz, die Königin so zurücklassen zu müssen. Kaum hatte sie die Tür des Gemachs hinter sich geschlossen, lehnte sie sich an die Wand neben der Holztür und lauschte. Außer dem Blaken der Fackel im Gang war nichts zu hören.
Ihre Gedanken überschlugen sich. Musste sie hier nicht Wache halten?
Natürlich würde sie die Äbtissin holen. Niemals würde sie die Königin in diesem Zustand allein lassen. Sie wusste doch seit Tagen, dass es ihr immer schlechter ging, dass sie unerträgliche Schmerzen litt, auch wenn sie kein Wort darüber verlor und es sich verbat, darauf angesprochen zu werden.
Sie hob den Ring dem flackernden Licht entgegen und starrte auf den Rubin, als könne er ihr eine Antwort geben. Da hörte sie ein dumpfes Poltern, dann ein Stöhnen. Die Angst um die Königin nahm ihr den Atem. Sie legte die Hände auf die Klinke und drückte sie leise hinunter. Schleppende Schritte. Tess presste ihr Ohr an die

Holztür. Die Schritte näherten sich, schlurften vorüber und entfernten sich. Die Königin war offensichtlich in das Schlafgemach gegangen. Tess fiel ein Stein vom Herzen. Gott sei Dank. Sie war nicht gestürzt.

Wieder herrschte Stille. Tess öffnete die Tür zu dem Gemach und lauschte. Das Feuer im Kamin knisterte. Am Boden lag die leere Lederschatulle.

Die Tür zum Schlafgemach stand offen.

Ein paar Schritte wagte sie sich vor. Da hörte sie die Königin beten.

»Heilige Maria, Mutter Gottes, … bitte für uns Sünder, … jetzt und in der Stunde unseres Todes.« Stille. Geraschel. Schweres Atmen. Ein Stöhnen. Dann erneut das gemurmelte »Gegrüßet seist du, Maria«.

»Amen«, fügte Tess hinzu und schlich leise hinaus, ließ die Tür lautlos ins Schloss schnappen und rannte den Gang entlang und die Treppe hinunter. Sie warf einen Blick zur Küche. Dort war es menschenleer. Die Vesper musste begonnen haben.

Sie nahm den schnellsten Weg, am Refektorium vorbei durch den Kreuzgang von Sainte-Marie zur Abteikirche.

»Wir hören den Psalm 31.« Tess erkannte die Stimme der Äbtissin, noch bevor sie durch die hölzerne Tür in das Seitenschiff getreten war.

Herr, ich suche Zuflucht bei Dir.
Lass mich doch niemals scheitern …

Tess' Herz pochte bis zum Hals. Sie nahm weder die Nonnen des Hauptklosters noch die Mönche von Saint-Jean wahr, die andächtig in das Abendgebet vertieft waren.

In Deine Hände lege ich voll Vertrauen meinen Geist.
Du hast mich erlöst, Du treuer Gott …

Mathildes klangvolle Stimme hallte durch das Gotteshaus, während Tess' Blick suchend über die Betenden schweifte. Sie musste einen Priester finden.

Hilf mir in Deiner Güte …
Herr, lass mich nicht scheitern,
denn ich rufe zu Dir.

»Hilf ihr in Deiner Güte. Lass dein Angesicht leuchten über ihr«, betete Tess inständig mit und wartete voll Unruhe auf das Ende der Vesper.

Als sie wenig später zu dritt die königlichen Gemächer betraten, betete Tess noch immer. Tief aus ihrem Innern kamen die letzten Worte, die sie von der Königin gehört hatte. »Bitte für uns. Jetzt und in der Stunde unseres Todes.« Sie glaubte, den Gedanken nicht ertragen zu können. Gemeinsam betraten sie das Schlafgemach.
Alienor lag mit weit geöffneten Augen auf dem Bett. Ihr Atem ging flach. Um sie herum lagen die Briefe, aus denen sie vor wenigen Stunden noch vorgelesen hatte. Alle waren geöffnet.
Während der Mönch sich eilig daranmachte, die Letzte Ölung vorzubereiten, traten Tess und Mathilde wie auf geheime Verabredung rechts und links an ihr Lager und nahmen ihre Hände in die ihren.
Ein fernes Lächeln ging über Alienors Gesicht. Es schien nicht mehr von dieser Welt, so wenig wie das Leuchten in ihren Augen. Ihre Wangen wirkten glatt und weich, ihre Miene gelöst von Alter und Schmerz. Sie war von einer Schönheit, deren Anblick Tess in Bann schlug.
Alienors Seele füllte den Raum und alle ihre Gedanken. Eine seltsame Mischung aus tiefer Trauer und allumfassendem Frieden durchströmte sie. Wo war ihre Seele, als der Mönch ihr mit dem heiligen Öl die Kreuze auf Stirn, Mund und Brust beschrieb?
»Geh zu Little Willy, kehr endlich heim zu Henry«, flehte Tess still. »Lieber Gott, schenk ihr Deinen Frieden.«

Sie sah das große Tor im Nebel vor sich, das sich öffnete. Und sie sah die überirdische Schönheit der toten Königin. Sie sah den kleinen blonden Jungen lachen und ihr die ausgebreiteten Arme entgegenstrecken. Und plötzlich sah sie auch Alienor mit einem strahlenden, überglücklichen Lachen. Sie war endlich frei. Tess unterdrückte das bebende Schluchzen, das aus ihrem Innersten kam. Sie ließ die leblose, noch warme Hand behutsam auf die Felldecke gleiten. Da fühlte sie das weiche Leder. Sie nahm die kleinen Schühchen und trat an Mathilde vorbei zum Fenster. Sie öffnete es weit und ließ die kühle Frühjahrsluft, die den April ankündigte, hinein. Dort lag die bunte Wiese. Ihre Seele würde sie im Licht erkennen. Tess sog die feuchte Luft in ihre Brust, bis das krampfende Schluchzen verebbte. Mit zitternden Händen zog sie das Band an einem der rotledernen Schühchen auf und wieder zu. Es dauerte, bis ihr der Knoten gelang.
Dann trat sie zurück an das Lager und umarmte die tote Königin.

* * *

»NEIN!«
Der Schrei gellte von den Mauern zurück und ließ die angeregten Gespräche jäh verstummen. Ein Page ließ die silberne Weinkanne fallen. Scheppernd rollte sie über den Boden. Niemand achtete darauf. Alle Augen starrten auf den König.
Wie in Trance hatte John sich erhoben. Das Pergament noch in der Hand, stand er schwankend da. Das eben noch gebräunte Gesicht war totenbleich.
Er wich taumelnd zurück, bis an die Mauer der Längsseite. Dorthin, wo eine Tür direkt in den Garten führte.
»Er stürzt«, schrie eine der anwesenden Damen und schlug sich die Hand vor den Mund. Sekundenlang war es still in der großen Halle zu Winchester.
Dann stieß Will seinen Stuhl zurück. Mit drei Schritten war er bei der Seitentür. Rücksichtslos drängte er den Boten beiseite und

schützte John mit seinem Körper. »Was ist mit dir?«, fragte er voll Angst.

Unfähig zu sprechen, schüttelte John den Kopf. Blicklos starrte er durch den Freund hindurch und rang nach Luft.

»John …«

Der König versuchte, Worte zu bilden. Speichel sammelte sich in seinen Mundwinkeln. Kein Ton kam heraus. In dem Bemühen, sich zu artikulieren, trat ihm der Schweiß auf die Stirn. Seine Pupillen waren riesengroß. Dann begann er zu röcheln. Immer noch hielt er den Brief in der Hand.

»Gib ihn mir«, bat Will und wollte danach greifen. Doch John presste ihn gegen die Brust. Seine Finger umklammerten das Pergament, bis die Knöchel weiß hervortraten. Leise fragte Will den Boten: »Woher kommt Ihr?«

»Aus Fontevrault.«

Will spürte die Klammer, die sich um sein Herz legte.

Behutsam umfing er den Freund und führte ihn hinaus aus dem Saal.

John ließ sich ziehen wie ein Kind. Hinter ihnen herrschte betretenes Schweigen.

Draußen überfiel sie der Frühlingsregen. Unaufhörlich strömte er von dem grauen Himmel herunter, hatte die Holzbank an der Mauer längst schwarz verfärbt, drückte die feingliedrigen Blätter der Blüten hinab und tropfte stetig auf die Kieswege, deren weißrunde Steinchen unter ihren Schritten knirschend nachgaben.

Der König schien sich gefasst zu haben. Sein Atem ging ruhiger. Erleichtert spürte Will, wie er sich aus seinem beschützenden Griff befreite.

Ein Zweig streifte John. Abrupt hielt er inne. Kaskaden von Tropfen tränkten die kostbare Seide. Er beobachtete, wie sie den blauen, glänzenden Stoff durchnässten, bis er schwarz war.

»Ich muss fort«, sagte er mit unerwartet normaler Stimme.

»Wohin?«, fragte Will.

Behutsam hob John den Zweig von seiner Schulter. »Nach …« Er

überlegte, während der Regen unaufhörlich auf sie herunterprasselte. Dann lächelte er. »Ja, nach Old Sarum!«
Will erschrak. »Solltest du nicht zuerst mit Isabelle sprechen?«, fragte er beunruhigt. »Sie hat doch ein Recht darauf.« Er brach ab.
John runzelte die Stirn, als verstünde er nicht. Dann blinzelte er die Tropfen aus seinen Wimpern. »Ach ja, Isabelle ...« Nun schien er sich zu erinnern und nickte. »Später. Vielleicht.«
Sie hatten das Ende des kleinen, ummauerten Gartens erreicht. Der König drückte die Klinke der Seitenpforte hinunter. »Ich brauche eine Eskorte und einen Bannerträger. Die Königin legt großen Wert auf Etikette.«
Will folgte ihm beklommen.

Er verspürte noch immer diesen Druck in seiner Brust, als sie bald darauf über den Hof galoppierten. Hohl klang das Getrappel der Hufe, als sie das Tor passierten, und verebbte, als sie sich nach links auf die alte Römerstraße Richtung Norden wandten. Ehe die Wachen das Tor von innen aufrissen, hatte Will noch einen Blick hinüber zum Saal geworfen. Isabelles angstvolles Gesicht war dicht an die Scheibe gepresst gewesen. Durch den Regen hatte es so ausgesehen, als weinte sie. ›Vielleicht weinte sie ja wirklich‹, dachte er, als er mit eingezogenem Kopf versuchte, mit Johns Pferd Schritt zu halten.
Oben auf der Höhe waren sie dem Wetter schutzlos ausgeliefert. Der Nordwestwind trieb ihnen die Schauer mit Macht entgegen. In Wellen verloren sie sich in der Frühsaat und drückten die jungen Halme hinunter. Will fluchte und versuchte, seinen Umhang unter den Sattel zu zerren, da sah er, wie John in die Steigbügel trat und sich nach ihm umwandte. »Komm her«, rief er und winkte.
Als er aufgeholt hatte, sah er den König lächeln. »Weißt du, woran ich die ganze Zeit über denken muss?« Als Will verneinte, fuhr er fröhlich fort. »An Nottingham.«
Will verstand nicht. »Wieso?«
John kicherte. »Als wir damals auf dem Baum gesessen sind. Erinnerst du dich?«

»Wann war das?«

John schien enttäuscht. »Du musst dich erinnern. Wir saßen hoch oben in der Astgabelung, wo wir uns ein Brett hingenagelt hatten. Wir spielten unser altes Spiel. Und dann haben wir sie kommen hören …«

Jetzt fiel es Will wieder ein, und er lächelte. »Wir waren noch Kinder, und ich bin runtergefallen und war ohnmächtig.«

John strahlte. »Genau! Und dann hat sie dafür gesorgt, dass man dich aufs Pferd hebt, aber ich, ich durfte hinter ihr aufsitzen. Und so sind wir gemeinsam nach Nottingham Castle geritten. Ich weiß es noch wie heute, wie die Wachen stramm standen und alle Leute auf den Hof stürzten, um sie zu empfangen. Und ich habe unseren Vater gesehen, wie er eilig die Außentreppe vom Turm hinunterlief. Und da habe ich sie lachen hören …«

Er sah einem Hasen hinterher, der in großen Sprüngen über das Feld hetzte.

»Das war das erste Mal, dass ich ihr so nahe war.« Er verstummte und hing seinen Gedanken nach.

Meile um Meile ritten sie nebeneinander her. Erst als sie den Abhang nach Stockbridge hinunterjagten, fuhr er fort: »Sie hat nach Rosen geduftet. Und ich habe ausgesehen wie ein Schwein. Du erinnerst dich, wir beide waren weder gewaschen noch manierlich gekleidet.« Wieder lachte er. »Aber ich weiß noch genau, wie sehr sie sich damals über mein Geschenk gefreut hat.«

Als sie durch den Fluss Test galoppierten, spritzte das Wasser unter ihnen auf. Am anderen Ufer wagte Will zu fragen: »Du hattest Nachricht von der Königinmutter. Wie geht es ihr?«

John fasste die Zügel fester. »Danke. Sehr gut. Du wirst dich selbst davon überzeugen können, wenn wir erst in Old Sarum sind!« Er stieß seinem Pferd die Sporen in die Flanken und trieb es den Berg hinauf.

»Aber …« Will blieb der Mund offen stehen. Sein Herz begann zu hämmern.

Immer noch rauschte der Regen. Da sie nun durch ein großes Wald-

gebiet nach Westen ritten, waren sie zumindest vor dem scharfen Wind geschützt. Obwohl sie mit der Eskorte fünfundzwanzig bewaffnete Männer waren, war Will erleichtert, als sich die Stämme zu lichten begannen und die kleine Stadt Salisbury in dem Regenschleier unter ihnen im Tal auftauchte. Von hier oben machte der Ort einen zuverlässigen, ja anheimelnden Eindruck. Rauchsäulen stiegen aus den Kaminen der Bürgerhäuser auf, versprachen Wärme und Geborgenheit. Glocken läuteten, und Reisende standen Schlange an der Stadtmauer, um rechtzeitig vor der Nacht eingelassen zu werden. Will beschirmte seine Augen mit der Hand und starrte hinunter. ›Mein Land, meine Grafschaft. Dort lebt meine Kindfrau, die wahrscheinlich noch immer mit Puppen spielt. Und doch wäre es schön, ein paar Tage mit ihr zu verbringen. Sie ist so ein fröhliches Kind‹, dachte er sehnsüchtig. Es würde nicht mehr lange dauern, bis sie endlich eine Familie gründen könnten.
Seine Hoffnung wurde jäh zerschlagen, als John den Befehl gab, nach rechts abzubiegen. Er wusste nur zu gut, dass der lehmige Weg, der um die Stadt herumführte, eine Abkürzung nach Old Sarum war.
Reiter und Pferde waren erschöpft und durchnässt, als sie kurz vor der Dunkelheit die Burganlage von Old Sarum erreichten. Sie ritten über den ersten Wall und die Zugbrücke zum Burgtor.
Fast hätte Will erwartet, das Banner der Königin auf dem Turm zu sehen. In der allgemeinen Hektik, die ihre unangemeldete Ankunft bereitete, suchte Will immer wieder den Blick des Königs.
Ruhig und selbstbewusst gab John seine Anordnungen. Doch erst als er vom Pferd sprang und die Zügel einem der Stallknechte überließ, wandte er sich an den Freund. »Schick einen Boten nach Gloucestershire und bitte Havise, morgen zu kommen. Und nun geh und zieh dir trockene Kleider an. Du erkältest dich sonst. Wir treffen uns später im Salon der Königin.« Unwillkürlich sah Will hinauf nach rechts zu den Fenstern des Prachtbaus, hinter denen die Privatgemächer von Königin Alienor lagen. Alles war dunkel. Im Schein der Fackeln schienen die glänzenden, bleigefassten Scheiben höhnisch auf ihn hinabzustarren. Will schauderte.

Während er sich umkleidete, versuchte er zu beten. Seine Hände zitterten, als er sich mit dem Elfenbeinkamm durch die Haare strich. Das Blut rauschte in seinen Ohren, als er die Treppe hinaufeilte, die Empfangshalle durchquerte und endlich an die Tür der königlichen Gemächer klopfte.
Das Erste, was er sah, waren die brennenden Scheite in dem großen Kamin. Davor standen zwei hochlehnige Holzstühle, die mit tiefroten Samtkissen ausgelegt waren, auf denen das Wappen von Aquitanien eingestickt war. Bis auf einen großen Kandelaber, in dem Kerzen brannten, war der Raum leer.
John kam ihm entgegen. Seine Stiefel dröhnten auf den nackten Bohlen. Auch er war umgezogen und trug ein grünes Oberkleid. Seine Haare waren noch feucht und ringelten sich an den Spitzen.
»Setz dich«, sagte er freundlich und überreichte ihm einen goldenen Pokal. »Mutters Lieblingswein.«
Er trank einen Schluck und ließ ihn genießerisch auf der Zunge zergehen. »Sie hat einen erlesenen Geschmack. Aber das weißt du ja.«
Will blickte sich verstohlen um. Seine Augen versuchten, jede Ecke im Halbdunkel zu erkennen, dann räusperte er sich. »Was ist mit der Königinmutter?« Seine Stimme klang rau.
John deutete auf die beiden Stühle. »Nimm Platz.«
»Wo ist sie?«, beharrte Will.
Der König schien überrascht. »Hier natürlich!« Er schlenderte zum Kamin, setzte sich und streckte die Beine aus.
Will spürte, wie sich ihm die Nackenhaare aufrichteten. Als gleich darauf an die Tür geklopft wurde, schrak er zusammen. Zwei Pagen trugen ein großes, voll beladenes Silbertablett herein, und auf einen Wink von John stellten sie es zwischen den Stühlen ab. Dann verschwanden sie lautlos.
»Was stand in dem Brief?«
John beugte sich vor und griff nach einem Hühnerbein. »Ich habe Feinde«, antwortete er und biss hinein.
Will ließ nicht locker. »Was stand drin?«
John machte eine unwillige Bewegung. »Wie soll ich mit dir reden,

wenn du in meinem Rücken stehst. Ich verrenke mir nur den Hals. Setz dich und iss.«

Er griff nach seinem Pokal und leerte ihn bis zur Neige, dann goss er sich erneut ein. Er schien nicht zu bemerken, dass der Becher voll war. Der rote Wein lief über den Rand und tropfte auf seine Hose. Erst da trat Will vor und nahm ihm die schwere Karaffe aus der Hand.

»Wen meinst du, wenn du von deinen Feinden sprichst?«

John warf den Hühnerschenkel ins Feuer. »Ich bin umgeben von Feinden«, sagte er gleichmütig. »In diesem Fall handelt es sich um die Äbtissin von Fontevrault. Sie liebt es, mich zu erschrecken.«

Verblüfft hockte sich Will auf die äußerste Kante des Stuhls. »Äbtissin Mathilde?«, fragte er ungläubig.

John lachte. »Sie ist immer schon eifersüchtig und will Mutter für sich allein. Die Äbtissin würde sie am liebsten in Fontevrault einschließen. Sie kann es einfach nicht ertragen, dass sie mich liebt.«

Er beugte sich vor und stocherte mit einem Schürhaken in der Glut. Die Flammen zauberten groteske Schatten auf sein Gesicht. Einen Herzschlag lang glaubte Will, Königin Alienor vor sich zu haben.

»Aber ich werde ihr einen Strich durch die Rechnung machen«, fuhr John fort. »Ich hatte auf dem Weg hierher eine fabelhafte Idee.« Wieder griff er nach dem Becher und trank gierig. »Ich werde mein eigenes Kloster gründen. Hier in England. Unten, im New Forest. Dann kann Mutter dort leben.« Triumphierend sah er zu Will hinüber.

»Magst du mir nicht erzählen, was sie geschrieben hat?«, fragte der Freund leise.

John griff nach der Karaffe, aber Will nahm sie ihm aus der Hand. »Sag mir erst, was in dem Brief stand«, bat er nachdrücklich.

John tippte sich an die Stirn. »Diese unsägliche Nonne ließ mir mitteilen, dass Ihre Majestät zu unserem ewigen Schöpfer heimgegangen sei«, spottete er. »Und ich muss zugeben, dass ich es zuerst geglaubt habe.« Er nahm Will die silberne Kanne aus der Hand und goss nach.

Wieder waren seine Bewegungen fahrig, und er ließ den roten Rebsaft überlaufen. Diesmal störte Will sich nicht daran. Impulsiv griff er nach Johns Arm. »Du Armer«, murmelte er und fühlte, wie sich seine Augen mit Tränen füllten.

»Nicht wahr?«, nickte John. »So ein schreckliches Weib! Mir so einen Schrecken einzujagen. Was hältst du von meiner Idee, ein Kloster zu gründen? Mutter kann von dort aus überall hinreisen.« Er lächelte zärtlich. »Zu den Hoftagen, zu den Jagden, wann immer wir ein Fest geben, wird sie dabei sein. Seit Mirebeau weiß ich ja erst, wie wichtig ich für sie bin.«

»Ach, Johnny«, flüsterte Will und begann zu weinen.

Die Scheite knackten im Kamin, und es roch nach verbranntem Fleisch. Draußen schrie ein Kauz. Will bekreuzigte sich. »Solltest du nicht nach Fontevrault reisen?«, stieß er unter Schluchzen hervor.

John zog die Augenbrauen hoch. »Ich nach Fontevrault? Was sollte ich dort? Ich habe keine Lust, dieser niederträchtigen Nonne zu begegnen!« Zornig fuhr er fort: »Sie gehört ausgepeitscht! Du glaubst ja gar nicht, wie erschrocken ich war!« Er lehnte den Kopf zurück und schloss die Augen. »Wie es nach ihr duftet«, sagte er träumerisch. Wieder schrie der Kauz.

John begann leise vor sich hin zu pfeifen. Nach einer Weile erkannte Will die Melodie. Es war einer jener Gassenhauer, in dem ein Troubadour Königin Alienors Schönheit besungen hatte. Ursprünglich stammte das Lied aus dem Süden. Reisende hatten es nach England gebracht, und jahrelang war es überall in den Wirtshäusern zu hören gewesen.

Will nickte ergriffen. Er erinnerte sich an all die Jahre, in denen Alienor auf Befehl ihres Mannes hier in Old Sarum festgesetzt gewesen war. Manchmal hatte König Henry die beiden Jungen mitgenommen. Doch sie hatten die Königin immer nur von weitem sehen dürfen.

Abrupt hörte John zu pfeifen auf und hob den Kopf, als lausche er. »Sie lacht … Hörst du es nicht?« Er sprang auf und ging mit geschlossenen Augen im Raum umher. Will sah ihm bedrückt zu. »Sie ist hier. Ich kann sie sehen … Mutter?«, flüsterte der König. Dann fiel er auf die Knie. Mit einem Satz war Will bei ihm. »John!«, rief er. »Lass mich den Priester rufen, damit er eine Messe für sie hält.«

»Wozu? Sie hält nichts von den Pfaffen. Denen ist sie immer ein Dorn im Auge gewesen. Eine selbstbewusste und schöne Frau, das verträgt sich nicht mit den römischen Ansichten.«

Will kniete vor ihm. »Johnny, du musst jetzt stark sein …«

Verwundert schüttelte John den Kopf. »Aber ich bin doch stark. Nun, da ich endlich weiß, dass sie mich liebt.« Er lächelte. »All die Jahre habe ich mich danach gesehnt. Dann endlich, als ich gesehen habe, wie sie mir in Mirebeau entgegenlief, da wusste ich plötzlich: Sie hat es immer schon getan.«

Er erhob sich. »Lass uns darauf trinken.« Will sah zu, wie er ihre beiden Becher füllte, stand auf und nahm den seinen entgegen.

»Auf Königin Alienor! Gott schütze sie.« Seine Stimme klang belegt.

»Auf die Liebe«, erwiderte John und trank.

Sie saßen die ganze Nacht beieinander und schwiegen. Manchmal beugte sich einer von ihnen vor und warf ein neues Scheit in die Glut. Als der Morgen heraufzog, hörte der Regen auf, und Will öffnete die Fenster. Da sah er den Boten, den er losgeschickt hatte, in den inneren Burghof einreiten und rief ihm zu: »Wann kommt Madame?«

»Ich bedaure, melden zu müssen, dass ich niemanden angetroffen habe. Man hat mir berichtet, die Lady sei zu einem Besuch nach East Anglia gereist.«

John war aufgesprungen und drängte Will zur Seite. »Was sagst du da?«, schrie er unbeherrscht. »Wann wird sie zurückerwartet?«

»In drei bis vier Wochen, mein König!«

John trat vom Fenster zurück. Seine Augen flackerten. »Das hast du gewusst, oder?«

Verständnislos schüttelte Will den Kopf. »Wie sollte ich?« Er versuchte zu lächeln.

John ballte die Fäuste. »Es hat dir immer missfallen, dass Havise und ich befreundet sind. Ich glaube mich zu erinnern, wie erleichtert du warst, als Havise und ich uns scheiden ließen.«

Will spürte die Anspannung der vergangenen Nacht und merkte mit einem Mal, wie müde er war. »Sei nicht albern.« Er reckte und dehnte seinen Nacken. »Du hast mich gebeten, einen Boten zu ihr zu schicken; und genau das habe ich gestern Abend getan. Es tut mir Leid, dass sie nicht herkommen wird.«

John bückte sich und hob die silberne Karaffe auf. Ein paarmal ließ er den restlichen Inhalt darin kreisen, ehe er daraus trank.

Schwer atmend stellte er das Gefäß zurück auf den Boden.

»Ich bin umgeben von Feinden«, murmelte er.

Will wurde zornig. »Du bist betrunken. Warum legst du dich nicht hin und schläfst ein paar Stunden?« Er stieß sich von der Wand ab. »Ich werde das jedenfalls tun!« Er war auf gleicher Höhe mit John und wollte gerade an ihm vorbei, als er festgehalten wurde. »Ich habe dir nicht erlaubt, dich zurückzuziehen. Du wartest gefälligst, bis ich es dir gestatte«, zischte er.

Will war wie vom Donner gerührt. »Bist du verrückt geworden?« Dann wurde er laut. »Ich habe die ganze Nacht hier bei dir gesessen. Du bist mein Bruder, und ich habe geglaubt, dir helfen zu können …«

John musterte ihn kalt. »Ich bin dein Halbbruder. Und ich bin dein König. Vergiss das nicht!«

Sie starrten einander an. Draußen sangen die Vögel, und das morgendliche Treiben auf dem Hof begann. »Du kannst jetzt gehen«, sagte John.

An der Tür wandte sich der Freund noch einmal um. »Und was wirst du tun?«, fragte er.

John warf den Kopf zurück. »Ich reite zu Onkel Robert.«

Will zögerte. »Soll ich mitkommen?«

»Nein«, sagte John eisig. »Dann ist er am Ende auch verreist!«

Kopfschüttelnd verließ Will den Saal, während drüben in der Kathedrale die Glocken zu läuten begannen.

* * *

Die Trauerfeierlichkeiten für Königin Alienor waren vorüber. Vom ersten Fanfarenklang an diesem Aprilmorgen, die gesamte Totenmesse über, bis zum letzten Gesang der Nonnen und Mönche von Fontevrault hatte Tess noch immer gehofft, er möge kommen.
Diese Hoffnung hatte sie angetrieben, der Äbtissin bei den Vorbereitungen für die Beisetzung mit aller Kraft zur Seite zu stehen. Tagsüber hatte sie Mathilde bei der Planung des Kirchenschmucks, der Auswahl der Gesänge und Psalmen, der Sitzordnung und Unterbringung der hohen Gäste geholfen. Wer sollte während des Requiems und beim Totenmahl im Refektorium wann sprechen? All dies war davon abhängig, ob König John eintreffen würde oder nicht.
Nachts hatte Tess es für ihre Pflicht gehalten, stundenlang an der Totenwache in der Abteikirche teilzunehmen. Jeden Abend hatte sie nach der Komplet, sobald der Chor sich leerte, frisch gepflückte Blumen von Little Willys Wiese über die gefalteten Hände der aufgebahrten Königin gestreut. Sie hatte gebetet und gefleht, dass er kommen möge. Doch John war zur Beisetzung seiner Mutter nicht erschienen.
Mittlerweile waren die zahllosen Erzbischöfe und Legaten, die Vasallen und Verwandten, die Äbte und Lords sowie die letzten hohen Gäste aus dem Norden des Reiches abgereist.
Als der Alltag in Fontevrault wieder einzog, empfand Tess außer der Trauer um die Königin und der Leere, die sie hinterließ, empörten Zorn. Bis die Äbtissin sie zu sich rief.
»Setz dich«, sagte sie freundlich und betrachtete Tess. Sie war blass und wirkte unruhig.
»Wir müssen dankbar sein, dass der Allmächtige unserer Königin einen gnädigen Tod gewährt hat. Wir dürfen jetzt nicht an uns denken«, ermahnte Mathilde sie.

»Ich denke in keiner Weise an mich«, begehrte Tess auf. »Ich denke nicht einmal darüber nach, was aus mir wird. Ich finde es nur ungeheuerlich, dass der König den Tod seiner Mutter ignoriert. Wie kann er so verantwortungslos sein!« Erregt fingerte sie an dem Stoff ihres Gewandes herum. »Er muss zur Raison gebracht werden, nun da sie es nicht mehr tun kann.«
Mathilde griff schweigend nach Alienors Testament, das die Königin ihr wenige Wochen vor ihrem Tod mit den Worten übergeben hatte: »Schick sie nach England. Gib ihr irgendeine Aufgabe. Wenn sie auf John trifft, wird sie in meinem Sinne handeln.«
Tess erkannte Alienors Siegel sofort und richtete sich in ihrem Stuhl auf, als die Äbtissin es erbrach. Die Worte, die sie vorlas, rauschten an Tess vorüber. Nur ihr Herz begann zu rasen. Ihre Hände krampften sich ineinander. Ungläubig starrte sie die Äbtissin an.
»Hast du verstanden?«, fragte diese, als Tess den Kopf schüttelte. Sie drückte ihren Körper gegen die Stuhllehne, als wolle sie dem Gehörten ausweichen. Ihre Augen blickten dunkel aus dem fahlen Gesicht. Sie wollte nicht begreifen. Sie sträubte sich mit aller Macht dagegen.
»Das Gold der Königin ist für dich bestimmt«, wiederholte die Äbtissin laut und deutlich und wartete ab. »Alienor hat es dir vermacht. Du bist die Erbin ihres gesamten Privatvermögens.«
»Das kann ich nicht, das will ich nicht«, stotterte Tess. Ihr Mund war so trocken, dass sie nicht weitersprechen konnte.
»In diesen unsicheren Zeiten«, las Mathilde unbeirrt weiter, »sind Burgen und Ländereien keine Gewähr für die Zukunft. Aus diesem Grunde …«
Tess drehte den Rubinring an ihrem Finger hin und her. »Sie hat mir diesen Ring vererbt«, murmelte sie. »Mehr brauche ich nicht.«
»Was gedenkst du zu tun?«, unterbrach Mathilde ihre Gedanken. Verständnislos sah Tess sie an und empfand tiefe Scham. Die Nähe, die sie seit Mirebeau zu der Königin empfunden hatte, konnte mit keinem Gold der Welt aufgewogen werden. Dieses Erbe stand ihr nicht zu. Widerstrebend schüttelte sie den Kopf.

»Nun?«, beharrte die Äbtissin. »Ich denke, in dieser neuen Situation wirst du wohl kaum den Schleier in Fontevrault nehmen. Obwohl ich das nach wie vor gerne sähe. Ich trage mich mit dem Gedanken, dir eine Aufgabe in England anzuvertrauen.«
Endlich schien sie Tess' Aufmerksamkeit geweckt zu haben.
»Ich benötige eine Vertrauensperson, die unsere neu gegründeten Fontevristen-Klöster in England inspiziert. Du könntest als meine Beauftragte reisen. Deine Aufgabe bestünde darin, mir regelmäßig Nachricht über den Fortgang zu geben und bei Bedarf gewisse Verhandlungen zu führen, für die ich dir eine Vollmacht erteilen werde.«
»England?« Tess' Hände hielten plötzlich inne. Das war es, was sie sich immer gewünscht hatte.
»Darf ich?«, bat sie und deutete auf das Pergament der Königin.
Sie erhob sich, entrollte es erneut und blickte auf Alienors vertraute Schriftzüge. Nun, da sie die schwungvollen Buchstaben mit eigenen Augen sah, konnte sie den Gedanken, dass sie tatsächlich als ihre Erbin eingesetzt war, zum ersten Mal an sich heranlassen. Aufmerksam las sie jede Zeile der wohl bekannten Schrift.
»Nimm dir Zeit«, sagte die Äbtissin und erhob sich. »Bedenke in Ruhe, wie du dich entscheidest. Und vergiss nie, dass du im Kloster von Fontevrault jederzeit willkommen bist.«

Benommen verließ Tess das Arbeitszimmer. Trauer, Scham, Hoffnung, und immer wieder Zorn. Ihre Gefühle waren ein einziges Durcheinander.
Im Garten atmete sie tief die frische Frühlingsluft ein und blickte zum Himmel empor, als suche sie dort eine Antwort. Ihr Leben war an einem Scheideweg angekommen.
In den schnell ziehenden Wolken zeterten Krähen, die einander verfolgten. Ohne nachzudenken, ging Tess in Richtung des Rosengartens. Sie ließ den Brunnen links liegen und blieb wie selbstverständlich vor den Lieblingsrosen der Königin stehen. Sie trugen bereits üppige Knospen. Doch würde es noch dauern, bis sie ihr

samtiges Rot ganz entfalteten. Noch waren die Adern in den zarten Blättern zu erkennen. Ihr kräftiges Dunkelgrün würde auf sich warten lassen. Ob sie das noch erleben würde? Tess erschrak bei dem Gedanken. Sollte sie sich längst entschieden haben, ohne sich dessen bewusst zu sein?

Irritiert ging sie zum Brunnen. Sie beugte sich hinüber und starrte auf ihr Spiegelbild im Wasser. Sie sah die gewellten blonden Haare und die Konturen ihres Gesichts. Daran hatte sich nichts geändert. Und doch stand die Welt plötzlich Kopf. Mit beiden Händen zerstörte sie das Konterfei und spritze sich das Gesicht nass. Sie musste zur Besinnung kommen.

Mit großen Schritten verließ sie den Garten und eilte zum Kreuzgang. Sie hielt inne und betrachtete den vertrauten Innenhof des Klosters, als sähe sie ihn zum letzten Mal. Sie berührte die Säulen, als wolle sie die Erinnerungen an diesen Ort festhalten.

Dann betrat sie die Abteikirche und stieg die enge Steintreppe hinab, die unter das Viereck des Querschiffs, zur Krypta, führte. Je tiefer sie stieg, umso mehr umfing sie kalte, abgestandene Luft.

Die brennenden Fackeln an den Wänden verbreiteten unruhiges Licht. Neben Alienors Sarkophag brannten dicke Kerzen, deren Wachs zu Boden tropfte. Ihr Schein erhellte auch die Steinsärge von Henry und Richard, die rechts und links von ihr standen.

»Ich komme, um mich zu verabschieden«, hörte Tess sich sagen, verwundert über ihre eigenen Worte, die die Steinwände wispernd zurückwarfen.

Sie warf sich über den kalten Stein und ließ ihrem Schluchzen freien Lauf. Zum ersten Mal seit dem Tod der Königin konnte sie weinen. Endlich begriff sie, dass Alienor für immer schweigen würde. Sie wischte die Tränen von den Wangen.

»Ich verspreche dir, dass ich ihn schützen werde, so gut ich kann. Ich gelobe, dass ich ihn nie verlassen werde. Einzig und allein deshalb kann ich dein Erbe annehmen. Und ich danke dir für das Vertrauen, das du mir schenkst. Ich schwöre, dass ich dich nicht enttäuschen werde.«

Dann war es vorüber. Tess richtete sich auf. »Ich gehe zu John!«, sagte sie laut, das Echo erwartend. Sie küsste den kalten Stein und verließ die Krypta.

* * *

Der Ritt an die walisische Grenze zog sich hin. John hätte nicht zu sagen vermocht, wie lange sie schon unterwegs waren. Sein feuchter Umhang war vom Regen voll gesogen und drückte auf seine Schultern. Er meinte die Anstrengung zu spüren, mit der sein Pferd durch die aufgeweichte Erde trabte, und hatte das Gefühl, ersticken zu müssen. Immer wieder sog er gierig die kühle Luft in sich hinein. Doch nichts schien den Druck in seinem Kopf lösen zu können. ›Alles ist nur ein Missverständnis.‹ Dieser Gedanke wiederholte sich wie eine Litanei und gab den Takt für das gleichmäßige Auf und Ab im Sattel. Sie hatten ihr Ziel beinahe erreicht, da sahen sie den Reiter. Dicht über den Hals seines Pferdes gebeugt, galoppierte er über die Hügel nach Osten. John hörte, wie einer seiner Soldaten lachte. »Der scheint es aber eilig zu haben!« Und der Mann, der neben ihm ritt, fügte hinzu: »Als sei der Leibhaftige hinter ihm her!«
Bald darauf tauchte der Turm von Thornton Hill vor ihnen auf. John hob die Hand und hieß die Männer auf ihn warten. Laut dröhnten die Hufe, als er den gepflasterten Weg hinaufpreschte und schließlich im Torbogen verschwand.
Der Hof war voller Menschen, die vor ihm zurückwichen. »Verflucht noch mal. Passt doch auf!«, rief einer der Männer erbost. Stiernackig drängte er die anderen zur Seite und griff drohend in die Zügel. »Wer seid Ihr?«
John runzelte die Stirn. »Lasst los«, sagte er leise. Plötzlich war er hellwach. Er sah, wie sich die Augen des Mannes zu Schlitzen verengten und wie er mit einem schnellen Griff den Kopf des Pferdes brutal zu sich heranzog. Mit einer einzigen fließenden Bewegung schlug ihm John mit der Stiefelspitze gegen das Kinn. Ungerührt sah er zu, wie der Angreifer in die Knie sank. Die Leute schrien auf.

»Wisst Ihr nicht, wer ich bin?«, herrschte John sie an. Seine Augen überflogen die Menge. »Bertha!« Er deutete auf eine Frau. »Kommt hervor. Seid Ihr nicht die Haushälterin des Lords?« Verwundert bemerkte er, wie sie das Gesicht in ihrer Schürze verbarg. »Na, na«, meinte er gutmütig. »Schaut mich an. Ihr kennt mich doch …« Er lächelte. »Als wir uns das letzte Mal gesehen haben, wart Ihr nicht so schüchtern.«

Erst jetzt fiel ihm auf, wie verängstigt die Umstehenden wirkten. Ihre Blicke wanderten zwischen ihm und demjenigen, den er niedergestoßen hatte, hin und her. Mit einem Schenkeldruck trieb John sein Pferd zur Seite, so dass es neben dem Mann am Boden zu stehen kam.

»Was ist los?«, rief er ungeduldig. »Wer ist dieser Mann?«

Bertha hob den Kopf. Er sah die Verzweiflung in ihren Augen, als sie zu sprechen begann: »Er ist der Justitiar des Sheriffs.«

»Und, was ist mit ihm?«

»Er ist gekommen, um alles aufzunehmen. Außer den Wachsoldaten müssen wir alle fort von hier.« Sie begann erneut zu weinen.

John verstand nicht. »Ist der Lord so unzufrieden mit euch?«

Die Frau schüttelte den Kopf. »Unser Herr ist von uns gegangen. Wir haben schon einen Boten nach London geschickt, um es zu melden. Denn nun fällt die Burg zurück an die Krone. Wir wussten ja nicht, dass Ihr auf dem Weg hierher seid.«

John verstand nicht. »Welcher Herr? Wo ist Lord Robert?«

Noch während er fragte, hatte er das Gefühl, als zöge man ihn unter Wasser. Er sah die Menschen wie durch einen Schleier, und er konnte nichts hören, als die Frau ihm antwortete. Er sah nur, wie sich ihre Lippen bewegten und wie sie mit der Hand hinüber zur Kapelle deutete.

Schwerfällig hob er sein rechtes Bein über den Sattel und rutschte zu Boden. Wortlos überließ er die Zügel einem der Männer. Mit einem Kopfnicken befahl er der Wirtschafterin voranzugehen. Hintereinander überquerten sie den Hof. Vor der Kapelle hockte der Hund. Als sie näher kamen, stand das riesige Tier auf und begann

zu knurren. John sah, wie sich seine Haare sträubten, als er die Lefzen hochzog. »Er wird Euch nichts tun«, murmelte Bertha.
Als sie die Tür zur Kapelle vor ihm öffnete, überfiel John dunkle Angst. Sein Herz pochte. ›Begleitet mich‹, wollte er sagen, doch die Stimme versagte ihm. Mit trockenem Mund trat er ein.
Das Erste, was er sah, war die große, brennende Kerze. Ihre Flamme flackerte im Zug. Dahinter stand der geöffnete Sarg auf vier Schemeln. Den Deckel hatten sie gegen die Wand gelehnt.
John fror.
›Was tue ich hier?‹, dachte er. ›Auch dies ist eine Verschwörung gegen mich. Ich darf nur nicht hinschauen. Wahrscheinlich starren sie durch die Fenster.‹ John zwang sich, nicht zu den kleinen, bleigefassten Scheiben hinüberzusehen. ›Ich werde hier stehen bleiben und mich nicht von der Stelle rühren. Sie wollen mir Angst einjagen. Meine Feinde haben keine Scham. Sie machen nicht einmal vor dem Letzten halt.‹ Er begann zu zittern. ›Wer hat das inszeniert?‹, überlegte er. ›Ist es Philipp? Oder jemand aus meiner unmittelbaren Nähe? Ist es ein enger Freund? Oder sind es die Saufkumpane?‹ John hob den Kopf, als lausche er. Nur das Dröhnen in seinem Kopf war zu hören.
Er gab sich einen Ruck. ›Nun gut. Sollen sie ihren Spaß haben‹, dachte er und trat an den Sarg.
Robert sah aus, als schliefe er. Die vertrauten Falten in seinem Gesicht schienen geglättet, als habe jemand sanft darüber gestrichen. Er trug ein weißes Hemd. Darüber hatten sie einen blauen Umhang drapiert, der die Blässe seines Gesichts unterstrich.
»Onkel Robert«, flüsterte John. »Wacht auf ...« Er trat noch einen Schritt näher. »Ich bin es, John. Ihr habt mir doch erlaubt, dass ich immer kommen darf. Jetzt bin ich hier. Bitte, Onkel, steht auf und lasst uns ins Haus gehen. Ich friere. Ordert heißen Wein, und dann werde ich Euch berichten ...« Plötzlich lächelte er. »Ich weiß, dass Ihr wach seid. Eben haben Eure Lider gezuckt.« Er zerrte an seinen Handschuhen und ließ sie zu Boden fallen, dann beugte er sich über den Sarg. »Kommt, Onkel, ich helfe Euch auf.« Seine

Hand berührte die gefalteten Hände des alten Mannes. »Ihr seid schon ganz kalt. Ihr werdet Euch noch erkälten«, sagte er besorgt.
Er spürte den Luftzug, ehe er das Klappern der Holzpantinen auf dem Steinboden hörte, und wandte kurz den Kopf. »Kommt näher«, befahl er der Frau, die ihn zur Kapelle geleitet hatte, »und helft mir, den Lord aufzurichten!« Die Wirtschafterin bekreuzigte sich. Er bemerkte nicht, wie sich ihre Bestürzung in Mitleid verwandelte. »Haltet ein, mein König. Der Lord braucht Ruhe«, flüsterte sie.

John runzelte die Stirn. »Aber doch nicht hier, wo es so kalt ist.« Zärtlich strichen seine Finger über die Wangen des alten Mannes. »Er gehört sofort ins Bett. Und man muss ein Feuer machen, und man soll ihm heiße Ziegel ins Bett legen, und …«

Ratlos sah er sich nach ihr um und murmelte: »Aber Ihr werdet schon am besten wissen, wie man es ihm behaglich machen kann.«

Sie nickte und faltete die Hände.

»Ich werde draußen auf Euch warten.« Er zögerte. Da bückte sich Bertha, hob seine Handschuhe auf und reichte sie ihm. »Tut das, mein König.«

Steifbeinig schritt er hinaus. An der Tür wartete der Hund. Als John an ihm vorbeiging, begann das Tier zu jaulen.

Es nieselte noch immer.

Der Mann, den er niedergestoßen hatte, eilte ihm entgegen und sank vor ihm auf die Knie. »Verzeiht mir, mein König. Ich habe Euch nicht erkannt. Ich habe nur meine Pflicht getan. Lord de Braose …«

John schnitt ihm das Wort ab. »Verschwindet! Ich werde mich selbst darum kümmern!« Er wandte sich an die Männer und Frauen, die immer noch verängstigt beieinander standen. »Euch wird nichts geschehen. Ihr könnt alle bleiben. Lord Robert würde niemals zulassen, dass man euch wegschickt!«

Er streifte sich die Handschuhe über die fühllosen Hände und nahm die Zügel entgegen. Dann stieg er in den Sattel. Immer noch heulte der Hund. John senkte den Kopf. »Denn bei allen Lebendigen ist, was man wünscht: Hoffnung; denn ein lebendiger Hund ist besser

als ein toter Löwe«, murmelte er. Verständnislos und mit offenen Mündern starrten ihm die Leute hinterher, als er aus dem Stand angaloppierte und donnernd das Torhaus passierte.
›Niemand hat etwas bemerkt, und das ist gut so‹, dachte John. ›Mutter mag es nicht, wenn man Gefühle in der Öffentlichkeit zeigt.‹ Er spürte den Wind und den feinen Regen auf seinem Gesicht und musste plötzlich lächeln. ›Ich darf nicht anhalten. Ich muss weiterreiten. Immer weiter.‹
Als er seine Soldaten erreichte, salutierte der Hauptmann. »Zurück nach Winchester, mein König?«
John schüttelte den Kopf. Er stellte sich in die Steigbügel und starrte durch die Regenschleier. »Welche Burg liegt in der Nähe?«
Überrascht entgegnete der Soldat. »Die Burg von William de Braose, Abergavenny …«
John setzte sich im Sattel zurecht und griff die Zügel. »Worauf warten wir also? Auf nach Abergavenny!«

Maud de Braose kauerte in der Fensternische und presste ihr Gesicht gegen die feuchte, bleigefasste Scheibe. Sie trug ein einfaches, braunes Kleid. Ihre widerspenstigen roten Haare waren mit einem grünen Band zusammengebunden. Angestrengt versuchte sie, hinüber zu den Waliser Bergen zu schauen, deren Flanken schon seit Stunden hinter Nebelschleiern verborgen blieben. Hinter ihr waren Mägde beschäftigt, die Truhen zu packen. Ihr fröhliches Geplapper zerrte an Mauds Nerven. Ungeduldig wandte sie sich zu den Frauen um. »Beeilt euch. Ich will heute noch nach Hay«, rief sie.
Eine der Frauen gesellte sich zu ihr. »Euer Vorhaben ist töricht, Herrin«, sagte sie respektlos. Ihr dunkler Teint und ihre Aussprache wiesen sie als Waliserin aus, doch ihre Augen blickten freundlich, als sie fortfuhr: »Seht doch selbst. Bei diesem Wetter würde man keinen Hund vor die Tür jagen. Die Packpferde werden ausrutschen, und wenn es hart auf hart kommt …« Sie brach ab und Maud fuhr herum. »Du meinst, wenn deine Leute mir auflauern?« Die Waliserin zuckte mit den Schultern. »Ihr wisst doch selbst, was hier

geschehen ist. Das Massaker verzeihen meine Leute nie!« Sie deutete nach draußen. »Auch wenn man nichts sieht. Ich bin sicher, dass sie dort in den Bergen sind und die Burg beobachten. Sie wissen, dass der Herr bei Hofe ist …«

Maud schauderte. »Oh Gott, wie ich dieses Haus hasse!« Sie rutschte von der Fensterbank. »Deswegen reise ich nach Hay. Dort bin ich in Sicherheit.«

Die Magd musterte sie prüfend. »Wartet wenigstens bis morgen, dann ist James aus Thornton Hill zurück. Der kann Euch einen Geleitschutz mitgeben«, schlug sie vor. »Lord de Braose wird sehr ärgerlich mit Euch sein, wenn Ihr seine Leute von hier abzieht.«

Maud schüttelte den Kopf und richtete sich zu ihrer vollen Größe auf. Sie war es gewohnt, alle anderen zu überragen. »Ich möchte zu meinen Kindern. Ich werde heute noch aufbrechen! Ich war schon viel zu lange hier.« Sie klatschte in die Hände. »Beeilt euch also!«, rief sie den Frauen zu. Plötzlich hielt sie inne. »Da sind Reiter im Hof«, stieß sie hervor. Alle starrten hinüber zur großen Eingangstür, und Maud hielt den Atem an, als kurz darauf eilige Schritte die hölzerne Außentreppe hinaufstiegen. »Fürchtet Euch nicht«, raunte die ältere Magd. »Die Wachen haben das Tor freiwillig geöffnet, sonst hätten wir etwas gehört.«

Mit fünf Schritten war Maud beim Kamin und griff nach einem Holzstück, als die Tür mit einem Ruck aufgerissen wurde.

»Verzeiht meinen Überfall, Madame«, sagte John. »Ich hatte in der Nähe zu tun …« Spöttisch musterte er die hoch gewachsene Frau, die einen großen Knüppel in der Hand hielt.

Maud fühlte, wie ihr das Blut in die Wangen stieg. Sie versank in einen tiefen Knicks. »Majestät.« Ihre dunkle Stimme klang heiser.

John schlenderte herein. »Dürfte ich Euch bitten, für meine Männer zu sorgen. Sie sind völlig durchnässt und sicherlich sehr hungrig!« Er lächelte. »Genau wie ich …« Dabei fingerte er an der goldenen Schließe seines Umhangs.

Maud hatte sich erhoben. Erst jetzt fiel ihr auf, dass sie immer noch das Stück Holz in der Hand hielt. Achtlos warf sie es zur Seite und

gab ihre Anordnungen. Im Nu waren die Truhen zur Seite geräumt, heißer Wein wurde geholt und Johns Umhang vor den Kamin gehängt.
Er musterte sie unter halb geschlossenen Lidern, als sie kurz darauf beide dampfende Becher in den Händen hielten.
»Majestät?« Fragend sah sie ihn an.
Er beugte sich zu ihr hinüber und raunte. »Ich vergesse immer, wie schön Ihr seid …«
Missbilligend hob sie die Stirn und spürte erneut, wie ihr das Blut in die Wangen stieg. »Ich dachte, mein Gemahl begleitet Euch«, begann sie. »Zuletzt habe ich von ihm gehört, als er einen Boten aus Corfe schickte.«
»Der Hof ist mittlerweile nach Winchester übergesiedelt«, verbesserte John sie. »Ihr wisst doch, dass ich nie länger als drei Tage an einem Ort bleibe.« Er lachte. »Und der alte William de Braose ist immer an meiner Seite.«
»Jetzt nicht«, entgegnete sie trocken.
Er saß so dicht bei ihr, dass sie seinen Atem spürte. Unwillkürlich rutschte sie zur Seite. »Soll ich Euch ein Bad richten lassen?« Sie wartete seine Antwort gar nicht ab und erhob sich. »Ich werde in der Küche Bescheid geben. Später wird man Euch ein Tablett hinaufschicken.«
Enttäuscht sah er zu ihr auf. »Wollt Ihr nicht wenigstens mit mir speisen?«
»Wie Ihr wünscht, Majestät.« Sie knickste erneut und verschwand.
John fühlte, wie er müde wurde. Als man meldete, dass das Bad bereit sei, erhob er sich schwerfällig und stakste hinter dem Majordomus die Wendeltreppe hinauf. Er hatte keinen Blick für das prachtvoll ausgestattete Gemach, sondern gähnte ausgiebig, während ein Diener ihm schweigend beim Auskleiden behilflich war. Den großen Holzbottich hatte man mit einem weißen Leintuch ausgekleidet. Stöhnend vor Wohlbehagen ließ er sich in das heiße Wasser gleiten und war kurz darauf eingeschlafen. Er träumte von Alienor.

Mit einem großen Gefolge ritt sie durch eine üppig blühende Wiese. Er selbst lief ihr entgegen und winkte. Er sah, wie ihr rotes Haar in der Sonne leuchtete. Beim Näherkommen entdeckte er, dass sie unter ihrem goldenen Umhang nackt war.

Die beiden Männer, die sein Bad bewachten, stießen einander an. »Der König lächelt«, flüsterte der eine, und der andere wisperte: »Wir sollten ihn aufwecken. Das Wasser wird kalt ...« Aber sie wagten es nicht.

Alienor war jetzt so nahe, dass er ihre Brustspitzen deutlich sehen konnte. Sie zügelte das Pferd, und mit einer aufreizenden Bewegung schlug sie den Umhang zurück. »Sieh mich an«, lockte sie. »Das wolltest du doch immer.« Und als er näher trat, warf sie den Kopf zurück und begann zu lachen. Weiß leuchteten ihre Zähne in der Sonne, und ihre Lippen glänzten feucht.

John erwachte. »Reicht mir die Tücher.« Wasser spritzte auf den Boden, als er sich erhob und benommen zum Bett hinüberging. Er atmete mühsam, während sie ihn in einen warmen Schlafrock hüllten. »Schickt die Herrin hinauf. Ich möchte essen. Und vergesst den Wein nicht!« Mit einer Handbewegung scheuchte er sie hinaus.

Er war noch immer in seinem Traum gefangen und bemerkte Mauds Gegenwart nicht. Mit einer Geste wies sie die beiden Mägde an, das Tablett in Reichweite zu stellen. Eigenhändig füllte sie die Becher. »Mein König!« Sie hielt ihm den seinen hin. Träge hob er die Lider. Seine Hand zitterte, als er den Wein entgegennahm. Ohne abzusetzen, trank er bis zur Neige. Maud, die glaubte, er wolle ihr den Becher zurückgeben, hatte sich vorgebeugt. Da griff er mit der linken Hand in ihre Haare. »Wie schön«, murmelte er und zog sie dicht zu sich heran. Sie schnappte nach Luft. »Wir haben das Mahl für Euch bereit«, stieß sie hervor. John riss die Augen auf. »Später«, sagte er. Sein Blick fiel auf die beiden Frauen, die schüchtern auf weitere Befehle warteten. »Ihr könnt gehen«, sagte er. »Lady de Braose und ich wünschen, alleine zu sein!«

Maud versuchte, seine Hand aus ihrem Haar zu lösen. »Das schickt sich nicht, mein König; und das wisst Ihr«, sagte sie streng. »Mein Gemahl wäre sehr ungehalten …«

Ohne sie loszulassen, herrschte er die Mägde an: »Raus! Auf der Stelle!« Er sah nicht einmal hin, als sie aus dem Gemach flohen, stattdessen zwang er Maud noch näher. »Ich bin der König«, sagte er spöttisch. »Wen interessiert schon, ob de Braose ungehalten ist.«

Mit einem Ruck schleuderte er sie auf das Bett. Maud versuchte in ihrer Panik, nach oben zu rutschen. Doch John war schneller. Mit einem Satz war er über ihr und hielt sie an den Armen fest. »Warum so spröde, meine Schöne?«

Die Augen vor Entsetzen weit aufgerissen, starrte sie zu ihm hinauf. »Das würdet Ihr nicht wagen …«, keuchte sie. Sie gierte nach Luft, weil sie glaubte, unter seinem Griff ersticken zu müssen. »Abergavenny ist das Haus meines Mannes.«

John zerrte an ihrem Gewand. Als es nicht sofort nachgab, zerriss er es brutal. Mit einem zufriedenen Grunzen hob er seinen Oberkörper, um ihre nackten Brüste besser betrachten zu können. »Die Burg gehört ihm nicht. De Braose hat sie nur zum Lehen! Wenn ich will, dann …«, er begann, ihre linke Brust zu küssen, »… kann ich sie ihm wieder fortnehmen … so wie Euch.«

Maud wand und drehte sich, sie schlug mit dem Kopf hin und her. Doch er war stärker. Obwohl sie sich mit aller Kraft gegen ihn aufbäumte, schob er ihren Rock nach oben. »Nein!«, schrie sie gellend.

»O doch«, murmelte er und nestelte an seinem Hosenbund.

Maud begann zu flehen. »Haltet ein, Majestät. Wir können darüber reden. Natürlich gehört die Burg der Krone, und Ihr seid der Souverän. England liebt Euch …«

John lächelte. »Und wie steht's mit Euch? Liebt Ihr mich auch?« Sie glaubte, so etwas wie Zärtlichkeit in seiner Stimme zu vernehmen, und schöpfte neue Hoffnung.

»Ja, ja, ja«, stieß sie hervor. »Ich liebe Euch auch.«

Der Schweiß stand ihr auf der Stirn und lief in ihre Augen. Schmerz zerriss sie, als John rücksichtslos ihre Beine auseinander zwängte. Er war so dicht über ihr, dass sie seine langen Wimpern an ihrer

Wange spürte. Seine Hände kneteten ihre schmerzenden Brüste, bis sie fast besinnungslos war, während sein keuchender Atem in ihren Ohren rauschte.

Maud gab auf. Starr reagierte ihr Körper auf seine heftigen Bewegungen. Am Ende schrie er auf und fiel zur Seite.

Teilnahmslos betrachtete sie sein Gesicht und bewegte sich, um sich aus seiner Umklammerung zu lösen.

»Geh nicht fort«, murmelte er benommen.

»Seid Ihr fertig?«, fragte sie eisig. »Mir ist kalt. Ich würde mir gerne etwas überziehen.«

Seufzend zog er sie enger an sich heran. »Nur noch eine Weile …«

Maud ließ ihren Blick durch den Raum schweifen, bei weitem der luxuriöseste, den ihr Mann in all seinen Burgen besaß. Die letzte Nacht hatte sie hier noch ahnungslos verbracht. Erst nach Eintreffen des Königs waren ihre privaten Habseligkeiten ein Stockwerk tiefer geschafft worden. Bis auf das zerwühlte Bett und ihre zerrissenen Kleider schien alles unverändert. Neben der Truhe stand der Holzbottich. Auf dem Schemel lagen Johns Gewänder. Das Glitzern des blank polierten Kettenhemds tat ihren Augen weh. Ihr Blick wanderte weiter und blieb auf einem roten Samttuch haften, das vermutlich der Majordomus auf der kleinen Truhe ausgebreitet hatte. Dort lagen eine schwere, goldene Kette und ein Armband aus dem gleichen Material. Sie begann zu zählen, fünf Ringe lagen daneben.

»Jetzt weiß ich es wieder!« Mit einem Ruck hatte John sich aufgesetzt. Maud schauderte. Da zerrte John die Pelzdecke unter ihrer beider Körper hervor, um sie über ihre Schultern zu breiten.

»Ja, jetzt ist es mir wieder eingefallen!« Zufrieden schloss er die Augen und begann zu zitieren:

»Denn bei allen Lebendigen ist, was man wünscht: Hoffnung; denn ein lebendiger Hund ist besser als ein toter Löwe.
Denn die Lebenden wissen, dass sie sterben werden, die Toten aber wissen nichts; sie haben auch keinen Lohn mehr, denn ihr Andenken ist vergessen.

Ihr Lieben und ihr Hassen und ihr Eifern ist längst dahin. Sie haben kein Teil mehr auf der Welt an allem, was unter der Sonne geschieht.«

Er lächelte und sah sie an. »In Thornton Hill ist mir nur die erste Zeile eingefallen.« Übergangslos fügte er hinzu: »Könnt Ihr mir jemals verzeihen?« Wieder glaubte sie, Zärtlichkeit in seiner Stimme auszumachen.

Entschieden schüttelte sie den Kopf. »Nein«, sagte sie. »Darf ich gehen?«

John hielt sie fest. »Ich möchte es Euch so gerne erklären«, bat er. Maud hatte die Pelzdecke bis ans Kinn herangezogen. Die feinen Haare kitzelten ihre Haut. »Bitte, lasst mich fort!«

»Gleich«, beschwichtigte er sie. »Ich möchte es Euch zuvor sagen.« Als sie aufbegehren wollte, legte er ihr leicht den Finger auf die Lippen. »Pssst«, flüsterte er. »Solange ich denken kann, fürchte ich mich vor dem Sterben. Ich kann es nicht ertragen, dass ein Mensch, der eben noch geatmet, gedacht, sich gesehnt und geträumt hat, so endet. In einem Loch in der Erde oder in einer dunklen Gruft.« Er schüttelte den Gedanken ab.

»Ich habe Lord Robert geliebt. Er war immer für mich da. Er hat mir oft die Eltern ersetzt.«

Sein Finger wanderte über ihre Wange. Er holte tief Luft, ehe er weitersprach. »Versteht Ihr, mich hatte niemand darauf vorbereitet. Ich konnte es nicht an mich heranlassen.« Er lächelte verlegen. »So wie ich es immer mache. Aber dann sah ich ihn in der Kapelle aufgebahrt, und seine Haut war so kalt, und seine Augen, die immer so verständnisvoll blickten, blieben geschlossen. Er war schon fort. Nichts von dem, was ihn ausmachte, seine Güte und seine Freundschaft, war mehr zu spüren.« Wieder atmete er tief ein, ehe er lebhaft fortfuhr. »Ein einziges Mal habe ich geglaubt, dass ich die Todesangst überwunden hätte …« Seine Miene wurde weich, und wieder irritierte Maud die Zärtlichkeit in seiner Stimme. »Damals, als wir nach Mirebeau geritten sind. Ich wusste, dass ich sie retten

würde und dass nichts und niemand mich aufhalten könnte. Ich war unbesiegbar. Selbst der Tod konnte mir an jenem Tag nichts anhaben. Seit damals weiß ich, dass ich diese Angst nur mit …« Er suchte nach Worten. »Ja, nur mit Leben bezwingen kann!« Flehend sah er sie an. »Ich bitte Euch aus tiefstem Herzen, mir zu vergeben!«
»Das kann ich nicht«, sagte sie hart, schüttelte seinen Arm ab und war mit einem Satz aus dem Bett. Sie ergriff seinen Schlafrock und hüllte sich darin ein. Dann machte sie sich daran, ihre Sachen aufzuklauben.
»Erlaubt, dass ich Euch ein Geschenk überreiche«, bat er. »Nicht weil ich glaube, damit etwas ungeschehen zu machen. Nehmt es vielmehr als Zeichen meiner Wertschätzung.«
»Wofür haltet Ihr mich?«, fragte sie aufgebracht. Plötzlich begann sie zu schreien. Mit feuerrotem Gesicht stand sie vor ihm. »Ich bin nicht Eure Hure!« Anklagend streckte sie ihm den Zeigefinger entgegen. »Ihr seid einfach nur ein feiges Schwein, John Plantagenet. Angst vor dem Tod, und dann Gedichte rezitieren, dass ich nicht lache. Wie viele Menschen habt Ihr schon getötet? Und wie viele Frauen mussten dafür bezahlen? Wie erbärmlich Ihr seid! Mein Mann hatte Recht …«
John setzte sich aufrecht hin und umschlang seine Knie. »Inwiefern hatte er Recht?«, fragte er leise.
»Ihr wisst, was ich meine!«
Hasserfüllt starrte sie auf ihn hinab.
»Ich habe keine Ahnung!«
Maud kam einen Schritt näher. »Die ganze Welt spricht darüber«, zischte sie. »Darf ich Euer Majestät auf die Sprünge helfen? Ich sage nur: Rouen! Musste danach auch jemand vergewaltigt werden? Damit der König sich besser fühlt?« Ihre Augen sprühten vor Hass.
Mit einem Satz war er aus dem Bett. Halbnackt stand er vor ihr.
»Was erzählt de Braose?« Seine Finger umklammerten ihre Oberarme, dass ihr der Schmerz Tränen in die Augen trieb. Aber sie konnte nicht aufhören. »Mein Mann erzählt nur, was ohnehin jeder weiß!«

Ihre Gesichter waren dicht voreinander. Da spuckte sie ihm den Satz entgegen. »So gierig war der jüngste Sohn von Henry und Alienor, dass er nicht einmal davor zurückschreckte, den eigenen Neffen zu ermorden!«
John wurde totenbleich. Grob schüttelte er sie. »Hat er das gesagt? Hat er wirklich gesagt, dass ICH Arthur getötet habe?«
Maud spie ihm ins Gesicht. Abrupt gab er sie frei und wischte sich den Speichel ab. Dann ließ er sie einfach stehen und begann sich anzukleiden. Das Klirren des Kettenhemds klang unnatürlich laut in der Stille.
»Ihr habt nichts begriffen«, sagte John und zog die Ringe über die Finger.
Nachdem er sich die Kette über den Kopf gestreift hatte, hielt er einen Moment lang inne. »Ich werde mit de Braose reden!« Er reckte das Kinn. »Das wird er mir erklären müssen!« Er lächelte schief und deutete eine Verbeugung an. »Ich bedauere zutiefst, was vorgefallen ist, Madame.«
Maud stand wie erstarrt, als er den Raum durchquerte. Erst als die Tür ins Schloss fiel, hob sie die Hände vors Gesicht.
»Was habe ich getan! Was habe ich nur getan!«, schluchzte sie.

* * *

»Es wäre angebracht, wenn wir uns jetzt in die Kajüte zurückziehen, jedenfalls solange das Schiff beladen wird«, sagte Schwester Chlothilde streng. »Es schickt sich nicht, dass Ihr Euch den Blicken dieser niederen Leute aussetzt.« Missbilligend starrte die ältere Nonne hinunter auf das Treiben im Hafen von Bordeaux, dann zu Tess hinüber.
›Ich denke nicht daran.‹ Tess beugte sich demonstrativ über die Reling. Alles in ihr sträubte sich, dem Blick ihrer Begleiterin zu begegnen. Seitdem sie aus Fontevrault abgereist waren, hatte sie Chlothildes ständige Ermahnungen über sich ergehen lassen müssen und wusste, wenn die Nonne diesen schroffen Ton anschlug,

bildete sich zwischen ihren fahlen Brauen eine senkrechte Falte. Um nichts in der Welt wollte sie die nun sehen.
Wie hatte Mathilde ihr ausgerechnet diese mürrische Schwester für die Reise nach England zur Seite geben können? Die Äbtissin wusste doch, wie wunderbar Alienors Gegenwart gewesen war. Selbst unter widrigsten Umständen hatte die Königin noch ein aufmunterndes Wort, ein Lachen, eine freundliche Geste gefunden. Nach über einem Jahr schmerzte die Erinnerung noch immer. Wie sollte sie die Zukunft nur ohne Alienor bestehen? Ohne ihren Rat, ohne ihre Zuneigung, ohne die vertrauensvollen Gespräche. Tess schob die Gedanken beiseite und ließ sich erneut von dem lärmenden, bunten Gedränge am Ufer ablenken.
Schwitzende Männer mit nackten Oberkörpern schleppten bunte Stoffballen oder verschnürte Bündel, andere rollten Holzfässer über den Kai. Fischfrauen priesen gellend ihre Ware an. Ein Gaukler balancierte über die Steine, die steil ins Wasser abfielen. Gerade eben hatte sie beobachtet, wie ein Dieb einen Kaufmann um seine Geldbörse erleichterte, als der nichts ahnend spielenden Kindern auswich. Die Strahlen der Junisonne verfingen sich in einer dunkelroten Pfütze, die ein ausgelaufenes Weinfass hinterlassen hatte. Kreischende Möwen drehten im Wind ihre Runden und stießen immer wieder in das Wasser, dessen grün und weiß schimmernde Wellen gegen das Ufer klatschten.
Der Duft von Zimt und Nelken wehte zu Tess herüber, als ein Händler seine Ware zum Verkauf ausbreitete. Er musste aus dem Orient stammen. Wie oft hatte Alienor ihr vom Heiligen Land und von Byzanz erzählt, von den anderen Gebräuchen und Sitten, von fremden Gewürzen und Parfums. Sie selbst hatte Mandelmilch und Bergamottöl zur Pflege benutzt. Doch als Duft hatte Alienor immer Rosenwasser bevorzugt. Nun stellte der Händler Körbe mit Mandeln auf und öffnete einen Sack mit Pfeffer. Im Nu versammelten sich interessierte Kaufleute um ihn.
Tess' Aufmerksamkeit wurde von einer kleinen Gruppe Juden angezogen, die unschwer an ihren spitzen Hüten zu erkennen waren.

Von deren ernsthaften Mienen hoben sich grell die stark geschminkten Huren ab, die sich nur notdürftig bedeckt vereinzelt durch die Menge treiben ließen.
Eine von ihnen schien es auf Pierre de Mauley abgesehen zu haben. Mit aufreizenden Bewegungen näherte sie sich ihm und legte ihm vertraulich die Hand auf den Arm. Lachend schüttelte de Mauley den Kopf und deutete auf das Schiff, über dessen Rampe seine Männer gerade die Pferde führten.
Schwester Chlothilde schlug hastig das Kreuz. »Sünde, Sünde«, stieß sie hervor. »Wo man hinsieht, nur Sünde. Ich bestehe darauf, dass wir uns von diesem Pfuhl entfernen.« Sie senkte den Kopf und schloss die Augen. Tess hörte sie murmeln: »Unsere ehrwürdige Mutter Oberin wollte mich sicher prüfen, als sie mir auftrug, Euch auf dieser Reise zu behüten.« Nun faltete sie auch noch die Hände. »Unser schönes Kloster von Fontevrault gegen die verregnete Insel im Norden einzutauschen«, seufzte sie. »Der Herr möge mir meine mangelnde Demut vergeben, aber ich kann nicht umhin zu denken, dass man für die anstehenden Aufgaben sehr wohl auch einen geeigneten Mönch hätte nach England schicken können! Zwei schwache Frauen auf dieser gefährlichen Reise …«
›Im Gegenteil‹, dachte Tess. ›Welch eine Chance für mich. Dank der Erbschaft meiner Königin bin ich zum ersten Mal im Leben unabhängig.‹ Neugierig beugte sie sich vor, um besser sehen zu können. Die Hure schien einen willigeren Kunden gefunden zu haben. Gestikulierend stand sie vor ihm und wiegte sich in den Hüften.
De Mauley notierte unterdessen die Anzahl der Truhen, die ein paar Burschen an Bord schleppten. Ein auffallend großer Mann, der etwas abseits stand, beobachtete ihn. Einen Moment lang schien er Tess vertraut. Seine kurzen braunen Haare glänzten in der Sonne. Er wirkte männlich. Ohne de Mauley aus den Augen zu lassen, zog er den Umhang von den Schultern und legte ihn sorgfältig über dem Bündel zu seinen Füßen zusammen. Dann stand er wieder aufrecht da und wartete.
De Mauley faltete das Pergament und steckte es in sein Wams. Er

wandte sich den Jungen zu, die Karren mit Heu und Stroh für die Pferde herbeischafften. Dabei fiel sein Blick auf den Fremden. Tess sah, wie er ihn anstarrte und ihm kurz darauf lachend auf die Schulter klopfte. Sie stellte sich auf die Zehenspitzen, um besser sehen zu können.

»Es wird Zeit für ein Gebet. Wir wollen um eine ruhige Überfahrt beten«, mahnte Schwester Chlothilde.

Tess hörte nicht hin. Plötzlich wusste sie, wer der Fremde war. Mit einem Aufschrei stieß sie sich von der Reling ab, machte einen Bogen um die verdutzte Nonne und drängelte sich zwischen den Trägern die Schiffsrampe hinunter.

»Albert«, rief sie. »Warte, ich komme …«

Die beiden Männer blickten ihr entgegen, als sie mit gerafften Röcken um Kisten und Säcke lief, um schneller zu ihnen zu gelangen.

»Albert, wie habt Ihr Euch verändert!« Sie streckte ihm beide Hände zur Begrüßung entgegen und betrachtete ihn staunend. »Fast hätte ich Euch nicht wiedererkannt. Ihr seid ja ein richtiger Mann geworden!«

Er nahm ihre Hände und drückte sie fest.

De Mauley grinste. »Das war wohl anzunehmen. Der ›richtige Mann‹ hat mich gerade um eine Passage nach England gebeten. Das müsst Ihr entscheiden, Gräfin.« Fragend hob er eine Augenbraue. »Ihr habt das Schiff gemietet.«

»Welch eine glückliche Fügung. Natürlich kann Albert mit uns reisen«, erwiderte Tess und konnte die Augen nicht von ihm wenden. »Wie ist es Euch ergangen, wo seid Ihr in all der Zeit gewesen?« Vertrauensvoll schob sie ihren Arm unter den seinen und fühlte sich plötzlich nicht mehr verloren.

»Ich muss mich noch um den Proviant kümmern«, sagte de Mauley. Und Tess' Begleiter bat er: »Ihr werdet derweil ein Auge auf die Gräfin haben und dafür sorgen, dass sie zurück an Bord geht. Wir laufen in einer halben Stunde aus.«

Albert hatte noch immer kein Wort gesagt. Zärtlich sah er auf die junge Frau hinunter und drückte ihren Arm. »Wollen wir?«

Die Nonne stellte sich ihnen zornig in den Weg, als sie hinüber zum Bug wollten. »Aus meinen Augen, junger Mann. Wie könnt Ihr es wagen, einen derart vertraulichen Umgang mit der Gräfin zu pflegen.« Die weiten Ärmel ihres Habits bauschten sich im Wind. »Und Ihr …« Mit dem Finger fuchtelte sie vor Tess' Nase herum. »Ihr …« Vor Entrüstung fehlten ihr die Worte.
»Erlaubt, Schwester Chlothilde, dass ich Euch den Privatsekretär von Seiner Majestät, König John, vorstelle: Albert von Dunnington!«
Die Nonne schluckte. Sie nickte eisig, war jedoch nicht bereit aufzugeben. »Es schickt sich nicht. Es wäre angebracht, wenn der Herr zum anderen Teil des Schiffs hinüberginge.« Sie wandte sich direkt an Albert: »Wenn Ihr ein Edelmann seid, werdet Ihr unverzüglich meiner Bitte nachkommen!« Sie kniff die blassen Lippen zusammen.
Diesmal störte Tess die steile Falte auf der Stirn nicht. »Unsinn«, sagte sie fröhlich. »Der Herr bleibt bei mir.«
»Wir haben jetzt unsere Gebetsstunde«, begehrte die Nonne auf.
Tess schüttelte bedauernd den Kopf. »Aber geht nur, liebe Schwester. Ich habe mit dem Privatsekretär zu reden.«
Als sie endlich allein an der Reling standen, lächelte Albert. »Was für ein Drache!«
»Wenn du so lachst, erkenne ich dich wieder«, bemerkte Tess heiter. »Drüben am Ufer bist du mir fast fremd erschienen, so verändert, ja, so, wie Schwester Chlothilde dich eben nannte: wie ein Edelmann.« Sie musterte ihn. »Du trägst keine Kutte mehr. Bist du kein Mönch geworden?«
»Nein, ich habe das ewige Gelübde niemals abgelegt.«
»Und was willst du in England?«
Albert stützte sich mit der Hüfte an der Reling ab. »Das ist eine lange Geschichte«, sagte er ruhig. Sie folgte seinem Blick und war schon wieder abgelenkt. »Allein beim Zuschauen wird mir schwindelig. Sieh doch nur, wie schnell die Matrosen die Masten hochklettern. Jetzt geht es sicher bald los. Ach Albert, ich bin so aufgeregt. Ich habe den Ozean noch nie gesehen.«

»Ihr werdet Euch noch eine Weile gedulden müssen«, erklärte Albert. »Zunächst fahren wir die Garonne hinauf, bevor wir den Atlantik sehen.«

»Du tust ja gerade so, als ob du ihn kennst«, spottete Tess.

»So bin ich zum Festland gekommen. Ihr vergesst, dass ich Engländer bin«, erwiderte er.

»Und jetzt willst du zum König?«

Albert nickte. »Ich brauche sein Siegel. Er muss unser Lehen erneuern, damit ich meine Erbschaft antreten kann.« Erst als er ihre verständnislose Miene bemerkte, erklärte er: »Mein Vater und mein ältester Bruder sind bei einem Brand ums Leben gekommen.«

Betroffen sah sie zu ihm auf. »Das tut mir Leid, wie konnte das geschehen?«

Alberts Blick verlor sich. Vor ihm tauchte sein Elternhaus auf. Tess wagte nicht zu sprechen. »Als wir Kinder waren, war immer die Rede davon, dass wir eines Tages eine Steinburg haben würden.« Er lächelte wehmütig und zuckte mit den Schultern. »Doch es war nie genug Geld dafür da …«

»Alle Gebäude waren noch aus Holz?«, fragte sie interessiert.

Albert nickte. »Außer der Kapelle. Mutter hat darauf bestanden, dass sie aus Stein errichtet würde. Als sie eingesegnet wurde, waren wir alle sehr stolz. Der Bischof kam eigens aus York, um die erste Messe zu lesen.«

Tess legte ihm die Hand auf den Arm. »Jedenfalls wirst du nun endlich deine Mutter wiedersehen. Außerdem besteht überhaupt kein Zweifel daran, dass der König dein Erbe besiegeln wird. John ist viel zu großherzig, um deine Situation auszunutzen.«

»Wer weiß …«, erwiderte Albert. »Die Nordbarone waren nie so eng mit der Krone verbunden. Wer weiß, ob der König den Besitz nicht einem seiner verlässlichen Freunde zum Lehen geben wird.«

Tess brauste auf. »Aber ihr wart doch Freunde. Du bist sein Sekretär gewesen. Er wird wissen, dass er dir vertrauen kann!«

Albert winkte ab. »Das ist lange her …« Er trat einen Schritt zur Seite.

»Meine Eltern leben auch nicht mehr«, erklärte Tess. »Sie sind in dem Jahr vor Königin Alienor gestorben.« Sie zuckte mit den Schultern. »Nun hält mich nichts mehr hier.«
»Achtung«, raunte Albert. »Der Drache naht.«
»Pierre de Mauley ist an Bord. Wir legen gleich ab. Ich bestehe darauf, dass Ihr Euch mit mir in die Kajüte zurückzieht.« Diesmal duldete Schwester Chlothilde keinen Widerspruch.
Tess warf einen letzten Blick zum Ufer hinüber. Die Männer waren dabei, die Leinen, mit denen das Schiff vertäut war, zu lösen. Gleich darauf fielen die dicken Taue klatschend ins Wasser. Wie Schlangen schwammen sie auf den Wellen, bevor sie von den Matrosen an Bord eingeholt wurden.
»Sie hat Recht, wir können hier nicht bleiben«, sagte Albert. »Sie setzen schon die Segel.« Er drängte Tess in Richtung Heck.
»Versprich mir, mich aus ihren Klauen zu befreien, sobald wir das offene Meer erreicht haben«, beschwor sie ihn. »Sie lässt mich nie und nimmer allein auf Deck.« Albert sah ihr lächelnd nach, wie sie mit großen Schritten auf die Tür der Kajüte zuging und dahinter verschwand.

Tess setzte sich auf die Holzbank, die an der Wand befestigt war, und sah zu dem kleinen Fenster hinaus. Von draußen war das Gebrüll der Matrosen zu hören. Manchmal ächzte das Holz unter ihnen. Sie spürte die ersten schaukelnden Bewegungen des Schiffes, das sich langsam vom Ufer entfernte. Ihr Herz pochte vor Aufregung. Dies war der Beginn ihres neuen Lebens. Sie würde ihre geheimen Schwüre erfüllen, die sie Alienor und ihrer Tochter Joanna am Totenbett geleistet hatte. Wenn Albert auch auf dem Weg zu John war, konnten sie gemeinsam reisen. Der Gedanke beruhigte sie ein wenig.
Am Ufer zogen Männer einen Kahn den Treidelpfad entlang. Kinder winkten und johlten zwischen den Wäscherinnen, die ihre Tücher in der Sonne bleichten.
Ob sie jemals hierher zurückkehren würde? Wieder spürte sie ihr

Herz klopfen. Sie fuhr in ein fremdes Land. Bisher war sie nur im Gefolge der Königin gereist. Von nun an würde sie auf sich selbst gestellt sein.
Die ganzen Wintermonate über hatte Mathilde sie in die Probleme der Fontevristen-Klöster in England eingewiesen. Im Norden erwarteten sie die dringlichsten Aufgaben. Ausgerechnet Chlothilde hatte sich als sehr sachkundig erwiesen. Sie kannte jede nordenglische Grafschaft, die Namen der Lords und ihre Familiengeschichten. Chlothilde war es auch gewesen, die vorgeschlagen hatte, in der Abtei Whitby ihren festen Wohnsitz aufzuschlagen und von dort aus zu reisen.
Tess wandte sich zu ihr um. Sie kniete auf dem Betgestühl, das sie von der Äbtissin als Abschiedsgeschenk erhalten hatte.
»Wo sind die Pläne, Schwester? Ich möchte sie gerne studieren.«
Über die Pergamente gebeugt, vertiefte Tess sich in die Karte von England, in der bereits bestehende Klöster und geplante Neugründungen verzeichnet waren. Sie brauchte eine Weile, bis sie York fand. Einen Daumen breit darüber lag Whitby und zwei Daumen nördlicher der Hadrianswall, die Grenze zu Schottland.

Die Stunden vergingen wie im Fluge. Erst als das Abendessen gebracht wurde, blickte Tess wieder hinaus. Das Ufer war schon ganz fern.
Ungeduldig wartete sie ab, bis die Nonne das Dankgebet gesprochen hatte, dann sprang sie auf und öffnete die Kajütentür.
»Der Sekretär des Königs erwartet mich«, erklärte sie knapp, griff nach ihrem Umhang und eilte zu Albert, der an der Reling stand. Um sie herum war nur Wasser. »Wo sind wir?«, fragte sie atemlos und kämpfte mit der Schließe des Umhangs, der sich im Wind blähte.
»Richtung Nordwest«, erwiderte er. »Wir müssen die Bretagne weiträumig umsegeln. Wegen der gefährlichen Sogströmungen, aber auch weil Philipp von Frankreich hier alles kontrolliert. Wir können von Glück sagen, dass wir schon auf dem Weg nach Bordeaux waren, als er in das Poitou eingefallen ist.«

Tess breitete die Arme aus und holte tief Luft. Das Haar wehte ihr ins Gesicht. »Wie herrlich es riecht. Das Meer. Endlich! Albert, wer hätte gedacht, dass wir jemals gemeinsam nach England segeln würden!« Sie strahlte ihn an. Er lächelte zwar, und doch spürte sie, wie ernst er geworden war.
Im Norden zog eine Wand von dicken Wolken auf. Noch wurde ihr Schiff von den Strahlen der untergehenden Sonne beschienen, die ihre leuchtende Spur auf dem Meer hinterließ. Fasziniert betrachtete Tess das Naturschauspiel. Mit jeder neuen Wolke wechselte die Farbe der Wasseroberfläche. Mal tanzten kleine Schaumkronen auf kaltem Grau, dann wieder schillerte sie in tiefgrünen Wellen. Die Wolke zog weiter, und wieder war das Meer in durchsichtiges Rot getaucht.
Albert beobachtete Tess. Ihre lebhafte Mimik, ihre makellose Haut, ihre gewellten blonden Haare, all das war ihm vertraut. Doch die Konturen ihres Gesichts hatten sich verändert, sie waren ausgeprägter, klarer. Sie war eine schöne Frau geworden. Er empfand ihr gegenüber eine seltsame Mischung aus Zurückhaltung und Nähe.
»Und Ihr«, fragte er nach einer Weile. »Wie ist es Euch ergangen?«
Tess blickte über das Meer zu dem vertrauten Land hinüber, von dem sie sich immer weiter entfernten. Das Schiff begann sich im stärkeren Wellengang auf und ab zu bewegen.
»Solange die Königin lebte, habe ich mich nie gefragt, was einmal sein würde«, erwiderte sie und zog die Kapuze über den Kopf, als mache der Gedanke sie frieren. »Sie war mein Schutz. Ich habe mir niemals Gedanken darüber gemacht, was es wirklich für sie bedeutete, dass Philipp von Frankreich sieben Monate lang Château-Gaillard belagert hat. Die Eroberung von Richards Festung muss sie ins Mark getroffen haben. Doch ich habe es nicht begriffen. Vielleicht hat ihr das sogar den Todesstoß versetzt. Wie gnädig, dass sie nicht mehr erleben musste, das Philipp Rouen einnahm und nun auch Poitiers.«
Gischt spritzte ihr ins Gesicht. Sie wischte sich mit dem Ärmel darüber.

»Vor ihrem Tod hätte ich niemals darüber nachgedacht.«
»Wir sind auf sehr unterschiedliche Weise erwachsen geworden«, erwiderte Albert und wusste nicht, ob sie ihn verstanden hatte. Der knatternde Lärm des Großsegels und das Knarren der Schiffsbohlen übertönten seine Stimme. Hinter ihnen führten die Matrosen zahllose Befehle aus. Albert trat einen Schritt näher zu ihr heran. Der Boden wankte, als eine Welle das Schiff emporhob. Tess hielt sich an der Reling fest.
»Wollt Ihr nicht lieber in die Kajüte gehen?«, fragte Albert. Tess schüttelte den Kopf und hing laut ihren Gedanken nach.
»Ich begreife nicht, warum John zu ihrer Beisetzung nicht erschienen ist. Er hat sie doch geliebt.«
Plötzlich wandte sie sich ihm zu und blickte ihm direkt in die Augen.
»Wann hast du John zum letzten Mal gesehen?« Alberts Miene war unergründlich, als er ihren Blick erwiderte.
»In Rouen«, erwiderte er. »Nachdem er die Königin in Mirebeau befreit hatte.« Tess hoffte, er würde weitersprechen. Doch er schwieg.
»Das ist drei Jahre her. Und danach?«, fragte sie.
»Das ist eine lange Geschichte, an deren Ende ich in die Abtei von Mortemer geflohen bin. Dort haben die Mönche mich aufgenommen.«
Tess lächelte freundschaftlich. »Ich bin froh, dass wir uns begegnet sind.« Fast gleichzeitig hoben sie die Köpfe. Die ersten dicken Tropfen fielen. Das Meer war nur noch eine grauweiße Masse, die sich in Höhen und Tiefen voranwälzte.
Albert griff nach ihrem Arm, als das Schiff sich plötzlich schräg legte. »Darf ich Euch bitte zurückbegleiten. Ihr holt Euch noch den Tod.«
Tess hielt sich an ihm fest und lachte. »Wenn du versprichst, mich morgen dort nicht zu vergessen.« Schwankend näherten sie sich der Kajüte.
Als Tess eintrat, hörte sie ein erbärmliches Stöhnen. Sie blickte sich

nach Chlothilde um. Sie konnte nur ein schwarzes Bündel neben dem Strohlager am Boden entdecken. »Heiliger Nikolaus, bitte für uns«, jammerte die Stimme unter dem schwarzen Habit, das die Nonne über ihren Kopf gestülpt hatte. Nur das helle Untergewand bedeckte ihren Körper.

»Um Gottes willen, Schwester, was macht Ihr da?« Tess bückte sich zu ihr hinab und hob den schwarzen Stoff vorsichtig an. Chlothilde kniete vor dem Notdurfteimer, den sie mit käseweißen Fingern umklammerte, und spuckte sich die Seele aus dem Leib. Ihr Gesicht war gerötet vor Anstrengung, Tränen liefen aus ihren verquollenen Augen. »Gott straft mich für alle Sünden«, stöhnte sie und würgte erneut. Ihr Schleier war verrutscht. Die spärlichen weißen Haare klebten am Kopf.

»Wartet, ich helfe Euch«, rief Tess und empfand zum ersten Mal Sympathie für den Drachen, als sie zu dem Holzbrett im hinteren Teil der Kajüte eilte, in das ein Krug mit Wasser eingelassen war. Sie stolperte, da das Schiff sich erneut aufbäumte und wieder zurückschlug. Tess feuchtete das Gesichtstuch an und kniete sich neben Chlothilde. Behutsam reinigte sie ihren Mund, der sich in ständigem Gebet bewegte, dann das Kinn und die Wangen. Chlothilde ließ es über sich ergehen.

»Danke Thérèse, Verzeihung Thérèse«, murmelte sie und wandte sich sofort wieder an den Beschützer der Seefahrer. »Heiliger Nikolaus, beschütze uns … Vater im Himmel, vergib mir alle Sünden …«

»Kommt, legt Euch aufs Lager. Es wird Euch bald besser gehen.« Energisch griff Tess ihr unter die Arme und half ihr dabei, sich hinzulegen. Chlothilde zitterte am ganzen dünnen Leib vor Erschöpfung und stöhnte unaufhörlich. Tess deckte sie mit dem Schafsfell zu, das aufgerollt am Fußende lag. Sie griff nach ihrer kalten Hand und blieb die halbe Nacht bei ihr sitzen. Erst nachdem sie eingeschlafen war, zog sie sich auf ihr eigenes Lager zurück, das auf der gegenüberliegenden Seite bereitet war.

Der heftige Wind stand günstig. Mit aufgeblähten Segeln erreichten sie den Kanal in zwei Tagen. Doch dann legte der Sturm erst richtig los. Tess war gezwungen, die meiste Zeit an der Seite der seekranken Schwester zu verbringen. Sie wurde zunehmend schwächer, da sie außer der aufgebrühten Kamille nichts zu sich nehmen konnte. Tess fühlte sich eingeschlossen wie ein Tier und starrte durch das kleine Fenster auf das aufgewühlte Meer. Wie oft hatte sie sich ihre Ankunft in England in leuchtenden Farben vorgestellt. Die Realität sah ganz anders aus.

Sie erhob sich und wollte gerade an das Lager der schlafenden Nonne treten, als es klopfte. Albert öffnete leise die Tür. »Könnt Ihr einen Moment herauskommen?«, fragte er leise.

Der Wind zerrte an ihren Umhängen, als sie sich an den Händen haltend gegen ihn anstemmten. »Diesmal gehen wir nach Backbord. Vielleicht haben wir Glück«, rief er und lachte. Er legte den Arm um ihre Schultern und hielt sie, bis sie die Reling erreichten. Dann stellte er sich schützend hinter sie und umklammerte mit beiden Händen die Reling. Das Schiff hob und senkte sich. Eingezwängt zwischen seine Arme fühlte Tess sich sicher. Albert sagte dicht an ihrem Ohr. »Schaut genau hin. Dann seht Ihr sie!«

Mit zusammengekniffenen Augen blickte Tess zum Himmel, an dem graue und weiße Wolken sich jagten. Einen Moment lang nahm ihr der Sturm die Luft. Sie musste den Kopf zur Seite wenden. »Dort!«, rief Albert und deutete zum Ufer.

Wie weiße Ungetüme hoben sich die Klippen aus dem schwarzen Meer.

»Ist das Dover?«, schrie Tess atemlos. Sie blinzelte die Tränen weg, die der Wind ihr in die Augen trieb, und starrte hinüber nach England.

»Albert, ist das die Burg des Eroberers?« Aufgeregt deutete sie auf die Hügel hinter den Klippen, über denen zwischen den Wolkenfetzen die Umrisse der Festungsmauer auftauchten.

»Das, was Ihr von hier aus sehen könnt, ist die Erweiterung, die König Henry gebaut hat. Man ahnt auf dem Meer nicht, wie riesig die gesamte Anlage ist.« Er stemmte sich gegen den Wind, der ihn immer näher an Tess herandrückte.

»Ach, ich danke dir, Albert, dass du mich geholt hast!«, rief sie beglückt und lehnte sich gegen seine Brust. »Wie oft hat die Königin diesen Anblick erlebt. Wie glücklich muss sie gewesen sein, als sie das erste Mal an Henrys Seite übersetzte und die Menschen sie in der Hoffnung auf das Ende des Bürgerkriegs empfingen. Jetzt kann ich mir das alles vorstellen.«

»Wir können heute nur hoffen, dass es Frankreich nicht einfällt, König John das Leben noch schwerer zu machen«, entgegnete Albert ernst.

»Du meinst, dass Philipp England angreifen könnte?«

Albert nickte. »Ich habe zumindest gehört, dass König John wohl damit rechnen muss, denn er treibt Gelder ein, um eine Flotte zusammenzustellen.«

Das Weiß der Kreidefelsen tauchte schemenhaft auf. Gespenstisch trieben die Wolken über sie hinweg. Nach und nach erlosch das Bild. Das Ufer versank wieder in grauen Regenwolken, während Tess völlig durchnässt in die Kajüte zurückkehrte.

Erst als sie die Themse im Südosten Englands erreichten, glitt das Schiff wieder ruhig durch das Wasser. Morgendunst lag über dem Land. Nur die Umrisse der strohgedeckten Lehmhütten am Ufer waren auszumachen. Die Feuchtigkeit stand in den Wiesen und Feldern, über den Erdwällen von kleinen Burganlagen, deren normannische Türme von weitem zu erkennen waren. Überall grasten Schafe, die sich in kleinen Gruppen fortbewegten. Breite, mit Wollsäcken und Tierhäuten beladene Schiffe waren auf dem Weg nach Flandern. Tief im Wasser liegende Barken hatten im Londoner Hafen Zinnerz geladen. Dann endlich tauchte der Tower auf.

* * *

John spürte die Kälte unter seinen Ledersohlen, als er leise die geheime Wendeltreppe hinunterstieg. Trotz der Hitze, die draußen herrschte, schlug ihm die Kühle der Wände entgegen.
Unten angekommen, ging er zielstrebig an der Eichentür vorüber, beugte sich über eine Truhe und drückte mit der flachen Hand gegen die Mauer darüber. Lautlos schob sich ein Stein zur Seite und gab den Blick frei auf die große Halle von Westminster. John trat näher.
Über zweihundert Menschen mochten es sein, die in Gruppen beieinander standen, laut durcheinander redeten und wild gestikulierten. John sah, wie sie sich vordrängten und den Zeremonienmeister bestürmten, sie früher auf die Liste der Vortragenden zu setzen, und er sah, wie jener stoisch den Kopf schüttelte. Ruhig und gelassen notierte er sich einen Namen nach dem anderen.
»Dieses viele Geld … so teuer … ich bin ruiniert … mein ganzes Hab und Gut«, schallte es durch den Saal.
›Mein Gott, wie sie mich hassen‹, dachte John. Sein Blick fiel auf William de Braose, der sich rücksichtslos seinen Weg durch die Menge bahnte.
»Wie lange sollen wir denn noch warten«, brüllte er unbeherrscht und fuchtelte der Wache mit seinem Finger vor der Nase herum. »Wer ist denn jetzt bei ihm?« Da er keine Antwort bekam, wandte er sich wütend ab und stapfte davon.
John biss sich auf die Lippen und drückte erneut gegen die Wand. Lautlos schwang der Stein zurück und schloss die Lücke. Nichts war mit bloßem Auge zu erkennen. Der Steinmetz hatte fürwahr gute Arbeit geleistet.
In dem Bemühen, keinen Laut von sich zu geben, öffnete John vorsichtig die Tür. Gleich darauf stand er in einem Alkoven, den ein Brokatvorhang umschloss. Behutsam griff er nach dem schweren Stoff und schob ihn eine Hand breit auseinander. In dem kleinen Gemach saßen sich Hubert Walter und Guillaume le Maréchal gegenüber und redeten leise miteinander.
Der Erzbischof hielt die Hände gegeneinander und stützte seinen

Kopf darauf. »Ihr seid nicht meiner Meinung, nicht wahr?«, sagte er gerade.
Le Maréchal schüttelte den Kopf. »Der König wird uns nie verzeihen, dass wir seinen Plan, auf den Kontinent zu gehen, um die verlorenen Gebiete zurückzuerobern, vereitelt haben«, antwortete er leise. John presste sein Gesicht enger an den Vorhang, um besser verstehen zu können.
»Die Gefahr, dass ihm etwas zustößt, war einfach zu groß«, erwiderte der Erzbischof. »Momentan hätte er keine Chance, Philipp die besetzten Gebiete wieder abzunehmen. Mit Schiffen alleine kann man noch keine Armee besiegen. Nein, wir brauchen Zeit! Und …«, er beugte sich vor. »Vergesst nicht, John hat immer noch keinen Erben! Was würde aus England, wenn ihm jetzt etwas zustieße? Wenn er den Thronfolger erst gezeugt hat, können wir noch einmal darüber reden.«
»Trotzdem! Wir hätten es nicht so weit kommen lassen dürfen. Jetzt glaubt er womöglich, sein Gesicht verloren zu haben, dabei …« Le Maréchal überlegte laut. »Er ist außerordentlich tüchtig und zuverlässig. Das Volk liebt ihn.«
»Seine Lords nicht unbedingt«, unterbrach ihn Hubert Walter. »Sie haben den letzten Pfennig zusammengekratzt, um die Flotte mobilzumachen. Das werden sie ihm so schnell nicht verzeihen.«
»Diese große Zahl von Schiffen …«, fuhr le Maréchal unbeirrt fort. »Ich kann mich nicht erinnern, jemals zuvor eine solche Flotte in England gesehen zu haben.« Wieder dachte er laut. »Vielleicht hätte er ja doch Erfolg gehabt … Wie elend muss er sich gefühlt haben, all diese Menschen unverrichteter Dinge wieder nach Hause zu schicken.«
»Lieber ein Rückpfiff aus dem Hafen Porchester, als dass Philipp von Frankreich ihrer habhaft geworden wäre«, entgegnete der Erzbischof ruhig. »Erinnert Euch daran, wie unversöhnlich der Franzose bei unserem Besuch war. Wie er darauf bestanden hat, zuerst Arthur zu treffen, bevor er überhaupt einen Friedensvertrag ins Auge fassen wollte.« Er warf den Kopf zurück und fixierte die

Decke. »Arthur war von Anfang an ein Problem und wird immer ein Problem bleiben«, murmelte er. Plötzlich beugte er sich vor. »Ihr habt selbstredend von den Gerüchten gehört?«

John, jenseits des Vorhangs, hielt den Atem an.

Le Maréchal nickte bekümmert. »Die Frau von de Braose soll nicht ganz unschuldig daran sein.«

Der Erzbischof räusperte sich. »Es gilt zu überlegen, wie man dieses Weib stoppen kann ...«

Le Maréchal fragte zögerlich: »Was macht Euch so sicher, dass sie die Quelle ist?«

»Ich stehe in enger Verbindung mit ihrem Burgkaplan ...«

Johns Finger umklammerten den schweren Stoff. Er spürte, wie seine Handflächen feucht wurden.

Guillaume le Maréchals Stimme klang besorgt, als er scheinbar übergangslos sagte: »Er kommt über den Tod seiner Mutter nicht hinweg. Er hat sich sehr verändert. Er ist noch verschlossener und misstrauisch gegen jedermann.«

»Unsinn«, unterbrach ihn das Oberhaupt der Kirche von England streng. »Alienor ist zu ihrem ewigen Schöpfer gegangen. Wir sollten lieber darum beten, dass er sie gnädig aufgenommen hat, war sie doch zu ihren Lebzeiten voller Aufsässigkeit gegenüber unserer heiligen Mutter Kirche.«

Johns Herz begann zu rasen. Wie konnte Hubert Walter es wagen, so über die Königin zu sprechen.

Der Erzbischof fuhr anklagend fort: »Ihr Sohn ist ihr ähnlich, wenn nicht noch viel schlimmer. Er besucht die heilige Messe so gut wie nie, und wenn, dann ist er unaufmerksam. Manchmal habe ich ihn im Verdacht, dass er die Oberhoheit unseres Heiligen Vaters nicht anerkennt ...«

Le Maréchal entgegnete: »Dieses Problem hat die Kirche schon seit Generationen, sowohl mit den Herzögen von Aquitanien als auch mit den Plantagenets. Da ist Innozenz III. nicht der erste Papst, der sich an diesem Geschlecht reiben wird.«

Hubert Walter fuhr hoch. »Genau. Und diesen Zug an ihnen werde ich bekämpfen, solange ich lebe!« John hatte sich abgewandt. Lautlos zog er sich zurück.

Im Audienzraum ließ er sich von seinem Sekretär die Liste derjenigen geben, die um eine Unterredung gebeten hatten, und überflog die Namen. »Wer ist die Gräfin von Louisville?«, fragte er.
»Die junge Dame ist gestern aus Südfrankreich angereist. Sie hat einen ganzen Stapel von Empfehlungsschreiben. Doch sie war nicht bereit, sie mir auszuhändigen.«
Neugierig blickte John auf. »Also kommt sie in geheimer Mission?«
Sein Diener schüttelte den Kopf. »Ich weiß es nicht, Majestät. Ich kann nur sagen, dass sie einen äußerst resoluten Eindruck hinterlassen hat.« Er hüstelte. »Sie ist sehr schön, Majestät.«
John hatte sich schon wieder den Papieren zugewandt. »Und wer ist Albert von Dunnington? Hier steht, er komme in einer Erbschaftsangelegenheit?«
»Wenn Majestät einen Blick auf die beigefügte Karte werfen wollen ...«
»Aus Frankreich vor König Philipp geflohen, gemeinsame Schiffsüberfahrt mit der Gräfin von Louisville, vertraulicher Umgang mit derselben ...« John lächelte. »Und? Was weiter? Mehr gab es nicht über ihn herauszufinden?«
»In der Kürze der Zeit, Ihr versteht, Majestät ...«
John warf die Papiere auf den Tisch. »Fangen wir also mit Albert von Dunnington an. Danach möchte ich die Gräfin sprechen«, befahl er. Sein Sekretär hob abwehrend beide Hände. »Aber sie sind erst für heute Nachmittag vorgemerkt.«
John schlenderte zum Fenster und blickte hinunter in den Hof, in dem immer neue Besucher zum Halleneingang strebten. »Jetzt gleich!«, befahl er. Er hörte, wie sein Sekretär die Tür nach draußen öffnete, Stimmengewirr drang zu ihm herein. Dann verhallten seine Schritte.
Was hatten die beiden alten Männer über ihn gesagt? John verzog

die Miene. ›Wem sollte ich auch vertrauen‹, dachte er. ›Sicher nicht der Kirche.‹

Mit einem Ruck wandte er sich um. »Ja, bitte?«

»Albert von Dunnington in einer Erbschaftsangelegenheit«, soufflierte sein Diener.

John musterte den jungen Mann, dessen Gesicht er nicht erkennen konnte, da er kniend den Kopf gesenkt hielt. John sah den einfach geschnittenen braunen Umhang, der wohl eher von einem Dorfschneider stammen mochte, und die auf Hochglanz polierten, nicht mehr neuen Stiefel.

»Kommt näher«, forderte er den Gast auf. »Ich habe nicht viel Zeit.«

›Wer bist du?‹, dachte John. ›Bist du ein Spion? Hat Philipp dich geschickt? Du könntest sehr wohl eine Waffe unter deinem Umhang tragen …‹ Plötzlich veränderte sich seine Miene: »Kennen wir uns nicht?«

Albert stand hoch aufgerichtet wenige Schritte vor ihm. Die Morgensonne fiel direkt in sein Gesicht. Er blinzelte.

»Albert, bist du es?«, fragte John ungläubig und trat ihm entgegen. »Albert? Mein alter Albert? Mein ehemaliger Privatsekretär.«

Der schmale junge Mann schluckte und musste sich räuspern, ehe er einen Ton herausbrachte. »Ja, ich bin Albert, mein König. Danke, dass Ihr mich empfangen habt.«

John lachte wie befreit. »Weißt du, dass wir nie darüber gesprochen haben, dass du aus Dunnington stammst? Ich wusste nur, dass du Engländer bist.« Spontan nahm er Albert in die Arme. »Ich hätte dich fast nicht wiedererkannt, so wie du gewachsen bist.« Er fuhr ihm durch die Haare. »Mein kleines, unglückliches Mönchlein. Du hast dich sehr verändert!«

Er nahm den Jüngeren beim Arm und zog ihn hinüber zum Kamin. »Setz dich und berichte«, forderte er ihn auf.

Albert zog ein Pergament hervor und schlug es auf. »Seht her, mein König. Dies ist ein Schreiben Eures Sheriffs von York. Daraus geht hervor, dass die Burg meines Vaters wieder an die Krone zurück-

fällt, wenn ich sie nicht übernehme.« Albert blickte John direkt in die Augen. »Und ich kann sie nur übernehmen, wenn Ihr, mein König, die Erlaubnis dazu erteilt.«
John nahm ihm das Papier aus der Hand. Während er die Zeilen überflog, fragte er: »Willst du denn übernehmen?«
Albert nickte. »Meine Mutter lebt dort. Ich kann mir nicht vorstellen, dass sie sich in ein Kloster zurückziehen möchte.«
John reichte ihm das Pergament zurück. »Tut mir Leid, mit deinem Vater und Bruder«, sagte er freundlich. Er machte dem Sekretär ein Zeichen, Wein einzuschenken. John ergriff die beiden Pokale. Einen davon reichte er seinem jungen Gast. Dann hob er den seinen und prostete ihm zu.
»Auf dich – und auf dein zukünftiges Leben in Dunnington!«
Albert errötete vor Freude. »Heißt das …?« Er suchte nach Worten.
»Ja, das heißt es«, nickte John. »Du wirst nach Norden reisen und euren Besitz übernehmen. In wenigen Wochen komme ich nach, weil ich dort oben nach dem Rechten sehen muss. Dabei werde ich auch deine Burg besuchen. Dann kannst du mich ja von deinen Plänen überzeugen. Wenn sie Hand und Fuß haben, ist nicht einzusehen, warum du nicht mein neuer Lehnsmann sein sollst.« Wieder nahm er einen Schluck verdünnten Wein. »Überleg dir unterdessen, wie du deine Schulden loswirst.« Er erhob sich.
Albert war aufgesprungen, nahm die dargebotene Hand und küsste sie.
»Danke, mein König«, stammelte er.
John lächelte freundschaftlich. »Ich muss dich jetzt leider entlassen. Aber du hast ja selbst gesehen, wie viele noch darauf warten, vorgelassen zu werden.«
Albert war schon an der Tür, als John ihm nachrief: »Ich freue mich auf einen ruhigen Abend in Dunnington mit dir. Meine Verehrung an deine Mutter!« Grüßend hob er die Hand und wandte sich ab.
Kaum hatte er gehört, dass die Tür hinter Albert ins Schloss fiel, winkte er seinen Sekretär heran. »Ich möchte unverzüglich alles über ihn in Erfahrung bringen. Wo er sich in den vergangenen

Jahren aufgehalten hat, wo er gewohnt hat, wer für seinen Lebensunterhalt aufgekommen ist und ob es Verbindung zum französischen Hof gibt.«
Plötzlich kam ihm ein Gedanke. »Und dann möchte ich wissen, ob es irgendwelche Verbindungen zwischen ihm und der Kirche gibt, Klöster, Pfaffen, Nonnen, was weiß ich.«
»Pfaffen, Nonnen«, schrieb sein Sekretär. »Wünschen Majestät sonst noch etwas?«
John nickte. »Ich möchte alles über Dunnington wissen. Mit wem der verstorbene Lord Umgang pflegte, ob es eine schottische Verbindung gibt, das Gleiche gilt auch für seine Frau.«
Der Schreiber warf ihm einen überraschten Blick zu. »Ihr vertraut ihm nicht, Majestät?«
John zuckte mit den Schultern. »Ich möchte nur gewappnet sein.«
»Wann wünschen Majestät den Bericht?«
»Bevor ich nach Norden aufbreche.«
Eilends fügte der Sekretär noch eine Notiz zu dem bisher Geschriebenen hinzu, dann fragte er: »Erlaubt Ihr, dass ich jetzt die Gräfin von Louisville hereinbitte?«

Die wartenden Männer blickten sich einer nach dem anderen nach ihr um, als Tess die große Halle von Westminster betrat. Allein das strahlende Blau ihres anliegenden Gewandes war auffallend. Sie trug ein gleichfarbenes Stirnband aus Samt, das mit Perlen bestickt war und ihr offenes Haar zusammenhielt. Ihre elegante Erscheinung beeindruckte nicht nur diejenigen, die am Eingang standen, auch weiter entfernt stehende Lords wandten den Kopf und betrachteten sie neugierig.
Doch keiner der Männer trat zur Seite. Es öffnete sich nicht von selbst ein Spalier, wie sie es bisher in Anwesenheit der Königin gewohnt war. Niemand konnte wissen, wer sie war.
Tess straffte sich. Diese Blicke schätzten sie als Frau ein, taxierten ihren Körper, sandten Signale aus, die sie bisher so unverblümt niemals wahrgenommen hatte. Sie fröstelte, obwohl die Halle von den

zahllosen Wartenden so erwärmt war, dass man einige der hohen, halbrunden Fenster geöffnet hatte. Sie wappnete sich gegen die niederschmetternde Erkenntnis, wie selbstverständlich allein Alienors Gegenwart ihr bisher Schutz und gesellschaftliche Anerkennung geboten hatte. Nun war sie nur noch die Gräfin von Louisville, eine unter vielen. Sie würde genauso wie all die hier Versammelten warten müssen, bis sie zur Privataudienz des Königs vorgelassen würde.

Ein Schleier legte sich über Tess' Vorfreude auf John. Schützend presste sie die Pergamente gegen ihre Brust, als sie sich einen Weg in die Mitte der Halle bahnte. Im Vorübergehen fing sie einige englische Wortfetzen auf, obwohl bei Hofe französisch gesprochen wurde. Die Männer waren nicht anders gekleidet, als sie es aus Alienors Umgebung gewohnt war. Seide und Samt in verschiedenem Grün und Rot, manche gegerbte Lederweste über feinstem, blau gefärbtem Leinen. Umhänge mit kostbaren Schließen aus Silber oder Gold.

Eine Witwe, die offensichtlich in der Begleitung ihres Bruders war, erklärte gerade, dass der König für sie eine neue Ehe geplant habe und sie nun erfahren werde, wen der König ihr als zukünftigen Gemahl zugedacht hatte. Ein Baron empörte sich darüber, dass man ihn in England festhalte, obwohl er sich dringend um die Ernte auf seinen Festlandsbesitzungen kümmern müsse. »Wie wollt Ihr das tun?«, entgegnete ein anderer aufgebracht. »Wollt Ihr etwa vor dem Bastard von Frankreich den Lehnseid ablegen? König John wird Euer Land genauso konfiszieren wie bei allen anderen Verrätern auch!«

»Warum ist unsere Flotte nicht gesegelt! Wir hätten die Franzosen das Grausen gelehrt!«

Die Größe der Halle war überwältigend. Tess hielt inne und blickte hinauf zu dem hölzernen Gewölbe, das sich im Halbrund nach oben fortsetzte. Niemals zuvor hatte sie einen solch riesigen Raum gesehen. Sie stellte sich auf die Zehenspitzen, um bis zu dem erhöhten vorderen Teil zu blicken, an dessen Ende das Licht durch eine ganze Wand von hohen Fenstern flutete. Achtzig Meter, schätzte sie und blickte zu den Seitenwänden, an denen kostbare Wandbehänge hingen. Dann musste die Halle etwa zwanzig Meter breit sein. Solche Ausmaße hatte sie weder in Poitiers oder Bordeaux noch in Kastilien gesehen. Hatte Alienor nicht erwähnt, dass der Westminster-Palast die größte Halle im ganzen Westen besaß? Überwältigt betrachtete sie die Jagdszenen auf einem der Behänge, die unter den Fensterfriesen angebracht waren. Welche Pracht in den Farben und Formen. Ein Hirsch wurde von einer Meute Jagdhunde durch einen in hunderterlei Grün gewebten Wald gehetzt. Der Hirsch sprang in gestrecktem Galopp ab, während die Hunde ihm nah auf den Fersen blieben. Jeder Halm und jeder Zweig waren präzise dargestellt.

Versunken in diesen Anblick bemerkte Tess nicht, dass der Zeremonienmeister am oberen Ende der Halle erschienen war. Erst als er dreimal mit seinem Stab auf den Steinboden schlug und der Stimmenwirrwarr erstarb, blickte sie auf.

»Gräfin von Louisville!«, rief er. Tess stockte das Herz. Hatte sie richtig vernommen? Man hatte ihr gesagt, dass der König sie frühestens am Nachmittag empfangen könne.

Plötzlich tobte ihr Herz vor Freude. Er hatte sie vorgezogen. Er erwartete sie. Aufgeregt und ohne auf all die Blicke zu achten, die sich auf sie richteten, drängelte sie sich mit freundlichem, aber nachdrücklichem »Pardon« durch die Menge. Die ungeduldigen Gesten und Unmutsäußerungen beachtete sie nicht.

»Gräfin von Louisville!«, hört sie nun lauter, als sie am vorderen Ende der Halle anlangte. »Der König erwartet Euch!«, sagte der Mann mit erhobener Stimme. Die Brokatbordüre an seinem schwarzen Samtumhang glitzerte in den Sonnenstrahlen, die durch die Fenster in die Halle fielen. »Wenn Ihr mir folgen wollt, bitte.«

Tess' Herz pochte bis zum Halse, als sie den Raum betrat. Sie spürte Johns Gegenwart, noch bevor sie ihn sah und mit gesenktem Kopf in einen tiefen Hofknicks versank. Mit einem Blick hatte sie erfasst, dass er äußerst elegant gekleidet war. Da war keine Spur mehr von dem verschwitzten John, dem sie zum ersten Mal in Fontevrault begegnet war. Das Bild, das sie von ihm bewahrt hatte, wie er

im Rosengarten über die Hecken sprang, verblasste auf der Stelle. Vor ihr saß ein einsamer König in abweisender Pracht.
›Bitte‹, flehte sie mit geschlossenen Augen. Der kurze Blick, den sie auf ihn geworfen hatte, schnürte ihr den Atem ab. Obwohl er nicht aufgesehen hatte, erkannte sie die Konturen seines Gesichts wieder, das durch die dunkelbraunen, gewellten Haare bleich wirkte.
Plötzlich herrschte vollkommene Stille, als der Zeremonienmeister die Tür hinter Tess schloss. Sie hörte nur die eigenen Atemzüge und wartete mit gebeugtem Knie. Sie war so sicher, dass er sich erheben und ihre Hand nehmen würde. Jeden Augenblick erwartete sie seine Schritte auf dem Steinboden, die Berührung seiner Hand, die Aufforderung, sich zu ihm an den Kamin zu setzen. Die Zeit dehnte sich. Sie öffnete die Augen ein wenig und konnte nur die Spitzen seiner weichen Lederstiefel erkennen, die mit modischen Silberschnallen verziert waren.
»Wenn Ihr mir etwas zu sagen habt, Gräfin …« John brach ab. Seine Stimme klang fremd. »Meine Zeit ist sehr begrenzt.«
Tess hob den Kopf und richtete sich vollends vor dem Tisch auf. John schob das Pergament, das er zu Ende gelesen hatte, zu dem Sekretär hinüber. Erst jetzt blickte er auf. Tess hielt den Atem an. Eine Sekunde lang veränderte sich seine Miene, huschte ein Wiedererkennen darüber. Oder war es nur den Anblick der schönen jungen Frau, der ihm gefiel? Weder lächelte er, noch sagte er etwas zu ihrer Begrüßung. Er hielt den Kopf ein wenig schräg, als erwarte er endlich eine Erklärung für ihre Anwesenheit.
»Ich komme aus Fontevrault«, sagte Tess, bemüht, ihre Enttäuschung zu verbergen.
»Und?«, fragte John kühl. »Das bedeutet nicht unbedingt Gutes.«
Tess schnappte nach Luft. Plötzlich war ihr heiß. Sie schwankte zwischen Zorn und Entsetzen.
»Was heißt das, mein König?«, entgegnete sie scharf. »Eure Mutter hat die Abtei immer geliebt, wie Ihr wisst. Bis zum Schluss.« Sie sah, wie seine Miene versteinerte. Ein Augenlid zuckte. Er war noch bleicher geworden.

Instinktiv versagte sie es sich, ihm ihre Empörung entgegenzuschleudern. ›Wo wart Ihr, als sie starb? Wo wart Ihr, als sie zu Grabe getragen wurde? Wer gibt Euch das Recht, Euch so zu verhalten!‹

Das eisige Schweigen, das folgte, traf Tess wie ein Schlag in den Magen. Am liebsten wäre sie um den Tisch gelaufen, hätte seine Hände ergriffen und ihm zugerufen: »Ich bin's, Tess. Warum um Himmels willen wollt Ihr mich nicht erkennen?« Doch die Anwesenheit des Sekretärs hinderte sie daran. Ihr Mund war trocken. Sie kämpfte gegen den Aufruhr ihrer Gefühle an.

»Hattet Ihr eine gute Überfahrt?«, fragte John endlich.

Tess ertrug den indifferenten Konversationston noch weniger als das Schweigen. Übelkeit breitete sich in ihr aus.

»Danke, mein König«, antwortete sie und schluckte. »Es war recht stürmisch.«

Seine dunklen Augen glitzerten, als er fortfuhr: »Aber Ihr wart ja nicht allein.« Tess schauderte vor der Kälte seiner Stimme.

»Natürlich nicht. Die Äbtissin hat mir Schwester Chlothilde zur Seite gegeben.« Mit einem Anflug von Verzweiflung versuchte sie zu scherzen. »Doch sie war leider absolut seeuntüchtig. Der Sturm hat ihr so übel mitgespielt, dass sie die Koje nicht ein Mal verlassen konnte.«

John fixierte sie. »Aha, die Äbtissin, dachte ich's mir doch«, zischte er gefährlich leise. »Gleichwohl seid Ihr nicht allein gereist!«, schrie er plötzlich und schlug mit der flachen Hand auf den Tisch. »Gebt endlich zu, dass Ihr jede Gelegenheit genutzt habt, um Albert von Dunnington heimlich zu treffen! Da kam Euch die Seekrankheit der Nonne doch wie gerufen.«

Tess starrte ihn verwirrt an und spürte den kalten Schweiß, der ihr auf der Stirn stand. Doch hielt sie seinem Blick stand. Sie straffte ihren Körper und wusste selbst nicht, woher sie die Kraft nahm, ihm ruhig zu antworten.

»Ich bin es nicht gewohnt, irgendjemanden heimlich zu treffen. Ich habe so etwas bisher nicht getan. Und ich werde es auch in Zukunft nicht tun, mein König. Genügt Euch das?« Auch sie hatte die Stimme erhoben. Einen winzigen Moment lang bemerkte sie ein irritiertes Flackern in seinen Augen. Dann durchbohrte sein Blick sie erneut.

»Warum habt Ihr ihm die Überfahrt bezahlt?«

Tess prallte zurück. Er musste seine Spione überall haben. »Würdet Ihr einem Mann, dessen Vater und Bruder umgekommen sind, nicht auch aus einer Notlage helfen?«, fragte sie aufgebracht.

Ganz langsam löste er seinen Blick aus ihren Augen und ließ ihn über ihren Körper gleiten, als schätze er den Wert eines Schlachtrosses ab. Sie fühlte sich wie entblößt, seiner Bösartigkeit ausgeliefert, und sagte aus einem Impuls heraus: »Ich dachte, Ihr seid ein gerechter König, der Sinn für Not und Armut hat.«

John zuckte gleichgültig mit den Schultern. »In schwierigen Zeiten leidet auch das Recht. Wir können uns nicht erlauben, Verräter ins Land zu lassen.« In Tess' Ohren begann es zu rauschen. Sie blickte zu dem Kamin hinüber, über dem die goldenen Löwen der Plantagenets auf purpurnem Untergrund drohend die Pranken erhoben.

»Was also wünscht Ihr von der Krone?«, fragte John kalt.

Unfähig, auch nur ein Wort hervorzubringen, legte Tess den Stapel von Pergamenten vor ihn hin. Sie kämpfte gegen Tränen an. Um von sich abzulenken, legte sie die flache Hand darauf und sagte leise: »Hier. Es steht alles drin. Empfehlungsschreiben. Die Bitte um Reisegenehmigungen durch Eure Grafschaften und so weiter.«

Tess war zu sehr damit beschäftigt, ihre Fassung zu wahren. Sie sah nicht, wie John erstarrte, als er den Rubinring an ihrem Finger erblickte. In dem Halbdunkel des Raums funkelten nur die Brillanten. Der Rubin leuchtete in drohendem Rot.

Er räusperte sich. »Ich werde mich darum kümmern«, sagte er knapp und erhob sich zum Abschied. Als er sie zur Tür geleitete, nahm er ihre Hand und drückte einen Kuss auf den Ring. Aufgewühlt verließ Tess den Raum, während John zum Fenster trat.

»Legt mir den Stapel zu meinen Privatpapieren«, befahl er dem Sekretär und blickte hinunter in den Hof. Er sah Tess aus der Halle

kommen und mit großen Schritten über den Hof gehen. Ihr honigfarbenes Haar glänzte in der Junisonne. Ihr aufrechter Gang war elegant.
John sah ihr so lange hinterher, bis sie in der Menge verschwunden war.

* * *

Seit den frühen Mittagsstunden duckte sich das Land unter der sengenden Julisonne. Unter dem dichten Blätterdach der Eichenallee, die zum Jagdschloss Woodstock führte, schien die Luft zu stehen. Die Pferde links und rechts auf den Koppeln standen reglos bis auf die Schweife, die unaufhörlich Bremsen und Fliegen verscheuchten. Die Pferde hoben nicht einmal die Köpfe, als die beiden Gestalten aus der Allee hervortraten. Selbst die Vögel schwiegen.
Isabelle wandte sich an ihren Begleiter. »Ich komme mir vor wie eine Gefangene. Seit vier Tagen bin ich wie abgeschnitten von der Welt«, klagte die Königin. »Ich wünschte, ich wäre in London geblieben.«
Der Mönch, der sie um Haupteslänge überragte, entgegnete streng: »Euer Gemahl hat zu arbeiten, Majestät. Es steht Euch wohl an, hier auf König John zu warten.« In seinem asketischen Gesicht verzog sich keine Miene.
»Trotzdem«, begehrte sie auf. »Ich hatte gehofft, dass er zumindest am Abend nach Hause kommt. Schließlich ist Oxford nicht weit entfernt.« Sie lockerte ihren Schleier und legte ihre Hand auf seinen Arm. »Wartet einen Moment. Ich habe einen Stein im Schuh.«
Der Mönch sah, wie sie sich bückte, um die Schlaufen ihrer Sandale zu öffnen. Jede ihrer Bewegungen war von träger Sinnlichkeit. Das lose fallende rosa Kleid schmiegte sich an ihren Körper. Sie hatte die Ärmel hinaufgeschoben, und die winzigen Härchen an ihrem Unterarm schimmerten golden. Er sah den Ansatz ihrer Brüste und die winzigen Schweißperlen, die sich dazwischen sammelten.
»Er wird schon noch kommen«, versprach er mit belegter Stimme.

Spöttisch blickte sie zu ihm auf und schüttelte das Steinchen aus ihrem Schuh. Seine Kutte roch nach mangelnder Hygiene. Sie krauste die Nase. »Na, wenigstens habe ich ja Euch«, entgegnete sie und erhob sich. »Ich bin dem Erzbischof dankbar, dass er Euch für mich abgestellt hat. Mit wem sollte ich sonst reden? Meine Hofdamen sind gähnend langweilig.«
»Ihr seid die Königin. Ein eigener Beichtvater steht Euch zu, Madame.«
»Verzeiht, ich will Euch nicht kränken, Vater. Aber mein Mann wäre mir lieber.« Sie lachte. Hinter ihren vollen Lippen schimmerten die Zähne.
»Ich möchte nur wissen, was mein hoher Gemahl die ganze Zeit über in Oxford treibt.«
»Er spricht Recht«, erwiderte der Mönch.
Träge ergriff Isabelle einen Zipfel ihres Schleiers und löste ihn, dann schob sie ihn zurück, öffnete die beiden Hornklammern und schüttelte ihre Haare. Er sah, wie sich die blonden Locken am Ansatz feucht ringelten.
»Seit Porchester meint er, alles selbst machen zu müssen. Es ist doch die Aufgabe der Sheriffs, die Streitigkeiten der Bürger zu schlichten. Gerade jetzt, da er die Lords gegen sich aufgebracht hat, gibt es Wichtigeres zu tun.« Sie schlenderte näher zum Gatter und stützte die Arme darauf. Der Mönch beobachtete, wie sich der Stoff über ihren Schultern spannte und die Konturen ihres Rückens abbildete, und er meinte die Haut darunter zu sehen.
»Spricht er noch über Porchester?«, fragte er lauernd.
Isabelle sah hinüber zu den Pferden, deren leises Schnauben zu ihnen herüberklang. »Mein hoher Gemahl geruht mir aus dem Wege zu gehen. Nein, er spricht nicht mit mir«, sagte sie resigniert.
»Ihr müsst ihn dazu anhalten. Der König braucht Eure Unterstützung«, mahnte der Mönch.
Isabelle fuhr herum, dass ihn der Duft ihrer Haare umfing. »Seid nicht albern, Vater. Wann hätte der König je meiner Hilfe bedurft«, brach es aus ihr heraus. »Wie habe ich ihn angefleht, auf den

Kontinent zu reisen, damals, als Philipp die Normandie belagert hat, wie habe ich darum gebettelt, die Bürger von Rouen zu befreien, als sie ihre Unterhändler nach England schickten und um Hilfe baten. Nichts geschah! Er führte sich auf, als ginge ihn das Festland nichts an!« Sie schlug mit der Hand so heftig auf das Gatter, dass sich ein Stück Rinde löste und die Pferde die Köpfe drehten. »Und dann …« Sie wandte sich ihm zu. »Ein Jahr später fällt ihm plötzlich ein, dass man ihm seine Besitzungen auf dem Kontinent gestohlen hat, und er wird höchst aktiv. Schade nur, dass die Kirche ihn nicht hat kämpfen lassen. Gegen den Erzbischof kam er wohl nicht an.«

»Hubert Walter hat in seiner Eigenschaft als Kanzler, nicht als Erzbischof dringend von einem Feldzug abgeraten«, erklärte der Mönch. Er stellte sich dicht neben Isabelle und legte ebenfalls eine Hand auf das spröde, heiße Holz.

»Es wäre für alle Beteiligten sinnvoller gewesen, wenn er mit seinen Bedenken früher an den König herangetreten wäre«, entgegnete sie scharf. Der Zorn hatte ihr die Röte ins Gesicht getrieben.

Seine Finger legten sich leicht über die ihren. »Erregt Euch nicht, meine Königin. Es steht Euch nicht zu, die Entscheidungen des Erzbischofs zu kritisieren. Was der Mann anordnet, soll die Frau nicht bezweifeln! Besinnt Euch lieber auf die Pflicht, die Gott Euch auferlegt hat«, mahnte er.

Er sah, wie sie den Kopf neigte. »Wie denn, Vater?«, murmelte sie. »Seit dem Tod von Königin Alienor berührt er mich nur, wenn er mir die Hände küsst.«

Der Mönch schloss einen Moment die Augen und atmete ihren Duft ein. »Aber es dürfte Euch doch nicht schwer fallen …« Er verstärkte den Druck seiner Finger.

Träge wandte Isabelle den Kopf und blickte zu ihm auf. Sie stand so nah, dass er die kleinen braunen Sprenkel in ihrer Iris sehen konnte. Der dichte Kranz ihrer Wimpern warf einen Schatten auf ihre Wangen. Sie sah ihn unverwandt an, als sie antwortete: »Was schlagt Ihr vor?« Ihre Lippen glänzten feucht, und er hatte Mühe zu antworten: »Ihr müsst demütiger sein. Nachgiebig. Ihr dürft sein

Handeln nicht in Frage stellen. Wenn er zu Euch kommt, tragt Sorge dafür, dass er sich entspannen kann. Bedenkt, was mit Eurer Vorgängerin geschehen ist. Nicht dass unser Heiliger Vater auch diese Ehe annullieren muss ... Ihr wollt doch sicher nicht, dass man Euch wieder nach Hause schickt ...«

Isabelle schnappte nach Luft. Sie hatte die Drohung verstanden.

»Ihr müsst Euch mehr für seine Belange interessieren«, raunte er und neigte den Kopf. Sein Mund berührte fast ihre Haare. »Fragt ihn nach seinen Plänen. Und wenn Ihr etwas nicht versteht, bin ich gerne bereit, es Euch zu erklären.«

Isabelle trat zur Seite. »Ihr wollt, dass ich den König ausspioniere?«, fragte sie kalt.

Er räusperte sich. »Was für ein hässliches Wort. Es geht vielmehr darum, dass unser Erzbischof beizeiten über alles informiert werden muss, um rechtzeitig eingreifen zu können.«

Isabelle fächelte sich mit dem Schleier Luft zu. Er konnte den Blick nicht von der glänzenden Haut ihres Unterarms wenden.

»Wer ist eigentlich der Herr in England?«, fragte sie spöttisch.

Missbilligend schüttelte der Mönch den Kopf. »Die Krone kann nur mit dem Segen unserer heiligen Kirche wirksam regieren.«

Isabelle wandte sich ab. Die trockenen Gräser brachen unter ihren Schritten, und der Mönch beeilte sich, sie einzuholen. Schweigend gingen sie nebeneinander her. Nichts war zu hören außer dem steten Gurren einer Taube über ihren Köpfen. Erst als sie aus dem Schatten der Allee traten, murmelte der Mönch: »Ich will Euch doch nur helfen.« Er deutete eine knappe Verbeugung an und verschwand im Haus.

»Und ich will meinen Mann nicht verlieren«, flüsterte Isabelle und befestigte ihren Schleier. Unschlüssig blickte sie sich um. Als einer der Gärtner eine Schubkarre über den Hof schob, rief sie ihn an. »Weiß Er, wo der Schlüssel zum Rosengarten ist?«

Bedächtig stellte der Mann seine Karre ab und wischte sich mit der Hand den Schweiß von der Stirn. »Da darf keiner rein. Das ist der Garten der Königin«, erwiderte er störrisch.

»Ich bin die Königin«, ermahnte sie ihn und lächelte nachsichtig.
»Der König hat verboten, dass ihn irgendjemand betritt, weil es der Garten der Königin Alienor ist. Sie hat dort alles angepflanzt.« Er schien immun gegen ihren Charme. Ihr Lächeln erstarrte.
»Wenn Er mir nicht auf der Stelle die Schlüssel aushändigt, werde ich Ihn auspeitschen lassen. Hat Er mich verstanden?«
Sie wartete, bis er umständlich in seiner Tasche gekramt hatte, um ihr schließlich den verlangten Bund auszuhändigen. Wortlos bückte er sich und ergriff die Schubkarre. »Ich hab's nicht freiwillig getan«, grummelte er und schlurfte davon.
Mit zitternden Händen öffnete Isabelle die kleine Pforte, die in die Ziegelmauer eingelassen unter dem Efeu kaum auszumachen war. »Ich bin ein Nichts in diesem Land«, dachte sie verzweifelt und drückte die Tür auf. Dann betrat sie den Rosengarten.
Der schwere Duft, der ihr entgegenströmte, machte sie benommen. Rosen, Rosen, überall nur Rosen in ordentlich umsäumten Beeten. Alle Farbschattierungen, von Dunkelrot bis Blassrosa, leuchteten zwischen den dunkelgrünen Blättern. Vorsichtig strich sie über eine seidige Blüte, beugte sich darüber und sog den Duft ein. Isabelle spürte, wie ihr die Tränen in die Augen stiegen. So riecht der Süden, so riecht es zu Hause, dachte sie sehnsüchtig. Vorsichtig betrat sie den Kiesweg, der aussah, als sei er seit Ewigkeiten nicht mehr betreten worden. Die frisch geharkten, kleinen weißen Steine knirschten unter ihren Schritten. Sie war froh, als sie die schattige Bank unter dem Holunderbusch entdeckte. Mit einem Seufzer zog sie den Schleier erneut von ihren Haaren und ließ ihn zu Boden fallen.
Das Letzte, was sie noch wahrnahm, war der Schmetterling, der durch die Büsche taumelte, dann war sie eingeschlafen.
Sie träumte davon, wieder Kind zu sein, daheim, in der Burg ihres Vaters. Und sie sah ihre Mutter, die das neue Kleid begutachtete, das die Schneiderin gerade absteckte. Mit müder Hand versuchte sie den Schmetterling zu vertreiben, der unaufhörlich um ihr Gesicht kreiste.

»Für eine Königin siehst du sehr verführerisch aus«, raunte eine Stimme dicht an ihrem Ohr.
Isabelle schlug die Augen auf. »John!«
Lächelnd blickte er auf sie hinab. »Eigentlich mag ich es nicht, wenn man ohne meine ausdrückliche Erlaubnis in diesen Garten geht«, meinte er. »Aber er passt zu dir.« Anerkennend blickte er sich um. »Kannst du dir vorstellen, dass meine Mutter dies alles eigenhändig geplant hat, den berühmten Irrgarten von Woodstock mit dieser Rosenpracht?« Er deutete in den hinteren Teil. »Dort steht eine Sonnenuhr. Die hat sie meinem Vater zu meiner Geburt geschenkt«, sagte er stolz.
Isabelle hatte sich aufgesetzt. Ohne nachzudenken, bat sie: »Lass mich dir helfen, Recht zu sprechen.«
Zuerst war er verblüfft. Dann begann er schallend zu lachen. »Wie stellst du dir das vor?« Er begann an den Schnüren seines Lederhemds zu ziehen und zog es sich dann mit einem Ruck über den Kopf. Mit bloßem Oberkörper ließ er sich neben sie auf die Bank fallen und dehnte sich. »Was für eine Hitze. Die Tage in Oxford waren eine Tortur«, stöhnte er und spielte mit einer Strähne ihres feuchten Haars.
»Deine Mutter hat es schließlich auch getan«, sagte sie.
John zog sie dichter an sich heran und vergrub sein Gesicht an ihrer Schulter. Mit geübten Händen begann er die Schlaufen und Ösen ihres Kleides zu lösen. »Das kannst du doch gar nicht vergleichen«, murmelte er. »Die Königin hat zeit ihres Lebens nichts anderes getan.« Er fuhr mit den Lippen sanft über ihren Busenansatz.
Isabelle rutschte zur Seite. »Ich kann es nicht ertragen, so untätig zu sein. Niemand nimmt mich ernst. Immer werde ich mit der großen Alienor verglichen: wie wunderbar sie war, wie fabelhaft sie alles gemeistert hat. So großartig kann ich es nicht finden, wenn eine Mutter ihre eigenen Kinder gegen den Vater aufhetzt.«
Ernüchtert zog John seinen Kopf zurück. »Was soll das?«, fragte er scharf. »Wie kommst du dazu, dich mit meiner Mutter zu vergleichen?«

Isabelle griff nach seiner Hand. »Ich will es doch nur lernen.« Sie lehnte ihren Kopf an seine Schulter. »Worum ist es in Oxford gegangen?«, lockte sie mit schmeichelnder Stimme.
John grinste. »Das Übliche: Wegerecht, Mühlenrecht, Waldrecht, Fischrecht, Auflehnung gegen die Staatsgewalt, Mord und Totschlag. Dann gab es noch die Polen, die vergessen hatten, ihr Wachs anzumelden.« Sie begann seine nackte Brust zu streicheln. Trotz der Hitze fühlte sich die Haut kühl an. Plötzlich lachte er. »Zum Schluss gab es noch eine Rangelei. Papst Innozenz will durchsetzen, dass seine Priester von nun an nicht mehr heiraten. Da war eine Frau, die sich das nicht gefallen lassen wollte.« Er sah zu, wie ihre Hand sanft über seine Rippen strich, und stöhnte leise.
»Und?«, hakte Isabelle nach. »Wie findest du das?«
»Für die Frau habe ich Verständnis. Tatsache ist doch, dass hier in England das Amt des Vaters auf den Sohn übergeht. Sie gehören zu den wenigen, die lesen und schreiben können. Verärgert hat mich die Anmaßung aus Rom. Indem er den Priestern den ehelichen Beischlaf verwehrt, hofft er doch nur, sie enger an seine Kirche zu binden. Aber da werde ich nicht mitspielen. Wer soll sich später um die Kinder kümmern? Soll die Krone dafür aufkommen?«
Ihre Hand glitt tiefer. Sanft fuhr sie über seine eng anliegende Hose aus Rehleder.
John lehnte sich weiter zurück und streckte die Beine aus. Dann schloss er die Augen. »Vergiss die Rechtsprechung«, murmelte er. Während sie nicht aufhörte, ihn zu streicheln, beobachtete sie sein gebräuntes Gesicht. Es schien ihr mit einem Mal so verletzlich, und plötzlich überkam sie das alte Verlangen, das er noch immer bei ihr auslöste. Mit der freien Hand raffte sie ihre Röcke und schob sich über ihn.
Sie bemerkten den böigen Windstoß nicht, der die Kronen der Alleebäume wie mit einer unsichtbaren Riesenfaust durcheinander wirbelte. Sie sahen die gewaltigen Wolkenberge nicht, die sich über ihnen auftürmten. Sie lachten nur, als die ersten Regentropfen auf ihre nackten Körper prasselten. Hinter der Mauer wieherte ein

Pferd, als ganz in der Nähe ein Blitz einschlug. Dann vermischte sich das Dröhnen der Hufe mit ohrenbetäubendem Donner.

Atemlos rutschte Isabelle zur Seite. Nebeneinander lehnten ihre Rücken an der Lehne der Holzbank. Mit weit gestreckten Armen ließ John den Regen in seinen geöffneten Mund tropfen. Seine Brust hob und senkte sich. Erst als er wieder zu Atem gekommen war, fasste er nach Isabelles Hand. »Du hast einen Wunsch frei«, sagte er.

Wieder blitzte es, und der Donner setzte fast gleichzeitig ein. Die junge Frau bekreuzigte sich. »Bring mich ins Haus«, bat sie und zog ihre Kleider zurecht.

Mit einem Satz sprang John auf die Füße, ergriff sie und rannte mit ihr auf den Armen durch den Rosengarten.

Auf dem gepflasterten Vorhof zum Jagdhaus prasselten die Tropfen in die Pfützen und sprangen wie kleine Bälle empor. Als er die beiden Stufen zur Eingangstür hinaufeilte, fällte der Blitz einen Baum in der Allee. Mit lautem Krachen barst er auseinander. Während John einen Moment lang verharrte, erblickte Isabelle die geöffnete Tür zur Kapelle, in der sich die Leute von Woodstock versammelten. Eine Frau schrie ängstlich auf.

›Sie sollen nur sehen, wie sehr John mich liebt‹, dachte Isabelle. In dem Moment ließ er sie aus den Armen gleiten.

»Reiter«, sagte er knapp. »Sie kommen die Allee hinunter. Geh ins Haus.« Er hatte sie schon vergessen.

Tränen stiegen ihr in die Augen, als sie die Treppe zu ihrem Gemach hinaufeilte.

Die Reiter lagen fast auf den Hälsen ihrer Pferde, als sie gleich darauf in den Hof preschten. Der Sturm bauschte ihre Umhänge. Die Tiere waren unruhig und drohten bei jedem Blitzschlag auszubrechen. Tänzelnd brachte der Erste von ihnen sein Pferd vor John zum Halten und glitt aus dem Sattel.

»Will?«, rief John ungläubig und zog den Lord von Salisbury in die schützende Halle.

Nachdem die schwere Eingangstür hinter ihnen ins Schloss gefallen war, stützte sich sein Halbbruder schwer atmend gegen eine Säule. »Man könnte meinen, das Ende der Welt sei gekommen.« Dann sank er auf sein rechtes Knie. »Mein König«, sagte er. Weiter kam er nicht. John riss ihn zu sich heran und presste ihn gegen seine Brust.

»Lass das doch. Ich bin so froh, dass du endlich den Weg zu mir gefunden hast.« Er lächelte. »Lass uns vergessen, was zwischen uns stand. Du bist mir immer der Nächste gewesen. Ich war ein Narr, dir jemals zu misstrauen.«

Will schluckte und wischte sich den Regen aus dem Gesicht. »Ich bringe dir eine traurige Nachricht.«

John trat einen Schritt zurück. »Philipp?«, fragte er mit belegter Stimme. »Hat er denn immer noch nicht genug!«

Will schüttelte den Kopf. »Nein.« Er holte tief Luft. »Hubert Walter ist gestorben.«

»Ach …« John war plötzlich kalt.

Will sah, wie er schauderte. »Er war ja auch nicht mehr der Jüngste«, tröstete er den Freund.

»Hubert Walter ist tot«, wiederholte John leise. »Der Kanzler von England …« Er neigte den Kopf. »Gott sei seiner Seele gnädig.«

»Amen«, erwiderte Will.

Gedämpft drang das Krachen der Donnerschläge durch die dicken Mauern. In einer der Pausen zwischen den Einschlägen hob John die Hand. »Jetzt beginnt eine neue Zeit für uns.« Er warf die nassen Haare zurück und rief: »Nun bin ich endgültig der Herr von England!«

* * *

»Vergesst nicht, mir nach Whitby zu schreiben. Ich ahne zwar nicht, wann wir dieses Kloster erreichen werden. Aber dann habe ich etwas, worauf ich mich freuen kann«, hatte Tess Albert gebeten, als sich ihre Wege trennten.

Albert drängte es nach Hause, während Schwester Chlothilde eine

Route ausgearbeitet hatte, auf der sie unter dem erprobten Schutz von Pierre de Mauley verschiedene Klöster zu besichtigen gedachte. Seit Wochen waren sie nun unterwegs. Sie reisten auf schnurgeraden Römerstraßen oder auf gewundenen, sandigen Wegen. Tess hätte nicht mehr zu sagen vermocht, wie lang die Reise andauerte. Und darüber war es Herbst geworden.

Eingesponnen in ihre Traurigkeit, die sie seit jener Audienz in London nicht mehr verlassen hatte, war sie willenlos und desinteressiert den Vorgaben der Nonne gefolgt. Sie hatten Steinbrüche besichtigt, sich über die Gewinnmöglichkeiten von Schafzucht und Dreifelderwirtschaft informiert sowie verschiedene neuartige Bauweisen von Abwassersystemen und Mühlen kennen gelernt. Tess vergaß die Namen der Klöster sofort, wenn sie am nächsten Morgen wieder aufbrachen.

Hin und wieder entfloh sie dem Reisewagen, um auf ein Pferd zu steigen. Dann saß sie allein im Sattel und durchlebte in Gedanken immer wieder aufs Neue jene kurzen Minuten, in denen sie John getroffen hatte. Der Schock, den dieses lang herbeigesehnte Wiedersehen bei ihr ausgelöst hatte, machte sie blind für die Schönheit des Landes.

Meist jedoch saß sie Schwester Chlothilde in dem schaukelnden Gefährt gegenüber. Tess hatte die Lederplane an der Fensteröffnung hochgezurrt und starrte in die Ferne. Unbeteiligt glitt ihr Blick über die Landschaft. Damals, in Fontevrault, hatte sie viel über die Yorkshire Dales und ihre Geschichte gelesen und sich immer gewünscht, diese sagenumwobene Landschaft mit eigenen Augen sehen zu dürfen.

Sie fuhren nach Nordosten. Die Oktobersonne sorgte für klare Konturen. Nicht enden wollende Täler, die eine Hälfte in goldenes Licht getaucht, die andere kalt und abweisend im Schatten, reihten sich aneinander.

Hin und wieder eine Burg, davor ärmliche und niedrige Hütten, Schafe, die durch die Ginsterbüsche zogen. Tess schauderte. Wie mochten die Menschen in dieser Einöde nur die Winter überstehen.

Schwester Chlothilde musterte sie verstohlen unter halb geschlossenen Lidern. Seit London hatte sich die junge Frau verändert, und die Nonne konnte sich keinen Reim darauf machen, außer dass sie noch immer um Alienor trauerte.
»König John scheint Euch sehr zu schätzen«, sagte Chlothilde unvermittelt.
Bei seinem Namen fuhr Tess auf. Sie spürte, wie ihr die Röte ins Gesicht stieg.
»Habt Ihr nicht bemerkt, dass wir nirgendwo einen Wegzoll entrichten mussten?« Die Nonne lächelte zufrieden. »Es wäre angebracht, wenn Ihr Euch persönlich beim König dafür bedanken würdet!« Sie beugte sich vor und blickte zum Fenster hinaus. »Sobald wir in Whitby sind, könnt Ihr ihm schreiben. Es dauert nicht mehr lange. Wir sind schon in den Hochmooren.« Und weil Tess immer noch nicht antwortete, fuhr sie neugierig fort: »Was hat er von der Idee gehalten, dass Ihr gedenkt, Euch in Whitby niederzulassen?«
Gleichgültig zog Tess die Schultern hoch. »Wir haben nicht darüber gesprochen. Ich habe ihm lediglich die Papiere überlassen, die Äbtissin Mathilde vorbereitet hatte.«
Chlothilde lächelte. »Dann muss er höchstpersönlich dafür gesorgt haben, dass das königliche Siegel darauf gesetzt wurde, um uns alle Unannehmlichkeiten zu ersparen.« Zufrieden lehnte sie sich zurück.
Tess überdachte das Gehörte, als der Wagen sich mit einem jähen Ruck zur Seite neigte. Körbe und Kissen flogen durcheinander.
Tess erwachte aus ihrer Lethargie.
»Seid Ihr verletzt? Ein Achsenriemen ist gerissen«, rief de Mauley, der herbeigeeilt war. Er stieg aus dem Sattel und half ihnen aus dem Wagen.
Benommen traten die beiden Frauen auf die von der Sonne beschienene Bergkuppe, die von Heidekraut überwuchert flammendrot leuchtete.
»Seht nur!« Chlothilde deutete mit zitternder Hand nach vorn. »Whitby! Endlich!«

Neben ihnen fiel das Land in sattem Grün der schräg aufeinander zulaufenden Hänge zum Meer hin ab. Bis weit hinaus glitzerte das tiefe Blau der Nordsee. Doch die Krönung dieses atemberaubenden Bildes war die mächtige Abtei, die über allem auf dem Felsplateau thronte.

Die Nonne war auf die Knie gefallen und betete laut, während Tess weiter durch das dichte Heidekraut lief. Sie fühlte sich angezogen von dieser imposanten Anlage, und doch empfand sie Furcht, als sie die vielen Türme gegen den Herbsthimmel aufragen sah. ›Wie eine befriedete Stadt, uneinnehmbar‹, dachte sie beklommen. ›Was für ein Leben erwartet mich dort?‹

Ein Schwarm Krähen brach den Bann. Unter lautem Krächzen waren sie aufgestiegen und ließen sich hinüber zur Abtei tragen. ›Ein böses Omen‹, dachte Tess und bekreuzigte sich heimlich.

Schwester Chlothilde hatte ihr Gebet beendet. Sorgsam wischte sie sich die Erdkrümel vom Habit. »Während wir warten, werde ich Euch von Whitby erzählen«, sagte sie. Tess bemerkte den unnatürlichen Glanz in ihren Augen, als sie zu sprechen begann. »Dies ist die Wirkungsstätte der heiligen Hilda. Sie war eine angelsächsische Prinzessin. Anno Domini 657 gründete König Oswyn von Northumbria dieses Kloster, und sie wurde zur ersten Äbtissin ernannt.« Mit verklärter Miene blickte die Nonne an Tess vorbei hinüber zur Abtei. »Unser Heiliger Vater in Rom hätte seine reine Freude an ihr gehabt, denn sie war gottesfürchtig und vom Heiligen Geist erleuchtet!«

»Was hat Papst Innozenz mit dem Kloster des siebten Jahrhunderts zu tun?«, fragte Tess überrascht. Sie spürte Chlothildes zunehmende Erregung, als jene fortfuhr. »Die heilige Hilda hat Großartiges geleistet. Sie war es, die Roms Bedeutung als Sitz unserer Mutter Kirche schon damals erkannte. Unter ihrem Schutz fand 664 eine Synode in Whitby statt, die den Einfluss der katholischen Kirche auf die zukünftige Einigung ganz Englands stärkte.«

Pierre de Mauley kam ihnen entgegen. »Wir haben den Schaden gleich behoben. Wenn die Damen wieder einsteigen möchten …«

Auch er blickte hinüber zur Abtei. »Wir müssen uns beeilen, wenn wir vor Einbruch der Dunkelheit dort oben ankommen wollen.«
De Mauley hatte das hölzerne Trittbrett des Wagens wieder hinuntergeklappt und half ihnen beim Einsteigen.
Während das Gefährt den steilen Weg zur Küste hinunterruckelte, nahm Chlothilde den Faden wieder auf.
»Ihr müsst wissen, dass die Traditionen der vielen angelsächsischen Königreiche stark von den römischen abwichen. Und die heilige Hilda hat es vollbracht, dass Rom sich durchsetzte.«
Tess hörte nur mit halbem Ohr zu. Ihr Blick schweifte zwischen der glitzernden Meeresoberfläche auf der einen Seite und den sanften Mulden des Hochmoors auf der anderen hin und her. Inmitten des rot leuchtenden Heidekrauts entdeckte sie ein keltisches Steinkreuz, das den Jahrhunderten getrotzt hatte und sich nun allmählich zur Seite neigte.
»Zum Beispiel ging es darum«, fuhr Chlothilde fort, »dass die römischen Prälaten eine Tonsur trugen, während die christlichen Nachfahren der Kelten nur den halben Kopf rasierten und dahinter langes Haar trugen …«
Tess glaubte, nicht richtig verstanden zu haben. »Die Haartracht war Thema einer Synode?«, fragte sie.
»Unterschätzt das nicht«, entgegnete Chlothilde streng. »Natürlich handelte es sich dabei um ein Symbol. Aber Symbole bedeuten Macht. Von Stund an waren alle Priester so geschoren, wie Rom es wollte. Jedem Christen verlangte das Respekt ab.«
Tess schüttelte ungläubig den Kopf. »Und dadurch soll England geeint worden sein?«
»Vor allem haben die römischen Kleriker damals in Whitby durchgesetzt, dass Ostern – der Kreuzestod und die Auferstehung unseres Herrn – verbindlich in Abhängigkeit vom Mond, am selben Tag gefeiert wird, und nicht nur die angelsächsischen Christen hatten Roms Vorgaben zu folgen.«
Plötzlich richtete sich Chlothilde senkrecht auf. Unangenehm berührt verfolgte Tess, wie die Erregung sie vollends ergriff. »Und

mit Innozenz III. haben wir endlich einen Papst, der die Weltherrschaft anstrebt. Er wird es nicht zulassen, dass Kaiser und Könige sich der Macht Gottes und unserer heiligen Mutter Kirche entziehen!« Intuitiv spürte Tess, dass sich ihre Worte auch gegen John richteten, und sie verfiel in Schweigen.

Die Sonne stand tief, als sie schließlich die letzte Steigung überwunden und die Klosteranlage erreicht hatten.

Mit steifen Knien ließ Tess sich aus dem Wagen helfen. Der kalte Schatten der Abteikirche umfing sie. Vor ihnen ragte das Gotteshaus düster in den Himmel. Nur die oberen Rundungen der bunten Glasfenster waren noch von der untergehenden Sonne beschienen. Wie böse Augen funkelten sie in den letzten Strahlen. Tess fühlte, wie sich eine Klammer um ihre Brust legte. Der Gedanke, hier leben zu müssen, versetzte sie plötzlich in Panik.

Als sie den Kreuzgang des mächtigen Klosters entlanggingen, das direkt an die Kirche anschloss, bildete sich Tess ein, hinter jeder Säule unheimliche Bewegungen auszumachen. Sie konnte sich nicht erinnern, jemals in Fontevrault Angst gehabt zu haben. Dann sah sie die Büsche, deren Zweige vom Wind auf- und niedergebogen wurden.

Wie beschützt lag doch ihre geliebte Abtei im Anjou. Niemals war sie ihr bedrohlich erschienen zwischen den sanften Hügeln, die sie umgaben.

Hier schien die Atmosphäre von der ständigen Gegenwart des Meeres beherrscht. Die Gebäude wirkten schwer und dunkel und von unüberschaubarer Größe, als seien sie gegen die Kraft der Naturgewalt errichtet. In dem Kapitelsaal, in dem die Äbtissin sie empfing, und in dem Refektorium, in dem sie das Abendessen einnahmen, hallten die Schritte von den kahlen Wänden wider. Das ständige Gemurmel der zahllosen Nonnen machte Tess benommen.

In der anschließenden Komplet, zu der sich die Mönche rechts und die Nonnen links im Chor einfanden, saß Tess vollkommen verloren und versuchte verzweifelt zu beten. Es gelang ihr nur die eine Bitte: »Hilf mir, oh Herr, von hier wegzukommen.«

Als man ihr nach dem Nachtgebet eine Dachkammer im Gästehaus hinter dem Kloster zuwies, stellte sie ihre Kerze auf dem kleinen Tisch ab und schloss dankbar die Tür. Erst dann blickte sie sich in ihrer neuen Behausung um.

Der Raum war klein. Es gab nur ein schmales Bett. Ein einfach gezimmerter Fichtentisch, ein Stuhl und ein Betpult vervollständigten die Einrichtung. Ihre Truhen und Kisten standen noch immer ungeöffnet an einer Wand. Es dauerte eine Weile, bis sie ihr Nachtgewand gefunden hatte. Vor Müdigkeit verzichtete sie auf die allabendlichen hundert Bürstenstriche und vergaß, ihr Haar zu Zöpfen zu flechten. Stattdessen stieg sie so, wie sie war, zitternd unter die dünne Bettdecke. Sie wagte nicht, die Kerze zu löschen.

Durch das geöffnete Fenster drangen die Geräusche der Nacht zu ihr hinauf. In der Ferne rollte das Meer in immer gleichem Rhythmus gegen den Felsen. Tess fielen die Augen zu. Im Traum stand sie wieder oben auf dem Hochmoor. Ganz deutlich sah sie die Schafe, die durch das purpurrote Heidekraut wanderten. Und als eines der Tiere zur Seite sprang, entdeckte sie das Kind. Es musste ein Bauernkind sein, seinem braunen Kittel nach zu schließen. Eng auf die Erde gekauert, sein Gesicht im Rock verborgen, weinte es bitterlich. Tess wollte zu ihm, aber sie konnte es nicht erreichen. Je näher sie kam, umso weiter entfernt saß das Kind. Der Wind wehte sein Schluchzen über die Heide.

Tess erwachte. Die Kerze war bis auf einen winzigen Rest heruntergebrannt. Ihr Flackern warf verzerrte Schatten gegen die Wand. Von draußen drang das Meeresrauschen in ihre Stube. Da hörte Tess das Schluchzen. Sekundenlang saß sie wie erstarrt, ehe sie sich aufraffte und barfuß hinüber zum Fenster eilte.

Draußen war finstere Nacht. Wolken verhüllten den Mond, und die Luft roch nach Salz. Tess stellte sich auf die Zehenspitzen und versuchte, hinunter in den Hof zu sehen. Bildete sie es sich ein, oder stand dort unten eine dunkle Gestalt dicht an die Mauer gepresst? Das Weinen war ganz deutlich zu hören.

Es klang herzzerreißend, genau so, wie Tess sich fühlte. Einem Impuls nachgebend, trat die junge Frau zurück und blies die Kerze aus. Nachdem ihre Augen sich an die Dunkelheit gewöhnt hatten, spähte sie erneut nach jener Stelle an der Mauer. Das war kein Geist, da unten stand ein Mensch. Angetan mit einem langen Umhang verschmolz die Gestalt fast mit dem Hintergrund.

Plötzlich hatte sie keine Angst mehr. Sie beugte sich weit aus dem Fenster und rief: »Könnt Ihr mich hören?«

Tess hielt die Luft an. Dann rief sie noch einmal: »Hier bin ich!«

Das Schluchzen verstummte. Die Gestalt löste sich von der Mauer und trat hinaus in den Hof. Dann hob sie den Arm und winkte. Tess lächelte vor Erleichterung. »Soll ich hinunterkommen?«

Plötzlich wurde eine Tür aufgerissen. Ein Lichtschwall fiel in den Hof. Eine verärgerte Stimme wollte wissen, wer so einen Lärm um diese Uhrzeit mache. Erschrocken wich Tess zurück. Erst als dort unten die Tür mit einem Knall geschlossen wurde, wagte sie sich zurück ans Fenster.

Der Hof war leer. Sie starrte lange hinunter, konnte aber niemanden mehr entdecken.

Sie fror entsetzlich, als sie endlich zurück ins Bett kroch. Seltsam getröstet schmiegte sie sich unter die Decke. Sie war nicht allein in ihrem Unglück. Sie würde eine Lösung finden.

* * *

Das Geräusch der Sägen und Äxte scholl vom Wald herüber. Männerstimmen riefen. Und hin und wieder hörte man das Knallen einer Peitsche, wenn ein Gaul sich weigerte, die schweren Stämme weiterzuziehen. Es war kalt.

Albert stand bei den äußeren Palisaden und begutachtete jeden Baum, der herangeschleppt wurde. Er bezweifelte mittlerweile, den Befestigungsgürtel noch vor dem Winter fertig stellen zu können. Deprimiert blickte er sich um. Der weitläufige Hof versank im Schlamm. Zwar hatte man Bretter ausgelegt, doch nachdem so viele schmutzige Holzpantinen darüber gelaufen waren, waren auch sie verschmiert und glitschig. ›Na, wenigstens haben wir den steinernen Turm, in dem Mutter und ich leben können‹, dachte er. Dabei fiel ihm ein, dass er jemanden nach York schicken musste, um den Steinmetz daran zu erinnern, dass er zugesagt hatte, sich um die beiden rauchenden Kamine zu kümmern. Er überlegte gerade, wen er damit beauftragen könnte, als sein Verwalter aus dem Wald kam. Er saß auf einem struppigen Pony und lenkte sein Tier in Alberts Richtung.

»Was gibt's, Stephan?«, rief der Burgherr.

Der Mann machte ein betroffenes Gesicht. »Es wird nicht reichen, Herr!«

Albert war schon auf dem Weg. Drei Holzstufen auf einmal nehmend, sprang er die provisorische Treppe hinab. »Was ist passiert?«

»Ich fürchte, ich habe mich verzählt, Herr …«

Albert runzelte die Stirn. »Was soll das heißen?«

Sein Verwalter rutschte aus dem Sattel. »Wir haben nicht genug Stämme, um die Palisaden zu schließen.«

»Idiot«, zischte Albert, nahm ihm die Zügel aus der Hand und sprang auf das kleine Pferd. Im Wald ritt er zu seinen Männern, die gerade einen gefällten Baum schälten. »Wie viele habt ihr noch?«

Die Leute in ihren Schaffellen richteten sich auf. »Noch vier, Herr. Die anderen sind zu dünn.«

Albert spürte, wie die Wut in ihm hochstieg. »Dann müsst ihr eben weitersuchen«, brüllte er unbeherrscht.

Einer der Männer trat zu ihm. »Dort drüben gibt es genug, Herr.« Er trat noch näher. »Sie haben auch genau die richtige Stärke«, raunte er. »Worauf wartet Ihr also?«

»Der Wald gehört dem Kloster. Gleich hinter dem Graben verläuft die Grenze.« Fragend sah der Waldarbeiter zu ihm auf.

Albert biss sich auf die Lippen. Er konnte unmöglich seinen Leuten den Auftrag erteilen, die Bäume zu fällen, ohne vorher beim Abt von St. George die Erlaubnis eingeholt zu haben. Doch wenn sie es jetzt nicht taten, war dieser Tag verloren. In spätestens zwei Stunden würde es dunkel sein.

Albert richtete sich auf. »Geht und schlagt die erforderlichen Bäume. Ich werde dafür sorgen, dass sie bezahlt werden.« Er wendete das Pony auf der Hinterhand und galoppierte aus dem Wald heraus. Er traf den Verwalter an der gleichen Stelle, an der er ihn verlassen hatte. »Wie viel Geld haben wir noch in der Truhe?«, fragte er brüsk.

Der Mann überschlug im Kopf, was vom letzten Wollverkauf noch übrig war. »Eine Hand voll Silber, Herr. Aber es kommt noch die Frühjahrssaat hinzu.«

Albert nickte. »Das dürfte reichen.« Als er erklärte, wozu er die Waldarbeiter angewiesen hatte, war sein Verwalter zu Tode erschrocken. »Man hätte erst fragen müssen«, stammelte er. »Das Holz ist teurer geworden.«

Ungeduldig sprang Albert vom Pony und reichte ihm die Zügel. »Das wäre nicht geschehen, wenn du dich nicht verrechnet hättest«, sagte er ungewohnt grob.

Hinten im Hof hörte er seine Mutter nach den Hühnern rufen.

»Ich werde selbst nachzählen. Dann reite ich zum Kloster und werde sehen, was ich aushandeln kann.«

Mit langen Schritten verschwand er im Haus. Er hatte gerade die kleine Truhe auf den Tisch gestellt, als seine Mutter die Halle betrat. »Was tust du da?«, wollte sie wissen und stellte sich so, dass sie sein Gesicht sehen konnte. Albert wagte nicht, sie anzusehen. Er wusste nur zu gut, was sie für eine Miene machen würde. Die straffe, rundliche Frau, die ihm nicht einmal bis zur Schulter reichte, konnte sehr energisch sein. Selbst in dem einfach geschnittenen Obergewand strahlte sie eine Würde aus, der man nur mit Respekt begegnen konnte. Als sie erneut fragte, war ihr schottischer Akzent nicht zu überhören.

»Nun? Wozu brauchst du das Geld?«

Albert schob die Truhe von sich und stützte seine Ellbogen auf den Tisch. »Ich fürchte, ich bin in Schwierigkeiten, Mutter«, gestand er und erklärte ihr den Sachverhalt.

»Männer!«, sagte Lady Margaret. »Das hätte dein Vater auch fertig

bringen können.« Sie beugte sich vor und nahm die Truhe auf den Arm. »Geh und wasch dich. Dann wirst du sofort zum Kloster reiten! Hör dir an, was du ihnen schuldig bist.« Sie hatte sich bereits abgewandt. »Aber vergiss nicht zu feilschen«, warnte sie ihn beim Hinausgehen.
Albert blieb sitzen und starrte vor sich hin. Seit seiner Heimkehr vor über einem Jahr hatte jeder Tag nur Mühe und Sorge gebracht. König John hatte die Steuern bereits zum zweiten Mal erhöhen lassen. Die Ernte war schlecht ausgefallen, und die Schafherde, die er auf dem Wochenmarkt in York gekauft hatte, hatte sich als Missgriff erwiesen. Vergangene Woche erst hatten sie das letzte Tier schlachten müssen.
Resigniert schloss Albert die Augen und stützte sein Gesicht in die Hände. »Es ist ein Fass ohne Boden«, murmelte er. Nach dem Feuer, bei dem sein Vater und sein Bruder umgekommen waren, hatten sie nur das Notwendigste wieder aufbauen können. Alle finanziellen Reserven waren für den Neuanfang aufgebraucht. Da hatte auch der Schmuck seiner Mutter nicht helfen können. Gerührt dachte er daran, wie sie, ohne es vorher mit ihm abzusprechen, nach York geritten war und die Steine dem Juden angeboten hatte. Wortlos hatte sie ihm später das Geld überreicht. Albert spürte, wie ihm die Tränen in die Augen stiegen. ›Wenn ich es ihr doch nur zurückzahlen könnte‹, dachte er verzweifelt. ›Wenn ich ihr nur einen Hauch von Bequemlichkeit und Sicherheit bieten könnte …‹ Er wischte sich über die Augen und erhob sich. Dann blickte er sich in der bescheidenen Halle um. Welch ein Gegensatz zu den prachtvollen Räumen, die er auf seiner langen Irrfahrt auf dem Kontinent kennen gelernt hatte. Hier in Dunnington gab es weder Wandteppiche noch silbernen Kandelaber. Wenn nicht das in Stein gemeißelte Wappen über dem Kamin gewesen wäre, hätte man die Behausung kaum als Heim eines Adeligen erkennen können.
Plötzlich hielt er inne und lauschte. Er hörte Hufgetrappel, Pferdegewieher und Männerstimmen. Der Hof war voller Berittener. Albert erkannte das Banner sofort. Sein Herz begann schneller zu

klopfen. Da sah er den König, der gerade aus den Steigbügeln stieg. Seine elegante Kleidung stand in merkwürdigem Gegensatz zu der bäuerlichen Umgebung. Selbst sein Ross mit der seidenen Satteldecke wirkte neben dem Misthaufen deplatziert.

»Majestät«, stammelte Albert und sank auf das Knie.

John zog ihn hoch und lachte. »Mein Mönchlein.« Dann sah er sich anerkennend um. »Hier wird ja tüchtig gearbeitet«, lobte er und winkte den Männern an den Palisaden zu, die ihn mit offenen Mündern angafften. »Nur noch ein paar Meter. Dann hast du es ja geschafft und kannst dein Tor ordentlich hinter dir schließen«, sagte John. Er zog sich die Handschuhe aus. »Verzeih mir, dass ich unangemeldet auftauche. Aber ich hatte dir versprochen zu kommen, wenn ich den Norden bereise.« Er lachte wieder. »Gibt es denn einen Becher Wein für einen müden Reitersmann?«

»Ja, natürlich«, stotterte Albert. »Wenn Majestät ins Haus kommen wollen.« Er ließ John den Vortritt und fragte sich besorgt, ob überhaupt noch Wein im Hause war. Als sie die Halle betraten, kam ihnen seine Mutter entgegen und sank in einen tiefen Knicks.

»Herzlich willkommen in Dunnington, mein König«, sagte sie. John reichte ihr freundlich die Hand, küsste sie und bat sie aufzustehen. Albert wunderte sich, wie selbstverständlich seine Mutter mit dem König umging, als sie ihn jetzt zum Kamin geleitete und einer Magd auftrug, für heißen Wein zu sorgen. Nachdem er eingeschenkt worden war, hob sie den Becher und lächelte den Gast freundlich an. »Noch einmal willkommen, mein König. Auf dass Gottes Segen auf Eurer Reise liegen möge.«

John lächelte. »Euer Wort in Gottes Ohr, Lady Margaret. Ich fürchte nur, dass seine Stellvertreter hier auf Erden nicht so denken wie Ihr.« Er hob seinen Pokal und trank. Albert kam aus dem Staunen nicht mehr heraus. Er hatte von diesen Silberbechern nichts gewusst und hielt den seinen fast ehrfürchtig in Händen. Seine Mutter begann die Konversation mit einer Gewandtheit, die ihn überraschte.

»Eine dumme und überflüssige Geschichte, mein König. Ich finde, die Mönche von Canterbury waren sehr töricht, sich gegen Euren Willen einen zweiten Erzbischof auszubedingen.«

John schlug die Beine übereinander und öffnete die goldene Schließe seines Umhangs. »Ihr habt Recht, Lady Margaret. Ich bin auch nicht gewillt, es ihnen durchgehen zu lassen.«

Albert sah, wie seine Mutter plötzlich die Stirn in Falten legte. »Da fällt mir ein, dass mein Sohn sich unverzüglich ins nahe gelegene Kloster St. George begeben muss.«

Fragend blickte John von einem zum anderen. Albert spürte, wie ihm die Röte ins Gesicht stieg. Auf ein aufmunterndes Nicken seiner Mutter hin erzählte er, was er getan hatte.

»Wenn du ein Bauer wärst, könnten sie dir zur Strafe die Hand abhacken lassen«, lachte John. Dann wurde er ernst. »Lady Margaret hat Recht. Du musst sofort hinüberreiten und ihnen das Geld zahlen.«

»Ja, aber ...« Albert brach ab, als John die Hand hob. »Ich werde dir das Geld geben.« Er nestelte an seinem goldverzierten Gürtel und löste einen kleinen Lederbeutel. Ohne ihn zu öffnen, überreichte er ihn Albert.

»Das dürfte genügen. Lass dich nicht von ihnen übers Ohr hauen. Und während du fort bist, ist Lady Margaret vielleicht so freundlich, mich herumzuführen.«

Alberts Mutter lachte. »Selbstverständlich, mein König. Obwohl es hier nach dem Feuer nicht viel mehr zu sehen gibt, als Ihr ohnehin gesehen habt. Aber ich könnte Euch das Wirtschaftsbuch zeigen.«

John schüttelte den Kopf. »Der Sheriff von York hat mir bereits Bericht erstattet. Es ist alles in Ordnung.« Wieder wandte er sich an Albert. »Reite gleich los, dann sehe ich dich noch, bevor wir weiterziehen.«

Albert sah zu, dass er aus der Halle kam.

Die Verhandlung im Kloster dauerte lange. Zäh beharrte der zuständige Mönch auf einer überteuerten Zahlung und berief sich immer wieder auf das Vergehen.

»Ihr hättet es doch gar nicht bemerkt«, grollte Albert. »Und ich hätte es sowieso bezahlt, lasst uns also einen vernünftigen Preis machen. Ich bezahle bar.«

Der Mönch sah ihn streng an. »Wenn Ihr nicht einwilligt, werde ich den Fall vor den Sheriff bringen. Ihr kennt die Strafe, die auf Waldraub steht.«

Es war bereits dunkel geworden, ein eisiger Wind fegte über die Ebene, als Albert sein Pony zornig zurück nach Dunnington trieb. Die ersten Sterne standen am Himmel, als er vor der unvollendeten Palisade durchparierte. Der Hof war leer. Die Reiter waren verschwunden. Enttäuscht führte er sein Pferdchen in den Stall und überließ es einem Jungen.

Seine Mutter erwartete ihn in der Halle, die nur notdürftig von zwei Pechfackeln beleuchtet war. »Schließ die Tür, mein Sohn. Ich habe mit dir zu reden«, sagte sie und winkte ihn hinüber zum Kamin.

Als er neben ihr saß, lächelte sie, und Albert sah die Hoffnung in ihren Augen. Sie beugte sich näher zu ihm und flüsterte: »König John hat mir einen Vorschlag gemacht. Und ich denke, wir werden ihn annehmen.«

* * *

Wochenlang war Tess krank gewesen. Immer wieder war sie zum Fenster gelaufen, weil sie glaubte, das Weinen zu hören. Fieberträume verfolgten sie. Einmal hatte man sie gefunden, als sie nur mit ihrem Umhang bekleidet barfuß über den dunklen Hof gelaufen war. Sie hatte geschrien und getreten, als zwei kräftige Schwestern sie überwältigten und zurück in ihre Dachkammer brachten. Auf Geheiß der Äbtissin wurde ihr eine andere Schlafstätte im rückwärtigen Teil des Klosters überlassen. Man verabreichte ihr Tränke, die die Wahnvorstellungen beenden sollten. So verbrachte Tess Tage und Nächte in dumpfem Schlaf.

Es hieß, ein böser Geist stecke in ihr. Man hatte daran gedacht, einen Priester kommen zu lassen, der ihn austreiben sollte. Man

hatte ihr nicht erlaubt, ihre Kammer zu verlassen. Dann schien plötzlich alles vorüber zu sein.
Heute nun war das erste Mal, dass man ihr erlaubte, am Mittagsmahl teilzunehmen. Aber niemand an dem langen Tisch wagte es, eine Unterhaltung mit ihr zu führen.
Bleich und apathisch saß Tess an ihrem Platz und tauchte nur dann den Löffel in die Suppe, wenn sie dazu ermahnt wurde. Das leise Getuschel der Nonnen rauschte an ihrem Ohr vorbei. Manchmal schnappte sie einen Satz auf, dessen Sinn sie begriff. Alle waren empört, geradezu hasserfüllt über den König, der die Mönche von Canterbury aus dem Land geworfen hatte. »Als wenn der Teufel in ihn gefahren wäre. Er erhebt sich gegen unseren Heiligen Vater«, ereiferten sie sich.
›Warum tut er das nur?‹, dachte Tess müde.
Eine der Frauen griff an ihr vorbei, um das große Salzfass zu sich heranzuziehen. »Wie konnte er es wagen, dem Befehl Seiner Heiligkeit zuwiderzuhandeln und Stephan Langton nicht anzuerkennen?«, zischte sie.
»Gerade jetzt, wo er alles tun sollte, um Gott seine Dankbarkeit zu zeigen. Nun, da die Königin endlich guter Hoffnung ist.«
Tess wandte den Kopf. »Wer ist guter Hoffnung?« Ihre Stimme klang matt.
Die Nonne schob das Salzfass wieder an seinen Platz. »Königin Isabelle.« Sie warf einen missbilligenden Blick auf den Suppenteller. »Nach all den Jahren hat sie endlich ein Kind empfangen. Unseren neuen Thronfolger. Bastarde hat der Plantagenet ja zur Genüge. Genau wie sein Vater«, fügte sie gehässig hinzu.
Tess dröhnte der Kopf. Sie fasste sich mit beiden Händen an die Stirn. Die Schwester, die links von ihr saß, fragte besorgt: »Fühlt Ihr Euch nicht wohl?«
Tess stemmte sich aus der Bank hoch. »Mir ist übel«, stöhnte sie und lief aus dem Speisesaal. Blind vor Tränen sank sie im Kreuzgang gegen eine Säule. »Dies ist das Ende«, murmelte sie eins ums andere Mal. Sie überhörte das Klappern der Sandalen auf dem

Steinboden. Erst als sie zum zweiten Mal angesprochen wurde, hob sie den Kopf. Mitleidig schaute die Novizin auf sie herab. »Die ehrwürdige Mutter wünscht Euch zu sprechen. Jetzt sofort!«
Sie reichte Tess eine Hand und zog sie nach oben. Während sie nebeneinanderher gingen, beugte sie sich ein wenig zu Tess.
»Ihr solltet Euch die Tränen abwischen. Die ehrwürdige Mutter schätzt es nicht, wenn wir unseren Gefühlen freien Lauf lassen.«
Achtlos fuhr sich Tess mit der Hand über das Gesicht.
Die Novizin führte sie bis vor die Tür, klopfte und wartete, bis sie hereingerufen wurde. Erst dann drückte sie die Klinke hinunter und steckte den Kopf herein. »Die Gräfin von Louisville wartet darauf, vorgelassen zu werden.«
»Sie soll hereinkommen!«
Streng und unnahbar stand die Äbtissin in der Mitte des Raumes und streckte Tess die Hand zum Kuss entgegen. »Man hat mir berichtet, dass Ihr Euch besser fühlt!« Sie deutete auf einen der beiden Stühle, die mit rotem Samt ausgeschlagen waren. »Das freut mich. Nehmt Platz. Ich habe mit Euch zu reden.«
Prüfend musterte sie die junge Frau. Dann zog sie ein Pergament aus der Tasche. Ohne es zu öffnen, sagte sie: »Der König hat einen Ehemann für Euch bestimmt.«
Tess warf den Kopf herum und starrte sie an. ›Aber warum denn?‹, wollte sie fragen, brachte jedoch keinen Ton heraus. Ihre Hände verkrampften sich um die geschwungenen Lehnen.
»Ihr wart wohl so etwas wie ein Mündel der verstorbenen Königinmutter Alienor. Nur so lässt sich die üppige Erbschaft erklären, die sie Euch hinterlassen hat. Nun ja …« Die Äbtissin schlug mit dem gefalteten Pergament gegen ihre Hand. »Nun ist es also Sache des Königs, einen Ehemann für Euch zu finden. Und so wie es aussieht, hat er das bereits getan.« Sie legte das Papier zur Seite und faltete die Hände im Schoß. »Es handelt sich um eine der wirklich alten Familien Englands«, erklärte sie nüchtern. »Sie hat es schon gegeben, ehe die Normannen dieses Land in Besitz genommen haben. Euer zukünftiger Gemahl ist zwar nicht sehr wohlhabend, aber das …«,

sie musterte Tess aus den Augenwinkeln, »…das wird sich ja mit Eurer Mitgift ändern.« Sie lächelte kühl. »Nun, was sagt Ihr dazu?«
Ohne nachzudenken, antwortete Tess: »Ich will nicht heiraten. Niemand kann mich dazu zwingen.«
Die Äbtissin zog die Augenbrauen hoch. »Ihr versteht nicht, meine Liebe. Ihr heiratet auf Geheiß des Königs.«
Plötzlich war alle Mattigkeit verschwunden. Tess fuhr auf. Mit blitzenden Augen schleuderte sie der Nonne entgegen: »Ich denke nicht daran zu heiraten! König John hat nicht das Recht, mir einen Ehemann auszusuchen. Ich bin wohlhabend genug, um auf mich selbst aufpassen zu können!«
»Ich dachte mir schon, dass diese Idee nicht Euren Beifall finden würde. Wie stellt Ihr Euch dann Euer Leben vor?«
Tess war auf ihrem Lehnstuhl ganz nach vorne gerutscht. »Ich werde reisen. Ich werde mir dieses Land genau ansehen. Irgendwann werde ich aufs Festland zurückkehren, und dann …« Sie brach ab.
»Und dann?«, fragte die Nonne. Bevor Tess zu einer Antwort fähig war, fuhr ihr Gegenüber unbarmherzig fort. »Ihr werdet nichts von alledem tun! Ohne den Schutz eines Mannes seid Ihr ein Nichts.« Sie machte eine bezeichnende Geste. »Wozu, glaubt Ihr, hat die Königinmutter Euch diese Mitgift hinterlassen?«
Tess war aufgesprungen. »Erlaubt, ehrwürdige Mutter, dass ich mich zurückziehe. Ich werde unverzüglich an den König schreiben und ihm mitteilen, dass ich nicht vorhabe, mit meinem Vermögen einen kleinen Landedelmann zu ehelichen, der aller Wahrscheinlichkeit nach uralt und nur an meinem Geld interessiert ist! Ich werde überhaupt nicht heiraten.«
»Setzt Euch!«, befahl die Äbtissin streng. Erst als Tess dem Befehl widerstrebend nachkam, begann sie erneut. »Ich habe Euch für klüger gehalten. Schwester Chlothilde schien große Stücke auf Euch zu halten. Selbst wenn …«, sie betonte das letzte Wort, »… Ihr schreiben würdet … Ja, glaubt Ihr tatsächlich, dass dieser Brief dem König überhaupt vorgelegt wird?« Sie schüttelte den Kopf. »Einer seiner Sekretäre wird ihn lesen und zur Seite legen. Wer glaubt Ihr denn,

wer Ihr seid?« Plötzlich klang ihre Stimme versöhnlich. »Viele Frauen in Eurer Lage würden schreiben, wenn sie den Mut dazu hätten. Aber das ist sinnlos, meine Liebe. Der König hat so entschieden. Folglich wird es so geschehen.« Sie brach ab. »Es sei denn …«

Tess räusperte sich. »Es sei denn?«, wiederholte sie.

»Ihr tretet ins Kloster ein.«

Tess starrte sie an.

Wieder lächelte die Nonne. »Dies ist der einzige Ort, an dem Ihr keinen Ehemann braucht! Wenn Ihr Euch dazu entschließen könntet, bei uns einzutreten, würde der Befehl des Königs nicht ausgeführt werden müssen.«

Tess nickte und erhob sich. »Ich verstehe. Mein Vermögen würde dem Orden gutgeschrieben.« Sie lächelte maliziös. »Dann komme ich vom Regen in die Traufe.«

Die Äbtissin hatte sich ebenfalls erhoben. »So ist nun mal der Brauch«, entgegnete sie freundlich. Sie reichte Tess die Hand zum Kuss. »Ihr dürft Euch jetzt zurückziehen, meine Tochter. Und wenn Ihr alleine seid, bittet Gott um Unterstützung dafür, dass Ihr die richtige Entscheidung treffen möget.« Sie beschrieb ein Kreuzzeichen und wollte sich abwenden.

»Ehrwürdige Mutter«, sagte Tess.

»Ja?«

»Ich habe mich bereits entschieden. Ich werde den Schleier nicht nehmen. Da schaue ich mir vorher lieber meinen zukünftigen Gemahl an. Ich werde heute noch abreisen.«

Die Nonne erstarrte. »Ganz wie Ihr wollt«, erwiderte sie kühl. »Ich werde veranlassen, dass Euch die Papiere ausgehändigt werden, in denen Eure Unkosten aufgelistet sind. Ihr versteht, es war sehr kostspielig für uns, Euch die vergangenen Monate hier unterzubringen.«

»Ich werde selbstverständlich für alles aufkommen«, sagte Tess. »Den Geleitschutz, den ich brauchen werde, setzt ebenfalls auf die Liste.«

Sie knickste noch einmal, dann schritt sie hoch erhobenen Hauptes hinaus.
Das Blut rauschte in ihren Ohren, als sie die enge Stiege zu ihrer Kammer hinaufeilte. Mit zitternden Händen schlug sie den Deckel der ersten Truhe zurück und begann, ihre Kleidungsstücke zusammenzusuchen. Als sie Alienors Ring überstreifte, bemerkte sie, dass er zu locker an ihrem Finger saß. Kurz entschlossen packte sie ihn zurück in ihre Schatulle. ›Dort, wo ich hinreise, legt bestimmt niemand Wert auf königlichen Schmuck‹, dachte sie resigniert.
Es klopfte. Die Novizin, die sie zur Äbtissin geführt hatte, steckte den Kopf zur Tür herein. »Ich habe den Auftrag, Euch zu helfen«, sagte sie freundlich.
Erleichtert überließ Tess ihr das Zusammenfalten ihrer Gewänder, derweil sie selbst ihre Bücher in Tücher einschlug.
Die Novizin war fast noch ein Kind. Ehrfürchtig bestaunte sie die kostbaren Stoffe und plapperte vor sich hin. »Eure Entscheidung, unser Kloster zu verlassen, hat für große Aufregung gesorgt«, wisperte sie. »Man hatte sich schon so auf Euer Vermögen gefreut. Gott weiß, was sie alles damit geplant haben.« Sie zählte an den Fingern ab. »Den Umbau des Kapitelsaals, neue Glasfenster in der Kirche und Ländereien, und nun …« Sie lächelte verschwörerisch. »Nun sind alle Schwestern zornig auf Euch. Schwester Chlothilde hat es abgelehnt, Euch Auf Wiedersehen zu sagen.«
»Bist du auch zornig auf mich?«, fragte Tess.
Das junge Mädchen schüttelte heftig den Kopf. »Überhaupt nicht. Im Gegenteil.« Sie legte den Finger auf die Lippen und flüsterte: »Ihr werdet nicht alleine reisen. Der Konvent hat entschieden, dass Ihr Schwester Sarah mitnehmen sollt.« Sie kam näher. »Sie ist die Schwester Eures Bräutigams und hat kein Geld. Deswegen wollen sie sie nach Hause schicken. Außerdem war sie sowieso sehr unglücklich hier. Sie hat jede Nacht geweint, weil sie so Heimweh hatte. Zudem ist sie stumm seit dem Feuer in ihrem Elternhaus, bei dem sie fast umgekommen wäre. Die Schwestern glauben, dass sie wohl eine große Sünderin sei, da Gott sie mit Stummheit strafte.«

Tess war neugierig geworden. Sie wollte nachfragen, als zwei Bedienstete den Raum betraten und wortlos die erste Truhe hinaustrugen.

Fast eine Stunde später schritt Tess über den Hof, in dem der robuste Reisewagen mit den Packpferden auf sie wartete. Sechs Reiter mit Schwertern und Langbögen verneigten sich vor ihr. Der Abschied von Whitby fiel ihr nicht schwer. Nur die kleine Novizin winkte ihr verstohlen hinterher, als sie die kleine Holzleiter zum Wagen hinaufstieg. Dann knallte der Kutscher mit der Peitsche, und Tess ließ sich aufatmend auf der Bank nieder, als der Wagen mit einem Ruck anzog. Da sah sie die junge Frau im hinteren Teil des Gefährts. Sie hielt den Kopf schüchtern geneigt.

»Ihr müsst Sarah sein«, rief Tess erfreut und sah nur eine Fülle hellroter Haare.

Die junge Frau machte Anstalten, sich zu ihrer Begrüßung zu erheben, doch Tess winkte ab. »Bleibt sitzen, bitte. Soweit ich mich erinnere, geht es gleich steil nach unten. Ich bin heilfroh, dass wir zusammen reisen.« Sie beugte sich noch einmal aus dem Fenster und sah die imposante Fassade der Abtei an sich vorüberziehen.

Als das mächtige Eingangstor hinter ihnen geschlossen wurde, empfand Tess große Erleichterung. Der Kutscher lenkte die Pferde in die Linkskurve, die von der Klosteranlage hinabführte. Noch einmal lehnte Tess sich aus dem Fenster. Der Wind traf sie mit aller Wucht. Zu ihrer Rechten dröhnten von unten herauf die Brecher, die gegen die Klippen schlugen. Möwen kreischten über ihnen. Tief atmete sie die von Salz und Meer getränkte Luft ein.

Erst jetzt nahm Tess ihre Begleitung in Augenschein. Sarah wirkte zerbrechlich. Aus ihrem schmalen, blasshäutigen Gesicht blickten Tess große Augen an.

»Du bist ja jung«, staunte sie. »Ich nehme an, dass wir etwa gleichaltrig sind. Ich heiße Tess.«

Anstelle einer Antwort schob Sarah einen Weidenkorb nach vorn und nickte aufmunternd. Tess schob den leichten Deckel zurück. Plötzlich merkte sie, wie hungrig sie war. Gierig biss sie in ein gebratenes Stück Fleisch und wischte sich das Fett mit dem Handrücken ab.

Sarah tat es ihr gleich. Während der Wagen den steilen Weg hinunter ins Dorf schaukelte und sie sich mit den Füßen abstemmen mussten, um nicht von der Bank zu rutschen, überlegte Tess, wie sie es anstellen könnte, so bald wie möglich ins Poitou zu fliehen. Als sie die Hochmoore schließlich erreichten, lehnte sie sich zufrieden zurück. ›Niemand wird mich zwingen können, einen Mann zu heiraten, den ich nicht liebe‹, dachte sie und schloss die Augen.

Tess fror, als sie erwachte. Im Wagen war es dunkel. Trotz der mitgenommenen Decken war es empfindlich kalt. Sie bemerkte Sarah, die die Lederplane hochgeschoben hatte und vor dem Fenster kauerte. Dabei stieß sie leise, unverständliche Laute aus. Tess spürte, wie aufgeregt die junge Frau war. Sie beugte sich vor und ergriff ihre Hand. Gemeinsam blickten sie hinaus in die nächtliche Landschaft. Der Mond tauchte die Gegend in fahles Licht. Tess sah eine weite Ebene mit wogenden Feldern, durch die der Nachtwind strich. Sie sah umzäunte Wiesen und Vieh. Sie kamen an einem großen Teich vorbei, und ihr Wagen verließ die befestigte Straße und schwenkte in einen Sandweg ein. Ein Uhu flog so dicht über ihren Köpfen, dass die beiden Frauen zusammenschraken. Dann sah Tess den Turm vor ihnen auftauchen. Sarah wimmerte lauter und deutete in die Ferne. Jetzt konnte auch Tess den Reiter erkennen. Tief über den Hals seines Pferdes gebeugt, jagte er ihnen entgegen. Sein Umhang wehte hinter ihm her. Er schrie einen Befehl, und der Wagen kam zum Stehen. Im Nu hatten die Reiter das Fahrzeug umstellt und die Waffen gezogen.

Doch Sarah bahnte sich bereits einen Weg zu dem Fremden. Tess beobachtete, wie der Mann aus dem Sattel sprang und sie in seine Arme riss. Zögernd erhob sich Tess. Sie überlegte noch, wie sie sich verhalten sollte, als die Plane aufgerissen wurde und eine Männerstimme rief: »Erschreckt nicht. Ich bin es, Albert!«

Tess stieß einen ungläubigen Schrei aus. »Was macht Ihr denn hier?«

Er streckte die Hand nach ihr aus. »Ich bin gekommen, um meine zukünftige Gemahlin heimzuführen«, sagte er stolz.

* * *

Als Albert an diesem Abend nach Hause zurückkehrte, traute er seinen Augen nicht. Es roch anders als gewohnt, die Wände strahlten hell, die Rußspuren der blakenden Fackeln waren verschwunden. Dann betrat er die kleine Halle. Auch hier empfing ihn ungewohnte Sauberkeit. Frisches Stroh bedeckte den Steinboden, duftende Kerzen erhellten den Raum. Seine Mutter und Schwester saßen vor dem brennenden Kamin an Stickrahmen, während Tess über Papiere gebeugt am Tisch stand.

Erwartungsvoll hob sie den Kopf. »Wie war die Reise?«, fragte sie und lächelte ihm zu. Sarah sprang auf und warf sich in Alberts Arme. Mit erregten Lauten deutete sie hinter ihn. Erst jetzt entdeckte er den erlesenen Wandteppich, der der Halle die Kälte nahm. Die in leuchtenden Farben abgebildete Turnierszene erfüllte den Raum mit ungewohnter Eleganz.

Er drehte sich mit Sarah, die ihn noch immer umschlang, zu Tess um. »Was ist denn hier geschehen?«, fragte er fassungslos. »Das ist ja wunderbar, ein solches Zuhause vorzufinden.«

»Du bist für draußen zuständig. Lady Margaret und ich für drinnen.« Tess lachte über seine überraschte Miene. Sie pochte mit der flachen Hand auf das Pergament, an dem sie arbeitete. »Ich habe noch ganz andere Pläne.« Mit dem Kopf deutete sie auf den Wandbehang. »Auch ein Geschenk von Königin Alienor. Welch ein Segen, dass es hier und nicht in Whitby hängt.« Sarah nickte heftig mit dem Kopf, während Albert eine Welle von Glück übermannte. Wie hatte er nur eine so wunderbare zukünftige Ehefrau verdient.

Seit ihrer Ankunft in Dunnington schien Tess ihm mit jedem Tag schöner. Ihre Zuversicht steckte ihn an, auch wenn er aus den Sorgen nicht herauskam. In den langen Gesprächen, die sie miteinander führten, wenn die anderen schon schliefen, hatte Tess ihn immer wieder aufgemuntert und daran erinnert, dass ihr Erbe seine Zukunft schon sichern werde. Und er hatte geschworen, dass es seine Ehre gebiete, sie erst zur Frau zu nehmen, nachdem John ihn zum Ritter geschlagen haben würde. Wenn der König ihr doch nur endlich den jährlichen Erbanteil zukommen ließe.

»Können wir die Mauer bezahlen?« Lady Margarets nüchterne Frage holte Albert zurück in die gegenwärtige Notlage. »Hast du einen guten Preis ausgehandelt, Albert?« Forschend betrachtete sie ihren Sohn.

»Ich habe drei Steinbrüche besucht und mit verschiedenen Steinmetzen berechnet, wie viele Klafter wir brauchen. Es ist ein denkbar ungünstiger Zeitpunkt. Ich fürchte, wir müssen mit dem Neubau warten. Bevor die Schafzucht nicht solide Erträge abwirft, können wir uns eine Steinburg nicht leisten.«

Sarah hatte sich aus Alberts Armen gelöst und reichte ihm einen Becher mit Bier. Er ließ sich auf dem Schemel vor dem Tisch nieder und zuckte bedauernd mit den Schultern.

Seine Mutter fing Tess' Blick auf und machte sich wieder an die Stickarbeit. »Samuel erwartet uns morgen Vormittag in York«, sagte sie, als sei dies eine längst abgesprochene Vereinbarung, an die sie ihn nur erinnern wollte. »Er bittet, den Erbvertrag einsehen zu dürfen.«

Albert stellte den Becher ab und blickte fragend zwischen ihr und Tess hin und her. »Meine Kredit beim Juden ist aufgebraucht«, erwiderte er. »Er wird mir keinen weiteren geben. Das wisst ihr doch.«

»Natürlich nicht«, erwiderte Tess. »Aber mir stehen jährliche Erträge aus ein paar Erzminen, mehreren Steinbrüchen, zwei Mühlen und so weiter zu.« Sie strahlte Albert selbstbewusst an. »Sogar Fischereirechte besitze ich. Wer weiß, wozu die eines Tages gut sein werden. In jedem Fall habe ich an Sicherheiten genug zu bieten. Also holen wir uns das Geld für unsere Vorhaben beim Juden. Vielleicht ließe sich sogar ein Tauschgeschäft aushandeln zwischen

meinen Beteiligungen an den Steinbrüchen im Poitou und unseren hier im Norden«, dachte sie laut weiter.
»Eine großartige Idee«, rief Albert. »Das Risiko können wir eingehen!«
»Welches Risiko?«, fragte Tess. »Das Geld steht mir zu. Es ist nur eine Frage der Zeit, bis das geregelt wird. Verlass dich drauf. König John wird dafür sorgen.«
Albert zog die Brauen in die Höhe. »Der König braucht Geld, Geld und nochmals Geld. Ich höre es von allen Seiten. Außerdem kann ich mir nicht vorstellen, dass er Philipp von Frankreich Aquitanien einfach so überlässt. Und das würde wieder eine neue Kriegssteuer nach sich ziehen. Er braucht jeden Penny.«
»Aber Albert«, entgegnete Tess heftig. »König John wird das Testament seiner Mutter erfüllen. Ich bitte dich. So etwas darfst du nicht von ihm denken, geschweige denn aussprechen.« Mit funkelnden Augen sah sie ihn an. »Komm her. Ich zeige dir meine Pläne für die neue Burganlage und die Instandsetzung der Leutehäuser.«
Albert trat um den Tisch herum und schluckte seine Bedenken hinunter. Als er sich neben ihr über das Pergament beugte, umfing ihn sofort ihr Duft.
»Hier sind die Vorgaben: Kapelle und Turm aus Stein. Ich möchte die Halle vergrößern, doppelt so groß muss sie werden, im Anschluss plane ich einen Durchgang zum nächsten Gebäude. Hier soll das Haus des Burgvogts stehen.« Als sie mit dem Finger auf die Stelle deutete, griff Albert nach ihrer Hand und küsste sie leicht. »Danke, Tess, für alles hier. Seitdem du bei uns bist, ist alles gut«, sagte er leise. Sie lächelte ihn an.
»Ich bin so glücklich, endlich wieder einen Sinn in meinem Leben zu sehen. Mir bereitet es Freude, dir zu helfen, das weißt du.« Freundschaftlich stieß sie ihm mit dem Ellenbogen in die Seite. »Ich habe Stunden mit dem Verwalter verbracht, um die Grundrisse des Dorfes, den Verlauf des Bachs, der drei großen Nordfelder zu begreifen. Jetzt sieh dir meine Pläne an.« Ungeduldig zog sie ihn näher zu sich heran. »Hier das Feld für Vieh, dort für Weizen, da-

neben für Gerste. So ist für die Schafe, das Brot und Bier gesorgt.« Albert hörte ihr aufmerksam zu, bis sie mit dem Satz endete: »Wenn wir zum Schluss die Palisaden durch eine Burgmauer ersetzen, brauchen wir ab einer gewissen Breite der Mauer die Erlaubnis des Königs. Wir planen schließlich kein Herrenhaus, sondern eine befestigte Burg.«

Hingerissen von ihrer Begeisterung und von ihrem Wissen, spottete er: »Mir ist damals nicht aufgefallen, dass du alles, was du tust, gründlich tust. Ich hatte eher den Eindruck, dass es notgedrungen in letzter Minute geschieht.«

Albert lachte, als sie sich aufrichtete und ihn von oben herab betrachtete. »Sprichst du von den Zeiten des kleinen, verlotterten Albert?«

Er lächelte und stand nun aufrecht vor ihr. »Wenn ich so an gewisse Schreibkopien denke, die nicht rechtzeitig fertig waren, obwohl die Reise nach Kastilien bevorstand ... Das Leben hat uns doch sehr verändert.«

Tess versuchte, sich das Bild in Erinnerung zu rufen, wie der ungewaschene Novize unter der Bibliothek von Fontevrault hilflos in den Weinreben hing, und blickte zu dem stattlichen Mann auf. »Nicht unbedingt zu unserem Nachteil«, stellte sie fest.

Nachdem Lady Margaret und Sarah sich zurückgezogen hatten, saßen sie wie üblich noch lange vor dem Kamin und diskutierten Tess' Pläne, bis sie auf den morgigen Besuch beim Juden zu sprechen kam.

»Deine Mutter scheint ein besonderes Verhältnis zu ihm zu haben. Wie ist das möglich? Woher kennt sie ihn überhaupt? Wenn jemand mit ihm verhandelt hat, wird das doch euer Vater gewesen sein.«

»Das ist eine lange und grausame Geschichte«, hob Albert an. »Bei Richards Krönung 1189 gab es die ersten Unruhen gegen die Juden. Man wusste, dass er auf den Kreuzzug gehen würde, und die Atmosphäre war aufgeheizt. Als die jüdischen Vertreter ihre Geschenke zu seiner Krönung abliefern wollten, wurden sie abgewiesen. Es kam zu Tumulten, und dreißig Juden wurden erschlagen. Im Grunde war es nur der Vorwand der Schuldner, ihre Gläubiger loszuwerden. Auch in anderen Städten hat es solche Übergriffe gegeben.«

»Und was hat Samuel aus York damit zu tun?«, fragte Tess.

»Unter den Toten war auch Benedict, ein prominenter Jude aus York, Samuels Onkel. Ein Jahr später, als König Richard bereits auf dem Weg ins Heilige Land war, wurde sein Haus in York angezündet, seine Witwe und Kinder verbrannten. Die anderen Juden flohen in die königliche Burg, um sich vor dem Mob zu retten. Die Tragödie endete mit dem Selbstmord von sechzig Juden und der Ermordung unzähliger anderer. Und der Zufall wollte, dass Mutter dem kleinen, vollkommen verschreckten Samuel vor den Toren von York begegnete. Sie versteckte ihn in der Krypta von St. Mary, wo auch andere Kinder Zuflucht fanden.«

»Deshalb habt ihr die ersten Kredite bekommen«, folgerte Tess. »Und danach?«

»König Richard hat die Landbesitzer bestraft und neue Gesetze zum Schutz der Juden erlassen. Aber nicht nur aus Gerechtigkeitssinn. Der gesamte Geldverkehr funktioniert nur mit ihnen. Das weiß ein König.«

Nachdenklich blickte er ins Feuer. »Ohne Samuel hätte ich die erste Zeit in Dunnington nicht überstanden.«

Als Tess ihm endlich Gute Nacht wünschte, umarmte sie ihn mit den Worten: »Ich bin gespannt auf meinen ersten Besuch bei einem Geldverleiher.«

Am nächsten Morgen brachen sie frühzeitig auf. Vor den Toren Yorks wimmelte es von Menschen, die Einlass begehrten. Es war Markttag.

Sie ritten eng hintereinander, um von den zahllosen Gefährten und Karren nicht abgedrängt zu werden. Links lag Jewbury, und Tess bemühte sich, mit Albert aufzuschließen, da sie ihre Augen überall hatte. Von Jewbury aus waren die Juden in die Burg geflohen. Sie richtete sich im Sattel des kleinen Pferdes auf, konnte die erhöhte

Burg, die linker Hand liegen musste, jedoch nur an ihrem Turm erkennen.
Nachdem sie das niedrige, breite Stadttor im Nordosten passiert hatten, sah sie das Münster von York zu ihrer Rechten liegen. Auf einem großen Platz lag der mächtige Bau, umgeben von gedrungenen Häusern im Halbrund. Selbst hier, abseits des Marktes, wimmelte es von Reitern und Menschen, die mit Körben und Tragen beladen vorübereilten.
Albert winkte Tess zu, ihm zu folgen, als sie auch schon in die Goodramgate einbogen. Der Bursche, der sie begleitete, übernahm die Pferde, als Lady Margaret bereits die Gasse zum Haus des Juden entlangging. Sie war sauberer als die Straßen, über die sie bisher gekommen waren. Blitzsaubere Fenster im ersten Stock, weiß gekalkte Wände unter den ordentlichen Strohdächern. Sie bemerkte, dass alle Eingänge ein paar Stufen tiefer und geduckt unter einem Mauervorsprung lagen, als wollten sie sich unsichtbar machen.
Albert öffnete die Haustür und ließ seine Mutter und Tess vortreten. Sie befanden sich bereits in einem kleinen, dunklen Vorraum, als Samuel plötzlich vor ihnen stand. Er war so leise gekommen, wie er sprach. »Gott segne Euch. Ich freue mich, Euch hier zu begrüßen, Lady Margaret.«
Er mochte um einiges älter als Albert sein. Seine kultivierte Stimme und Erscheinung berührten Tess seltsam. Er wirkte jung und uralt zugleich, als er sich vor Lady Margaret verbeugte. Der dunkle Bartwuchs gab um die Augen zahllose Fältchen preis, die seinem Alter gar nicht zu entsprechen schienen. »Ihr müsst die Gräfin von Louisville sein.« Seine flinken braunen Augen huschten über ihre Erscheinung.
»Mein Freund.« Er nickte Albert freundlich zu. »Bitte tretet ein«, forderte er sie auf und rückte vor dem schweren Schreibtisch, auf dem sich Berge von Unterlagen türmten, die Stühle zurecht.
Niemals hatte Tess einen Raum gesehen, der derart von Büchern und Papieren überquoll. Selbst zu Füßen der dunklen Regale begannen neue Bücherberge zu wachsen. Samuel lächelte hintergründig.

»Die Wirtschaftslage in England ist verheerend. Wir kommen mit der Arbeit nicht mehr hinterher. Ich denke daran, meinen Bruder in Poitiers zu bitten, mich hier in York zu unterstützen. Wir sind leider kinderlos. Doch sein Sohn ist alt genug, das Geschäft im Poitou alleine fortzuführen.«
Einen winzigen Moment lang war Tess über den Zufall dieses Zusammenhangs irritiert. Dann warf sie Margaret einen kurzen Blick zu und durchschaute ihr Lächeln. »Ihr seid eingeweiht. Ihr wisst, worum es geht, Master Samuel?«, wandte sie sich an den Juden.
»Unser Vater, Isaak, hat eng mit König Henry und Königin Alienor zusammengearbeitet. Als Lady Margaret mir Euren Besuch ankündigte, wusste ich bereits, dass Ihr aus Fontevrault kommt. Mein Bruder kennt Euch aus dem Gefolge der Königin. Wie kann ich Euch helfen?« Plötzlich klang seine Stimme sachlich. Tess zog die Papiere aus der Tasche ihres Umhangs und reichte sie ihm. »Hier sind meine Einkünfte aus dem Erbe aufgelistet. Bis Dunnington sich in ein paar Jahren selbst trägt, brauchen wir einen Kredit in größerem Rahmen.«
Samuel knüpfte das Band auf, mit dem das Pergament verschlossen war, und entrollte es. Zuversichtlich blickte Tess zu Albert und Lady Margaret hinüber und nickte ihnen zu.
Während Samuel las, blieb seine Miene konzentriert. Tess konnte sie nicht deuten. Erst als er das Testament noch einmal zur Kontrolle überflogen hatte, legte er es vor sich und sah sie an.
»Die Finanzsituation der englischen Krone ist unsicher, ebenso unsicher wie die politische Situation in den Festlandsbesitzungen. Keiner weiß, wie es in Zukunft um die dortigen Einkünfte bestellt sein wird. Da ich aber Lady Margaret zu tiefstem Dank verpflichtet bin und es sich hier um königliche Tantiemen handelt, kann ich Euch einen größeren Kredit finanzieren.« Er legte eine Pause ein, bevor er fortfuhr. »Doch bin ich leider nicht in der Lage, ihn über ein Jahr hinaus zu gewähren.«
»Wie bitte?« Tess holte Luft.
Mit sachlicher Stimme fuhr der Jude fort. »Ich habe mir sagen

lassen, dass König John dazu neigt, seine Untertanen durch finanzielle Abhängigkeiten an sich zu binden. Das ist nicht ungewöhnlich. Ich weiß nur, dass er bei manchen Lords aus seiner näheren Umgebung in jüngster Zeit immer nachdrücklicher verlangt, ihre Schulden an ihn zurückbezahlen, und damit droht, ihnen im Notfall ihre Burgen zu entziehen. Das spricht sich natürlich herum. Der König braucht das Geld mehr denn je. Und dies könnte für Euch bedeuten, dass er nicht all das auszahlt, was Euch aus Königin Alienors Privatvermögen zusteht. Deshalb kann ich nicht umhin, erst einmal das kommende Jahr abzuwarten. Dann werden wir weitersehen.«

Tess wollte protestieren. Bevor sie jedoch dazu kam, legte Albert die Hand auf ihren Arm. »Natürlich verstehen wir das. Und wir akzeptieren diese vorläufige Lösung.« Albert hielt Tess' Arm fest, als er spürte, dass sie sich von seinem Druck befreien und aufbegehren wollte. »Wann habt Ihr das Geld bereit?«, fragte er.

»In drei Tagen könnt Ihr es abholen«, erwiderte Samuel und bat Alberts Mutter mit einem Blick um Verständnis. Sie nickte und erhob sich, während der Jude das Pergament zusammenrollte und Tess überreichte.

Nachdem sie sich mit allen Höflichkeiten verabschiedet hatten und die Stufen zur Gasse hinaufstiegen, hielt Tess plötzlich inne.

»Wartet einen Moment«, bat sie. »Ich habe etwas vergessen.« Albert versuchte, sie zurückzuhalten, doch Tess war schon hinter der Türschwelle verschwunden. Ohne zu klopfen, betrat sie den Raum.

»Master Samuel. Noch etwas.« Überrascht erhob der Jude sich und trat um den Schreibtisch herum auf sie zu.

»Darf ich Euch bitten, den Schmuck, den Lady Margaret verpfändet hat, zurückzukaufen. Ihr werdet Mittel und Wege finden, das möglichst günstig zu tun.« Samuel lächelte und nickte. »Ich verspreche es Euch.«

Teil VI

Den ganzen Tag über hatte es geregnet. Erst gegen Abend begann der Himmel aufzureißen, und die sich neigende Sonne tauchte die Halbinsel von Purbeck in goldenes Licht. Ein böiger Wind von Westen schob die Wolken vor sich her übers Meer und wehte die Düfte des Sommers bis hinauf auf die Zinnen von Corfe Castle.

Es roch nach gemähtem Gras, und als Will sich über die Brüstung lehnte, glaubte er, die ersten Herbstfarben wahrzunehmen. Sein Blick schweifte über die abgeernteten Felder, die sich über die Hügel erstreckten, und verfing sich in dem kleinen Dorf unterhalb des Burghügels. Er sah den Rauch, der aus den Hütten aufstieg, und beobachtete eine Horde Kinder, die kreischend eine aufgeblasene Schweinsblase vor sich her durch die Pfützen rollten. Ihre hellen Stimmen vermischten sich mit den stetigen Schlägen des Schmieds unten am Marktplatz und dem gemächlichen Muhen der Kühe, die zum Melken nach Hause getrieben wurden.

Die Kinder hatten ihre Blase in die Nähe der beiden Wachen geworfen, die am unteren Tor Dienst taten. Will sah, wie der eine von ihnen seine Hellebarde an den anderen übergab und die Schweinsblase mit einem kräftigen Stoß zurückschoss. Alle johlten. ›Wie friedlich alles scheint. So haben John und ich auch gespielt, als wir Kinder waren‹, dachte Will und fühlte so etwas wie Wehmut. ›Ich sollte gleich morgen früh nach Salisbury reiten. Es wird Zeit, dass ich mich wieder um meine Ländereien kümmere und um meine kleine Frau. Doch alles muss wieder schnell gehen. Schon zum Wochenende will der König in Shrewsbury sein, um Llewellyn ein Ultimatum zu stellen …«

Resigniert wandte er sich ab und hielt sein Gesicht der untergehenden Sonne entgegen. Er war so in Gedanken versunken, dass er das Schnaufen des Mannes, der die Treppe heraufkam, überhörte.

»Hier finde ich Euch«, stieß er keuchend hervor. »Hab Euch überall gesucht. Muss mit Euch reden.«

Will öffnete die Augen. »Ach Ihr seid es, de Braose …«, sagte er gedehnt.

Der Ritter beugte sich vor. Sein Gesicht war hochrot. Er zerrte hektisch an seinem Kragenausschnitt. »Der Exchequer ist mir auf den Fersen. Sie wollen wieder Geld. Aber ich habe keines. Sie drohen mir, diese Schweine. Ihr müsst ein Wort für mich einlegen!«

Will trat einen Schritt zurück. De Braose roch nach Schweiß. »Ich wüsste nicht, wie ich Euch behilflich sein könnte. Ihr habt so viele einträgliche Posten …« Er brach ab.

Hilflos hob de Braose beide Hände. »Wir brauchen nicht drum herum zu reden. Ich habe es einfach nicht! Ihr müsst mit dem König reden, sonst …« Er biss sich auf die Lippen. Schwer atmend lehnte er sich mit seinem massigen Oberkörper gegen die feuchte Mauer. Es kümmerte ihn nicht, dass er sein kostbares Obergewand beschmutzte.

»Bittet um Stundung«, schlug Will vor. Zornig trat de Braose mit dem Stiefel gegen die Steine. »Hört Ihr nicht, was ich sage, Mann? Sie geben mir für meine Schulden keinen Aufschub mehr! Sie drohen vielmehr, meine Kinder als Geiseln zu nehmen!«

»Dann müsst Ihr selbst mit dem König reden«, schlug Will vor.

Plötzlich sackte de Braose in sich zusammen. »Ich verstehe es nicht«, jammerte er. »Der König hat doch genug. Nun, da er den Pfaffen die Ländereien abgenommen hat.« Er zögerte. Will sah, wie sich seine Augen verengten, als er jetzt tückisch hinzufügte: »Außerdem schuldet er mir was.«

Will zog die Augenbrauen hoch. »Nicht dass ich wüsste«, entgegnete er eisig. »König John hat Euch diverse einträgliche Ämter übertragen. Er hat Euch zum Herrn über Limerick gemacht und Euch das Recht gewährt, walisisches Land zu enteignen. Ihr seid Lord of Gower und Lord of the Three Castles!« Plötzlich wurde er zornig. »Und wie dankt Eure Familie es ihm? Eure Frau erzählt die schlimmsten Dinge über den König!«

»Weibergeschwätz«, knirschte de Braose. »Wer gibt da schon was drauf.«

Will verschränkte die Arme vor der Brust. »Wenn ich Euch einen guten Rat geben darf, dann geht nach Hause und sorgt dafür, dass Eurem Weib das Maul gestopft wird. Und dann setzt ein Schreiben an den Exchequer auf und bittet den obersten Finanzhof um Stundung!« Er wandte sich ab und gab vor, hinunter ins Dorf zu blicken.

»Bitte, helft mir«, drängte de Braose. »Dieses eine Mal …«

Plötzlich fuhr Will herum. »Wie kommt Eure Frau dazu, Derartiges über den König zu verbreiten?«

De Braose machte eine verächtliche Handbewegung. »Gerede. Nichts als Gerede. Sie wird es irgendwo aufgeschnappt haben. Ihr wisst doch selbst, wie Frauen sind.«

»Nein. Das weiß ich nicht. Und ich würde es in meinem Haus auch nicht dulden!«, sagte Will scharf. »Kein Wunder, dass der König außer sich ist. Bislang konnte man es immer noch als Geschwätz der Franzosen abtun, aber nun durchzieht dieses Gerücht England wie ein Geschwür. Und es lag an Euch, es zu unterbinden!« Er griff nach de Braoses Ärmel und zog ihn dicht zu sich heran. »Von wem sie es wohl hat? Ich kann mir nicht denken, dass Maud de Braose sich in Gasthäusern herumtreibt, wo französische Matrosen und Kaufleute diese Lüge verbreiten.« Er ließ den Ritter abrupt los, so dass er zur Brüstung zurücktaumelte. Will ging ihm nach. »Oder«, fragte er drohend, »seid Ihr womöglich selbst der Urheber?«

De Braose erbleichte. »Bei meiner Ehre, Ihr kennt mich doch. Ich kann mich nicht erinnern, mit meiner Frau jemals über Arthur geredet zu haben«, stammelte er.

»Gilt das auch, wenn Ihr betrunken wart?«, zischte Will.

Da begann de Braose zu schluchzen. »Was weiß ich, was ich geredet habe, wenn ich voll war. Kann sein, dass ich mal von dem Abendessen mit Arthur erzählt habe. Damals in Rouen. Kann auch sein, dass ich erwähnt habe, dass John dabei war. Aber danach, ich meine, wie es dann weiterging, davon habe ich bestimmt nichts gesagt. Ich schwöre es bei der heiligen Jungfrau Maria.« Rücklings rutschte er an der Mauer hinab und rang die Hände. »Aber es geht doch gar nicht um diesen verfluchten Bretonen. Jetzt geht es ums Geld!«, winselte er.

Angewidert starrte Will auf den Mann zu seinen Füßen. »Ihr seid ein Schwein, de Braose! Reißt Euch zusammen!«

Hasserfüllt wuchtete sich der Ritter wieder auf die Beine. Seine Hand fuhr zum Schwert. »Was macht Euch eigentlich glauben, dass wir die Quelle dieses unsäglichen Geredes sind? Ich hatte neulich in London geschäftlich zu tun. Die ganze Stadt spricht von nichts anderem«, fügte er hämisch hinzu.

Will verspürte den unbändigen Drang, ihm die Hände um den Hals zu legen und einfach zuzudrücken. Mit äußerster Willensanstrengung gelang es ihm, sich unter Kontrolle zu bringen. »Ich glaube, es ist besser, wenn Ihr jetzt geht!«

»Ja, wohin denn?« De Braose begann zu brüllen. »Der König weigert sich, mich zu empfangen. Und dies, obwohl ich den ganzen Weg von Abergavenny hierher geritten bin.« Seine Stimme überschlug sich.

Aus den Augenwinkeln bemerkte Will, wie die Wachen auf den Zinnen zu ihnen herüberschauten und zu tuscheln begannen. Abwehrend hob er die Hand. »Seid still«, herrschte er ihn an. Doch der Ritter war nicht zu bremsen. »Geld will er von mir!«, brüllte er. »Dabei hat er es im Überfluss. Seht nur dieses neue Haus. Fenster wie in einer Kathedrale!« Mit ausgestreckter Hand zeigte er hinunter in den zweiten Hof. »Hört doch nur, wie sie unten in der Gloriette feiern. Dafür ist immer genug da.«

Will hob den Kopf und beugte sich über die Brüstung. Es stimmte, was de Braose sagte. Die Gäste hatten die Gloriette verlassen und

standen nun lachend und plaudernd in den letzten Sonnenstrahlen. Ihre fröhlichen Stimmen klangen zu ihnen herauf.
Will bemerkte Isabelle sofort, die trotz ihrer Schwangerschaft im Kreis ihrer Verehrer Hof hielt. Ihr rotes Kleid leuchtete wie ein Rubin. Gerade zog sie den Schleier vom Haar und warf ihre blonden Locken zurück. Dabei musste sie ihn entdeckt haben. Sie hob die Hand und winkte ihm zu. Will lächelte und winkte zurück.
De Braose war neben ihn getreten. »Wo ist John? Ich kann ihn nicht sehen.«
»Der König hat sich mit den Südwalisern zurückgezogen. Sie verhandeln schon den ganzen Tag.«
»Alles Spitzbuben«, murmelte de Braose. »Da seht Ihr selbst, wie man mich behandelt. Gerade wenn es um die Waliser geht, müsste er sich doch zuerst mit mir besprechen.« Er deutete erneut nach unten. »Er sollte lieber ein Auge auf seine Königin haben. Was für ein Skandal, in ihrem Zustand vor den Rittern zu erscheinen.« Missbilligend rümpfte er die Nase.
»Es muss Euch nicht stören. Niemand hat Euch eingeladen.«
De Braose lachte böse. »Ich sehe, der ganze Haufen ist versammelt.« Seine Stimme troff vor Hohn. »Selbst Lady Havise hat es sich nicht nehmen lassen.«
Will drängte ihn zur Seite. Suchend glitt sein Blick über die Menge. Dann hatte er sie endlich entdeckt. Eingerahmt von zwei Rittern, schlenderte Johns erste Frau in Richtung Gewürzgarten, den der König nach dem Vorbild von Fontevrault hatte anlegen lassen.
Will hatte es plötzlich eilig. »Wenn Ihr mich bitte entschuldigen wollt«, murmelte er. Er wartete die Antwort nicht ab, sondern verließ den Wehrgang mit großen Schritten. Gleich darauf war er auf der Wendeltreppe verschwunden.
De Braose knirschte mit den Zähnen. »Du verdammter Bastard!«
Noch einmal fixierte er die Gäste und lächelte bitter. ›Wie es scheint, ist keiner der Nordbarone anwesend‹, dachte er.
Er blieb so lange dort stehen, bis er sah, wie Will eilends den Westhof überquerte, um sich kurz darauf über die Hand der Königin zu

beugen. »Diese Hure«, murmelte de Braose. Dann erst wandte er sich ab.

»Mein lieber Will«, strahlte Isabelle. »Lasst mich Euch auf die Wange küssen.« Als er den Kopf neigte, umhüllte ihn der Duft ihres Parfums. Der Druck ihrer Lippen war kaum zu spüren. Isabelle war unverändert. Die Schwangerschaft tat ihrer Schönheit keinen Abbruch. »Ich habe Euch stellvertretend für meinen hohen Gemahl geküsst, den ich ja nie zu sehen bekomme.« Sie sprach so laut, dass alle Umstehenden sie verstehen konnten.
Will trat einen Schritt zurück und wies auf den Neubau. »Ich könnte mir kein passenderes Haus für Euren Liebreiz vorstellen als diese Gloriette, meine Königin.« Die Umstehenden begannen zu klatschen. »Ganz genau. So ist es. Ein Kleinod für ein Juwel …«, setzten sie die Komplimente fort.
Isabelle schob schmollend die Unterlippe vor. »Nur schade, dass wir kaum hier sind.« Schon lachte sie wieder, schob ihren Arm unter den seinen und zog ihn mit sich fort.
»Was soll der Unsinn mit Stephan Langton?«, raunte sie. »Was spielt es denn für eine Rolle, wer Erzbischof in Canterbury ist?«
Will begehrte auf. »Eine große, würde ich sagen. Es war immer das Privileg der Könige, selbst zu bestimmen, wer diesen Posten innehat. Und Johns Wahl ist auf John de Gray gefallen. Der König kann sich dem Diktat des Papstes nicht einfach so unterwerfen.« Er grinste. »Das würde ja so aussehen, als habe Innozenz bei uns in England das Sagen.«
Isabelle blieb ernst. »Erinnert Euch bitte daran, welchen Ärger mein Schwiegervater sich weiland mit dieser Becket-Geschichte eingehandelt hat. Natürlich war ich selbst damals noch zu klein. Trotzdem weiß ich, wie sehr England unter dieser Fehde gelitten hat. Das kann John doch nicht wollen.«
Sie hatten den Gewürzgarten erreicht, und Will staunte erneut über die kleine Anlage. Er sah die mit Buchsbaum umrandeten Beete, in denen eine Fülle von Kräutern wuchs, er sah den weißen Kies-

weg, der zwischen ihnen hindurchführte. Ja, selbst der Brunnen war identisch mit dem in Fontevrault. Isabelle beobachtete ihn aus den Augenwinkeln. »Eine Reminiszenz an unsere verstorbene Königin Alienor«, spottete sie. »Nur schade, dass sie es selbst nie gesehen hat.«
Sie zog ihn hinüber zur Bank. »Ihr müsst meine Vorgängerin begrüßen.« Sie beugte sich vor und küsste Havise. »Bleibt doch sitzen, meine Teuerste«, zwitscherte sie. »Seht, wen ich Euch mitgebracht habe. Unser guter Will sah müde aus. Die Damen des Hauses sind es ihm schuldig, dass er sich ein bisschen erholt.« Isabelle trat einen Schritt zur Seite und sah zu, wie Will sich über Havises Hand beugte. Dann lachte sie. »Sind wir nicht eine große, harmonische Familie ...«
Sie sahen ihr nach, als die Königin sich umwandte, um zurück zu ihren Gästen zu gehen. Der Kies knirschte unter ihren Satinschuhen.
»Es klingt merkwürdig, wenn ausgerechnet ich das sage: Aber sie ist sehr nett«, sagte Havise. »Ich wüsste nicht, wie ich an ihrer Stelle reagieren würde ...« Sie verzog das Gesicht. Dann lächelte sie. Beide sahen Isabelle hinterher, die sich schon wieder unter ihre Gäste mischte. »Und sie ist wunderschön. Das allein müsste genügen, um einen müden Reitersmann wieder fröhlich zu machen.«
Havise deutete auf den Platz neben sich. »Setzt Euch zu mir, wenn Ihr mögt«, forderte sie ihn auf.
Will zog die Augenbrauen in die Höhe. »Was soll das heißen, wenn Ihr mögt?«
Havise lachte trocken. »Na ja, ich bin ja nur die abgelegte Königin. Dort«, sie wies mit der Hand auf den Hof vor der Gloriette, »dort spielt sich das wirkliche Leben ab.«
»John hat nie aufgehört, Euch zu lieben«, sagte Will. »Euch bei Hofe dabeizuhaben, war immer sein Wunsch.«
Plötzlich begann Havise zu lachen. »Isabelle hat Recht, wir sind schon eine große, harmonische Familie. Nur schade, dass das Familienoberhaupt so selten anwesend ist.« Sie überlegte eine Weile.

»Drei Monate lang habe ich John nicht gesehen. Auch heute nicht. Seit seiner Ankunft bespricht er sich mit den Walisern.«
»Denen aus dem Süden«, ergänzte Will. »Er braucht Verbündete gegen Llewellyn. Auf den Prinzen ist einfach kein Verlass. Wir wissen, dass er mit den Franzosen paktiert.«
»Hört das denn niemals auf?«, fragte Havise besorgt. »Wie soll John jemals zur Ruhe kommen …« Sie bückte sich und hob einen Kiesel auf. Spielerisch wendete sie den weißen Stein hin und her. »Wenn man bedenkt, was diese kriegerischen Unternehmungen für Gelder verschlingen. Kein Wunder, dass er die Steuern schon wieder heraufgesetzt hat.« Sie schleuderte den Kiesel zurück. »Dafür wird ihn das Volk nicht lieben.«
Will streckte seine Beine aus und schlug sie übereinander. »Nicht nur das Volk, fürchte ich. Vielmehr scheinen sich die Lords im Norden Englands zusammenzutun, um sich dagegen zu verwehren. Ich habe sie sowieso im Verdacht, die Fühler zum Vatikan auszustrecken.«
Havise berührte seinen Arm. »Könnt Ihr nicht darauf einwirken, dass John sich mit Stephan Langton abfindet?«, fragte sie nachdrücklich.
Will schüttelte den Kopf. »Ihr überschätzt meine Kompetenzen, zumal ich nicht der Überzeugung bin, dass man Rom nachgeben sollte. Nein, man muss dem Papst seine Grenzen zeigen.«
Die Sonne war hinter den Zinnen verschwunden. Drüben im Westhof schlenderten die Gäste zurück in die Gloriette. Havise erhob sich. »Es wird kühl, und ich werde langsam hungrig.«
Als er ihr den Arm reichte, bemerkte er das Saphirarmband. »Was für ein hübsches Schmuckstück«, lobte er anerkennend.
Havise lächelte wehmütig. »Ja, John hatte immer schon einen exquisiten Geschmack.«
Schweigend gingen sie den Kiesweg entlang. An der schmiedeeisernen Eingangspforte hielt sie ihn noch einmal zurück. »Wie geht es ihm wirklich?«
Will zögerte mit der Antwort. Schließlich zuckte er die Schultern.

»Offen gestanden, ich weiß es nicht. Nach dem Tod von Königin Alienor hat er eine Mauer um sich errichtet. Er lässt niemanden an sich heran. Auch mich nicht«, fügte er bitter hinzu.
»Manchmal habe ich Angst um ihn«, flüsterte Havise.
Ein paar Krähen schossen an ihnen vorbei und ließen sich im Gewürzgarten nieder.
Will verscheuchte sie mit wilden Armbewegungen, und Havise raunte: »Todesvögel.«
Will hielt das Tor offen und ließ ihr den Vortritt. Sorgfältig klinkte er das Schloss ein.
»Nicht einmal die Aussicht auf einen Thronfolger scheint ihn glücklich zu machen«, sagte Havise.
»Glück ist ein großes Wort. Wer von uns ist schon glücklich. Er war es wohl das letzte Mal in Mirebeau«, erwiderte Will. »Und das ist lange her.«
»Ich habe immer gehofft, dass nach ihrem Tod dieses sinnlose Suchen endlich ein Ende hat«, meinte Havise. Doch Will fiel ihr ins Wort. »Das Gegenteil ist der Fall. Er hat doch immer nach einer Fortsetzung von Mirebeau gesucht.«
Er sah, wie Havise die Tränen in die Augen stiegen. »Kommt«, sagte sie mit belegter Stimme.
Die Pagen, die mit ihren samtenen Oberteilen in den Farben der Plantagenets draußen die letzten Becher und Tabletts zusammenräumten, verneigten sich ehrfürchtig vor Havise, als sie und Will den Hof überquerten. Will drückte verstohlen ihren Arm. »Eigentlich ist alles unverändert«, flüsterte er ihr zu.
Havise hob den Kopf und sah ihn an. »Nein«, sagte sie ernsthaft. »Das ist es nicht. Im Gegenteil, ich fürchte das Schlimmste.«
Hinter ihnen fielen die Krähen wieder in den Garten ein. Ihr heiseres Krächzen schien die Bewohner von Corfe Castle zu verspotten.
Als sie das Portal zur Gloriette betraten, blickte Will bewundernd auf die kunstvollen Wasserspeier über ihnen.
»Ihr kennt das Haus noch nicht?«, fragte seine Begleiterin überrascht.

Will schüttelte den Kopf. »Seit seiner Fertigstellung war ich noch nicht wieder hier.«

»Dann kommt mit hinein und seht selbst. Euch werden die Augen übergehen«, versprach Havise. »Es ist mit Sicherheit das eleganteste Haus in ganz England.«

Während sie nebeneinander die Stufen zur Halle hinaufschritten, sagte Will: »Und gedacht war es für Königin Alienor. So hatte John es sich jedenfalls vorgestellt.«

Von oben scholl ihnen das Gelächter der Gäste entgegen.

* * *

Tess hatte Rückenschmerzen. Wieder tauchte sie die Quaste in die rötliche Lauge. Sie stieg ein paar Sprossen der Leiter hinauf und trug die Kalkfarbe in gleichmäßigen Bahnen auf. Zufrieden betrachtete sie wenig später den kleinen, halbrunden Chorraum, der in zartem Rot erstrahlte. Gedankenverloren rieb sie sich den schmerzenden Arm.

Vom Hof klang lautes Hämmern herüber. Alberts Männer mussten die Holzverschläge für die Schafe noch rechtzeitig vor den Herbststürmen fertig stellen.

Von ihren großen Plänen, die Burg von Dunnington zu erweitern, hatte Tess sich längst verabschiedet. Das Geld von John war nie eingetroffen. Nicht einmal eine Nachricht hatte der König geschickt. Sie hatten sich darauf beschränken müssen, den Wehrturm und die innere Burgmauer zu errichten. Für Nebengebäude und solide Stallungen hatte Samuels Kredit nicht mehr gereicht.

Deshalb hatte Tess entschieden, selbst Hand anzulegen. Ihr Ehrgeiz war es, das Erntedankfest in einer frisch gestrichenen Burgkapelle zu feiern. So ließe sich ihr Lieblingsfest in zumindest halbwegs angemessener Form begehen.

Tess strich eine Strähne aus der Stirn und schob das Tuch zurecht, unter dem die Haare immer wieder hervorrutschten. Sie rückte die Leiter ein Stück weiter unter ein farbloses Fenster, aus dem einige

Scheiben herausgebrochen waren, was den Blick auf den unteren Burghof freigab. Ein Berg von unbehauenen Mauersteinen, die die Steinmetze eigentlich für die Nebengebäude des Wehrturms vorgesehen hatten, bot einen trostlosen Anblick. Über den bemoosten Steinen wucherte bereits das Gras.

›Eigentlich gäbe Dunnington alles her für eine solide Burganlage‹, dachte Tess bedauernd und betrachtete die neue Steintreppe, die zum Wachturm hinaufführte, der direkt an der Zugbrücke über dem Burggraben lag. Von dort verlief der Wehrgang zur oberen Burg, deren Turm sich stolz gegen den Himmel abhob.

Sie tauchte die Quaste in den Bottich mit der taubenblauen Farbe. Sarah und sie hatten sich auf die freundlichen Farbtöne geeinigt, da ein Freskenmaler nicht in Frage kam.

Als sie die Leiter weiter emporstieg, erblickte sie plötzlich ihr verzerrtes Konterfei auf einer der Scheiben. Mit dem Handballen wischte sie über das verschmutzte Glas. Sie sah eine müde Frau vor sich mit verschmiertem Gesicht, ohne Illusionen. Erschrocken über das trostlose Spiegelbild wandte sie sich ab und strich die Wand mechanisch weiter. Der König hatte das Versprechen nicht gehalten. John hatte den letzten Willen seiner Mutter nicht befolgt, und John betrog auch sie. Tess wandte sich zu Sarah um, die mit kräftig ausholenden Bewegungen die gegenüberliegende Wand der Burgkapelle schon zur Hälfte fertig gemalt hatte.

Seitdem sie aus Whitby zurückgekehrt waren, war Alberts Schwester aufgeblüht. Sie liebte ihren Bruder, sie half ihrer Mutter, wo immer sie konnte, und war an Tess' Seite, wenn sie im Haus oder im Garten arbeitete. Im Lauf der Zeit hatte Tess gelernt, ihre Mimik und Gesten zu lesen. Allein ihre Gegenwart half ihr, die trüben Gedanken zu verscheuchen.

»Hoffentlich hält das Wetter bis zum Erntedankfest«, rief sie ihr zu und lobte die Schnelligkeit, mit der Sarah vorankam.

»Vier große Korngarben werden wir binden. Für die Äpfel und Birnen sollten wir die breiten Weidenkörbe nehmen. Wir stellen sie vor den Altar auf den Steinboden«, sprach sie sich selbst Mut zu.

Sarah nickte zustimmend und begann mit der nächsten Bahn. »Und wir dürfen nicht vergessen, die Früchte vorher sorgfältig zu polieren!«

Alberts Schwester wandte sich um und lachte fröhlich. Ihr schien diese Art Arbeit Freude zu bereiten.

Plötzlich brach das Gehämmer draußen ab. Neugierig erklomm Tess die oberste Sprosse der Leiter und warf einen Blick durch eine zerborstene Scheibe. Sie sah Albert mit schnellen Schritten an der Kapelle vorübergehen. Tess stellte sich auf die Zehenspitzen und blickte ihm nach. Der Jude Samuel und ein Begleiter kamen über die Brücke geritten.

Tess stolperte die Leiter hinunter und beschrieb Sarah hastig, weshalb sie alleine weiterarbeiten müsse. Während sie das Tuch vom Kopf riss, hielt Sarah sie zurück. Mit einem feuchten Leintuch wischte sie ihr die Farbspritzer aus dem Gesicht, zupfte ihr Kleid notdürftig zurecht und strich ihr leicht über die Wange.

Tess' Herz hämmerte, als sie durch die weit geöffnete Kapellentür nach draußen eilte. Sie atmete tief durch. Ohne triftigen Grund kam Samuel nicht nach Dunnington.

»Master Samuel«, rief sie. »Wollt Ihr nicht mit hinauf in die Halle kommen?«

Der Jude lächelte traurig. »Ich fürchte, die Nachricht, die ich Euch bringe, ist keine gute.«

»Lady Margaret wird sich trotzdem freuen, Euch zu sehen, Master Samuel«, erwiderte sie.

Je länger Tess auf das Erbe von Alienor hatte warten müssen, umso größer war das Gefühl von Schuld geworden. Sie war es gewesen, die die Burgarbeiten vorangetrieben hatte. Sie war so sicher gewesen, dass auf John Verlass war und das Geld eines Tages eintreffen würde. Und niemals hatte ihr Alberts Mutter einen Vorwurf gemacht. Im Gegenteil, sie hatte stillschweigend die Ausgaben für den Haushalt gekürzt, die Mahlzeiten vereinfacht, die Bekleidung auf das Notwendigste reduziert. Sie sparten an Kerzen und an Holz, wo immer es ging. Das wenige, was sie hatten, wurde in neue

Zuchtböcke investiert, in der Hoffnung, zu etwas Bargeld zu kommen.
Unter dem wieder einsetzenden Gehämmer der Handwerker ging sie den Männern voraus die Treppe zum Wachturm hinauf. Endlich durchquerten sie den runden Hof des Burginnern. Tess hörte, wie Albert dem Juden die Neuerungen erklärte, wie er ihn auf den Burggarten aufmerksam machte, in dem neben Gemüse und Kräutern, Herbstblumen in Rot und Gelb leuchteten. Dann betraten sie die Halle, und beim Anblick von Lady Margaret fühlte Tess sich sogleich beschützt.
Die Herrin von Dunnington saß über Papiere gebeugt am Tisch. Je mehr sie sparen mussten, umso detaillierter führte sie die Buchhaltung.
Samuel stieß vor Bewunderung die Luft aus. Die Größe der Halle hatte sich nicht wesentlich verändert. Doch nun war alles aus Stein. Am Boden lag frisches Stroh. Der Kamin war solide gebaut, und an der Wand hing der prachtvolle Wandbehang, das Erbe von Königin Alienor, und verlieh dem Raum Noblesse und Wärme.
»Ich gratuliere, Mylady. Ihr habt ein wunderbares Haus. Welch ein Unterschied zu den Zeiten, als Euer Gemahl noch lebte. Ihr wisst, ich habe ihn sehr geschätzt, auch er hat gut gewirtschaftet. Aber nun bin ich beruhigt, dass Ihr ein solch sicheres Haus besitzt.«
Die Hausfrau trat lächelnd auf ihn zu. »Ich weiß, mein Freund. Dank Eures Kredits und Eurer Geduld, lieber Samuel.« Er beugte sich zur Begrüßung über ihre Hand.
»Es tut mir so Leid, ich kann …«, stammelte er. Lady Margaret sah ihm an, wie er litt. Sie unterbrach ihn freundschaftlich. »Sprecht nicht weiter. Seit Jahren habt Ihr uns geholfen, wo Ihr nur konntet. Wenn Ihr den Kredit nicht verlängern könnt, so weiß ich, dass es nicht an Euch liegt, sondern an der Gesamtsituation des Reiches.«
Tess schnappte erschrocken nach Luft. Wie sollten sie die kommenden Jahre überstehen? Albert stand wie versteinert da, als Samuel erklärte: »Der König erhebt eine neue Steuer, die auch uns sehr zusetzen wird. Nicht mehr nur den Zehnten will er als Steuerzins

haben, diesmal wird es der Dreizehnte sein, samt aller beweglichen Güter. Wir haben alles versucht, um eine Möglichkeit zu finden, Euer Darlehen zu verlängern. Unsere Geschäfte erlauben es einfach nicht mehr.«

»Ich habe diesen Moment längst erwartet und meine Wirtschaftsplanung darauf eingestellt«, erwiderte Lady Margaret ruhig. Begütigend legte sie ihm die Hand auf den Arm und lächelte in die Runde. »Wir haben schon Schlimmeres überstanden. Zu viert werden wir eine Lösung finden«, sagte sie zuversichtlich.

Für Tess tat sich ein Abgrund auf. All das, was sie in ihrem bisherigen Leben als selbstverständlich empfunden hatte, war dahingeschmolzen. Dunnington gab zwar genug her, um zu überleben. Doch woher sollten sie das Geld nehmen, um neue Schafe zu kaufen? Und wie sonst ließen sich Erlöse aus der Zucht erwirtschaften, um den Kredit zurückzuzahlen? Fassungslos blickte sie in Alberts bleiches Gesicht, in dem dieselbe Hoffnungslosigkeit geschrieben stand, die sie empfand. Sie wusste, dass sich bei den Handwerkern Unzufriedenheit ausbreitete und Albert täglich damit zu kämpfen hatte, sie bei Laune zu halten.

»Darf ich Euch etwas zu trinken anbieten?« Lady Margaret unterbrach Tess' verzweifelte Gedanken.

Der Jude winkte dankend ab. »Ich habe leider noch einige andere solcher Besuche zu machen, bei denen wir sicher nicht auf so viel Verständnis stoßen wie bei Euch. Ich fürchte, wir müssen gleich aufbrechen.«

Kaum schloss sich die Tür hinter Albert, der die Gäste hinausbegleitete, trat seine Mutter auf Tess zu und nahm sie in den Arm. Sie streichelte ihr über das Haar und sagte liebevoll: »Ich verbiete dir, dich schuldig zu fühlen. Der König hat sein Wort gebrochen, nicht du.« Dann griff sie nach ihren Händen und drückte sie fest. »Sieh mich an.« Die braunen Augen betrachteten Tess mütterlich. »Ich habe eine Liste der Gegenstände aufgestellt, die wir im Notfall veräußern können. Nun ist dieser Notfall eingetreten.« Wieder drückte sie Tess an sich. »Wir werden dieses Prachtstück verkaufen müssen.« Sie deutete auf den Wandbehang. »Komm mit in meine Stube«, fuhr sie fort. »Ich zeige dir den Rest des Tafelsilbers, den ich zur Sicherheit zurückbehalten habe. Wir werden sehen, was uns das bringen wird.«

Die nächsten Stunden verbrachten sie damit, die Wertgegenstände zusammenzutragen, die man zu Geld machen konnte. Tess kramte in ihrer Truhe das Unterste zuoberst. Plötzlich hielt sie die kleinen Schühchen aus Samt in den Händen, die Alienor ihr kurz vor ihrem Tod überlassen hatte. In ihnen fand sie den Rubinring, den sie längst nicht mehr trug. Zusammen mit den prachtvollen Gewändern, die sie noch immer besaß, schaffte sie alles in Lady Margarets Gemach.

»Der Ring der Königin, ich habe ihn vollkommen vergessen«, rief sie aufgeregt und ließ die Gewänder auf das Bett fallen. »Er muss ein Vermögen wert sein. Hier, schaut ihn Euch an. Der Stein ist wundervoll. Und diese Kleider, vielleicht kann man auch dafür etwas bekommen, und für die Perlen, mit denen sie bestickt sind.«

Mitfühlend betrachtete Lady Margaret die junge Frau. »Eines der Gewänder solltest du behalten. Man weiß nie.« Sie empfand Achtung davor, wie Tess sich in die Situation fügte und wie selbstverständlich sie sich von ihren Schätzen trennte.

Tess griff wahllos nach einem der Gewänder und hielt es vor sich an den Körper. »Ich weiß gar nicht, ob es mir noch passt«, sagte sie und tauschte das strahlend blaue gegen ein rotes Gewand.

»Zieh es an, dann werden wir sehen«, ermutigte Lady Margaret sie, während sie die verbliebenen Silberpokale auswickelte und nebeneinander auf den Boden stellte. Dann blickte sie auf.

»Wie wunderschön du darin aussiehst. Glaub mir, das Leben ist ein ewiges Auf und Ab. Als mein Mann und mein ältester Sohn umgekommen sind, glaubte ich, nie wieder Glück empfinden zu können. Dann ist Albert zurückgekehrt, und dann kamst du mit Sarah nach Hause. Von Stund an hatte mein Leben wieder einen Sinn. Hab nur Geduld, Tess, eines Tages wirst du dieses Kleid wieder tragen können. Warte, ich helfe dir«, sagte sie und knüpfte die Schlaufen an

Tess' Rücken zu. Die junge Frau drehte sich zögernd um sich selbst und lächelte unsicher. Sie empfand diesen Luxus als absolut unpassend. Und doch hatte Alberts Mutter einen winzigen Funken Hoffnung in ihr entfacht.
»Das behältst du. Es steht dir hervorragend«, bestimmte sie.
Unten ging die Hallentür. »Mutter?«, rief Albert. »König John möchte Euch seine Aufwartung machen.«
Tess wurde kreidebleich. Ohne ein Wort zu verlieren, griff Lady Margaret nach ihrer Hand und zog sie hinter sich die Steintreppe hinunter. Die Holzpantinen, die sie seit geraumer Zeit gegen die Lederschuhe ausgetauscht hatten, klapperten laut, als sie die Treppe hinuntereilten.
Noch bevor Lady Margaret die Halle erreichte, zischte sie vor sich hin. »Ihr wagt es, John Plantagenet …«
Dann rauschte sie hinein. Um gut zwei Köpfe kleiner stand sie kerzengerade vor dem König von England und blickte ihm direkt in die Augen. »Es fällt mir schwer, Euch willkommen zu heißen«, sagte sie streng und reichte ihm die Hand zum Kuss.
»Gott zum Gruße, Lady Margaret. Euer Ärger trifft mich zu Recht.« Der Spott, den John in seine Stimme zu legen versuchte, misslang gründlich. Der Respekt, den sie ihm abverlangte, irritierte ihn ebenso wie sein eigenes schlechtes Gewissen.
»Von Lehnsleuten wird Loyalität und Verlässlichkeit verlangt. Mit gutem Grund!«, fuhr sie unbeirrt fort. »Ein König jedoch ist doppelt verpflichtet, sein Wort zu halten, wenn er es mit solch loyalen und verlässlichen Untertanen zu tun hat, wie wir es seit Generationen der Krone gegenüber sind. Es muss gegenseitiges Vertrauen herrschen!«
John zuckte unmerklich zusammen. »Aus ebendiesem Grund bin ich hier, Mylady«, murmelte er zerknirscht.
Da nahm ihn der Anblick der Dame in Rot gefangen, die schräg hinter Lady Margaret aufgetaucht war. Der edle Stoff hob sich krass von dem einfachen Gewand der Hausherrin ab. Sie war höher gewachsen und von ernsthafter Schönheit.

Tess versank in einen Hofknicks. Die Zeit blieb stehen. Ihr Mund war trocken. Sie brachte keinen Laut heraus. Sie hörte Lady Margaret sagen: »Auch der Gräfin von Louisville fällt es nicht leicht, Euch willkommen zu heißen, mein König. Und Ihr wisst selbst am besten, warum.« Tess wollte verneinen, sie wollte die Arme ausbreiten, ihm entgegenfliegen und alles verzeihen.

Stattdessen starrte sie auf den König. Seine gepflegte Eleganz wirkte wie aus einer anderen, längst vergangenen Welt. Das kostbare Cape schimmerte in dunklem Grün, das mit goldenen Fäden durchwirkt war. Die Schließe funkelte in derselben Farbe. Was mochte dieser Smaragd wert sein, fuhr es Tess durch den Kopf. Verwirrt lächelte sie ihn an. Und John lächelte zurück.

Tess' Herz begann zu pochen. Hatte er sie erkannt? Erinnerte er sich noch? Seine schmalen Gesichtszüge ähnelten Alienor mehr denn je. Ihre Gedanken überschlugen sich. Alles würde gut. Ihr war, als zerspränge eine Klammer um ihre Brust.

John blickte zwischen Lady Margaret und ihr hin und her. »Ich bin in Dunnington, um mein Versprechen einzulösen und meine Versäumnisse nachzuholen«, sagte er förmlich. Dann reichte er Lady Margaret die Hand.

»Wollt Ihr mir noch einmal vergeben?« Er lächelte wie befreit, als er die Herzlichkeit spürte, die sie trotz ihres Zorns ausstrahlte. Ihre gerundeten Wangen verzogen sich zu einem freundlichen Lachen.

»So seid von Herzen willkommen in diesem Haus, mein König. Wollt Ihr über Nacht unser Gast sein? Unser Nachtmahl ist bescheiden. Doch wir teilen es gerne mit Euch.«

»Danke Mylady, ich möchte Euch keine Mühe bereiten. Meine Männer haben den Befehl, die Zelte unterhalb der Burg aufzubauen. Ich werde dort nächtigen. Aber den Abend verbringe ich gerne unter Eurem Dach.«

Er würde bleiben. Das war das Einzige, was zählte. Strahlend blickte Tess zu Albert hinüber, der sich schweigend im Hintergrund gehalten hatte.

Erst jetzt fiel ihr auf, dass die beiden Männer etwa gleich groß waren. Albert wirkte kräftiger, sein Gesicht war sonnengebräunt. Man sah ihm die harte Arbeit an. Sein Haar war von Wind und Wetter geblichen. Während das schimmernde Kastanienbraun des Königs ein Gesicht umrahmte, dessen Konturen feiner waren. Nur das prägnante Kinn und die hohen Wangenknochen wirkten männlich, ebenso wie der großzügige Mund, der sich nun zu einem Lachen verzog.

»Komm her, Mönchlein«, sagte John. »Lass uns über deine Zukunft sprechen.«

»Meine Zukunft?«, fragte Albert überrascht. »Sie liegt hier in Dunnington, mein König. An der Seite meiner Mutter und meiner zukünftigen Frau.«

John lachte und warf Tess einen Blick zu, der ihr in die Glieder fuhr. »Ich habe andere Pläne für dich«, sagte er bestimmt und wandte sich an Lady Margaret. »Wir können auch zunächst über die Zukunft von Dunnington sprechen, wenn es Euch lieber ist.«

Ohne darauf einzugehen, trat Alberts Mutter an John vorbei an den Tisch und deutete auf das aufgeschlagene Haushaltsbuch. »Seht selbst. Unsere Zukunft steht auf tönernen Füßen, solange die Schulden nicht beglichen sind.«

»Wer ist der Gläubiger?«, wollte John wissen und überflog die ersten Seiten. »Morgen schickt Ihr nach dem Geldverleiher. Wir werden das Darlehen noch hier an Ort und Stelle auslösen.«

Becher mit warmem Bier wurden gereicht, und Tess glaubte zu träumen, als sie John sagen hörte: »Die Burg braucht dringend einen äußeren Verteidigungsring. Ich habe die Anlage noch nicht genau inspiziert, ich weiß jedoch, dass Dunnington strategisch günstig liegt.«

Sollten die Gerüchte sich bestätigen, nach denen von zunehmender Unruhe in den nördlichen Grafschaften die Rede war? Immer wieder hatte Lady Margaret von Lords gehört, die sich dagegen wehrten, dass England für die Rückeroberung Aquitaniens bluten sollte, dass der König jeden übrigen Penny in den Bau einer Seeflotte steckte. Was interessierte sie hier oben Philipp August von

Frankreich. Sie kannte genügend Verwandte, die nicht mehr hinnehmen wollten, dass ihr König eine hohe Steuer nach der anderen erhob, willkürlich nördliche Lehen zurücknahm und durch eigene Gefolgsleute ersetzte.

Während John die Pergamentseiten aufmerksam durchblätterte, nickte er bestätigend. »Ihr habt klug gewirtschaftet, Lady Margaret, meine Anerkennung«, lobte er. »Dunnington befindet sich bei Euch in guten Händen. Eine äußere Verteidigungsmauer anzulegen gereicht nicht nur Euch zum Vorteil, auch ich benötige im Norden verlässliche Burgherren und befestigte Häuser, die einer möglichen Belagerung standhalten können.«

»So ernst beurteilt Ihr die Lage?«, fragte sie besorgt. Tess und Albert hörten gespannt zu. Sie hatten in den vergangenen Jahren fern von alldem gelebt, was im Reich geschah.

John lächelte hintergründig. »Ihr müsst hier sicher sein, Mylady, wenn ich Euren Sohn als Gesandten nach Wales schicke.«

Tess sah, wie Lady Margaret zusammenzuckte. Sie selbst war von Johns Gegenwart so gefangen genommen, dass sie das Ausmaß dieser Entscheidung nicht gleich begriff. Albert dagegen tat einen Schritt auf den König zu. Doch Lady Margaret hielt ihn zurück.

»Ihr spart nicht an Überraschungen, mein König«, sagte sie. »Weder ist mein Sohn bisher als Lord von Dunnington eingesetzt, noch wurde er zum Ritter geschlagen. Wie soll aus ihm plötzlich ein königlicher Gesandter werden?«

»Lasst das nur meine Sorge sein, Mylady«, entgegnete John lachend. »Euer Sohn ist ein begnadeter Beobachter und ein ausgezeichneter Schreiber, der Wesentliches von Unwichtigem zu unterscheiden weiß.« Er schlug ihm freundschaftlich auf die Schulter. »Diese Begabungen wollen wir für das Reich nutzen, mein Lieber. Wir haben schließlich eine gemeinsame Vergangenheit. Nicht wahr?«

Albert stand benommen da. Zahllose Bilder liefen vor ihm ab: Das erste Treffen mit König John. Lord Will, der ihm die Angst vor Arthur nahm. Das erste eigene Buch, das der König ihm schenkte. Die

Dankbarkeit für die neue Aufgabe. Die Welt bei Hofe, in der er sich plötzlich wiederfand – und das Böse. Fontevrault. Kastilien. Rouen. Der Niedergang seines väterlichen Erbes. Alles geriet durcheinander. Das Einzige, was er in diesem Moment ganz deutlich sah, war, dass dies die Chance war, Tess endlich heiraten zu können. Er blickte zu ihr hinüber.

Aufrecht stand sie genauso da, wie er sie zum ersten Mal gesehen hatte. Mit klaren blauen Augen, in einem roten kostbaren Kleid, über dessen Schultern das honigblonde Haar in weichen Wellen fiel. Ihr schönes, ebenmäßiges Gesicht, ihre lebhafte Miene. Damals war sie so unerreichbar für ihn gewesen. Wie lange hatte er sie nicht mehr so glücklich gesehen? Albert räusperte sich.

»Mein König, ich tue, was immer Ihr von mir verlangt.«

Tess' strahlender Blick verfing sich sekundenlang in seinen Augen, dann glitt er zum König hinüber.

»Erlaubt Ihr, Mylady, dass ich zu den Feierlichkeiten heute Abend mit Wein und Wildbret beitrage?«, fragte John höflich.

Er verbeugte sich vor den beiden Frauen und bat sie, ihn zu entschuldigen. »Ich möchte nun mit Albert die Grenzen von Dunnington abreiten, damit wir später die Baupläne durchgehen können.«

Die Vorbereitungen für das Nachtmahl waren in aller Eile getroffen. Kaum wurde Tess dafür nicht mehr benötigt, hielt es sie nicht länger im Haus. Sie lief in den Burggarten und schnitt die prächtigsten Rosen und voll erblühten Dahlien, die letzten Margeriten. Dazwischen legte sie Zweige, deren Beeren rot leuchteten.

Plötzlich stand Sarah vor ihr und schüttelte vorwurfsvoll den Kopf. In ihrer Miene stand geschrieben: ›Was tust du? Die Blumen sind für das Erntedankfest gedacht.‹

»Mein Gott, Sarah!«, rief Tess. »Ich habe dich vollkommen vergessen. König John ist hier!« Tess schlang die Arme um sie. »Nun wird alles gut«, flüsterte sie. »Der König wird sein Versprechen halten. Er zahlt unsere Schulden. Wir brauchen keine Sorgen mehr zu haben.«

Sarah sah sie ungläubig an, und Tess lachte bei ihrem Anblick. »So kannst du unmöglich zum Nachtmahl erscheinen. Du musst das grüne Kleid anprobieren, das ich wiedergefunden habe. Es wird dir sicher stehen.« Aufgeregt drückte sie die Jüngere an sich. »Der König liebt es, elegante Damen um sich zu haben.«

Wenig später waren alle in der Halle versammelt und warteten. Lady Margaret hatte den Tisch vor dem Wandteppich aufstellen lassen. Er war mit den Resten des Tafelsilbers gedeckt. Gott sei Dank waren ihr noch fünf Pokale geblieben, die blank poliert im Kerzenlicht schimmerten. Wäre die Kostbarkeit der Königin im Hintergrund nicht gewesen, die Tafel hätte sich bescheiden für ein königliches Mahl ausgenommen. Keine Kandelaber mehr, keine silbernen Schüsseln. ›Nun muss er mit Steingut vorlieb nehmen‹, dachte die Hausfrau mit einer gewissen Genugtuung.

Stolz betrachtete sie die beiden jungen Frauen. Tess war es gelungen, Sarah so anzukleiden, dass sie ihr an Eleganz nicht nachstand. Das grüne Gewand saß hervorragend. Es war ähnlich geschnitten wie das rote, mit schmalen Ärmeln und einem Dekolleté, das über dem Ansatz der Brust endete. Nach hundertfachen Bürstenstrichen hatte sie Sarahs Haar genug gebändigt, um es mit dem perlenbestickten grünen Stirnband auf dem Hinterkopf zusammenzubinden. Tess hatte ihr sogar das Gesicht gepudert, um die vor Aufregung roten Wangen zu verdecken.

Albert legte den Arm um seine Schwester, die ihm nicht von der Seite wich, seit sie erfahren hatte, dass er Dunnington verlassen würde. Geduldig berichtete er, was der König plante. »Meine erste Reise als Gesandter wird nach Nordwales gehen. König John hat vor, mit Prinz Llewellyn einen Friedensvertrag zu schließen. Die Sondierungsgespräche laufen schon.«

Zum ersten Mal kamen Tess Zweifel. »Dazu musst du ihre Mentalität und die politische Situation in Wales kennen. Darauf bist doch gar nicht vorbereitet. Ist das nicht viel zu gefährlich?«

Erschrocken blickte Sarah zu Albert auf, der ihr beruhigend über

die Wange strich. »Macht euch keine Sorgen um mich. Der Justitiar wird mich einarbeiten.«
Die Hallentür wurde aufgerissen. Jemand rief: »Der König!« Dann erschien John mit seinem Gefolge. Hinter ihnen trugen Diener in Plantagenet-Farben zwei Ledertruhen herein und stellten sie auf dem Boden der Halle ab.
Tess sank zur Begrüßung auf die Knie, Sarah tat es ihr gleich.
»Noch einmal willkommen, mein König.« Lady Margaret knickste und trat auf den Monarchen zu.
»Ich danke Euch, Mylady, dass ich Euer Gast sein darf.« Sein Mund verzog sich zu einem schiefen Lächeln. »Aber lassen wir doch die Formalitäten«, sagte er und sah zu den beiden jungen Frauen hinüber. »Eure schöne Tochter habe ich noch nicht begrüßt.«
Mit weit geöffneten Augen sah Sarah ihn auf sich zukommen. Einen Moment wusste sie nicht, wie sie sich verhalten sollte. Seine elegante Erscheinung verschlug ihr den Atem. Dann hob sie stumm die Hand.
»Euer Bruder hat mir von Euch erzählt«, sagte John leichthin und beugte sich darüber. »Nur hat mir Albert verschwiegen, wie schön Ihr seid.« Sein Blick wanderte bewundernd über ihre Gestalt. Tess bemerkte das kurze Flackern in seinen Augen, während er weitersprach: »Ihr gehört in kein Kloster, Miss Sarah. Im Gegenteil, der Mann der Euch zur Frau nehmen darf, wird sich glücklich schätzen.«
Sarah errötete und blickte zu Boden. Tess sah, wie Johns Lächeln breiter wurde, als er sich umwandte und den Dienern befahl, die Truhen zu öffnen. Auf glänzender, smaragdgrüner Seide lagen zwei silberne Kandelaber. »Für Lady Margaret, akzeptiert sie als Zeichen Eurer Vergebung.«
»Ich nehme sie mit größtem Dank an«, erwiderte sie schlagfertig. »Sie sind nicht nur wundervoll, sondern auch sehr von Nutzen, da wir keine mehr besitzen.«
»Das grüne Gewand ist für Euch, Tess.« Ihr Herz machte einen Sprung. Weder hatte er sie mit ihrem Titel noch mit Thérèse angeredet. Also erinnerte er sich doch an sie …

Er zog das kostbare Teil hervor und hielt es vor sie hin. Ihre Hände berührten versehentlich die seinen, als sie es entgegennahm. »Welch eine Seide«, rief sie entzückt und bemühte sich, ihre Erregung zu verbergen. »Ein solches Grün habe ich nur selten gesehen«, fügte sie überschwänglich hinzu.
»Ich war sicher, dass es Euch gefallen würde«, sagte er. Und plötzlich wünschte sich Tess, mit ihm allein zu sein. Doch John hatte sich schon abgewandt und nahm ein dunkelrotes Samtcape aus der Truhe. »Und dies ist für Euch, Miss Sarah.« Er öffnete die Schließe und legte ihr den Umhang über die Schultern. Sie wandte den Kopf und bat die Freundin mit den Augen, an ihrer Stelle etwas zu sagen. Tess' Stimme klang belegt, als sie sagte: »Sarah dankt Euch, mein König, ebenso wie ich. Es sind wunderschöne Geschenke, mit denen Ihr uns überrascht. Sie bedeuten uns sehr viel.«
»Und dies ist für Dunnington.« John beugte sich über die zweite Truhe und schob das Sackleinen beiseite. Er hob behutsam zwei bunte, bleiverglaste Fenster hervor. »Albert hat mir die Kapelle gezeigt. Ich denke, dort passen sie gut hin.«
»Wie schön!« Andächtig berührte Tess die kunstvoll gearbeiteten Gläser, auf denen das Leben Christi abgebildet war. Sie würden in der frisch gestrichenen Kapelle ein schönes Licht verbreiten. Nach all den Jahren spürte sie die alte Lebensfreude zurückkehren.
Lady Margaret beugte sich hinunter und betrachtete die prachtvollen Fenster. »Seltsam«, sagte sie, »alles ist bis in jede Einzelheit herausgearbeitet, die Geburt, die Taufe, die Kreuzigung, die Auferstehung – nur hier unten rechts befindet sich ein rotes Glas ohne Szene.«
John war verblüfft. »Meine Hochachtung, Lady Margaret, dass Ihr es sofort bemerkt habt. Der Glasmaler ist ein begnadeter Künstler, aber auch ein großer Verehrer von Thomas Becket. Ihm hatte er dieses letzte Glas gewidmet. Ich bin kein Freund des heiligen Thomas und habe ihn gebeten, es zu entfernen. Ich hoffe, es gefällt Euch auch so.«
»Wer weiß, vielleicht noch besser«, konterte sie. »Ein Onkel von

mir war anwesend, als Euer Vater den Satz gegen den Erzbischof von Canterbury ausstieß. ›Wer befreit mich von diesem Mann?‹ Niemand konnte damals ahnen, dass er so tragische Folgen haben würde, dass ganz England unter das päpstliche Interdikt fallen würde. Niemand in meiner Familie hat je geglaubt, dass König Henry Thomas Becket hat ermorden lassen.« Sie nahm Johns Arm und sagte: »Welch doppelt gelungenes Geschenk also. Wir danken Euch alle sehr. Darf ich Euch nun zu Tisch bitten?«

Die Diener trugen die Platten herein, und Johns Mundschenk sorgte dafür, dass die Pokale nie leer wurden. Die Unterhaltung wurde immer angeregter. Sarah hatte nur Augen für John. Und auch Tess verfolgte jedes seiner Worte, als Albert und er von ihrem ersten Zusammentreffen erzählten. Tess fiel auf, dass John Albert nur das Bürschchen nannte; Albert dagegen sprach von dem Prinzen. Tess wunderte sich auch, dass er die Heiterkeit des Gastes nicht zu teilen schien. Sie selbst empfand nur Glück. Vor ihrem inneren Auge tauchten die Bilder von Mirebeau auf: Arthurs Belagerung, die endlosen Nächte, die eigene Todesangst und Alienors Hoffnungslosigkeit. Und dann war John gekommen und hatte sie gerettet. Niemals würde sie vergessen, wie die Königin bei Johns Anblick aufgeschrien hatte und vor Erleichterung in seine Arme gesunken war.

»Euer Sohn hat einen erstaunlichen Lebensweg hinter sich«, wandte der König sich an Lady Margaret. »Er hat mir gute Dienste geleistet. Ihr könnt mit Recht stolz auf ihn sein.«

Damit erhob er sich und bat Albert, vor ihm zu knien. In der Halle wurde es mit einem Mal still. Alle empfanden die Feierlichkeit der alten Zeremonie, als John nun die Stimme erhob. »Albert, ich ernenne dich hiermit als würdiger Nachfolger deines Vaters zum Lord von Dunnington, das dir vom heutigen Tag an mit seinen erweiterten Ländereien zum Lehen anvertraut wird.«

Tess warf Lady Margaret einen Blick zu. Ihre Augen schimmerten vor Tränen.

John stand hoch aufgerichtet da. Langsam hob er die Arme und öffnete die aneinander gelegten Hände. Albert legte die seinen hinein und gelobte, die Treue als Vasall zu wahren und alle Pflichten gegenüber dem König zu erfüllen. Der König beugte sich vor und gab seinem neuen Vasallen den traditionellen Lehnskuss auf die Wangen.

Danach bedeutete er einem der Ritter, das Schwert zu bringen.

Tess hielt den Atem an, als das Schwert mit scharfem Klirren aus der Scheide gezogen wurde. Mit beiden Händen hielt John die Klinge waagerecht vor Albert hin.

»Lord Dunnington! Hiermit erhebe ich Euch in den Ritterstand. Nehmt dieses geweihte Schwert. Es möge Euch dazu dienen, die Interessen des Reiches und der Krone zu verteidigen.«

Albert berührte die schimmernde Waffe, bevor John sie wieder in die Scheide stieß. Keiner wagte zu sprechen, als er ihm das Schwert umgürtete.

Dann zog John den jungen Lord in seine Arme und lachte. »So, mein Lieber. Das Pferd hast du, die Rüstung wird dir auf den Leib gefertigt. Doch die Sporen, die musst du dir selbst verdienen!«

In der Halle erschallten Bravorufe: »Ein Hoch auf Lord Dunnington!«, und: »Es lebe der König!«

Durch einen Tränenschleier hatte Tess die Zeremonie verfolgt. Als sie endlich an der Reihe war zu gratulieren, legte sie Albert die Arme um den Hals. »Alles Glück für dich. Lieber, lieber Albert!«

Mit immer neuen und stärker werdenden Schauern prasselte der Herbstregen auf die lederne Zeltplane herunter. John war noch immer wach. Mit verschränkten Armen lag er auf seinem Feldbett und beobachtete die dunklen Flecken in den Ecken, die die Nässe langsam, aber stetig vergrößerte.

›Warum empfinde ich nach diesem Abend keine Genugtuung?‹, dachte er niedergeschlagen. ›Heute habe ich dort oben in der Burg das getan, was ich mir als junger Mann immer gewünscht habe: ein großzügiger König zu sein, aufrichtige Menschen zu belohnen.‹

John veränderte seine Haltung. Mit der rechten Hand zog er die Pelzdecke hinauf bis zum Kinn. Er krauste die Nase. »Dieses verdammte Bärenfell stinkt nach Pferd!« Ärgerlich schob er es zur Seite.

›Lady Margaret hat Größe‹, dachte er und lächelte vor sich hin. ›Wie sie mir den Kopf gewaschen hat. Mit einer solchen Frau an der Seite kann ein Mann viel ausrichten. Es muss die Hölle für sie gewesen sein, all die vergebenen Aufträge, all die angefangenen Arbeiten – und dann kein Geld, um sie zu bezahlen.‹

Er überlegte. ›Ich muss mit meinem Justitiar bereden, wie viel Abschlag wir dem Juden zahlen. Natürlich bekommt er nicht alles auf einmal, vielleicht auch gar nichts, und wir verrechnen es mit der Steuer.‹

John schob die Unterlippe vor. ›Dunnington wird teuer werden. Doch meine Entscheidung, eine doppelte Ringmauer anlegen zu lassen, war richtig. Wenn sich erst herumgesprochen hat, dass die Leute hier unter meinem besonderen Schutz stehen, sind sie doppelt gefährdet!‹

John fröstelte, und er griff erneut nach der Bärenfelldecke.

›Ob Isabelle das Zeug dazu hat, eine solche Frau wie Lady Margaret zu werden?‹, fragte er sich. ›Warum ist sie jetzt nicht an meiner Seite? Es wäre ihre Pflicht, mich zu wärmen‹, dachte er. ›Aber nein, die Dame entzieht sich ihren ehelichen Pflichten.‹ John verzog das Gesicht.

›Ihr Bauch wird unförmig, und ihre Brüste sind zu schwer. Wenn sie endlich entbunden hat, wird wieder Spannung in unseren Schlafgemächern herrschen.‹

John setzte sich abrupt auf und zog die Beine an. ›Tess‹, dachte er. ›Tess wird eines Tages eine würdige Nachfolgerin von Lady Margaret in Dunnington sein. Sie hat die Haltung und die Selbstverständlichkeit, ein großes Haus zu führen.‹

Plötzlich sah er Tess vor sich, wie sie ihn oben in der Halle angesehen hatte. Ihre natürliche Schönheit hatte ihn beeindruckt. Ihre Ausstrahlung hatte ihn angeregt und Bilder geweckt.

»So rot war ihr Kleid …«, murmelte er. »Sie hat diese Farbe geliebt. Merkwürdig, dass sie selbst in Fontevrault nicht darauf verzichtet hat. Sie hat sie auch in Mirebeau getragen.« John umschlang seine Knie. »Es war genauso rot wie das Blut, das wir zuvor in der Stadt vergossen hatten. Blut-Rot …«, wiederholte er halblaut, »blut-rot, blut-rot …«

John schloss die Augen.

›Wie heiß mir war, als ich in die Burg hineinstürmte, wie kühl die Wände der Wendeltreppe, als ich hinaufjagte, wie mir das Herz stockte, als ich die Tür zur Halle aufriss. Da stand sie. Inmitten ihrer verschreckten Frauen. Und als sie meiner ansichtig wurde, da kam sie gelaufen. Sie kam auf mich zu. In meine geöffneten Arme.‹

Er atmete tief ein. Wie eine alles verschlingende Woge überrollten ihn die Erinnerungen. Plötzlich war ihm heiß. Er wiegte sich hin und her.

›Ihr Herzschlag vermischte sich mit dem meinen. Ihre Lippen berührten meine Wange. Ihr Atem wärmte meine Haut. Für den Rest meines Lebens hätte ich so verharren können – in diesem Glück.‹

John flüsterte: »Ich will es noch einmal denken. Von Anfang an.« Er holte tief Luft und hielt den Atem an.

›Der nächtliche Ritt, bei dem wir die Pferde zuschanden getrieben haben. Mirebeau im aufgehenden Licht der Sonne, die Stadtmauer, die so unüberwindlich schien. Das Glück der offen gelassenen Pforte, die überrumpelten Feinde. Arthur, der nicht fassen konnte, wie ihm geschah. Die Burg mit den wenigen Wachen im Hof. Mein Schwertarm, der nicht müde wurde. Er schlug nach links und nach rechts mit dieser unglaublichen Leichtigkeit. Er trennte und spießte auf und durchbohrte. Und danach. Die Tür, die Wendeltreppe, noch eine Tür und sie.‹

John rang nach Atem und flüsterte erregt: »Ich stieß die Tür auf und sah sie. Mit einer Handbewegung hielt sie ihre Frauen zurück. Und stieß einen Schrei aus. Wie ein Tier. Und dann lief sie auf mich zu. Ihre Arme schwangen vor und zurück. Ihre Schritte auf den Holzbohlen dröhnten in meinen Ohren. Ich sah ihre Augen, aufgerissen, grün und weit. Ich sah, wie die Angst darin verglühte. Ich sah die Hoffnung und den Triumph darin. Ich spürte ihre Kraft, als sie sich in meine Arme warf. Ihre weichen Lippen auf meiner Haut. Ihr Kleid war so rot wie das Blut auf meinem Schwert.«

John stieß keuchend die Luft aus. Es dauerte eine Weile, bis er in das feuchte Zelt zurückfand. Plötzlich hielt er es allein nicht mehr aus und sprang aus dem Bett.

Als er die Zeltplane zurückschlug, prasselte der Regen auf seinen bloßen Kopf. Die beiden Männer, die vor dem Zelt Wache hielten, nahmen Haltung an.

»Wo schläft Lord Salisbury?«, fragte John.

Der Wächter deutete in die Dunkelheit. »Im dritten Zelt, auf der rechten Seite. Darf ich vorangehen und leuchten, mein König?«

John schüttelte den Kopf. »Gib mir die Fackel!«

Steifbeinig trat er hinaus in das Unwetter. Dumpf klangen seine Schritte auf den ausgelegten Brettern.

Nur ein einzelner Mann hielt Wache, als John sein Ziel erreichte. Wegen der anhaltenden Regenschauer erkannte dieser nicht, wen er vor sich hatte. »Halt. Wer da?«, herrschte er den Ankömmling an und stellte sich ihm drohend in den Weg.

»Weck den Lord«, befahl John.

Der Wächter fasste den Spieß fester. »Der ist nicht da«, erwiderte er barsch.

Das Misstrauen sprang John an wie eine Wildkatze. Er spürte, wie sein Mund trocken wurde, und er musste sich räuspern, ehe er fragen konnte: »Wo ist er denn?«

»Woher soll ich das wissen?« Die Wache hüllte sich fester in ihren Umhang und senkte den Kopf. Er sah nicht einmal mehr auf, als John sich entfernte.

John hörte das Blut in seinen Ohren rauschen. ›Will ist fort. Er hat mich verlassen, ohne etwas zu sagen. Wen trifft er um diese Zeit? Konspiriert er gegen mich?‹

Er blieb stehen und ballte die Fäuste. ›Will doch nicht‹, schalt er sich selbst. ›Will ist mein Freund, mein Gefährte aus Kindertagen.‹ Am liebsten hätte er geschrien, laut Wills Namen gerufen.

Er sah das Feuer am Ende der Zeltstraße. Man hatte eine Plane in

einiger Höhe über die brennenden Holzscheite gespannt. Er erkannte durch die Regenschwaden ein paar Männer, die sich darum geschart hatten, um sich zu wärmen. Während er sich ihnen näherte, versuchte er, einen Blick hinauf zur Burg zu werfen. Doch die Dunkelheit und die Regenschleier waren zu dicht, als dass er ein Licht hätte erkennen können. »Bist du da oben, Will?«, flüsterte er. Dann hatte er das Feuer erreicht.
Die Männer machten ihm bereitwillig Platz. »Nimm einen Schluck Bier, Kamerad«, forderte ihn einer wohlwollend auf, ein anderer reichte ihm den Humpen. John trank gierig, bis ihm jemand das Gefäß aus der Hand nahm. »Lass uns noch etwas übrig. Die Nacht ist lang«, sagte er in breitem Yorkshire-Dialekt. Er deutete auf die zusammengesunkene Gestalt neben sich. »Der hier hat es nötiger. Seine Mutter ist gestorben. Gerade heute hat er's erfahren. Gott sei ihrer Seele gnädig.«
Eine Welle von Mitleid übermannte John. »Wie heißt er?«, fragte er.
»Er heißt John. Genau wie unser König.«
Ein anderer sagte: »Das ist aber auch die einzige Gemeinsamkeit.« Die anderen brummten zustimmend.
»Meine Mutter ist auch gestorben«, entfuhr es John. Wieder wurde ihm der Humpen gereicht. »Dann trink!«
Die Flammen beschienen die Männer von unten und zeichneten tiefe Schatten in die Gesichter. »Mach deine Fackel aus. Steck lieber die Hände in die Taschen. Die Nacht ist kalt.«
John war es gelungen, sich neben seinen Namensbruder zu schieben. »Es tut mir so Leid«, raunte er. »Glaub mir, ich weiß, wie dir zumute ist.« Der andere John hielt den Kopf gesenkt und hatte sein Kinn auf die Brust gelegt. Nun begann er zu schluchzen. »Morgen wären wir an unserem Dorf vorbeigekommen. Dann hätte ich sie noch sehen können. Nun ist es zu spät!« Er zog die Nase hoch und wischte sich mit der Hand über das Gesicht. John war betroffen, wie jung er war.
»Wie alt bist du?«, fragte er beklommen.

»Weiß nicht genau. Alt genug, um die Franzosen zu töten. Und jetzt ist Mutter tot. Ist das die Strafe dafür?«

John legte ihm den Arm um die Schulter und drückte ihn an sich. »Der Tod ist die Strafe dafür, dass wir leben, dass wir die Sonne sehen, dass wir Sehnsucht haben, dass wir auf der Suche nach dem Glück sind. Ja, der Tod ist die Strafe dafür, dass wir leben.«

Sein Nachbar zur Linken beugte sich vor. »Hört, hört. Der redet so geschwollen daher wie ein Pfaffe. Bist du einer von denen?«, fragte er lauernd und spuckte in die Flammen.

Hastig verneinte John. »Um Gottes willen, nein. Mit diesen Wortverdrehern habe ich nichts gemein.« Er zog sich in den Schatten zurück. Aber der andere ließ nicht locker. »Du sprichst nicht wie wir. Wer bist du?« Er beugte sich ebenfalls zurück und fasste nach seinem Umhang. »Teurer Stoff«, meinte er lauernd. »Und du trägst Sporen. Bist du ein Hauptmann?«

Alle wandten sich John zu, auch der, dessen Mutter gestorben war. John spürte, wie ihm das Misstrauen entgegenschlug.

»Lasst ihn in Ruhe. Er hat auch keine Mutter mehr«, rief sein Namensbruder. Dann zog er John mit sich fort in die Dunkelheit. »Kommt mit in den Pferdepferch. Da können wir uns auch unterstellen.«

Dankbar und verwundert zugleich folgte John dem Jungen durch die engen Zeltgassen. Einmal verfehlte er das ausgelegte Brett, als sie um eine Ecke bogen, und er versank bis zu den Knöcheln in der aufgeweichten Erde. Es machte ein schmatzendes Geräusch, als er seinen Stiefel aus dem Schlamm zerrte. ›So könnte ich immer weitergehen‹, fuhr es John durch den Kopf. ›Hinter jemandem her, der genauso fühlt wie ich. Hinter jemandem her, der weiß, wo es langgeht.‹

Sein Leidensgenosse war stehen geblieben und deutete auf ein Zelt, hinter dessen Plane Licht schimmerte. »Ich weiß etwas Besseres als den Pferch. Lasst uns versuchen, ob wir hier einen Platz bekommen.«

Ohne Johns Antwort abzuwarten, schlug er vorsichtig einen Zipfel des schweren Segeltuchs zurück und lugte hindurch. Dann zog er John am Ärmel. »Wir können. Mein Freund ist noch da.«

Das Erste, was John dachte, war: ›Wie herrlich warm es hier ist.‹ Mit der Hand wischte er die Nässe aus dem Gesicht und blickte sich neugierig um.

Das Zelt war fast so groß wie seines. Unter den Feuerstellen schwelte die Glut. Über einer von ihnen köchelte eine Brühe, deren Duft durch die provisorische Behausung zog. Davor waren riesige Kupferkessel aufgestellt, die im spärlichen Licht wie Rotgold glänzten. Nur eine einzelne Fackel brannte. Ein Junge war damit beschäftigt, ein Huhn zu rupfen. Der tote Vogel lag auf seinen Knien, und um ihn herum stoben die Federn. Der Junge warf nur einen kurzen Blick auf die Ankömmlinge und fuhr mit seiner Beschäftigung fort. Beherrscht wurde der Raum von einer Holzplatte, die man auf Böcke gelegt hatte. Darauf stapelte sich totes Federvieh.

Der kleine John zog sich die Sackleinwand von den Schultern und legte sie vor die Feuerstelle. »Musst du die alle noch säubern, Marcus?« Der Küchenjunge nickte. »Frühstück für die verfressenen Offiziere«, sagte er lakonisch.

Johns Umhang begann vor Feuchtigkeit zu dampfen. Unschlüssig wartete er ab.

»Zieht ihn doch aus«, forderte ihn sein Begleiter auf, und den Küchenjungen fragte er: »Sollen wir dir helfen?«

John achtete darauf, dass das pelzgefütterte Innenfutter nicht zu sehen war, als er sein Cape in die Nähe der Feuerstelle legte.

»Hab das von deiner Mutter gehört.« Marcus hob kurz den Blick. »Tut mir Leid …« Er warf das gesäuberte Huhn in eine Schüssel.

Der kleine John griff sich einen der Vögel und kniete sich auf die Erde. Seine Schultern begannen zu beben. »Ich hab schon überlegt, ob ich morgen einfach abhaue«, murmelte er und löste die erste Feder mit einem Ruck aus dem toten Fleisch. Marcus war erschrocken. »Das darfst du nicht. Frag doch lieber, ob man dir ein paar Stunden freigibt.«

»Krieg ich nicht«, schluchzte der kleine John erneut und zerrte an einer widerspenstigen Feder. »Hab schon gefragt. Morgen geht's hoch nach Pickering. Wie es heißt, will der König die Nordbarone dorthin zur Jagd einladen.«

»Dann trau dich und frag Lord Salisbury.«

Der kleine John presste den toten Vogel gegen seine Brust und schniefte. »Wie stellst du dir das vor? Soll ich einfach in sein Zelt gehen und ihn wecken?«

Marcus grinste verschmitzt, und John sah, dass ihm zwei Vorderzähne fehlten. »Zufällig weiß ich, dass der Lord nicht schläft. Er ist im Pferch und verarztet sein Pferd. Gerade jetzt war er hier, um heißes Wasser zu holen.«

John schwindelte vor Erleichterung. ›Will kümmert sich um sein Pferd. Er konspiriert nicht. Will verrät mich nicht.‹

Die beiden blickten fragend zu ihm herüber. John lächelte. »Ja, lauf nur und bitte den Lord, ob er dich bis zur Beerdigung freistellt. Ich bin sicher, er wird es tun.«

Der kleine John blieb skeptisch. »Meint Ihr wirklich?«

John nickte. »Ich bin davon überzeugt.« Er langte nach der Sackleinwand und hielt sie ihm entgegen. »Lauf nur«, sagte er aufmunternd und erhob sich ebenfalls, um nach seinem Umhang zu greifen. Dann schubste er den Jüngeren zum Eingang. »Beeil dich, ehe der Lord schlafen geht.« Er hielt ihm die Plane auf und nickte ihm zu. »Viel Glück!«

Bevor er selbst wieder in den Regen hinaustrat, fragte er den Küchenjungen: »Wirst du das alleine schaffen?« Mit dem Kinn wies er auf den Tisch mit den toten Vögeln. Marcus zuckte mit den Schultern.

»Ich muss ja«, entgegnete er trocken. John winkte ihm zu. Dann fiel die Plane hinter ihm herunter.

John stapfte planlos über die Bretter. ›Wie groß eine solche Zeltstadt doch ist‹, dachte er. ›Habe ich mir je Gedanken über die Logistik gemacht, die dazugehört, wenn wir über Land reisen? Wenn das Mönchlein also eine zweite Ringmauer errichten soll, muss sie so großzügig bemessen sein, dass wir auch in Zukunft hier unterkommen können.‹ Er verzog die Miene. ›Die Pfaffen im benachbarten Kloster werden staunen, wie der neue Lord von Dunnington sich ausbreitet.‹

Er verharrte, um sich zu orientieren, und drehte sich dabei einmal um sich selbst. In seinem Rücken lag die Burg, vor ihm rauschte der Wind in dem Birkenwald, der sich den Abhang hinunter bis zum Dorf verlor. John wandte sich nach rechts. Er passierte Wills Zelt. Der Posten davor schien im Stehen zu schlafen. Er hob nicht einmal den Kopf, als John dicht an ihm vorbeiging.

Die ganze Nacht über fand Tess keinen Schlaf.

Nachdem der König sich zurückgezogen hatte, war sie Lady Margaret so lange zur Hand gegangen, bis diese sie energisch zu Bett schickte.

Stundenlang hatte Tess mit pochendem Herzen neben Sarah gelegen und war im Geist immer wieder die Geschehnisse des vergangenen Abends durchgegangen. Und immer aufs Neue durchströmten sie Wellen von Glück, wenn sie an John dachte.

Wie er Lady Margaret um Verzeihung gebeten hatte. Die Großzügigkeit seiner Geschenke, die er ihnen allen überreicht hatte. Die Feierlichkeit, die seine bloße Gegenwart bedeutete, als Albert zum Lord von Dunnington erhoben wurde. Eine nie gekannte Sehnsucht überfiel sie, wenn sie sich den Ausdruck seiner Augen in Erinnerung rief. Ihr wurde heiß, wenn sie daran dachte, wie ihre Hände sich berührt hatten, als er ihr sein Geschenk überreichte.

Vorsichtig rückte Tess ein Stück von Sarah ab und rollte auf den Rücken. Mit offenen Augen starrte sie in den dunklen Raum. ›Morgen werde ich ihn wiedersehen.‹

Als der Hahn krähte, schlief Tess noch immer nicht. Sie stieg leise aus dem Bett. Barfuß lief sie hinüber zum Wandhaken, wo ihr Kleid von gestern aufgehängt war. Flüchtig überlegte sie, ob sie es wieder anziehen sollte, wählte stattdessen aber den Bauernrock mit der Leinenbluse, mit denen sie normalerweise ihre Arbeit im Haus erledigte.

Die Holzpantinen in der Hand huschte sie bald darauf die Wendeltreppe hinunter und durchquerte die Halle. Sekundenlang blieb sie stehen und starrte auf die Stelle, an der der König gesessen hatte. Dann öffnete sie die Tür nach draußen. Niemand war zu sehen, und sie war froh darüber.

Erst im Hof schlüpfte sie in die Holzschuhe, ehe sie hinüber zum Hühnerstall lief. Gottlob hatte es aufgehört zu regnen. Ein frischer Wind trocknete die Bohlen, über die sie eilte, und wirbelte durch ihre Haare. Wieder krähte der Hahn, und Tess versuchte, ihn mit Handbewegungen zu verscheuchen. Erst als Tess den Riegel zurückschob, warf er ihr einen misstrauischen Blick hinterher.

Im Stall gluckten die Hühner, beunruhigt über den frühen Besuch. Nur mit halb geöffneten Augen verfolgten sie, wie Tess nach dem Weidenkorb griff. Sie plusterten ihr Gefieder und drängten sich tiefer in die Nester.

Mit geübtem Blick überflog Tess im Halbdunkel die Anzahl ihrer Schützlinge. Alle zehn waren noch da. Gerade wollte sie sich vorbeugen, um nach dem ersten Tier zu tasten, da hörte sie, wie die Tür in ihrem Rücken leise geöffnet wurde. »Leise«, zischte sie ärgerlich, bückte sich und griff routiniert unter den warmen Hühnerkörper.

»Das habe ich noch nie erlebt«, flüsterte John. »Gibt es irgendetwas, was Ihr nicht könnt?« Sie hörte sein unterdrücktes Lachen. Es durchfuhr sie siedend heiß. Das Huhn drängte ihre suchende Hand zur Seite, als sie sich umwandte. Unfähig zu sprechen, starrte sie ihn an. Ihre Gesichter waren nur eine Handbreit voneinander entfernt. Sie sah das Funkeln in seinen Augen. Da fiel ihr ein, wie oberflächlich sie sich angekleidet hatte. »Oh Gott«, stieß sie hervor.

»Oh Tess«, wiederholte er im gleichen Tonfall. Und dann: »Ich habe die ganze Nacht an dich denken müssen! Ich konnte nicht schlafen und bin heraufgekommen, um zu sehen, ob schon jemand wach ist.«

In dem fahlen Licht starrte Tess auf seinen Mund, der immer näher kam. ›Aber das geht doch nicht‹, wollte sie sagen, doch da berührten sie schon seine Lippen. Unendlich sanft fuhren sie die Konturen ihres Gesichts nach. ›Ich habe mir nicht einmal die Zähne gereinigt‹, dachte sie in Panik.

Als er mit beiden Händen in ihre Haare griff, konnte sie nicht länger stillhalten. Alles in ihr drängte sich ihm entgegen. Sie spürte seine Zunge, sie genoss die Berührung seiner festen Hände. Ihr Körper begann zu glühen, und sie stöhnte auf. Ihre Glieder wurden weich und schwer. Sein Atem war in ihrem Mund, an ihrem Nacken, auf ihrer Brust.

Hinter ihr gluckten die Hühner immer aufgeregter. ›Welch eine Situation, welch ein Ort‹, durchfuhr es Tess. Mit fliegenden Fingern half sie John, als er die Schlaufen ihrer Bluse öffnete und sie langsam über ihre Brüste zog.

»Gib sie mir«, drängte er und Tess zog den Stoff hinauf. Als er ihre Brüste zu streicheln begann, stöhnte sie vor Lust. Unter halb geschlossenen Lidern blickte sie hinunter auf seinen Kopf und roch den Duft, der von seinen Haaren aufstieg, als er die nackte Haut küsste.

»Ich will dich so«, keuchte John. Tess' Unterleib zog sich vor Begehren zusammen. Sie lehnte sich gegen den Körnertrog und ließ es zu, dass er ihre Röcke hob. Seine Hände waren überall. Und als er sich zurückbog und den Gürtel seiner Hose öffnete, schloss sie die Augen.

›Und wenn es hier im Hühnerstall geschieht‹, dachte sie und schob sich ihm weiter und weiter entgegen, je heftiger er in sie drang. Sie glaubte zu zerreißen und schrie vor Glück. Sie meinte zu verglühen und küsste ihn, wo sie nur konnte. Dann nahm sie seinen Rhythmus auf.

Mit einem Mal brachen die Hühner hinter ihnen in lautes Gezeter aus. Ihr Gackern und Kreischen vermischte sich mit ihrer beider Schreie.

Tess öffnete die Augen. Hinter Johns Rücken war Sarahs Gesicht aufgetaucht, das schreckensbleich auf sie gerichtet war. Wild mit

den Flügeln schlagend, flohen die aufgescheuchten Hühner an ihr vorbei nach draußen. Als Tess wieder aufsah, war Sarah verschwunden.
»Danke, mein Liebling«, flüsterte John. »Danke!«

* * *

Die späte Sonne spiegelte sich in den Scheiben der königlichen Gemächer zu Winchester. Isabelle stand am Fenster. Blind für die Aussicht trommelte sie ungeduldig gegen die Bleifassung. Als sie hörte, wie die Tür geöffnet wurde, wirbelte sie herum, dass die Röcke flogen.
»Komm nur herein und erklär mir bitte, was das zu bedeuten hat«, rief sie aufgebracht. »Der König von England wagt es, sich mit dem Papst anzulegen. Bist du größenwahnsinnig geworden?«
John hob abwehrend die Hände.
»Nein«, schrie sie außer sich vor Wut. »Keine Ausflüchte. Auf dem Kontinent haben wir schon genug verloren. Und jetzt wagst du es, Papst Innozenz den Fehdehandschuh hinzuwerfen.« Schon stand sie vor ihm. Mit den Fäusten trommelte sie auf seine Brust. »Was glaubst du wohl, was als Nächstes geschieht?«
Ihr Gesicht war dicht vor seinem. Ihre Augen sprühten Funken. Spontan beugte John sich vor und küsste sie auf die halb geöffneten Lippen. »Du siehst wie immer wundervoll aus.«
Er griff nach ihren Fäusten und hielt sie fest. »Willst du mir nicht erst einmal richtig Guten Tag sagen?«, spottete er und stellte überrascht fest, dass die Geburt ihrer Schönheit keinen Abbruch getan hatte. Schon verspürte er wieder das alte Begehren.
»Komm mir nicht so«, fauchte sie. »Was kümmert dich mein Aussehen, was kümmert dich der Thronfolger. Nein, mein hoher Gemahl hat nichts anderes im Sinn, als Unruhe zu stiften. Wenn du nicht nachgibst, wird der Papst das Interdikt über uns alle verhängen!«
»Na, wenn schon«, sagte er plötzlich ernüchtert. Dann wurde auch

er zornig. »Und hör endlich auf, von den Ländereien im Süden zu faseln! Der Kontinent interessiert mich nicht. Hörst du, er kümmert mich im Augenblick einen feuchten Kehricht!« Er war laut geworden. Abrupt ließ er sie los, dass sie taumelte.
Doch Isabelle gab sich so leicht nicht geschlagen. »Hättest du die Güte, mir zu sagen, was dich dann interessiert? Wir sind es jedenfalls nicht.« Ihre Stimme troff vor Hohn.
John schlenderte hinüber zu der Truhe, wo das Tablett mit den Getränken abgestellt war. Seelenruhig goss er sich einen Becher Wein ein. Mit dem Pokal in der Hand wandte er sich ihr zu. »England interessiert mich. Nur England. So war es schon bei meinem Vater. Und um England zu halten, werde ich in Irland und Wales für Ordnung sorgen. Und ob der oberste Hirte in Rom …«, er blies verächtlich die Luft aus, »…mich in Acht und Bann legt, das ist mir gleichgültig.« Er leerte den Pokal in einem Zug. Dann lächelte er. »So, und jetzt komm und küss mich, und dann zeig mir Henry. Schließlich möchte ich den Sohn sehen, der nach mir die Krone von England tragen wird.«
Isabelle blieb unversöhnlich. »Wenn es dazu überhaupt kommt. Das ganze Land ist in Aufruhr. Die Bischöfe setzen sich bereits auf den Kontinent ab, weil sie unter deiner Tyrannei nicht leben wollen.«
»Tun sie das?«, fragte er mokant. »Der von Winchester ist jedenfalls noch hier. Ich habe ihn gerade gesprochen.«
Isabelle hob die Hand und zählte auf. »Aber die von London, Ely, Chester, Hereford und York, die sind fort«, schleuderte sie ihm entgegen.
John zuckte mit den Schultern. »Gut, ein paar der Memmen haben Fersengeld gegeben. Sei's drum! Trotzdem denke ich nicht daran, Stephan Langton anzuerkennen. Ich bin der König, und meine Wahl ist auf den Bischof von Norwich gefallen, zumal die Brüder in Canterbury anfangs auch für ihn waren. Dass sie hinter meinem Rücken eine Abordnung nach Rom geschickt haben, um alles rückgängig zu machen, das war Verrat.«

Wieder streckte er die Arme nach ihr aus. »Na, komm schon«, bat er.
Isabelle schüttelte heftig den Kopf. »Nur wenn du den Mönchen von Canterbury ihren Besitz zurückgibst.«
Johns Gesicht verfärbte sich rot. An den Schläfen traten die Adern hervor. »Herrgott noch mal, bin ich hier im Kronrat, oder was?«, brüllte er und schleuderte den Pokal auf die Erde. Scheppernd rollte er unter die Truhe. Beide sahen ihm nach. »Ich musste das tun, damit sie endlich verstehen, dass ich in England das Sagen habe«, sagte er.
»Erklär das deinen Untertanen«, höhnte Isabelle. »Mich überzeugst du nicht. Sieben Wochen warst du wieder unterwegs, um die frommen Männer gegen dich aufzubringen. Du nimmst ihnen das Geld und konfiszierst ihren Besitz. Sie müssten in der Tat Heilige sein, wenn sie dir das verziehen.« Eine Weile starrten sie einander an. Schließlich zuckte John mit den Schultern. »Eine reizende Art, seinen Gemahl willkommen zu heißen.« Er wandte sich ab.
»Wo willst du hin?« Isabelle stellte sich ihm in den Weg.
»Ein Bad nehmen«, erklärte er lakonisch. Er hatte schon den Türriegel in der Hand, da fügte er ironisch hinzu: »Du könntest mir dabei Gesellschaft leisten.«
Sie warf ihre Haare zurück. »Dazu fehlt mir die Zeit. Ich habe versprochen, zum Nachtgebet bei den Kranken im Spital vorbeizuschauen.«
John hob die Augenbrauen. »Werden wir jetzt fromm?«
»Nicht fromm, nur menschlich«, erwiderte sie eisig.
Als er hinausgegangen war, fühlte sie, wie ihr die Tränen in die Augen stiegen. »All die Wochen über kein Lebenszeichen von ihm, nicht einmal eine Nachricht, dass er heute kommen wird, und dann gehen wir so miteinander um«, murmelte sie und griff nach ihrem Umhang.
›Als er mich damals nach England brachte, wollte ich alles richtig machen‹, dachte sie wehmütig, ›ich wollte, dass das Volk uns liebt, weil wir gerecht sind.‹ Prüfend betrachtete sie ihr Gesicht in dem

silbernen Handspiegel, dann legte sie ihn wieder zur Seite und rief nach ihren Hofdamen.
Kurze Zeit später überquerte eine erlesen gekleidete kleine Prozession den Innenhof der Burg, um nacheinander die drei georderten Sänften zu besteigen.
Isabelle wünschte, alleine zu sein. Zu sehr hatte sie die kurze Begegnung mit John aufgewühlt.
Als die Träger ihre kostbare Fracht die High Street hinuntertrugen, gab es einen Tumult auf der Höhe des Marktkreuzes. Ärgerlich hob Isabelle den Vorhang und blickte hinaus. »Was ist hier los?« Einer der Ritter, der als Begleitschutz neben ihr ritt, beugte sich zu ihr hinab. »Scheint einer dieser Wanderprediger zu sein. Ich werde dafür sorgen, dass der Ort geräumt wird, Majestät.«
Neugierig sah sie ihm nach, wie er sein Pferd durch die Menge trieb. »Macht Platz für die Königin«, hörte sie ihn rufen. Die Menschen drängten sich neugierig näher heran. Alle redeten durcheinander. Isabelle hob die Hand und winkte, doch ihr Blick verharrte auf der hageren Gestalt, die neben dem Kreuz stand und ihrerseits die Sänfte nicht aus den Augen ließ.
»Geht aus dem Weg!«, rief der Ritter. Drohend lag seine Hand auf dem Schwertknauf. Doch der Mann schien ihn nicht zu hören. Immer noch fixierte er sie. Über die Entfernung hinweg winkte er ihr zu. Isabelle glaubte, ein spöttisches Lächeln wahrzunehmen.
»Könnt Ihr mich hören, Königin?«, rief der Prediger. Ohne zu wissen, was sie tat, nickte sie. Und wieder lächelte er. Isabelle sah, wie er eine Stufe höher stieg und mit einer Handbewegung die Menge zum Schweigen brachte. »Hört mich, Volk von Winchester.« Er legte eine kleine Pause ein, ehe er mit klarer Stimme fortfuhr. »Euer gottloser König hat sich dem Befehl des Papstes widersetzt. Unser Heiliger Vater wird diese Schmach nicht dulden!« Ein Aufseufzen ging durch die Menge. Unbeirrt fuhr der Prediger fort.
»Wenn Gottes Stellvertreter hier auf Erden seinen Bannstrahl gegen den König richtet, wird es auch England treffen, richtet sich sein Zorn auch gegen euch, ihr Leute von Winchester!«

Isabelle sah, wie die Männer und Frauen sich erschrocken an den Händen hielten. Sie sah die furchtsamen Blicke, die zwischen dem Redner und ihrer Sänfte hin- und hergingen.
»Verschwindet von hier!«, brüllte der Ritter. »Sonst lasse ich Euch einkerkern!« Plötzlich veränderte sich die Stimmung. Isabelles Herz begann zu rasen, als die Menge einen drohenden Kreis um den Reiter bildete. Einige von ihnen zerrten bereits an der Pferdetrense. Ein Mann versuchte, den Stiefel aus dem Steigbügel zu reißen. Das Pferd begann zu scheuen. Zu ihrem Entsetzen sah sie, wie der Ritter das Schwert zog.
Erneut hob der Prediger die Hand. Wie durch ein Wunder wich die Menge zurück.
Isabelle hatte den Eindruck, dass der Sprecher sich direkt an sie wandte, als er mit sich überschlagender Stimme schrie: »Haltet ein mit eurem gottlosen Tun. Das Ende der Welt naht. Geht in euch und tut Buße, solange es noch Zeit ist!« Mit der rechten Hand beschrieb er ein großes Kreuzzeichen, und die Menschen beugten das Knie und senkten die Häupter. Einige weinten, andere drängten nach vorne, um einen Zipfel seines Gewands berühren zu können. Der Ritter machte den anderen Reitern ein Zeichen. Schwerter klirrten. Dann sprang einer von ihnen aus dem Sattel und riss den Prediger von den Stufen. Brutal stieß er ihn vor sich her, um ihn fortzuführen. Da entdeckte Isabelle den schmutzigen Jungen, der sich laut weinend an den Arm des Gefangenen hängte. Er mochte nicht älter als neun, zehn Jahre alt sein. Seine Kleidung war zerlumpt, und er war viel zu dünn. Plötzlich war sie ganz ruhig.
»Haltet ein!«, rief Isabelle und wies auf den Prediger. »Lasst ihn frei. Aber sorgt dafür, dass er die Stadt noch heute verlässt«, befahl sie.
»Überlegt, was Ihr tut, Königin. Dieser Mann ist ein Aufrührer«, beschwor sie der Hauptmann ihrer Garde. Doch sie war nicht umzustimmen. Ärgerlich gab der Soldat ihre Order weiter. Bevor Isabelle den Vorhang ihrer Sänfte wieder herunterließ, traf sie noch einmal der Blick des Predigers. Und wieder hatte sie das Gefühl,

dass er sie spöttisch musterte, ehe er mit dem Jungen in einem Torbogen verschwand.

Erst als sie kurze Zeit darauf vor dem Spital abgesetzt wurde, fragte sie den Hauptmann: »Wer war der Mann?«

»Peter of Wakefield.« Man sah ihm an, dass er immer noch ungehalten war. »Ihr hättet ihn nicht laufen lassen dürfen, Königin«, sagte er vorwurfsvoll und reichte ihr den Arm, damit sie hinaussteigen konnte. »Er zieht durch England und sät Hass. Es gibt viele von ihnen. Doch Peter of Wakefield ist der Schlimmste von allen.«

Isabelle erwartete ihre Begleiterinnen, deren aufgeregte Stimmen sie kaum auseinander halten konnte. »Habt ihr den Prediger gesehen? Habt ihr den Hass in seinen Augen glühen sehen, dieses schmutzstarrende Gewand, ich habe mich so gefürchtet ...« In ihren farbenprächtigen Kleidern wirkten die Hofdamen merkwürdig deplatziert vor dem schmucklosen Steinhaus, in dem das Spital untergebracht war.

»Meine Damen«, rief Isabelle sie zur Ordnung, als der Abt von St. Cross ihnen zur Begrüßung entgegeneilte. Während sie freundlich lächelnd bald darauf von Bett zu Bett schritt, hier ein aufmunterndes Wort sagte, dort ein kleines Geschenk in eine Hand drückte, ging ihr der Ausdruck des Predigers nicht aus dem Sinn. ›Als habe er mich warnen wollen.‹ Ganz in Gedanken versunken, schritt sie die lange Reihe ab, ehe sie endlich stehen blieb.

»Was ist mit ihr?«, fragte sie und beugte sich über ein Lager, in dem eine ältere, verbraucht aussehende Frau lag. Sie hielt die Augen geschlossen, und es sah aus, als leide sie große Schmerzen.

Die Schwester strich das Laken glatt und flüsterte: »Wir wissen es nicht. Eine Nacht lang hat sie vor der Pforte gelegen und geschrien, dass das Ende der Welt nahe sei. Am Morgen ist sie dann zusammengebrochen. Nun liegt sie seit vier Tagen und spricht kein Wort.« Die Nonne bekreuzigte sich, und Isabelle trat erschrocken zurück.

Und wieder tauchte das Gesicht Peters of Wakefield vor ihr auf. Es verließ sie nicht und machte ihr Angst, als sie zum Abschluss ihres

Besuchs mit den Nonnen das Abendgebet sprach. »O Gott, beschütze uns«, betete sie inbrünstig. »Halte deine schützende Hand über John und mich und segne unseren Sohn Henry an allen Tagen.«
Plötzlich hatte sie es eilig, zurück in die Burg zu kommen. Wieder saß sie alleine in ihrer Sänfte, als der Zug die High Street hinaufzog. Als sie den Marktplatz passierten, hob sie verstohlen einen Zipfel des Vorhangs und spähte hinaus. Nur ein Nachtwächter ging vorüber und beleuchtete das Kreuz auf dem Sockel, sonst war der Platz verlassen.
Sie ließ den Vorhang fallen und spürte, wie ihre Hände zitterten. Sie presste ihren Kopf gegen das Polster und zwang sich, ruhiger zu atmen. Dann hob sie den Vorhang erneut. »Beeilt Euch. Der König wartet!«, rief sie mit fester Stimme.

Im Kloster ›Zum armen Hirten‹, Shropshire
Ende Februar. Anno Domini 1208

Albert, Lord of Dunnington,
an seine hochwohlgeborene Mutter
Lady Margaret zu Dunnington Castle

Hochverehrte Mutter, geliebte Schwester Sarah, teuerste Tess,
morgen früh geht ein Bote nach York. Ich habe ihm befohlen, den Umweg über Dunnington zu machen, denn ihr sollt wissen, wie es mir unterdessen ergangen ist.
Unser geliebter König John bestand darauf, ihn zuerst in den Norden zu begleiten. Er wünschte, dass ich die Lords dort oben persönlich kennen lerne und in die Gesellschaft eingeführt werde, zu der ich nun die Ehre habe zu gehören. Anfangs war ich noch recht unsicher. Doch mein allerhöchster Herr befand, dass ich meine Sache gut mache. Sein freundschaftlicher Umgang mit mir versetzte manch einen der Barone ins Staunen. Und ich selbst kann mein Glück immer noch nicht fassen. Eigene Pferde, eigene Diener – und zwölf Berittene zu meinem Schutz.

Sooft es sein Zeitplan zuließ, winkte der König mich neben sich, und dann sprachen wir über unser geliebtes Dunnington. Zu meinem Erstaunen erinnert er sich an die geringste Kleinigkeit. Er liebte es, noch einmal unser Nachtmahl zu erwähnen, und flüsterte mir zu: ›In Dunnington waren wir sehr glücklich!‹ Ich bete darum, dass ich ihn nie enttäuschen möge …

Albert ließ die Feder sinken und rieb sich die kalten Hände. Wie wehrhaft Dunnington werden wird, nun, da die Gelder fließen. ›Ein passender Rahmen für meine schöne Tess, meine geliebte Tess‹, dachte er. Seit ihrer beider Zukunft gesichert war, erschien sie ihm froh und glücklich. Er sehnte sich nach ihr. ›Wie vollkommen wird unser Glück erst sein, wenn wir Kinder haben.‹ König John hatte versprochen, zur Hochzeit zu kommen, sobald er seinen Auftrag erfüllt hätte. Doch der hatte sich als schwieriger herausgestellt als gedacht.

Albert unterdrückte ein Gähnen. Auf seinem Weg nach Wales sollte er alle Klöster besuchen, die am Weg lagen, um detaillierte Aufstellungen ihrer Besitzstände zu erstellen. Jeder wusste, dass sie in Wirklichkeit mehr besaßen, als im Domesday Book vermerkt war. Immer wieder gab es Schenkungen der umliegenden Großgrundbesitzer an die Orden. Albert hatte sie auch im Verdacht, dass sie Gelder aus Rom erhielten. Wieder gähnte er.

›Ich muss unerwartet bei ihnen auftauchen. Sie dürfen nicht mit meinem Kommen rechnen. Ich muss verhindern, dass ihnen genügend Zeit bleibt, das goldene Messgeschirr, die Folianten und gefüllten Truhen verschwinden zu lassen. Ich sollte mit meinen Männern direkt in die Gemächer der Äbte marschieren. Nur so kann ich fündig werden‹, dachte er. ›Der König will ihnen eine Lektion erteilen. Ich werde sie umsetzen!‹

Wieder griff er zur Feder und tauchte sie in das Tintenfass. Er schrieb weiter:

... Und ich werde unseren geliebten König nicht enttäuschen, denn ich habe ihm alles auf der Welt zu verdanken. Doch mit welchen Widrigkeiten hat der Souverän zu kämpfen. Nur zu deutlich empfinde ich das Misstrauen der oberen Hirten, wenn ich mein Beglaubigungspergament vorlege. Am liebsten würden sie mir den Zutritt verwehren. Es ist nicht einfach, mit dieser allgegenwärtigen Feindschaft umzugehen. So kam es gestern zum Eklat, als meine Männer eine geheime Geldtruhe entdeckten und der Abt sich uns entgegenstellte. Nun ja, wir haben unsere Mission natürlich ausgeführt.

Heute dagegen sind wir in einem Kloster abgestiegen, das so klein und arm ist, dass es nicht lohnt, sich weiter umzutun. Die Mönche haben sich von einem reichen Orden abgesondert, um hier in der Einöde einen bescheidenen Neuanfang zu wagen. Ja, so sollten Klöster beschaffen sein. Zudem sind die frommen Männer von ausgesuchter Freundlichkeit. Der Abt bestand darauf, das Nachtmahl mit mir alleine einzunehmen. Dabei vermieden wir es, über den Anlass meiner Reise zu sprechen, vielmehr bewunderte er die Besonnenheit, mit der ich meine Männer führe. Er gab mir das Gefühl von Geborgenheit in dieser frommen Gemeinschaft, so dass ich glücklich war, ein wenig von unserem Proviant beisteuern zu können.

Das Kloster ›Zum armen Hirten‹ liegt kurz vor der walisischen Grenze. Der Hausherr erzählte mir, dass man bei gutem Wetter von hier aus die Black Mountains sehen kann, und schwärmte von dem Ausblick, wenn die Morgensonne die Gipfel vergoldet. Das werden wir leider nicht erleben, da es seit Tagen schneit. Alle Wege sind verweht, so dass Reiter und Lasttiere sich leicht verirren. Zwar gibt man uns immer wieder Führer für die nächste Etappe mit. Doch wegen der schlechten Witterung fürchte ich, dass wir auch den morgigen Tag die Gastfreundschaft dieser armen Gottesmänner in Anspruch nehmen müssen. Wenn es nur nicht so lausig kalt wäre ...

Albert legte die Feder erneut auf den Tisch, erhob sich und schlug die kalten Hände um die Schultern. Das bescheidene Gastzimmer war nur mit dem Nötigsten eingerichtet. In einem kleinen Kamin schwelte Glut, zu schwach, um den Raum zu erwärmen. Um die Kälte abzuhalten, hatte man Stroh vor den hölzernen Schlagladen geschichtet. Entschlossen ging Albert hinüber und begann das Stroh herunterzureißen. Er lächelte. Nur zu gut kannte er diese Zustände aus Dunnington. Frische Luft musste herein, dann ein paar neue Scheite auf die Glut. Mit einem ordentlichen Feuer würde er es schon aushalten. Er zog und zerrte an dem Holzladen, bis er sich endlich entfernen ließ.

Dicke Schneeflocken wirbelten herein. Albert schützte die Augen mit der Hand und beugte sich hinaus. Direkt unter ihm lag der Hof. Hinter dessen hoher Mauer befanden sich die Stallungen, in denen man seine Männer untergebracht hatte. Alles lag im Dunkeln. Nur die lautlosen Schneeflocken wirbelten ihm entgegen. Da glaubte er eine Bewegung ausgemacht zu haben. Leise stellte er den Holzladen auf den Boden und lehnte sich weiter über den Sims. Er kniff die Augen zusammen, um besser sehen zu können. Dunkle Gestalten schlichen unter seinem Fenster dicht an der Mauer entlang. Sie gingen jeweils zu zweit und hatten die Kapuzen tief über die Köpfe gezogen.

Albert wunderte sich. Seit seinem langen Aufenthalt im normannischen Mortemer waren ihm die Klostergebräuche vertraut. Er wusste, dass jeder Bruder nach Mitternacht in seiner Zelle zu sein hatte.

›Vielleicht feiern sie ihren Gründer mit einer nächtlichen Messe.‹ Er suchte nach einer Erklärung. »Das hätte der Abt mir erzählt«, murmelte er. Plötzlich schlug er sich gegen die Stirn. Sein Herz begann zu hämmern. Er griff nach Umhang und Schwert und lief leise die Steinstufen hinunter. Vorsichtig öffnete er die Haustür.

Eine Weile blieb er unschlüssig stehen, bis sich seine Augen an die flirrende Dunkelheit gewöhnt hatten. Die verwehten Spuren führten zu der kleinen Kirche. Er verwarf den Gedanken, seine Männer zu Hilfe zu holen, und schlich hinüber zu dem Gotteshaus. Lautlos stieß er die Pforte auf. Das niedrige Kirchenschiff schien verlassen, nur spärlich erleuchtet von einer Kerze am Altar. Da hörte er ein unterdrücktes Husten. Es klang seltsam hohl. Neben dem Altar führten fünf Stufen hinab zur Krypta. Ihn schauderte. Auf feuchten Sohlen gelangte er geräuschlos nach unten, in den engen Steingang. Dort lauschte er.

Ein Gegenstand wurde über den Boden geschleift. Dann fragte eine gedämpfte Stimme. »Ihr seid sicher, dass der Tölpel schläft?«

»Davon bin ich überzeugt, ehrwürdiger Vater. Nach Eurem Nachtmahl habe ich ihn selbst auf seine Stube geleitet. Er schien mir sehr müde zu sein.«

Vor Empörung begann Alberts Herz zu rasen. ›Dieser Verräter!‹, fluchte er in sich hinein.

»Passt doch auf!«, schimpfte der Abt. Wieder war dieses schleifende Geräusch zu hören. »War es nicht ein bisschen unvorsichtig, die Truhen aus dem Schuppen zu holen? Ich meine, noch sind die Königlichen hier …«

»Habt Ihr etwa das Schneetreiben nicht bemerkt, Bruder Ambrosius? Die Werke hätten Schaden nehmen können. Der Lord hat sie uns schließlich anvertraut, damit sie dieser Wahnsinnssteuer nicht anheim fallen. Nicht auszudenken, wenn wir sie in der Nässe verrotten ließen. Wir würden nicht nur des Geldes verlustig gehen, das der Lord für unser Versteck zahlt, er würde uns auch noch haftbar machen. Hier sind die kostbaren Bücher sicher, zumal ich davon überzeugt bin, dass unser unbedarfter Gast keinen Verdacht geschöpft hat.«

Albert zitterte vor ohnmächtigem Zorn. Niemals wieder würde er einem dieser Klosterbrüder vertrauen. Stück für Stück schob er sich an der eiskalten Mauer entlang in die Nähe des Türspalts.

»Wer soll sie morgen führen, ehrwürdiger Vater?«, fragte der Mönch.

»Ich dachte an Euch, mein Bruder in Christo.« Ein kurzes verächtliches Lachen folgte. »Es wäre ja denkbar, dass Ihr Euch verirrt.

Unser himmlischer Vater wird schon dafür sorgen, dass Ihr selbst wieder wohlbehalten zu uns zurückfindet!«

»Aber was wird dann aus ihnen? Die Grenze ist nah. Ohne ein Dach über dem Kopf sind sie bei diesem Schneetreiben verloren.« Albert hielt den Atem an. Schritte näherten sich der Tür. »Wir alle sind in Gottes Hand.« Dann entfernten die Schritte sich wieder.

Albert presste den Rücken gegen die Mauer und schloss die Augen. Er kämpfte gegen die aufwallende Scham. Wie hatte er nur so gutgläubig sein können? Albert griff nach seinem Schwert. Allein die Berührung tat gut. Doch der Gedanke, der aus dem Nichts kam und ganz langsam in sein Bewusstsein drang, beruhigte ihn endgültig. Als königlicher Gesandter hatte er die Macht, diese Demütigung und Verachtung nach seinem eigenen Gutdünken zu vergelten. Zum ersten Mal in seinem Leben sann Albert auf Rache.

Selbstsicher stieß er sich von der Wand ab. Dann stahl er sich nach oben, durchquerte das Kirchenschiff und schlüpfte hinaus. Diesmal kam ihm das Schneetreiben gelegen.

Seine Männer fuhren erschrocken auf, als er kurz darauf den Stall betrat. »Verrat«, rief er und wunderte sich über seine Gelassenheit. Auf der Stelle zogen die Männer die Waffen und umringten ihn, während er schilderte, was sich in der Krypta abspielte.

»Was schlagt Ihr vor, Mylord?«, fragte der Hauptmann. »Sollen wir gleich hinuntergehen …«

Albert hob die Hand. »Dieser Frevel verdient eine besondere Art der Bestrafung«, sagte er ruhig. »Im Moment müsst ihr nur die Wachen verstärken. Wenn es Tag wird, nehmen wir sie mit. Sie sollen das Diebesgut selbst tragen. Kein leichtes Unterfangen bei dieser Witterung …« Er lächelte. »Der Abt und sein Helfershelfer kennen den Weg nach Shrewsbury nur zu genau. Dort werden wir sie dem Sheriff übergeben. Wir werden sehen, ob uns das Strafmaß hoch genug erscheint.«

***

Dunnington, im Herbst 1209
An die ehrwürdige Äbtissin
der königlichen Abtei von Fontevrault

Verehrte, liebe Mutter Mathilde,
habt Dank für Eure Zeilen. Ich stehe tief in Eurer Schuld, Euch endlich zu erwidern. Habt ebenso Dank für das Verständnis, das Ihr meinem neuen Leben in Dunnington entgegenbringt.
Wir sind so abgeschnitten von alledem, was sich auf dem Festland tut, dass ich Euren Brief mit größtem Interesse gelesen habe. Philipp August bereitet einen Feldzug gegen England vor? Er konspiriert mit den Schotten und mit den Nordbaronen? Mit dem geheimen Ziel, eines Tages seinen Sohn, Louis, hier auf den Thron zu setzen? Ist der König von Frankreich denn größenwahnsinnig geworden? Möge Gott verhüten, dass Eure Befürchtungen wahr werden.
Wie mag es der kleinen Bianca aus Kastilien an seinem Hofe nur ergehen? Wie fern sind diese unbeschwerten Tage.
Seitdem Albert uns verlassen hat, hat Lady Margaret mir einen großen Teil der Verantwortung für Dunnington übertragen. Es ist wie ein neues Leben. Täglich entdecke ich mehr, wie mich die Arbeit ausfüllt und jede Jahreszeit ihre eigenen Herausforderungen birgt.
Die Ernte war gut in diesem Jahr. Unsere Schafherde hat sich mehr als verdoppelt. Wir haben mit einer Pferdezucht begonnen. Seit John …

Tess brach ab und streute eilig Sand auf die Tinte, erst fuhr sie mit dem Finger darüber, dann kratzte sie mit einer scharfen Klinge so lange darüber, bis sein Name unleserlich war. Sie schrieb weiter:

Seit die Krone uns so unterstützt, gehen auch die Bauarbeiten am äußeren Burgring zügig voran. Doch die Krone hat auch hier zu kämpfen. Die Unzufriedenheit unter den Lords in unserer Gegend

wächst. Ich fürchte, Dunnington wird nicht umsonst so abgesichert. Schon wieder steht das Erntedankfest vor der Tür. Es liegt spät in diesem Jahr, doch wir blicken dankbar auf die letzten Monate zurück.
Ich denke oft und in großer Zuneigung an Euch, verehrte Mutter Mathilde.
Möge Gott Euch und das geliebte Kloster von Fontevrault schützen.
Eure Tess

Kaum hatte sie den Sand über ihre Unterschrift gestreut, das Pergament versiegelt und zusammengerollt, ging die Tür auf. Lady Margaret kam mit energischen Schritten auf sie zu. »Der Pater weigert sich, die Messe zu lesen!«, rief sie aufgebracht.
»Morgen, am Sonntag? Es ist Erntedankfest.«
Lady Margaret wirkte ernst. »Der König ist exkommuniziert. England unterliegt dem Interdikt.«

* * *

Der König war nicht umzustimmen. Enttäuscht zogen sich seine Berater zurück. Nur Lord Salisbury blieb. John winkte ihn zu sich heran. »Mach nicht so ein Gesicht«, bat er und setzte sich auf dem Thronsessel bequemer zurecht.
Will deutete auf die Leibgarde. »Müssen die bleiben?«
John lächelte. »Nein, denn du bist wahrscheinlich der Einzige hier in London, der mir nicht nach dem Leben trachtet.« Er machte den Soldaten ein Zeichen und sah ihnen hinterher, als sie waffenklirrend und in geordneter Formation die Halle verließen.
»Komm, setz dich zu mir«, forderte er den Freund auf. Mitleidig sah er zu, als Will mit schmerzverzerrtem Gesicht auf den Steinstufen vor ihm Platz nahm. »Tut es noch sehr weh?«, fragte er besorgt.
Will verzog das Gesicht. »Das Schwein hat mich in den Oberschenkel getroffen. Der Medicus befürchtet, dass der Pfeil vergiftet war.« Er zuckte mit den Schultern. »Wir werden ja sehen ...«

John war aufgesprungen, sprang die Stufen hinunter und ließ sich neben ihm nieder. »Ist dein Medicus auch wirklich gut genug? Oder soll der meine sich die Wunde anschauen?«
Will schüttelte den Kopf und lächelte schief. »Er kennt das schon. Erinnere dich, damals in Wales, da ist es ihm auch gelungen, mich zu heilen.«
»Na, hoffentlich«, stieß John hervor. »Ich könnte es nicht ertragen, ohne dich zu sein.« Liebevoll legte er den Arm um den alten Jugendfreund und rutschte noch ein Stück näher.
Will lächelte. »Schade, dass die anderen dich so niemals erleben.« Er wandte den Kopf, so dass er John in die Augen blicken konnte. »Musstest du wirklich so hart mit ihnen sein?«
John nickte. »Das ist die einzige Sprache, die sie verstehen.«
»Aber du weißt doch, dass sie im Grunde alle loyale Untertanen sind. Natürlich haben sie im Moment die Hosen voll, da Innozenz das Interdikt nicht nur über dich, sondern über ganz England ausgesprochen hat. Keine Sakramente mehr, niemand, der mit dem Segen des Priesters unter die Erde kommt. Das drückt ihre Stimmung …«
John unterbrach ihn. »Ach Innozenz! Unser Vater hat das Interdikt damals ausgesessen, und ich gedenke, dasselbe zu tun.«
Will zog die Augenbrauen hoch. »Aber du erinnerst dich? König Henry musste danach zu Kreuze kriechen und wurde in Canterbury öffentlich gegeißelt.«
John zog seinen Arm zurück. »Das war doch eine Farce. Vater hat dieses Schauspiel aus politischen Gründen geschehen lassen. Ich weiß noch genau, wie er sich anschließend darüber mokiert hat.«
»Aber wehgetan hat es ihm trotzdem«, erwiderte Will trocken. »Ich will dich nicht auch eines Tages im Büßerkleid sehen.«
John lachte. »Wetten, dass nicht? Erzähl mir lieber mehr von Irland. Läuft es wirklich so gut, wie du bei der Ratssitzung berichtet hast?«
»Ja«, sagte Will. »Ich kann behaupten, dass du fortan der einzige Herrscher über Irland bist. Natürlich haben wir mehr Verluste ge-

habt, als ich vorhin offiziell zugegeben habe, aber es stand dafür.« Man merkte ihm an, wie stolz er war.
John dachte nach. »Wir müssen ziemlich bald eine Liste der Lords anlegen, die in Frage kommen, um die dortigen Grafschaften zu verwalten.«
Will grinste. »Und dann belegst du sie wieder mit einer horrenden Steuer.« Er veränderte die Stellung seines kranken Beines. »Ach, weißt du übrigens, wen ich dort drüben getroffen habe?« Er stöhnte vor Schmerz. »Unseren kleinen Albert. Wie mir scheint, macht er seine Sache sehr gut. Er hat die richtige Art, mit den Stammesfürsten umzugehen. Ich glaube, dass du einen guten Griff mit ihm getan hast.« Er warf John einen Blick zu. »Ich finde tatsächlich, dass er sich eine Belohnung verdient hat.«
John schien in die Betrachtung seiner manikürten Fingernägel vertieft. »Hat er irgendeine Bemerkung gemacht?«
Will schüttelte den Kopf. »Natürlich nicht. Du kennst ihn doch. Ich hatte nur den Eindruck, dass er ein wenig Heimweh hat, dass er sich selbst davon überzeugen möchte, wie es mit dem Umbau von Dunnington aussieht.«
»Das läuft alles bestens«, entgegnete John. Plötzlich leuchteten seine Augen. »Du müsstest die Fortschritte sehen«, schwärmte er. »Von einer solchen Burganlage können viele meiner Lords nur träumen.« Er breitete die Arme aus. »So dicke Mauern. Und die Innenräume …« Will wartete die Schwärmereien ab.
»Du bist oft da oben.« Es war mehr eine Feststellung als eine Frage.
Johns Miene verdunkelte sich. »Ich bin immer oft überall«, erwiderte er brüsk. »Da bleibt es nicht aus, dass ich hin und wieder auch in Dunnington nach dem Rechten sehe.«
»Aber wäre das nicht Alberts Aufgabe?« Will stützte sich auf Johns Schulter und erhob sich mühsam. »Ich muss ein wenig gehen. Die Sitzerei bekommt mir nicht.«
Schuldbewusst erhob John sich ebenfalls. »Komm, nimm meinen Arm.«
Er half dem Freund hinüber zu der langen Fensterfront, vor der ein

Tisch aufgebaut war. Darauf waren maßstabgetreu England, Irland, Wales und Schottland abgebildet. Stolz betrachtete John die Miniaturlandschaft und deutete mit dem Finger auf Englands Westen.
»Hier sind alle Burgen der Grenzmarken drauf.« Sein Finger wanderte weiter nach oben. »Und dort kannst du sogar die weißen Gipfel von Snowdonia sehen. Und hier ...« Der Finger fuhr weiter nach Norden. »Hier ist der Hadrianswall. Er zieht sich von Küste zu Küste und trennt England von Schottland. Man kann ihn genau erkennen.« Er nickte zufrieden. »Das haben die Römer fabelhaft gemacht. Ich wünschte, ich könnte diese Ideen für meine Grenzen übernehmen.«
Will betrachtete das Werk. Er deutete auf die Grenze zwischen Gloucestershire und Südwales. »Donnerwetter, das ist ja Abergavenny. So sieht Williams Burg auch in Wirklichkeit aus«, staunte er. »Hat de Braose denn endlich seine Schulden bezahlt?«
Ein Schatten legte sich über Johns Gesicht. »Nein. Angeblich hat er kein Geld. Ich werde ihn seiner Ämter entheben und seine unsägliche Frau Maud und ein paar seiner Kinder als Geiseln nehmen. Und dasselbe werde ich auch mit den walisischen Prinzen tun, wenn Llewellyn nicht endlich einlenkt und mir den Treueid leistet.«
Will räusperte sich. »Da gibt es doch sicher noch andere Möglichkeiten. Die Waliser Prinzen sind Kinder ...« Er ließ den Satz in der Schwebe.
John hatte sich abgewandt und war hinüber zum Fenster geschlendert. Er gab vor hinauszusehen.
»John ...«, sagte Will leise. »Nicht die Kinder. Es wäre deiner nicht würdig.«
John fuhr herum. »Ich habe es satt, andauernd betrogen und belogen zu werden«, rief er zornig. »Llewellyn hatte seine Chance, genau wie de Braose. Warum willst du nicht verstehen, dass ich das Geld brauche?«
Will dämpfte seine Stimme nur mühsam. »Deine Steuern sind exorbitant, und das weißt du. Und was ist mit den Juden? Du zwingst sie mit deinen Forderungen in die Knie.«

Humpelnd kam er um den Tisch herum. »Was willst du tun, wenn sie das Land verlassen und womöglich nach Frankreich gehen? Philipp August wartet nur darauf, ihnen in Frankreich eine Heimstatt zu geben, damit er über ihr Geld nach Belieben verfügen kann.«
Will stand nun neben John und legte ihm die Hand auf den Arm. »Sei gnädig«, bat er. »Du hast schon so viel erreicht. Mehr als deine Vorfahren geschafft haben. Llewellyn wird nachgeben, und dann bist du der uneingeschränkte Herrscher über England, Irland und Wales. Und wer weiß, wenn wir uns von den Kriegen erholt haben, gehen wir auf den Kontinent und holen uns die Ländereien zurück, die Philipp uns gestohlen hat. Lass dir doch etwas mehr Zeit.«
In diesem Moment wurden sie unterbrochen. Johns Kammerdiener erschien und meldete, dass die Königin ihn zu sprechen wünsche.
»Ich muss zu ihr«, sagte er zu Will. »Isabelle ist wieder schwanger. Bleibst du noch in London?«
Der Freund schüttelte den Kopf. »Ich muss zurück nach Irland, über Salisbury. Ich wollte noch kurz zu Hause vorbei. Ich hoffe so sehr, dass auch wir bald einen Erben haben werden.«
John hob grüßend die Hand. »Ich selbst werde morgen nach Norden reiten. Pass gut auf dich auf.«
Er hatte bereits die Mitte der riesigen Halle erreicht, da rief Will: »Was soll ich Albert sagen, wenn ich ihn treffe?«
Ohne innezuhalten, setzte John seinen Weg fort. »Ich habe ihm geschrieben. Er müsste den Brief bereits haben. Seine nächste Reise geht zu den Welfen nach Braunschweig!«
»Ich glaube, er will auch wissen, wann die Hochzeit mit der Gräfin von Louisville endlich stattfindet«, rief Will. Doch John hörte ihn nicht mehr.

***

Ein sanfter Wind von Westen trieb die Wolken gemächlich über den Frühlingshimmel. Die Wiese hinter dem Burggraben ertrank in einem Meer von Narzissen, und die aufbrechenden Knospen der alten Linde im Vorhof reckten sich der Sonne entgegen.

Lady Margaret setzte sich bequemer im Sattel zurecht und lächelte zu Tess hinüber. »Ich vergesse immer, wie schön es um diese Jahreszeit ist.« Sie wartete, bis die Pferde das Tor passiert hatten, dann fuhr sie fort: »Als ich damals hierher geheiratet habe, sah es natürlich anders aus. Alles war kleiner, ja viel bescheidener. Die Schweine suhlten sich im Hof, und manches Mal sind sie sogar die Außentreppe hinaufgeklettert und haben versucht, in die Halle zu gelangen.«

Tess lachte. »Das haben sie wirklich gewagt?«

Lady Margaret wandte sich um und blickte an den Reitern vorüber zurück zur Burg. »Dass Dunnington jemals so imposant werden würde …«

Sie griff die Zügel fester. »Ich weiß nicht, ob du verstehst, was ich meine, aber damals hatte ich das Gefühl von Eigentum. Natürlich war es immer ein Lehen und gehörte der Krone, aber es war eher ›mein Haus‹.«

Tess dachte nach und grüßte die Frau des Schmieds, die ihnen entgegenkam und an den Straßenrand zurückwich, um die sechs Reiter vorbeizulassen. Dann fragte sie: »Aber genau besehen gehören den Aristokraten doch niemals die Burgen, in denen sie leben?«

Ihre Begleiterin presste die Lippen zusammen, ehe sie entgegnete: »Und wenn es dem Souverän nicht mehr passt, müssen sie auch ganz schnell wieder ausziehen.«

Tess lachte fröhlich. »Das ist wohl nicht unser Problem. Dazu ist König John viel zu stolz auf diese Anlage.«

»Eben«, entgegnete Lady Margaret trocken.

Sie hatten die Dorfstraße erreicht. Empört stieg ein Schwarm tschilpender Spatzen auf, um ihnen Platz zu machen. Die Türen der reetgedeckten Lehmhäuser standen offen, und neugierig traten die Frauen heraus, um ihre Kinder aus dem Weg zu zerren. Sie knicksten und lächelten, als sie die Burgherrin erkannten. Eine von ihnen rief: »Gott schütze Euch, Mylady.« Stolz betrachtete sie die waffenstarrenden Reiter, die die beiden Damen begleiteten.

Tess winkte ihr freundlich zu. »Man kommt sich doch ein wenig albern vor, so viel Schutz für diese wenigen Meilen anzufordern«, murmelte sie.

»Ja, die Zeiten ändern sich«, entgegnete Lady Margaret. »Früher sind mein Mann und ich höchstens mit einem Stallburschen geritten, wenn wir auf den Pferdemarkt wollten.« Sie schnalzte mit der Zunge und begann anzutraben. Hinter ihnen nahmen ihre Begleiter den Takt auf.

Als sie den Wald erreicht hatten, atmete Tess tief durch. Sie sah die tanzenden Lichtflecken zwischen den alten Bäumen, sie freute sich über die wilden Krokusse und lächelte, als ein Sprung Rehe kurz vor ihnen über den Sandweg setzte. Dort wo der Weg sich gabelte, stand das verwitterte Steinkreuz, das den Weg zum Kloster von St. George markierte. Die junge Frau bekreuzigte sich. »Ich glaube, ich könnte mich hier im Dunkeln zurechtfinden. Wie soll man Angst haben, wenn einem alles so vertraut ist.«

Lady Margaret zügelte ihr Pferd und ließ es wieder im Schritt gehen. »Mich macht sehr glücklich, dass du dich hier zu Hause fühlst«, sagte sie liebevoll. »Andernfalls wäre es schrecklich. Denn so Gott will, wirst du den Rest deines Lebens hier verbringen.«

Tess war irritiert. »Warum zweifelt Ihr daran?«

»Der König scheint es mit deiner Hochzeit nicht eilig zu haben.«

Tess fühlte, wie ihr heiß wurde. Sie kämpfte gegen das Bild an, das sich ihr aufdrängte: Sarahs entsetzte Miene, als sie sie nackt in Johns Armen überraschte. Seither hatte Sarah sie gemieden, so gut sie konnte. Tess wusste, dass sie ihr Vertrauen verloren hatte. Also hatte auch sie sich von Sarah zurückgezogen.

Eine Weile schwieg Lady Margaret. Nichts war zu hören außer den Vögeln und dem Schnauben der Rösser. »Albert ist ein guter Junge«, nahm sie den Faden wieder auf. »Ich bin sicher, dass er dir ein guter Ehemann sein wird. Ihr habt so viel gemeinsam, und ihr beide liebt Dunnington. Setz es nicht aufs Spiel …«

Tess stieg die Schamesröte ins Gesicht. »Ihr könnt Euch auf mich verlassen«, sagte sie leise und wischte sich verstohlen die Tränen weg.

Lady Margaret legte ihr die Hand auf den Arm. »Das weiß ich doch, mein Kind.«
Die Türme von York tauchten bereits zwischen den Bäumen auf, da begann Lady Margaret erneut. »Wenn man so jung ist wie du, überschätzt man leicht die Begierde nach einem anderen Menschen.« Sie lachte trocken. »Glaub mir, ich weiß, wovon ich rede. Aber für das Zusammenleben zählen andere Dinge wie Zuverlässigkeit und Treue. Gott schickt uns ständig neue Prüfungen. Da ist es nur von Vorteil, wenn man jemanden an der Seite hat, dem man vertrauen kann.«
Tess wollte etwas erwidern, doch die Ältere brachte sie mit einer Handbewegung zum Schweigen. »Ich bin nicht blind, mein Liebes«, sagte sie liebevoll. »Ich will nur, dass du darüber nachdenkst.«

Die Wächter am Südtor wunderten sich, als sie die Reiter einzeln vorbeiließen. Eine der Damen hielt den Kopf gesenkt, und der eine glaubte, Tränenspuren auf ihrer Wange zu sehen. Sie warteten ab, bis das Hufgeklapper in der Gasse verebbt war, da nahm der Größere von ihnen seine Pike in die andere Hand. »Na«, meinte er verächtlich. »Deren Sorgen möchte ich haben. Geld wie Heu, und dann so ein Gesicht ziehen. Bestimmt hat sie daheim einen ganzen Stall von Dienstboten, die sie vorne und hinten bedienen. Die hat doch keine Ahnung davon, was Sorgen bedeuten.« Er spuckte aus. »Da lobe ich mir meine Alte. Die schuftet von früh bis spät, und wir wissen trotzdem nicht, wie wir die Bälger satt kriegen sollen.«
»Ja, ja«, stimmte ihm der andere zu und pfiff durch die Zähne. »Aber sie war eine richtige Schönheit.«

Auf dem Pferdemarkt schien ein Durchkommen unmöglich. Lady Margaret befahl ihren Stallmeister zu sich und gab den anderen frei. Es herrschte ein unbeschreiblicher Lärm. Männer schrien durcheinander, Pferde wieherten, Kinder hangelten sich an den Seilen herum, mit denen die einzelnen Pferche abgetrennt waren. Ein paar Frauen zwängten sich durch die Menge und boten die letzten

Winteräpfel an. Ein Mann mit einer schmutzigen Schürze verkaufte Bier aus einer großen Kanne. Auf einer Kiste stand ein Prediger und warnte die Marktbesucher vor dem nahen Weltende.
Mit konzentrierter Miene bahnte sich die Herrin von Dunnington ihren Weg durch das Gewühl. Sie schien genau zu wissen, wo sie hinwollte. Einmal wich sie geschickt zur Seite, als von oben ein Nachttopf geleert wurde. Tess hob ihren Umhang und bemühte sich, nicht in den Unrat zu treten, der überall herumlag.
»Hier sind wir richtig«, sagte Lady Margaret und schüttelte die Hand eines weißhaarigen Bauern mit listigem Blick. »Komm her«, forderte sie Tess auf. »Das ist mein alter Freund, der Narben-Tim. Ich kaufe seit Jahren nur bei ihm.« Sie lachte. »Natürlich versucht er immer, mich übers Ohr zu hauen. Aber er hat nun einmal die besten Rösser.«
Immer noch kleinlaut legte Tess ihre Hand in die schwielige des Pferdehändlers. »Dieses Mal habe ich etwas Besonderes«, sagte der Alte in breitem Dialekt. »Zwei Stuten. Wert …«, er rieb Daumen und Zeigefinger aneinander, »… einen König zu tragen!«
Fachmännisch suchte Lady Margaret den Pferch ab und deutete auf zwei Pferde, die etwas abseits standen. »Die beiden Braunen meinst du? Ja, die sind nicht schlecht«, bemerkte sie nüchtern und betrachtete eingehend den Körperbau der Tiere. »Hol sie mal her und lass mich ihre Zähne sehen.«
»Aye, aye!« Der Händler tippte sich an die Stirn und stieg über das Seil.
»Pass gut auf, jetzt kannst du was lernen«, flüsterte Lady Margaret. »Sieh dir die Fesseln an, die sind tadellos.« Und laut fragte sie: »Woher stammt die Entzündung am Sprunggelenk?«
Der Alte tat so, als sähe er sie zum ersten Mal. »Mylady haben gute Augen.« Er bückte sich und untersuchte die Verletzung. »Ist nicht weiter schlimm. Einen Umschlag drauf. In ein paar Tagen ist nichts mehr davon zu sehen.«
Tess staunte nicht schlecht. Ihre zukünftige Schwiegermutter gab vor, nicht mehr interessiert zu sein. »Sonst hast du nichts zu

bieten?«, fragte sie, raffte ihren Reitrock und stieg über die Leine. Leise vor sich hin murmelnd ging sie unerschrocken zwischen den Tieren hindurch, streichelte hier ein paar Nüstern, strich dort über eine Kruppe. Eines der Pferde blies ihr seinen Atem ins Gesicht, und sie lachte. »Du fütterst sie wohl nicht genug. Dies hier frisst mich ja beinahe auf.«
Der Händler hatte sich zu ihr gesellt. »Na, na, Mylady kennen mich doch. In der ganzen Grafschaft haben es die Gäule nirgendwo besser als bei mir«, rief er entrüstet.
»Also gut.« Lady Margaret stieg wieder über das Seil. »Ich nehme die beiden Braunen und das Pony. Dass du mir ja einen guten Preis machst.« Drohend stieß sie ihm ihren Zeigefinger gegen die Brust.
Tess sah, wie seine Augen funkelten. »Habe ich das für Mylady nicht immer gemacht?«
Und dann begannen sie zu feilschen. Der Händler nannte einen Betrag, Lady Margaret konnte nur lachen. Er ging im Preis herunter, aber das war nicht genug. »Mylady ruinieren mich noch«, stöhnte er. Jetzt gab sie eine neue Summe vor. Der Händler raufte sich die Haare. »Das wäre ja geschenkt«, tobte er. »Da war das Futter ja schon teurer …«
»Also gut.« Lady Margaret erhöhte die Summe um einen Bruchteil und hielt ihm die Hand hin. »Abgemacht?«
»Abgemacht«, rief der Händler und schlug ein.
Die Herrin von Dunnington winkte ihren Stallmeister zu sich und befahl ihm, die Tiere beiseite zu bringen, dann schüttelte sie dem Händler die Hand. »Es war mir ein Vergnügen.« Gut gelaunt schob sie ihren Arm unter den von Tess. »So, und nun gehen wir Master Samuel besuchen«, sagte sie und zwängte sich durch die Menge.
Beide Frauen atmeten auf, als sie die Judengasse erreichten. Hier war es wie immer, ruhig und sauber. Selbst das Kopfsteinpflaster war frisch gefegt.
Sie warteten eine Weile, nachdem sie den Türklopfer betätigt hatten. Fragend blickte Tess zu den oberen Fenstern hinauf. »Vielleicht ist niemand da?«

In diesem Moment wurde die Eichentür vorsichtig geöffnet, und ein Mann steckte den Kopf heraus. »Ja, bitte?«, fragte er misstrauisch.
»Wir möchten zu Master Samuel.«
Der Diener machte keine Anstalten, den Eingang freizugeben. »Es passt jetzt schlecht, Mylady«, rief er leise und schaute ängstlich die Gasse hinauf und hinunter. Lady Margaret befahl ihm: »Geh trotzdem hinein und melde uns an!«
Verwundert blickten sie einander an, als er die Tür erneut vor ihnen schloss.
»Sollten wir nicht lieber gehen?«, schlug Tess vor.
Resolut schüttelte die Ältere den Kopf. »Erst wenn ich weiß, was hier vor sich geht.«
Gleich darauf wurde die Tür geöffnet, und der Hausherr selbst bat sie herein. »Verzeiht die Ungeschicklichkeit meines Dieners, Myladys. Er hatte den Befehl, niemanden einzulassen. Doch das gilt selbstverständlich nicht für Euch.«
An ihm vorbei betraten sie den Empfangsraum und blickten sich überrascht um. Überall standen Truhen, Säcke und Reittaschen. An der Wand lehnten die Bretter der abgeschlagenen Möbel.
Bedauernd hob der Jude beide Arme. »Ich fürchte, es ist so weit. Wir müssen fort«, sagte er tonlos. »Wenn die Damen mit der Küche vorlieb nehmen wollen.« Sein Lächeln misslang. »Dort kann man wenigstens noch sitzen.«
Schweigend folgten sie ihm durch einen schmalen Gang, ehe er sie nach rechts führte. Verloren standen zwei Stühle neben einem steinernen Becken.
»Darf ich Euch eine Erfrischung anbieten?« Samuel hob einen Krug in die Höhe. »Holundersaft …«
Lady Margaret schüttelte den Kopf. »Danke, nein. Mein Stallmeister hat einen Mittagstisch im Wirtshaus für uns reserviert. So wie es aussieht …«, sie deutete auf den leeren Raum, »schließt Ihr Euch uns lieber an.«
Der Jude lächelte traurig. »Ich fürchte, dass ich Euch damit keinen

guten Dienst erweise. Zurzeit werden Juden nicht überall gern bedient.«
Die Schwermut, die er ausstrahlte, schien die leere Stube zu füllen. Tess starrte auf das vergessene Bündel Zwiebeln, das an der Decke hing.
»Wie kann ich helfen?«, fragte Lady Margaret voll Sympathie.
Samuel verbeugte sich leicht. »Ich danke Euch, Mylady. Meine Familie habe ich vorgeschickt. Ich selbst werde mit zwei meiner Diener versuchen, bei Dunkelheit die Küste zu erreichen. Dort wartet ein Schiff auf uns. Mit Gottes Hilfe werden wir Frankreich in wenigen Tagen erreichen.«
Lady Margaret war voll Sorge um ihn. »Dann macht wenigstens Station in Dunnington und bleibt über Nacht. Ich habe genügend Männer, die Euch sicher zum nächsten Hafen geleiten. Ihr wisst doch selbst, wer sich alles in den Wäldern herumtreibt.«
Der Jude überlegte und begann auf und ab zu gehen. Dabei schleifte sein Umhang über die sauberen Fliesen. Schließlich schüttelte er den Kopf. »Gott segne Euch, Mylady, aber ich muss Euer Angebot ausschlagen. Wenn erst bekannt wird, dass wir geflohen sind, wird der Sheriff uns jagen. Er darf mich nicht bei Euch finden, es wäre zu gefährlich.«
»Kann ich wenigstens mit Geld aushelfen?«, beharrte sie.
Zu ihrer Überraschung sah Tess, wie der alte Mann plötzlich lächelte. Die Fältchen um seine dunklen Augen vertieften sich.
»So ist das Leben, Mylady. Gestern Ihr, heute ich. Danke für Euer Angebot. Selbst wenn Ihr mir Geld vorstrecken würdet, wäre ich schon bald wieder in der gleichen Lage.« Er hielt inne. »Deswegen Frankreich, deswegen Rouen. Dort habe ich Verwandte. Wie es heißt, ist Philipp August recht gnädig mit uns«, fügte er ironisch hinzu.
Lady Margaret erhob sich. »Gott schütze Euch, lieber Freund.« Sie reichte ihm beide Hände. »Solange ich lebe, werdet Ihr und Eure Familie immer in Dunnington willkommen sein.«
Schweigend geleitete er sie hinaus. Als er den Riegel zurückschob,

legte Tess ihm die Hand auf den Arm. »Ich möchte nur, dass Ihr wisst …« Sie schluckte. »Ich denke genauso wie Lady Margaret. Habt Dank für alles, was Ihr für uns getan habt. Gute Reise.«
Schweigend gingen sie nebeneinander die Gasse zurück. Oben am Markt sagte Tess plötzlich: »Ich könnte doch mit dem König sprechen, ich könnte ihn bitten …«
Lady Margaret hob die Hand. »Sei still, Kind. Begib dich nicht noch mehr in Abhängigkeit. Samuel ist ein besonnener Mann, der weiß, was er tut.« Sie hatte ihren Stallmeister entdeckt.
»Euer Tisch ist reserviert, Mylady.«
»Danke, aber mir ist der Appetit vergangen. Wenn ihr fertig seid, dann geh und hol die Pferde. Ich möchte nach Hause.«
Bedrückt wartete Tess neben ihr, bis die Tiere gesattelt waren. Sie hatte keinen Blick mehr für das bunte Treiben um sie herum. Erst als die Pferde herangeführt wurden, fragte sie leise: »Wird er durchkommen?«
Lady Margaret ließ sich in den Sattel helfen. Während sie die Zügel ordnete, antwortete sie: »Du kannst für ihn beten. Mehr bleibt uns nicht zu tun.«
Plötzlich drängte es auch Tess, nach Hause zu kommen. Sie war froh, als sie die lärmende, schmutzige Stadt verließen. Schon bald nachdem sie das Stadttor passiert hatten, trieben sie die Pferde zum Galopp an. Voller Dankbarkeit spürte sie den warmen Frühlingswind auf ihrem Gesicht. Erst als sie den Wald erreicht hatten, parierte Lady Margaret ihr Pferd durch und setzte sich bequem im Sattel zurecht. »Jetzt fühle ich mich wohler«, sagte sie und wies auf die Büschel von Himmelschlüsseln, die ihren Weg säumten. »Du wirst sehen, Sarah wird alle Vasen damit gefüllt haben. Das hat sie schon als kleines Kind getan.« Sie lachte. »Albert und sie waren unzertrennlich. Obwohl jünger als er, war sie immer die Anstifterin. Was habe ich jedes Mal für Ängste ausgestanden, wenn sie ihn hinter sich her zum Burggraben schleifte. Angeblich wuchsen dort die schönsten Blumen. Einmal ist Albert ins Wasser gefallen, und sie kam ins Haus und verkündete: Albert schwimmt. Na, da hättest du

mich mal sehen sollen. Er konnte überhaupt nicht schwimmen. So schnell bin ich noch nie gelaufen.«

Beide Frauen lachten wie befreit.

Plötzlich scheute Lady Margarets Pferd. Wiehernd stieg es auf die Hinterhand. Tess sah den Mann, der in ihre Zügel griff. Im ersten Moment glaubte sie, er wolle das Tier bändigen. Dann entdeckte sie die anderen zerlumpten Gestalten, die zwischen den Stämmen auftauchten und sich ihnen in den Weg stellten. Von allen Seiten kamen sie. Es wurden immer mehr.

Die Männer ihrer Eskorte brüllten sich Befehle zu und trieben ihre Pferde an, Schwerter klirrten. Tess hörte Flüche und einen Schmerzensschrei. Dann sah sie das Blut, das aus Lady Margarets bloßem Oberschenkel schoss.

Tess schrie auf, drehte sich abrupt im Sattel und entriss einem der nächsten Angreifer das Messer. Ohne nachzudenken stieß sie es ihm ins Gesicht. Sie sah nur, wie der Mann beide Hände hochwarf und zur Seite taumelte. Tess stellte sich in die Steigbügel und stieß die Waffe dem Nächsten in die Brust. Sie fühlte den Widerstand, als die Klinge auf den Knochen traf. Jemand versuchte, sie aus dem Sattel zu zerren. Tess drohte den Halt zu verlieren, ließ die Zügel fahren und klammerte sich mit der linken Hand am Sattel fest. Mit der Rechten holte sie aus und stach blindlings zu. Genau zwischen Hals und Schulter fuhr das Metall in die bloße Haut. Tess sah den verwunderten Ausdruck des Mannes, ehe er langsam auf die Knie sackte und unter die stampfenden Hufe eines Pferdes geriet. Um sie herum tobte der Kampf.

Ihre Augen suchten Lady Margaret, deren Pferd abgedrängt worden war. Sie saß an einen Baumstamm gelehnt. Der Überfall schien sie nicht zu kümmern. Noch einmal holte Tess aus und stieß ihren Stiefel einem der Räuber ins Gesicht.

»Haltet ein. Es ist vorbei«, rief der Stallmeister und versuchte, ihr die Klinge zu entwenden. »Sie sind fort. Kümmert Euch lieber um Mylady.«

Tess schüttelte den Kopf, um zur Besinnung zu kommen, dann

rutschte sie aus dem Sattel. Die Beine drohten unter ihr nachzugeben. Wie durch ein Wunder war sie unverletzt. Vor Lady Margaret fiel sie keuchend auf die Knie. »Lasst mich Eure Verletzung sehen«, bat sie und schob den zerfetzten Reitrock zur Seite. Immer noch strömte Blut aus der klaffenden Wunde. Tess zerrte ungeduldig an dem Stoff und riss einen Streifen davon ab. »Hiermit werde ich es abbinden«, erklärte sie atemlos. »Sobald wir zu Hause sind, müsst Ihr Euch hinlegen. Wir werden nach dem Medicus schicken. Dann wird alles wieder gut.« Sie bückte sich und zog den Stoff unter Lady Margarets Bein hindurch. »Jetzt werde ich einen Druckverband machen«, redete sie weiter. »Und dann werde ich …«

Etwas Warmes tropfte in ihr Gesicht. Achtlos wischte sie es fort und fuhr fort, den Notverband anzulegen. Wieder traf sie dieser warme Strahl, und sie hob den Kopf. Vor Entsetzen blieb ihr der Mund offen stehen. Lady Margarets Schläfe war zertrümmert. Zitternd rutschte Tess zurück.

»Es hat aufgehört zu bluten. Mylady ist tot«, schluchzte der Stallmeister.

»Nein«, schrie Tess gellend. »Nein!«

Das Echo schien sich durch den Wald fortzusetzen. Dann wurde sie ohnmächtig.

* * *

Sie kamen von Norden. Über eine Meile wälzte sich der gewaltige Zug von der Küste her ins Landesinnere.

Oben auf der Anhöhe, dort wo der Weg sich gabelte, hob John die Hand. Gleich darauf war der Hauptmann an seiner Seite.

Müde schob John sein Visier nach oben, darunter glänzte ein schweißnasses Gesicht. »Ihr zieht weiter nach Leeds«, sagte er. »Ich werde mit ein paar Männern einen Abstecher nach Dunnington machen. Ich will mich mit eigenen Augen davon überzeugen, dass die Bauarbeiten abgeschlossen sind.« Er lächelte. »Außerdem habe ich mir ein paar Stunden Ruhe verdient …«

Der Soldat salutierte. »An wie viel Begleitung habt Ihr gedacht, Majestät?«
»Zehn Ritter dürften genügen.«
Er lenkte sein Pferd zur Seite und stellte sich in die Steigbügel. Die untergehende Sonne blendete ihn, und er kniff die Augen zusammen. Unter ihm lag der riesige Wald. Dahinter begannen die Ländereien des Klosters St. George. Und noch weiter entfernt erhoben sich die Türme von Dunnington. Wie ein Scherenschnitt thronte die Anlage vor dem sich langsam färbenden Himmel.
John hatte plötzlich Herzklopfen, als sein Streitross über den Graben sprang. Hinter sich hörte er die anderen Pferde. Im gestreckten Galopp preschten sie den Hügel hinab. Dann hatte der Wald sie verschlungen.
Es dämmerte bereits, als sie schließlich das Dorf erreicht hatten. John wunderte sich flüchtig über die leeren Gassen. Nur ein Köter bellte ihnen zornig hinterher.
Vor der Ringmauer fiel sein Blick auf das Meer von Narzissen, die ihre Blüten bereits geschlossen hatten, und er lächelte. Vielleicht sollte er absteigen und einen Strauß pflücken. Doch seine Aufmerksamkeit wurde von den Menschen abgelenkt, die sich schweigend vor dem Tor drängelten. Das Fallgitter war hochgezogen, kein Wächter war zu sehen.
Verärgert ritt John über die Brücke.
»Verdammte Nachlässigkeit«, schimpfte er. Suchend glitt sein Blick über den Innenhof. Längst waren die Zelte der Bauarbeiter verschwunden. Auch hier hatten sich Menschen versammelt. Betend hockten sie unter der alten Linde. Einige weinten.
»Was ist hier los?«, herrschte John eine der Frauen an. Sie wies nur stumm auf die Kapelle. Jetzt sah auch er das Licht, das durch die bunten Fenster schimmerte.
Plötzlich stieg die Angst in ihm hoch. Mit einem Satz war er aus dem Sattel und lief über den Hof.
Die Tür des kleinen Gotteshauses stand offen.
Der betäubende Duft von Narzissen schlug ihm entgegen, als er

eintrat. In Dutzenden von Krügen waren sie vor den Altarstufen aufgestellt.
Dann sah er die beiden verschleierten Frauen vor dem Sarg knien.
John fühlte, wie ihm das Blut in den Kopf schoss. »Nein!«, schrie er gellend und riss sich den Helm herunter. Scheppernd rollte er über den Steinboden.
Beide Frauen hoben den Kopf.
»Tess«, rief John halblaut. Die junge Frau schlug den Schleier zurück, und er sah die verkrustete Wunde auf ihrer Wange. Mit zwei Schritten war er bei ihr. »Was ist geschehen?«, flüsterte er und zog sie zu sich hinauf.
»Lady Margaret.« Sie deutete auf den offenen Sarg.
Er warf nur einen flüchtigen Blick darauf.
»Oh Gott«, stieß er hervor und bekreuzigte sich. Er taumelte und griff erneut nach ihrer Hand. »Wie konnte das geschehen?«
»Vor drei Tagen ...« Tess brach ab.
John zerrte an seinem Handschuh und warf ihn zu Boden. Mit bebenden Fingern strich er über ihre Wange. »Und das? ...«
»Wegelagerer«, erwiderte sie tonlos.
Keiner von beiden bemerkte den hasserfüllten Blick, den Sarah ihnen zuwarf, als er versuchte, Tess mit sich nach draußen zu ziehen.
Sanft löste sie sich aus seiner Umklammerung. »Ich kann nicht fort. Wir halten die Totenwache«, flüsterte sie.
»Wo ist der Priester?«, rief er unbeherrscht. Sanft hielt ihm Tess die Hand vor den Mund. »Er will nicht kommen«, wisperte sie. »Wegen des Interdikts ...«
»Er muss sie begraben. Sie ist die Herrin von Dunnington«, knirschte er mit zusammengepressten Zähnen. Tess spürte, wie er zitterte.
»Der Papst hat es verboten.« Sie unterdrückte ein Schluchzen.
Sarah erhob sich. Unter dem Schleier war ihr Ausdruck nicht zu erkennen. Sie schritt hinüber zum Altar und zündete eine neue Kerze an.
John rang nach Luft. »Ich kann hier nicht bleiben.« Er atmete schwer. »Ich kann das nicht sehen. Ich ertrage es nicht ...«

Fluchtartig verließ er den Raum.
Draußen atmete er ein paarmal tief durch, ehe er steifbeinig in den Sattel stieg. Auf ein Zeichen von ihm sprengten die Reiter mit ihm an der Spitze über den Hof, durch das Torhaus und die Dorfstraße hinunter. Wieder bellte der Hund, bis sie kurz darauf im Wald verschwunden waren.
Oben im Burghof bildeten die Menschen einen Halbkreis um die Kapelle und begannen, das Vaterunser zu beten.
Eine Eule strich lautlos über die Mauer und ließ sich in der Linde nieder. Ein Wind kam auf, und es wurde kühl.

Drinnen kniete Tess erneut vor der aufgebahrten Lady Margaret. Sarah hatte ihr das geschundene Gesicht geschickt hergerichtet. Ein Schleier verdeckte die tödliche Verletzung.
›Was soll nur werden‹, dachte Tess verzweifelt. ›Was wird aus Dunnington, wer kümmert sich um die Wirtschaft? Wer kümmert sich um uns …‹
Sie verlagerte ihr Gewicht, um die schmerzenden Knie zu entlasten. ›Sarah und ich, so ganz allein. Was wird aus uns werden?‹
Wieder stiegen die Bilder des Überfalls in ihr auf. ›Gerade hatten wir noch gelacht …‹
An mehr konnte sie sich nicht erinnern. Später war sie hier in der Burg aufgewacht, als eine der Mägde versuchte, ihr etwas Brühe einzuflößen. Und nachts hatte sie Sarahs raues Schluchzen gehört.
»Sarah«, flüsterte sie. »Wir müssen zusammenhalten.«
Alberts Schwester rührte sich nicht. Ihre Körperhaltung verriet nur Ablehnung und Verachtung.
›John, wo bist du?‹, flehte Tess verzweifelt. ›Warum konntest du nicht hier bleiben und eine Entscheidung treffen?‹ Sie kämpfte mit den Tränen. Und dann erinnerte sie sich an seinen Ausdruck, als er den Sarg gesehen hatte. Und daran, wie er gezittert hatte. Löste der Tod tatsächlich eine solche Furcht in ihm aus?
Von draußen klang das monotone Gemurmel der Gebete zu ihnen herein. Automatisch formten ihre Lippen die Worte nach. »Und

vergib uns unsere Schuld, wie auch wir vergeben unseren Schuldigern … Und führe uns nicht in Versuchung, sondern erlöse uns von dem Bösen.«

Sarah schlug den Schleier zurück und musterte sie kalt.

»Was ist mit dir?«, fragte Tess erschrocken.

Alberts Schwester stieß einen krächzenden Laut aus, und Tess glaubte, nicht richtig gehört zu haben. Da sprach Sarah das Wort erneut aus. Diesmal verstand Tess die raue Stimme. »Hure!«

Sie zuckte wie vor einem Schlag zurück.

Die Blicke der beiden Frauen krallten sich ineinander und ließen erst los, als von draußen Lärm zu hören war. Gleich darauf vernahm man Schlurfen und Sporenklirren auf dem Steinboden.

Mit gezogenem Schwert, eskortiert von seinen Rittern, schleifte John einen Mönch in die Kapelle. Der Zisterzienser wehrte sich mit Händen und Füßen. »Das dürft Ihr nicht«, keuchte er und warf sich auf die Erde. Brutal zog ihn John wieder auf die Füße. »Dann töte ich dich«, sagte er kalt. Ohne hinzusehen, wies er auf den Sarg. »Du wirst Lady Margaret mit allen kirchlichen Ehren bestatten. So wie es üblich ist!«, befahl er.

»Ich weigere mich«, wimmerte der Mönch. »Lieber sterbe ich!«

John schüttelte ihn wie einen Hund. »Dazu hast du nicht das Format.« Er hielt ihm die Schwertspitze an die Kehle. »Du wirst tun, was deine Pflicht ist.«

Der Mönch winselte. »Bitte nein. Der Heilige Vater wird mich verdammen.«

John schleuderte ihn nach vorne, so dass er vor dem Sarg zu liegen kam. »Das ist nichts gegen das, was ich mit dir machen werde«, sagte er.

Sarah und Tess waren aufgesprungen. Angstvoll machten sie Platz.

Der Zisterzienser kam mühsam auf die Füße. »Dann schließt wenigstens die Tür«, flehte er. »Niemand darf es sehen …«

John lachte höhnisch. »Im Gegenteil. Alle Leute von Dunnington sollen Zeuge werden, wie du seine Herrin bestattest!«

Mit einer Handbewegung schickte er einen seiner Ritter hinaus, und bald darauf schlurften die ersten Dorfbewohner verlegen herein. Unsicher blieben sie am Eingang stehen, aber der König forderte sie auf, näher zu treten.

Noch einmal machte der Mönch einen Versuch. »Es ist ungültig, wenn es unter Zwang geschieht«, sagte er. Da begann John zu lachen. Er steigerte sich so sehr hinein, dass Tess zu ihm eilte. »Beruhigt Euch, mein König«, sagte sie. Dann wandte sie sich zum Altar und bat mit fester Stimme: »Wenn Ihr nun beginnen würdet, Hochwürden.«

Der Zisterzienser zögerte nur den Bruchteil einer Sekunde, ehe er mit großer Geste das Kreuzzeichen schlug. »In nomine patris et filii et spiritus sancti. Amen.«

Alle Anwesenden fielen auf die Knie, außer John. Immer noch das blanke Schwert in der Faust, stand er aufrecht inmitten der Gläubigen und ließ den Priester nicht aus den Augen.

Während der gesamten Handlung blieb er so stehen. Über ihre gefalteten Hände hinweg warf Tess ihm immer wieder einen verstohlenen Blick zu. Kein Muskel bewegte sich in seinem Gesicht, nur an seiner Schläfe war zu sehen, wie das Blut in seinen Adern pochte.

Dann war die Aussegnung beendet, und John machte seinen Männern ein Zeichen, den Sarg zu schultern, um ihn hinüber zur Gruft zu tragen. Der Mönch verschwand als Erster in der Grabkammer, nach dem Sarg folgte Sarah. Tess blickte auffordernd zu John hinüber, aber der schien sie nicht zu bemerken. Da raffte sie ihre Röcke und folgte Sarah.

Es hielt sie nicht in der Gruft. Kaum hatten die Ritter den hölzernen Sarg in einer freien Nische abgestellt, kaum hatte der Zisterzienser die Stelle gesegnet, an der die sterblichen Überreste bis zum Jüngsten Tag verbleiben würden, da knickste sie und bekreuzigte sich, ehe sie auf Zehenspitzen den düsteren Ort verließ.

Die Kapelle war leer, und sie eilte hinaus.

Die Dorfbewohner hatten sich zerstreut. Der Nachtwind verfing sich in ihren Röcken. Tess schlug den Schleier zurück. Angestrengt spähte sie durch die Dunkelheit.

Sie fand ihn schließlich inmitten der grasenden Pferde.
An den Lindenstamm gelehnt, saß er auf der Erde, sein Gesicht in beiden Händen vergraben. Zögernd kam sie näher und blieb vor ihm stehen.
»Danke«, flüsterte sie, und dann noch einmal: »Danke …«
Schwerfällig hob er den Kopf. In dem Licht der bunten Kirchenfenster schienen seine Züge wie vergoldet. Sie sah, dass er geweint hatte.
Wie ein Kind hob er die Hand. Sie sank vor ihm nieder und hielt ihn ganz fest.

Wie lange sie so bei ihm gekauert hatte, wusste sie nicht. Doch als sie Schritte hinter sich hörte, befahl sie: »Helft mir. Der König braucht Ruhe. Bringt ihn hinauf in das Gemach des Lords.«
Der Soldat stützte John mit dem Arm unter den Schultern ab und führte ihn fort. Benommen stolperte John neben ihm her. Kaum hatten sie Alberts Bett erreicht, ließ er sich stöhnend auf den Rücken fallen.
»Danke. Ihr könnt gehen«, sagte Tess und winkte eine Magd herbei. »Einen Johanniskrauttee, schnell«, bat sie, während sie John die Stiefel auszog und seine Beine hochlegte. Sie schob die Kissen unter seinem Kopf zurecht und küsste ihn sanft auf die feuchte Stirn. Sie fühlte sich kalt an. Dann breitete sie die Felldecke über ihm aus.
Abwartend stand sie vor dem Bett und betrachtete Johns bleiches Gesicht. Die Augen bewegten sich unruhig unter den geschlossenen Lidern, doch sein Atem ging gleichmäßig.
So musste er als kleiner Junge ausgesehen haben. Ein zart geschnittenes Gesicht, das doch Zähigkeit verriet. Ein mutiger kleiner Junge, der nie verriet, was ihn bedrückte. Der jeden Schmerz mit seiner Willenskraft bekämpfte. Sie beugte sich hinab und fuhr leicht mit dem Handrücken über seine Schläfe, seine Wangen, bis zu dem energischen Kinn. Sein Mund verzog sich zu einem angedeuteten Lächeln. Seine Augen hörten auf zu wandern und schlossen sich fester. Er fiel in tiefen Schlaf.

›Wie konntest du dein Kind nicht lieben? Wie konntest du den kleinen Jungen übersehen, der sich doch so sehr nach deiner Liebe sehnte?‹ Tess fragte sich, warum sie Alienor nie nach dem kleinen John gefragt hatte. Nun wusste sie, weshalb. Die Königin hätte ihr nicht zu antworten vermocht. So kannte sie ihn nicht. Hatte sie ihn je weinend erlebt? Hatte sie ihn je stolz erlebt, bei seinem ersten Waffengang, bei seinem ersten selbst erlegten Hirsch?
Der Magd kam über das frische Stroh geschlurft. Mit einer Geste bedeutete Tess ihr, den Tee an der anderen Seite des Bettes auf den Tisch zu stellen und sich zurückzuziehen.
Dann legte sie sich, angezogen wie sie war, ganz nah neben John und zog die Decke ein wenig zu sich herüber. Sie atmete seinen Duft ein. Sie spürte, wie sein Brustkorb sich hob und senkte, wie ihre Wärme sich unter dem Fell auf ihn übertrug. Sie hielt ganz still und betrachtete ihn schweigend. Sein ausgeprägtes Profil war auf dem jüngsten Goldpenny gut getroffen. Ihre Gedanken gingen zu Lady Margaret, die noch vor wenigen Tagen lachend einen solchen Penny in der Hand gehalten hatte. ›Einen hebe ich auf für schlechte Tage. Man muss immer vorbereitet sein.‹ Tess stiegen Tränen in die Augen. Noch sah sie ihre Miene, jedes Fältchen um ihre braunen Augen deutlich vor sich. Wie lange würde die Erinnerung so lebendig bleiben, wann würde auch sie verblassen?
Einen Moment schloss sie die Augen und bemühte sich, Alienors Gesicht zurückzuholen. Es gelang ihr nicht.
Warum lagen Glück und Leid so nah beieinander? Als könne er eine Antwort darauf geben, hob sie vorsichtig den Kopf, um John noch näher zu sein. Da ging ein leichtes Zucken durch seinen Körper.
»Will«, flüsterte John mit geschlossenen Augen. »War es schlimm, diesmal?«
Tess legte lächelnd ihren Finger auf seinen Mund. »Pscht, du musst schlafen, John«, sagte sie zärtlich. Er öffnete die Augen und starrte einen Moment lang irritiert an die Decke. Dann wandte er sich ihr mit Staunen zu. »Wie schön«, flüsterte er. »Wie gut, dass du da bist, Tess. Danke.«

Er wollte sich aufrichten, doch sie hielt ihn zurück. »Trink den Tee, er wird dir gut tun.« Widerstrebend verzog er die Miene. »Ich bleibe so lange, bis du ihn ausgetrunken hast.« Sie reichte ihm den warmen Becher. Er schloss seine Hand um die ihre und ließ sie nicht los.

»So kann ich den Tod nicht ertragen«, sagte er mit rauer Stimme. »Wie oft habe ich Männern das Schwert in den Leib gerammt, das bodenlose Staunen in ihrem Blick gesehen, wenn ich sie traf, ihre Todeskrämpfe erlebt, ihr tierisches Gebrüll gehört. Sie berührten mich nicht.« Mit einem Zug leerte er den Becher. Dann zog er Tess dicht zu sich heran und strich über die Wunde auf ihrer Wange.

»Der Tod auf dem Schlachtfeld schafft eine Distanz, ist anonym«, fuhr er fort, »man kann sich ihm entziehen, weil man ihn wieder und wieder besiegt hat und weil man selbst überlebt. Aber Lady Margaret …« John fühlte, wie Tess bebte, und presste sie an seine Brust.

»Ich verstehe dich«, stammelte sie, »…seit jenem Tag. Es war … wie ein Rausch, so unfassbar leicht, das Töten.« Sie schauderte bei der Erinnerung an den Überfall. »Die plötzliche Angst um unser Leben, diese übermenschliche Kraft, die ich in mir spürte, die alles zu rechtfertigen und zu ermöglichen schien. Ich habe einen von ihnen getötet. Als ich zustach, das Geräusch, sein blankes Entsetzen, und wieder habe ich zugestochen.« Hilfe suchend blickte sie in seine umschatteten Augen. »Ich habe getötet, John. Ich musste es tun. Und doch habe ich sie nicht retten können.«

Sie zitterte am ganzen Leib. Er strich ihr über das Haar und versuchte, sie zu beruhigen. »Das erste Mal vergisst man nie, später verwischen sich die vielen unbekannten Toten zu einer grauen Masse, nur die, die uns nah sind, deren Tod wir nicht verhindern konnten«, wieder klang seine Stimme rau, »die sind in unserer Seele eingebrannt.«

Tess spürte, wie sich sein Körper in lautlosem Schluchzen verkrampfte. Übermannt von einer Welle von Liebe, schlang sie die Arme um ihn. Ihre Lippen berührten seine Stirn, seine Augen,

seinen Mund, und sie hauchte in seine Lippen: »Damals habe ich dich dafür gehasst, dass du Fontevrault gemieden hast, als sie starb. Ich empfand dich als Verräter an Alienor und habe mich von dir allein gelassen gefühlt.« Wie in geheimem Einverständnis begannen ihre Hände gleichzeitig, einander zu entkleiden.
»Ich konnte nicht, ich hatte Angst vor der Endgültigkeit und Furcht vor meinem Leben ohne sie«, flüsterte er und löste eine Schlaufe nach der anderen. Niemals war Tess aufgefallen, wie geschmeidig seine Bewegungen waren. »Ich war wie gelähmt«, murmelte er, »nicht fähig, den normalen Alltag zu bestehen, nicht in der Lage, meinen Pflichten nachzugehen. Ich lebte hinter einer Wand aus Glas.«
»Und ich, ich wollte dir zur Seite stehen. Ich wusste doch, was ihr Tod für dich bedeutete«, erwiderte sie und öffnete die Lederriemen seines Hemdes. »Warum hast du mir nicht vertraut?« Jede Faser ihres Körpers spürte seine Nähe. Immer schneller griffen ihre Finger zu. Die seinen zogen an dem Stoff des Kleides, bis er endlich nachgab.
»Du bist noch schöner geworden«, sagte John und küsste sie sanft auf ihren entblößten Hals. Tess schauderte bei der Berührung, die sich in heißen weichen Wellen in ihr fortsetzte. »Was ist es nur?«, hauchte er auf ihren Nacken. »Was löst du in mir aus?«
Tess lächelte und küsste seine Schläfen, seine Augen. »Vielleicht Erinnerungen. Das Wissen umeinander. Ich wünschte, es hielte ein Leben lang.« Wieder sah sie ihn schief lächeln, und ihre Lippen berührten die seinen. Sie waren warm und weich. Eine Weile hielten beide still. Seine Hände berührten ihre Wangen, die Stirn, umschlangen die Hüften. Sie warf sich auf ihn, um seinen Körper ganz zu spüren.
Kaum hatten sie die letzten Kleidungsstücke von den Leibern gerissen, drängten sie sich ineinander. Sie wälzten sich, bis ihnen der Atem ausging. Jeder spürte das heftige Klopfen des anderen Herzens, die bebende Hitze des anderen suchend, die Nähe steigernd und steigernd, bis alle Düsternis verschwand.
Eng umschlungen lagen sie da und genossen das verebbende Glück.

»Ich habe dir etwas mitgebracht«, sagte John nach einer Weile und blickte in Tess' erhitztes Gesicht. Sie küsste ihn und lächelte. Er rollte sich auf die Seite und suchte in seinem Hemd. Stolz hielt er einen Saphirring vor sie hin. »Ausgerechnet Papst Innozenz III. hat ihn mir zum Geschenk gemacht, damals, als Philipp August in Acht und Bann war. Damals er, heute ich. Verrückte Welt. Vier Ringe hat er mir geschickt, als er mit Frankreich in Fehde lag.«
Er hielt ihn ins Licht und betrachtete das funkelnde Blau. »Und dieser ist der schönste.«
»Mach Frieden mit ihm, John«, sagte Tess unvermittelt, als er den Ring über ihren Finger streifte. »Du hast genügend Feinde, bring das Volk nicht noch mehr gegen dich auf, indem du es unter dem Interdikt leiden lässt. Triff Stephan Langton«, bat sie und zog ihn zu sich hinab auf ihre nackte Brust. »Sei klug, gib nach.« Er streichelte über die weichen Wölbungen, und seine Berührungen lösten neues Verlangen in ihr aus.
»Ich werde früh nach Leeds aufbrechen«, sagte er bedauernd und küsste die Spitzen ihre Brust.
»Versprich es mir«, wiederholte sie. »Mach Frieden mit der Kirche. Dann freut mich dein Geschenk noch mehr.«
Nachdenklich blickte er zu ihr auf.
»Wir müssen auch Albert benachrichtigen«, sagte Tess, als sie sich von ihm löste, um sich anzukleiden. »Ich habe nicht gewusst, wohin ich ihm einen Boten hätte schicken können. Ich werde ihm jetzt schreiben. Sorg bitte dafür, dass er die Nachricht so schnell wie möglich erhält.« Er griff noch einmal nach ihrer Hand und zog sie zu sich hinab, um sie zum Abschied zu küssen. »In absehbarer Zeit wird er nicht nach Dunnington zurückkehren können.« Er lächelte zweideutig. »Aber ich, so Gott will.«

Als Tess in den frühen Morgenstunden in ihr Gemach zurückkehrte, war ihr Bett leer. Sarah hatte es nicht berührt. Tess setzte sich an den Silbertisch, den Alienor ihr vermacht hatte, und schrieb an Albert.

Teil VII

Über Nottingham senkte sich der Abend. Oben auf der Burg fuhr ein plötzlicher Windstoß durch das geöffnete Fenster der königlichen Gemächer und ließ die Kerzen flackern. Ein Duft von Bienenhonig waberte durch den eleganten Raum. Isabelle fröstelte. Teilnahmslos begutachtete sie die grünseidene Robe, die ihre Zofe für sie bereithielt. »Ja, das wird gehen. Vergiss das Diadem nicht und polier meine Ringe!« Sie wandte sich ab und studierte erneut den ledernen Folianten des Domesday Books. Konzentriert addierte sie die Zahlen der beträchtlichen Besitzungen.

Als sich die Schritte ihrer Fensterbank näherten, glaubte sie, es sei eine der Dienerinnen, und sah nicht auf …

»Meine schöne Königin liest«, spottete John. Er beugte sich hinunter zu ihr, küsste sie flüchtig auf die Wange und warf einen Blick auf das Buch.

»Was sollte ich auch sonst tun, wenn mein hoher Gemahl sich seit Monaten nicht blicken lässt«, entgegnete sie kühl und sah zu, wie er sich ihr gegenüber in der Nische niederließ.

Eine Weile musterten sie einander schweigend.

»Du siehst angestrengt aus«, sagte sie schließlich.

»Ja«, entgegnete er knapp. Dann deutete er auf das Domesday Book. »Was soll das?«

Isabelle legte das Buch zur Seite. »Ich wollte gerne wissen, was de Braose alles gehört. Oder sollte ich besser sagen: was ihm alles gehört hat? Nun, da du es ihm wieder fortnimmst.«

Sie machte Anstalten, sich zu erheben. Doch John hielt sie zurück. »Was interessierst du dich für de Braose? Du hast ihn doch nie ausstehen können.« Isabelle blickte auf seine gebräunte Hand auf ihrem Arm.

»Du hast einen Ring verloren, oder irre ich mich?«

Er ließ sie los. »Kann sein.« Wieder tippte er auf den Folianten. »Du hast meine Frage nicht beantwortet.«

Isabelle stand auf und strich ihre Haare zurück. »Man erzählt sich, dass du Maud de Braose als Geisel genommen hast. Und ihren Sohn. War das notwendig?«

John legte seine Beine auf den frei gewordenen Sitz. »Sonst hätte ich es ja wohl nicht befohlen.«

»Stimmt es, dass du sie nach Corfe Castle hast bringen lassen? In den Kerker? Sie ist doch eine von uns«, fuhr Isabelle kühl fort.

Ärgerlich runzelte er die Stirn. »Die beiden hatten einen Denkzettel bitter nötig! Sobald de Braose seine Schulden bezahlt hat, kommt sie wieder frei. So lange aber bleibt sie meine Geisel.«

Isabelle biss sich auf die Lippen, dann läutete sie nach ihrer Zofe. Als sie eintrat, sagte sie: »Du kannst mir gleich beim Ankleiden helfen.« Sie deutete auf das Kleid, und zu John gewandt, fragte sie: »Apropos Geiseln ... Werden die walisischen Prinzen auch am Bankett teilnehmen?«

»Ja, natürlich.« Zunehmend irritiert beobachtete er sie. Plötzlich sprang er auf. »Was ist denn das für eine Begrüßung?«, fuhr er sie an. »Wie du ganz richtig bemerkt hast, haben wir uns eine lange Zeit nicht gesehen, und dir fällt nichts Besseres ein, als mich mit diesen längst beschlossenen Fakten zu behelligen. Wenn die Geschicke Englands dich schon so interessieren, warum fragst du nicht danach, ob Llewellyn mich endlich als seinen Oberherrn anerkannt hat? Das ist wichtig! Denn das bedeutet Frieden mit Wales. Endlich. Nach all der Zeit. In Bälde werde ich ihm die Prinzen zurückschicken.« Aufgebracht fuhr er fort: »Warum willst du nicht wissen, ob ich mit dem schottischen König einen Friedensvertrag ausgehandelt habe? Auch das ist von großer Bedeutung. Wenn die politischen Belange dich also plötzlich tatsächlich so interessieren, dann wende dich in Zukunft direkt an mich und höre nicht auf törichtes Geschwätz!«

Mit einem Kopfnicken schickte Isabelle die Zofe wieder hinaus. »Für die nicht politischen Belange hast du ja andere Zuhörer«, höhnte sie.

»Was soll das?«

»Ich spreche von deiner Yorkshire-Hure.«

»Sei nicht albern.« Er schlenderte hinüber zur Anrichte und goss sich einen Becher Wein ein. »Möchtest du auch?«

Isabelle trat vor den Spiegel und begutachtete ihre Frisur. »Ja, gerne.« Sie befestigte eine blonde Strähne, die sich aus der Spange gelöst hatte. Ohne sich umzudrehen, nahm sie den Becher in Empfang und hob ihn in die Höhe. »Auf das Sakrament der Ehe, mein hoher Gemahl.« Nachdem sie getrunken hatte, hielt sie den Kopf näher an ihr Spiegelbild und kontrollierte ihren makellosen Teint. Dann fragte sie sachlich: »Bist du nicht zu gut aussehend, um dafür bezahlen zu müssen? Schließlich bist du der König.«

John verschluckte sich. Ungerührt sah sie zu, wie er nach Luft schnappte. Als er sich wieder beruhigt hatte, fügte sie maliziös hinzu: »All die vielen Frauen, hochgeboren oder Dirne, und immer war es so einfach.« Sie schnippte mit den Fingern. »Bis jetzt! Die Neue allerdings kostet und kostet. Gleich einen doppelten Befestigungswall für eine unbedeutende Burg. Aber dafür haben wir ja wieder einmal die Steuern erhöht …«

Isabelle griff nach der goldenen Puderdose und klappte sie auf. Während sie die Quaste über ihre Wangen tupfte, fragte sie spöttisch: »Aber sie will keine Kathedrale haben, oder doch?«

Als John nicht antwortete, fuhr sie seelenruhig fort: »Nein, keine Kathedrale. Ich vergaß, dass wir mit der Kirche über Kreuz sind. Oder sollte sich Seine Gnaden mittlerweile mit Stephan Langton abgefunden haben?«

Mit zwei Sätzen war er bei ihr. »Isabelle, Isabelle«, beschwor er sie. »Hör nicht auf das Gerede.« Er umfasste ihr Gesicht mit beiden

Händen, drehte sie zu sich herum und sah ihr direkt in die Augen. Sie hielt seinem Blick stand. »Herrgott, wie schön du bist ... Wie kommt es nur, dass ich es immer wieder vergesse?«
Hingerissen starrte er auf ihre feuchten Lippen und genoss den Duft ihres Parfums. Lasziv bog sie den Kopf zurück. Ihr Atem streifte seine Wange, als sie flüsterte: »Wollen wir zusammen ins Bett gehen, mein hoher Gemahl?«
»Ja«, erwiderte er ungeduldig und begann, die Bänder ihres Oberkleids zu lösen. Da zog sie das Knie an und stieß es ihm mit aller Kraft zwischen die Beine. Der Schmerz machte ihn fast besinnungslos. Blindlings stolperte er rückwärts hinüber zur Fensterbank und ließ sich stöhnend darauf nieder. Der Schweiß stand ihm auf der Stirn. Die Augen drohten ihm aus dem Kopf zu quellen. Wimmernd presste er beide Hände gegen seinen Unterkörper.
Graziös nahm sie ihm gegenüber Platz und musterte ihn interessiert. »Tut es weh?«, fragte sie und machte Anstalten, ihn zu streicheln. Erschrocken wich er zurück. »Warum? Warum tust du das?«, stieß er hervor. Isabelle lächelte liebevoll, aber ihre Augen blickten eisig. »Ja, warum wohl?«
Benommen schüttelte John den Kopf.
In dem Moment klopfte es an die Tür, und gleich darauf streckte Will seinen Kopf hindurch. »Störe ich?«
Isabelle winkte ihm einzutreten. »Überhaupt nicht. Mein hoher Gemahl berichtet mir gerade über seine positiven Reiseerlebnisse. Aber das kann warten.« Schwungvoll erhob sie sich und verließ den Raum.
Zögernd kam Will näher. »Du siehst ja entsetzlich aus. Was ist geschehen?«
Mühsam riss sich John zusammen. »Es ist nichts. Nur eine kleine Meinungsverschiedenheit.«
Will biss sich auf die Lippen. »Dann warte ich vielleicht lieber hiermit?« Er zog einen Brief aus der Tasche. »Das hat auch Zeit bis morgen.«
»Von wem?«, fragte John und setzte sich aufrecht.

Will entging nicht, dass er sein Gesicht verzog. »Hast du Schmerzen?«
John schüttelte den Kopf. »Das vergeht gleich wieder. Lies vor.«
»Ich fürchte, es wird dir nicht gefallen.«
»Na, mach schon«, murmelte John und schloss gequält die Augen.
Umständlich entrollte Will das Pergament und begann zu lesen.

An Seinen gnädigen Herrn Philipp,
durch Gottes Gnaden König von Frankreich,
von Llewellyn, Prinz von Nordwales,
seinem treuen Vasallen.

Mit einem Ruck setzte John sich auf. Ungläubig starrte er auf das Stück Papier. Er stieß einen unterdrückten Laut aus, als unterdrücke er ein Schluchzen. »Weiter …«
Will zog die Schultern hoch. »In den nächsten Zeilen schmiert Llewellyn ihm Honig ums Maul. Bedankt sich überschwänglich für ein Schreiben Philipps, das ihm so wichtig sei, dass er es im Tabernakel seiner Kirche aufbewahren werde.«
»Ich will Llewellyns Worte hören«, keuchte John außer sich.
Will überflog die Zeilen. »Weiter schreibt der Verräter, dass er und seine Nachfahren sowie alle Prinzen von Wales der französischen Krone in Treue und Freundschaft verbunden seien und sich als französische Vasallen betrachteten. Und dass er keinen Vertrag oder gar Frieden mit den Engländern schließen werde, sondern vielmehr den gemeinsamen Feind aller walisischen Prinzen mit Gottes Hilfe bekämpfen werde, um die widerrechtlich angeeigneten Burgen zurückzuerobern …«
Will ließ das Pergament sinken. »Was für ein Schwein! Dabei hat er dir sein Wort gegeben und Treue geschworen.«
Da John noch immer schwieg, fügte er erklärend hinzu: »Das Schreiben haben meine Leute seinem Boten abgenommen. Er war so töricht, in Llewellyns Farben ein Boot anzuheuern. Ausgerechnet in Southampton …«

John schien wie erstarrt. Er war totenbleich, nur die Ader an seiner Schläfe trat hervor.
Beunruhigt beugte Will sich vor und legte ihm tröstend die Hand aufs Knie. »Gottlob, wir haben den Brief. Der wird also nicht in Paris ankommen.« Er verstärkte den Druck. »John? Sag doch etwas …«
»Was gibt es da zu sagen?« Schwerfällig erhob sich der König. Er tat einen Schritt nach vorn und reckte sich. Dann schrie er plötzlich: »Wache!«
Gleich darauf polterten die Männer herein und nahmen Haltung an.
»Ich wünsche, dass in der Vorburg Galgen errichtet werden. Morgen bei Tagesanbruch werden die walisischen Geiseln gehängt.«
Sekundenlang war es totenstill im Raum, dann salutierte der Hauptmann.
Will fühlte, wie ihm der Schweiß ausbrach. Wie durch einen Schleier sah er John, der hinüber zur Anrichte gegangen war und sich Wein einschenkte. Er hob den gefüllten Becher in Wills Richtung und prostete ihm zu. »Es wird Zeit, dass wir uns für das Bankett umziehen.«
Schwer atmend fuhr sich Will übers Gesicht. »John«, murmelte er. »Willst du es dir nicht noch einmal überlegen?«
Der König trank den Wein bis zur Neige. »Wir sehen uns dann in der Halle.«
Mit starrem Schritt verließ er den Raum.

Von draußen flog ein Nachtfalter herein und nahm Kurs auf die brennende Kerze. Will blickte ihm nach, ohne ihn zu sehen. Unbewusst faltete er die Hände und begann zu beten.
»Herr im Himmel, du Herr über Leben und Tod, ich flehe dich an, bitte, lass es nicht zu, dass er sich so ins Unrecht setzt. Du weißt, wie sehr er England liebt und wie sehr er auf die Unterstützung seiner Lords angewiesen ist. Das würden sie ihm nie verzeihen. Gott, lass ihn diese Entscheidung rückgängig machen.« Will bekreuzigte sich und blieb mit hängenden Schultern sitzen, während sich draußen die Nacht über Nottingham legte.

Ein Diener störte ihn auf, der gekommen war, um nach dem Feuer zu sehen. Schweigend ging er hinaus.
Vor den Gastgemächern rempelte er beinahe einen der Gäste an. Will wollte mit einer gemurmelten Entschuldigung seinen Weg fortsetzen, da rief ihn der andere zurück. »Lord Salisbury?«
Will nickte. »Noch einmal, verzeiht meine Ungeschicklichkeit«, murmelte er.
»Aber Mylord Salisbury, erkennt Ihr mich denn gar nicht. Ich bin es.«
Will stutzte. »Verzeiht …« Der Mann, der vor ihm stand, war von beeindruckender Statur. Seinen kostbaren Umhang hatte er lässig über eine Schulter geworfen. Die Stimme kam Will bekannt vor, doch sein Gesicht lag im Schatten. Plötzlich lachte der Fremde. »Ich glaube, wir haben uns zuletzt in Irland gesehen.«
»Albert!«, rief Will erfreut. Er zog ihn unter eine Fackel und staunte. »Herrgott noch einmal, unser kleiner Albert. Was bist du nur für ein Mann geworden!« Spielerisch befasste er den Oberarm seines Gegenübers. »Mit dir möchte ich keinen Ärger haben. Dein Schwertarm ist ja aus Eisen.«
Albert lächelte. »Dabei übe ich viel zu wenig.«
»Woher kommst du?«
»Direkt aus Deutschland. Wie Ihr wisst, braucht König John den Rückhalt Kaiser Ottos und der Flandern. Ich konnte ihm gute Nachrichten überbringen und darf mich jetzt zurückziehen.« Seine Augen leuchteten auf. »Doch morgen werde ich den König bitten, ob er mich endlich nach Hause entlässt.«
Will nickte zustimmend. »Wir sehen uns also morgen, und dann musst du mir ausführlich berichten.«
Er blieb stehen und sah ihm nach, bis Albert hinter einer der Türen verschwunden war.

Die ganze Nacht hindurch wurde unten in der Vorburg gehämmert. Von Albträumen geplagt, wälzte Albert sich auf dem Lager. Die Schläge setzten sich in seinen Träumen fort. Er sah sich wieder mit de Braose, wie sie den schweren Gegenstand durch den unterirdischen Gang schleppten. Er hörte die hohlen Schritte und die Feuchtigkeit, die von den Wänden tropfte. Die Last, die sie trugen, wog schwer, und der Weg schien kein Ende zu nehmen. Dann endlich, das Licht am Ende des Tunnels.

Doch als de Braose die Geheimpforte aufstoßen wollte, hörten sie, wie sie von draußen mit Brettern zugenagelt wurde. Und dann lösten sich plötzlich die Verschnürungen des länglichen Pakets und Arthurs Kopf sah daraus hervor. Und Arthur fragte: »Warum hilfst du ihm?«

Albert erwachte mit einem Schrei. Es dauerte, bis er sich erinnerte, wo er sich befand. Gottlob, dies war Nottingham und nicht Rouen. Durch das geöffnete Fenster kroch die Morgendämmerung in sein Gemach. Barfuß lief er hinüber und streckte den Kopf hinaus. Drüben im Osten stieg die Sonne aus den Wäldern empor. Es versprach ein schöner Tag zu werden. Mit offenem Mund sog Albert die frische Luft in sich hinein und wartete darauf, dass sich sein Herzschlag beruhigte.

Da fiel sein Blick auf die neu errichteten Galgen im unteren Hof. Plötzlich war er hellwach. Von dort, wo er stand, zählte er sieben Gerüste. Davor war ein Podium errichtet. Verwundert lehnte er sich weiter hinaus und entdeckte die feierliche Prozession, die den gepflasterten Weg hinunterschritt. Sie kamen aus der Oberburg, passierten das Tor und bestiegen schweigend die erhöhten Sitzplatze.

In der Mitte saß König John. Ein erster Sonnenstrahl verfing sich in den Edelsteinen seiner Krone und ließ sie funkeln.

Eine Elster flog kreischend über den Hof, ehe sie sich neugierig auf einem der Galgen niederließ.

Jetzt hob der König die Hand. In der eintretenden Stille war das Knarren einer Tür überdeutlich zu hören, dann ein Befehl, das Scharren von Schritten. Gleich darauf tauchten die ersten Verurteilten auf.

Albert blinzelte. Ihm fiel auf, wie gut gekleidet sie waren und dass sie keine Fesseln trugen. Und dann sah er, wie jung sie noch waren.

»Nein«, murmelte er ungläubig. »Das geht doch nicht …«
Unbemerkt war der Henker hinter den Gerüsten aufgetaucht und nahm die Delinquenten in Empfang.
Alberts Blick glitt hinüber zum Podium. Mit versteinerter Miene saß John inmitten seiner Lords, von denen ihm die meisten bekannt waren. Rechts von ihm stand Lord Salisbury. Er hielt den Kopf gesenkt, und es sah aus, als bete er.
»Mein König, mein König …« Alberts Hand glitt zum Hals und riss an seinem Kragen.
Unten im Hof hatte John ein Zeichen gegeben, und der Henker führte die Verurteilten die roh gezimmerten Stufen hinauf. Einer von ihnen war noch so klein, dass der Mann mit dem verhüllten Gesicht sich bückte, um ihn auf den Arm zu nehmen.
Dem Kind schien es zu gefallen. Es lachte fröhlich und winkte zu den anderen hinüber. Empört flog die Elster davon.
Albert fühlte, wie ihm der Schweiß ausbrach. Er sah, wie der Jüngste enttäuscht war, als der Vollstrecker ihn oben absetzte. Bittend hielt er die Arme hoch und zupfte an dem schwarzen Tuch, das das Gesicht des Mannes verhüllte, dann aber streckte es gehorsam seinen blonden Lockenkopf durch die Schlinge.
Als die Falltüren gleichzeitig geöffnet wurden, begann Albert zu schreien: »Haltet ein! Nein …!«
Der Raum schien sich um ihn zu drehen, und die Beine gaben unter ihm nach. Schluchzend rutschte er die Mauer hinunter. »Mein König. Mein König ….«
Blind vor Tränen rutschte er auf allen vieren hinüber zur Truhe, auf der sein Kammerdiener die Kleidung abgelegt hatte. Zitternd griff er nach der ledernen Hose. Er hatte Mühe, in die Stiefel zu steigen. Immer noch dröhnte das Blut in seinen Ohren, ihn schwindelte. Halt suchend klammerte er sich an den Bettpfosten.
Ich habe nur geträumt, dachte er immer wieder, aber er wagte es nicht, noch einmal zum Fenster zu gehen. Stattdessen ging er steifbeinig durch den Raum und klaubte seine Sachen zusammen. Fast hätte er die Dokumententasche vergessen. Mit bebenden Händen

stopfte er sie unter sein Hemd, ehe er sich den Umhang überwarf und die Stube verließ.
Die Gänge der Burg schienen wie ausgestorben. Kein Geräusch war zu hören, und niemand war zu sehen, als er den Weg zur Unterburg hinunterlief. Selbst der Hof war verwaist, nur die Vögel jubelten dem neuen Tag entgegen. Albert wagte nicht, hinüber zu den Galgen zu blicken, als er zu den Ställen eilte. Er fand sein Pferd, schweigend half ihm einer der Knechte, es zu satteln. Dann stieg er in den Steigbügel.
Fast erwartete er, dass ihn jemand aufhalten würde, als er das große Tor passierte. Doch auch hier ließen ihn die Männer mit gesenkten Häuptern passieren. Dann galoppierte er die Gasse hinunter nach Nottingham, dass die Funken stoben. Unten im Ort nahm er die Straße nach Norden. Und bald darauf war er im Sherwood Forest verschwunden.

* * *

Feuchtigkeit lag über dem Burggarten von Dunnington, als Tess ihn in aller Frühe durchquerte. Die ganze Nacht hindurch hatte strömender Sommerregen die Erde getränkt. Blätter und Blüten schienen bereit für den nächsten sonnigen Tag. Tess breitete die Arme aus und sog den Duft ein.
Das Korn stand in diesem Jahr besonders gut. Nur ein Lamm in der sich ständig vergrößernden Herde war nach der Geburt gestorben. Die Käserei hatte alle Hände voll zu tun. Sie durfte nicht vergessen, die Anzahl der Schafe festzulegen, die in diesem Jahr geschlachtet werden sollten. In Gedanken überflog sie, was heute anstand.
Wie jeden Morgen erwartete der Verwalter sie im unteren Burghof bereits mit ihrem gesattelten Pferd. Seit Lady Margarets Tod verließ Tess die Burg nur noch in Begleitung von sechs bewaffneten Soldaten, die John ihr zur Verfügung gestellt hatte.
Bevor sie die Steintreppe vom Wehrturm hinunterstieg, warf sie einen Blick in Richtung Süden. War er noch in Nottingham? Wie

mochte es ihm ergangen sein? War er mit sich im Reinen? Sie verbot es sich, weiteren sehnsüchtigen Gedanken nachzugeben.
»Guten Morgen«, rief sie den jungen Männern der Eskorte zu, die einen komischen Kontrast zu dem bäuerlichen Verwalter bildeten, der ihr Pferd heranführte.
Kaum war sie aufgesessen, wandte sie sich an ihn. »Seid Ihr den Wald im Osten noch einmal abgeritten, der gerodet werden soll? Das Kloster wird uns das Leben zu Hölle machen, wenn wir nur einen Inch über die Markierung schlagen.«
Der Mann mit den freundlichen Augen schlug mit der flachen Hand auf die Satteltasche. »Ich habe die Abschriften der Liegenschaft dabei und werde die Grenzsteine noch einmal genau kontrollieren. Die Holzfäller haben den Befehl, im Westen zu beginnen. Dort haben wir die geeigneten Stämme für die Mühlenflügel gefunden.«
Sie verließen das äußere Burgtor und ritten die Dorfstraße hinunter. Wie jeden Morgen war dies der Moment, in dem Tess an Lady Margaret dachte. Dieselben Frauen grüßten sie, dieselben Kinder spielten hier, wie an dem Tag ihrer Ermordung. ›Seid Ihr zufrieden mit mir? Ich bemühe mich, so gut ich kann, Dunnington in Eurem Sinn zu führen‹, dachte Tess, dankbar für all das, was sie von ihr gelernt hatte, und erfüllt von der Liebe zu John, ohne den sie ihren Tod nicht hätte ertragen können.
»Ich bin nicht blind, mein Liebes. Ich möchte nur, dass du darüber nachdenkst.« Immer wieder drängte sich Lady Margarets Mahnung in Tess' Gedanken. Lächelnd schob sie sie beiseite und stieß ihrem Pferd die Sporen in die Seiten.
Kaum hatten sie den Wald hinter dem Dorf verlassen, lag das weite Tal vor ihnen, durch das sich der breite Bach schlängelte. Am anderen Ufer setzten sich die Weiden in sanften Hügeln fort, auf denen sich bis zu den Kuppen hinauf Schafe als weiße Punkte bewegten. Schnaubend begleiteten sie ein paar Stuten mit ihren Fohlen, soweit die Koppel es zuließ. Auch die Pferdezucht würde in Zukunft gute Erträge abwerfen, wenn sie den geeigneten Deckhengst fand.

Doch das hatte Zeit. Seit Wochen galt ihr Hauptinteresse den neuen Mühlen.
Tess trieb ihr Pferd im Galopp den Hügel hinauf und stellte zufrieden fest, dass hier oben auch heute wieder ein Wind ging. Der Mühlenbauer, den sie aus Südengland hatte kommen lassen, hatte diesen Ort als geeignet erklärt, um den ständigen Aufwind für die erste Windmühle der Region zu nutzen. Einige Meilen weiter befand er das Gefälle des Baches für steil genug, um eine moderne Walkmühle zu errichten. Die Schurwolle würde nicht mehr mühsam in Wasserbottichen mit den Füßen von unzähligen Männern gestampft und gewalkt werden, bis die Fasern sich zu einem brauchbaren Gewebe verbanden. Von nun an würden die Holzklöppel der Mühle diese Arbeit übernehmen. Beim ersten Gespräch mit dem versierten Mühlenbauer hatte ihr der Kopf geschwirrt: Nockenwelle, Übertragung der Wasserkraft auf Holzhämmer, drehbare Mühle, senkrecht angeordnetes Windrad, mit Mahlwerk zusammen auf einer Achse frei beweglich. Geduldig hatte er ihr die Konstruktion der modernen Maschinen erläutert, bis sie das Prinzip begriffen hatte. Von da an war sie fasziniert.
Schon von weitem hörte sie das Hämmern und Sägen der Arbeiter, die mit der neuartigen Konstruktion beauftragt waren. In Abständen waren rund um den Sockel der Walkmühle Pfosten errichtet, die mit geöltem Tuch überspannt waren, um die Handwerker vor Hitze und Regen zu schützen. Weiter entfernt stand die Hütte des Mühlenbauers.
»Wo ist der Meister?«, rief Tess gut gelaunt und machte dem Verwalter ein Zeichen, ihn zu holen, während sie die Fortschritte der vergangenen Tage begutachtete. Sie trat zu dem Zimmermann unter die Plane und ließ sich die hölzernen Klöppel zeigen, die schon fertig gestellt waren. Die ersten Speichen des Mühlrads lagen bereits ordentlich nebeneinander auf dem Boden.
»Mylady«, hörte sie den Verwalter plötzlich rufen. »Mylady, sie haben den Meister entführt!«
Außer Atem berichtete er, was er soeben gehört hatte. »Er hat hier

übernachtet, weil es gestern zu spät wurde, um ins Dorf zurückzukehren. Sein Geselle wurde wach, als sie kamen. Sie haben ihn mit ins Kloster genommen.«

Tess wurde bleich. »Dies ist der rechtmäßige Grund und Boden von Dunnington!«, stieß sie hervor. »Wie können sie es wagen, ihn zu betreten!« Mit wenigen Schritten war sie bei ihrem Pferd. »Ihr bleibt hier und sorgt für den Fortgang der Arbeit. Und ihr folgt mir!«, rief sie den Männern der Eskorte zu und stieg auf ihr Pferd.

In gestrecktem Galopp jagte sie davon. Wäre das Korn schon geerntet gewesen, hätte sie den direktesten Weg über die Stoppelfelder zum Kloster genommen. So aber brannte die Sonne vom Himmel, als sie es endlich erreichten.

Die Hufe des letzten Reiters dröhnten noch auf dem Pflaster, als Tess bereits die Pfortenglocke zog. Sie läutete unbarmherzig, bis endlich der Kopf eines Mönches in dem kleinen Holzfenster erschien. »Lasst uns auf der Stelle eintreten!«, herrschte sie ihn an. »Wo ist der Abt?«

»Er hat einen Gast.« Zögernd deutete der Mönch hinter sich. »Im Kreuzgang, dann rechts.« Tess stürmte los und winkte den Männern, ihr zu folgen.

Sie wäre fast mit ihr zusammengestoßen, als sie die Stufen in den Kreuzgang hinabeilte. Chlothilde schrie entgeistert auf, als sie Tess erkannte.

»Wie seht Ihr aus!«, zischte sie. »Es wäre für eine Dame angebracht, nicht in solch schamlosen Männerhosen herumzulaufen. Für das Weib sind Röcke bestimmt.« Tess traute ihre Ohren nicht, als sie mit schneidender Stimme fortfuhr: »Ihr seid mit dem Teufel im Bunde, in Lederhosen und Stiefeln. Gott wird Euch strafen für diese Unzucht und für die Sünde, unter dem Dach eines Mannes zu leben, mit dem Ihr nicht den heiligen Bund der Ehe eingegangen seid. Die Hölle ist Euch bestimmt für Eure Anmaßung, dieses Kloster seiner angestammten Rechte zu berauben. Der ungläubige König sei verdammt, der diese Sitten zulässt. Gottes Schwert wird auf ihn herabkommen … Möge es bald mit ihm zu Ende gehen.«

Fassungslos starrte Tess in Chlothildes verzerrtes Gesicht. Sie ergriff ihren Arm und schüttelte sie. »Was sagt Ihr da, Schwester Chlothilde. Wer beraubt hier wen seiner Rechte?«, entgegnete sie drohend. »Wo ist der Abt?«
»Verflucht sei König John! Du bist sein Werkzeug! Aus meinem Angesicht!« Chlothilde versuchte, sich aus Tess' Griff zu befreien. Doch die junge Frau zerrte die widerspenstige Nonne neben sich her. Im Vorübergehen sah Tess den Abt durch die Säulen des Kreuzgangs an einem Tisch sitzen. Ihm gegenüber stand der Mühlenbauer mit gesenktem Kopf. Sie stieß Chlothilde fort und trat in das Refektorium. Die Schritte hallten durch den gewölbten Saal.
Plötzlich sah Tess Königin Alienor vor sich: ihre kerzengerade Gestalt, ihre kalte, Respekt einflößende Miene. Und ebenso plötzlich hörte sie sich laut fragen: »Wie könnt Ihr es wagen, meinen Meister zu entführen?« Sie sah die verächtliche Miene des Abts. Seine naturgegebene Überheblichkeit gegenüber allem, was weiblich war, reizte sie über die Maßen.
»Steht auf, wenn ich mit Euch rede!«, befahl sie schroff.
Der Abt warf einen Blick auf die Männer, die sich um die Gräfin verteilt hatten, und sah, wie ihre Hände sich um die Griffe der Schwerter legten. Langsam erhob er sich und fragte: »Ihr wünscht?«
»Eine Erklärung für Eure Unverschämtheit. Eine Entschuldigung für Euren Rechtsbruch und eine Wiedergutmachung für den verlorenen Arbeitstag meines Meisters.«
»Wie bitte?« Der Abt verschluckte sich, und es dauerte, bis er seine Stimme wiederfand. »Seit jeher ist es das angestammte Recht des Klosters von St. George, die Bauern in unserer Mühle ihr Korn mahlen zu lassen«, begann er, und schon unterbrach ihn Tess: »… für überhöhte Abgaben und unter Zurücklegung eines viel zu weiten Weges. Dies wird sich von nun an mit Fug und Recht ändern.«
Der Abt schnappte nach Luft. »Ihr beraubt uns unserer Einkünfte. Und wenn Ihr glaubt, auch noch eine Walkmühle bauen zu dürfen … Euer Mühlenmeister hat mir Eure Pläne verraten«, fügte er siegesgewiss hinzu.

Tess lachte verächtlich. »Natürlich, wer wüsste besser als er, dass auf unserem Grund und Boden der ideale Platz dafür ist. Warum habt Ihr mich nicht gefragt, statt Euch als Kirchenmann in eine so entwürdigende Situation zu begeben?«
»Ihr werdet das Wasser benutzen, das wir für unsere Teiche benötigen. Und Ihr werdet die Walk- und die Mahlgebühren einstreichen. Beides steht dem Kloster zu.« Mit abschätzigem Schulterzucken fügte er hinzu: »Wer seid Ihr schon, dass ich Euch fragen sollte? Ihr seid irgendeine Frau, die von irgendwoher kommt und sich unverheiratet, also unrechtmäßig vor Gott und dem König, als Lady Dunnington aufführt. Für mich ist der Meister ein ebenbürtigerer Gesprächspartner.«
»Weder Wasser noch Wind gehören der Kirche allein, verehrter Abt«, entgegnete sie eisig. »Das dürfte auch Euch nicht entgangen sein.«
Mit entschiedener Geste bedeutete sie dem Mühlenbauer, sich zu erheben. Ohne den Abt noch eines Blickes zu würdigen, sagte sie: »Kommt, wir verlieren hier nur unnötige Zeit. Der Justitiar des Königs wird entscheiden, wie Eure Entführung geahndet werden wird. Da wir die Mühlenrechte besitzen, könnte es für den Herrn Abt eine teure Angelegenheit werden, sich derart ins Unrecht gesetzt zu haben. Es lohnt nicht, kostbare Zeit mit ihm zu vergeuden.«
Sie verließ das Kloster, wie sie gekommen war, und preschte auf ihrem Pferd davon. Blind vor Zorn und Tränen, die ihr der Wind in die Augen trieb, brauchte sie den gesamten Rückweg, um gegen den Schatten anzukämpfen, der auf ihrer Seele lag.
»Ich möchte nur, dass du darüber nachdenkst.« Lady Margarets Bild verblasste auf diesem Ritt mehr und mehr. Immer deutlicher sah sie Alienor vor sich. Sie war ihr Vorbild. Sie war der Maßstab, an dem sie sich orientieren musste. Sie würde durchhalten. Sie würde sich nicht erniedrigen lassen. Sie liebte John.
Als sie zu der Baustelle zurückkehrten, war Tess mit sich wieder im Reinen und stürzte sich in die Arbeit, um die verlorenen Stunden aufzuholen.

Auf dem Rückweg nach Dunnington lag goldenes Licht über den Hügeln. Sogar die Schlachtschafe hatten sie noch markiert. Zufrieden mit dem Tag ließ sie ihr Pferd am langen Zügel gehen und genoss die Abendstimmung. Die Obstbäume am Wegesrand trugen die ersten Früchte. Noch waren die Pflaumen und Äpfel grün. Der Stellmacher trat vor die Lehmhütte, als er die Reiter hörte, und winkte zur Begrüßung.
»Was macht der neue Schollenpflug?«, rief Tess ihm beschwingt zu. »Hast du ihn auch rechtzeitig fertig?«
Der Stellmacher nickte und versuchte, seine Kinder noch zurückzuhalten, da waren sie schon an seinen Beinen vorbeigeschlüpft und rannten auf Tess' Pferd zu. Sie lachte und parierte es durch. Mit geöffneten Händen blickten die beiden Jungen voller Erwartung zu ihr auf, und sie warf jedem von ihnen einen unförmigen Klumpen Karamell zu. Die Buben zogen dankend die Mützen, schwenkten sie hin und her und liefen johlend davon.
Über die gedrungenen Häuser hinweg tauchten die äußeren Mauern von Dunnington auf. Mit ihren eckigen Wehrtürmen wirkten sie solide und uneinnehmbar.
Bei dem Anblick empfand Tess jedes Mal tiefes Glück. Hier war sie zu Hause. Und hier war sie sicher.
Sie war bereits vom Pferd gestiegen und hatte sich von den Männern verabschiedet, da rief sie dem Verwalter noch nach: »Morgen Abend sollen die Bauern zum Stellmacher kommen. Wir müssen ihnen den neuen Schollenpflug erklären, sonst kommen sie mit der asymmetrischen Pflugschar nie zurecht. Sorgt bitte dafür, dass sie alle da sind. Gute Nacht!«
Ein paar aufgescheuchte Krähen flogen krächzend um den Burgfried, als sie den Garten betrat. Das dunkle Rot der Rosen leuchtete in den letzten Sonnenstrahlen, und der Lavendel duftete. Dies war der einzige Moment des Tages, in dem sie sich erlaubte, ihren Gefühlen freien Lauf zu lassen, in dem sie John herbeisehnte und seine Nähe, seine Hände, seinen Atem zu spüren glaubte. Sie dankte Gott für die Liebe, die er ihr geschenkt hatte.

Mit weichem Herzen öffnete sie das schwere Holztor. Dann betrat sie die Halle.

Sarah saß aufrecht an Lady Margarets Platz, zu ihrer Rechten Albert. Sie unterbrachen das Gespräch, das sie offensichtlich leise miteinander geführt hatte. Beide hoben gleichzeitig die Köpfe und blickten ihr entgegen. Ihre Mienen waren gleichermaßen abweisend. Eine undurchdringliche Wand umgab Bruder und Schwester.

Das Einzige, was Tess mit ihnen verband, war das lähmende Schweigen. Sie schauderte und fand keine Worte. Alberts dunkle Augen wirkten übergroß und schienen sie zu durchbohren. Sarahs rotes Haar glühte im Schein des Feuers, und ihre Augen brannten hasserfüllt.

»Guten Abend, Albert«, hörte Tess sich sagen.

Langsam erhob sich Albert. Sarah versuchte, ihn zurückzuhalten. Ihre Hand krallte sich in seinen Ärmel. Doch wie in Trance befreite er sich von ihr und schob seinen Stuhl zurück. Er ließ Tess nicht aus den Augen. Nie war sie ihm schöner erschienen. Er räusperte sich, ehe er mit trockenem Mund fragte: »Wie geht es dir?«

Tess hatte sich nicht von der Stelle gerührt. Sie nickte. »Gut …«, sagte sie leise. Dann lief sie auf ihn zu und warf die Arme um seinen Hals. »Oh, Albert. Wie gut, dass du wieder zu Hause bist. Kannst du für immer bleiben? Jetzt, da …«

Albert spürte ihren Herzschlag an seiner Brust. Er presste sein Gesicht in ihre Haare und atmete ihren Duft ein. »Ich bin gekommen, um dich zu holen«, murmelte er. »Heute Nacht noch …«

Tess bog ihren Oberkörper zurück. Albert sah die Hoffnung in ihren Augen. »Zum König?«

Ernüchtert ließ er von ihr ab. »Nein«, antwortete er. »Nach Italien, oder vielleicht auch nach Spanien. Es spielt keine Rolle, wohin wir gehen. Wir müssen nur fort aus England!«

»Nein«, schrie Sarah gellend. »Dein Platz ist hier!« Der Stuhl fiel zu Boden, als sie sich zwischen die beiden drängte und Tess ins Gesicht schlug. Albert gelang es, ihre Fäuste zu ergreifen. »Halte ein. Was tust du?«

Sarah gebärdete sich wie eine Wahnsinnige. »Wir bleiben in Dunnington. Ich bleibe in Dunnington«, schrie sie. »Was glaubst du, was aus mir wird, wenn du fortgehst – ohne seine Erlaubnis? Im Handumdrehen wird die Krone einen seiner Getreuen hier einsetzen. Und dann ist hier kein Platz mehr für mich.« Sie trat nach ihm. »Man hat mich schon einmal in ein Kloster gesteckt, damals, als unser Haus abgebrannt ist und unser Vater starb. Weil kein Geld für eine Mitgift da war, musste ich nach Whitby. Ich bin fast gestorben vor Heimweh inmitten dieser grauenvollen Nonnen. Und nun, da unsere Mutter tot ist, soll ich wieder weggeschickt werden? Eher sterbe ich. Dunnington ist mein Zuhause.« Ihre Stimme brach. Dann schluchzte sie. »Und das alles habe ich nur dieser Hure zu verdanken! Sie hat ihn hergelockt.« Sarah fuchtelte mit der Hand vor Tess herum. »Von Anfang an hat sie versucht, mir alles wegzunehmen. Und immer hat sie sich zwischen uns gestellt: zwischen Mutter und mich, zwischen dich und mich. Mit ihrem königlichen Liebhaber im Rücken glaubte sie, uns alle beherrschen zu können.« Sie versuchte erneut, nach Tess zu schlagen. »Du verkommenes Subjekt, du, du …« Sie suchte nach Worten.

Albert riss seine Schwester zu sich herum. »Sag, dass das nicht wahr ist!«, herrschte er sie an. »Tess ist meine Braut, niemals würde sie meine Ehre …«

Höhnisch begann Sarah zu lachen. »Dann frag sie doch selbst!« Ihr Gesicht war vor Hass verzerrt. »Frag sie doch, wie sie die Nacht verbracht hat, nachdem unsere Mutter beigesetzt war!«

Albert schob sie zur Seite. »Tess!«, flehte er. »Sag, dass sie lügt.«

Plötzlich war es ganz still. Seine Miene gefror. Dann wurde er blass. »Tess …«, bat Albert noch einmal.

Die junge Frau wich seinem Blick nicht aus. Es schnürte ihr den Atem ab, den Schmerz in seinen Augen zu sehen, ihm wehzutun. Doch Albert verdiente die ganze Wahrheit. »Es war immer er«, sagte Tess mit fester Stimme. »Das hast du gewusst, von Anfang an. Es tut mir Leid.«

Albert holte tief Luft. »Natürlich habe ich es gewusst«, murmelte er. »Ich hatte nur gehofft ...« Er wollte noch etwas hinzufügen. Stattdessen schüttelte er den Kopf und sah sie schweigend an. Ohne ein weiteres Wort verließ er den Raum.

* * *

Über die Yorkshire-Moore wehte ein sanfter Sommerwind, als die beiden Reiter auftauchten. John de Lacy hatte die Führung übernommen. Tief über den Rücken seines Pferdes gebeugt, folgte er einem der dünnen Schafspfade. Auf dem Hügel bog er plötzlich nach links ab, parierte durch und sah sich nach seinem Begleiter um.
»Das dürfte genügen. Hier steigen wir ab«, befahl er und rutschte aus dem Sattel. Die Zügel in der Hand, suchte er sich einen breiten Stein, um darauf Platz zu nehmen.
»So, Dunnington«, begann er. »Hier haben wir keine Zeugen. Also sprich ...«
Albert musterte sein Gegenüber. Ein roter, ungepflegter Haarschopf über einem breitflächigen Gesicht, ein schmaler Mund und darunter ein brutales Kinn. Der junge de Lacy gefiel ihm nicht. Dessen großspuriges Betragen, als er heute Morgen in der Burg vorgesprochen hatte, missfiel Albert in höchstem Maße. Wie einen Bittsteller hatte man ihn warten lassen, ehe ihm ausgerichtet wurde, dass er sein Anliegen später bei einem Ausritt vortragen dürfe.
»Dunnington!«
De Lacy sah an ihm vorbei über die Weite der Hochebene. Seine Augen verfolgten eine Lerche, die aus einem Wacholderbusch aufgestiegen war und zielstrebig in den blassblauen Himmel stieg.
Albert räusperte sich. »Ich will bei Euch mitmachen«, sagte er entschlossen.
De Lacy fuhr herum. Seine braunen Augen durchbohrten ihn, und als er lachte, sah man die spitzen Eckzähne, die seinen Zügen etwas Wölfisches verliehen. »Ein Freund des Tyrannen. Wer hätte das gedacht.« Er ließ die Zügel aus der Hand gleiten und sah zu, wie sein Pferd sich grasend abwandte.

»Warum?«, fragte er schließlich. »Euch ist es unter Johns schützender Hand doch immer gut gegangen. Woher also der plötzliche Sinneswandel?«

»Die Gründe spielen keine Rolle«, entgegnete Albert knapp.

De Lacy zog die Handschuhe aus und warf sie neben sich, dann streckte und ballte er die Hände zu Fäusten. »Woher soll ich wissen, dass Ihr kein Verräter seid?«, fragte er lauernd.

»Mein Wort dürfte Euch genügen.«

Wieder lachte de Lacy verächtlich. »Ein Verräter seid Ihr in jedem Falle. Oder weiß der Plantagenet, dass Ihr hier seid?«

Albert fühlte, wie ihm die Hitze in die Wangen stieg.

»Natürlich nicht«, entgegnete er ruhig, doch es kostete ihn alle Kraft, nicht aufzuspringen, um dem anderen die Faust ins Gesicht zu schlagen.

De Lacy schien seine Gedanken zu lesen. »Das lasst lieber sein. Ihr kämt nicht weit.«

Albert stand auf. »Ich habe Euch ein Angebot gemacht. Doch Euer Interesse scheint nicht groß.« Er pfiff nach seinem Pferd.

»Wartet«, sagte de Lacy. »Gebt mir eine Sicherheit, damit ich erkennen kann, dass Ihr es ehrlich meint.«

Albert zog den Sattelgurt nach. »Ich habe nichts.«

De Lacy hatte sich ebenfalls erhoben. »Doch«, sagte er. »Die Louisville.«

»Wen?«, fragte Albert verblüfft.

De Lacy lachte unangenehm. »Die Hure des Königs. Eure Braut.«

Albert fuhr herum, dass sein Pferd den Kopf aufwarf und scheute. Mit zwei Sätzen war er bei seinem Begleiter. »Sagt das nie wieder in meiner Gegenwart«, zischte er. »Ich fordere Euch sonst zum Zweikampf!«

Ohne mit der Wimper zu zucken, hielt de Lacy seinem Blick stand. »Sie wäre eine annehmbare Geisel«, erwiderte er ruhig.

Albert gab ihn frei. »Vergesst, was ich gesagt habe. Ich reite zurück.« Er hob den Fuß in den Steigbügel und schwang sich in den Sattel. »Ich werde mich einer anderen Gruppe anschließen.«

»Wer sollte Euch nehmen, wenn Ihr nicht bereit seid, ein Risiko einzugehen?«

»Irgendwer wird sich schon finden«, antwortete Albert gleichgültig. »Es gibt genügend Lords, die sich gegen die Krone auflehnen. Aber ich will das Risiko alleine tragen. Die Gräfin von Louisville hat damit nichts zu tun.«

»Hört, hört«, spottete de Lacy. »So spricht ein wahrer Edelmann.« Er lächelte, und wieder blitzten seine Wolfszähne auf. »Ihr wart lange auf dem Kontinent. Lange genug, um in die höfische Liebe eingeführt zu werden.« Plötzlich schien er sich umentschieden zu haben.

»Kommt mit«, befahl er. Und kurz darauf galoppierten sie gemeinsam über das Moor. Schon bald hatte Albert die Orientierung verloren. Sie folgten einem Zickzackkurs, setzten über sprudelnde Bäche, trieben ihre Rösser einen Hügel hinauf, um gleich darauf einem ausgetrockneten Flussbett zu folgen. ›Wenn er beabsichtigt, mich in die Irre zu führen, ist es ihm gelungen‹, dachte Albert.

Plötzlich zügelte de Lacy sein Pferd und sprang ab.

Albert blickte sich um. Meilenweit war keine Behausung zu sehen. In der Ferne wanderte eine Herde Schafe durch das Heidekraut. Bis auf den leichten Wind, der durch die Gräser strich, war es totenstill. Nicht einmal ein Vogel war zu hören.

Dann erst entdeckte er die alte Thingstätte. Sechs roh behauene Findlinge waren in einem Kreis angeordnet, die Erde darin von unzähligen Fußstapfen kahl getreten. Vor kurzem musste hier ein Feuer gebrannt haben. Verkohlte Äste lagen auf der grauen Asche. Dorthin führte ihn der Lord.

De Lacy lehnte sich an einen der Steine. »Was versteht Ihr unter: ›Ich will bei Euch mitmachen‹?«

Albert sah ihn offen an. »Ich kenne Eure Pläne nicht. Ich weiß nur, dass ich mithelfen möchte, diese Tyrannei zu beenden. So kann es nicht weitergehen. England geht dabei zugrunde.« Und halblaut fügte er hinzu: »Ich gehe dabei zugrunde!«

De Lacy hakte ein. »Das ist genau der Punkt. Mit John geht England vor die Hunde. Er belegt uns mit Steuern, dass wir kaum atmen können. Und wenn wir nicht zahlen, verlangt er Geiseln als Sicherheit. Ich erinnere nur an William de Braose. Gerüchten zufolge schmachten Maud und ihr Sohn im Kerker von Corfe Castle. Und das, mein lieber Dunnington, das kann uns allen geschehen. Deswegen wollen wir Philipp von Frankreich die Krone anbieten.«

»Aber das bedeutet Krieg.«

Sein Gegenüber schüttelte den Kopf. »Nicht unbedingt …« Er machte eine Pause, ehe er fortfuhr: »Ein Krieg wäre vermeidbar, wenn man John und seine verfluchte Sippe vorher tötet.«

Albert hielt die Luft an.

De Lacy nickte. »Wir haben keine andere Wahl.« Er bückte sich nach einem der verbrannten Äste und stocherte damit in der Asche herum. Der Wind griff den feinen Staub auf und trug ihn fort. »Es ist nur schwierig, in seine Nähe zu kommen. Nun, da er sich aufführt wie Cäsar und keinen Schritt mehr ohne seine Soldaten macht.« Albert sah, wie er ein Herz auf den Boden malte. »Ihr, Mylord, wäret allerdings nah genug, um …«

»Nein«, sagte Albert ruhig. »Ich bin dabei, wenn Ihr ihn fortjagt; aber ein Königsmörder bin ich nicht.«

De Lacy warf den toten Ast fort und wischte sich die Hand an seiner Lederhose ab. »Nun denn. Was schlagt Ihr vor?«, fragte er lauernd.

Albert war plötzlich ganz ruhig. »Ich könnte Euch mit Informationen versorgen, die man dem französischen Hof übermitteln kann.«

Der Lord überlegte. »Ich werde Euren Vorschlag mit den anderen besprechen.«

»Wer sind ›die anderen‹?«, wollte Albert wissen.

De Lacy grinste. »Dazu ist später noch Zeit. Es sind genug, überall im Land verteilt. Ich werde zwar ein gutes Wort für Euch einlegen, abstimmen müssen wir jedoch alle gemeinsam. Doch wer weiß, vielleicht kommt es gar nicht mehr dazu. Ihr habt doch sicher von Peter of Wakefield gehört, der Johns Tod noch für dieses Jahr vorausgesagt hat.« Er ging zu seinem Pferd und kramte in der Satteltasche. »Wenn seine Weissagung tatsächlich eintrifft, wären wir

aller Sorgen ledig.« Er zog ein Blatt Pergament hervor. »Hier, haltet bitte«, sagte er. »Ich hole noch Tinte und Feder.« Überrascht sah Albert, wie er kurz darauf alles auf einem Stein ausbreitete.
»Ihr müsst nur unterschreiben.« De Lacy trat zur Seite.
Albert überflog die wenigen Zeilen. Dann tunkte er die Feder in das Tintenfass, strich entschlossen eine Zeile aus und setzte seinen Namen schwungvoll unter das Dokument. »Ihr traut mir immer noch nicht«, sagte er und übergab das Papier.
De Lacy faltete es sorgfältig, ehe er es in seiner Brusttasche verstaute. »Nur zur Sicherheit, mein lieber Dunnington.« Er hatte es plötzlich eilig. »Haltet Euch nach Westen. In einer Stunde etwa werdet Ihr die Türme von York sehen. Dann findet Ihr nach Hause.«
Albert sah zu, wie er aufsaß und die Zügel ordnete. »Ich muss auf dem schnellsten Weg zurück nach Nottingham.«
»Ich weiß.« De Lacy lächelte vielsagend. »Ihr hört von uns!« Er gab seinem Pferd die Sporen und war bald darauf hinter dem Hügel verschwunden.

* * *

Es sah aus, als sei ein Teil des Sternenhimmels in den Hafen von Dover gefallen. Zu Tausenden funkelten sie in dem schwarzen Wasser weit unter ihnen.
John hüllte sich enger in seinen Pelz. Obwohl es windstill war, presste ihm die Kälte die Tränen in die Augen.
»Sieh doch nur, Will. Ist es nicht unglaublich schön?«
»Es wäre bestimmt noch schöner, wenn ich es mir von drinnen anschauen könnte«, drängte der Freund und schlug sich die Arme um die Brust. »Herrgott, lass uns reingehen, ich bin schon halb erfroren.«
John löste sich nur zögernd von der Brüstung. »Ich habe einmal mit angehört, wie meine Mutter von diesem Anblick geschwärmt hat. Damals ging es auch um die Sterne von Dover. Mutter nannte sie funkelnder als jedes Diadem.«

»Ach, Johnny«, sagte Will gutmütig. »Vergiss die Sterne. Denk lieber daran, wie viele Schiffe dort unten auf dein Kommando warten. Mit ihrer Hilfe werden wir Philipp das Fürchten lehren.« Er legte John den Arm um die Schulter und zog ihn mit sich.

Gemeinsam schlenderten sie die Zinnen entlang, passierten die Wächter, die sich um die Kohlebecken versammelt hatten, und stiegen schließlich zu Wills Erleichterung die Stufen zu den königlichen Gemächern hinab. Er ging sofort zum Kamin und hielt die Hände über das prasselnde Feuer. »Man sagt, dass Philipp fünfzehntausend Mann unter Segel setzen wird.« Er lachte zufrieden. »Wir haben mehr. Alle unsere Lords haben Schiffe, Waffen und Männer geschickt.«

»Die, die noch da sind«, entgegnete John trocken. »Denk an Eustace de Vesci und Robert FitzWalter, der eine nach Schottland, der andere nach Frankreich ...«

Will fegte den Einwurf mit einer abfälligen Geste beiseite. »Ach die! Sie sind geflohen, weil sie sich fürchten.« Er zog sich einen Schemel ans Feuer und setzte sich. »Nun, da sie wissen, wie du mit Rebellen verfährst. Glaub mir, John, im Grunde konnte dir nichts Besseres passieren, als dass der schottische König bei dir Zuflucht sucht, weil er Angst im eigenen Land hat.« Der Schemel wackelte bedenklich, als er sich zur Seite beugte, um an das Tablett mit den Getränken zu gelangen. Während er sich heißen Wein einschenkte, sagte er mit ungewohnter Rachsucht: »Es war sehr klug von dir, sofort nach Schottland zu ziehen und Mac William aufzuhängen. Das hat er davon, sich gegen den eigenen Monarchen aufzulehnen.«

»Das nützt mir alles nichts, solange die Stimmung im Land gegen mich ist.« John warf seinen Pelz über eine Bank und stellte sich vor den Kamin. »Denk nur an diese Sekte, die Hue oder wie sie heißen, die sorgen schon dafür, dass wir nicht zur Ruhe kommen.«

Will blies verächtlich die Luft aus. »Diese Narren! Unter dem Deckmantel göttlicher Eingebung ziehen sie über Land und predigen ihren Unsinn vom Weltuntergang. Mich wundert nur, dass sie immer noch Zuhörer finden.«

John schüttelte den Kopf. »Damit sind sie nicht alleine. Hast du Peter of Wakefield schon vergessen, der meinen Tod zur vierzehnjährigen Thronbesteigung voraussagt? Das wäre in diesem Jahr.«
Will wollte gerade antworten, da wurde an die Tür geklopft, und John bat: »Herein!«
»Komm her, Albert«, rief Will, »und hilf mir, unseren Souverän aufzumuntern.« Albert eilte durch den Raum und beugte das Knie vor dem König.
»Steh auf, Mönchlein«, sagte John freundlich. »Hol dir was zu trinken und erzähl, was unten im Hafen los ist. Sind sie alle schon betrunken?«
Albert schauderte, als er seinen Umhang ablegte. »Natürlich saufen sie, schon wegen der Kälte. Aber die Moral ist gut.«
Will reichte ihm einen Becher. »Sag ich doch. Sie warten nur darauf, morgen, beim Einsetzen der Flut, die Segel zu setzen.«
Beide sahen zu John, der es sich mit einem Kissen vor dem Feuer bequem machte. »Das ist zu früh. Ihr vergesst, dass ich noch mit dem päpstlichen Nuntius sprechen muss.« Er machte Albert ein Zeichen, sich neben ihn zu setzen, und rutschte ein Stück zur Seite.
»Vertröste Pandulf auf später«, riet Will, aber John schüttelte den Kopf. »Ich fürchte, das geht nicht. Der Papst zieht mir sonst die Daumenschrauben an. Ich habe die Sache sowieso schon zu lange schleifen lassen.«
Albert sah ihn von der Seite an. »Aber wird er nicht Verständnis dafür haben, dass dies der Vorabend eines Krieges ist?«
John verzog die Lippen zu einem schiefen Lachen. »Kannst du dir wirklich vorstellen, dass jemand aus Rom Verständnis hat?« Er boxte ihn freundschaftlich in die Seite. »Lasst uns von etwas anderem reden. Erzähl mir lieber von deinem schönen Dunnington. Ein Besitz, um den dich jeder beneidet.« Plötzlich schlug er sich vor die Stirn.
»Da fällt mir ein, ich habe ganz vergessen, dass ich zwei Briefe für dich hatte. Von deiner Schwester und der Gräfin von Louisville. Aber dann kam die Bestrafungsaktion in Schottland. Darüber habe

ich sie vergessen. Kannst du mir verzeihen?« Bittend sah er ihn an, und Albert neigte den Kopf. »Mein König, was hätte ich Euch zu vergeben.«

»Doch, mein Mönchlein«, beharrte der König. »Du hättest allen Grund, zornig auf mich zu sein. Du bist nicht einmal darüber informiert worden, dass deine Mutter heimgegangen ist.«

Alberts Gesicht verfärbte sich blutrot. »Ich hatte bislang auch noch keine Gelegenheit, Euch dafür zu danken, dass sie kirchlich beigesetzt wurde«, murmelte er.

Spontan legte ihm John den Arm um die Schulter und drückte ihn an sich. »Ich weiß, mein Junge, wie entsetzlich es ist, wenn die Mutter stirbt. All das, wofür wir gelebt haben, wofür wir gekämpft haben. Wozu, wenn wir es nicht den Menschen vorführen können, die wir lieben?« Betroffen stellte Albert fest, dass die Augen des Königs in Tränen schwammen.

»Sie möge in Frieden ruhen«, murmelte Will. Er stand auf und füllte alle Becher nach. »Lasst uns einen Toast auf Alberts Mutter ausbringen. Dann lasst uns schlafen gehen. Morgen wird ein langer Tag.«

Schweigend leerten die drei Männer den Wein.

Beim Hinausgehen sagte Will: »Ich beneide dich nicht um dein Gespräch mit Pandulf.« John hielt inne. Im Kerzenschein glitzerten seine Augen. »Das dürfte kein Problem sein«, winkte er ab.

Will war überrascht. »Kein Problem, sagt er. Wenn man davon absieht, dass das Interdikt über England liegt, dass man es schriftlich aus Rom hat, dass kein Eid an dich mehr bindend ist, dass Seine Heiligkeit darüber nachdenkt, den Krieg zwischen Frankreich und England zu einem Kreuzzug zu deklarieren. Ein Kreuzzug wohl bemerkt, bei dem wir die Heiden sind.« Er holte Luft. »Wenn man das alles bedenkt, dann hast du in der Tat kein Problem mit Pandulf!«, schloss er sarkastisch.

John lächelte süffisant. »Wenn ich es dir doch sage.« Triumphierend sah er von einem zum anderen. »Glaubt ihr wirklich, ich wäre so töricht, mich von Rom in die Knie zwingen zu lassen? Ihr erinnert euch vielleicht an meinen Bruder Richard.«

Verständnislos starrten die beiden Männer ihn an. Will wollte etwas sagen, doch John fiel ihm ins Wort. »Warte! Um freizukommen, gelobte unser brillanter Richard dem deutschen Kaiser, ihn zukünftig als seinen Herrn anzuerkennen. Er kniete vor ihm und gab ihm den Lehnskuss.«

Albert begriff sofort. »Damit wären dem Heiligen Vater die Hände gebunden.«

John schlug ihm anerkennend auf die Schulter. »Du bist ein kluger Mann. Ich bin glücklich, so jemanden wie dich zum Freund zu haben.«

»Ich verstehe nicht«, rief Will ärgerlich. »Was hat diese Geschichte mit deinem Gespräch zu tun?«

»Ich werde es genau wie Richard machen. Ich unterstelle England und mich dem Heiligen Stuhl. Innozenz müsste schon von allen guten Geistern verlassen sein, wenn er diesen Pakt ablehnt. Und ich habe erst einmal Ruhe und kann meinen Krieg führen.« Er sank in einen übertrieben tiefen Kratzfuß vor Albert und reichte ihm die Hand. Dann machte er die ersten Tanzschritte. »Da seht ihr, wie einfach mein Gespräch mit Pandulf sein wird!« Verlegen stolperte Albert neben ihm her. »Der Heilige Vater wird Eure List erkennen«, gab er zu bedenken.

John vollführte eine gekonnte Drehung. »Wie sollte er? Papst Innozenz III. strebt die Weltherrschaft an. England ist ein großer Teil des Kuchens. Das kann er nicht ablehnen.« Er lachte zufrieden. »Soll er sich für die nächsten Monate also ruhig als Gewinner fühlen.« Abrupt blieb er stehen und ließ Albert frei. »Dann wird dieser unsägliche Stephan Langton mit den anderen Bischöfen zurückkehren, und dann, Mylords …« Er lachte. »Dann kehrt wieder Ordnung ein.«

Will schüttelte den Kopf. »Du bist ein Teufel«, stöhnte er. »Ein gottverdammter Teufel.« Anerkennend pfiff er durch die Zähne. »Hat man das schon mal gehört, dass jemand die Pfaffen so an der Nase herumführt. Wie lange willst du das durchhalten?«

John hob beide Hände. »Solange es mir nützlich erscheint.«

»Unser Vater wäre stolz auf dich«, lobte Will.
»Mutter hoffentlich auch«, erwiderte John trocken.
Albert suchte nach Einwänden. »Ist es nicht eine Todsünde, so mit den Wünschen des Heiligen Vaters umzugehen?«
John lächelte verständnisvoll. »Können sie dir immer noch eine solche Angst einjagen, mein Mönchlein?« Albert fühlte, wie ihm heiß wurde. »Nein, natürlich nicht«, murmelte er. »Ich denke nur …« Er brach ab.
Will boxte ihm in die Seite. »Er wird es ja nicht erfahren. Später wird man weitersehen. Zuerst aber gilt es, den Krieg gegen Philipp zu gewinnen. Unsere Chancen stehen gut«, sagte er zuversichtlich.
Albert nickte. Er zweifelte noch immer. »Aber der Heilige Vater ist nicht dumm«, warf er ein.
»Aber machtbesessen. Seine Gier wird ihn unvorsichtig sein lassen, mein Wort darauf«, entgegnete John. »Und jetzt geh schlafen. Du siehst mitgenommen aus. Morgen segelst du mit mir.«
Er reichte ihm die Hand zum Kuss und nickte freundlich, als Albert das Knie beugte und den Raum verließ.
Nachdenklich sah Will ihm nach. »Du überforderst ihn«, sagte er leise. »Vergiss nicht, er kommt aus dem Kloster. Sie haben ihm schon früh die Furcht ins Herz gesetzt. Wir dürfen ihn nicht in Gewissenskonflikte bringen. Am Ende …«
John hob eine Augenbraue. »Du glaubst, er könnte sich gegen uns stellen?« Seine Züge wurden weich. »Albert doch nicht. Niemals. Dafür lege ich meine Hand ins Feuer.«
»Vergiss nicht, sie drohen mit ewiger Verdammnis.«
John lachte. »Und ich biete ihm Dunnington, mit all seinen Ländereien. Ich habe ihn zum Ritter geschlagen, und er ist Lord. Was kann man im Diesseits mehr verlangen?« Er unterdrückte ein Gähnen. »Ich brauche noch ein paar Stunden Schlaf, damit ich für Pandulf noch die richtige Rhetorik einstudieren kann.«

***

Tess' Unruhe wuchs, je mehr Zeit ins Land ging. Von früh bis spät arbeitete sie wie besessen in der Hoffnung, ihre Vorahnungen und Ängste zu besiegen. Doch wenn sie abends nach Dunnington zurückkehrte, überfiel sie die innere Erregung manchmal mit solch zermürbender Heftigkeit, dass sie glaubte, nicht mehr atmen zu können. Stundenlang wanderte sie dann zwischen den Beeten im Burggarten auf und ab und überdachte ihre Lage, bis sich die Dunkelheit über die Burg senkte.

Seit Alberts Besuch hatte Sarah keinen Satz mehr mit ihr gesprochen. Niemals würde sie das erste und das letzte Wort vergessen, dass sie aus Sarahs Mund gehört hatte. »Hure« hatte sie auch an jenem entsetzlichen Abend geschrien, als Albert Tess mitgeteilt hatte, dass seine Schwester von nun an die Buch- und Haushaltsführung übernehme, und er ihr befohlen hatte, Dunnington bis zu seiner Rückkehr weiterzuführen wie bisher. Danach werde man weitersehen. Ohne sich zu verabschieden, war Albert Hals über Kopf aufgebrochen. Seither hatte Tess nichts mehr von ihm gehört.

Die letzte Nachricht, die sie von John zusammen mit einem Weihnachtsgeschenk erhalten hatte, lautete: »Im Februar segeln wir nach Aquitanien. Wir werden unser rechtmäßiges Erbe zurückerobern.« Seither war Tess endgültig von der Welt abgeschnitten. Sarah ließ ihr ausrichten, wenn sie Verwandte besuchte, was in den vergangenen Monaten häufiger vorgekommen war. Und über all dem war es Sommer geworden.

Tess zog die Brosche, die sie an einer langen Kette auf der Brust trug, hervor und betrachtete die kunstvolle Fassung, die den hellbraunen Goldtopas umgab. Der Facettenschliff glitzerte durch den Stein hindurch, als sie ihn gegen die untergehende Sonne hielt. Nur so konnte sie das winzige, geschwungene T erkennen, das von Ornamenten umgeben eingraviert war.

Zunächst glaubte sie, es sei eine Fledermaus gewesen, die sie gestreift hatte. Sie beugte sich über die Mauer, um ihren Flug zu verfolgen. Da sah sie den Schatten im unteren Burghof.

Ein Mann schlich die Mauer entlang bis zum Kornturm, verharrte,

blickte sich um, stieg die Treppe hinauf. Dann verschluckte ihn die Dunkelheit im Innern. Wenig später erschien er wieder, blickte sich erneut aufmerksam um, bevor er geduckt zur Zugbrücke lief. Tess stockte der Atem, als sie den leisen Pfiff hörte und sich fast lautlos das seitliche Tor öffnete, durch das der Fremde verschwand. Der Eindringling hatte einen Verbündeten in der Burg.
Ohne nachzudenken, rannte Tess los. Sie war außer Atem, als sie zu Füßen des Kornturms ankam. Zwei Stufen auf einmal nehmend, sprang sie die Treppe hinauf. Sie wusste nicht, was sie suchte. Und in dem Gemäuer war es bereits zu dunkel, um irgendetwas zu erkennen. Erregt begann sie die Steine rechts und links vom Eingang abzutasten. Der Mann war zu kurz hier gewesen, um sich weit vom Eingang entfernen können. Plötzlich bröckelte Lehm auf ihre Schuhe. Ein Stein war locker, er gab nach. Vorsichtig umfasste sie ihn mit beiden Händen und zog ihn hervor. In der Öffnung ertastete sie etwas und fuhr mit der Hand darüber. Eine Kordel, ein Siegel. Es musste eine geheime Botschaft sein. Sie stopfte die kleine Rolle tief in ihren Ausschnitt und schob den Stein zurück. Dann nahm sie den Weg in entgegengesetzter Richtung zurück in den Burgfried.
In der Halle entzündete sie die Kerzen des Silberleuchters, den John Lady Margaret geschenkt hatte, und stellte ihn vor sich auf den großen Tisch. Sie erkannte Alberts Handschrift sofort. Ihr Herz begann misstrauisch zu klopfen. Warum diese Heimlichkeiten? Warum schickte Albert nicht offiziell einen Boten, er war schließlich der Gesandte des Königs? Dann begann sie zu lesen:

Poitou – La Rochelle, im Juli 1214

Liebe Sarah, geliebte Schwester,
in die ich mein vollstes Vertrauen setze,
nach all den Erfolgen im Süden des Reiches, von denen ich dir bereits berichtete, scheint sich das Glück des Königs von England nun doch zu wenden …
Hast du d. L. getroffen? Hast du ihm meine Nachrichten über-

mittelt? Unser aller Chancen auf eine Zukunft in Frieden könnten steigen, wenn …

Tess hielt inne und überlegte, wen Sarah diesmal hatte besuchen wollen. Über ihre Magd hatte sie ihr am Morgen ausrichten lassen, dass sie einige Tage in York verbringe. Wer war d. L.?
Sie überflog Alberts Zeilen noch einmal bis zu dieser Stelle.
Abrupt erhob sie sich, nahm den Leuchter und stieg die Steintreppe zu Lady Margarets Gemach hinauf. Sarah hatte den Raum nicht verändert, seit sie hier eingezogen war. Tess trat in die anschließende Kammer. Die Kerzen verbreiteten diffuses Licht. Doch sie wusste von dem Versteck, in dem Lady Margaret ihre geheimen Silberreserven verborgen hatte. Sie pochte auf die Vertäfelung, bis der Klang des Holzes sich veränderte, und drückte auf den unteren Teil des Vierecks, das lautlos nach innen schwang. Tess griff hinein und hielt mehrere geöffnete Pergamentrollen in der Hand. Alle waren an Sarah gerichtet, und alle stammten von Albert.
Tess kämpfte gegen das Gefühl der Demütigung, die diese geheime Korrespondenz für sie bedeutete. Von allem was draußen vorging, hielt man sie fern. Was mochte noch alles hinter ihrem Rücken geschehen sein? Ihr Bedürfnis, endlich etwas über John zu erfahren, wurde übermächtig. Sie kniete sich auf den Boden, rückte den Kerzenleuchter näher heran und begann, die Briefe zu überfliegen:

Am 15. Februar 1214 im Poitou angekommen. Die Einwohner von La Rochelle und der Stadt Niort empfingen den König von England mit offenen Armen. Unzählige poitevinische Barone versicherten ihm ihre Treue und Unterstützung.
13. März: Er hat die Grafen von Angoulême, La Marche und Limoges hinter sich.
25. Mai: Selbst die Lusignans haben sich gegen den König von Frankreich gewandt ebenso wie der Graf von Périgord. Auch Nantes ist für England zurückerobert.
18. Juni: Angers ist an den englischen König gefallen.

Tess las glücklich weiter. John schien von einem Sieg zum anderen zu marschieren. Er würde ganz Aquitanien wieder auf sich einschwören. Dann würde er Philipp von Frankreich besiegen und den Rücken frei haben für England. Sie atmete erleichtert auf. Da blieb ihr Blick erneut an den beiden Buchstaben d. L. haften. Sarah solle ihn persönlich aufsuchen und ihm Johns zugegebenermaßen geniale Strategie erklären:

Der König von England wird wie folgt vorgehen:
1. die Einkünfte aus Aquitanien sichern
2. die Barone und Grafen der Regionen hinter sich vereinigen
3. den König von Frankreich durch seine Siege im Poitou und Anjou ablenken und die französischen Truppen zusammen mit der Allianz in Flandern schlagen

Beschwingt schob Tess die Rollen in das Geheimfach zurück, verschloss es und eilte wieder hinunter in die Halle, um das jüngste Schreiben von Albert zu Ende zu lesen.

… wenn die Dinge sich so entwickeln, wie wir hoffen. Der König von England hat zu Beginn dieses Monats einen herben Rückschlag erlitten. Die Loire-Festung Roche-au-Moine stand kurz vor der Übergabe, da erschien der französische Kronprinz Louis mit achthundert Rittern. Plötzlich weigerten sich die Poiteviner, gegen ihn zu kämpfen.
Ich musste ein Schreiben aufsetzen, in dem der König von England die englischen Lords und Barone, die ihm nicht nach Frankreich gefolgt waren, um Nachschub anflehte.
Um den 20. Juli herum erwartet der König von England die Ankunft des deutschen Kaisers Otto in Bouvines. Lord Salisbury und die Grafen von Boulogne, Flandern und Holland halten sich bereits im flandrischen Valenciennes auf, um ihre Streitkräfte mit den Deutschen zusammenzuführen. Dort wird voraussichtlich die entscheidende Schlacht gegen Philipp August, den ehrenwerten König

von Frankreich, geschlagen werden. Ich hoffe, dort selbst gegenwärtig sein zu können. Falls nicht, werde ich dir, sobald der gerechte Sieg feststeht, sofort eine Nachricht zukommen lassen mit der dringenden Bitte, sie noch am selben Tag an die bekannte Person weiterzugeben. Bete zu Gott, unserem Vater, dass den Guten der Sieg vergönnt sein wird und das Böse unterliegt.
In aufrichtigem Vertrauen bin ich dein Bruder Albert, der alle Kraft darein setzen wird, dem gottlosen Morden ein Ende zu bereiten.

Nachdenklich betrachtete Tess das Pergament in ihren Händen. Was meinte Albert damit? Wer mordete gottlos? Sie überlegte, was sie mit dem entwendeten Brief anfangen sollte. Sarah wusste nichts von seiner Existenz, also würde sie ihn auch nicht vermissen. Tess entschied, ihn zu verbrennen. Sie starrte noch lange in das Feuer und flehte zu Gott, dass John Philipp in die Knie zwingen möge.

* * *

Der Krieg schien so weit entfernt. In den Wäldern rund um Woodstock färbten sich die Blätter, die letzten Rosen blühten, und in den Obstgärten waren Mägde dabei, den Reichtum dieses Jahres zu ernten. Körbeweise wurden Äpfel, Pflaumen und Birnen ins Haus getragen, und um das heruntergefallene Obst stritten sich die Wespen. Ein kleiner Junge schlug mit einem Stock gegen einen Baum und schrie vor Freude, als die überreifen Früchte auf ihn herunterregneten.
»Pass auf, Richard«, rief Isabelle besorgt und beugte sich weit aus dem Fenster.
»Lass ihn doch«, brummte John. Er lag auf dem erhöhten Bett und betrachtete seine Frau. ›Sie ist die einzige Frau, die ich kenne, der auch eine vierte Schwangerschaft keinen Abbruch tut‹, dachte er ohne Emotionen und stopfte sich ein Kissen unter den Kopf. Er stöhnte. Seit gestern lag er hier. Sie waren am Morgen in Wood-

stock eingetroffen, glücklich darüber, endlich wieder in England zu sein. Aber dann, beim Absitzen, hatte er eine falsche Bewegung gemacht und konnte sich seither nicht rühren.

Der körperliche Schmerz entsprach seinen Gedanken. »So ein gottverdammter Mist«, schimpfte er leise. »Seit ich meinen Frieden mit der Kirche gemacht habe, geht alles schief.«

Ohne sich umzudrehen, erwiderte Isabelle: »Du hast doch großen Erfolg auf dem Festland gehabt.« Sie zuckte mit den Schultern. »Das mit Bouvines ist natürlich Pech …«

»Pech nennst du das?« John schrie auf. »Meine Alliierten haben die Schlacht gegen Philipp verloren, und sie haben Will gefangen genommen.« Mühsam versuchte er, eine bessere Position für den Rücken zu finden. »Nicht zu fassen, dass es dazu kommen musste. Vierzigtausend Mann, davon eintausendfünfhundert Ritter, alle auf meiner Seite. Und einmal sah es sogar so aus, als wäre Philipp erledigt, als man sein Streitross unter ihm abgestochen hat.« John blies die Luft aus. »Aber was hat es uns genützt? Am Ende schlägt der Bischof von Beauvais meinen Will mit einem Knüppel vom Pferd und nimmt ihn als Geisel. Jetzt muss ich dem Franzosen ein Vermögen zahlen, damit die nächsten Jahre Ruhe herrscht. Au…« Sein Gesicht verzerrte sich. »Man erzählt sich, dass die Pariser Studenten ein Jubelfest begangen haben, als die hohen Gefangenen durch die Stadt geführt wurden. Sieben Tage lang haben sie gefeiert.«

»Das weiß ich doch alles«, sagte Isabelle. »Warum versucht du nicht, Will gegen Philipps Cousin auszutauschen?« Sie lachte. »Die beiden dürften gleich viel wert sein.« Sie beugte sich erneut aus dem Fenster.

»Richard!«, rief sie. »Komm herein. Deine Lateinstunde beginnt gleich.«

»Hör auf, ihn so zu bemuttern. Du machst noch eine Memme aus ihm«, schimpfte John. »Mit seinen fünf Jahren ist Richard alt genug, selbst auf die Uhrzeit zu achten.« Er hob die Hand. »Setz dich zu mir.«

Isabelle winkte noch einmal hinunter.
»Ich verwöhne ihn nicht«, sagte sie. »Henry ist der Kronprinz, und alle Welt hängt an seinen Lippen. Ich möchte ja nur, dass Richard sich nicht ausgeschlossen fühlt.«
John streckte vorsichtig die Beine aus. »Aber keines der Kinder darf dem anderen vorgezogen werden«, beharrte er. »Du musst sie alle gleich lieben.«
»Eben, drum.« Ungerührt nahm sie auf der Bettdecke Platz und musterte ihn. »Soll ich noch einmal nach dem Medicus schicken?«
Verärgert runzelte er die Stirn. »Der kann mir auch nicht helfen.«
Isabelle lächelte. »Dann werde ich dafür Sorge tragen, dass man dir ein heißes Bad richtet. Du wirst sehen, das bewirkt Wunder.« Sie beugte sich zur Seite, um die silberne Glocke zu erreichen. Dabei spannte sich der Stoff über ihren Brüsten. »Du könntest mit mir baden«, schlug John vor.
Isabelle läutete nach dem Diener. »Nicht in meinem Zustand.«
»Früher hätte es dich auch nicht gestört«, maulte er. »Wir könnten gemeinsam überlegen, wie wir das Geld für den verlorenen Feldzug auftreiben.«
Isabelle erhob sich trotz ihres Leibesumfangs graziös. »Hol es dir von den Lords, die sich geweigert haben, den Feldzug mitzumachen.«
John überlegte. »Es wird mir nichts anderes übrig bleiben.«
Seine Frau wies die eintretenden Männer an, den Holzbottich dicht neben das Bett zu stellen, und zupfte eigenhändig das große Leintuch zurecht, mit dem die Wanne ausgelegt wurde.
»Ich werde deinem Kammerdiener Bescheid geben, dass er dich auskleiden kann. Wer weiß, vielleicht fühlst du dich später wohl genug, um mit uns in der Halle zu Abend zu essen.«
»Wer kommt denn?«
»Dein Justitiar des Roches, William de Burgh, der alte Guillaume le Maréchal und meine geschätzte Vorgängerin. Die liebe Havise beehrt uns einmal mehr. Ich werde sie dir zu Tisch geben, das wird dich aufheitern.«
Zweifelnd sah er sie an. Es war nicht ersichtlich, ob sie sich darüber

mokierte. »Wir müssen ihr einen neuen Ehemann beschaffen. Ich habe auch schon jemanden im Sinn«, fügte er hinzu.
»Ach, ja?«, fragte sie desinteressiert. »Brauchst du sonst noch etwas?« Suchend blickte sie umher.
John winkte ab. »Danke, nein. Aber du könntest mir Richard vorbeischicken, sobald seine Stunde beendet ist.«
Isabelle versprach es und verließ den Raum.

Es dauerte seine Zeit, bis sie ihn in den Zuber gesetzt hatten. Vorsichtig begann sein Kammerdiener, ihm den Rücken einzuseifen. »Riecht ihr die Kräuter, mein König?« Er träufelte heißes Wasser auf die nackte Haut. »Die werden helfen, die Schmerzen zu lindern.«
John schloss die Augen und versuchte, sich zu entspannen. »Was erzählt man sich denn so?«
Er beugte sich vor und ließ es zu, dass sein Diener ihm den Nacken massierte.
»Beim Volk dreht sich alles um den achten September. Sie glauben, dass es ein böses Omen war, als die Flut unsere Häfen zerstörte.« Er machte eine Pause und strich behutsam warmes Öl auf die angespannten Muskelstränge. »Aber mein König weiß ja selbst am besten, wie abergläubisch die Menschen sind. Wenn ich nur an Peter of Wakefield erinnern darf. Auf den haben sie auch gehört.«
»Du auch?«, fragte John misstrauisch. Hinter ihm schnaubte der Mann verächtlich. »Als ob Gott, der Herr, sich so jemandes bedienen müsste, um uns sein Wissen kundzutun.« Er griff nach der Kanne Wasser und goss sie über Johns Rücken. »Mein König hat recht getan, diesen Aufschneider hängen zu lassen. Es heißt, dass die Leute von Corfe seinen Leichnam am Ende bespuckt haben.«
Nach dem Bad fühlte John sich besser. Als er sich die Ringe überstreifte, klopfte es, und sein jüngster Sohn steckte den Kopf durch die Tür.
»Ave Cäsar, darf ich reinkommen?«, fragte er keck.
John schmunzelte. »Wie war die Stunde?«

Richard verzog das Gesicht. »Ich hasse Latein. Geschichte habe ich lieber. Wenn mein Tutor darauf Rücksicht nähme, würde ich sie mit Freude auf Lateinisch lernen.« Er kam näher, um seinem Vater die Hand zu küssen. »Habt Ihr noch Schmerzen?«
John freute sich sichtlich. »Geht schon besser. Erzähl mir lieber, was dich an der Historie am meisten interessiert.«
Die Augen des Jungen leuchteten auf. »Unsere Familie, natürlich. William der Eroberer und Henry II., mein Großvater. Was die beiden erlebt haben, ist doch spannender als das, was der heilige Paulus aufgeschrieben hat.«
John verbiss sich das Lachen. Er dankte seinem Kammerdiener. »Mein Sohn wird mir in die Stiefel helfen.«
Als sie alleine waren, fragte er: »Du weißt also wirklich so viel über Großvater?«
Richard polierte gerade mit dem Ärmel einen der Stiefel, an dem es nichts zu polieren gab. »Ich weiß alles, Papa«, sagte er selbstbewusst. »Angefangen vom Bürgerkrieg, der in England herrschte, bevor Großvater in Westminster gekrönt wurde, bis hin zum Interdikt, weil dieser schreckliche Becket ihre Freundschaft verraten hat.« Er lächelte stolz. »Großvater hat England erst zu dem gemacht, was es heute ist. Ob er sich darüber schon im Klaren war, als er damals in Poitiers mit seiner Frau darauf gewartet hat, dass König Stephan ihn zum Nachfolger ernennt?«
John war irritiert. »Du sprichst von Großvaters Frau. Das ist deine Großmutter.«
Richard bückte sich, um ihm in den Stiefel zu helfen. »Über sie weiß ich nicht viel. Aber sie spielte wohl auch keine große Rolle für England.«
John zog seinen Fuß abrupt zurück und unterdrückte einen Schmerzensschrei. »So siehst du das?«, fragte er grob. »Jetzt hör mir genau zu. Ohne meine Mutter wäre mein Vater nicht zu dem geworden, was er später war, ein guter König. Ohne ihre Ländereien hätte er kaum eine Chance auf die englische Krone gehabt. Ohne ihre Kultur und ihren Geschmack wären die englischen Burgen

noch heute zugige und ungemütliche Behausungen.« Seine Stimme wurde lauter. »Es war meine Mutter, die höfischen Glanz auf diese Insel gebracht hat. Du würdest immer noch mit Messer und Löffel essen, wenn sie die Gabel nicht eingeführt hätte. Gegen den Widerstand der Kirche.«

John wandte sich ab und starrte aus dem Fenster. Von draußen strömte der Geruch von fallendem Laub und frisch gepflügten Feldern herein. Ein Schwarm Krähen flog krächzend über Woodstock hin und ließ sich in einem der Gärten nieder. John deutete mit dem Finger hinaus. »Wenn du in den Rosengarten gehst, bist du ihr ganz nahe. Sie hat ihn damals angelegt. Von ihr stammt die Sonnenuhr. Sie hat sie damals zu Vaters Geburtstag aus Italien kommen lassen.« Er schloss die Augen. »Sie war die eleganteste, schönste, klügste und hinreißendste Frau, der ich je begegnet bin. Ich wagte kaum zu atmen, wenn ...«

Er brach ab und wandte sich zu Richard um. »Da siehst du, mein Sohn, dass du noch viel zu lernen hast.« Er streckte erneut sein Bein dem Stiefel entgegen. Als er beide angezogen hatte, richtete Richard sich auf. Sein Gesicht war hochrot. »Erlaubt Ihr, dass ich eine Frage stelle, Papa?«

John nickte.

»Warum wollte mein Großvater dann nichts mehr von ihr wissen? Er hat sie doch jahrelang in Old Sarum gefangen gehalten.« Er zuckte nicht mit der Wimper.

»Das waren private Gründe. Nichts, worüber du Bescheid wissen müsstest«, erwiderte John knapp. Aber das Kind gab nicht auf. Zum ersten Mal bemerkte John, dass Richard die Augen von Isabelle hatte. Der gleiche betörende Ausdruck, eingerahmt von einem dichten Kranz Wimpern. »Noch eine Frage, mein Vater?«

»Was noch?« Die Ungeduld in seiner Stimme war nicht zu überhören, und doch empfand er Respekt vor diesem Kind, das es wagte, ihm die Stirn zu bieten.

»Es heißt, dass Großvater anfällig für weibliche Schönheit war. Könnte es dann nicht sein, dass seine Frau, ich meine, meine Großmutter, doch nicht so reizvoll für ihn war?« Tapfer fuhr er fort. »Denn er hat sie doch fortgeschickt!«

John starrte sprachlos auf den Knirps vor ihm, dessen innere Anspannung man nur an den geballten Fäusten erkannte. Im Gegensatz zu seinem älteren Bruder Henry hatte er ein aufgewecktes Gesicht, ja, der ganze Körper schien immer in Bewegung. Sein Waffenlehrer war voll des Lobes, seine Tutoren betonten immer wieder seine Intelligenz, und er besaß Zivilcourage, das hatte er gerade bewiesen. Plötzlich musste John lachen. »Wir sollten uns öfter unterhalten.«

Der starre Blick des Kindes wich einer jähen Freude. Seine Augen glänzten, als er schlagfertig erwiderte: »Mein Cäsar muss mich nur auf die Nordreise mitnehmen. Ich könnte Pagendienste in Eurem Zelt verrichten. Dann hätten wir Zeit zu reden.« Zutraulich trat er näher und streckte seinem Vater die Hand entgegen. »Ich will alles von Euch lernen.«

John spürte, wie ihm die Tränen in die Augen stiegen. »Mein Junge«, murmelte er und zerzauste ihm die Haare.

Höflich bot ihm das Kind die Schulter an, damit er sich abstützen konnte. Gemeinsam durchquerten sie den Raum. Bevor sie die Tür erreichten, hielt John inne. Erwartungsvoll wandte ihm Richard das Gesicht zu.

»Verstehst du jetzt, was für eine sensationelle Frau deine Großmutter war?« Das Kind blickte zu Boden.

»Na?«, lockte sein Vater.

»Ich finde Großvater Henry aber sensationeller«, widersprach Richard standhaft.

* * *

In der großen Halle von Windsor Castle drängten sich die Menschen. Es war so heiß, dass Will glaubte, ersticken zu müssen. Zudem hatte er Kopfweh. Er wusste nicht, ob es an dem durchdringenden Farbgeruch der frisch gestrichenen Wände lag oder an den Ausdünstungen der Ritter, die aufgeregt durcheinander redeten.

Einer von ihnen schob sich dicht an ihn heran. »Gottlob, Salisbury, dass du wieder frei bist. Haben sie dich wenigstens ordentlich behandelt? Diese Drecksfranzosen!« Sein hochrotes Gesicht verzog sich zu einer Grimasse. »Im Nachhinein ist es nicht zu fassen, dass wir die Schlacht von Bouvines verloren haben. Anfangs hat es so gut für uns ausgesehen.« Vertraulich legte er ihm die Hand auf den Arm. »Was glaubst du, wie der König reagieren wird?« Der Schweiß stand ihm auf der Stirn, und sein Atem roch nach saurem Wein. Unmerklich bog sich Will zurück. »Ich weiß es nicht.«
»Aufhängen sollte man sie. Zu Tode schleifen. Ihnen die Haut bei lebendigem Leib abziehen«, stieß der andere hervor.
»Und dann?«, fragte Will. »Es sind zu viele.«
Er neigte den Kopf und grüßte damit Stephan Langton. Der Erzbischof von Canterbury blieb vor ihnen stehen, und Will küsste ihm den Ring.
»Eine böse Situation, mein lieber Salisbury. Gebe Gott, dass wir die Oberhand behalten.« Bekümmert blickte er in die Runde. »Schlimm genug, dass die Rebellen London eingenommen haben …«
»Warum reiten wir nicht dorthin und räuchern sie aus?«, warf der Ritter erregt ein. »Dieses undankbare Pack! Der König hat ihnen doch Zugeständnisse gemacht. Sie dürfen sogar ihren Bürgermeister wählen.«
Am anderen Ende der Halle schrie einer der Lords mit sich überschlagender Stimme: »Wenn sie Krieg haben wollen, sollen sie ihn haben!«
»Richtig. Hört, hört. Genau so sollte man es machen«, brüllten die Männer durcheinander. Einer von ihnen bestieg die zweite Stufe, die hinauf zum Königssitz führte. »Sie haben meine Burg in den Midlands eingenommen, und sie haben mein Haus in London angezündet. Warum lassen wir uns das gefallen?«
Stephan Langton zog Will hinüber zum Fenster. Ehrfurchtsvoll wichen die Männer vor dem Geistlichen im goldenen Mantel, angetan mit Mitra und Bischofsstab, zur Seite. Langton stellte sich so, dass er mit dem Rücken zur Menge stand. »Ein Segen, dass der

König seine Frau nach Corfe Castle hat bringen lassen. Dort ist sie in Sicherheit.« Er beugte sich ein wenig vor. »Stimmt es, dass er heute Nacht in London war?«, fragte er.
Will nickte. Missbilligend schüttelte der Erzbischof den Kopf. »Wie konnte er sich nur dieser Gefahr aussetzen! Nicht auszudenken, was geschehen wäre, wenn …« Hier brach er ab.
Will glaubte, John in Schutz nehmen zu müssen. »Er wollte sich mit eigenen Augen davon überzeugen, dass sie den Tower von London belagern.« Er schnaubte. »Ausgerechnet den Tower. Dies Bollwerk der Plantagenets.«
Das kluge Gesicht des Kirchenmannes musterte ihn. »Seine Majestät sollte sich mehr auf unseren Heiligen Vater verlassen. Er wird ihm den Rücken stärken, nun, da der König das Kreuz genommen hat.«
Will stieß einen leisen Pfiff aus. »Also ist es wahr? Er will nach Jerusalem?«
Stephan Langton lächelte. »Genau wie sein Bruder Richard wird er gegen die Heiden kämpfen. Der Heilige Vater dankt es ihm, indem er einen Brief verfasst hat, der in diesen Tagen in allen Kirchen verlesen wird. Darin vergleicht er die Rebellen mit den Sarazenen und droht ihnen mit dem Bann.«
Will blieb skeptisch. »Ihr glaubt, Eminenz, dass sie das davon abhalten wird, sich weiterhin gegen die Krone zu stellen?«
»Jeder gibt am Ende klein bei, wenn der Papst zum Äußersten greift«, erwiderte Langton trocken.
Einem der Pagen war es gelungen, sich durch das Gewühl zu ihnen durchzukämpfen. Dankbar griffen beide Männer nach einem Pokal. Fachmännisch glitt der Blick des Erzbischofs über die gemalten Wände. »Italienische Arbeit, sehr gelungen. Ich mag dieses Rot.«
Desinteressiert betrachtete Will die tonfarbenen Wände, auf denen sich die riesigen Wandbehänge mit ihren Jagdmotiven sehr dekorativ machten. »Aber ein Kreuzzug verschlingt Unsummen«, gab er zu bedenken. »Und gerade das Geld ist doch unser Problem.«
Bevor der Erzbischof antworten konnte, wurden die beiden Türen

zur Halle aufgerissen. Der Zeremonienmeister schlug dreimal mit dem Stock auf den Boden.

»Der König!«

Plötzlich war es still. Zuerst erschien die Garde in ihren silbernen Rüstungen. Kerzengerade und im Gleichschritt marschierten sie durch den Raum, um vor den Stufen einen Halbkreis zu bilden. Es folgte der König.

Ohne nach rechts oder links zu schauen, schritt John durch die Gasse und an deren Ende einige Stufen zur Empore hinauf. Sein Blick glitt über die Versammelten.

›Er trägt die Krone.‹ Will empfand den Moment wie immer erhebend, wenn er John mit den Insignien der Macht erlebte. Gemeinsam mit dem Erzbischof drängte er weiter nach vorn.

Und immer noch stand der König auf halber Höhe und blickte auf die Menge hinab. Alle schienen den Atem anzuhalten. Dann endlich begann er zu sprechen. Seine klare Stimme war bis in die letzte Reihe zu verstehen.

»Mylords! Ich grüße Euch und danke für Eure Loyalität!« Er machte eine Kunstpause. Seine Augen musterten die Männer. Als er Will entdeckte, lächelte er unmerklich und fuhr fort. »Der Brief Seiner Heiligkeit, die Triplex Forma Pacis, hat die Rebellen nicht davon abgehalten, sich gegen uns zu stellen. Weder sind sie in Oxford erschienen, wo sich ihnen die Gelegenheit bot, sich mit unserem verehrten Erzbischof Stephan Langton sowie dem alten Freund unseres Hauses Guillaume le Maréchal zu beraten, um zu einem friedlichen Ergebnis zu gelangen, noch haben sie davon Abstand genommen, ihre Burgen weiter zu befestigen. Vielmehr haben sie sich geweigert, auf unseren Vorschlag einzugehen, vier ihrer Vertreter nach Rom zu senden, um ihre Geschicke in die Hände des Heiligen Vaters zu legen.«

Wieder legte John eine Pause ein. Er wandte sich abrupt um und stieg die restlichen Stufen hinauf. Seine Zuhörer verfolgten jede seiner Bewegungen, als er nun seinen Umhang zur Seite schwang, um sich auf dem Thron niederzulassen.

Beide Arme auf die geschnitzten Lehnen gestützt, beugte sich der König ein wenig vor.
»Und warum haben sie sich geweigert, nach Rom zu gehen?«, rief er über die Köpfe der Männer hinweg. »Weil sie wissen, dass sie keine Unterstützung von Seiner Heiligkeit erlangen werden, da sie im Unrecht sind!«
Der König schlug die Beine übereinander und fuhr gelassen fort: »Es würde zu weit führen, wenn Wir darangingen, alle ihre Verfehlungen aufzulisten. Vielmehr müssen Wir Uns darauf konzentrieren, wie Wir, mit Eurer Hilfe Mylords, diese Angelegenheit zum Guten wenden können.«
Wieder fühlte Will die angespannte Aufmerksamkeit um sich herum. Er stand mit vorgeneigtem Oberkörper und ließ John nicht aus den Augen.
»Bei meiner Krönung habe ich geschworen, England und meine Untertanen zu beschützen. Ich habe mich daher entschlossen …«, wieder erhöhte er die Spannung, indem er innehielt. Dann beendete er den Satz in absoluter Stille: »… die Charta zu unterschreiben!«
Im Saal brach Tumult aus. Ungerührt gab der König der Garde ein Zeichen. Kurz darauf verließ er die Halle.
»Das ist sicherlich das Klügste, was er tun kann«, murmelte Stephan Langton. Will hingegen war noch immer sprachlos. »Das hätte ich nie für möglich gehalten …«
»Lord Salisbury?« Einer der Soldaten war neben ihn getreten. »Seine Majestät wünscht, Euch sogleich zu sprechen. Wenn Ihr mir bitte folgen folgt.«
Will wandte sich dem Erzbischof zu. »Eminenz …«
Stephan Langton reichte ihm die Hand zum Kuss. »Vertraut auf Gott«, sagte er zuversichtlich. »Mit seiner Hilfe wird der König die richtige Entscheidung treffen.«
›Wird er das wirklich?‹, fragte sich Will, als er kurz darauf an die Tür des königlichen Gemachs klopfte.
John stand beim Fenster und wandte ihm den Rücken zu. »Na, wie war ich?« Seine Stimme klang belustigt.

»Beeindruckend«, erwiderte Will trocken. »In der Tat, sehr beeindruckend – mit Krone und so …«
»Nicht wahr?« John wandte sich ihm zu. »Sie wollten es so haben. Also habe ich es ihnen gegeben.« In seinen Augen funkelte Spott. »Aber wenn ich dich so ansehe, scheinst du nicht einverstanden mit dem, was ich gesagt habe.«
Will schüttelte den Kopf. »Ich verstehe es nicht. Das ist alles.« Hilflos hob er die Hände. »Und ich fühle mich schuldig. Manchmal denke ich, dass alles nur die Folge von Bouvines ist. Hätten wir die Schlacht nicht verloren, wären wir nicht hier und müssten uns nicht mit den Aufständischen arrangieren. Und doch kann ich nicht begreifen, dass du auf ihre Forderungen eingehen willst.«
John lachte. »Die Rebellen nennen sich ›Gottes Armee‹. Da galt es, ihnen zuvorzukommen.« Er breitete beide Arme aus, als wolle er den Freund segnen. »Mit diesem Schauspiel habe ich es ihnen vorgeführt.« Er stellte sich in Positur wie ein Priester vor dem Altar. Mit hoch erhobenen Händen fuhr er theatralisch fort. »Das Überfließen meiner königlichen Gnade, mein Verständnis für ihre Sorgen, ja, die Gunst meiner gesalbten, königlichen Verzeihung! Ich wette, mein lieber Will, ich werde der Nächste sein, der in diesem Land selig gesprochen wird.«
»Du hast vielleicht Nerven.« Fast bewundernd musterte Will den Freund. John hatte sich seiner Krone und des samtenen Umhangs entledigt und goss sich Wasser ein. Die Karaffe immer noch in der Hand, sagte er: »Die brauche ich auch, mein Lieber. ›Gottes Armee‹ ist nämlich dabei, mir die Füße unter dem Boden wegzuziehen.« Er trank durstig und stellte Karaffe und Becher zurück.
»Ursprünglich hatte ich mir das alles etwas anders vorgestellt. Im Gegensatz zu meinem Bruder Richard, der, wie du weißt, nur wenige Wochen in England war, wollte ich ständig präsent sein.« Er lachte trocken. »Nach dem Verlust der Normandie blieb mir wohl auch nichts anderes übrig.« Er deutete auf einen Schemel. »Setz dich endlich«, und als Will tat wie ihm geheißen, fuhr er fort: »Mein Plan war, dass sich alles auf mich konzentriert, sowohl die

Verwaltung als auch die Justiz. Deswegen habe ich immer versucht, meine eigenen Leute an die wichtigsten Stellen zu setzen.« John begann auf und ab zu gehen. »Und gerade das können sie nicht ertragen! Sie jaulen auf bei dem Gedanken, dass ich ihnen ihre Pfründe wieder abnehme und sie an die weiterreiche, denen ich vertrauen kann. Niemand der Aufständischen ist bereit, das große Ganze zu sehen. Jeder von denen ist nur an seinem eigenen Fortkommen interessiert.«

Er rieb Daumen und Zeigefinger aneinander. »Und Geld! Das ist das, was für sie zählt. Sie ertragen es nicht, dass ich ihnen auf die Finger schaue. Wie gesagt, da hatten sie es mit Richard einfacher. Deswegen mucken sie auf. Und haben leider immer mehr Zulauf.«

John blieb vor Will stehen und sah auf ihn hinab. »›Gottes Armee‹ verschickt Briefe an die Königstreuen, um sie zur Umkehr aufzufordern. Sie drängen sie, sich ihnen anzuschließen.«

John verschränkte beide Arme vor der Brust. »Du hast bestimmt auch so einen Brief bekommen.« Es war eine Feststellung, keine Frage. Will hielt seinem Blick stand. »Na, wenn schon. Sie versuchen es bei jedem.«

»Eben«, entgegnete John. »Und deswegen werde ich dieses verfluchte Papier unterzeichnen. Ich brauche Zeit. Und die kann ich mir damit verschaffen.« Er schlug sich mit der flachen Hand an die Stirn.

»Und ich werde das Papier nicht einfach nur Charta nennen, sondern ›Magna Charta‹. Das streut ihnen noch mehr Sand in die Augen.« Er riss das Pergament vom Tisch und fuchtelte damit vor Will herum.

»Darf ich?« Will griff danach und überflog das dicht beschriebene Papier, das dreiundsechzig Artikel enthielt:

– Keine Steuern oder Abgaben, mit gewissen Ausnahmen, die angemessen sein müssen, dürfen erhoben werden.
– Niemandem werden wir Recht oder Gerichtsbarkeit verweigern oder hinauszögern.

Will traute seinen Augen nicht, als er bei Punkt 39 ankam.

– Niemand soll gefangen genommen, eingekerkert, zum Gesetzlosen, verbannt oder in anderer Form vernichtet werden, noch werden wir gegen ihn vorgehen oder ihn rechtlich verfolgen außer durch ein Gerichtsurteil Seinesgleichen oder des landesüblichen Rechts.

»Das kannst du nicht durchgehen lassen«, rief Will entgeistert, als er gegen Ende las:

– Um die Umsetzung der Charta zu garantieren, wird den Baronen das Recht zugesprochen, fünfundzwanzig Männer aus ihren Reihen zu ernennen, um diese Freiheiten zu schützen.

»Das kann nicht wahr sein, John! Du willst Wachhunde einsetzen, die deine Entscheidungen auf Schritt und Tritt kontrollieren?« Empört schlug er gegen das Pergament.
John lächelte überlegen. »Nichts davon wird geschehen. Keinen der 39 Artikel werden sie ausführen können. Auch wenn ich vorhabe, diese Proklamation in jeder Grafschaft und jedem Dorf verlesen zu lassen. Meine Unterschrift bedeutet nur eins: dem Bürgerkrieg so schnell wie möglich ein Ende zu bereiten. Mehr nicht.«
»Wie hast du dir das gedacht?«, fragte Will ungläubig. John lachte.
»Ich will diese Verräter nicht hier im Hause haben. Das ist mir dann doch etwas zu unsicher. Nein, unser hoch geschätzter Erzbischof wird ihnen unterbreiten, dass ich sie unter freiem Himmel treffen werde.«
»Und wo?«, wollte Will wissen.
John schlenderte hinüber zum Fenster. »Dort hinten liegt eine Wiese. Die ist groß genug für uns alle.« Will war hinter ihn getreten und blickte ebenfalls hinaus. »Ich weiß, welche du meinst. Im Volksmund heißt sie Runnymede.«
John spürte sein Zögern. Fast trotzig legte er ihm den Arm um die

Schulter. »Vertrau mir, Will. Ich spiele auf Zeit. Selbst wenn der Papst die Aufständischen bestraft, wird es sich hinziehen. Drei Wochen dauert eine Reise von Rom nach London. Wer weiß, was bis dahin geschehen wird. Es war voreilig von mir, die Söldner zurück aufs Festland zu schicken. Ich habe Boten ausgesandt, damit sie auf dem schnellsten Weg zurückkehren. Mit ihrer Hilfe werde ich in England aufräumen. Ich will die Burgen zurück, und ich will, dass sie aus London verschwinden. Um das zu erreichen, würde ich einen Pakt mit dem Teufel eingehen! Deswegen Runnymede!«

Will nickte anerkennend. »Runnymede ist nicht schlecht. Ein Ort mit Tradition. Dort haben schon deine Vorfahren, König Alfred und König Athelstane, Recht gesprochen.«

John nickte. »Mit dem feinen Unterschied allerdings, dass sie sich auf tradiertes Recht berufen haben. Niemals sind die Rechte des Königs oder der Untertanen schriftlich niedergelegt worden. Unter der großen alten Eiche wird heute also ein Schauspiel stattfinden, das nur aus einem Grund aufgeführt wird: um Frieden zu schaffen.« Er grinste, als Will dagegen aufbegehrte. »Warum ich nachgebe? Damit alle sehen, wie unendlich wichtig es mir ist.«

Es klopfte. Auf Johns ungeduldiges »Herein« erschien einer der Wachsoldaten. »Lord Dunnington wünscht, den König zu sprechen.«

»Soll reinkommen!« John ging Albert mit ausgestreckter Hand entgegen. »Wie sieht es in London aus?« Albert beugte das Knie und küsste ihm die Hand. »Sie warten auf Eure Entscheidung, mein König.«

John zog ihn hinauf. »Das Warten hat ein Ende. Eben jetzt ist unser Erzbischof auf dem Weg zu den Rebellen.« Er lachte triumphierend. »Denn wisse: Heute Nachmittag wird John Plantagenet, König von England, die Magna Charta unterzeichnen. So sei es. Am Freitag, den fünfzehnten Juni. Anno Domini 1215. Und du wirst dabei sein, mein Mönchlein.«

Will beobachtete Alberts plötzlichen Mienenwechsel, den er nicht deuten konnte. »Passt dir das nicht?«, fragte er grob.

John fuhr herum. »Warum bist du so unfreundlich zu ihm? Als

man dich als Geisel genommen hat, war Albert immer für mich da. Seit Monaten hält er mich über die Aktionen dieser Verräter auf dem Laufenden, obwohl …« Freundschaftlich legte er Albert die Hand auf den Arm. »Manchmal bist du zu spät gekommen, als dass ich beizeiten eine ihrer Belagerungen noch hätte verhindern können. Ich denke da an Bedford.« Er zuckte mit den Schultern. »Was soll's. Wir holen es uns schon wieder zurück.«

Will tat einen Schritt vor. »Haben sie nicht versucht, dich auf ihre Seite zu ziehen? Du warst doch immer wieder mit ihnen zusammen.«

Alberts Gesicht färbte sich blutrot. Seine Hand fuhr zum Schwert. »Wollt Ihr damit andeuten, Lord Salisbury …«

John wurde ärgerlich. »Hört auf, euch zu streiten! Was soll denn das.« Und zu Albert gewandt: »Besorg dir was zu essen und dann ruh dich aus. Das Theater findet auf Runnymede statt.« Er zwinkerte ihm zu. »Wir können es ja so handhaben wie früher. Du schreibst alles auf.«

Will blieb unversöhnlich. »Es werden genügend Schreiber zur Stelle sein.«

Als Albert sich verbeugte, sagte Will: »Ich werde mich auch noch ein wenig hinlegen.«

Draußen auf dem Gang zischte er dem Jüngeren zu: »Wenn du ein falsches Spiel treibst, werde ich dich eigenhändig umbringen.« Mit diesen Worten ließ er ihn stehen.

Will erwachte, als sein Kammerdiener die hölzernen Schlagläden öffnete. Sonnenlicht strömte hinein. Schlaftrunken setzte er sich auf. »Ist es schon so weit?« Sein Diener nickte und wies auf die Truhe. »Ich habe die Kleidung für Eure Lordschaft bereitgelegt. Soll ich Euch beim Ankleiden helfen?«

Will unterdrückte ein Gähnen. »Lass nur. Ich mach das schon.«

Der Mann hüstelte. »Seine Majestät besteht darauf, dass der Hochadel im Hofstaat erscheint. Eure Krone liegt in dieser Schatulle.«

»Na dann«, seufzte Will und schwang die Beine vom Bett. »Bei so viel Pomp wäre es doch ganz nützlich, wenn du mir zur Hand gehst.«

Als er eine halbe Stunde später die Treppe hinunterstieg, bewegte er sich fast unbeholfen. Zu ungewohnt war der schwere, blaue Samtumhang mit der goldenen Schließe, und die Grafenkrone drückte gegen seine Schläfen.

»Mylord!« Ein Soldat erwartete ihn. »Euer Pferd ist gesattelt.« Er lief vor ihm her in den Hof und rief: »Die Abteilung von Lord Salisbury!«

Es war ein farbenprächtiges Bild. In den kostbarsten Gewändern und mit den Insignien ihrer Ränge ausgestattet, warteten die höchsten Würdenträger des Landes auf das Erscheinen des Königs. Während Will sich in den Sattel helfen ließ, überflog sein Blick die Reiter. ›Wo bleibt Albert?‹, dachte er irritiert und wurde abgelenkt, als man das Streitross des Königs vor den Aufstiegsblock führte. Der riesige Schimmel tänzelte nervös. Zwei Stallmeister brauchten ihre ganze Kraft, um das schnaubende Tier ruhig zu halten.

Beim Anblick des Königs ging ein Raunen durch die Menge. ›Niemand versteht es, seine Kleider mit so viel Eleganz zu tragen‹, dachte Will neidlos und bewunderte die Anmut, mit der der Freund in den Sattel stieg. Sein dunkelgrüner Umhang war an den Seiten mit Hermelin abgesetzt, unter der funkelnden Krone schimmerte das braune Haar, und seine goldenen Sporen glitzerten in der Sonne.

Der König hob die Hand, und der Zug setzte sich in Bewegung. Im Schritt ritten sie aus dem Hof von Windsor Castle. Der Oberhofmeister hatte Will gleich im Anschluss an John und seine Garde platziert, dahinter reihten sich die anderen Edelleute mit ihrer Gefolgschaft ein.

›Hoffentlich geht alles gut‹, dachte Will, während sie den Burgberg hinunterritten und sich in Richtung Themse hielten. Einmal drehte John sich zu ihm um. »Hab keine Angst«, rief er halblaut. »Ich habe ein paar Armbrustschützen so positioniert, dass sie einen möglichen Überfall verhindern können.«

Als sie Runnymede erreichten, sah er die Rebellen. Sie kamen von Staines und hielten genau wie der königliche Zug auf die Mitte der Wiese zu, wo unter der alten Eiche ein Baldachin errichtet worden war.
Niemand der Reiter beschleunigte seine Gangart, und doch erreichte John mit den seinen als Erster die verabredete Stelle. Er nahm auf dem erhöhten Stuhl Platz, der wie ein Thron wirkte, und bat seine Getreuen, sich um ihn zu scharen: ganz in seiner Nähe der alte Guillaume le Maréchal, Earl of Pembroke, der Lordsiegelbewahrer, Hugh Neville, daneben. Auf der anderen Seite der Legat des Papstes, der inmitten seiner acht Bischöfe stand, sowie die Lords, die einen Halbkreis unter dem Baldachin bildeten. Von der Themse her wehte ein lauer Wind und verfing sich in den Fahnen, die die Bannerträger in die Höhe hielten.
Will stand auf Armeslänge vor dem erhöhten Sitz des Königs. Beklommen sah er zu, wie die Rebellen unter Führung von FitzWalter aus den Sätteln stiegen. Er erkannte Geoffrey de Mandeville und den Earl of Norfolk, Roger Bigod. Siebzig Ritter zählte er, und sie waren bis an die Zähne bewaffnet. ›Sie kommen nicht als Bittsteller‹, durchfuhr es ihn. Er spürte, wie sich sein Pulsschlag beschleunigte, als er verstohlen seinen Schwertgriff umklammerte.
»Lass dich nicht provozieren«, zischte ihm der Earl of Warwick zu. »Die warten doch nur darauf, zuschlagen zu können.«
Will spürte, wie ihm der Schweiß auf die Stirn trat. Jetzt trennten ihn nur noch zwanzig Schritte von den Aufständischen.
»Sprecht den Segen über uns, Eminenz.« Der König nickte dem Erzbischof von Canterbury zu und erhob sich, um gleich darauf das Knie zu beugen. FitzWalter zögerte einen Moment. Will glaubte schon, er werde sich dem Gebet verweigern. Doch dann ließ sich der Ritter, nur behindert durch seine Rüstung, schwerfällig ins Gras nieder. Sekunden später taten es ihm seine Anhänger gleich.
›Diese Runde geht an John‹, dachte Will aufatmend. Und als der Erzbischof am Ende das Kreuzzeichen über die Versammelten schlug, bekreuzigte er sich voller Dankbarkeit.

Der König war auf seinen Thron zurückgekehrt. Freundlich lächelnd winkte er FitzWalter näher zu sich heran.
»Sprecht, Mylord. Wir sind bereit, Euch anzuhören!« Er hielt ihm die Hand zum Kuss entgegen. Und wieder hielt Will den Atem an, als FitzWalter zögerte, die dargebotene Rechte zu nehmen. Erneut kam ihm der König zuvor. Ruhig erhob er sich und gab dem Feind den Friedenskuss. Ein Stöhnen der Erleichterung ging durch die Menge.
»Ich bin bereit, die Magna Charta zu unterzeichnen, nach deren Grundprinzip mein Urgroßvater, Henry Beauclerc, schon regiert hat, und vor ihm sein Vater, William der Eroberer. Nehmt dies als Zeichen meines Vertrauens in Euch. Damit wieder Frieden in England herrscht.« Seine volle Stimme trug mühelos über die Versammlung.
Aus den Augenwinkeln bemerkte Will, wie verstört FitzWalter auf einmal wirkte. Fast hilflos trat er zur Seite, als der Lordsiegelbewahrer das Dokument vor aller Augen feierlich entrollte und es dem Justitiar Peter des Roches überreichte, der nach vorne trat und mit lauter Stimme zu lesen begann: »John, durch Gottes Gnaden König von England, Lord von Irland, Herzog der Normandie und Herzog von Aquitanien, Graf von Anjou, an die Erzbischöfe, Bischöfe, Äbte, Earls, Barone, Justitiare, Forstmeister, Sheriffs, Stewards, Diener und an all seine Offiziellen und treuen Untertanen.«
Will blickte in die Runde. Er konnte Albert noch immer nicht entdecken.
»Wisst, dass die Kirche Englands frei sein soll, ihre Rechte uneingeschränkt und ihre Freiheiten unbeeinträchtigt …«
Nachdem des Roches die zahlreichen Artikel verlesen hatte, stellte der Schreiber ein tragbares Pult vor den König. Bevor er jedoch seine Unterschrift darunter setzte, wandte er sich noch einmal an die Versammelten. »Mylords, in diesem Pergament sind Eure Rechte aufgelistet, wie sie von alters her Brauch in diesem Land sind, aber bedenkt …«, und hier erhob John seine Stimme, »… es sind auch die Rechte der Krone festgehalten. Die Rechte des Königs. Meine Rechte!«

John schien direkt zu FitzWalter zu sprechen.
Will sah die pochende Ader an Johns Schläfe, die nur zum Teil von dem Kronreifen bedeckt war. Er sah das markante Profil seines Bruders, der sich nun hinunterbeugte, um seine Unterschrift zu leisten. Das Dokument wurde versiegelt. John wartete, bis der Lack erkaltet war. Dann nahm er die Magna Charta, hielt sie wie im Triumph in die Höhe und rief: »Für England!«
Ein ohrenbetäubender Lärm brach los. Schwerter wurden gegen die Schilde geschlagen, und jubelnde Männer fielen sich in die Arme. Die Aufständischen drängten nach vorne, um den Friedenskuss ihres Königs entgegenzunehmen.
Nur FitzWalter sah sich seiner Führungsrolle beraubt. Mit gerötetem Gesicht stellte er sich vor den König in Positur. »Majestät, es gilt noch einige Unklarheiten zu beseitigen.« John winkte ab. »Besprecht das mit Guillaume le Maréchal. Er hat alle Vollmachten.« Damit ließ er ihn stehen.
Im Westen war die Sonne bereits untergegangen, als sie in gleicher Formation den Rückweg einschlugen.
Will fühlte sich von der prachtvollen Zeremonie noch immer beeindruckt. Kurz bevor sie Windsor Castle erreichten, wandte John sich ihm zu.
»Seit Bouvines nennen sie mich ›Softsword‹.« Er lachte zynisch. »Ich werde ihnen beweisen, wie scharf mein Schwert sein kann. FitzWalter wird noch einmal wünschen, nie geboren worden zu sein. Und die anderen auch!«

* * *

Seit Tagen hatte es geschneit. Meterhoch lag der Schnee über Feldern und Fluren. Es dunkelte bereits, als Tess mit ihren Männern den Burgberg von Dunnington hinaufritt. Die Hufe der Pferde klangen gedämpft. Erst als sie das Tor passierten, klackten die Eisen hohl auf dem Kopfsteinpflaster. Tess war so durchgefroren, dass sie einen der Stalljungen beim Absteigen um Hilfe bitten musste.

Kristalle glitzerten auf dem Umhang, dessen gewalkte Wolle sie wie ein Panzer aus Eis umgab.
»Aufpassen, Madame«, rief der Junge besorgt, als sie auf fühllosen Füßen zum Stehen kam. Sie taumelte und lehnte sich für einen Moment gegen den Aufsteigeblock, ehe sie steifbeinig die Treppe hinauf ins Haus ging. Flüchtig ärgerte sie sich darüber, dass niemand es für nötig gehalten hatte, die schneeverharschten Stufen zu fegen. Doch das Bedürfnis nach Wärme war so übermächtig, dass sie den Befehl auf später verschob.
Zitternd drückte sie die Tür zur Halle auf. Ihre erstarrten Finger waren kaum in der Lage, den Verschluss des Umhangs zu lösen. Und als sie es endlich geschafft hatte, ließ sie ihn einfach zu Boden gleiten. Fast augenblicklich fing die gewalkte Wolle an zu dampfen und verströmte einen durchdringenden Schafgeruch.
Tess stellte sich mit ausgestreckten Händen vor das prasselnde Kaminfeuer und spürte, wie ihre Lebensgeister langsam zurückkehrten.
Zwar hatte jemand die großen Fackeln an der Längsseite der Halle angezündet, doch nichts ließ darauf schließen, dass demnächst das Abendessen aufgetragen würde. Am Kopf des Tisches lagen Sarahs Haushaltsbücher aufgeschlagen herum, selbst der Deckel des Tintenfasses war nicht zugeschraubt. Sie musste den Raum in großer Eile verlassen habe. Als einer der Knechte mit einem Korb Brennholz erschien, deutete Tess auf den Tisch und fragte: »Wo ist Lady Sarah?« Der Mann reagierte nicht. Schweigend kniete er sich vor die Feuerstelle und begann das Holz darin zu verteilen.
Tess starrte auf ihn hinab. Nach diesem langen, ermüdenden Tag stieg Zorn in ihr auf, und sie herrschte ihn an: »Ich habe dich etwas gefragt!« Da er noch immer nicht reagierte, wurde sie laut. »Wo sind die anderen? Was ist mit dem Abendessen?« Erst jetzt erkannte sie, dass es der taubstumme Tim war, den Lady Margaret schon als Junge auf der Burg beschäftigt hatte. Ernüchtert sah sie zu, wie er scheinbar unbeeindruckt seine Tätigkeit beendete, den leeren Korb ergriff und im Durchgang zur Küche verschwand.

Plötzlich erschien Tim ihr als Synonym für das abgeschottete Leben, zu dem sie in Dunnington gezwungen war. Ohne nachzudenken, durchquerte Tess die Halle und lief die Wendeltreppe hinauf in den ersten Stock. Sie hielt sich nicht damit auf, an Sarahs Tür zu klopfen, sondern stieß sie mit einem Ruck auf. Im Kamin verglühte ein Feuer, zusammen mit der brennenden Kerze tauchte es den Raum in warmes Licht.
Seit Monaten war sie nicht mehr hier gewesen. Tess erkannte das Bett von Lady Margaret an den geschnitzten Pfosten zwar wieder, doch Sarah hatte wohl einen neuen Baldachin anfertigen lassen. Im Kerzenschein schimmerte der kostbare Stoff. Auf der Truhe lagen ihre Kleidungsstücke verstreut. Ihr Blick fiel auf die geöffnete Schatulle, die heruntergefallen war. Tess bückte sich, um die Papiere aufzuheben. Sie wollte sie gerade zurückstopfen, da erkannte sie Alberts Schrift.

...der König von England hat mir den Auftrag erteilt, Lord Salisbury als Geisel auszutauschen. Die Verhandlungen mit dem französischen Hof erwiesen sich als schwieriger als erwartet. Die Summe des Lösegelds wird nach dem Desaster von Bouvines ständig erhöht. Obwohl mich Pierre de Mauley, der königliche Zahlmeister, dazu drängt, im Gegenzug den Vetter des französischen Königs auszutauschen – da sich allein schon das anstehende Waffenabkommen auf sechzigtausend Mark belaufen werde –, halten die Franzosen mich hin. Aber ich nutze meine Zeit. Wenn du, geliebte Schwester, de L. hiervon unterrichtest, so wird er wissen, was damit gemeint ist ...

Tess ließ das Blatt sinken. Während sie über das Gelesene nachdachte, sah sie ihren Schatten auf der Wand. Plötzliche griff eine eisige Faust nach ihrem Herzen, als sie einen zweiten, größeren Schatten neben dem ihren auftauchen sah.
»Hallo, meine Liebe«, sagte eine Stimme dicht an ihrem Ohr. Tess fuhr herum.

»Albert«, rief sie und wich zurück. »Du hast mich zu Tode erschreckt!«
Ruhig nahm er ihr das Pergament aus der Hand. »Du solltest das nicht lesen«, sagte er, faltete das Papier und steckte es unter seinen Rock.
»Wo kommst du her?«, begehrte sie auf. »Niemand hat mir mitgeteilt, dass du hier bist!«
Ihr Mund fühlte sich trocken an. Die Beine drohten unter ihr nachzugeben. »Ist der König auch hier?«
Alberts Gesicht verschloss sich. »Ich bin vorgeritten«, entgegnete er knapp.
Tess wollte aufspringen. »Da müssen Vorbereitungen getroffen werden. Ich muss in der Küche Bescheid geben. Sarah ist nicht da. Wie viele werden wir bei Tisch sein?«
Albert hob die Hand. »Das hat noch Zeit.«
Plötzlich hatte Tess Angst. »Es ist ihm doch nichts passiert?«
»Ist das das Einzige, was dich interessiert?« Alberts Stimme klang belegt.
Sie beugte sich vor und musterte ihn. »Du siehst nicht so aus wie jemand, der einen langen Ritt hinter sich hat«, sagte sie misstrauisch. »Bist du schon länger hier? Und wo ist Sarah?« Sie erhob sich. Erst jetzt fiel ihr auf, dass sein Oberteil aus blauem Samt war und so elegant geschnitten, dass es eher für den Hof geschneidert schien als für diese ländliche Gegend.
Zum ersten Mal lächelte Albert. »So erkenne ich dich wieder. Das ist meine Tess, der so schnell nichts entgeht.« Er streckte die Hand nach ihr aus. »Willst du mich nicht ordentlich begrüßen?«
Sie zögerte noch immer. »Wir müssen miteinander reden«, sagte Albert.
Tess nickte. »Dann lass uns hinunter in die Halle gehen. Irgendwer wird sich schon finden, der mir die Stiefel auszieht.«
»Setz dich hin«, befahl Albert, bückte sich und griff nach ihrem Bein. Es dauerte, bis er den Unterschenkel von dem feuchten Leder befreit hatte. »Sarah und ich kommen nicht besonders miteinander

aus«, keuchte Tess, während sich beide bemühten, auch den zweiten Stiefel abzustreifen.
»Das muss dich nicht kümmern. Sarah kommt erst morgen zurück. Ich habe sie gebeten, etwas für mich zu erledigen.«
»Wie bitte?« Tess war empört. »Du hast sie bei diesem Wetter nach draußen geschickt?«
Albert lächelte. »Du warst doch auch den ganzen Tag unterwegs.«
Tess rieb sich die schmerzenden Gliedmaßen. »Ich habe die Abholzung überwacht.« Sie warf ihm einen Blick zu. »Was wolltest du mir sagen?«
Albert setzte sich neben sie aufs Bett. »Ich werde bald für immer nach Hause kommen.« Er wandte ihr das Gesicht zu. »Dann können wir endlich heiraten.«
»Hat König John das befohlen?«, entfuhr es Tess.
Auf Alberts Stirn bildeten sich Falten. »Er muss es nicht befehlen. Ich möchte dich heiraten, so bald wie möglich.« Er legte seine Hand auf die ihre. »So ist es doch kein Zustand.«
»Was meinst du?«, fragte Tess verunsichert.
»Sarah hat geschrieben ...« Er schüttelte den Kopf. »Die Leute reden. Und das wünsche ich nicht. Du musst dich entscheiden. Deswegen bin ich jetzt nach Hause gekommen. Uns stehen neue Zeiten bevor. Nichts wird mehr so sein, wie es war. Und deswegen musst du meinen Namen tragen. Aus Sicherheit, damit dir nichts geschehen kann.«
Tess rutschte zu Seite und entzog ihm ihre Hand. »Was ist mit König John?«
»Hör auf. Es geht um dich und um mich.« Seine Augen blickten sie zärtlich an, und seine Stimme wurde weich. »Ich liebe dich, Tess. Ich habe dich von Anfang an geliebt. Warte ...« Er hob die Hand. »Ich weiß, dass deine Gefühle für mich eher freundschaftlicher Natur sind, aber ...« Wieder lächelte er. »Es gibt schlechtere Voraussetzungen für eine Ehe.«
Tess senkte den Kopf. »Trotzdem. Was ist mit König John?«, murmelte sie.

Albert schlug mit der Faust auf seinen Oberschenkel. »Mach dich frei von ihm. Er bringt nur Unglück!«
Sie fuhr auf. »Wie kannst du so etwas sagen. All das …«, sie beschrieb eine weit ausholende Geste. »All das haben wir ihm zu verdanken. Er hat dich zum Ritter geschlagen und zum Lord von Dunnington gemacht. Durch seine Großzügigkeit bist du heute im Besitz eines der größten Güter hier im Umland. Er hat dafür gesorgt, dass deine Mutter mit kirchlichem Segen beigesetzt werden konnte!« Sie war so außer sich, dass ihre Stimme immer lauter wurde. »Ist das dein Dank für seine Güte?«
Mit einem Satz war sie aufgesprungen und starrte auf ihn hinab. »Wenn er nicht gewesen wäre, ja, glaubst du denn, dass ich mein Leben hier hätte ertragen können? Mit Sarah, die mich hasst, obwohl ich ihr nie etwas getan habe. Mit den Dienstboten, die meine Order überhören, weil sie sie dazu ermutigt. Mit der Einsamkeit und der Verachtung, die ich überall spüre? Sie nennen mich die Hure des Königs. Sollen sie nur, es ist mir gleichgültig. Weil ich ihn liebe!« Sie blickte ihn offen an.
»Du liebst ihn also? Dabei bist du nur eine von vielen«, sagte er schroff. »Vier Kinder hat er mit der Königin, seine Bastarde aber sind Legion. In allen Grafschaften hat er Affären! Doch am schlimmsten ist seine Wortbrüchigkeit. Er lügt. Er lügt. Er lügt!«
»Schweig«, herrschte sie ihn an. Ihre Stimme überschlug sich. »Und was ist mit Runnymede? Hat er euch nicht alle Zugeständnisse gemacht, die ihr gefordert habt?«
Seine Augen verengten sich zu Schlitzen. »Was weißt du über Runnymede?«
Tess lachte höhnisch. »Der Priester hat uns die Magna Charta in der Kirche vorgelesen. Ich habe meinen Ohren nicht getraut und ihn gebeten, die Artikel selbst noch einmal lesen zu dürfen. Und dann wagst du zu sagen: Der König lügt?«
»Er glaubt selbst nicht ein Wort von dem, was er da unterzeichnet hat«, stieß Albert hervor.
»Und das weiß mein hochwohlgeborener Lord Dunnington? Der

Freund des Königs, der in seine Seele schauen kann?«, schleuderte sie ihm entgegen.
»Ja«, entgegnete er. »Ich weiß es!«
Eine Weile starrten sie einander an wie Fremde. Albert senkte den Blick als Erster. Müde ging er hinüber zum Kamin, bückte sich und legte ein paar Reiser auf die verlöschende Glut. Ohne sie anzusehen, sagte er: »Ich habe ihn auch geliebt. Ich wollte alles für ihn tun. Ich hätte mein Leben für ihn gegeben.«
»Und jetzt?«, fragte sie. »Was ist geschehen?«
Albert wandte den Kopf. »Ich kann nicht mehr …«
An ihm vorbei sah Tess, wie die ersten Flammen gierig an den dürren Zweigen emporzüngelten. »Er vertraut dir«, sagte sie. »Er hat dir immer vertraut.«
Albert griff nach einem dickeren Ast und legte ihn auf die Feuerstelle.
»Wenn du ihn verrätst, verlasse ich England. Dann gehe ich zurück nach Fontevrault«, drohte sie.
Nun, da der Satz ausgesprochen war, wunderte Tess sich über sich selbst. »Ja, ich werde nach Fontevrault zurückkehren«, wiederholte sie. Und zum ersten Mal nach Monaten fühlte sie sich wie befreit.
Albert war in sich zusammengesunken. »Tu das nicht«, bat er leise. »Wofür, glaubst du, habe ich all diese irrsinnigen Reisen auf mich genommen? All die Zeit über hat er mich von dir fern gehalten. Ich wusste, dass meine Standesgenossen über mich lachten. Doch ich habe es in Kauf genommen, weil ich hoffte, irgendwann käme der Tag, an dem du mich hier erwarten würdest.« Er begann zu schluchzen. »Gib mir nur den Schimmer einer Hoffnung. Und ich tue alles, was du willst.«
Tess war leise hinter ihn getreten und legte ihm die Hand auf die Schulter. »Schwör mir, dass du ihn nicht verraten wirst.«
»Wirst du dann bei mir bleiben?«, fragte er.
Albert konnte nicht sehen, wie sie nickte. »Ich verspreche es«, sagte sie mit fester Stimme.
»Und du wirst aufhören, mit ihm …« Er brach ab und erhob sich.

Sie standen ganz dicht voreinander. Dann hob er die Hand und strich ihr sanft über die Wange. »Kann ich mich auf dich verlassen?«

Tess überlegte, ehe sie nachgab. »Wenn du mir dein Wort gibst, dass du weiterhin loyal zu ihm stehen wirst.«

»Ich schwöre es.«

Tess lächelte erleichtert. »Dann lass uns jetzt hinuntergehen und etwas essen. Ich bin hungrig.« Ihr Blick fiel auf ihre Füße. »Ich muss mir Schuhe anziehen.«

»Meinetwegen brauchst du es nicht zu tun«, sagte er. »Ich muss noch einmal fort. Wenn du willst, lasse ich dir dein Abendessen auf dein Zimmer bringen.«

Misstrauisch sah Tess ihn an. »Du willst jetzt noch einmal weg? Es ist dunkel, und die Wege sind vereist.«

Albert nickte. »Ich weiß. Aber ich habe dir doch gesagt, dass ich nur deinetwegen gekommen bin, weil ich mit dir reden wollte. Allein.«

»Dann weiß der König gar nicht, dass du hier bist?«

»Nein«, erwiderte Albert knapp.

Plötzlich war sie voller Angst. »Du hast mir dein Ehrenwort gegeben«, ermahnte sie ihn.

Albert nickte. »Ja, das habe ich.«

Er machte Anstalten, an ihr vorbeizugehen, doch Tess hielt ihn zurück. »Und Sarah? Wird sie heute Nacht nach Hause kommen?«

Er wich ihrem Blick aus. »Kaum. Sie trifft Schwester Chlothilde im Kloster. Ich denke, dass sie dort zwei Tage bleiben wird.« Er lächelte zweideutig. »Sie wollte den König nicht treffen.«

Wieder griff die Angst nach Tess. »Schwester Chlothilde. Sarah hat sie immer gemieden. Warum, Albert? Von Anfang an hat Chlothilde gegen den König intrigiert. Sie hat ihn immer gehasst, weil er sich nie dem Papst untergeordnet hat.«

»Genau wie Sarah«, erwiderte Albert. »Sorg dich nicht ihretwegen. Alles wird gut. Du hast von deinen Schwierigkeiten mit meiner Schwester gesprochen. Vielleicht hat auch sie Schwierigkeiten mit dir?«

Er zog ihre Hand an seine Lippen und küsste sie förmlich. »Hab noch ein wenig Geduld, das alles dauert nicht mehr lange.«
Ratlos sah sie ihm hinterher.

Als man ihr später das Tablett in ihr Gemach brachte, bat sie um heißes Wasser für ein Bad. Viel zu aufgewühlt, um sitzen zu bleiben, aß sie das gebratene Hühnerbein im Stehen. Sie wurde erst wieder ruhiger, als sie schließlich im warmen Zuber saß und das heiße Wasser um ihren Körper spürte.
Noch einmal ging sie in Gedanken das Gespräch mit Albert durch. Es passte so vieles nicht zusammen. Er musste zumindest mit dem Gedanken gespielt haben, sich den Rebellen anzuschließen. Wie konnte er nur …
Dann saß sie im Morgenrock auf ihrem Bett und trank von dem Rotwein. Wehmütig stopfte sie sich die Polster in den Rücken. ›Welch ein langer Weg von Fontevrault bis hierher. Von der Hofdame der Königin Alienor bis zur Pferde-, Schweine- und Schafhändlerin. Jedenfalls weiß ich heute, wie eine Windmühle funktioniert‹, dachte sie voller Selbstironie. Sie nahm noch einen großen Schluck und ließ sich auf die Kissen sinken. Als die Tür ging, glaubte sie, dass es die Mägde waren, die den Badezuber hinaustragen wollten.
Sie hörte Schritte, die sich ihrem Bett näherten. Dann wurde der Vorhang zur Seite geschoben. »Mein Gott, wie schön du bist!« Mit einem Satz war er neben ihr.
»John!« Sie wollte auffahren, aber sein Arm hielt sie zurück. Und dann begann er, ihr Gesicht mit Küssen zu bedecken. Seine Haut fühlte sich kalt an und ließ sie erschauern. Zwischendurch keuchte er. »Davon träumt man beim Nachhausekommen. Eine warme, schöne Frau im Bett vorzufinden.« Er lächelte schief und zerrte an ihrem Morgenrock.
Ernüchtert stieß sie ihn von sich. »Ist das der einzige Grund für deinen Besuch?«
Irritiert hielt er inne. »Bist du böse auf mich?«

Tess schüttelte den Kopf. »Was tust du hier?«
Johns Gesicht war durch die plötzliche Hitze gerötet. Seine Augen glänzten. Tess musste an sich halten, um ihm nicht übers Haar zu streichen.
»Nun?«, beharrte sie.
John lachte. »Ich habe hier in der Gegend zu tun. Ich lasse Burgen schleifen und vollstrecke Todesurteile. Kurzum, ich bestrafe diejenigen dafür, die es gewagt haben, sich gegen mich aufzulehnen. Denn ich bin der König. Und mein Wort ist Gesetz.«
Er zerrte ungeduldig an seinem Oberteil und deutete auf den Waschzuber. »Ist das Wasser noch warm?« Schon war er aufgesprungen und tauchte einen Finger hinein. Zufrieden nickte er und begann sich auszuziehen. »Hilfst du mir mit den Stiefeln?«, bat er.
»Ich habe dir etwas mitgebracht«, sagte er, während er ins Wasser stieg. »Schau in diese kleine Truhe dort.« Er seufzte vor Wohlbehagen, als er einmal ganz untertauchte. Das Wasser spritzte auf die Bohlen.
Erst jetzt sah sie den kostbaren Gegenstand, den er neben dem Bett abgestellt hatte. Ein goldener Kasten, über und über mit Edelsteinen besetzt.
»Eine Reliquie?«, fragte sie. John gab keine Antwort. »Öffne es.«
Andächtig nahm sie die kleine Truhe in die Hand. Bewundernd strichen ihre Finger über die wertvollen Steine. »Wie schön«, sagte sie und zog die goldene Stange aus den Scharnieren. Dann schlug sie den Deckel zurück. Sie sah die leuchtend rote Seide und wagte nicht, sie zu berühren. Fragend blickte sie zu ihm auf.
»Zieh es heraus, aber sei vorsichtig.« Seine Stimme vibrierte.
Unendlich langsam zog sie den kostbaren Stoff heraus und breitete ihn auf dem Bett aus.
»Nein«, schrie sie plötzlich und wich zurück.
»Du erkennst es, nicht wahr?«, lockte er. »Zieh es an. Ich möchte dich darin sehen.«
Er hatte sich erhoben und trat nackt neben sie. Sie bemerkte den entrückten Ausdruck, mit dem er auf das Kleid starrte. »Es war

ihr Lieblingskleid«, murmelte er und kniete sich davor. Starr vor Entsetzen musste Tess mit ansehen, wie er sich vorbeugte und sein Gesicht in der roten Seide vergrub. »Da ist immer noch ihr Duft«, hörte sie ihn flüstern.

Tess schlang die Schärpe ihres Schlafrocks enger um sich. Sie spürte, wie sie zu zittern begann. »Hör auf, John«, bat sie. Sie flehte darum, dass sie sich irren möge, dass dies nicht das Kleid der Königin Alienor sei. Da hörte sie ihn sagen: »Ich habe es seit Jahren. Und immer wenn ich nicht weiter weiß, breite ich es vor mir aus.« Seine Stimme klang erschreckend normal. »Dann überträgt sich ihre Kraft auf mich, und ich finde wieder einen Weg.«

»John, bitte …« Tess zog ihn zu sich hoch und sah sein tränenüberströmtes Gesicht. »Ich kann sie nicht vergessen«, flüsterte er.

»Das weiß ich doch.« Tess beugte sich über ihn und ergriff seine Hand. »Lass mich dich abtrocknen. Du erkältest dich sonst.« Mit der freien Hand schlang sie das Badetuch um ihn.

»Wirst du es anziehen?«, drängte er.

»Nein«, erwiderte sie entschieden. »Wir werden es wieder zurücklegen.« Und als sie sein verständnisloses Gesicht sah, fühlte sie, wie ihr die Tränen in die Augen stiegen. »Ich bin nicht sie!«

* * *

Seit dem Frühjahr herrschte eine seltsame Unruhe im Haus. Sarah verließ Dunnington nur noch selten und entwickelte eine unerklärliche Betriebsamkeit innerhalb der Burg.

Wenn Tess früh am Morgen mit ihrem Verwalter aufbrach, kam es sogar vor, dass sie Boten begegneten, die Sarah eine Nachricht überbrachten.

Seit geraumer Zeit schien Alberts Schwester Heimlichkeiten nicht mehr für nötig zu halten. Wenn sie Sarah beim Nachtmahl wie gewohnt schweigend gegenübersaß, wartete Tess immer sehnsüchtiger auf den Moment, in dem sie sich endlich zurückziehen konnte.

Im Sommer hatte Tess es sich zur Gewohnheit gemacht, die Abendstunden in der Kapelle zu verbringen, die seit der Aufhebung des Interdikts an Sonn- und Feiertagen in voller Pracht erstrahlte. Gleich nach Lady Margarets Tod hatte sie die jahrelange Schließung dazu genutzt, sie von einem Freskenmeister ausmalen zu lassen. Hier fühlte sie sich frei und unbeobachtet. Hier lud sie ihre Sorgen ab und flehte Gott um Hilfe an, John beizustehen.
Wenn sie anschließend zu später Stunde in ihr Gemach zurückkehrte, konnte es geschehen, dass Sarah unten in der Halle noch einen Gast empfing. Dann lauschte Tess an der Tür. So hatte sie erfahren, dass Johns Flotte am Sturm gescheitert und Prinz Louis von Frankreich im Süden Englands gelandet war.
Je kürzer die Tage wurden, umso bedrohlicher empfand Tess die angespannte Lage. Mit Sarah unter einem Dach zu schlafen erschien ihr immer unerträglicher. Bevor sie zu Bett ging, kontrollierte sie allabendlich, ob das Bündel, das sie zu ihrer eigenen Sicherheit unter der Strohmatratze versteckt hatte, auch unberührt und an derselben Stelle lag. Erst dann versuchte sie, ein wenig Schlaf zu finden.
Mitten in einer solchen unruhigen Nacht wurde sie von plötzlichem Lärm geweckt. Sie hörte Schritte, Männerstimmen. Auf lautes Pochen hin wurde der innere Riegel zurückgerissen. Sie hörte Sarah rufen: »Albert, willkommen zu Hause. Seid willkommen, Freunde!« Zahllose Stimmen schollen von unten zu Tess hinauf, und es schienen immer mehr zu werden.
Tess stand am Fenster und versuchte zu erkennen, wer sich in Alberts Begleitung befand, während sie sich hastig das Arbeitsgewand überwarf, das sie für die täglichen Ritte hatte anfertigen lassen. Sie knüpfte es zu und eilte zur Tür des Gemachs.
In dem Augenblick öffnete sie sich von selbst. Albert stand drohend unter dem Rahmen.
»Du bleibst«, befahl er und zerrte sie zurück in das Gemach. »Setz dich. Du hast dein Wort gebrochen.«
Ohne sie eines weiteren Blickes zu würdigen, zog er Hammer und Eisennägel hervor und begann das Fenster zu verbarrikadieren.

Tess' Herz begann zu rasen. Er sperrte sie ein. Was hatte er vor? Sie sprang auf und war mit wenigen Schritten auf der Treppe, die hinunterführte. Aus dem Halbdunkel griffen Hände nach ihr und zwangen ihr die Arme auf den Rücken. Die eine legte sich über ihren Mund, die andere schob sie in das Gemach zurück.
Mit höhnischem Auflachen wandte Albert sich um. »Danke, de Lacy«, sagte er zu dem Mann, der Tess festhielt. »Binde sie am Bett fest. Die Gräfin von Louisville war immer gerissener, als man denkt.«
Tess wehrte sich mit Händen und Füßen. Mit der Kraft, die ihr der ohnmächtige Zorn verlieh, schob sie sich immer wieder an das Kopfende zurück, bis der junge de Lacy sie schließlich dort anknotete.
»Was hast du mit mir vor, Albert?«, keuchte Tess und zerrte an dem Lederriemen.
»Ein saftiges Lösegeld, zum Beispiel«, höhnte der junge de Lacy. »Manch einer könnte für diese wilde Katze einen Batzen Gold springen lassen.«
»Schweig!«, herrschte Albert ihn an. »Komm, wir haben Wichtigeres zu tun.«
Albert verließ das Gemach als Letzter und wandte sich noch einmal zu Tess um, während er den Schlüssel abzog. »Lügen, Mord und Vertrauensbruch. Das ist zu viel.«

Die Tür schloss sich hinter ihnen, nachdem Albert den Schlüssel abgezogen hatte.
Wie gelähmt hörte Tess, wie sich der Schlüssel von außen im Schloss drehte, wie sich die Schritte die steinernen Stufen hinunter entfernten. Die Tür zur Halle wurde zugemacht. Dann herrschte Stille.
Tess war hellwach und versuchte, ihre Gedanken zu ordnen. Sie musste herausfinden, was die Männer unten zu bereden hatten, was sie planten, wer sie waren. Dieser de Lacy musste der Sohn von Johns Getreuem sein. Doch zunächst brauchte sie ihr Bündel.
Sie rutschte so tief hinab, wie die Handfessel es erlaubte, hob die

Beine an und schob sie unter die Matratze. Das Stroh raschelte, während sie sie suchend hin- und herstreckte. Sie seufzte vor Erleichterung, als sie den Widerstand spürte. Sie spannte die Bauchmuskeln an und schlang die Beine rechts und links um das Bündel. Die Fessel scheuerte an den Gelenken, als sie es, auf dem Gesäß hin- und herrutschend, mit den Unterschenkeln langsam hervorzog. Sie legte eine Pause ein, um zu Atem zu kommen. Mit den Zähnen begann sie an dem Stoffknoten zu ziehen, wieder und wieder, doch die Schlaufe löste sich erst, als sie mit dem Ellbogen dagegen hielt. Gottlob hatte sie Sarah misstraut und für den Notfall vorgesorgt. Da lagen das Messer, der Lederbeutel und das Seil für ihre Flucht. Mit dem Mund klemmte sie den Schaft zwischen ihre Knie und begann den Lederriemen zu zerschneiden. Ein Krampf im Kiefer zwang sie mehrmals zu pausieren. Doch dann hatte sie es geschafft. Ihre Glieder zitterten vor Anspannung.

Die wunden Gelenke reibend, erhob sie sich leise und trat zum Fenster. Der Blick auf die heruntergebrannte Kerze versetzte sie in Panik. Sie hatte keinen Ersatz hier oben. Ihr blieb nicht viel mehr Zeit. Vorsichtig begann sie mit der scharfen Schneide den ersten Nagel zu lösen. Klirrend fiel er zu Boden. Der zweite auch. Doch der dritte ließ Tess fast verzagen. Sie riss und zerrte an ihm, bis ihre Finger blutig waren. Da endlich gab er nach. Die anderen fielen ihr fast wie von selbst entgegen, als sie den hölzernen Laden behutsam aus dem Eisenhaken hob. Sie öffnete das Fenster.

Frische, feuchte Nachtluft schlug ihr entgegen. Draußen herrschte Stille bis auf die Männerstimmen, die hin und wieder in den Hof drangen. Sie musste sich beeilen. Nur solange sie alle unten versammelt waren, hatte sie eine Chance zu fliehen.

Mit fliegenden Händen flocht sie Knoten in das Hanfseil, damit sie an ihnen hinabsteigen könnte. Sie befestigte das Ende an der steinernen Fensterstrebe und ließ das Seil hinabfallen. Den dunkelsten Umhang, den sie besaß, warf sie hinterher. Dann steckte sie das Messer in den Stiefelschaft und stieg auf das Sims.

Das Seil schnitt in ihre Hände, als sie sich langsam hinabließ. Die

Haut riss auf und brannte höllisch. Sie rutschte ab, suchte nach Halt an der Mauer und griff ins Leere. Es schien ihr endlos, bis sie sich Knoten um Knoten herabgehangelt hatte. Plötzlich war das Seil zu Ende. Entsetzt blickte sie hinauf. Aus dem Fenster ihres Gemachs schimmerte schwaches Licht. Sie blickte nach unten ins Dunkel. Nichts war zu sehen. Sie wusste, es konnte nicht mehr weit sein. Und sie sprang. Stechender Schmerz zerriss ihr das Fußgelenk, als sie auf dem Boden auftraf, sie knickte um und fiel auf die Schulter. Lauschend verharrte sie, während sie sich den Oberarm rieb. Doch es rührte sich nichts.

Sie tastete nach dem Unhang und zog ihn über. Dann humpelte sie so leise wie möglich zu dem Fenster der Halle, von dem sie wusste, dass es geöffnet war, um dem Kamin mehr Zug zu verleihen. Sie erkannte Alberts Stimme sofort.

»Sein Ziel ist es, die Getreuen im Norden von denen im Süden zu trennen. Nichts anderes hat die Proklamation von Oxford zu bedeuten. Doch wir haben Verbündete im ganzen Land.« Tess hielt den Atem an. Sie wagte sich nicht weiter vor, solange sie nicht sicher war, ob sich jemand in der Nähe des Fensters befand. Hatte sie Alberts Worte richtig verstanden? Schon erhob sich im Innern der Halle eine andere Männerstimme. »Vergesst nicht, er hat Cambridge zurückerobert und ist dabei, Lincoln und den Osten wieder auf sich einzuschwören.«

Tess' Augen hatten sich an das Dunkel gewöhnt. Verzweifelt suchte sie in dem Lichtschimmer, der aus der Halle drang, am Boden nach irgendetwas, worauf sie sich hätte stellen können. Da vernahm sie erneut Alberts Stimme.

»Aber die Earls von Surrey und York sind auf unserer Seite. Es gibt sogar Anzeichen dafür, dass der engste Vertraute des Königs, Lord Salisbury, dem Kronprinzen von Frankreich seine Ehrerbietung erweisen könnte.« Tess schnappte nach Luft und wagte nicht auszuatmen, als Albert fortfuhr: »Seid zuversichtlich, meine Freunde. Nachdem der König die Stadt Winchester in Schutt und Asche hat legen lassen, wachsen ihm auch von dort wieder neue

Feinde zu, das bedeutet für uns: Verbündete, mit denen er nicht rechnet.«

Beifall brach unter den Männern aus. Tess unterdrückte einen Schrei. Vor Entsetzen schlug sie die Hand vor den Mund. ›Du elender Verräter. Du hast John ausspioniert. Du hast sein Vertrauen missbraucht. Und dein Versprechen gebrochen ...‹ Ihr dröhnte der Kopf. Doch sie musste den Lärm in der Halle nutzen.

Hastig schob sie sich die Kapuze über den Kopf und zog sie tief in die Stirn. Mit den Stiefeln tastete sie nach Halt an der Mauer, mit kratzendem Geräusch rutschte die Sohle ab, der schmerzende Knöchel raubte ihr fast die Besinnung. Doch plötzlich spürte sie Widerstand unter sich, krallte sich an der steinernen Fensterbank fest und zog sich vorsichtig hoch.

Bis auf Albert wandten die Männer ihr alle den Rücken zu. Sie standen im Halbkreis um den Kamin. Sarah reichte heißen Wein und strahlte ihre Gäste glücklich an.

Tess fuhr zusammen, als dicht neben ihr ein schwarzer Schatten von der Mauer sprang und Augenschlitze sie anstarrten, dann verschwand die Katze lautlos im Dunkel.

»Und wie gehen wir weiter vor?«, hörte sie einen der Männer fragen.

»Uns fehlt der gute Eustace de Vesci im Norden. Möge seine Seele in Frieden ruhen«, erwiderte ein anderer. Mehrere redeten durcheinander und Tess konnte daraus entnehmen, dass auch der Verräterfreund Geoffrey de Mandeville nicht mehr lebte.

»Darf ich einen Vorschlag unterbreiten?«, wandte sich Albert an die Verschwörer.

»Nach dem Sieg von Bouvines hatte ich die Gelegenheit, enge Kontakte zum französischen Hof zu knüpfen. Ich denke, der Moment ist gekommen, mich in die Dienste von Kronprinz Louis zu stellen.«

Der junge de Lacy trat auf Albert zu.

»Unterschätz den neuen Justitiar nicht. Hubert de Burgh ist gerissen. Der König hat ihn nicht umsonst mit der Verteidigung von Dover Castle beauftragt. Und Prinz Louis wird so leicht keine Chance haben, ihn zu besiegen.«

Alberts angestrengte Miene verzog sich zu einem müden Lächeln. »Ich bitte dich. Der Kronprinz kann jederzeit Nachschub aus Calais anfordern. Jetzt ist der günstigste Moment für uns. Ich weiß aus allernächster Nähe, dass der König sich in der Sicherheit wiegt, die Rebellen ausgeschaltet zu haben. Er scheint sich so sicher, dass er in diesen Tagen auf dem Weg nach King's Lynn ist, das ihm nie die Treue aufgekündigt hat, danach wird er voraussichtlich zu seinem Freund, dem Bischof von Lincoln, nach Newark reisen …«

Das war es, worauf Tess gewartet hatte. Jetzt wusste sie, was sie zu tun hatte. Sie ließ sich zu Boden gleiten. Den stechenden Schmerz in ihrem Fuß ignorierend, hinkte sie über den Hof. Nur einmal wandte sie sich noch um. Die Kerze in ihrem Gemach war erloschen. Außer dem Licht, das aus der Halle drang, lag Dunnington in stiller Dunkelheit. So schnell und so leise sie konnte, eilte sie zu den Stallungen.

Sie griff nach der Laterne, die am Eingang brannte, und weckte die Burschen, die unter dem Dach im Stroh schliefen.

»Pscht«, herrschte sie die jungen Männer an, als sie erschrocken auffuhren. »Keinen Laut! Sattelt die Rösser!«, befahl sie. »Und zwar schnell.« Die Pferde begannen unruhig zu schnauben.

»Du«, wandte sie sich an den, der ihr am wachsten erschien, »lauf zu den Soldaten hinüber und sag ihnen, dass die Gräfin von Louisville sie auf der Stelle hierher befiehlt!«

Einer der Burschen trat neben sie. »Mylady, alle sechs Rösser?« Er trug bereits einen Sattel über dem Arm. »Und meins, natürlich. Macht sieben. Verstanden!«

Aufgeschreckt von der nächtlichen Störung, zerrten die Pferde störrisch an den Leinen. Um selbst ruhiger zu werden, trat Tess neben das ihre und redete ihm gut zu. Ihre schweißnassen Hände strichen wieder und wieder über das braune Fell.

In ihrem Kopf herrschte ein einziges Durcheinander. Sie wusste sehr wohl, wie gefährlich es war, nachts zu reiten. Doch sie musste so schnell wie möglich aus Dunnington fliehen. Würde Albert ihre Flucht zu früh bemerken, wäre es ihm ein Leichtes, ihren Plan durchschauen. Wer konnte ahnen, wozu er mittlerweile fähig war? In der Dunkelheit würde sie nicht schnell vorankommen. Den ersten Teil der Strecke kannte sie jedoch gut genug, um halbwegs sicher zu sein, beruhigte sie sich. Doch dann? Von York müssten sie über Doncaster bis Lincoln reiten. Bei Helligkeit waren nicht mehr als vierzig Meilen zu schaffen. Es war Oktober, die Tage wurden schnell kürzer. Sie überschlug die Entfernung. In drei Tagen müssten sie King's Lynn erreichen können.

Ob sie Ersatzpferde von der Koppel mitführen sollte? Sie verwarf den Gedanken sofort. Das würde sie und ihre Soldaten zu unbeweglich machen, und für Wegelagerer wären sie eine noch leichtere Beute. Sie könnten keine Abkürzungen nehmen und bräuchten noch mehr Futterrationen. Ihr wurde siedend heiß. Weder war Reiseproviant für die Männer noch waren Vorräte für die Pferde vorbereitet. Zum wiederholten Mal griff sie nach dem Lederriemen um ihren Hals, fuhr mit zitternden Fingern an ihm entlang, bis sie den Lederbeutel ertastete. Die Goldstücke müssen reichen, beschwor sie sich.

»Mylady!« Der erste Soldat betrat den Stall und blickte sich suchend nach ihr um.

»Was ist geschehen?«, fragte er, als er mit klirrendem Kettenhemd auf sie zueilte.

In knappen Worten erklärte Tess, was im Hause vor sich ging. »Wir müssen den König warnen!«, schloss sie. Bewundernd glitt sein Blick über die junge Frau, die gefasst vor ihm stand, während die anderen Ritter dazutraten.

»Holt Sackleinen und bindet es um die Hufe der Pferde«, rief einer dem Burschen zu, der das erste gesattelte Pferd heranführte. »Sorgt für ein paar Laternen und Fackeln«, befahl ein anderer. »Wo sind die Hafertaschen? Bindet sie hinter die Sättel.«

Erleichtert stellte Tess fest, dass ihr zumindest diese Art der Verantwortung genommen war. »Verzeiht, Mylady!« Der Soldat trat zögernd vor sie. »Wollt Ihr nicht lieber hier in der Burg bleiben und Euch den gefährlichen Ritt ersparen?«

Empört warf Tess den Kopf zurück. »Ihr habt wohl nicht richtig verstanden?«, zischte sie. »Dunnington ist die größte Gefahr. Hier wäre ich einer Horde von Verrätern ausgeliefert.« Zornig fuhr sie fort: »Soweit ich mich erinnere, hat der König Euch befohlen, mich zu beschützen. Und ich werde ihn vor Lord Dunnington beschützen. Haltet Euch an den königlichen Befehl!«
Abrupt wandte sie sich an einen der Stallburschen. »Bring mir mein Pferd vor das Burgtor, ich werde dafür sorgen, dass die Zugbrücke geöffnet wird.« Und an den Ritter gerichtet, sagte sie: »Ich erwarte Euch draußen. Wir haben keine Zeit zu verlieren!«
Mit diesen Worten verschwand Tess in der Dunkelheit.

* * *

Wie ein Schleier lagen Nebel und Regen über der Küste, als der Reiter durch den Hohlweg ins Landesinnere jagte. Er ritt in so atemberaubendem Tempo, dass diejenigen, die ihn an seinen Wappenfarben erkannten, an einen Geist glaubten und sich bekreuzigten.
Als er das Lager erreichte, zwang er sein Pferd mit unverminderter Geschwindigkeit durch die engen Zeltgassen. Einmal rutschte das Tier auf den glitschigen Bohlen aus, und der Reiter drohte die Kontrolle zu verlieren. Kurz darauf bog er um die nächste Ecke und griff so hart in die Zügel, dass das Streitross auf die Hinterhand stieg.
Den Wachtposten, die ihn mit gezogenen Schwertern umringten, rief er zu: »Ist der König dort drin?«
Er wartete ihre Antwort nicht ab, warf einem der Männer die Zügel zu, drängte sie zur Seite, stürmte an ihnen vorbei, schlug die schwere Plane zurück und schrie: »John!« Als die Diener erschrocken herumfuhren, schrie er erneut: »Raus. Ich muss mit dem König reden. Allein!«
John hatte seine Rüstung gegen einen Pelzumhang vertauscht. Er stand am Tisch und hielt eine Karte von East Anglia in der Hand. »Tut, was Lord Salisbury sagt.« Mit einer Kopfbewegung schickte er alle hinaus und hustete.

Will war näher gekommen. »Ich komme gerade von …« Er schnappte nach Luft. »Ich kann es nicht glauben.«
»Solltest du nicht bei deinen Männern sein?«, fragte John kühl.
»Ich will nur hören, ob du das befohlen hast«, keuchte Will.
John legte die Karte zurück auf den Tisch. »Wenn du die Bestrafungen meinst …«, er rückte seinen Pelz zurecht. »Natürlich habe ich das«, sagte er eisig. Er unterdrückte ein Niesen.
Will wankte so, dass er sich am Tisch festhalten musste. »Auch die Frauen und Kinder?«
John hob die Augenbrauen. »Hast du etwas dagegen?«
Mit einem Satz war Will bei ihm und schüttelte ihn an den Schultern. »Was haben sie dir getan?«, schrie er.
Ein Ruck, und John war frei. »Ich hatte dir gesagt, es würde ihnen noch Leid tun. Du erinnerst dich, ich habe es dir in Runnymede versprochen.«
Abwehrend schüttelte Will den Kopf. »Aber sie haben dir nichts getan.«
Und da John nichts erwiderte, fuhr er fort. »Seit Wochen wate ich in Blut. Ich sehe die geschändeten Körper, ich sehe die Erhängten vor den Toren. Und immer heißt es: Auf Befehl des Königs!« Er taumelte rückwärts, bis seine Kniekehlen den Stuhl erreichten und er sich darauf fallen ließ.
»Ich war immer auf deiner Seite«, sagte er leise. »Ich bin immer noch auf deiner Seite, wenn es gilt, die Verräter zu bestrafen.« Seine Stimme wurde lauter. »Aber das, was du jetzt befiehlst, das ist Mord.« Er senkte den Kopf und wiederholte: »Mord. Und dafür gibt es keine Entschuldigung.«
»Ich brauche keine Entschuldigung. Du vergisst, dass sie es waren, die einen Teil in mir getötet haben. Sie wollten mich als ihren obersten Herrn abwählen.« Er schüttelte den Kopf. »Kannst du das nachvollziehen? Sie wollten mich als ihren rechtmäßig gesalbten König austauschen gegen den Franzosen …« Er brach ab und betrachtete seine gepflegten Hände, an denen die Ringe funkelten. »… einen englischen König austauschen gegen den französischen

Kronprinzen, einfach so. Louis maßt sich bereits an, meinen Titel zu tragen, obwohl er nicht einmal gekrönt ist. Und du wagst es, mir Vorhaltungen zu machen!«

Will sank vor ihm auf die Knie. »Viele von ihnen bedauern es. Sie wenden sich von Louis ab und wollen die alte Ordnung wiederhaben. Du musst ihnen verzeihen. Ich bitte dich inständig!«

John wollte sich abwenden, doch Will umklammerte seine Knie. »John, um der Liebe Christi willen, halte ein. Befiehl, dass das Töten aufhört!« Tränen standen in seinen Augen. »Ich werde den Blutgestank nicht mehr los. Es macht mich krank, das verwüstete Land zu sehen, ich kann den Anblick der verbrannten Menschen und Tiere nicht mehr ertragen.« Er drückte seine Stirn gegen Johns Bein. »Nachts kann ich nicht schlafen, weil mich die verzweifelten Schreie der Verurteilten einholen.« Er konnte kaum weitersprechen. »John, bitte, hilf mir ...«

Mitleidig blickte der König auf ihn hinunter. »Du kannst Bouvines nicht vergessen«, erwiderte er liebevoll und legte ihm die Hand auf die Schulter. »Du musst diese Schlacht vergessen. Du hast dein Bestes gegeben. Und wir hatten Pech. Aber ...«, er hob drohend die Stimme, »... es war ein rechtmäßiger Krieg, den wir gegen die Franzosen geführt haben. Dies hingegen ist ein Bürgerkrieg. Engländer gegen Engländer, und das ist gegen die göttliche Ordnung.«

Immer noch hielt Will sein Bein umschlungen. Hoffnungsvoll sah er zu ihm hinauf. »Du wirst das beenden? Sag mir, dass du es tun wirst.«

»Nein«, erwiderte John kalt. »Seit ich König bin, habe ich für dieses Land gekämpft. Ich habe mich bemüht zum Wohl der Menschen, für die ich verantwortlich bin. Für das, was jetzt geschieht, sind sie selbst verantwortlich.«

Will wich wie unter einem Schlag zurück. »Wenn du schon bestrafen musst, dann beschränke dich auf diejenigen, die schuldig sind. Aber verschone ihre Gefolgsleute.« Er begann zu schreien. »Sie hatten doch nie eine Wahl gegen ihre Lords! Wenn sie ihnen etwas befehlen, müssen sie gehorchen. Auch das ist ›göttliche Ordnung‹ –, und du weißt es!« Er sprang auf und hielt John seinen Umhang unter die Nase. »So riecht der Tod«, rief er verzweifelt. »So riecht alles da draußen!«

John drehte ihm den Rücken zu. »Solange sich noch einer von ihnen gegen mich wendet, so lange werde ich Krieg führen.« Wieder hustete er.

»Ohne mich«, sagte Will.

John fuhr herum, seine Augen zu Schlitzen verengt. »Bist du jetzt einer von ihnen?«

Resigniert schüttelte der Freund den Kopf. »Nein, aber ich werde mich zurückziehen. Ich kann das nicht mehr verantworten.«

John starrte ihn an. »Also bist du jetzt mein Feind?«, flüsterte er.

Will schüttelte den Kopf. »Nein, ich bin dein Bruder.«

John ballte die Fäuste. »Ist das dein letztes Wort?« Seine Stimme klang gepresst.

Will nickte.

»Dann geh«, sagte John und griff erneut nach der Karte. Er blickte nicht auf, während Will das Zelt verließ. Ihn schauderte, als ein Schwall nasskalter Luft hineinwehte und raschelnd durch die Pergamente auf dem Tisch fuhr. Und er merkte erst jetzt, dass seine Hände zitterten.

»Wache!«, rief er. »Wir reiten!«

Zwei Stunden später setzte sich der Tross in Bewegung. Es hatte aufgehört zu regnen. Nebelbänke lagen über den Wiesen. Mühsam bahnten sich die Gespanne ihren Weg durch die aufgeweichten Wege. Pferde versanken bis zu den Fesseln im Morast. Immer wieder mussten Männer aushelfen, um die schweren Belagerungskatapulte wieder freizusetzen. Ungeduldig trieb John zur Eile an. »Schneller«, rief er. »Wir müssen noch vor Dunkelheit durch den Fluss.«

Sein Hauptmann hatte Bedenken. »Wir sollten jemanden vorschicken, der einen Einheimischen ausfindig macht, mein König. Der Treibsand ist tückisch. Er kann gefährlich werden, wenn man ihn nicht kennt.«

Wieder wurde John von einem Hustenanfall übermannt. Dann sagte er: »Finde jemanden, der zuverlässig ist. Wir müssen heute noch das andere Ufer erreichen.«

Rastlos trieb er sein Ross aus der Kolonne und galoppierte die kleine Anhöhe hinauf. Der Wind schlug ihm ins Gesicht. Er kniff die Augen zusammen, um irgendetwas erkennen zu können.

Vor ihm breitete sich die flache Landschaft des Wellstreams aus, der neben drei anderen Flüssen in der sandigen Bucht des Wash mündete. Es roch nach Meer und Tang.

Um möglichst schnell die Abtei von Swineshead zu erreichen, mussten sie hier übersetzen. John war plötzlich heiß. Mit einer fahrigen Bewegung riss er sich den Helm vom Kopf und versuchte, durch die tanzenden Nebelschleier das Land jenseits des Flusses zu erspähen. Neben ihm zügelte sein Hauptmann das Pferd. »Wir haben einen Fischer gefunden, der meint, wir könnten es noch wagen. Nur schnell muss es gehen, bevor die Flut kommt.«

Auch er legte die Hand vor die Augen und versuchte, das gegenüberliegende Ufer zu erkennen.

»Worauf warten wir dann«, rief John und gab den Befehl nach hinten weiter. »Beeilt euch. Bald wird es dunkel.«

Unter ihm tänzelte das Pferd, als der Tross an ihnen vorüberzog.

Es war schwierig für Mensch und Tier, die schweren Lasten über die Anhöhe zu ziehen. Sie waren kaum oben, da brach das Vorderrad des Planwagens, der mit den persönlichen Schätzen des Königs beladen war. Fluchend sprang John aus dem Sattel, warf den Umhang zur Seite und legte selbst mit Hand an. Es dauerte eine Weile, bis der Stellmacher das Ersatzrad montiert hatte. Dann erst bückte sich der König und schlug den feuchten Sand aus seinem Cape.

»Soll ich Euch einen neuen Umhang bringen, mein König?«, rief einer der Männer. John winkte ab und warf sich das nasse Tuch über die Schultern. Zum ersten Mal lächelte er. »Wenn wir erst in der Abtei sind, wird uns schon wieder warm werden. Jetzt haben wir keine Zeit zu verlieren.« Er lief ein Stück über die Anhöhe, um sich einen Überblick zu verschaffen.

Besorgt erkannte er, wie neue Nebelschwaden vom Meer her über das Fenn heranwehten und sich immer dichter über das Flussbett legten. Die ersten Wagen waren schon nicht mehr zu erkennen.
John verlangte, den Fischer zu sprechen. Doch niemand hatte ihn mehr gesehen. Voller Unruhe stieg er in den Sattel und trieb sein Pferd den rutschigen Abhang hinunter. Da hörte er vor sich den Schrei. »Wir sinken!«
Tief über sein Pferd gebeugt, jagte John an den anderen vorbei. Er achtete nicht auf die warnenden Stimmen seiner Männer, die ihn zurückhalten wollten. Immer weiter nach vorne zwang er sein widerstrebendes Ross. Rücksichtslos schlug er ihm die Sporen in die Seiten. »Wir sinken. Helft uns!« Der Ruf setzte sich fort. »Der Boden gibt nach …«
Als er glaubte, die Stelle endlich erreicht zu haben, und aus dem Sattel glitt, machte sein Pferd auf der Hinterhand kehrt und preschte zurück. Im Nu war es im Nebel verschwunden. Johns Stiefel versanken im nachgiebigen Sand. Beim ersten Schritt schien es ihm, als hielten ihn unsichtbare Hände fest. Er warf sich bäuchlings nach vorne. »Hilfe«, schrie jemand in seiner Nähe. Stück für Stück rutschte John voran, bekam einen Arm zu fassen und zog. Der Mann steckte bis zur Hüfte fest. Mit der freien Hand riss John den Umhang von der Schulter und warf ihn nach vorne. »Halt dich daran fest!«
Dann zog er und glaubte, ihm zersprängen die Adern im Kopf. Und unter ihm schmatzte der nasse Sand. Unendlich langsam gelang es ihm, den Verzweifelten aus der tödlichen Umklammerung zu ziehen. Keuchend lagen sie beide am Boden, als sie die ankommenden Retter hörten. »Planken hierher, eine Stange, festhalten, Vorsicht!«, so schrien sie durcheinander. Mühsam rutschte John auf die Knie. Sand in den Augen, zwischen den Zähnen. Er spuckte ihn aus. »Mein Wagen«, durchfuhr es ihn. »Meine Bücher, die Juwelen …« Und weiter ging es nach vorne, Stück für Stück.
Immer noch gellten die Hilferufe durch den Nebel. John fühlte die Hand, die sich an seine Beine krallte, und griff danach. »Hierher«,

schrie er. Er hörte den anderen keuchen. Und wieder ein Ziehen und eine Anstrengung, dass er glaubte, entzweigerissen zu werden. Es gelang ihm, den versinkenden Mann auf festeren Grund zu ziehen. Erschöpft rollten beide zur Seite. Nicht lange, da spürte John eisiges Wasser über dem voll gesogenen Sand. Die Flut kam. Unter Aufbietung all seiner Kräfte zog John den Mann mit sich voran.
Immer wieder Hilfeschreie. Mühsames Atmen. Weiter, weiter. Hände, die nach ihm griffen, ein Lasttier, das in Panik um sein Leben kämpfte, eine Truhe, die ihm den Weg versperrte. Endlich bekam er die rettende Planke zu fassen und zog sich herauf.
Sekundenlang sah er den Huf im Nebel aufblitzen. Dann traf ihn das Pferd. Heißer Schmerz jagte durch seinen Körper, und er sank auf den Sand zurück.
»Hierher. Der König. Ein Unfall!«
John hörte die Stimmen wie von fern und spürte, wie er hochgehoben wurde. Ein Hustenanfall drohte ihn zu ersticken. »Mein Wagen«, keuchte er. »Rettet meinen Wagen!« Er wandte den Kopf zur Seite: schemenhafte Gestalten, Fluchen und Schreie, dazwischen der einsame Ruf einer Möwe.
»Wo bist du, Will?«, murmelte John.

* * *

In dichtem Nebel ritten sie an den Planwagen und Karren, den Gerüsten der Katapulte und zahllosen, wohlgeordneten Reihen von Rittern vorüber. Dann plötzlich kein Quietschen, kein Knarren und Klirren mehr. Nur weicher, gespenstischer Nebel.
Da sah Tess die einsame Gestalt wie einen Schemen vor sich auftauchen. Der trostlose Anblick schnürte ihr das Herz ab.
»Danke, de Mauley, dass Ihr mich zu ihm geführt habt. Ich weiß sehr wohl, dass Ihr gegen den Befehl des Königs handelt. Ich werde Euch das nie vergessen.« Weder hatte sie seine Überraschung über ihr plötzliches Auftauchen am Wash bemerkt, noch spürte sie nun seine Enttäuschung, als sie ihn zum Tross zurückschickte.

Sie hatte nur Augen für John und spornte ihr Pferd zu schnellerem Schritt an.
Noch ehe sie es an Johns Seite gelenkt hatte, hörte sie ihn husten und erschrak über den rasselnden Atem, um den er rang. Sie sah, wie sein Rücken sich unter dem Umhang krümmte. Er ritt mit gesenktem Kopf und schien bei jedem neuen Atemzug Schmerzen zu haben. Sie wartete den Anfall ab. Mit klopfendem Herzen trieb sie ihr Pferd endlich an seine Seite.
»John?« Er reagierte nicht. Er schien sie nicht einmal zu bemerken. Seine Schultern gaben jeder schaukelnden Bewegung des Pferdes nach. Er schien nicht die Kraft zu haben, aufrecht dagegen anzusitzen.
»John! Ich bin es, Tess!«, rief sie und zwang ihr Pferd näher an das seine heran.
Als sei ihm der Helm eine schwere Last, hob er mühsam den Kopf. Er klappte das Visier auf und blickte sie aus glänzenden Augen an.
»Wie schön, dass du da bist.« Schon die kleinste Gewichtsverlagerung schien ihn aus dem Gleichgewicht zu bringen. Er wankte und versuchte, sie zu fixieren. »Liebe Tess.«
Seine Augen wirkten unnatürlich groß. Er war viel schwerer krank, als de Mauley ihr verraten hatte. Von einem Unfall war die Rede gewesen, den John in Newark ausheilen wolle. Er habe darauf bestanden, alleine und in großem Abstand von seinen Leuten, in der Mitte des Trosses zu reiten. Doch am tiefsten beunruhigte Tess seine Teilnahmslosigkeit. Ihr plötzliches Erscheinen verwunderte ihn nicht einmal. Und ihre Beklemmung wuchs.
Unheimliche Stille umgab sie. Der Nebel senkte sich noch tiefer über die Erde und hüllte sie mit seiner dichten Feuchtigkeit ein. Sie ritten nebeneinander wie auf einer Insel, durch Millionen winziger Tropfen vom Rest der Welt getrennt.
»Sie haben mich alle verlassen. Selbst mein Bruder hat sich abgewandt.« Johns Stimme drang kaum zu Tess durch. Sie sah, wie er sich an den gewölbten Sattelrand klammerte. Sie musste ihn ablenken. Sie musste ihn wach halten, so lange, bis sie die Burg von

Newark erreicht hatten. Der Bischof von Lincoln war sein Freund. Er würde ihm zur Seite stehen.
Mit den Schenkeln zwang sie ihr Pferd so nah an seinen Sattel heran wie eben möglich. »John!«, rief sie mit eindringlicher Stimme. »Ich bin hier. Ich habe dich nicht verlassen!«
Müde hob er den Kopf. Und sie traf ein trostloser Blick. »Er erträgt das Töten nicht.«
»Er wird zurückkehren, glaub mir.« Sie griff nach seinem Arm, als könne ihre Berührung ihm Kraft einflößen. Voll Angst sah Tess, wie er in sich zusammensank.
Die aufgeweichte Erde verschluckte den Hufschlag der beiden Rösser. Wären nicht das Knirschen des Leders und hin und wieder das Schnauben eines der Tiere gewesen, hätte sie sich in dieser dumpfen Feuchtigkeit allein geglaubt.
»Ich liebe dich!«, rief sie verzweifelt.
Willenlos rutschte John im Sattel hin und her. Da hörte sie ihn sagen: »Will erträgt das Töten nicht. Ich ertrage die Toten nicht.«
Er durfte nicht schweigen. Er durfte nicht ohnmächtig werden. Es brachte sie zur Verzweiflung, dass er nur vor sich hin stierte. Bis auf das eintönige Schmatzen der Hufe im Morast herrschte Stille. Ängstlich verfolgte Tess jede seiner Bewegungen, die immer weiter und haltloser wurden. Jeden Augenblick konnte er vom Pferd stürzen.
Tess war kalt. Plötzlich spürte sie die Feuchtigkeit durch ihr schmutziges Gewand bis auf die Haut. Nicht ein Mal hatte sie die Kleidung gewechselt, seit sie von Dunnington aufgebrochen waren. Tag und Nacht waren sie geritten. Brot und lauwarmes Bier waren alles, wovon sie sich ernährt hatten. Es blieb ihr keine Wahl. Und es kostete sie unendliche Überwindung zu sprechen.
»Ich bin gekommen, um dich zu warnen, John.« Sie sah das Zittern, das durch seinen Körper ging.
»Wer ist es diesmal?«, fragte er und blickte starr geradeaus.
»Albert ist auf dem Weg nach Dover. Er bietet Louis seine Dienste an.«

John rang nach Luft.
»Albert?« Er fluchte und keuchte. »Also doch!«
Ein heftiger Hustenanfall hinderte ihn daran zu sprechen. Doch als er vorüber war, schwieg er noch immer.
Die Zeit dehnte sich ins Unerträgliche. Das Schweigen lastete auf Tess. Wieder und wieder blickte sie ängstlich zu John hinüber. Unverändert ritt er schweigend und auf gleicher Höhe neben ihr. Doch schien es ihr, als sitze er ein wenig aufrechter als zuvor.
Von vorne waren Stimmen zu vernehmen. Das schwere Rasseln von Ketten drang bis zu ihnen durch. Dann das Dröhnen der Zugbrücke, die über den Burggraben von Newark heruntergelassen wurde.
John parierte sein Pferd durch. Er zerrte den Helm vom Kopf und richtete sich in den Steigbügeln auf. Tess sah, wie er sich schwankend zu ihr hinüberbeugte. »Niemand ist mir geblieben, außer dir, Tess.« Sie glaubte, die fiebrige Hitze seines Körpers zu spüren, da wankte er in den Sattel zurück.
Benommen hörte Tess die Reiter, die sich ihnen von hinten näherten, und dann Johns gepresste Stimme: »Ich befehle, Dunnington schleifen zu lassen. Es soll dem Erdboden gleichgemacht werden!«
»Nein, John! Das darfst du nicht.« Tess' Stimme versagte. Ihr wurde schwarz vor Augen.
Als sie wieder zu sich kam, war John verschwunden, und de Mauley führte ihr Pferd am Zügel in den Burghof von Newark.

* * *

Natürlich hatten ihm alle davon abgeraten. John verzog das Gesicht. Doch wie hätte er sie nicht empfangen können, nach all dem, was geschehen war. Und er hatte darauf bestanden, sie alleine zu treffen.
Während er darauf wartete, dass man sie zur Audienz hineinführte, zog er den Pelz enger um seinen Körper und blickte aus dem Fenster. Dort unten floss der Trent, auf dem ein reges Treiben herrschte.

John sah die Frauen, die ihre Wäsche am Ufer wuschen und sie anschließend in Körben davontrugen. Er sah, wie Boote ablegten oder vertäut wurden, und er sah umherstreunende Hunde und Katzen, die gierig darauf warteten, dass ihnen jemand einen Brocken zuwarf.

Ihn fror. Er war müde und fühlte Mattigkeit in allen Gliedern.

John hatte das Klopfen überhört. Erst als er die zögernden Schritte vernahm, die in der Mitte des Raumes verharrten, wandte er langsam den Kopf und erhob sich umständlich.

›Sie sieht ihrer Mutter überhaupt nicht ähnlich.‹ Fast enttäuscht ging er der jungen Frau entgegen und reichte ihr die Hand zum Kuss.

»Majestät.« Sie versank in einen tiefen Knicks.

John schwindelte plötzlich. »Ich grüße Euch, Margaret de Braose«, sagte er förmlich und geleitete sie zu der Fensternische, von der er sich eben erhoben hatte. Stumm saßen sie einander gegenüber. Er bemerkte den schlichten Wollumhang, unter dem ein graues Kleid zu sehen war. Er sah das fast bäuerliche Gesicht, das von einer langen Nase dominiert wurde. Nur der Schnitt ihrer Augen schien ihm vertraut. Als sie nun den Kopf hob und ihn direkt ansah, durchfuhr es ihn wie ein Blitz.

»Ihr habt die Augen Eurer Mutter«, sagte er, ohne nachzudenken.

»Mutter war eine Schönheit. Ich bin es nicht«, entgegnete die junge Frau nüchtern und faltete die Hände im Schoß.

Ihr Akzent war nicht zu überhören. Ein stechender Kopfschmerz ließ ihn die Augen schließen. ›Was rede ich nur mit ihr? Was sagt man zu jemanden, dem man ein Elternteil genommen hat?‹ Hilflos lehnte er sich an die Wand.

Ihm stand der Schweiß auf der Stirn. ›Sprich schon‹, dachte er. ›Beschuldige mich als Mörder, klag mich an, verfluche mich.‹

Doch sie saß ihm gegenüber und sah ihn nur unverwandt an. John fühlte, wie ein neuer Fieberschauer in ihm hochstieg.

›Sprich endlich‹, flehte er innerlich, und laut sagte er: »Ich hoffe, Ihr hattet eine angenehme Reise.«

Margaret de Braose nickte stumm.
›Dieser Albtraum muss ein Ende haben. Sie soll sagen, was sie zu sagen hat, und dann soll sie wieder gehen.‹ Er räusperte sich, fand jedoch keine Worte.
»Seht nur, Majestät.« Die junge Frau deutete zum Fenster, hinter dem zwei große Krähen auf dem Sims herumspazierten. Ihr schwarzes Gefieder glänzte in der Sonne. Eine hackte mit dem Schnabel gegen die Scheibe.
»Mein Vater ist in Frankreich«, sagte Margaret de Braose unvermittelt. »Letzten Endes war alles seine Schuld.«
John hielt den Atem an. »Ich dachte, er ist bei den Rebellen in London.«
Mauds Tochter zuckte verächtlich mit den Schultern. »Um nach England zurückzukehren, ist er zu feige.« Wieder wandte sie ihm ihr Gesicht zu.
»Er hat gewusst, dass Mutter seinetwegen in Corfe im Kerker ist, und doch …« Wieder zuckte sie mit den Schultern. »Er hätte sie und meinen Bruder retten können. Doch das war ihm wohl nicht wichtig genug. Dabei bin ich davon überzeugt, dass der französische König ihm das Geld vorgestreckt hätte.«
Wieder hackte die Krähe gegen die bleigefasste Scheibe.
»Es tut mir so Leid. Es tut mir alles so unendlich Leid«, murmelte John und starrte auf seine Hände. Wieder jagte der Schmerz durch seine Schläfen.
»Was geschehen ist, ist geschehen«, sagte sie hart. »Meine Mutter ist in Corfe elendiglich verhungert. Man hat sie im dunklen Verlies buchstäblich vergessen. Deswegen bin ich hier!« John fühlte das Blut in seinen Adern tosen.
»Vergessen.« Ohne sein Zutun wiederholten seine Lippen das Wort. »Vergessen, vergessen.« Und plötzlich sah er Maud de Braose wieder vor sich. Ihre hohe elegante Gestalt. Den Wust von roten Haaren und die Sinnlichkeit, die von ihr ausging. Und er erinnerte sich an jene Nacht in Abergavenny, als er sie gezwungen hatte, mit ihm zu schlafen.

Er leckte sich mit der Zungenspitze über die trockenen Lippen.
»Mutter war eine törichte Frau, die mit ihren Äußerungen nicht schuldlos am Schicksal unserer Familie war«, hörte er ihre Tochter sagen.
John neigte den Kopf. »Sie war eine wundervolle Frau«, entgegnete er leise.
»Das hat ihr nur nichts genützt«, erwiderte Margaret de Braose eisig. »Sie hatte kein leichtes Leben an der Seite meines Vaters«, fügte sie versöhnlicher hinzu.
John dachte an den ungehobelten Ritter, der früher einmal sein uneingeschränktes Vertrauen besessen hatte. Sein rotes, aufgedunsenes Gesicht, seine laute und brutale Art fielen ihm wieder ein.
»Ja«, sagte er leise. »Euer Vater konnte schlecht mit Geld umgehen.«
»Deswegen bin ich hier«, sagte Margaret. »Weil ich keines habe. Weil mir die Mittel fehlen, um meiner Mutter wenigstens im nächsten Leben beistehen zu können.«
Fragend blickte John sie an.
Die junge Frau hob das Kinn. »Ich weiß, dass meine Familie Euch Unsummen schuldet. Und doch bin ich gekommen, um eine erneute Gefälligkeit von Euch zu erbitten.«
John schluckte. ›Nicht Geld‹, dachte er. ›Frag mich nicht um Geld. Wie hoch willst du den Preis für das Leben deiner Mutter ansetzen?‹
Margaret faltete die Hände im Schoß. »Ich möchte ein Kloster für meine Mutter errichten und bitte Euch, mir den dafür benötigten Grund zu überlassen.«
John stieß erleichtert die Luft aus. »Natürlich«, antwortete er hastig. »Woran hattet Ihr gedacht?«
Margaret de Braose lächelte zum ersten Mal und sah fast hübsch aus.
»Ich denke, hundert Morgen dürften genügen. Nur über das Wo bin ich mir nicht im Klaren.«
Die Erleichterung ließ John erneut schwindeln. »Es können ruhig ein paar Morgen mehr sein«, murmelte er. »Im königlichen Forst

von Acornbury ist Platz genug.« Er zerrte am Kragen seines Pelzumhangs. »Ich werde es sofort schriftlich festlegen lassen. Sobald ich es gesiegelt habe, steht es zu Eurer freien Verfügung.«
Wieder lächelte die junge Frau. »Soll ich einem Eurer Sekretäre Bescheid geben?«
John schüttelte den Kopf, griff hinter sich und läutete eine kleine Glocke. Dem eintretenden Diener befahl er, den Schreiber zu schicken.
Margaret de Braose wartete ruhig ab, während der König die Schenkung diktierte. Nur einmal, als er die Anzahl der Morgen auf hundertundachtzig erhöhte, nickte sie zufrieden. Johns Hände zitterten, während er sein Siegel in das heiße Wachs stieß. Mit einer Geste schickte er den Schreiber wieder hinaus und wartete ab, bis der Mann verschwunden war. Erst dann überreichte er ihr das Pergament und hörte sich selbst sagen: »Ich danke Euch dafür, dass Ihr gekommen seid.«
Margaret de Braose knickste und antwortete: »Es war mir ein großes Anliegen, Majestät.«
Plötzlich wollte er nicht, dass sie schon ging. Doch der Schmerz, der wie ein Messer durch seinen Körper schnitt, erlaubte ihm nicht zu sprechen. Die junge Frau knickste noch einmal tief und ging hinaus. Sie war schon hinter der Tür verschwunden, da rief er ihr halblaut hinterher: »Betet für mich. Bitte, betet für mich.« Erschöpft sank er erneut auf die Fensterbank.
›Ich darf nicht krank werden‹, dachte er. ›Ich muss nach Dover und zuvor nach London. Ich muss dieses Pack aus meiner Hauptstadt werfen. Koste es, was es wolle. Nur noch heute Nacht, dann werde ich den Befehl zum Reiten geben.‹ Er spürte nicht, dass ihm die Tränen die heißen Wangen hinunterliefen.
›Maud de Braose, hast du mich verflucht, dort unten im Verlies von Corfe? Hast du darum gebetet, dass ich komme und dich befreie? Oh Maud, vergib mir meine Schuld.‹
Guillaume le Maréchal hatte den Raum betreten. Mitleidig starrte der alte Getreue auf seinen Monarchen hinab. John hatte den Kopf

auf die Stuhllehne gestützt und ließ den Tränen freien Lauf. Der alte Mann hüstelte, ehe er taktvoll ein paar Schritte zurücktrat.
»Mein König, Ihr solltet zu Bett gehen. Der Abt hat neue Medizin für Euch bereitet.«
Verstohlen fuhr sich John mit dem Ärmel über das Gesicht. »Was ist mit Dover Castle? Kann de Burgh es weiter halten? Er braucht unsere Unterstützung gegen die Belagerer.« Seine Stimme war nur noch ein Hauchen.
»Auf de Burgh ist Verlass, mein König«, versicherte le Maréchal. Er hielt ihm die Hand entgegen. »Ihr müsst Euch jetzt ausruhen. Ich bestehe darauf!«
John versuchte zu lächeln. »Das letzte Mal habt Ihr in diesem Ton mit mir gesprochen, als ich noch ein kleiner Junge war.«
Er machte Anstalten, sich zu erheben, hatte jedoch nicht die Kraft dazu. »Erinnert Ihr Euch an Lady de Braose?«, fragte er heiser. Der Ritter nickte. John hielt die Augen geschlossen. »Ich war immer ein bisschen verliebt in sie«, flüsterte er. »Sie hatte etwas Herrisches, Kraftvolles und Unbezwingbares an sich. Sie hat mich immer an meine …« Abrupt brach er ab und hob die Hand. »Wenn Ihr mir helfen wollt.«
Le Maréchal lächelte verständnisvoll und half ihm auf die Beine.
John schwankte. »Und wisst Ihr, was das Schlimmste ist?« Er keuchte verzweifelt. »Dass ich sie wirklich im Kerker vergessen habe! Wie konnte das nur geschehen?«
Mit besorgter Miene legte ihm der Ritter den Arm um die Hüfte. »Es bringt nichts, in der Vergangenheit zu wühlen. Du musst nach vorne sehen, mein Junge«, sagte er liebevoll. »Es gibt immer ein Morgen.«
Fürsorglich führte er den König hinaus. Vor der Tür blieb John noch einmal stehen. Das Fieber hatte seine Züge gerötet. Seine grünen Augen glühten. »Ich war wirklich verliebt in sie.« Er schwankte erneut, und le Maréchal hielt ihn fester. John legte den Kopf auf seine Schulter. Sein Atem ging stoßweise. »Aber ich war nicht gut für sie«, keuchte er. »Morgen lasse ich eine Messe für sie lesen.«

»Tu das, mein Junge«, erwiderte der alte Mann. »Aber jetzt gehörst du ins Bett. Die Gräfin von Louisville wird dir Gesellschaft leisten.«
»Ist sie denn hier, in Newark?«, fragte John überrascht. Dann lächelte er. ›Tess, wie schön ...‹

* * *

Der goldene Kelch so dicht vor seinen Augen blendete ihn. ›Was soll das?‹ John wollte schreien, doch es wurde nur ein Röcheln daraus. Seine Pupillen weiteten sich. Der Mönch beugte sich über ihn, um ihm die Hostie in den Mund zu legen.
John wandte den Kopf. »Wasser«, flüsterte er. »Durst ...«
Er sah den Arm im Kettenhemd, der den Mann mit der schwarzen Kutte zur Seite drängte. »Natürlich, mein König.« John hörte das Plätschern überdeutlich. Dann beugte sich Guillaume le Maréchal über ihn. »Hier ist Wasser, John.« Er hielt ihm den Becher an die Lippen.
Nachdem er getrunken hatte, rutschte John ein wenig höher. »Was will der mit der Kommunion?«, fragte er, erleichtert, seine eigene Stimme zu hören. »Wenn ich sie empfangen möchte, kann ich das später in der Messe tun.«
Sein Blick irrte durch den Raum. »Was wollen die vielen Menschen hier?«, fragte er gereizt. »Sie sollen sofort verschwinden. Ich möchte ein Bad nehmen und angekleidet werden!« Er kam nicht weiter. Ein schwerer Hustenanfall warf ihn auf die Kissen. John glaubte, ersticken zu müssen. Und dann setzten die Schmerzen wieder ein. Gequält schloss er die Augen. »Raus!«, keuchte er. »Alle sollen rausgehen ...«
Der alte Vertraute hatte sich zu ihm gesetzt und hielt ihn in den Armen. »Ganz ruhig, mein Junge«, hörte John ihn murmeln, »ganz ruhig.« Laut hörte er ihn sagen: »Bitte verlasst den Raum. Der König wünscht, allein zu sein!«
Hinter geschlossenen Lidern vernahm John das Schlurfen der Schritte, leise Stimmen, das Schluchzen einer Frau. Ein erneuter

Hustenanfall übertönte alle anderen Geräusche. Als er überwunden war, wurde ihm erneut zu trinken gegeben. John fühlte, wie das Wasser aus seinem Mundwinkel rann.
»Warte«, sagte le Maréchal. »Ich wische es fort.« Behutsam trocknete er die heißen Lippen. »Schön kühl«, wisperte John. Langsam beruhigte sich sein Atem, auch der Schmerz schien nachzulassen. John versuchte ein Lächeln.
›Kommunion ans Bett. Das hat es ja noch nie gegeben. Sind denn alle verrückt geworden.‹ Er schlug die Augen auf und erschrak. Der Ritter sah um Jahre gealtert aus. Sein aristokratisches Gesicht glich einer Maske, und die Hand, die das Leintuch hielt, zitterte.
»Ihr seht müde aus, Onkel«, flüsterte John. »Ihr solltet schlafen gehen.« Mühsam schob er sich weiter nach oben. »Wir müssen alle ausgeruht sein, ehe wir nach Süden reiten. Ihr wisst doch, London und Dover …«
Das vertraute Gesicht des alten Ritters schien sich zu entfernen. »Du bist krank. Mit dem Reiten werden wir noch warten müssen.«
»Was habe ich denn?«, fragte John. Le Maréchal rutschte noch ein Stück von ihm fort und faltete das weiße Leintuch ordentlich zusammen. Ohne aufzublicken, antwortete er: »Das weiß niemand, mein Junge.«
John dachte angestrengt nach. Seine Brust hob und senkte sich unter den schweren Atemzügen. »Ja, ich erinnere mich. Der Wash«, sagte er endlich. »So viele meiner Männer sind umgekommen.« Er stockte. »Meine Truhen. Meine Lieblingssachen. Hat man einen Teil retten können?«
Le Maréchal nickte nur.
»Gut«, murmelte John. »Ich werde später selbst danach sehen.« Wieder quälte ihn ein Anfall. Als er endlich vorüber war, saß er mit vorgebeugtem Oberkörper im Bett und rang nach Luft. Wortlos gab ihm der alte Freund erneut von dem Wasser. Diesmal griff der König mit beiden Händen nach dem Becher. »Ein Pferd hat mich getreten«, erinnerte er sich. »Und ich bin erkältet.« Wieder versuchte er zu lächeln. »Deswegen werde ich meine Pläne aber nicht

ändern.« Er spürte, wie die Müdigkeit nach ihm griff, und sank zurück in die Kissen. »Also werde ich noch ein wenig schlafen«, murmelte er und wandte seinen Kopf zur Seite. Le Maréchal schlich auf Zehenspitzen hinaus. Er hatte die Tür fast erreicht, da fragte der König schlaftrunken: »Wie spät ist es?« Der alte Mann zögerte. »Wie spät?«, wiederholte John.

»Es wird fünf Uhr am Nachmittag sein.« Le Maréchal hatte einen Blick auf das Stundenglas neben seinem Bett geworfen. Dann zog er die Tür leise hinter sich ins Schloss.

»So spät schon ...«, murmelte John und barg sein heißes Gesicht in den kühlen Kissen.

›Dieser verdammte Gaul‹, dachte er. ›Seltsam, die Sache mit der Kommunion ...‹ Er bemühte sich, den Gedanken festzuhalten. Da übermannte ihn der Schlaf.

Er hörte nicht die Knechte, die frisches Holz in den Kamin schichteten. Er nahm nicht wahr, dass Tess erneut an seinem Bett wachte, jeden seiner Atemzüge verfolgte, ihn voller Angst in den Armen hielt, wenn er nach Luft gierte. So lange, bis der Mönch zurückkehrte und darauf bestand, sie abzulösen. Der Bischof von Lincoln halte eine Messe für den König.

John träumte von Mirebeau. Doch diesmal mussten sie seinen Neffen Arthur gar nicht erst gefangen nehmen. Nein, er ritt mit seinen Leuten direkt vor die belagerte Burg. Alienor erwartete ihn und lachte. ›Ich wusste, mein Herz, dass du rechtzeitig hier sein würdest.‹

John lächelte, erfüllt von Glück, und öffnete die Augen. Morgen würden sie nach Süden reiten. ›Dann zwinge ich den französischen Kronprinzen in die Knie. Ich werde ihn als Geisel nehmen. Er soll im Kerker verrotten. Als Strafe für das, was er mir angetan hat.‹

John machte eine unbedachte Bewegung, und wieder schnürte ihm der Schmerz den Atem ab. Er zwang sich, nicht daran zu denken. ›Nein, ich werde Louis nicht im Kerker verrecken lassen. Er soll in England und am Leben bleiben. Als Unterpfand für einen dauerhaften Frieden. Ja, so werde ich es machen.‹ Er warf den Kopf herum

und bemerkte den Mönch, der vor sich hin murmelnd im Brevier las.
John fühlte die eisige Faust, die sich um sein Herz legte. ›*Wie bei einer Totenwache*‹, dachte er in Panik und krallte seine Hände in die Laken. ›*Die Kommunion, sie wollten mir die Sterbesakramente geben. Sie denken, dies ist das Ende.*‹ Er wollte auffahren und schreien, doch es gelang ihm nur ein Ächzen. Der Mönch neben seinem Bett sah prüfend zu ihm herüber.
›*Hör mich doch, du Mistkerl, ich kriege keine Luft! Man soll das Fenster öffnen! Mir ist so heiß! Um Gottes willen, was geschieht mit mir?*‹
Nach einer Weile beugte der Mönch sich wieder über sein Brevier.
John rollte vor Entsetzen mit den Augen. ›*Wo sind die anderen? Guillaume soll kommen und dem ein Ende bereiten. Onkel, bitte komm.*‹ Er warf den Kopf erneut herum und starrte hinüber zum Fenster. ›*Dahinter ist Licht. Solange ich Licht sehe, kann ich nicht sterben. Der Tod ist Nacht.*‹
Er spürte den Luftzug, als der Bettvorhang weiter zur Seite geschoben wurde. Guillaume le Maréchal beugte sich über ihn. Vor Erleichterung traten John die Tränen in die Augen. »Kannst du mich hören, mein Junge?«
›*Aber ja doch*‹, wollte John rufen. ›*Ich habe mir so gewünscht, dass du kommst.*‹
»Ich werde jetzt nach Corfe aufbrechen. Ich muss Kronprinz Henry in Sicherheit bringen. Und du musst dein Testament machen«, flüsterte der treue Ritter dicht an seinem Ohr. »Du musst Henry als deinen Nachfolger einsetzen.«
›*Ich mache alles, was du willst, Onkel. Nur geh nicht fort. Der Schreiber soll kommen, aber schick den Mönch fort. Er macht mir Angst.*‹
Bekümmert wandte le Maréchal sich ab. »Ich weiß nicht, ob er mich verstehen kann. Wenn Ihr schreiben könntet?« Er machte eine Pause. »Ich habe Pergament und Tinte mitgebracht; dann werde ich Euch diktieren.«

John hörte Schritte, dann die vertraute Stimme des Onkels, begleitet von dem Kratzen der Feder. »Ich, John, König von England, Herr über Irland, vierter König in Folge … setze meinen ältesten Sohn, Henry, als Erben der Krone ein …«

John dämmerte vor sich hin. Da hörte er den Mönch fragen: »Warum der vierte König?« Und die vertraute Stimme antwortete ungeduldig: »Der vierte König der Plantagenets. Denkt doch nach: Henry II., sein Sohn Henry der Jüngere, der zu früh starb und nie regierte, Richard und John!«

›*Warum tut Ihr das, Onkel?*‹, begehrte John auf. ›*Ich lebe doch. Erst wenn ich alt bin, wird mein Sohn meinen Platz einnehmen. Morgen werde ich reiten können. Morgen. Ja, morgen.*‹ Gepeinigt stöhnte er auf. Das Murmeln der beiden Männer im Raum verebbte.

›*Wo ist Will? Wenn Will hier wäre, würde das alles nicht geschehen. Will würde mit dem Schwert dazwischenschlagen.*‹

»Gebt mir das Siegel«, hörte er le Maréchal sagen. »Ich werde versuchen, ihm die Hand zu führen.«

John fühlte, wie seine Rechte angehoben wurde. Dann roch er das heiße Wachs. Er spürte den Druck, mit dem der alte Vertraute ihn dazu brachte, das Pergament zu siegeln. Und dann hörte er ihn sagen: »Vielleicht sollte man dem König jetzt das Sakrament spenden.«

›*Sie wollen mich dafür bestrafen, dass ich die Normandie verloren habe. Doch Irland und den größten Teil von Wales habe ich befriedet. Und morgen jage ich die Rebellen aus London, und dann wird Frieden in England sein. Ich bin bereit, mich mit den aufständischen Baronen zu verständigen. Was ist das für ein saurer Wein? Warum geben sie mir nicht Wein aus dem Poitou zu trinken? Ich habe doch allen meinen Freunden genügend Fässer geschenkt. Und warum nur diesen einen Schluck? Ja bin ich denn ein Bettler, dass sie mir auch noch trockenes Brot in den Mund schieben! Und überall riecht es nach Weihrauch!*‹

Verzweifelt wandte er sich ab. Hinter den Scheiben kroch die Dunkelheit heran.

›Und wenn es denn wahr wäre? Wenn sie tatsächlich wüssten, dass ich sterbe?‹ John rang nach Luft. *›Warum? Warum jetzt? Ich muss doch noch so vieles in Ordnung bringen. Es ist, als wolle man mich kurz vor dem Sieg beim Turnier aus dem Sattel stoßen.‹*
Ein Speichelfaden rann ihm aus dem Mundwinkel. *›Ich besitze so schöne Häuser. Wenn ich nur an die Gloriette in Corfe denke. Wenn ich also sterben muss, warum nicht dort?‹* Er bewegte seine Wange auf dem Kopfkissen, um die Nässe an seinem Mund trocknen.
›Wenn ich denn vor meinen Schöpfer treten muss … – Lieber Gott, hilf mir! – Wirst Du mich überhaupt wollen?‹
»John, kannst du mich hören? Johnny, ich bin es, Will.«
Er spürte, wie die Matratze unter dem Gewicht des Freundes nachgab. »John, nachdem ich die Nachricht bekommen habe, bin ich die ganze Nacht durch geritten. Bitte, sieh mich an.«
Unendlich mühsam drehte John den Kopf und versuchte zu lächeln. *›Ich wusste, dass du kommst‹*, dachte er dankbar. *›Auch wenn du mich nicht hörst, sieh mir auf den Mund, dann wirst du wissen, was ich sage.‹*
»John, wir sind allein. Ich habe dir so viel zu sagen!«
›Ich auch, Will. Erinnerst du dich noch daran, wie du dem Mönch den Stuhl auf den Kopf geschlagen hast?‹
»Erinnerst du dich, John, als du das Stundenglas zerbrochen hast?« Will legte sich der Länge nach neben den König. Seine Stimme war erfüllt von Zärtlichkeit. Er roch nach Herbstluft und Pferden. »Ich war so beeindruckt davon, wie du dich dem Lehrer widersetzt hast!« John hörte Wills leises Lachen. »Diese Stunde wird er nie vergessen haben.«
John fühlte sich durch die Nähe getröstet. Er drückte seine Nase gegen das stoppelige Kinn des Freundes. Will räusperte sich. »Und weißt du noch, wie wir vor Nottingham auf die Eiche geklettert sind?«
›Ja, ich weiß es noch wie heute. Mutter ist gekommen. Und ich habe sie sofort wieder erkannt. Damals habe ich ihr mein erstes Ge-

schenk übergeben. Zum Dank durfte ich hinter ihr auf dem Pferd in die Burg einreiten.‹
»Auch wenn du nicht sprichst, John. Ich kann mich noch genau daran erinnern, wie stolz du auf ihrem Pferd gesessen hast.«
›*Weine nicht, Will. Diese Erinnerung kann uns niemand nehmen. Wenn ich die Augen schließe, bin ich wieder dort. Mit dir. Und da sind die lange Straße und der Wald. Und ich habe behauptet, ich könnte London sehen.*‹
»Jetzt sind wir beide erwachsene Männer, John. Doch auf dem Ritt zu dir, da ist mir unser altes Kinderspiel wieder eingefallen …« Er schluckte.
›*Aber natürlich weiß ich das noch, Will. Wir waren beide so stolz auf Papa.*‹
»Für mich war er der Größte. Ich war Papa immer sehr dankbar dafür, dass er mich nie hat spüren lassen, dass ich auf der falschen Bettseite geboren bin.« Er brach ab. »Und dir auch, John.«
›*Du bist doch mein Bruder und mein Freund, Will.*‹
»Du warst immer mein Bruder und immer mein Freund, John.« Er presste seinen Kopf an Johns Wange. »Ich bin fast verrückt geworden bei der Vorstellung, dass du jetzt Angst haben könntest. Und auf dem Ritt war ich plötzlich davon überzeugt, dass es nicht wahr ist.« Wieder brach er ab. »Und dann komme ich hier herein, und alles riecht nach Weihrauch.« Will begann zu weinen. Seine Tränen tropften auf Johns Gesicht.
›*Ich habe noch eine Bitte an dich, Will. Kümmerst du dich um Tess?*‹
Will wischte sich mit dem Ärmel über die Augen. »Sicher möchtest du, dass ich mich um Tess kümmere.« Er legte seine Rechte auf Johns Hand und drückte sie. »Du kannst dich auf mich verlassen.« Und Will glaubte, John lächeln zu sehen.
›*Ich bin wieder auf der Straße von Nottingham, Will. Ich sehe den Wald, und wenn ich mich vorbeuge, dann sehe ich den Tross kommen. Und jetzt sehe ich sie.*‹ John schloss die Augen. ›*Sie trägt das rote Kleid. Mein Herz klopft immer heftiger.*‹

»Mein Gott, wenn ich daran denke, wie nervös du gewesen bist. Aber dann war ich es, der vom Baum gefallen ist.«
Will begann unbeholfen, Johns Hand zu streicheln.
»Geh nicht fort. Bitte, bleib bei mir, John.« Er begann laut zu schluchzen. »Was soll aus England werden, wenn du fort bist? Was wird aus mir, Johnny?«
›*Ihr werdet einen neuen König haben. Und es wird Frieden sein in England. Ich muss jetzt gehen, Will. Sieh nur, es scheint ganz leicht. Ich steige aus dem Bett und gehe hinüber zur Tür. Ich drehe mich noch einmal zu dir um. Sei nicht traurig, mein Bruder. Lass mich ziehen. Ich gehe an den Wachen vorbei, ohne dass sie mich erkennen. Und da ist Tess. Meine liebe, kleine, tapfere Tess. Schade, mir bleibt keine Zeit. Ich muss weiter. Hinter den Fenstern lauert die Nacht. Doch ich sehe das Licht und fürchte mich nicht.*‹
Tess kam den leeren Gang entlang. Sie spürte, dass sie nicht alleine war, und hob den Kopf.
Sie fühlte seine Nähe und lächelte.

Anhang

Die wichtigsten historischen Daten zum »Vierten König«

1166

John wird in Oxford als jüngster Sohn von Henry II. von England und seiner Frau, Alienor von Aquitanien, geboren.

1174

Johns Vater setzt seine Mutter fünfzehn Jahre lang in Old Sarum gefangen, da sie seine älteren Brüder gegen den König aufwiegelt.

1176

John wird Havise von Gloucester versprochen, die er später heiratet.

1189

Tod Henrys II. Richard Löwenherz folgt ihm auf dem Thron und geht ein Jahr später auf den dritten Kreuzzug, der England finanziell in den Abgrund führt.

1193

John schließt ein Bündnis mit Philipp August von Frankreich, um seinem abwesenden Bruder die Krone zu entreißen.

1194

Richard kehrt aus deutscher Gefangenschaft zurück und vergibt seinem Bruder den Verrat.

1199

Richard Löwenherz stirbt. John folgt ihm auf dem Thron. Einer seiner Fürsprecher ist Guillaume le Maréchal, ein Vertrauter seiner Mutter. Auch Alienor tut alles, um John den Rücken auf dem Festland zu stärken. Achtzigjährig reist sie nach Kastilien, um ihre Enkeltochter Bianca dem französischen Kronprinzen als Braut zuzuführen.

1200

Friedensvertrag von Le Goulet: Philipp II. erkennt John als König von England an und nicht seinen Neffen, Arthur von Bretagne. John dagegen respektiert die Lehnshoheit Philipps über die Normandie und die angevinischen Besitzungen auf dem Festland. John lässt sich von Havise scheiden, heiratet überraschend Isabelle d'Angolême und macht sich damit viele Feinde.

1202

Philipp II. attackiert die Normandie und sichert Arthur von Bretagne das Recht auf die anderen Besitzungen der Plantagenets. Arthur nimmt Alienor in Mirebeau als Geisel. John gelingt es nach einem halsbrecherischen Ritt, seine Mutter zu befreien. Er nimmt Arthur gefangen.

1203

Anfang April wird Arthur ermordet. Der langjährige Weggefährte der Plantagenets, William de Braose, ist in Rouen anwesend. Philipp beginnt die Festung Château-Gaillard zu belagern.

1204

Die normannische Festung fällt im März. Am 1. April Tod Alienors. Rouen fällt an die Franzosen, die auch das Poitou überrennen.

1205

Hubert Walter, Johns verlässlicher Kanzler und Erzbischof von Canterbury, stirbt. John insistiert auf John de Gray als Nachfolger, Papst Innozenz III. dagegen wünscht Stephan Langton.

1206

John erobert einen Großteil Aquitaniens zurück und setzt ein zweijähriges Friedensabkommen mit Philipp August durch.

1207

Geburt des ersten Sohnes, des zukünftigen Henry III. Der Papst ernennt Stephan Langton zum Erzbischof von Canterbury. John widersetzt sich.

1208

Interdikt über England. John zieht Besitztümer des Klerus ein.

1209

Geburt des zweiten Sohnes Richard. John schließt Friedensabkommen mit dem schottischen König, William the Lion. John wird exkommuniziert. Die Bischöfe verlassen England.

1210

Vorherrschaft über Irland gesichert.

1211

Frieden mit Prinz Llewelyn in Nordwales.

1212

Mordkomplott englischer Barone gegen John.

1213

John gibt seinen Widerstand gegen den Papst auf und begrüßt Stephan Langton als Erzbischof in Winchester, wo seine Exkommunikation aufgehoben wird. William, Earl of Salisbury, Johns Halbbruder, siegt mit der neu aufgebauten Flotte bei Damme über die Franzosen. John versucht in Wallingford, die Nordbarone hinter sich zu bringen.

1214

John landet in La Rochelle. Nantes und Angers laufen zu ihm über. Das Interdikt über England wird aufgehoben. Doch die Poiteviner weigern sich, gegen Prinz Louis von Frankreich zu kämpfen. Johns Verbündete werden bei der Schlacht von Bouvines geschlagen. Waffenstillstandsabkommen mit Philipp II.

1215

John versucht, die Barone in London zum Frieden zu bewegen. Er schwört, am nächsten Kreuzzug teilzunehmen. Im Mai beginnt der Bürgerkrieg, als aufständische Barone London besetzen und die Rechte der Krone beschneiden wollen.

15. Juni 1215

In Runnymede unterzeichnet John die Magna Charta und gibt den Forderungen der Aufständischen nach. John bemüht sich um Frieden und ruft den Papst um Hilfe an. Als Innozenz III. die Charta als ungültig erklärt, flammt der Bürgerkrieg erneut auf. John nimmt Rochester ein und beginnt eine Kampagne gegen die aufständischen Barone in Nord- und Ostengland.

1216

Johns Flotte wird bei einem Sturm vernichtet. Prinz Louis von Frankreich wird von den Rebellen eingeladen und landet sicher in Südengland. John zieht sich von Winchester in den Westen zurück. Dann beginnt er eine Offensive gegen die Abtrünnigen in den Midlands. Sein Tross bleibt im Treibsand des Wash-Deltas stecken. John erkrankt lebensgefährlich.

18. Oktober 1216

John stirbt in Newark. Sein Leichnam wird in der Kathedrale von Worcester beigesetzt.

Mehr Details finden Sie auf der Website der Autorinnen www.eleonore-von-aquitanien.de unter »Historischer Hintergrund«.

Kleine Literaturauswahl zum »Vierten König«

W.L. Warren, *King John.* Yale University Press 1997

S.D. Church (Hrsg), *King John. New Interpretations.* The Boydell Press. Woodbridge 2003

Maurice Ashley, *The Life and Times of King John.* Weidenfeld & Nicolson. London 1984

Danny Danziger & John Gillingham, *1215. The Year of Magna Carta.* Hodder & Stoughton. London 2003

Frank Barlow, *The Feudal Kingdom of England 1042–1216.* Longman. London and New York 1992

Amy Kelly, *Eleanor of Aquitaine and the Four Kings.* Havard Universtity Press. Cambridge London 1978

Régine Pernoud, *Königin der Troubadoure.* 10. Aufl. dtv München 1992

Mehr zu Literatur und Quellen auf der Website der Autorinnen: www.eleonore-von-aquitanien.de

Sylvie von Frankenberg Katrin von Glasow bei Knaur:

Eine der größten Liebesgeschichten des Mittelalters!

Henry und Alienor
Eine Königsliebe

Alienor von Aquitanien, Königin Frankreichs, ist ihrem Mann Louis VII. sogar auf einen Kreuzzug gefolgt, um der Langeweile zu entgehen. Zurück in Paris, bestimmt höfisches Leben ihren Alltag – bis Henry Plantagenet in ihr Leben tritt …

»Ein Schmöker im besten Sinne, gut recherchiert, atmosphärisch dicht und stimmig.«
Berliner Morgenpost

Bunt und spannend

Der Bastard
Roman

Richard Löwenherz ist auf dem Rückweg von seinem Kreuzzug in Gefangenschaft geraten. Der deutsche Kaiser Heinrich IV. fordert ein horrendes Lösegeld. Erbarmungslos beginnt Richards Mutter, Alienor von Aquitanien, das Geld beim Volk einzutreiben. Da kreuzt ein junger Schmied ihren Weg …

Knaur Taschenbuch Verlag

Gabriele Marie Cristen
Die Stunde des Venezianers

Roman

Brügge, Ende des 14. Jahrhunderts. Guter Rat ist teuer für die junge Adlige Aimée Andrieux: Kurz nachdem sie ins Handelshaus Cornelis eingeheiratet hat, kommt ihr Gatte ums Leben – und sie steht vor dem Nichts.
Mächtige Kreditgeber fordern nach dem Tod des Herrn ihr Geld zurück. Doch gegen den Widerstand aller will Aimée kämpfen, will beweisen, dass auch eine Frau im Handel Erfolg haben kann: Als ehemalige Hofdame kennt sie die Schwäche der jungen Herzogin Margarete für Juwelen, kostbare Roben und prächtig gewirkte Teppiche – und weiß sie mit viel kaufmännischem Mut zu nutzen.
Doch was genau führt der undurchsichtige Venezianer Domenico Contarini im Schilde, ein Abgesandter des Dogen? Entsetzt und zugleich fasziniert muss die junge Handelsherrin erkennen, dass ihr die sorgsam geknüpften Fäden aus der Hand zu gleiten drohen …

Knaur Taschenbuch Verlag